U0127930

歌哭紅塵間

張夢機教授紀念學術研討會論文集

林淑貞　主編

張夢機教授紀念學術研討會紀要（代序）

林淑貞[*]洪國恩^{**}

張夢機（1941－2010），祖籍湖南永綏縣，1948年遷居台灣高雄岡山。及長，入台灣師範大學從學李漁叔教授，並受教於吳萬谷、江絜生等名師。歷任文化、淡江、東吳、成功、中興、高師、中央大學等教職，以講授詩學為主，尤精杜詩，曾以《西鄉詩稿》獲中山文藝創作獎。著有《近體詩發凡》、《古典詩的形式結構》、《詞律探源》、《鷗波詩話》等論著及《鯤天吟稿》、《藥樓近詩》、《張夢機詩文選編》等詩詞集。

中興大學中文系為紀念張夢機教授作育英才與詩學成就，於2015年4月24日舉辦「張夢機教授紀念學術研討會」。歷經一年多的籌劃，並由科技部人文社會科學研究中心、國立台灣文學館、乾坤詩刊雜誌社等單位贊助，使得會議得以召開並圓滿落幕。本次研討會參與的學者專家，共有近五十位師生朋友參與議程，或與張夢機教授交遊酬唱、或受教於張夢機教授、或詩學觀念私淑於張教授者，分別擔任演講、主持、發表人、特約討論人等，大家以學術盛會來紀念並緬懷這位令人尊敬的當代古典詩人。

中央大學亦自2015年4月23日至5月15日，舉辦「張夢機教授紀念文物展暨詩歌吟唱會」，展覽張夢機教授書稿、手跡，並吟唱張夢機教授之詩詞，「綺曲重聽世已非，記從滄海見塵飛」，雖然張夢機教授已然仙去，但我們仍能藉由不朽的詩歌，緬懷這位可敬可愛的師長。本次研討會參與學者眾多，特別規畫 AB 場地進行六場25人次的論文發表與二場專題演講。大會敬邀蔡信發教授進行主題演講，遠在加拿大的黃永武教授則以錄影視訊方式講述與張夢機的詩緣。本書輯錄20篇論文，發表者及二場專題分別展演張夢機教授的人格與風格、風土與家國想像、疾病書寫、詩藝與詩用、詩學與詩法等議題，一方面追憶並緬懷張夢機教授待人處事的風範，一方面對於張夢機教授的詩學與詩歌創作，進行董理論述，期能張皇張夢機教授的學術與詩歌成就，以匯入台灣古典詩學長河。

一　專題展演

銘傳大學蔡信發教授主題演講〈誠篤豁達──張夢機教授〉，講述張夢機教授的人格與士風，文字之中盡瀉故舊之情。前中興大學文學院教授兼院長黃永武先生，暢談

---

* 中興大學中國文學系教授。
** 中興大學中國文學系碩士生。

〈我與張夢機的詩緣〉，風趣自然，揭示二人深厚交情，並吟詠二人交往之贈答詩作，情感真摯可見一斑。張凱君為張夢機先生之公子，以感性的文筆追憶父親，書寫〈回溯前游夢已塵：追憶我的父親詩人張夢機教授〉一文。

二　人格與風格

本次大會對其人格與風格緬懷之作，共有四篇。

張夢機教授為人幽默風趣，平易近人，交遊甚廣，不僅與前輩詩人、學者交往，對待平輩、晚輩亦鼓勵獎掖，不遺餘力。誠如龔鵬程教授所言：「（張夢機）先生豪俠幽默，交遊廣闊，深受同儕學生愛敬。指導後進，不遺餘力，擔任古典詩詞比賽評審甚多，堪稱台灣最重要的詩人，對於台灣大學院校內學習古典詩的青年學子有深遠影響。」其言洵實。

中央大學教授李瑞騰、汪筱薔同學共同發表〈閒適換悲涼──張夢機詩晚期風格的一個面向〉，闡發張夢機晚年詩風與早年之差異與影響。北京大學龔鵬程教授之〈張夢機及其詩作析論〉，先述其生平，再整理張夢機教授畢生著作，並揭示其精神與詩作，最後歸結：「通讀他的詩，你就會發現其中有一個主調：憶舊。」成功大學吳榮富助理教授發表〈夢機先生的性情與詩風〉，念想張夢機教授的性情，並綜述其詩風。中央大學副教授陳家煌發表〈張夢機教授與中央大學〉，細數張夢機教授與中央大學的淵源，將其傳道、授業、解惑，乃至於對中央大學之影響，一一詳述原委，既追憶其學術貢獻，又對其辭世感到不捨。

三　風土與家國想像

攸關本主題論述共有四篇論文。

張夢機教授出生於成都，後徙居來台，定居高雄岡山，自小及長漂泊不定，因而在詩詞中常傳遞出強烈的家國想像。淡江大學教授顏崑陽發表〈「故國夢」與「在地情」──論張夢機詩中的「存在漂浮」〉，透過「故國夢」與「在地情」兩相對照，闡發張夢機教授在詩中所傳遞的家國想像正如同漂浮一般，渺無居所。彰化師範大學周益忠教授發表〈壯遊─冷遊─臥游與溯游──試說夢機先生的紀遊詩〉，將張夢機教授生平分為三期，以遊貫串，分別為壯遊──早期的紀遊詩1964－1981；冷遊──中期的紀遊詩1982－1991；臥游與溯游──晚期的紀遊詩1993－2010。論文細緻分析不同時期所擅長之風格，包含七古、七律、絕律等，更將晚期的臥遊與溯游視為自我療癒過程。中興大學教授林淑貞發表〈在地飄泊與抒情自我──張夢機歌詩中的生命書寫〉，從張夢機教授的生命基調切入，並以張夢機教授的一生作為縱軸，經歷了憂生憂世以及生活對治，終能達到精神超越的層次。臺灣文學館研究員顧敏耀發表〈鴻文能繪湖山貌，鳳藻

偶宣哀樂情——張夢機詩中的臺灣山水〉，對於張夢機教授詩作中的臺灣書寫，進行深度且細緻剖析。

四　疾病書寫

張夢機教授壯年風足，詩歌中對於罹疾特有感會，故而當今學者喜從疾病書寫論其詩歌。如同黃永武教授所言，「夢機寫詩後期，是指沈痾纏身後，靠復健之功，雖能枯坐終日，但行動不便，視聽受限，在孤獨與隔絕之中掙扎努力，寫詩主題以酬謝探病及追思懷舊為多。」而學者們透過以點觀面的方式，串聯出張夢機教授在詩詞創作與詩詞想像上的成就。長庚科技大學副教授邱惠芬發表〈疾病書寫的生命關照——以《藥樓近詩》、《夢機六十以後詩》等為例〉，則是透過張夢機教授的疾病書寫，重新觀照其生命，使疾病與生命相互關聯。中興大學副教授羅秀美發表〈藥樓與病體的相互定義——張夢機教授藥樓詩作中的身體與空間書寫〉，論《藥樓詩稿》、《藥樓近詩》等詩集中的空間觀與身體書寫的相互交涉與重新定義。成功大學吳東晟同學發表〈張夢機詩的疾病書寫〉，全面朗現張夢機教授詩歌中的疾病書寫。

五　詩藝與詩用

臺灣大學何維剛同學發表〈張夢機先生與網路古典詩人之互動——以網路古典詩詞雅集為考察重心〉，論述張夢機教授晚年與網路古典詩人交往甚密，頻頻與網路詩人唱和，跨越民間與學院詩人之藩籬。清華大學顏訥同學發表〈剪燈酬唱，情同元白——張夢機、顏崑陽酬贈詩的意義與文學價值〉，論述張夢機與顏崑陽教授兩人相互贈答詩歌之情誼真切，具有文學價值。暨南國際大學胡詩專同學發表〈「相濡以沫」與「相忘江湖」——論張夢機「酬贈詩」的詩用學意義〉，梳理張夢機教授酬贈詩作，揭示晚期詩歌大量運用新辭彙入詩，進而探究其語用意義。

六　詩學與詩法

張夢機教授對於古典詩學、詞學卓有貢獻。中興大學徐照華教授、彰化師範大學王素真同學共同發表〈張夢機教授〈論詞五絕句〉研究〉，分疏歷代詞學之源流及詞學發展，進而將五絕以「箋註」、「迻義」、「主旨」、「證析」等依次闡發。中興大學李建福副教授發表〈近體詩法，初學津梁——由《古典詩的形式結構》試探張夢機教授的詩法教學觀〉，由《古典詩的形式結構》一書切入，探究張夢機教授的詩法如何實踐成為教學方法。新竹教育大學丁威仁副教授，發表〈張夢機詩歌理論探賾〉，將張夢機教授的詩

學思路釐析源流論、本質論、鑑賞論與創作論，分別進行論述，並揭示張夢機教授之詩學可以用來作為當今古典詩歌研究的典範與基礎，無須外求。中央大學卓清芬副教授，發表〈試析張夢機《詞箋》之詞學觀〉，從《詞箋》觀察張夢機教授的詞學思維，重新辨析並建構張夢機教授的詞學觀。中央大學李宜學助理教授，發表〈論張夢機之李商隱詩論〉，探究並彙整張夢機教授對於李商隱詩的各式研究成果，蓋張夢機入李漁叔門下學詩，由揣摩李商隱詩入手，對李商隱詩歌有相當精闢的研究與獨到的見解。臺北大學助理教授賴欣陽發表〈《夢機集外詩》中的詩法探究〉，重新爬梳歸類《夢機集外詩》中之詩法。

張夢機教授為臺灣當代古典詩壇泰斗，師友交遊廣闊，作育英才無數，是學界重要學者與詩人。為追念張夢機教授一生事功，學者專家們齊聚於中興大學，論述其人格與風格、古典詩詞創作，乃至於闡發其古典詩學與詞學，期能薪火永續。

吟讀夢機老師的詩：「脫盡浮漚身即海，吟心翻覺一塵無。」感受其逍遙灑脫，不滯於物的人生態度。耳畔卻響起了渡也老師的詩：

> 只有夢沒有闔眼
> 夢見張夢機老師來看我
> 「渡也，我走了……」
> 六十九歲的老師游向大海了
> 杜甫、李義山、黃山谷
> 在遠方的水域等他
> 啊，整個海面都是詩

讀畢，彷彿見到夢機老師佇立眼前，微微揚起笑容，凝視著遠方……。

目次

（一）【專題展演】

誠篤豁達
──張夢機教授

蔡信發*

一　前言

　　夢機既是我師大的學長，也是中央大學的同事、知己，論其為人，誠懇篤實，風趣幽默；樂於奉獻，個性豁達，在中文界無人不知。他在中央大學二十多年，無論是為人處事，都有值得人們稱道的地方。承蒙大會邀我來談談他的生活點滴，一生行事，在此僅條列數事，記其行誼，使學子有所遵循。

二　教學風格

　　夢機在中央大學任教二十餘年，樹立了教學的榜樣，足為我們學習與效仿。依我的觀察，約有以下數端：

（一）教學正常，不以學生為天才：常見某些教授，自命不凡，自視甚高，上起課來旁若無人，因此學子有樣學樣，也常放浪不羈，趾高氣昂。夢機以平常心教學，不因自己才情高而驕傲，也不會將學生視為天才而唱高調。他的篤實教學，的確是值得吾人效法。

（二）詩詞教學，不偏廢任何一家：「文人相輕，自古而然」，所以我們常見大學教授專精一家，則偏廢其他詩家。如教唐詩者，則廢宋詩；教宋詩者，則輕唐詩，甚至有專教自己創作的詩詞者。夢機教學，各體兼顧，唐宋不拘，雖傳統詩創作極佳，但不會以此自矜，足見其精誠敦厚，胸襟豁達。

（三）理論為先，然而更重視習作：在大學教授詩學，有的是純粹講授理論，從不教學生習作，致使學生常眼高手低。夢機教學，既重理論的講授，也要求學生要習作，藉以印證所學的理論。為學篤實，正是夢機可以讓我輩稱許之處。

（四）課程設計，能全面務實關照：有些從事文學創作的大學教授，以詞章為主，則輕義理；以義理為主，則輕考據，甚或鄙視小學。夢機認為「小學」是基礎課

---

*　中央大學中國文學系榮譽教授。

程，因此，學詞章不廢義理、考據，更重視文字、聲韻、訓詁之學。學問務實，是夢機一生詩學有成的原因，也足以為學子的楷模。

夢機是一位傑出的古典詩創作者，在教學上有其堅持。他不但重視傳統詩，對於現代詩也不偏廢。在他看來，教學必須理論與實務並重、傳統與現代互見，奠定好學詩的基礎，誠誠懇懇、踏踏實實的「從傳統出發，走入現代，走向未來」。因此，他的教學「不薄今人愛古人」，可說是十分實用。

三　為人處事

夢機一生，勤於學習，樂於奉獻，展現他誠懇篤實的本質。從他和長輩、平輩的交往中，就可見其端倪，概述如下：

（一）平素相交，注重倫理：夢機向長輩學詩，執禮甚恭，雖小節也不疏忽。老一輩的詩人，如：江絜生、周棄子、吳萬谷、李猷先生，他總是謙恭請益，詩文切磋，未嘗有驕縱之氣，是故能得到詩壇的敬重。

（二）從事行政，不計名利：夢機在中大，曾經有整整一年在校長室兼行政工作，不支加給，無名無利，不為人知，而他泰然自若，甘之如飴。一般人也許覺得委屈，但他卻此為奉獻，不以為苦，毫無怨言。

（三）課外活動，師生和樂：夢機在中大負責課外活動組主任時，各種活動都能有始有終，從頭到尾。他主辦幹部營，總是和學生打成一片，和樂融融。從計畫、外宿、課程演練、活動檢討，不但全程參與，且一定全心投入。

（四）執掌總務，鉅細靡遺：夢機擔任總部主任時，舉凡大樓興建、宿舍分配、財務採購、經費核銷，他總是細心核算、執行，完成中大許多教學大樓。在當時景氣不佳的大環境下，他的辛勞可想而知。

從夢機做人處事的方方面面，可以看出他另一個角度的誠懇、篤實。無論是為學、處事，或是做人，他本著「溫柔敦厚」的詩教，化做一樁樁對自我的要求，以及對社會的關懷。凡是受到他教誨的學生，相信都對他留下深刻的印象。

四　藥樓餘生

夢機不幸在五十歲時腦幹中風，終生需坐輪椅，換成一般人，一定難以接受，但他坦然面對，未聞怨言。聊以數則，述其餘生。

（一）病後教學，一如往昔：夢機病後，中大仍安排其在家中授課。研究生親上門受教，夢機一如往昔，傾囊相授。論其傳統詩造詣，以七言律絕為勝，指導博碩士論文三十四本，且裁成學子不少，目前任教在大專院校者，不乏門下弟子，皆卓然有成。

（二）以詩療病，創作日富：夢機中風之前，雖創作已夥，然病後創作尤多。其性情真率、談吐風趣，於藥樓之中，往往詩友聚會，即有新詩，屬詞雅暢，寫景、抒情、敘事，皆粲然可觀。舉凡論述、詩文、輯本，在藥樓的二十年間，出版近二十本，幾乎每年一本書，這也是難能可貴的。

（三）有人探病，從不言苦：夢機得的是慢性病，中風後只能坐輪椅，食物鹹甜都不宜，最愛的咖啡也不能喝。在這樣的情況下，朋友去探望，他從不表現愁苦之情，為的是不讓朋友擔心。他堅毅、爽朗、風趣，而且永遠帶給朋友快樂。

夢機的樂易天性，豁達態度，除了以上所述，還可見之於遺囑。夢機發病之後，不良於行，飲食受限，身體日衰，乃在九十八年八月預立遺囑，告諭每年修訂。除不動用年長父母的贍養費及子女財產分配外，連照顧他的朋友、多年服侍的劉小姐，也都有分到金錢，我是他的遺囑執行人，自然知之甚詳。從這一點看來，可見他宅心仁厚，以及他對金錢豁達的態度。

五　結語

　　夢機豪縱，廣交友、樂交遊，因此有過一段風光歲月。他能詩、能詞、能文，詼諧機辯，卻遭逢不幸，遷居藥樓，然誠篤豁達，始終如一。「『詩人』日已遠，典型在夙昔」，回想在中大相知相惜的日子，竟如過眼煙雲，蹤影惘然，能不傷情？大環境的變遷，使得學府面臨了舊與新、傳統與現代、倫理與科技的挑戰，我們能向夢機學習的，就是踏實的做學問，誠懇的去奉獻，以及豁達的去應變，唯有如此，夢機雖不在人間，也會在天上望著我們，給我們最大的祝福！

我與張夢機的詩緣

黃永武*

　　夢機比我小五歲，我確實是他的學長了。我們相識始於師大國文研究所時，夢機畢業於師大體育系，但在岡山高中求學時就長於寫古典詩。所以一進研究所，大家都以「詩人」看待他。

　　他對於研究所裏善於詩詞的教授特別親近，拜服李漁叔老師典雅的詩，也喜愛林尹老師清秀的詩。我說林老師的詩文少用深典而清麗過人，是受《昭明文選》的影響很深，夢機也以為然。

　　我又說林老師有一次查閱我圈點的《昭明文選》，一時興起，就在我的書目上仔細圈選了七十二篇詩賦書表，要我好好精讀，我相信這七十二篇必然就是林老師自己寫詩文最得力紮根基的範文。夢機一聽，下一天就挾著他的《昭明文選》來我家，要求轉錄一下。

　　有一次我說林老師最重視四句話，一提起來就鄭重其事地形容這四句話。夢機就急著問：「是哪四句？」我說是南宋浙學永康學派陳亮所說的：

> 「功到成處，便是有德；事到濟處，便是有理。」

　　認為若沒有事功，就不成為其道德義理。凡事切莫空談，必須要求成果、要求實效。功要成，事要濟，先要把事做出成績來，能有成就才是第一要義。夢機一聽就趕緊抄下來。

　　由此我明白：夢機雖不是讀書極用功的人，卻是個極用心的人。用功的人在書本章句上窮費工夫，而用心的人只在學問的眼目緊要之處，立即掌握，往往透入章句的裏層，絕不輕忽疏漏。

　　除了校內的老師，對於校外許多詩詞名家，夢機常去走訪學習，在那些鄉音濃重的老先生處學做詩與做人。有位老先生告訴他，做詩詞最好做到「無理而妙」，他就以此為追求的目標，勤加烹煉。後來我研究「反常合道」，才明白「反常合道」，是創作的技法，而「無理而妙」就是「反常合道」所產生的藝術效果。

---

* 前中興大學中文系教授兼文學院院長、前成功大學中文系教授兼文學院院長、台北市立教育大學語文系退休教授。

又有一位老先生告訴他：

「一個人要成功，必須上面有人提著，下面有人捧著。」

他從老一輩處學到這句話，就終身踐行著。我看夢機對於提著他的人非常恭順，又感恩。對於學生晚輩，與他們熱絡交往，並留意給予機會。夢機的成功，和他「轉益多師」並能廣擷智慧菁華有著密切的關係。

夢機是個談吐風趣的人，所以友朋學生都樂意和他相處。記得他到高雄師院上課期間，王熙元也來演講，夜課完畢已九、十點鐘，我夫婦請張、王等七八位教授同去趕末場電影〈金雞蛋〉。觀賞後回家，內人忽然開始娠痛，立即送往醫院，翌日女兒樂薔誕生。於是「永武生了金雞蛋」的新聞，在夢機的笑談傳播下特別精采，傳遍了國學界。

又記得我在中興大學時，召開中國古典文學研究會的大會，會場臺上有何錡章教授在發表詩經看法的論文，講評者于大成博士用犀利否定的語詞互相攻伐，兩人一來一往，足足鬥了十分鐘，會場有點緊張，只見夢機悄悄地走近我身邊說：「這兩個傢伙，一個壞心，一個壞肝，還鬥得這麼兇！」令我實在忍不住笑出聲來。原來何錡章已逢肝癌末期，正用偏方治療，于大成又有先天性的心臟病，被他一拈連，非常好笑，而且在好笑中還寓有一種旁通的規箴。

我們自己也有笑話，有次為了一個字的正確讀音，我要他去《國語辭典》查一下，他卻回答我說：「我不認識注音符號！」令我「ㄚˇ」的一長聲，吃了一驚。他回答時帶點無奈又帶點狡獪，再補了一句：「我就是不認識。」望著我，露出「原本該如此」的得意來了。

這神情讓我想到：在我們這輩的人，小學時代都不曾學過注音符號，我報考臺南師範時，國語文考卷上注音符號佔三十分，我是零鴨蛋。今天一年級小學生就熟悉注音符號，真好呀，不但咬音正確，還可以用電腦、手機隨處通訊，才不愧是「當代人」。哪像我說國語，多半以上海話作底自己轉譯為國語而成，不標準處在別人聽來就是帶著「地方鄉音」，我曾演講說：「白居易的琵琶行，是在九江做官時寫的。」聽眾記下來變成在「酒家做官」了呢！鄉音的唯一好處，可能是容易分辨入聲與平仄，方便寫作古典詩詞。每當自己做成了詩，拿鄉音來吟唱三遍，才格外引導出古典的韻味。

我與夢機唱和詩篇，集中在夢機寫詩前期的求學任職等二十餘年間，那期間他體力少壯，作詩勤於翻檢，重視修飾，所以詞彙很少重複；又出入詩場，交遊廣闊，所以題材首首更新。他給我的詩篇，有時七律兩首，有時竟達七律五首。同一人物、同一情事，能一氣呵成五首七律，足見夢機彼時的才情及力道驚人。只是後來他一入社會，事務繁劇愈甚，詩就愈少了。

夢機寫詩後期，是指沈痾纏身後，靠復健之功，雖能枯坐終日，但行動不便，視聽受限，在孤獨與隔絕之中掙扎努力，一開始寫詩主題以酬謝探病及追思懷舊為多，而他

能從這煩惱窟中善自排解，突破瓶頸，成詩千餘首，收斂華藻，更能紀事切實；放開資料，更能自鑄新意。吟詩的勞苦可想而知，愈苦卻促使他詩境愈深，苦況終究成就了一位非常傑出的詩人。這段時期，我自己恰逢人生規畫的新轉折點，專心撰文及移民加國，夢機寄詩給我，我只回信喝采，鼓勵他愈挫愈奮，未曾再唱和了。

2006年我回臺灣，探視沈謙的遺眷後，又去探望他。夢機不諱飾地向我說：「真希望初次中風就死掉！」我領會他病境的難挨，無計可安慰，只有推給詩，就說：「那麼多好詩怎麼辦呀？你極有詩才，沒寫出來，死也不瞑目的。」

夢機以生命寫舊詩，是他一生專注的事業，而我寫舊詩，只是一時的湊興，自視為習作，多不曾留稿，任由自然汰去可也。2010年鄭定國教授寫論文，希望我能至少寄一首舊作給他，我翻檢書冊，發現有我唱和夢機的詩兩首，是夢機拿去大華晚報發表於民國六十七年四月八日，並剪報見寄，我就夾存在書中，夢機詩題是〈寓樓耽寂檢視舊稿有懷永武臺中〉。這詩在《夢機詩選》中列在一九七九年，據大華晚報，知道應該作於一九七八年。我那兩首唱和的「習作」已收入鄭教授的大作中。

現在「張夢機教授紀念學術研討會」指定我演講題目為「我與張夢機的詩緣」，我想必需另找幾首唱和「習作」來交代。下面舉夢機那首氣壯才雄的〈永武自紐約貽書綴句奉報五首〉，這詩在《夢機詩選》中列在一九八五年，其實是一九八四年春天作，而且五首少了一首成為四首，可據《載愛飛行》頁一七三為證。我唱和的詩句記不全了，只能拼湊四十幾年前的記憶，不計工拙，錄成兩首以應大會之景。

〈永武自紐約貽書綴句奉報〉（五首錄二）張夢機作

　　別恨春來暗齧心，掩關懷遠獨沉吟。
　　浮槎直泝星河上，奇抱平吞夢澤深。
　　終遣天驕識麟鳳，頗從禮法得規箴。
　　十年交誼醰醰在，一拂絲桐答賞音。

　　論詩能補鄭箋遺，博議書成四海知。[1]
　　黃卷蟠胸寧有數，青雲承屐定無涯。
　　壯游快騁川原目，健筆真當十萬師。
　　群小厄言輕薄甚，政須讜論拒詖辭。

〈優游康乃爾大學步韻敬和夢機七律五首〉（錄二）黃永武作

　　予有鴻鵬萬里心，雲天作紙寫長吟。

---

[1] 在「博議書成四海知」句下，夢機加說明云：「君論詩旁推曲證，均極精當，所著《中國詩學》四書，臺員誦之皆遍。」

好山好水塵寰大，知我知君別夢深。
美譽起從良友筆，笑談間出感人箴。
詩朋相勉無餘事，一字響成千載音。

詩境迷人世可遺，雞窗勤苦幾心知。
捫天有志天能上，征海無驚海盡涯。
立古開今均自我[2]，輸棋勝局並爾師。
青春正合弘胸眼，萬水千山去不辭。

---

2 「立古開今均自我」一句，用馮時可意：識高不囿陳言為「自我立古」；才大不局小道為「自我開今」。

回溯前游夢已塵
——追憶我的父親詩人張夢機教授

張凱君*

　　我與我弟弟自小就十分畏懼我們的父親。按照我母親的說法，此事早有端倪，因為我們兄弟倆專挑父親離家在外時出生，也就是說，母親兩次分娩時父親都不在身邊。

　　我只在照片中見過父親抱著還是嬰兒的我，自我有記憶以來，我們父子的肢體接觸便僅限於我在他眼前言行失檢之時，他來不及拿取藤條或雞毛撢，脾氣就已發作，或拳或掌向我身上招呼。很多年後我得知他少時練過拳擊，方才對他的出手路數掌握到些許脈絡。在那個中小學教師對學生體罰還很盛行的年代，大部分同學都視上學為畏途，我卻寧願待在學校，因為班上比我調皮不守規矩的墊背者眾，反倒比較有安全感。小學低年級時學校課程只有半天，有時整個下午都被迫和父親獨處，通常他會要求我反覆書寫我還不認識的國字，或是背誦我不太了解含意的文章，然後希望我不要再去打擾他。有一段時間，我覺得我的周末時間和其他人不同，不是週六週日，而是星期二到星期四，因為那三天父親要到高雄師範大學講課，不在家中。我還記得幼時第一次聽說男孩長大之後必須服役，而行伍之間紀律甚嚴，我私下向母親透露我的憂懼之情，豈料母親認為殊不足慮，因為倘若我能在父親治下熬到成年，則所謂入伍從軍也只不過是換個地方當兵，理應很容易適應。

　　隨著年齡漸長，父親與我的關係似乎有些微妙的轉變。小學畢業前的那個夏天，我陪他到台中中興大學參加端陽節全國詩人聯吟大會。父親此行是為擔任聯吟大會的詞宗，我則是趁機見識騷人墨客齊聚一堂，吟興滿飛，詩思橫流的壯闊景象。不過那天肆意橫流的，還有屋外的滂沱大雨，由某個襲台的颱風挾帶而來。風狂雨驟的天候，導致那晚的火車走走停停，不知何時方能返抵台北。這樣的場景讓父親的思緒飛越了二十餘年，他向我敘述起高中畢業那年，從高雄北上參加大學聯考的往事。他說那時也是遇上颱風，後來還引發了大水，多處鐵公路柔腸寸斷。他和幾個同學一起進京趕考，在風雨中時而搭車，時而步行，總計客途羈旅將近二十三個小時才抵達考場。

　　憶往之後，父親問我最近讀些什麼書，有什麼心得。我隨口提到王國維的人間詞話，其中點評李白憶秦娥「『西風殘照，漢家陵闕』寥寥八字，遂關千古登臨之口」，深

* 張夢機教授長公子、台灣金融研訓院專案研究員。

以為然。父親隨即反問我，這八個字好在哪裡，為何能讓後人登臨之時難以再造新語？我當時記誦前人之古近體詩雖已逾百，但中國前代文人所著之詩話詩評，大抵皆由虛無飄渺的形容詞堆砌而成，於我實難索解。因之對此一問，尚未登臨，便已啞口。我只能結結巴巴拾人牙慧，諸如「氣勢雄渾，至於此極」云云。父親並未責備我讀書不求甚解，他向我解釋：一年中最易心生感懷的季節當屬秋季；一天中最易情思紛擾的時刻應是黃昏；一生中最難承受的遭際或為飲恨吞聲的死別，何況墳塋中人若是盛世天子，則生前榮華對照身後蕭索，更是不勝唏噓。而今三者齊備於寥寥八字之中，是以愁思千疊，感人至深。

父親接著問我是否讀過杜甫的「別房太尉墓」，我當即背了出來。他告訴我首聯兩句「他鄉復行役，駐馬別孤墳」採用了類似的手法，十字之中蘊藏了三層苦境：他鄉、行役、別孤墳。頷聯「近淚無乾土，低空有斷雲」承首聯駐馬別墳實景實寫，用上了空間高低騰挪對比的技巧。這種技巧在杜工部集中常見，例如「江間波浪兼天湧，塞上風雲接地陰」。頸聯「對棋陪謝傅，把劍覓徐君」筆鋒一盪，連用兩個典故，其中季札掛劍恰是把劍掛於徐君墓木之上，虛筆實運。末聯「唯見林花落，鶯啼送客聞」總綰全詩，既承首聯「行役」，又呼應頸聯「覓」字，尋尋覓覓，不見故人，徒聞鶯啼送客，而林花並淚水雙落。我後來才知道，對這首詩的看法父親早已運筆成文，收錄在「古典詩的形式結構」一書中，只是日後每次捧讀，總覺書中文字不及記憶中父親話語的精采。

話匣一開，父子倆談興更濃，那晚是我初識謀篇運字之秘，鍛句鍊意之法，頗有頓開茅塞之感，雖不敢妄稱略窺詩學堂奧，但事後細細揣摩父親所言，觸類旁通，倒是因而憑添了許多吟詠之樂。至今猶記那風雨之夜，車窗外是闃黑無垠的曠野，車廂內卻如同父親自述他在他老師家中問學的情景，讓我在「花室吹香之際，飫領絳帷春風」。

其實我始終覺得，父親並未「有意識」的細想過該如何扮演「好爸爸」的角色，他懶得花心思去體察幼兒的心理需求，也沒有考慮過除了「嚴刑峻法」之外還有其他的教養方法，更不用說他根本沒有耐心與稚齡孩童周旋，不論這個孩童是不是他的兒子。很小的時候我就見過家中高朋滿座的場面，看著父親與他的朋友或學生煮茶溫酒，講詩論學，臧否人物，談笑風生，直至滿座盡歡。對比於父親對我的不假辭色，這往往益增我心頭困惑。直至我較為年長，年長到能稍稍領略父親的風流蘊藉之時，我才了解到，父親只喜歡與他在智識上旗鼓相當，心性上聲氣相通的對手，唯有當兒子逐漸向這樣的程度靠近，他身為人父的真實形象才會日益彰顯，兩者間才會有水乳交融的可能。

父子之間關係的轉變，還是沒能讓我在他治下熬到成年——父親猝然中風之時，距我年滿二十歲還有好幾個月，此前一年，母親已先一步離世，因此這是我最想忘卻的一段歲月。只記得父親突發中風那晚，我陪他在病房待到深夜，隨後便因病情轉劇，須移往加護病房，由於家屬只限於規定時段入內探望，我只得獨自走夜路回家。家中燈火通明，和父親與我出門時並無二致，我的世界卻已全然翻轉。忽然意識到我可能在失去母

親之後，又將失去父親，面對近乎家破人亡的深沉悲慟，我連眼淚都流不出來。

父親出院回家療養，已是他發病一年後的事。此後近二十載的光陰，父親就在往返於輪椅與病榻之間度過。長日寂寂，父親坐困斗室，只能盡情馳騁詩思以自娛，於是深印我腦海中的畫面，便是他坐在輪椅上閉目沉思的樣貌。

也許是卸除了擾嚷紅塵的羈絆，病後的父親又讓我認識到他豁達的一面。有一回，父親忽然高燒不退，只好連夜送他去急診室，醫生診斷應是他中風後因久坐而循環不良，腳上的傷口不易癒合，不慎遭細菌感染，引發蜂窩性組織炎。醫院幫他安排了一位心臟內科的主治醫師。他知道病情後先嘆了口氣，然後說：「人家講『頭頂長瘡，腳底流膿』，形容一個人狀況糟透了，大概就是我現在這個樣子。」接著又說：「而且心臟和腳這兩個地方的距離似乎也遠了點！」眼神中卻滿是狡黠的笑意。又有一次他因心臟不適而住院，出院前詢問醫生是否還能喝咖啡，醫生豪爽的告訴他，一天喝五杯都沒問題。或許是與直覺相違，父親起先推想，恐怕是醫生認為他已來日無多，才會這麼說，但隨即他便釋懷，「就照醫生說的吧！」像個頑皮的孩子，他嘿嘿嘿笑了。進出急診室的經驗，隨著父親年事漸高而日益頻繁，很多時候是他來安慰我們，說他的身體他最清楚，情況沒那麼遭，要我們不用太擔心。

父親的人生，以及我與父親的緣分，都像是那風雨之夜北返的列車，一路走走停停，充滿眷戀，卻總是要抵達終點的。父親過世前幾天，恰逢父親節，我攜妻小前去探望，三代同堂，他興致甚高。餐後陪他喝茶閒聊，他忽然有些傷感，提及當年母親臨去之際告訴他，雖有萬般遺憾，尚幸有兩個好兒子。當下我頗感慚愧，深覺應將「好」字刪去，或者改「兩」為「一」，反正我自己是配不上這樣的說法，因此趕緊轉了話題。令我百思不解的是，倘若父親真覺膝下有二子承歡，稍慰老懷，為何不直說，而要藉母親之口？事實上長久以來，我都覺得父親對朋友和學生的關懷超過對我們母子。直到某日驀然憶起父親發病那晚，在深沉的悲慟中我連眼淚都流不出來時，這才領悟到，或許最深刻的感情，反而是最難表達的吧！

春草暮兮秋風驚，秋風罷兮春草生。父親離我們而去將滿五年，今生已是注定相會無期。有時我會想，也許我們兄弟出生時都恰逢父親離家在外，早已暗示我們務須讓自己盡早獨立。當我們經歷母親棄世，父親罹病的種種，弟弟甚至連國中都還沒畢業。對於雙親的懷念永無絕期，自不待言；可是另一方面，經過這麼些年，我卻覺得他們從未走遠。不獨是我坐想行思之際，常見他們鮮明的身影，歷歷如繪，恍如昨日；更為具體的是，我的思維方式，處世原則，乃至我的一言一動，處處可見他們雕琢的痕跡。莊子云：「指窮於為薪，火傳也，不知其盡也。」信哉斯言！

（二）【人格與風格】

閒適換悲涼
──張夢機詩晚期風格的一個面向

李瑞騰*、汪筱薔**

摘要

　　《夢機六十以後詩・閒適五首》有「卜居過十載,閒適換悲涼」句,本文將從此探析張夢機詩之晚期風格。首先援引「晚期風格」理論,與中國詩學傳統中的「閒適」風貌對話,接著細探詠閒詩作所蘊含的幽微心情,藉由詩作的詮釋,與詩人生命歷程加以對照,分別從「個人生命困頓」與「時代遺民情懷」探討詩作內涵。張夢機晚期詩作中的「閒」超越了既定意涵,流洩出超脫的詩趣,其反面卻是焦慮、無法消解的衝突,所以說,「閒適」為表露於外的情態,「悲涼」則是深藏於字裡行間的底蘊,摹刻閒適入詩,是詩人一次次安頓生命的嘗試。

關鍵詞:張夢機、晚期風格、閒適、悲涼

*　中央大學中國文學系教授。
** 中央大學中國文學系碩士生。

一 前言：卜居過十載，閒適換悲涼

勞思光〈閒談閒適〉一文從哲學角度討論閒適情調，追溯至先秦道家思想，將此種精神境界稱之為「情意自我」，是「超越的情意」，有別於「德性自我」與「認知自我」，而是「自我的另一個境界」，「一個藝術性、講情趣的境界」。[1]——超離既有存在，不企求改造世界，靜觀萬物而自得自適，獲得生命的安頓。

劉若愚《中國詩學》第五章〈中國人的一些概念與思想感覺的方式〉曾針對一些典型的中國概念與思想感覺方式，加以討論。其中對於「閒適」有如下的闡釋：

> 「閒」這個字，在這裡暫且譯為'leisure'，有時也譯為'idleness'。然而，當使用於詩中時，他並不帶有貶義，而且不單是指清閒無事，而且可以指脫離世俗的憂慮和欲念，本身心平氣和或者與自然和諧相安的一種心境。也許'being in peace'是個適當的翻譯。[2]

他舉王維〈登河北城樓作〉、〈青溪〉、〈歸嵩山作〉、〈鳥鳴澗〉等詩為例，說明中國古典詩中那種無欲念煩惱、安詳和平的境界，是比濟慈所讚美的那種捨棄「愛情」、「野心」和「詩歌」的懶散更高度更積極的一種心境。

張夢機本身對於「閒適」的看法亦與之契合，藥樓雜文〈閒適〉中說道：

> 陶淵明所說的「悠然」，其實就是閒適的表現，因為閒適是心理上順其自然，而不有意造作的一種心境。在這個空靈的心理中，自然能與大自然產生一種精神上的默契，因此能敏銳地感受到大自然的變化與流動，而產生一種與外界和諧相通的感覺。[3]

「閒適」在中國傳統文化不僅是一種處事的智慧、知足保和的態度，亦是安頓生命的境界。[4]安適、超脫、俯仰自得的「閒適之詩」亦成為某種理念模式，由集體精神與文化傳統所塑造成的既定模式。[5]

---

1 勞思光：〈閒談閒適〉，《臺灣光華雜誌》，（1998年4月），頁32。
2 劉若愚：《中國詩學》，（臺北：幼獅文化，1977年），頁85。
3 張夢機：《藥樓文稿》，（臺北：文史哲出版社，1995年，初版），頁153。
4 如丁亞傑〈生命的安頓與調適——試析白居易諷諭詩、閒適詩與感生詩的結構〉所說：「超越生命的限制之後，才能對現實之生有一正面肯定，進而體會生機與生趣，並與大自然為友，具體生命於其中安頓」，詳見《元培學報》第3期（1996年12月），頁15。
5 關於詩的「理念模式」一詞，由黃永武之說獲得啟發：「無論詩在敘事、抒情或是論評，詩人必先有其內在的理念模式，這模式未必全是詩人自創的見解，許多內容來自古人普遍易解的象徵，千古以來，傳播於後昆。」見所著《新增本中國詩學（鑑賞篇）》，（臺北：巨流圖書公司，2009年），頁110。

但是，張夢機晚期以「閒」為旨的詩境卻非一般的想像的「固有的年紀與智慧觀念，這些作品反映一種特殊的成熟、一種新的和解與靜穆精神，其表現方式每每使凡常的現實出現某種奇蹟似的變容（transfiguration）」，[6]與成熟之作圓滿、渾成的想像背道而馳，而是斷裂、溝痕處處的風格，是創作主體真實呈現衝突與矛盾的展現。這正是薩伊德所說「並非表現為和諧與解決」，[7]「涉及一種不和諧的、非靜穆的（nonserene）緊張」，[8]保有「未解決的矛盾」[9]的晚期風格（Late Style）。

張夢機晚期之作，「閒」超越了既定的意涵，既非超脫境界、和諧相安的生命狀態，亦非「溫和的憂鬱」，[10]這正是他晚期風格所展現的面向，「是一個主體性或一個『人格』不顧一切露揚自己，為表現之故而打破形式之周到，捨周到圓諧而取痛苦憂傷之不諧，追隨那獲得解放的精神給它的專斷命令，而鄙棄感官魅力。」[11]

張夢機詩的晚期風格不能僅以「自然平淡」一語概括而論，所流洩出的超脫詩趣，反面卻是焦慮、無法消解的衝突，「成熟的心靈毋寧說是一個更為纖細完美的媒介，能將特殊的，或者各種各樣的感受自由地組合成新的結合。」[12]自然閒適與深沉悲涼這看似矛盾的風格並置，正反映晚期風格是刻意不具建設性的創造，是藝術不為追求普遍接受而放棄自身權利，更是詩人面對生命中的大傷心後所展現「暫安生命於當下，姑留矛盾於未來」[13]的生命情調。

本文標題「閒適換悲涼」出自《夢機六十以後詩·閒居五首》：

> 除卻披書外，惟令琢句忙。青雲不承展，玄髮已生霜。茗氣供枵腹，山光撲短廊。卜居過十載，閒適換悲涼。[14]

6　艾德華·薩依德（Edward W. Said）著，彭淮棟譯：《論晚期風格──反常合道的音樂與文學》（臺北：麥田出版社，2010年），頁84。

7　艾德華·薩依德（Edward W. Said）著，彭淮棟譯：《論晚期風格──反常合道的音樂與文學》，頁55。

8　艾德華·薩依德（Edward W. Said）著，彭淮棟譯：《論晚期風格──反常合道的音樂與文學》，頁85。

9　艾德華·薩依德（Edward W. Said）著，彭淮棟譯：《論晚期風格──反常合道的音樂與文學》，頁55。

10　「溫和的憂鬱」一詞出自劉若愚《中國詩學》，劉氏舉馮延巳〈蝶戀花〉：「誰道閒情拋棄久，每到春來惆悵還依舊」之詩句，闡述另一種存在於「貴族的而且有閒」環境中的複雜情調：「然而，在有些其他中國詩人的作品中，「閒」並沒有這種哲學的含意。無寧說，它意味著類似「無聊」（'ennui'）的一種漠然、慵懶和憂思的心境。」劉若愚：《中國詩學》，頁86。

11　阿多諾（Theodorv W.Adorno）著、彭淮棟譯，《貝多芬：阿多諾的音樂哲學》，（臺北：聯經出版事業股份有限公司，2009年），頁225-226。

12　艾略特（Eliot, T. S）著、杜國清譯：《艾略特文學評論選集》，（臺北：田園出版社，1969），頁8。

13　曾昭旭教授所言，曾教授於2015年04月24日「歌哭紅塵間──張夢機教授紀念學術研討會議」擔任筆者的特約討論人，筆者於會後向其請益。

14　張夢機：《夢機六十以後詩》，（台北：里仁書局，2004年，初版），頁121。

　　此詩為詩人六十一歲時所作，回首流離世代、光景與人世俱非的生命自況。「卜居」典出《楚辭》，「居」不能緊解釋為「居住」之意，而是「自處」之意，描刻屈原心煩意亂，見太卜問該如何於此塵世自處？意在傳達張夢機對於濁濁之世的不滿，有志難伸，並幽隱透露出作為現代社會中的「遺民」身世；「卜居過十載」一語道盡流離世代與個人生命的悲哀，「閒適換悲涼」陡然一轉，反而自作豁達語——這正是張夢機晚期閒適詩作的風格。

　　「閒適」為表露於外的情態，「悲涼」則是深含於內在的底蘊。「悲涼」作為一種「意境」，並非如「喜怒哀樂」般代表情緒，而是代表複雜的情緒所釀化而成的情感基調。[15]當然，我們不能因某詩人寫過「閒適」或有「閒適」的詩句，便以為閒適風格概皆出自閒適的生命情態，寫過「悲涼」便認定源自悲涼心境。本文將深入詩人生命歷程，分析閒適詩句中的深沉內涵，詮釋張夢機晚期風格一個面向。

二　漫以虞詩銷永晝，慣從寂境過殘生
——閒適與個人生命困頓

　　張夢機晚期詩中，有許多以「閒適」為旨的詩句，如〈藥樓月夜〉：

> 能驅夜色是燈光，讀書閒歌意思長。浮蟻臘醅迎月御，蒔花瓦缽試宮妝。偶酌虞句隨人詠，莫以歸心惱客腸。了卻愛憎無箇事，且憑閒適啜茶香。[16]

　　此作寫幽居於藥樓的日常生活，詩句隨所見所感傾洩而出，不假雕飾，即事生情，現實世界中的種種限制因書寫而瓦解，詩人主體是不受束縛、從容自適的。又如〈安閒〉：「漸變鳴禽換物華，安閒疑是在僧家」、[17]〈寓興〉：「身閑心遠小樓寬，細檢詩書興未闌。漸覺十年忘寵辱，熟知一病了悲歡」、[18]〈某書詢近況，賦呈代簡〉：「閒居懶慢困於家，除卻虞吟好啜茶」；[19]但晚期作品超脫與詩趣的另一側面卻是孤寂、惆悵，而詩人並不欲解決此間矛盾，如〈午寐初起作〉：

> 高枕酣然午寐清，北窗臥起雨初晴。雙青眼裡玄禽近，萬綠叢中白髮明。漫以虞詩銷永晝，慣從寂境過殘生。忍閒此日餘惆悵，滿抱牢愁不得傾。[20]

15 王夢鷗：《文學概論》，（臺北：藝文印書館，2008年），頁249-250。

16 張夢機著，龔鵬程校：《張夢機詩文選編》，（合肥：黃山書社，2012年，初版），頁181。

17 張夢機：《鯤天吟稿》，（臺北：華正書局，1999年），頁28。

18 張夢機著，龔鵬程校：《張夢機詩文選編》，頁193。

19 張夢機著，龔鵬程校：《張夢機詩文選編》，頁183。

20 張夢機：《鯤天吟稿》，（臺北：華正書局，1999年），頁5。

　　詩人晚期詩作中常以自我生活中瑣碎片段為題材。此詩前半段即是以午睡醒來，所見窗外景物為開頭，詩中的情景緩慢而靜態，更顯示生活的悠閒從容，唯以賡詩排遣時光，「慣從寂境過殘生」之「慣」字表面上表示已習慣了因病閒居的生活，但藉由尾聯「忍閒此日餘惆悵，滿抱牢愁不得傾」，引人深思：「閒」何必忍？當生命必須日夜去忍耐某種情狀，甚至由「忍」而「慣」，其中所蘊含的何止歲月悠悠，更多的是沉鬱難解，但不得不然的愁情。

　　張夢機原是爽朗熱情、愛朋友、愛熱鬧的人，如今卻不得不離群索居，箇中無奈淒涼難以言喻，所謂「奇哀在骨無多淚」，詩人並不直言孤寂冷清，而是藉由描摹藥樓閒居的種種樣態，時作自適之語，如〈停雲詩社招飲不赴〉：「病後耽閒且兩年，珍饈無復上吟筵。尋詩縱有挑春力，哪及書齋自在眠」；[21]〈謝師宴邀往不赴〉：「怕從高會沾清酎，真感微軀媿上庠。當宴縱然多語笑，安閒未抵臥吟床」；[22]時而直言病後「忍閒」之苦，如〈九日華岡雅集不赴〉：「吾不登高因足蹶，忍閒獨詠一樓愁。」[23]又如〈保新林口招飲因病不赴〉：

> 自罹沉痾來，孤寂守第宅。忍閒惟賡詩，相慰賴篇籍。感汝折柬招，高興暗盈積。堪嘆微恙生，無力振飛翮。[24]

　　敘述自風病後，困頓家中，孤寂之餘唯以詠詩賡句、潛讀書本排遣消磨，閒中偶得故舊好友的相約，高興之情溢於言表，然苦於肉體束縛，無法振翅前往。

　　一方面，衰老與風病並未能限囿詩人的創作心靈，因病得閒的詩人得以離開塵世風雨，書寫置身世外的逍遙，如〈鴻烈有詩見懷次答二首之一〉：「功名隨逝水，花木擁閒人」、[25]〈向夕〉：「獨坐懷人無箇事，閒如蟬蛻靜同僧。」[26]〈感秋〉：「棲遲歲月久因循，一病偷閒非隱淪。窮達何妨心是海，功名坐惜夢為塵。」[27]〈安閒〉：「漸變鳴禽換物華，安閒疑是在僧家。」[28]詩人以風病劃分生命今、昔，展現超然姿態看待人事浮沉，無論悲、喜，或是啼笑皆非，皆已風輕雲淡，[29]塑造出凡事無掛於心，俯仰自得的詩人形象；而眺望遠方、批書燈下與持續且大量的寫作，成為主要排遣方式，伴詩人度過人生最後時光；但另一方面，詩人是入世而非出塵的閒適，未曾忘懷世情，面對閒隱

21　張夢機：《藥樓詩稿》，（臺北：作者自印本，1993年），頁43。

22　張夢機：《鯤天吟稿》，頁14。

23　張夢機：《藥樓近詩》，（臺北：印刻出版社，2010年），頁32。

24　張夢機：《夢機六十以後詩》，（臺北：里仁書局，2004年），頁80。

25　張夢機：《夢機六十以後詩》，頁31。

26　張夢機：《鯤天外集》，（臺北：漢藝色研公司，2001年，初版），頁92-93。

27　張夢機：《鯤天外集》，頁45。

28　張夢機：《鯤天吟稿》，頁28。

29　張夢機著，龔鵬程校：《張夢機詩文選編》，頁185。

猶被謗的情緒奔放直露，如〈閒居〉：「藏心怨謗胸非海，喧世功名夢已塵」、〈雨後〉：「誰料閒居猶負謗，歸歟真欲臥煙熅。」[30]

而對於身體衰老病痛的情感沉重而著實，此時的情境已非因病得閒，而是不得不閒，如〈冬日書懷〉：「又從寒歲悲塵事，早為沉痛止酒杯。買屋閒居銷晝永，著書換得鬢毛催。」、[31]〈自況二疊尋陰韵奉寄戎老〉：「已失歡虞非往日，慣陪落寞是微吟。蹇驢不信能行遠，短綆何須更汲深。螢幕消磨閒歲月，早忘惕厲惜分陰」[32]〈涼夜〉：「閒居蝸舍身猶病，愁聽蚤聲髮已星」[33]。病後詩人詩風陡變，以「蹇驢」喻己病體，「蝸居」自況閒居光景，閑居、詠閑、忍閑的題材在詩作中不斷出現，信筆而出，多是身邊細碎光景，張夢機晚期作詩「本乎性命，深於哀樂，自爾成詩，而矩矱皆在度外矣。」[34]這正是晚期風格的特權：

> 有權力呈現醒悟與樂趣，卻不解決兩者之間的矛盾。它們是往相反方向拉扯的同等力量，使它們保持緊張的，是藝術家成熟的主體性，成熟的主體性落盡驕傲與浮誇，不以仍然可能犯過為恥，也不以它經由年紀與放逐而獲得的謙抑自信為羞。[35]

晚期風格乃是偉大的藝術家「人生漸近尾聲之際，他們的作品和思想如何生出一種新的語法」，[36]所謂「老去心情隨日減」、「病煎愁緒轉紛紛」，[37]身體變化與心情思想的相互影響不言而喻，然這不僅是「肉體狀況與美學風格之間的關係」[38]，更是源於來日無多的時間緊迫感。

三　閒適啓我遺世意──閒而不「適」之遺民情懷

「心在天山，身老蒼洲」的焦慮自詩人青壯年即存在。重返故土的願望在詩人年輕時所處的流離時代無疑是政治正確的，詩人不吝以慷慨激昂的語法刻寫時代創傷，如〈辛亥秋興八首用杜工部韵八首之四〉：「翻覆東南一局棋，未成死勢亦何悲；關山又際

---

30 張夢機：《鯤天吟稿》，頁3。

31 張夢機：《藥樓文稿》，頁160。

32 張夢機：《鯤天外集》，頁91。

33 張夢機：《藥樓近詩》，（臺北：印刻出版社，2010年，初版），頁206。

34 顏崑陽：《藥樓詩稿‧序》，頁4-5。

35 阿多諾（Theodorv W.Adorno）著、彭淮棟譯：《貝多芬：阿多諾的音樂哲學》，頁270。

36 艾德華‧薩依德（Edward W. Said）著，彭淮棟譯：《論晚期風格──反常合道的音樂與文學》，頁84。

37 元稹：〈酬樂天嘆窮愁見寄〉《元稹集編年箋注‧詩歌卷》，（陝西：三秦出版社，2002），頁820。

38 艾德華‧薩依德（Edward W. Said）著，彭淮棟譯：《論晚期風格──反常合道的音樂與文學》，頁81。

風雲會，血淚再揮辛亥時」[39]〈秋興四首明夷社題之四〉：「生涯憐更泛，天塹阻歸誰。掃穴心仍在，吹唇寇漸衰」[40]、〈寒流〉：「制敵燭先機，因循恐坐失。極待迎潮去。拯溺登衽席」、[41]〈奉酬伯元追懷舊邦之作〉：「中原一峽隔，雙淚此身遙」[42]但隨著海峽兩岸翻雲覆雨的變化、認同與回歸被反覆辯證，暫居異鄉的「遺民」不再是最激越的一群，亦莫可奈何地成為了客做他鄉的「移民」，少年時的夢想在病後更加遙不可及，因為肉體殘缺，「心猶哀故里，足不到長廊」[43]，更因為世換人非，不僅「一個曾經經歷過的美好世界，如今回不去了」，[44]強調復國懷鄉的慷慨論調逐漸轉變為重新安頓自我的切身省思，從〈沉痾吟〉可以看出其心境轉折：

> 韶年曾有青雲志，擬託功名喧姓字。……螢屏鎮日消閒餘，還復懷人兼憶事。……滿望為政繫民心，衙署宜少貪墨吏。海門波穩祈直航，兩岸折箭申和議。殘生但願平順過，寂謐心中凡貳忌。既愁兵燹侵鯤嶠，又恐祝融毀宅第。覆函賡詠聞歌柔，閒適啟我遺世意。夜闌風止萬籟收，惟有舊憶搖獨寐。[45]

本詩分別從兩條脈絡進行，以作者自身為主，外在大環境為副，主線訴說少年清雲之志、壯年學成名就與晚期但求平順的心境轉折；副線輕描兩岸局勢變化，從劍拔弩張轉為折箭和議，個人心境與外在氛圍若合符契，此時詩人不再高呼：「極待迎潮去，拯溺登衽席」，[46]而是「殘生但願平順過」，至此——「覆函賡詠聞歌柔，閒適啟我遺世意。夜闌風止萬籟收，惟有舊憶搖獨寐」，詩人的心境已從「遺民」正式蛻變為「後遺民」，應驗了王德威所說：

> 到了二十世紀，強調忠君保國的遺民意識理應隨著現代的腳步逐漸消失。然而只要回溯近現代中國歷史，每一次的政治裂變，反而更延續並複雜化移民的身分及詮釋方式——遺民寫作也因此歷經了現代化，甚至後現代化的洗禮。[47]

後遺民立足於搖搖欲墜的邊緣，面對這樣一個「一個世代的完而不了」[48]，回憶美

---

39 張夢機：《師橘堂詩》，（臺北：華正書局，1979年，初版），頁14。

40 張夢機：《師橘堂詩》，頁16。

41 張夢機：《師橘堂詩》，頁38。

42 張夢機：《師橘堂詩》，頁42。

43 張夢機：《藥樓詩稿》，頁36。

44 龔鵬程：〈前言〉，收於張夢機著，龔鵬程校，《張夢機詩文選編》，頁17-19。

45 張夢機：《藥樓近詩》，頁221-222。

46 張夢機：《師橘堂詩‧寒流》，頁38。

47 王德威：《後遺民寫作》，（臺北：麥田出版社，2007），頁6。

48 王德威：《後遺民寫作》：「所謂的『後』，不僅可暗示一個世代的完了，也可暗示一個世代的完而不了。而『遺』是遺『失』——失去或棄絕；遺也是『殘』遺——缺憾和匱乏；遺同時又是遺『傳』——傳衍和留駐。」王德威：《後遺民寫作》，頁6。

好過往與描述閒適當下逐漸形成詩人表述遺民心情的書寫策略，或可說是與之抗衡的方式。在中國傳統中，與意義和真實大致相等的，是往事所起的作用和擁有的力量，[49]無論是夢憶故鄉、閑眺懷人，俯身細查，撿拾過往生活中的吉光片羽、生命經驗的剎那回憶，都是與傾斜的世界抗衡的嘗試，如〈秋襟〉一詩：

> 孤獨相陪是藥鐺，前塵重省有滄桑。披書何止三千卷，賡詠都過四十霜。偶念餘生感惶恐，慣從少日憶清狂。雙潭眠食安閒地，總被秋風惱客腸。[50]

流露出閒適與焦慮的拉扯；或是詩人透過電視螢屏、報紙排遣時光，抒發當世的光怪陸離，如〈藥樓漫題〉：

> 閒居剗地動悲心，塵事身謀感不禁。釀酒仿真誤傷鴨，庋架忘曝暗生蟫。青衫年少飆街舞，黃髮吾衰愛古吟。讀罷南華第三卷，憑軒坐眺落陽深。[51]

以閒居襯世亂，全詩運用對比手法，洋溢感傷己身、不滿世態的情緒，閒適的背面隱含著「世亂何堪棲此身」[52]的焦慮。

晚期詩作中的「閒而不適」流露出的「不合『時』宜」則揭露了詩人在進入現代情境中所形成多重的「後遺民」[53]的身分——一是作為大歷史中的「時代遺民」，而張夢機正體現了這個世代的無奈悲涼；一是處於現代情境中的「文化遺民」，一是站在歷史的廢墟前的「時間遺民」，四顧蒼茫，張望回不去的光景。[54]詩中所營造的閒適空間，提供的暫居之所，蝸居斗室，反而讓回憶與悲哀無限擴大。〈玫瑰城秋日〉：

> 一樓閒適茶甌，蠬居郊村過十秋。久困蝸廬悲楚竹，堪驚螢幕匯韓流。髮黃真欲墨痕染，山翠全歸詩卷收。溪壑為鄰樹豐衍，誰知此地是滄洲。[55]

主體面對命運的不可測、不可抗，歷史翻雲覆雨的改變，現實世界與內在生命的孤獨，造成無可迴避的雙重失落，「原鄉的渴望往往與原道的憧憬相隨而來，彷彿召喚了鄉愁，也就得以回歸那安身立命的真理與真實。」[56]但若是原鄉想像的文化圖騰已斑剝

---

49 宇文所安：《追憶：中國古典文學中的往事再現》（臺北：聯經出版社，2006），頁2。

50 張夢機：《藥樓近詩》，頁211。

51 張夢機：《藥樓近詩》，頁41。

52 張夢機：《藥樓近詩‧偶感》，頁64。

53 「後遺民」（post-loyalism）一詞為王德威先生杜撰，用來詮釋歷經一次次政治裂變、現代化與後現代化的洗禮而更顯複雜的遺民定位。詳王德威：《後遺民寫作》，頁5-14。

54 龔鵬程先生指出貫徹張夢機詩作的憶舊主調，其一，是來自流離羈旅，漂泊異鄉；其二，是重履故國，但文化世代已然淪亡，往昔難追；其三，則是病後困居斗室，追昔遣悶。正是後遺民龔鵬程〈前言〉，張夢機著，龔鵬程校，《張夢機詩文選編》，頁17-19。

55 張夢機：《藥樓近詩》，頁20。

56 王德威：《後遺民寫作》，頁89。

凋零，面對歷史廢墟，終於了解自己已然成為回不去的時間遺民，情何以堪？回顧過往，詩人時而仰天哀歌，暴露所處社會中的奇觀亂象，時而自嘆「安閒莫更論時事，積憤牢愁恐不勝」，[57]當下的閒適摹刻入詩，是詩人一次次安頓生命的嘗試。

四 結論

張夢機在〈東坡的生命型態〉一文中，對於王國維在《人間詞話》所提出且被廣為接受之「東坡之詞『曠』」的說法，曾作了深刻而別於一般的解讀：

> 粗略地說，「曠」是曠達。胸襟曠達的人，能夠自適其志，不為俗務俗見所拘牽，不因喜怒哀樂而轉移，對於逆境或鬱悶，也有力量擺脫化解。在東坡生命中，我們經常可以看到這種曠達心態的呈露，然而正因其善於擺脫化解，所以也從未正視他的逆境，而作過徹底的了悟。每次遇到逆轉不諧的環境，人事無情的打擊，他總不免先流露一腔憂戚憤懣，繼而才警惕過來，便開始從窄處往寬處想，以尋求自我的解脫。這樣看來，東坡的曠達，原是隨機而發，有心為之的，似乎對他而言，所謂曠達，只是一帖化解鬱結的仙藥而已。[58]

正因為這種「有心為之的曠達」，以及善於自我脫困、化解逆境的胸襟，使讀者往往只見其曠達勃發，而忽略東坡的困頓並沒有真正解決。張夢機獨具慧眼，捻出東坡本質上是「消極的、無定質的達觀」：

> 東坡對人生問題，並沒有求其根本解決。他只要使當下心中的塊壘與鬱悶獲得宣洩，便感到滿足。至於他藉於宣洩解脫的手段，便是所謂「以理化情」，當然此處所謂的理，並非儒家具有建設性的實理，乃是道家僅具化解作用的虛理。東坡因此不能在塊壘廓清之後，繼而建設一個篤實的人生觀，以使他不再輕易受到苦悶的干擾，只好一次復一次地作無休止的化解，而成就他這種消極的、無定質的達觀。[59]

張夢機晚期所作的詩歌內涵與此段論述若合符節。也許正是擁有相似的人格特質──曠達、幽默與豪放，方能心有戚戚，探究作品深層意涵。東坡所處的逆境是翻覆無常政局，而無法力挽狂瀾，僅能一次又一次廓清胸中鬱結，作曠達豪放之姿；而張夢機獨自面對風病所造成的身心困頓、大時代鑄就的遺民情境亦是束手無策，耽溺於閒、

---

57 張夢機：《鯤天吟稿‧乾隆坊與克地伯兄茗飲》，頁11。

58 張夢機：《鷗波詩話》，（臺北：漢光出版社，1984年，初版），頁32。

59 張夢機：《鷗波詩話》，頁34。

歌詠其孤，正也是「化解鬱結的仙藥」，這樣乍看閒適甚至趨於圓融的風格往往容易使人忽略其側面——消極、否定，充滿裂隙的，以及閒適背後深沉的悲哀。

在入世之志受到阻撓時——無論是因肉體衰老、現實條件，或是時不我予——便以閒適心境對抗外在的無奈，是源自儒家的「藏身」哲學，或道家的「無為」思想。有別於西方不斷在實踐中克服一切困難，向外追求自由；「中國文化是以意欲自為調和、持中為其根本精神的。」[60]東方文化脈絡中的創作主體意識到來日無多時，往往以放棄社會實踐或鄙視社會實踐來換取個人的「自由」[61]。這樣的心境轉折是經由文化薰染，腦海中就有那樣的出世典型生成，而當個體生命確實受到無力克服的困頓之際，便可以空靈閒適來對抗外在挫折，就如詩人自言：「吾獨慕乎澹，潛心學王孟」、[62]「沉痾十載忍寂寥，花月無端竟虛設。纔過老蒼耳順年，懶向賽吟計工拙。欲移五柳傍宅栽，漫就淵明學閒適」[63]，無論是「學王孟」抑或「就淵明」，都是自覺地尋求生命安頓之道。

詩人晚期所面臨的種種身心靈衝突無法排除，只能以詠閒、自適語一次又一次化解無盡悲哀。從這樣的角度重新審視張夢機晚期詠閒之作，就能體會詩句中「事往且教歸一笑，雲閑端欲換千愁。漫開書卷窮幽賞，乍話湘天抵臥遊」[64]看似塵世毫不掛心的清閒，其實負載著生命不能承受之重，「吾罹沉痼一紀餘，漸冉鬱邑化閑適。拼將心力藝缽花，更積詩稿卷盈百」[65]道盡了生命之悲、詩之沉鬱。閒適與悲涼，在張夢機晚期詩作中，正是兩面一體的風格。

60 梁漱溟：《東西文化及其哲學》，（臺北：臺灣商務印書館，2002），頁70

61 參考呂正惠：《抒情傳統與政治現實》，（臺北：大安出版社，1989），頁215-216。

62 張夢機著，龔鵬程校：〈端午前二日，龔稼老招引敘香園〉，《張夢機詩文選編》，頁115。

63 張夢機著，龔鵬程校：《張夢機詩文選編·自敘》，頁155-156。

64 張夢機：《鯤天吟稿·客至》，頁7。

65 張夢機：《藥樓近詩·客過》，頁101。

張夢機及其詩作析論

龔鵬程[*]

摘要

　　張夢機先生平素豪俠幽默，交遊廣闊，深受同儕學生愛敬，指導後進，不遺餘力，擔任古典詩詞比賽評審甚多，對於台灣大學院校內學習古典詩的青年學子有深遠影響。他永遠有詩人之興，興高采烈，一時興起，遂不斷與周遭友朋共同興於微言以相感動。所言亦皆是詩。詩史、詩料、詩藝、詩壇掌故，旁斜雜錯於一切言談舉止中，故亦形成一種詩的氣氛。發於性氣，成於自然，堪稱台灣最重要的詩人。

　　張夢機先生的詩，其中主調正是「憶舊」。無論是病後困居斗室，反芻舊時經驗而憶舊，或是早年體現了他這一代、這一類人的歷史處境。張夢機先生的詩，近體自佳。而其作法，金針度人，又具理論　，並有實踐示例，最便讀者初學。其詩頗有宋人法，我以為這是因為他明白他詩的本底偏於清麗流美，故特於此矯之，以求拙重，此都是一種尋求突破的嘗試。

　　本文細數張夢機的平生經歷，以及論述、詩文、編輯三大類論著，並論及張夢機先生的師承關係、與朋輩晚輩的交遊行誼等，其中包括了古典詩人以及現代詩人。並且進一步由第一視角切入，如實展現張夢機先生的精神性氣，使讀者能透過文字，念想張夢機先生的為人處世。

關鍵詞：張夢機、古典詩、憶舊主題、現代文學史。

---

* 　北京大學特聘教授。

一　張夢機的生平

張夢機先生，祖籍湖南省永綏縣。父張廷能，畢業於筧橋中央航空學校，抗戰間移居四川，後奉派赴美受訓。母李敬宜，湖南省石門縣世家；外祖李戀吾與黃興交好。先生於1941年出生於成都。

1946年，廷能先生自美國學成歸國，任南京空軍訓練部教官，乃舉家遷南京。先生與兄克地於南京就讀小學，並受母教，背誦古典詩詞。1948年，隨家遷至臺灣高雄縣岡山。

高中時，為體育校隊，擅拳擊與籃球。課餘受父執鄒滌暄先生教，學習詩法。1960年考入台灣省立師範大學體育系，然常於校刊發表古典詩作。大三時，國文系主任林尹鼓勵其報考國文研究所，入李漁叔教授門下，並受教於吳萬谷、江絜生諸先生。

1969年，以《近體詩發凡》獲得文學碩士。1973年考入台灣師大國文研究所博士班，由高明、鄭騫指導，1981年以《詞律探原》獲國家文學博士。

其後歷任中國文化大學、淡江大學、東吳大學、國立高雄師範大學、中央大學等校教職，講授詩學。指導博碩士論文即有34本，其餘裁成者甚眾。

在中央大學時，並任總務長、主任秘書等職。又為推動古典文學研究，曾任中國古典研究會秘書長及第三任理事長。

1990年任中大中文系主任時，妻田素蘭以食道癌棄世，次年先生竟亦中風。

養痾之餘，仍勉力執教，直至去世。且逐漸恢復創作，所作千餘首。2010年8月間以微恙就醫，12日忽爾辭世，識者傷之。中央大學出版《歌哭紅塵間：詩人張夢機教授紀念文集》悼念。《文訊雜誌》亦有紀念專輯。

先生一生創作不輟，作品約1600首。計嘗獲1967年台北市聯吟大會第一名、1968年台灣省全省聯吟大會銀獎，1979年並以《師橘堂詩》獲中興文藝獎章，又以《西鄉詩稿》獲得中山文藝獎。其詩，顏崑陽以為可分為三期：早期從李商隱入，得其麗辭幽意，靈變有則之體。中期有杜甫沉鬱頓挫之風，兼取宋黃庭堅、陳師道，並參酌清代同光體，受陳三立影響。中風之後，風格丕變，隨境遇、懷抱、日常生活所見自然而出。然因受業於鄒滌暄、李漁叔、吳萬谷，故七言律絕尤勝。陳文華大體贊同顏說，但分為前後兩期。而李猷、王熙元則特重其長篇古體，謂其才氣縱橫。

1975年與王熙元、羅尚、陳文華、尤信雄、陳滿銘、張子良等創立雲腴文社。1979年又與羅尚、汪中、黃永武、陳新雄等創立停雲詩社。與台灣民間傳統詩社亦多往來，曾擔任瀛社顧問。

先生豪俠幽默，交遊廣闊，深受同儕學生愛敬。指導後進，不遺餘力，擔任古典詩詞比賽評審甚多，堪稱台灣最重要的詩人，對於台灣大學院校內學習古典詩的青年學子

有深遠影響。1970年擔任台灣省立台北師範專科學校青鳥詩社指導老師。文化大學詩學研究所推動成立台北大專青年詩社，亦出任社長，連年舉辦北部大專青年聯吟大會。中國古典文學研究會協辦中華民國大專青年聯吟大會，先生擔任理事長期間，多所助力，後來更多次擔任詞宗。近年台灣青壯輩古典詩創作者在網路上成立網路古典詩詞雅集，與先生來往尤密，常往請益；所出版詩集，亦輒由先生作序。2006年至2007年間，且與張大春共撰「兩張詩譚」專欄，刊於中時部落格與印刻文學雜誌。

著作甚多，目錄如次：

論述	• 《近體詩發凡》，臺灣中華書局，1970年 • 《三唐詩絜》，文景出版社，1973年 • 《思齋說詩》，華正書局，1977年 • 《唐宋詞選注》，華正書局，1977年 • 《杜律指歸》，學海出版社，1979年 • 《古典詩的形式結構》，尚友出版，1981年；駱駝出版社，1997年 • 《詞律探源》，文史哲出版社，1981年 • 《鷗波詩話》，漢光出版，1984年 • 《讀杜新箋：律髓批杜詮評》，漢光出版，1986年 • 《唐宋詩髓》，明文書局，1986年；文海學術思想研究發展文教基金會再版，1997年 • 《詩詞曲賞析》，空中大學，1990年 • 《詩學論叢》，華正書局，1993年 • 《藥樓文稿》，文史哲出版社，1995年 • 《詞箋》，三民書局，1999年；二版，三民書局，2008年
詩文	• 《師橘堂詩》，華正書局，1979年 • 《西鄉詩稿》，學海出版社，1979年 • 《碧潭煙雨》，漢光文化公司，1993年 • 《藥樓詩稿》，自印，1993年。 • 《鯤天吟稿》，1999年，自印；華正書局，2008年 • 《鯤天外集》，自印，2001年 • 《夢機詩選》，自印。未署出版年月。 • 《夢機六十以後詩》，里仁書局，2004年 • 《夢機詩選》，宏文館圖書股份有限公司，2009年 • 《藥樓近詩》，印刻出版有限公司，2010年
編輯	• 《中國文學精華》，聯亞，1982年 • 《鏡頭中的詩境》，漢光出版，1983年 • 《中國古典文學賞析精選》叢書，時報出版，1992年

- 《古唐宋詩選》（一），幼獅文化，1999年
- 《古唐宋詩選》（二），幼獅文化，2000年
- 《中國古典詩詞賞析》叢書，成陽出版股份有限公司，2001年
- 《學生閱讀經典—樂府》，文匯出版社，2007年（簡體書）
- 《學生閱讀經典—古體詩》，文匯出版社，2007年（簡體書）
- 《學生閱讀經典—絕句》，文匯出版社，2007年（簡體書）
- 《學生閱讀經典—律詩》，文匯出版社，2007年（簡體書）
- 《學生閱讀經典—唐宋明清詞》，文匯出版社，2007年（簡體書）

二　張夢機的精神

　　以上對先生的生平介紹，大略本諸維基百科，稍予修潤而已。官樣文章，交代行止，並不能見先生的精神性氣以及詩集編輯始末，因此底下以我個人的角度，另做些說明：

　　我是2010年在河南開封大相國寺參訪途中，獲知張老師過世之惡耗的。一時震悼，無法言語，惟有佛前稽首，遙為禱念而已。

　　夢機師是大詩人，詩集自《師橘堂詩》以降，付刻者即有八九種。我近年在大陸，略參與一些古典詩詞文稿的整理工作，因而趁便向黃山書社建議把台灣詩詞名家的集子也一併刊印出來，該社甚表支持。故首先就印出了周棄子先生集，接著分別安排李漁叔、成惕軒、汪雨盦、羅戎庵諸先生的稿子。夢機師乃台灣詩壇之重要代表，焉能不納入這個編輯出版計畫？因此當然也向他約請了，煩他總攬舊作，自編一集，交我繡梓。

　　不料他對此竟是極為矜慎，痛加刪削，精選者僅寥寥一兩百首，餘均以為不必傳亦不足傳。我於2009年秋間，由他府上取回選本後，交予主編劉夢芙先生。劉先生期期以為不可，說：「別人的詩都嫌太多，張先生如此大手筆，卻選得如此之少，實在太可惜了！」託我再向夢機師遊說，務求全豹。我自然極為贊成，乃反覆慫恿之，夢機師也終於同意了再作增補。

　　2010年春，新本子編好後，我請他郵遞給我。他不同意，堅持當面交付。我乃於返台到成功大學演講之際，專程跑一趟玫瑰中國城，趨府拜謁。

　　老師看起來氣色甚好，談到下學期即將開設的課程，仍是意興湍飛。但編好的本子，我一看，卻仍是選輯。心中不免暗忖：果真是「大匠不示人以璞」嗎？抑或是：尋常刊稿，不妨率性，若欲信今傳後，則必嚴加揀擇。他如此審慎，且召我親往授受，莫非有託後之意？

　　我不敢多想，只聽他又對我說：「你排好後，替我校一遍，我就不看了。校畢，為我作一序，我亦不另作或邀人作了！」對此，我自是義不容辭的。不過，選本似乎仍較單薄，因此我建議把《近體詩發凡》也附入。此雖夢機師少作，但其詩之法度針鏤，不

難由茲而見。且文體與詩足以相發,他後來一些語體文的論詩著作,誠然更為精微,卻不好附麗於詩篇之末。他也同意如此,費了一些勁,特為撿出該書交我。

從玫瑰中國城回來,一路上聯想甚多。想到夢機師在詩壇承先啟後的位置,想到他帶著我們作詩、讀詩、辦活動的往事,或悲回風、或傷逝水,舊夢前塵,歷歷在目,令人頗難為懷。

但隨後攜稿赴大陸付排,此事便已擱下了。不想張老師忽然棄世,這個感覺卻又陡然被喚起,所以我才會說乍聞惡耗時,真是震悼難名了。

台灣詩壇,主流當然是現代詩,傳統詩詞的陣營甚小。可是小領域中卻又橫分若干畛域:本土詩社,自成傳統;來台詩家,是另一批;學院是一批,學院外又是一批。詩風、詩觀、人際關係各有脈絡,夢機師則是它們的接合點。同時,在老一輩詩家和我們這一代甚至更年輕一輩的學詩者之間,夢機師也是無可比擬、無可替代的接合點。這是只讀他詩的人所難以體會的。

我見過許多記述老師的文章,大抵都會談到他豪俠爽豁、詼諧善談的個性;即使中風病廢之後二十年,依然能以其人格魅力聚合朋輩。這是他奇特的稟賦,但這種稟賦並不是泛然人際酬酢式的,其本身就是詩,乃詩之興也!

他永遠有詩人之興,興高采烈,一時興起,遂不斷與周遭友朋共同興於微言以相感動。所言亦皆是詩。詩史、詩料、詩藝、詩壇掌故,旁斜雜錯於一切言談舉止中,故亦形成一種詩的氣氛。這種氣氛又非刻意為之,跟我們參加座談會、聽演講、伺候詩人獨白時迥然不同。發於性氣,成於自然,而又仍作用於詩,令不同領域的各色人等都能在此化除畛域,重新以詩、以詩人之心態覿面相親。這是他獨特之品質。以我所見,包括大陸在內,華人世界再無第二人有此本領。

我入大學以來,所與知見之老輩詩人、本土詩家詩社詩史、同輩詩友、青年詩詞愛好者,幾乎都因夢機師而得緣,連現代詩方面亦不例外。原因即在於上述他這種詩人性氣的聚合力。

而我本人的經驗,又只不過是他眾多摶成裁就的詩事業之一端。若問李瑞騰、簡錦松他們,相信他們的感受亦會與我相彷彿。我在《四十自述》中曾讚歎夢機師本身就是詩,事實上確是如此,詩人本色,成就了一番奇特的詩事業。

但夢機師的生命實又不只限於詩。我講的,不是他曾任中央大學中文系主任或總務長等行政庶務上的事功,而是他在推動整體古典文學研究上的貢獻。

台灣的古典文學研究,在一九八〇年古典文學研究會成立之前和之後是不一樣的。之前是傳統型的個人研究或學派式傳承,之後是現代型的學會整合作業。首任會長為黃永武先生,繼任者為王熙元教授,接著就是夢機師。諸公領導擘畫,影響深遠,乃是在台灣學術史上不可磨滅的功業。

在夢機師主事時,黃永武王熙元諸先生皆已漸漸逍遙物外,王熙元先生後來更因癌

症而去世，兩岸關係又恰逢新局。故那時除了因應學界新陳代謝之情境，推展一些主題型研討、鼓勵青年學子進入研究體系之外，還開始關注兩岸交流與學術競爭，並嘗試拓展與台灣草根團體的合作。

夢機師自己也於那時旅行大陸多次。在中風不良於行之後，這些旅行經驗輒被他反覆咀嚼沉吟，形於詩篇。但對於當時如何推動古典文學研究及兩岸交流，夢機師卻幾乎絕未齒及。可見這些事，在他心目中，簡直全不介懷。我那時曾輔佐他，擔任了一陣子秘書長，深知這其中任事之難與擘畫之艱，自然也更對他替眾人謀而毫不居功的心態愈為嘆仰。詩人而能任事，古來所難；任事而能行所無事，若與己無關，更不易見。

這樣的人，驟攖奇疾，病廢二十載，如今又忽焉化去，實在是台灣人文社會之一大損失。而這種損失，或許還有些象徵性的意涵。例如前面提到的王熙元先生，也是未及耄耋就去世的。王先生物故前後，于大成、周何、婁良樂、沈謙諸先生亦皆如此。

他們都屬於青少年來台，在台成長成學的一代。少年英特，鋒穎可觀；又受教於來台諸大師，故為學亦皆藝業不凡，俱能頭角崢嶸、專門名家。然而這一代也常是不幸的，生於兵戈亂離之時、長於戚友暌隔之世，待得歲月康豫，力學有成，則病來噬人，往往中壽而止。

這許多令人深有期待的學者，遽爾凋零，使人悵痛的，不止是師友情誼，還有學衰道喪之哀。夢機師的遭遇，尤為其中典型。壯年喪父喪妻，繼而中風；以無比毅力復健，重開講席之後，又終於捨報而去，未能波瀾老成。

此等可哀之境，還是他自己輓于大成先生的詩講得最為深切：「高才博學助清狂，字畫棋文甲上庠。書種已稀嗟汝逝，塵緣全了換吾傷。真憐叔世身先免，多恐泉臺夜更涼。深誼堪嘆祇如此，人間地下兩茫茫」「早有榮名比管寧，平生沉痼損心形。三餘不廢皮黃戲，六藝能通四五經。往事漸隨雲去盡，講堂空賸月來聽。尊文莫道堪回變，零楮年時散若萍」。

三 張夢機的詩作

夢機先生詩，最早稱《雙紅豆簃詩存》，蓋少年綺懷，寓紅豆相思之意。後不用，改以《師橘堂詩》行世，本李漁叔先生教也。

夢機師不唯詩學李先生，也仿李先生字，作瘦金體。詩中屢言諷讀《墨經》，此非趁韻或閑言語，實仍與李先生有關。因李先生嘗注《墨子》，自署墨堂。民初那一代人都有此情結，欲於儒學以外，別尋墨道以濟世，故梁任公、胡適皆有箋墨之作，李先生即受此風氣所濡染。不過，此道與詩不甚相干，夢機師尤其無深入名理、鑽研墨學之興趣與能力；其諷誦不輟，病後且輒以遣悶者，大約亦只是一種繾綣師門的感情罷了。

李先生久從軍旅，來台後頗參介壽堂幕，任陳辭修先生秘書。詩集嘗繡梓多次，皆

名《花延年室詩》，以文史哲出版社那一版最全。末年遺稿，尚有一卷，即在夢機師處。李先生並以身後託之。因不願火化，故云：「一碣仍煩表青林」。此與病中「晚鐘力盡斜陽外」等句，均屬詩壇掌故，為人所津津樂道。夢機師亦果然不愧傳衣，發揚李先生詩學不遺餘力。

當時海甸流人，不乏巨手。而寂寞憔悴以死，無人傳薪，遂就淹沒著，曷可勝數？就此而言，李先生實在也是幸運的。

夢機師在李先生門下，所得主要在體段及一種風神俊美的氣味。琢句甚精，屬對亦巧。如「墨氣自娟梅樹月，棋聲遠答藕花風」「到處湖山當簟枕，有時星斗作棋枰」「隔座茶煙經雨濕，浮空山翠壓眉生」「壓峰雲重疑崩石，逼院春深又落花」之類，殆皆可入唐人句圖。

但他受吳萬谷先生教法的影響也很大。吳先生主要是教他「化無關為有關」，讀古人詩要懂得偷勢偷意。這就在琢句煉字之外，更重煉意之工夫了。

這種工夫，越到夢機師晚年，越顯得重要。因他攖人世之奇慘，病廢樓居數十年。這時所作，翻來覆去，可說只是同一首詩或同一題詩：藥堂遣悶。這樣的詩，情同、境同、事同，言語與思致能有什麼變化？不作詩的人或許不會明白，我們學過詩的人卻曉得那實在是太難了。夢機師就此一題，先後寫作上千首，其煉意造辭不能說毫無複沓之感，但變化騰挪、力避重出，不能不令人佩服。而我以為這即由於吳萬谷先生之啟發。

吳先生能書，亦能畫，有詩稿行世，乃其手書影印。當年老輩多如此，逢少年儁才，則多獎掖，不吝指授。甚至還有像江絜生先生這樣的：每週在「夜巴黎」夜總會設茶座，青年可隨意去喝茶、聊天，他替大家講詩詞，改習作，一切免費，有時也邀師友詞家來會講。

江先生乃朱彊村傳人，長期主編大華晚報「瀛海同聲」詩欄，獨居無偶，唯與青年談藝為樂。夢機師幾乎每週都去聽講。因江先生對詞更為專門，夢機師頗有意在詞學方面更求精進，所以風雨無間，後來博士論文《詞律探源》也可說導源即在於此。在作詩之外，他也填詞，曾輯為《鯤天外集》，又嘗作《詞箋》一種，由三民書局刊行，因緣亦皆可推溯於此。

吳先生江先生都不在學府裡執教。在校園內部，李漁叔先生過世後，台灣師範大學主要的詩詞教授是汪中雨盦先生。汪先生桐城人，喜漢魏六朝詩，亦講杜甫李商隱，編有《樂府詩注》《清詞金荃》等，自作《古歡室詩》，五古酷似陶淵明。那是早期伍俶儻先生以降的一種風氣，取法乎上。但汪先生門庭不似伍先生那般峻絕，故亦在台大師大講杜甫和義山詩。講時，夢機師大抵都會去聽。

另外，師大兩大老：瑞安林景尹、高郵高仲華，一能詩，一能詞，有時也開講。碰到他們做壽時更是好詩題，少不得師生們都要賡吟酬唱一番。夢機師詩集中〈丙辰人日景尹夫子招飲奉呈兼柬同席〉之類，即由此而作。講求詩法、斟酌句律，得益於此一風氣不小。

因此，總體看夢機師詩風之形成，便能看到當時詩壇大體的情況。當時上庠詩風仍盛，且與民間吟席頗有互動。

自清朝治台以來，台灣詩社便極盛，密度似猶勝於內陸各省。且歷經日本統治而不衰，鼓吹風雅、保存漢文化，居功厥偉。一九四九年以後，渡海詩家不僅頗預此類社集，也自行結社唱酬。李漁叔先生即其間健者之一，並嘗以他參與臺地詩社之閱歷，草成《三臺詩傳》，為一部不可多得的台灣詩史。另有相關掌故，則記在其《魚千里齋隨筆中》。夢機師隨侍李先生既久，自然也習染此風，與臺地耆宿頗相往還，屢預其社集。

台灣詩社受閩地影響，喜作詩鐘。詩鐘又名折枝，取「為長者折枝」之意，謂其較作詩簡單，每次只作兩句，對仗一聯而已。出題時是兩個字，規定嵌入上下聯哪裡，然後焚一柱香，香盡，就會把繫著一枚銅錢的繩子燒斷。銅錢掉下來，敲在底下鉢盤上，噹一聲響，便須交卷，由詞宗評選。如此限時限題而作，當然還是頗不容易的，也很能鍛鍊筆力及思致，對初學者來說也很有趣味，因此南北風行。

李先生及夢機師對此風氣都是既推廣又對之有戒心的。因作慣了詩鐘，容易走入小巧尖新一路，頗乖雅道；但作為社集遊藝又確實好玩。詩社的玩法當然並不只詩鐘一項，還有其他種種遊藝、吟唱等活動。夢機師既多預詩盟，遂博收兼攬，且有創新，是以他主持或協辦的詩會，往往十分好玩。

如夢機師有詩記他與師大南廬吟社師生去淡水泛舟，那就是在淡水河上舉行社集。於舟中玩月、放歌、作詩、烹茶、煮紅豆湯，興盡而返。其餘粥會、弧觴會、詩人節謁屈子祠以及梅社、明夷社、網溪詩社……等之集會大抵亦如此。我入上庠後，曾隨師赴陽明山燕集，敲詩鐘、猜詩謎，玩得個不亦樂乎。這才曉得古代文人雅集為啥有趣，為啥可以令青年著迷。

朋輩中最得他這方面傳承的，是簡錦松。夢機師曾說他「分得曹溪活水」，在辦活動方面確是如此。不但推動大專青年詩人聯吟大會與陳逢源文教基金會合作數十年，又自鬻宅辦古典詩學基金會，在社會上推廣舊詩，策劃各種與詩有關的遊藝活動，可謂古典詩的狂熱份子。雖然有次與台北市政府合作辦端午節詩會，拔河活動的繩索忽然斷裂，把許多人的手都切斷了，震動朝野，也不損其狂熱，仍辦之不已，可謂無愧師承。

當時的情況是：台灣本身的傳統詩社之外，各大學多有古典詩的社團，旅臺詩家與一部分耆老則主要聚集於文化大學的中華詩學研究所，大學間另有大專青年詩社承上啟下，為之統籌。某些大學還有教師們組織的社集，如師大就有停雲社。夢機師的主要交遊群也就是這幾個系統。中華詩學研究所的李嘉有、龔稼雲、張壽平、趙諒公、張定成。停雲社的汪雨盦、陳新雄、文幸福、陳文華、蔡雄祥、張子良、顏崑陽等，名字均屢見於詩集中。

但夢機師還有另一類頗不尋常的友人，那就是台灣最優秀的一批新詩人，如洛夫、瘂弦、張默、陳義芝、渡也、李瑞騰等。瑞騰、渡也兼治古典詩學，均受教於夢機師；

洛夫、瘂弦等則皆很推重夢機師，其病後且屢去探問。

台灣現代詩的發展，我曾另有專文述其脈絡，說明它本欲移植西方而終於探源傳統，對嚴羽、李賀、王維尤具會心。他們與夢機師論詩，有投緣契會之處並不奇怪。何況夢機師的詩也確實令他們服氣，知道古典詩在現代仍然可以寫得情真事切，並非假古董。

台灣各地所辦文學獎，常仍有傳統詩這一項，不似大陸的文學獎項幾乎盡為新文學所壟斷，作協文聯等之組織裡亦均只是現代文學家而已。這些獎項要評審時，通常會找上夢機師。台北市文學獎的古典詩評選，因他生病，不能跋涉，竟乾脆每年評選都在他家裡舉行。大家帶些糕果脯羹，或煮水餃、滷牛肉，評完了，吃一頓才散。晚歲他還與張大春在網站開闢「詩譚」。大春本亦以寫現代小說擅名，與他來往愈密，竟詩興大發，每日課詩，每年有作千餘首，令人驚異不止。

夢機師此類交遊狀況，一部分是時世社會之當機而有者，如台灣本多詩社、旅台詩家本多酬唱，又樂於接引後昆，遂皆應機適會，相與遊處。但還有一部分是由於他特殊的性氣。他無一切文人之陋習，如酸、腐、迂、固之類，也狂，也豪，也縱情，但豪縱不傷人，只吸引人，讓人樂與之遊。他的談諧機辯，即使中風後口訥不能言，仍不能掩，所以說是個異數。

但我覺得他交遊雖廣，師友雖多，其實卻一直是不快樂的。

他中年發病，其後瀕死者數；又廢居二十載，當然不快樂。但我說的不是中年以後不快樂，而是「一直」不快樂。

何以說他一直不快樂？

通讀他的詩，你就會發現其中有一個主調：憶舊。

這個主調不是病後才有的。病後的詩，因困居斗室，無法外出，當然只能靠反芻舊時經驗來填塞新生活，故而翻來覆去憶舊，是不難理解的。然而早年其實即有此調。那時夢機師乃青春少年，意興風發，正待揚舲騫舉，何以亦竟有此？

我以為這正體現了他這一代、這一類人的歷史處境。

他是湖南人，但生於四川、長於南京，又來台讀中學。流離生涯，始自襁褓。長而耽詩，其師長如李漁叔、吳萬谷、江絜生、林尹、汪中等亦均屬於流人羈旅，苟全性命於海濱，遙望家山，輒深縈念。他們這種心境，當然又感染甚而強化了夢機師的態度。於是夢機師幼年那一點點大陸經驗、一點點記憶，遂被逐漸放大，越形深切。如周璇的歌、玄武湖的水，是貫串他一生，憶念不止的。

他《春盡感事賦呈萬谷夫子》中四句說：「笋籜終成湘水竹，榆錢留買洞庭雲。坐愁餘甲生群虱，猶恐歸思瘞一墳」。又中元前與友人酒泛月，泛的是台北縣的碧潭，而發感慨道：「流天大月傍江樓，曾照蘇髯赤壁舟。風物那堪餘故壘，雲根應許篆孤愁……」。這類句子，都能體現其哀感。用他《永武過宿新店寓樓聽周璇遺曲》的話

說，叫做「綺曲重聽世已非，記從滄海見塵飛」。那不是思鄉的問題，而是一個曾經經歷過的美好世界，如今回不去了。世換人非，徒深憶懷，為之惘然。

後來兩岸復通，天塹忽如通衢，這種感情應當可獲得平復了。但也不然。因為童年是永遠追不回來的。

何況，他所經歷過的童年與青年階段又是一個被詩歌點染過的世界，他一直懷念著那時「名家似雨、佳製如雲，石鼎聯句、月泉分課，極一時之盛」，而後來，「《詩苑》已蕪，詞林寢荒，無復當年光景」（他序我詩集時的話）。因此贈我的詩說：「三十年前佳製多，祗今詩苑膩藤蘿」，不勝悵嘆。故所謂曾經經歷過的美好世界，也指一個文化世代。這個世代凋零了、文化淪亡了，對他來說，便是難以為懷之事，輒為之惘然。

而不幸短期的重履大陸經歷，因為生病，又驟然中止了。那幾年他到過的北京、杭州、南京、湖南等處，遂在他病中枯坐生涯裡被反覆拿來咀嚼、細細檢視。足瘴者思壯游，恍若瘖啞人念其曾於歌筵顛倒眾生，乃是令人大不堪的。而此事竟成他藥樓遣悶之一法，真使人聞之不忍。

他所憶之舊遊，當然還包括中學以來諸師友，也包括了學生。但師友或漸星散、或漸登鬼錄，憶舊能有好懷嗎？

他所面對的時代，又常令他憤激。詩中如〈台北行〉、〈保釣〉、〈觀變〉、〈瀛洲述事〉、〈哀時〉等作，皆感慨國事，痛乎言之。這類詩，都有具體指斥的人與事，不是浮泛套著古人感時傷亂的腔調在說話，愈讀就愈會知道他心情的激擾與不快。

在學院中的生活，也不見得愉快。他在師大，無疑表現優越，極獲師長稱讚。但學府某些習氣，終究使得他與他那一批朋友，也就是師大所培養出來最優秀的一批人才不能安居於師大，要轉而流離覓食四方。如于大成、黃永武、曾昭旭、王邦雄、顏崑陽、沈謙等，都是如此。

他先後在文化、淡江等校兼職，後則南下高雄，每週南來北往於縱貫線上。生活之辛苦，只要想要當時同樣如此的顏崑陽就知道了。崑陽硬是病倒在講台上的。

而當時南部院校之風氣與條件，雖勞苦至此，也不見得就能有什麼作為。反而人事傾軋，氣氛可畏，以至後來諸君皆北返。夢機師有詩嘆曰：「上庠真稷十年心」，可謂慨乎言之。

北返後，與諸友群就聘於中央大學，情況當然好得多了。但隨後于大成先生病，而整個教育體系又隨著政治風潮湧動，為之騷亂難平。

那是由李遠哲倡議「教授治校」以及其他一些事件帶生的校園民主化浪潮。民主化、教授治校，都不能說不是好主張，但實際施行運作，卻未必仍屬美事。校園讀書治學之地，瞬間變成了權力爭奪重組之場。倖進之徒，在學術研究與教學工作上無法獲得認可時，便熱衷於此，以獵權位。教師團體又儼然與行政體系相敵，爭權益、噉名器、分經費，一片烏煙瘴氣。

　　夢機師有感余傳韜校長之知遇，不能不襄協庶務，為之任事釋紛。先後擔任系所主任、總務長、主任秘書等職。那些年，處這類位置，其實等於坐在火炕上；對他這樣一位老喜歡在碧潭呆坐、烹茶看山的詩人來說，尤屬酷刑。他雖才性軒豁，善於理此紛紜騷亂之局，但心氣斲耗其實已甚。後來發病，未必不由於此。純就進學與作詩來看，中年這一段，對他也是大有妨礙的，使他的進境頗受局限。

　　接著就是父喪、妻卒，自己也中風了。此後掙扎救生，掙扎著作詩，以詩託命的生涯就不必再說啦。

　　如此人生，談起來都秋聲滿紙。可是他之憂與哀，卻從來不表現在言行上。無論病前病後，他都是給人快樂的人，無比堅毅、無比爽朗、無比風趣。這是他不可及的地方。古人說「詩以養心」，他是確實有此工夫的。

　　他的詩，馮永軍先生《當代詩壇點將錄》點為天罪星短命二郎阮小五，大抵是扣其生平而說，所謂「胡為此生？搔首問天」。

　　論其詩，則馮先生說他：「於同光體閩派為近。其詩七言今體最佳。七律尤佳。或沈雄或清麗，不一而足。古體不免束手縛腳。不能鋪張蹈厲」「六十以後雖不良於行，困居一室，然所作亦未嘗忘情世務，多感懷世事之篇。晚年好以所謂新辭彙入詩，頗以之自矜。台灣詩人若周棄子、羅戎庵等亦多此類之作。以愚見論之，究嫌不倫，多近打油，不免浪擲精力」。

　　此評很有見地，但不妨略予補正。

　　夢機師的詩，近體自佳。而其作法，金針度人，又具詳於其所著《近體詩發凡》中，可說是有理論、有實踐示例，最便讀者初學。但他對同光體其實並未深研，於散原海藏均未致力，用功處仍在唐宋，尤其是老杜。他的詩清麗，不似杜甫。然杜法仍時時可見。包括杜甫的拗救、吳體，他都花過工夫仔細研究，故詩頗有宋人法，如「六七葉舟搖小撤，兩三千年事入流厄」「此才殆是邀天妬，其抱元知與俗違」「其抱人言太溫厚，所論吾感不尋常」「筋力昔吾江可渡，筆桿今汝鼎能扛」等都是。用拗救處也很常見。

　　我以為這是因為他明白他詩的本底偏於清麗流美，故特於此矯之，以求拙重。像黃山谷有「桃李春風一杯酒，江湖夜雨十年燈」這樣實字健句之作，他就廣之為一整首詩都用名物字：「梔子梅棠朱槿花，古箏長笛玉琵琶，漢唐壁畫敦煌卷，景德瓷杯凍頂茶」（〈過殿魁宅〉）。我覺得這都只是一種尋求突破的嘗試，未必便以此自矜。在他自編《詩選》時，所收的新辭彙詩其實也甚少。

　　其七古之發揚蹈厲、縱橫變化，性質也同於此。早期所作，如《台北行》《觀變》等，用長短句，以文為詩，乃至以駢體、以問答、以新事物入詩，都有極力打開古體詩格局的想法。可惜病後氣力不繼，才不能於此大開戶牖，否則當是大有可觀的。惜哉！

四 結語

　　此處其實沒什麼可說的。因為詩集主要是張夢機先生自選自編，相關情況已如上述，我不過聯繫並校字而已。

　　但要藉此感謝主編劉夢芙先生及責編歐陽慧娟小姐。夢機師晚年，有人造作謠言，說夢芙先生惡意批評他。夢機師不信，告訴我說劉先生絕不會如此，我亦云然。但此事我從未向劉先生說起過。在編輯夢機師詩集過程中，劉先生所顯示的俠義和對詩人同道的矜惜之情，處處令人感佩，所以我必須在此代師向其致謝。我們傳統詩壇，有時也挺無聊的，詩不好好作，借端構釁、爭名蹈隙，乃至造謠損人的，都不罕見。因此格外應該提倡劉先生這種精神。歐陽小姐的辛勤負責，也是我感佩的，於此一併申謝。

夢機先生的性情與詩風

吳榮富*

摘要

　　鍾嶸《詩品》說：「氣之動物，物之感人，故搖蕩性情，形之舞詠。」嚴羽《滄浪詩話》也說：「詩者，吟詠情性也。」顏崑陽也自己說他作古典詩：「作與不作，都是內在情性有沒有動力的問題，絲毫勉強不得。」可見「性情」是詩人在創作上極重要的原動力，而張夢機先生是眾所公認的性情中人，本文乃先剖析性情與詩之間的內在關係，於是有性情、情性、才情、才學諸問題。繼論諸友生對夢機先生詩的看法，為討論方便，分親疏兩邊，親者觀點略一致，疏者則略有不同的感受。筆者乃論夢機先生詩早期偏儒雅清妍，詩風偏冷色調。此合乎其自云：「平生冷抱耽岑寂」、「慣從幽境冷搜句」。病後自其曰：「厄久心彌狀，途窮氣獨揚」起，先生的詩風逐漸擺脫冷色調，其詩不自覺就由胸臆噴薄而出，開始進入「但見性情，不睹文字」的本色。

關鍵詞：性情、才學、詩風、點鬼簿、獺祭魚

---

* 成功大學中國文學系助理教授。

一　緒論

　　夢機先生於其〈唐詩概說〉曾舉李白、杜甫與辛棄疾三人作比較，他說：「李白是一位有熱情的浪漫詩人，他胸襟開闊，天才橫溢，長篇短製，無所不精。他的成就是繼屈原之後，在浪漫主義詩歌發展上，掀起新的高潮。」又說「杜甫的詩沉鬱頓挫，波瀾老成，他關心政治的得失，徭役的罪惡，社會的動亂，民間的疾苦，他為他那個時代的風雨，寫下有聲有淚的詩篇，引起異代強烈的共鳴」。[1]他也讚美南宋的辛棄疾說：「看他平日行事為人，輕財仗義的精神，彷彿又是太史公游俠傳中的人物。他雖然沒有能夠實現收復中原的宏願壯志，但是他的一生是忠於國家，忠於同胞的。」[2]先生不論說李白、杜甫，辛棄疾，隱隱然都浮現三個人各別特殊的性情與風格，真有「詩如其人」之感。讀夢機先生的詩集，也恍然如見三大名家的性情與特色渾化在其詩中。

　　先生又曾評述汪中先生的詩說：「他的詩舉體遙雋，興寄超逸……五言古詩都能從性情中流出。」[3]可見「性情」兩字，夢機先生是很重視的，故一個人的詩是否能流露性情，應該是評價高低的極重要因素。此觀點源遠流長，可溯從梁鍾嶸《詩品》說：「氣之動物，物之感人，故搖蕩性情，形之舞詠。」[4]此已明白指出「搖蕩性情」乃詩人起興之源。鍾氏繼曰：「至乎吟詠情性，亦何貴於用事」，則「性情」與「情性」雖似二名，實為同一指涉，此可以陳文華介紹顏崑陽的一段話來作參考：

> 崑陽的詩胎息於義山最深，故造語華贍，用事深切，而悵惋之情，則每每流動於楮墨之間，這也是性情中人才得而為之的。……前年則結集出版了一本《顏崑陽古典詩集》，在〈後記〉中，他認為作詩與不作詩對他來說都是一種宿命，「作與不作，都是內在情性有沒有動力的問題，絲毫勉強不得」，應該可看作他的詩觀。換言之，在他看來，沒有性情，是不可胡謅的。[5]

陳文華與顏崑陽都是先生私交甚篤的詩友，二位對先生的詩學觀念自是至為熟稔。在上面的引文中，兩人各自有不相同的用詞，顏崑陽用的是「情性」，但是陳文華兩次都說成「性情」。如果不是陳文華看左眼，就是認為兩者意義都被他視為同義詞，也正等同鍾嶸對「性情」與「情性」的互用。蓋文學家用詞，喜歡變化，不喜凝固，有異於科學、哲學每用一詞都有其定義，他人不得擅改。

1　張夢機《藥樓文槀》，頁90，台北市：文史哲出版社，民國84年5月。

2　張夢機《藥樓文槀》，頁112，台北市：文史哲出版社，民國84年5月。

3　張夢機《鯤天外集》〈師友二則〉，頁118。臺北市，漢藝色研文化事業有限公司。民國90年3月。

4　鍾嶸《詩品》清何文煥《歷代詩話》，頁1、頁4。台北漢京文化事業有限公司，民國72年1月。

5　李瑞騰、孫致文合編《歌哭紅塵間》陳文華〈不畏浮雲遮望眼——側記幾位臺灣古典詩人〉，頁125。又見《顏崑陽古典詩集》，頁170-171。臺北市，漢藝色研文化事業有限公司。民國87年9月。

　　唐朝皎然也對「性情」很重視，他在《詩式》中曾說讀謝康樂詩：「但見性情，不睹文字」。[6]此說雖簡略，但是對貞定文學的效果非常簡捷有力。其可說明作品內容比文字重要，因為文字只是詩的外貌與載具，它能不能將詩的完美本質「性情」完全表現在風格上，是作品成敗的關鍵。因為通過文字這個載具，詩中濃郁的性情成份才能令人回味無窮。如李白〈贈汪倫〉：

> 李白乘舟將欲行，忽聞岸上踏歌聲。桃花潭水深千尺，不及汪倫送我情。[7]

詩中語言明白如話，似乎沒有經過特殊的精煉，因為「李白乘舟將欲行」是主角的當下事，只是脫口而出。瞬間又傳來重要配角汪倫刻意來送別的踏歌聲。這個橋段：一個飄然欲行。另一位在主角不期然中，刻意一路踏歌來送行，故特別令人感到驚喜與感動，其情之真，其意之切，已可羨煞古今。然則二人之交情與性情，亦隱然浮現在讀者心目中。至於桃花潭水有多深，此詩文字用了些什麼字，其實都不重要，此詩真所謂「但見性情，不睹文字」者。此正合乎嚴羽所謂：「詩者，吟詠情性。」類此談性情的現象，尚從宋尤袤舉樂天與孟郊的對比現象觀察，尤袤說：

> 樂天賦性曠達，其詩曰：「無事日月長，不羈天地闊。」此曠達之詞也。孟郊賦性褊狹，其詩曰：「出門即有礙，誰謂天地灣寬。」此褊狹之詞也。[8]

文中所舉所謂「賦性」，可以說成「性情」「情性」，以今語也可以包含「個性」。他舉此二例可謂經典：賦性曠達的白樂天，平生都覺得日月長、天地闊；賦性褊狹的孟郊，一生都覺得「出門即有礙」，從不覺得天地寬。兩人性情之不同，創作的詩風也就各不一樣。可見有不同的性情，才有不同的個性，有不同的個性，才會形成不同的詩風。至清初王阮亭一派，則喜將「性情」與「學力」並論，如郎梅谿說：

> 作詩，學力與性情，必兼具而後愉快。愚意以為學力深，始能見性情。若不多讀書，多貫穿，而遽言性情，則開後學油腔滑調，信口成章之惡習矣。[9]

王士禎也認為作詩：

> 若無性情而侈言學問，則昔人有譏點鬼簿、獺祭魚者矣。學問深，始能見性情。此一語是造微破的之論。[10]

6　皎然《詩式》清何文煥《歷代詩話》，頁31。台北縣，漢京文化事業有限公司，民國72年1月。

7　高步瀛《唐宋詩舉要》，頁800。臺北市，里仁書局。2009年6月四刷。

8　尤袤《全唐詩話》卷二，《清詩話》，頁121。台北縣，漢京文化事業有限公司，民國72年1月。

9　王世禎《師友詩傳錄》《歷代詩話》，頁125。台北市，木鐸出版社，民國77年9月。

10　王世禎《師友詩傳錄》《歷代詩話》，頁125。台北市，木鐸出版社，民國77年9月。

張篤慶更申論的說：

> 嚴羽滄浪有云：「詩有別才，非關學也；詩有別趣，非關理也。」此得於先天
> 者，才性也。「讀書破萬卷，下筆如有神。」「貫穿百萬眾，出入由咫尺。」此得
> 於後天者，學力也。非才無以廣學，非學無以運才，兩者均不可廢。有才而無
> 學，是絕代佳人唱〈蓮花落〉也；有學而無才，是長安乞兒著宮錦袍也。[11]

鍾嶸言「吟詠情性，何貴於用事。」似祇偏重「性情」而不貴「學問」，故有「何貴於
用事」之言。但是到清初王士禎輩則認為「學問」與「性情」兩者都不可有所偏失，故
當郎梅谿說：「學力深，始能見性情。」王阮亭便認為其說是「造微破的之論。」同時
也分明指出：「性情」屬先天所具有，「學問」則屬後天的努力。創作者必需具備先天的
才性，而後再加上後天力學的功夫，才可能成為一個完美的詩人。若只有性情而無學問
其下筆必空疏無物，易流於「油腔滑調，信口成章」。若祇有學問而乏性情，則容易寫
成如「點鬼簿」或「獺祭魚」一類的作品。張篤慶更直接把嚴羽的「詩有別才」，「詩有
別趣」，指為是一個人先天具有的才性。並指出杜甫的「讀書破萬卷」是後天的學力。
以上各家之情性、性情、才性，依筆者看來自是同一指涉，故最後張篤慶他的論述簡化
成「才」與「學」二字，而曰「非才無以廣學，非學無以運才」。然清人以上諸說似
新，其實並未出嚴羽的論述範疇，只因大家都只喜引用其「詩有別才」，「詩有別趣」一
段，而忽略其下尚有「然非多讀書，多窮理，則不能極其至。」[12]所以縱使俱有別才、
別趣之人，亦得多讀書，多窮理，否則其詩也不能極其至。故蕭亭也特別指出：

> 夫曰：「詩有別才，非關學也；詩有別趣，非關理也。」為讀書者言之，非為不
> 讀書者言之也。[13]

此夢機先生亦頗有體悟，他在〈詩鐸〉曾曰：「別才寧廢攻書史」[14]即其意。唯以上諸
說，先是不論「情性」或「性情」，多含有一個「情」字，至此「才性」方簡化成一個
「才」字，「情」字不見了，此應是將「情」字隱含在「才」中，而成「才情」。如從夢
機先生前後為筆者寫的兩篇序文，也可看出一些所以來，先生在辛酉春為筆者的《青衿
詩集・序》曾引陳含光之論曰：

> 曩昔陳含老論詩，特拈才情二字。謂詩之本曰情，致其情者曰才。又謂才將情
> 副，則兩驂效如舞之能，情以才彰，則一顧傾城之價。是知無才者固不足以語

---

11 王世禎《師友詩傳錄》《歷代詩話》，頁125。台北市，木鐸出版社，民國77年9月。

12 嚴羽《滄浪詩話》清 何文煥《歷代詩話》頁688。台北縣，漢京文化事業有限公司，民國72年1月。

13 王世禎《師友詩傳錄》《歷代詩話》，頁126。台北市，木鐸出版社，民國77年9月。

14 張夢機《夢機詩選》，頁101。臺北縣，宏文館圖書股份有限公司。2009年11月。

詩，然才優而情寡，亦猶夫空花之無實。必也二者交具，始臻妙詣。[15]

陳含光的「才情」二字，似「才」指「才學」，屬於後天須努力者，而異於先天的「才情」。故認為「才」是能「致其情者」，所見略同於王士禎等所指的學問。而陳含老又認為「情」是詩的本質，此又與古來性情說相同，故其曰「才優而情寡，亦猶夫空花之無實」，則此一「情」字，實即與鍾嶸、皎然、王士禎等所說的「情性」或「性情」，只是簡化成一個「情」字。後來夢機先生在筆者的《心墨集・序》又似乎不太認同陳含光的看法，而加以修正為：

> 竊思古之工詩者，必才學交具，不使偏廢，少陵退之、山谷放翁，靡不如此。蓋古體苟無才無學，則俚語滿紙，氣脈不貫；律詩若有學無才，必故實堆砌，終成押韻之散文；至於絕句，若無書卷而徒有才華，則如水面落紅，雖彩色絢麗，然飄浮失根，了無深意，此皆才學偏廢之失也，豈可忽哉？[16]

先生此論則不再用「才」與「情」的觀念，而是直接接軌嚴羽與王士禎一派的才學論。其所謂：「蓋古體苟無才無學，則俚語滿紙」；「律詩若有學無才，必故實堆砌，終成押韻之散文」；「至於絕句，若無書卷而徒有才華，則如水面落紅，雖彩色絢麗，然飄浮失根。」此與張篤慶言：「有才而無學，是絕代佳人唱〈蓮花落〉也；有學而無才，是長安乞兒著宮錦袍也。」兩者之見解如出一轍。

再看先生為《顏崑陽古典詩集・序》亦云：「夫有才而無學，失之空疏；有學而無才，失之板滯。須兩者兼具，復濟以數十年精思默運之功，始有可觀。」[17]可見先生後期的見解是比較一致的。此又可參看先生所撰〈伯元吟草香江煙雨集序〉：

> 余謂詩者性情之事，積句成章，原在於攄發哀樂。聲調格法，不過藉以增飾歌詩之盛美耳。故成詩之漸，貴能棲心內運，以自達其情。余嘗讀青蓮集，如見其睥睨六合。誦少陵詩，如見其憂生憫亂。下逮荊公放翁誠齋諸家，亦莫不有性情面目存乎其間，故本於情者乃是真詩，徒斷斷於章句聲韻之末，則其詩必無足觀，可斷言也。[18]

篇中所謂「詩者性情之事」，已接軌鍾嶸、嚴羽、王阮亭一脈，洵所謂「造微破的之論。」其篇中雖亦稱許陳新雄先生的學問文章，更誇獎其聲韻學的成就。並指詩也「字字出於胸臆」。但文中也明指伯元之詩，「無排奡之奇，藻繢之麗。」更論斷說：「故本

15 吳榮富《青衿詩集・序》，台南市，友信打字快速印刷行。辛酉春〈民國70年〉。
16 吳榮富《心墨集・序之二》，台南市，開朗雜誌事業有限公司。2008.6初版、2009.10再版。
17 顏崑陽《顏崑陽古典詩集》，頁3。臺北市，漢藝色研文化事業有限公司。民國87年9月。
18 張夢機《藥樓詩稿》，頁97。臺灣文學觀察雜誌社寄贈本，民國82年12月。

於情者乃是真詩，徒齗齗於章句聲韻之末，則其詩必無足觀，可斷言也。」筆者以為此是一段很巧妙的委婉說辭，由如先生告訴筆者「律詩若有學無才，必故實堆砌，終成押韻之散文。」蓋先生曾私下與筆者論詩，曾半開玩笑的說：「陳新雄也自認為他的詩寫得比我好。」兩人不禁莞爾。筆者曾為成大代撰吊陳新雄教授的挽聯曰：「古韻精微一代宗師成典範；宋詩簡要三蘇餘韻溯泉源。」這是筆者對陳教授的認知。總而言之「詩者性情之事」，是不折不扣的「造微破的之論」，「徒齗齗於章句聲韻之末，則其詩必無足觀。」洵為真心之語。

二　夢機先生的性情

夢機先生於其〈溪頭篇再疊高青邱中秋玩月韻〉曰：「昔者阮籍適情性，林泉何處非行庵？」[19]先生既強調阮籍以林泉為適其情性之處，可見「適情性」對先生來說是一件很重要的事。阮籍是詩人也，先生亦詩人也。初，筆者對夢機先生的詩風與其性情相比對，覺得存在著很大差異。蓋筆者每次與夢機先生聚，不論是盛筵廣座，或是春風獨沐，總感到先生性情豪邁駿爽，言語詼諧幽默。如張曼娟的〈青春並不消失，只是遷徙〉說先生是個「身形偉岸」的男子。並描述說：

> 四十幾歲的老師，當時在學術界是很活躍的，意氣風發，鋒芒耀眼，上他的課，常有一種戒慎恐懼的心情。[20]

前中央大學校長蔣偉寧在其《歌哭紅塵間》的〈序〉中也說：「記憶中，他詩才洋溢，豪氣干雲。」[21]這兩個人對先生來說，算是距離較遠，不是那麼親近的長官或學生，都覺得先生「意氣風發，鋒芒耀眼」，或是「詩才洋溢，豪氣干雲」。若是與先生較親近的諸友生，說來就更深刻明白，如顏崑陽在〈大詩人張夢機教授傳略〉說先生中學時期，與眷村群少，「挾弓帶劍，飛拳弄棍，學為俠客之行，彷彿李白少年時。」[22]又於其〈詩緣〉中說：

> 夢機愛和朋友聊天，這已經是出了名哩！只要有一杯茶或咖啡、一包菸（有時甚至要兩包才夠）、幾個好朋友，他便可以又說又笑，怎麼熬夜都樂而不疲。他的腦筋很靈，嘴巴很溜，是我見過最幽默的傢伙，只要他在場，總得笑到肚子發疼。[23]

19 張夢機《西鄉詩稿》，頁35。臺北市，學海出版社，民國69年12月再版。
20 張夢機《夢機六十以後詩》，頁168-169，台北市，里仁書局，民國93年5月。
21 李瑞騰、孫致文合編《歌哭紅塵間》蔣偉寧〈校長序〉。
22 李瑞騰、孫致文合編《歌哭紅塵間》顏崑陽〈大詩人張夢機教授傳略〉。
23 李瑞騰、孫致文合編《歌哭紅塵間》顏崑陽〈詩緣〉，頁146。

此段描述既深刻且生動，尤其那段「他的腦筋很靈，嘴巴很溜，是我見過最幽默的傢伙，只要他在場，總得笑到肚子發疼。」真把夢機先生寫活了，筆者不禁想起先生聊過的幾則趣事：

〈一〉顏崑陽剛從師大畢業，被分發到花蓮女中，遇到大地震，顏崑陽一個人從教室直衝到操場。過片晌，迴望四周，全校師生沒有其他一個跑出來，只得走回教室。先生的結語是：「他衝出教室不稀罕，但是還有勇氣走回教室，這就了不起。」當場聽眾各個捧腹大笑。

〈二〉陳逢源文教基金會舉辦的古典詩研修營，地點在陽明山中國大飯店，簡錦松都把課排得很緊，所以學員下午課業結束，就迫不級待的衝到游泳池。學員也鬧者要先生下水，他說：「我一下去水就溢出來了，這怎麼好意思？」

〈三〉聽說先生上課時，有女學生抗議他抽菸。他說：「你既然不願意接受我的薰陶，那就算了。」順手把菸拈息。

由以上三則，已足證明顏崑陽的話可信。而且他不只是會開朋友的玩笑，也會開自己的玩笑，所以大家只能心服口服的任他消遣。比較端謹的王邦雄教授在其〈英雄已去詩人歸來〉也說：

> 他的人也是一首詩，是好朋友，可以稱兄道弟，又有老大的義氣，眾兄弟在一起，絕無冷場，他的幽默妙語，總是帶來豪情與親和，不管到那裡，他都是發光耀眼的明星。[24]

王氏說先生「可以稱兄道弟，又有老大的義氣，眾兄弟在一起，絕無冷場，他的幽默妙語，總是帶來豪情與親和」，這與顏崑陽說先生少年時：「挾弓帶劍，飛拳弄棍，學為俠客之行，彷彿李白少年時。」[25]可相互映證。他另一位親密知己曾昭旭教授也舉過一則私密的對話：

> 夢機曾云：「人說岡山多太保，我總覺哪裡有？結果二十年後回老家檢視少年時照片，才知道原來太保就是自己。」[26]

在林麗如的專訪中，也在《文訊》中刊登先生兩首詩〈憶往〉：

〈超峰寺〉
　　鯤南少歲記游蹤，柚桂偷來味愈濃。最憶超峰寺中宿，驚禽叫響五更鐘。

24 李瑞騰、孫致文合編《歌哭紅塵間》王邦雄〈英雄已去詩人歸來〉，頁143。

25 李瑞騰、孫致文合編《歌哭紅塵間》顏崑陽〈大詩人張夢機教授傳略〉。

26 李瑞騰、孫致文合編《歌哭紅塵間》，頁4。

〈少年〉

　少年血氣沸胸中，好勇雙方仗彈弓。引起鄰居前輩怒，持槍止鬥一何雄。

可見先生的性情，在血氣方剛之年，便有少年李白的俠客之風，又有老大的義氣。故意氣風發、豪氣干雲、妙語如珠、幽默風趣，可以說是先生的共同評語，此非所謂的「性情中人」乎？

　以上眾家之說，皆是筆者自1980年5月認識先生至今的鮮明印象。[27]唯先生與筆者獨晤談詩時，皆言語端肅，從未單獨跟我開玩笑。但是當有其他友朋在坐，則可完全認同王邦雄、顏崑陽等所說的「幽默妙語」、「絕無冷場」、「總得笑到肚子發疼」的真實情況，縱使他中風之後，口齒稍艱，亦不改本色。

　唯在筆者尚未識其人，初閱讀先生大作之時，但覺文風優雅、用詞清妍、性情偏靜。此後更感到前後期差異更大，前期字眼偏冷，後其自眼偏熱。其晚年之詩，固因病而多悽淒之語，但是若言能嶄露本色、性情噴薄、意氣風發，則非讀其病後振筆再起之作不可。唯閱其早年之作，卻反而未見其豪氣外煥，反而覺得幽冷難禁，此洵令筆者迷惑。為撥開此迷霧，筆者最近重閱夢機先生的資料，從民國70年他親自簽名送給筆者的《師橘堂詩》與《西鄉詩稿》、至82年《藥樓詩稿》、84年《藥樓文稿》、88年《鯤天吟稿》、89年《藥樓近詩》、90年《鯤天外集》、93年《夢機六十以後詩》、99年《歌哭紅塵間》、未載年月的《夢機詩選》。2013年《張夢機詩文選編》。在論述方面，參閱其66年《思齋說詩》、67年《近體詩發凡》、68年《杜律旨歸》〈與陳文華合編〉、《鷗波詩話》、《詩學論叢》70年《古典詩的形式結構》〈尚友〉、75年《讀杜新箋》〈76年二版〉、86年《古典詩的形式結構》〈駝峰〉。

三　夢機先生早期的詩風

　前引先生的學生故舊之說，不免眾口一致，比較容易陷入習以為常之見。若聽聽比較生疏者的話，恐怕會有些不同的聲音可供參考，如黃秋芳就覺得讀夢機先生的作品，感覺其「文字清豔」、甚至覺得「安靜，幾近於冰冷與細緻」。他以此安靜、冰冷與細緻的詩風想像夙未謀面的夢機先生，說：

　想像過很多次，他應該極瘦，適於他文字的宛轉流麗，或者，應該是沉默的，帶著點兀岸滄桑的感覺。因為這樣的印象放得太久，早以認定是事實如此，所以第一次遇到張先生，幾次都沒辦法說服自己相信。[28]

---

27 自注：當年夢機先生應吳璵系主任之聘至成功大學教【詩選與習作】。並受邀評審當年【鳳凰樹文學獎古典詩】評審，筆者以〈仿無題三首〉蒙獲先生垂青，始得以認識先生。

28 李瑞騰、孫致文合編《歌哭紅塵間》〈如夢令──張夢機的《鷗波詩話》，頁107。

這是一個對夢機先生完全陌生的人說的話，但是此心聲實在最能點出先出的早期詩風與其性格的差異性。黃秋芳以清豔、冰冷與細緻來評斷先生的詩風，可謂純由直覺，不假思辨。

筆者也僻居南部，得以認識先生全賴成大有鳳凰樹文學獎，民國69年5月以〈仿無題三首〉蒙獲先生青睞[29]。筆者只在文學獎會場受先生垂詢學詩過程，略述小學輟學，再讀私塾，並入延平詩社的經過，然後依約到碧潭府上拜訪，當年來應門的是田素蘭師母，見面就問：「你就是吳榮富？聽說你是成大的才子？」老師從後面走來，邊走邊說：「什麼成大，我看當今無二。」[30]此語真令筆者受寵若驚，如逢伯樂。

當日中午與太老師、太師母、田師母共進午餐。飯後老師帶我到碧亭泡茶，大概我生性拘謹，又初次與老師獨對，所以老師也難以展現他幽默豪邁的本色，只是對筆者鼓勵有加。並送我兩本親自簽名的詩集。因筆者即將畢業，班上要用班費為我出版詩集，我請老師為我寫序，他毫不推辭，一口答應。71年蒙先生以「三年就有一個碩士，三十年未必有一個吳榮富。」推薦回成大。旋又蒙推薦加入陳逢源文教基金會連續主辦的五屆古典詩研修營、與連續20屆的全國大專青年古典詩聯吟會活動。雖多蒙薦舉，但是見面的時間不多，故若與其諸友生相比，我應算是較外圍的學生。

但是當筆者與先生親近的機會愈來愈多，也欲來愈感到其詩與其人之性情有差異。其人豪邁風趣，其詩則優雅清淡，黃秋芳以「文字清豔」形容之，筆者則比較偏向先生〈陽明山春游〉云：「飛文染翰尤清妍」[31]；與〈游洋詩樓落成次恭祖韻賦賀六章〉之六：「巖花湖柳各清妍」[32]中的「清妍」二字，再加上些許的鄉國哀愁，就更能貼近其詩味。如其〈陽明山春遊〉：

> 長歌醉倒春風前，雜花獻萼詩思鮮。岡巒紫紆勢初起，忽掛匹練成飛泉。繁櫻照海紛滿眼，萬象起滅胸中填。小潭淺碧出石隙，錦鱗躍水生漪漣。塵埃野馬綠詩夢，飛文染翰尤清妍。我來海嶠尋十載，今日始造蓬瀛巔。花下人家畫圖裡，紅日未上升炊煙。非關惜花每起早，流鶯語滑驚春眠。整駕將歸有餘興，煙霞笑我耽市廛。出山迴望雲木合，惟見野鵑盤遙天。[33]

29 見吳榮富《青衿詩集》，頁32。《心墨集》，頁37-38。：先生的評語是：「仿無題三首是本次決選作品中最突出的詩篇，個人將他選為元作。這三首句法靈動，才情並茂，其中如「彩鳳欲鳴須瑞日，靈犀不語亦生涯」、「巫山有女人何處？洛水無神夢亦空」、「花盡未堪江柳碧，燭殘忍見淚灰紅」等聯，都逼肖義山風貌，貴校有此良材，實在值得慶賀。」

30 張夢機《青衿詩集・序》：「吳榮富頃示其青衿詩稿一卷，讀而驚其屬句秀拔，腴味中含，平澹中有飛動，抒寫處見襟期，才情兼俱，詠歎獨絕，求之流輩，實罕其儔。」並預測：「益以十數年精思默運之功，則他日自造郛廓，爭勝千古，可斷言也。」

31 張夢機《師橘堂詩》，頁1，臺北市，華正書局，民國68年7月。

32 張夢機《夢機詩選》，頁114。臺北縣，宏文館圖書股份有限公司。2009年11月。

33 張夢機《師橘堂詩》，頁1，《西鄉詩稿》，頁14，題更為〈陽明春曉〉，臺北市，學海出版社，民國69年12月再版。

此詩不是沒有先生的性情在，但是詩與人相比，便覺其本人性格突出，形象鮮明。但是此詩寫得是溫文儒雅，清妍無比。唯此詩據林麗如說這首詩寫於1963年，大學四年級的作品，[34]這就令筆者佩服不已。其下第二首〈坡陀〉：

> 坡陀東去類奔鯨，門對危涯勢更橫。到處湖山當簞枕，有時星斗作棋枰。博殘此日拚孤注，鹿走中原待一爭，噓噏可能搏大塊，上窮碧落下滄瀛。

此首比前一首氣勢高一些，尤其是「到處湖山當簞枕，有時星斗作棋枰」一聯。就筆者記憶所及，此詩有崔顥的〈行經華陰〉的影子，如「岧嶢太華俯咸京，天外三山削不成。」[35]顯然要比「坡陀東去類奔鯨，門對危涯勢更橫」的氣勢高。再就「到處湖山當簞枕」一句，崔顥同一首詩的句子「河山北枕秦關險」便是以湖山當枕頭的原版，但是把河山改為湖山也就矮了許多。筆者對此有一個推想：先生雖出生於成都，但是懂事之後，六歲移家南京、八歲遷臺住高雄岡山，大學之後住臺北。[36]遷移所處附近皆乏高山，鍾山、岡山、陽明山皆非峻嶺，所以只能就坡陀發揮。待先生1976年有中部橫貫公路之行，〈中部橫貫公路紀行并序〉曰：「中橫公路，跨中花兩縣，崛嶔偉麗，冠絕臺員……突怒巉崖，相繼奔會」[37]。該詩之興會，詩人亦覺「奇絕冠平生」。[38]筆者最近再以閩南讀書音朗讀數過，洵依然未覺興會淋灕。再細推其因，蓋梅聖俞曾言「狀難寫之景如在目前」[39]，本是極艱難的功夫，而先生自云：「歸來恍覺皆虛妄，佳景過眼難摹狀」，亦自覺難狀其景。而中橫山形又極繁複，輕車而過，雖也頗有崎嶇上下顛簸之感，但是亦只能如李白：「兩岸猿聲啼不住，輕舟已過萬重山」而已，蓋無真正跋涉之苦與體會，是難寫出真正有如〈蜀道難〉的雷同之感。若再把《師橘堂詩》、《西鄉詩稿》、《夢機詩選》等摘錄一些下來看，便更能體會黃秋芳何以會覺得讀夢機先生的作品特色是「幾近於冰冷」的感覺，如：

《師橘堂詩》

〈山校偶成〉：野處自甘攜冷抱，詩心未肯絆離腸。〈P2〉

〈雙重溪絕句〉之三：歌殘一曲沉湘怨，明月江峰翠幾重。〈P2〉

---

34 李瑞騰、孫致文合編《歌哭紅塵間》林麗如〈不因病痛放棄創作──訪張夢機〉，頁14。原刊《文訊》288期，2009年10月號。

35 喻守真《唐詩三百首詳析》，頁209。臺北市，臺灣中華書局，民國73年1月。

36 見龔鵬程校《張夢機詩文選編》，頁1。合肥市，時代出版傳媒股份有限公司。2013年1月。

37 見張夢機《師橘堂詩》，頁34、《西鄉詩稿》，頁1、《夢機詩選》，頁79-81。龔鵬程校《張夢機詩文選編》，頁62-63。

38 《夢機詩選》，頁81。

39 見宋 歐陽修《六一詩話》，頁267。《歷代詩話》〈一〉，臺北縣，漢京文化事業有限公司。民國72年1月。

〈雙重溪絕句〉之四：僻地能教心地寬，深山八月已微寒。檐前怯聽蕭蕭竹，秋多應在此間。〈P3〉

〈雙重溪絕句〉之六：聞道廣寒春尚淺，御風亦擬廣寒遊。祇愁弓勢初三月，不讓沉憂付一鉤。〈P3〉

〈梅山芹庭夜過〉：相顧青衫還舊日，卻非任俠少年時。

《西鄉詩稿》尤其愛用「冷」字或冷色調：

〈近郊晚步〉：一篷明月閒吹笛，百甕晴潭冷汲燈。〈P20〉

〈曉過溪岸口占〉：曉扶殘夢過寒谿，花木浮香冷沁脾。〈P20〉

〈呈絜生丈〉：夢冷官槐臥翠潯，紅桑風雨隔書林。〈P21〉

〈夢回〉第一首：雞鳴寺遠霜鐘落，燕子磯高煙樹昏。〈P30〉

〈夢回〉第三首：浮世冷看槐國蟻，秋籬漫醉菊花觴。〈P31〉

《夢機詩選》

〈中元前二日雄祥置酒……〉：一潭明月冷黃昏。〈P69〉

〈冬夜次仲公先生韻〉：溪月幽光冷飾廊。〈P71〉

〈惕軒夫子中心餐廳招飲賦謝〉：餘寒漸為春消盡。〈P73〉

〈碧亭茗話子良贈詩甚美奉答〉：長橋落影壓寒漪。〈P77〉

〈李花詩〉：平生冷抱耽岑寂。〈P85〉

〈雙谿絕句〉：輕煙微雨雙谿路，臏檢殘花補小詩。〈P86〉

〈感春〉六首之五：春寒坐誤看山約。〈P88〉

〈寓廔耽寂……〉二首之二：一樓閒幔閉春寒。〈P89〉

〈松柏禪學與唐宋詩學……〉：援筆寒飆起翠岑。〈P90〉

〈近郊晚步〉：百甕晴潭冷汲燈。〈P91〉

〈酒邊〉：薄寒未覺夜來增。〈P97〉

〈永武自紐約貽書綴句奉抱〉：薄寒孤峭鬱樓臺。〈P98〉

〈讀雄祥秋暮過江陵……〉：亭外寒亭對古臺。〈P103〉

〈春集白雲軒……〉：館舍雲來晝亦寒。〈P105〉

〈冬日書懷〉：又從寒歲悲塵事。〈P109〉

〈老農〉：況是春寒凜短簑。〈P110〉

〈雨後〉：新涼萬里斂塵氛。〈P116〉

〈憶昨〉：海氣涼侵壽山月。〈P116〉

〈月夜〉：翠幟高收惻惻寒。〈P117〉

〈和前韻寄幸福弟〉：晚歲誰憐范叔寒。〈P117〉

〈冬夜偶書〉：寒侵雙袂夜初深。〈P117〉
〈庋書〉：瀰天寒氣撼疏星。〈P118〉
〈庋書〉：歲寒尚憶魯望不？〈P118〉
〈夜歸〉：襲袂寒流入夜增。〈P119〉
〈冬曉初醒〉：窗延樹影為寒勒。〈P121〉
〈伏嘉老有秋興詩亦賦一篇〉：清冷閒居甘守黑。〈P121〉
〈乙亥元日閒眺作〉：慣從幽境冷搜句。〈P121〉
〈望月憶內〉：泉臺寂寞淒風冷，合對陰寒慎著裘。〈P129〉

一個各界普遍認為性情豪邁雋爽，幽默風趣的詩人，何以會寫出那麼既冷又偏靜的詩？這好像一壺剛煮熟的熱咖非，馬上被加入冰塊，使其瞬間變涼。而先生亦坦言：「野處自甘攜冷抱」、「平生冷抱耽岑寂」、「慣從幽境冷搜句」。一個很有血性熱情的人，卻專寫幽冷的詩境，各位不覺得有異常乎？

四　病後情轉豪

（一）

詩若真有識，先生〈次韻奉和絜生仁丈落花詩〉云：「嫣紅照海豔如霞，苦楝風過臢病枒」[40]，此兩句直如先生一生寫照，先生五十歲之前的人生真如「嫣紅照海豔如霞」，五十歲病後真似「苦楝風過臢病枒」。其在1969年早有「相顧青衫還舊日，卻非任俠少年情」之語[41]，在1991中風之前，其〈宿溪頭〉亦尚有「少日清狂夢已遙」之句。[42]可見其少年夢無時或忘。先生病後三年無詩，其心緒之低落可知。但是當他寫出「厄久心彌狀，途窮氣獨揚。」[43]真的看到如其所自云：「好夢風吹醒，愁心鳥啄開。」[44]先生的詩興逐漸擺脫冷色調，而開時進入「但見性情，不睹文字」的本色。如其〈保釣〉云：

> 炎嶠蒼生保釣多，必爭寸土理非訛。氣豪徒撼長空月，嶼小將淪大海波。未見戈船雄鼓角，卻憑呼喊壯山河。悲情只恐須臾盡，舞榭重傳子夜歌。[45]

---

40 張夢機《師橘堂詩》，頁1，臺北市，華正書局，民國68年7月。
41 張夢機《夢機詩選》，頁106。臺北縣，宏文館圖書股份有限公司。2009年11月。
42 張夢機《夢機詩選》，頁106。臺北縣，宏文館圖書股份有限公司。2009年11月。
43 張夢機《夢機詩選》〈冬日隨筆〉第4首，頁135。臺北縣，宏文館圖書股份有限公司。2009年11月。
44 張夢機《夢機詩選》〈端居雜詩〉第4首，頁142。臺北縣，宏文館圖書股份有限公司。2009年11月。
45 張夢機《夢機詩選》頁142。臺北縣，宏文館圖書股份有限公司。2009年11月。

類此之詩，《師橘堂詩》、《西鄉詩稿》等早年作品，絕難見到。並非其早年無家國之憤，但只能寫成「憑欄忽起飛騰思，破虜明春當大獵」[46]；「日夕盼王師，引領向天末。顧影熱中腸，奇哀深在骨」[47]。或是〈觀變〉：

> ……三十年間世風改，萬般皆下貨殖高。哀絲豪竹驚飛動，如水流湮趨時髦。娛魂以扭扭之妙舞，炫眾以期期之外語，誇人以陸海之華筵，伴醉以袒裼裸裎之神女……。[48]

這些文句，或期待反攻、或批評時代風氣逐日沉淪。但下語皆儒雅溫文，奇哀都深埋在骨子裡，誠然合乎「溫柔敦厚」詩之教。[49]但是試讀其1995病後新作，風骨便大有不同，如〈樓居〉：

> 武不能鳴鐃伐鼓搴胡旗，文不能檄諭巴蜀如相如。養疴日日以楚奏，寂寞疑是楊雄居。聲華兮雨外杵，材質兮蒙莊樗。致君堯上夢囈耳，索居漸與人群疏。披山晴雲壓石裂，流天明月搖窗虛。三春夙夕閒眺遠，更點周易觀群書。憶昨發疾日，實同鳳在笯。體力忽衰弱，形骸非故吾。雙膝殆廢，口瘖難呼。譬猶泥滓困疲馬，斂翮棲倦鳥。諸生殷勤餽花果，朋輩濕沫相呴濡。群醫束手了無策，自分屍骨埋平蕪。爾來復健且三載，萬事反覆身羈孤。終憐微命得天佑，一命尚可新羅蹕。功名棄擲少恩怨，東隅雖失收桑榆。且願并州借得快刀剪，剪取翠嶂列座隅。有若南陽諸葛盧，兒乎兒乎機雲乎。[50]

整首昂揚不群，句句皆從胸臆中噴薄而出，不再吞吞吐吐。如開頭幾句：

> 武不能鳴鐃伐鼓搴胡旗，文不能檄諭巴蜀如相如。養疴日日以楚奏，寂寞疑是楊雄居。聲華兮雨外杵，材質兮蒙莊樗。致君堯上夢囈耳，索居漸與人群疏。

便感到恍然如見李白再現。當先生說：

> 憶昨發疾日，實同鳳在笯。體力忽衰弱，形骸非故吾。雙膝殆廢，口瘖難呼。譬猶泥譬猶泥滓困疲馬，斂翮棲倦鳥。

一般人看到的是先生的「雙膝殆廢，口瘖難呼」、「形骸非故吾」的悲慘。筆者閱其詩之後的感覺是：「上天故意破壞先生軀殼，以解放他長期被羈束的本性」。當其感到：

---

46 張夢機《西鄉詩稿》〈中部橫貫公路紀行〉頁2。
47 張夢機《西鄉詩稿》〈中部橫貫公路紀行〉頁2。
48 張夢機《西鄉詩稿》〈中部橫貫公路紀行〉頁7。
49 《禮記・經解》二十七
50 張夢機《夢機詩選》頁111-112。臺北縣，宏文館圖書股份有限公司。2009年11月。

終憐微命得天佑，一念尚可新羅蹄。功名棄擲少恩怨，東隅雖失收桑榆。且願并
州借得快刀剪，剪取翠嶂列座隅。[51]

先生的心靈就如食九轉還丹，重新脫胎換骨。接者〈洛夫商禽張默梅新辛鬱諸兄枉過〉
一首尤令人振奮，如睹其天醞變：

> 寂寞生詩情，苦被花懊惱。五子聯袂來，欣然豁懷抱。排闥邱壑棲晴雲，輕陰滿
> 地不堪掃。數杯嚴茗滲吟心，一帷語笑愈清好。君不見詩無今古唯情真，不因體
> 制別舊新。還期雋語造平淡，莫辭意象勞精神。超乎現實拓深境，遣詞還與煙霞
> 鄰。光爭日月豈教燼火，繁花燦爛三唐春。讀群書以倦，負小謗而何嗔。推知星
> 命動文曲，高才非是蓬蒿人。噫！身雖罹疾世相棄，性如野駒不受轡。諸君驅車
> 遠道過，慰吾蒲柳有深意。[52]

那些當代有名的新詩人聯袂來探問先生，先生顯然非常的振奮，直曰：「五子聯袂來，
欣然豁懷抱。排闥邱壑棲晴雲，輕陰滿地不堪掃。」意為懷抱大開，陰霾全掃，如見晴
雲滿壑，心境之佳可想而知。其身雖受重疾所羈，但是詩興昂揚，精神抖擻，面對五位
新詩高手，一點也不怯戰。並告訴他們詩無古今，不能只以型式體制分新舊，而是要從
內容檢視是否俱有「真情」存在，此合乎王國維所謂：「有真感情，謂之有境界」。詩中
又曰：「數杯嚴茗滲吟心，一帷語笑愈清好」，如見先生病前活潑的形貌。其中最重要的
一句是「性如野駒不受轡」，此是夢機先生真性情的再現，筆者認為此句比其「惟見野
鶻盤遙天」的暗喻要直接且痛快。再看〈冬日隨筆〉四首之一：

> 修竹藏胸久，高風入夢深。其人鴻鵠志，而我海湖心。
> 濕沫窮鱗活，長篙健艤臨。須知千里水，浩蕩始微涔。

四首之四：

> 笛送悠揚曲，燈懸灼爍光。黃封不禁瀉，白截亦生香。
> 厄久心彌壯，途窮氣獨揚。談諧與嘉饌，併此作佯狂。[53]

詩中無限寬廣的「海湖心」，才是先生的本心。而「厄久心彌壯，途窮氣獨揚。談諧與
嘉饌，併此作佯狂。」才是先生的真性情真與本色，倒覺得先生早期之作，似乎被某種
因素壓抑了。雖然先生早年不是沒有豪壯語，只是其句大抵是經過冷卻過程的處，因此
難見駿爽之氣。再看其〈朋聚行〉：

---

51 張夢機《夢機詩選》頁112。臺北縣，宏文館圖書股份有限公司。2009年11月。
52 張夢機《夢機詩選》頁112。臺北縣，宏文館圖書股份有限公司。2009年11月。
53 張夢機《夢機詩選》頁134、135。臺北縣，宏文館圖書股份有限公司。2009年11月。

家如巢父棲隱處，更有浮雲澹吾慮。繁翠全經山送來，閒愁剛被蟬叫去。
高屐從容踏夕陽，屈蟠村路認紅牆。接踵到門聞剝啄，握手相看髮已蒼。
俄頃燈波影素壁，鮭菜一筵愜所適。興濃共瀉酒千樽，交篤猶期復來覿。
清談雄辯到深宵，坐久杭茶碧幾銷。偶論時政俱髮指，不知樓外夜迢迢。
憶昔顛狂當少日，憑陵戈劍當少日。呼朋歃血訂新盟，縱然跋扈誰敢詰。
扶弱不負雄豪情，竊慕朱家郭解名。園林蓊勃庠序裏，記否拔刀助不平。
此夕歡虞摧石裂，渾忘青絲漸生雪。一月一回飲讌張，各以清言奪炎熱。
嗟我沉痾五載過，披書賡詠半消磨。為耽岑寂邀朋輩，同話前塵發醉歌。[54]

詩中「俄頃燈波影素壁，鮭菜一筵愜所適。興濃共瀉酒千樽，交篤猶期復來覿。清談雄辯到深宵，坐久杭茶碧幾銷。偶論時政俱髮指，不知樓外夜迢迢。」此中瀉酒千樽、清談雄辯到深宵、髮指時政、各以清言奪炎熱等，這才令我感到如假包換的夢機先生的真性情、真本色。又如其〈藥樓秋集〉：

俄而鮭菜壓瓷盤，射覆送鉤成歡聚。都將逸興付壺觴，還使畸事歸笑語。豈知讌罷意有餘，沙蟹局開邀小賭。運衰早以定輸贏，言詐真感忘濱主，菊花據缽猶窺人，黃鸝羞與枯藤伍。流光漸逝天已昏，輕軯載秋各歸去。[55]

詩中壺觴逸興、射覆送鉤歡聚、蟹局小賭、為贏互相耍詐，此情此景，筆者曾親自目睹，唯一的遺憾是筆者對此一竅不通，無法加入戰局。再閱其〈史記游俠列傳讀後〉：

憑陵戈劍殺氣遒，擲去黃金不掉頭。曩者俠以武犯禁，韓子此語傳千秋。
披史愛看任俠輩，信然以死歌慷慨。行跡渾如奉帝初，掃卻世間不平事。
朱家救阨甚己情，劇孟堪當十萬兵。軹人郭解能重義，端令浮世慕其聲。
古之俠者薄華屋，今之黑道貪厚祿。古尊私義今則稀，沉思換得愁萬斛。
圍毆暴戾詡英豪，細碎仇亦施鎗刀。折節為儉誰肯顧，矜他伐德違科條。
嗟余掩卷長太息，厚施薄望已難識。竊鉤者誅竊國侯，茲言端合鏤於臆。
且覘角頭匿行藏，居然漂白入廟堂。警署官衙未敢問，奔竄社鼠漫猖狂。[56]

此是一篇借古諷今之作，「披史愛看任俠輩，信然以死歌慷慨。行跡渾如奉帝初，掃卻世間不平事。」此非其「任俠少年情」與「少年夢」乎？「嗟余掩卷長太息，嗟余掩卷長太息，厚施薄望已難識。」「厚施薄望」正是先生提拔後進，而不欲人知的至德。[57]

54 張夢機《夢機詩選》頁160。臺北縣，宏文館圖書股份有限公司。2009年11月。
55 張夢機《夢機詩選》頁189。臺北縣，宏文館圖書股份有限公司。2009年11月。
56 張夢機《夢機詩選》頁207。臺北縣，宏文館圖書股份有限公司。2009年11月。
57 筆者到臺大閱卷，趁機夜訪玫瑰城，先生是夜與筆者說兩件事：〈1〉先生說他打算活到七十歲就

以上諸作，真所謂性如鶄鷹，筆如赤兔，絕影掠空，盤旋自得，他人難以望塵者也。其他閒詠亦多能化苦海為詩海，將幻淚變真珠。先生若無此二十年之病竈的粹煉，欲躋身為千古名家恐尚有難處，但是經此千轉丹爐的提煉，吾不疑矣。

（二）

再詳細觀察，先生除了早晚詩風不同，用詞也早冷晚熱有異。從1991年9月中風之後，三年無詩，當1994年提筆再書之出，初期不免有些「哀時日落風何勁」〈伯元寄詩即次其韻〉、「誰料沉痾換此哀」〈環河道中作〉、「生意經年到此灰」〈冬日書懷〉等句子。而且也從早年用「冷」字換為「寒」字。如「又從寒歲悲塵事」〈冬日書懷〉、「況是春寒凜短簑」〈老農〉、「翠幕高收惻惻寒」〈月夜〉、「歲晚誰憐范叔寒」〈和前運韻寄幸福弟〉、「歲寒尚憶魯望不」〈藥樓次戎庵韻〉、「襲袂寒流入夜增」〈夜歸〉、至「窗延樹影為寒勒」〈冬曉初醒〉之後，先生的字眼逐漸轉熱，如《夢機詩選》：

〈榮富弟夜過〉「夕檻微暄暑氣蒸」〈127〉
〈戲筆〉「紅葉樓霞入念燒」〈153〉
〈郊居十二韻〉「飲冰消溽暑，養拙作詩奴。」〈158〉
〈破曉〉「微風拂檻暑氛輕」〈159〉
〈再記前游〉「暄燠老白河」〈169〉
〈鳳凰花〉「絳天鳳樹斂炎氛」〈187〉
〈記譙溪〉「沁脾消炎燠」〈197〉
〈盛夏〉「鬱蒸暑氣四圍生」〈217〉
〈榮生先生代贈〉「真能扇炎燠」〈231〉
〈晨眺〉「缽中火鶴漫燒春」〈240〉
〈苦熱〉「山翠雍容天溽暑，亢陽真感灼朱樓。」〈244〉
〈溽暑〉「鬱蒸餉午熱難當」〈250〉
〈漫成〉「焚天晴昊恐難禁」〈251〉〈六十、118〉
〈安坑漫興〉「驕陽乍放世將焚」〈254〉〈六十、124〉

以上所列眾熱，皆是其病前難覓之句。其中暑氣蒸、入念燒、炎氛、炎燠、溽暑、鬱蒸餉午、午熱難當、焚天晴昊、驕陽將焚，真是句句觸目驚心。孰知語熱心亦烈，逼得性

好。〈三年後三年果然歸仙。〉〈2〉告知筆者一件從未知曉之事，即當年本校唐亦男主任向校長說：「三年就有一個碩士，三十年未必有一個吳榮富。」先生說此語是他告訴唐先生的話。筆者明年將以35年的年資屆齡退休，不言難明先生之潛德幽光。

情全出，直如剛烹煮的熱咖啡，不再加其他冰塊與其他調味料，原汁原味，熱騰騰供行家享用。

五 結論

撰寫本文，筆者抱著感念：「千古一知音」來著筆，其對我有「自造郛廓，爭勝千古」的期待；又以「三年就有一個碩士，三十年未必有一個吳榮富」薦舉回成大。對所尊敬的人說誠實話，一般多有點困難，但是夢機先生沒有給我這樣的壓力。他趣說自己曾是眷村的不良少年，兩邊拿彈弓對峙，卻被鄰居拿真槍驅散。他婉拒下游泳池，說他怕池水會溢出來。他的性情，顏崑陽誇讚它說：「他的腦筋很靈，嘴巴很溜，是我見過最幽默的傢伙，只要他在場，總得笑到肚子發疼。」王邦雄也說他「有老大的義氣」，他提拔的晚輩如李瑞騰、龔鵬程、簡錦松等，屈指難數。可是其早年之詩風清妍端正，少有豪邁駿爽的感覺，好似其一為詩，便收斂其心性，然後擺出一幅全不屬他的嚴肅面孔。所以黃秋芳才會覺得他的詩很「安靜，幾近於冰冷與細緻」。並以「清豔」形容其詩風。雖然，大家可以很容易的說他外行。但是筆者實亦有同感，因此為之搜尋先生言「冷」的字例，。與先生自云：「野處自甘攜冷抱」、「平生冷抱耽岑寂」、「慣從幽境冷搜句」等，足以證明先生早其詩風偏冷的事實。近來筆者借得《花延年室詩集》精裝本閱讀，始漸有所悟：其兩大師承李漁叔、吳萬谷皆如此，但是更離不開當時政治上的大環境，尤其想得大獎更須如此。

唯此「冷風」止於其病，病後則轉化為「熱氣」。所謂：暑氣蒸、入念燒、炎氛、炎燠、溽暑、鬱蒸餉午、午熱難當、焚天晴昊、驕陽將焚，真是句句灼熱難當，此誠為前期所無。而詩亦從其自云：「厄久心彌狀，途窮氣獨揚」、「好夢風吹醒，愁心鳥啄開」始，先生的詩風逐漸擺脫冷色調，而開時進入「但見性情，不睹文字」的本色。如〈樓居〉、〈洛夫商禽張默梅新辛鬱諸兄枉過〉、〈朋聚行〉、〈藥樓秋集〉等，可謂句句皆由胸臆噴薄而出，至此始令人感到先生詩「但見性情，不睹文字」的本色。古人所謂「詩者性情之事」，真不吾欺也。

張夢機教授與中央大學

陳家煌*

摘要

　　張夢機先生於1991年9月9日風痹病前，已於中央大學中文系執教八年，其間擔任中央大學總務長、主任秘書，病發時擔任中文系主任。病後養病玫瑰中國城，亦未因病卸下教職，以病身繼續於家宅中任教。退休後，持續擔任中央中文系兼任教授，直至仙逝。先生甫自任教中央，加上退休後兼課，與中央大學情緣歷時將近卅年，其告別式亦由中央大學中文系主辦。本文大致略述張夢機先生一生行誼，並著重先生於中央大學之事蹟及病後心境，最末稍及本人與張夢機先生結識因緣。

關鍵詞：張夢機、藥樓、中央大學中國文學系

---

* 中央大學中國文學系專案副教授。

一　前言

　　張夢機（1941.9.13- 2010.8.12）是臺灣近卅年來最重要的古典詩壇祭酒！自1983年
8月起，受聘於中央大學中文系，於1999年2月退休，並持續於中文系兼課至2010年六月
辭世前為止。張老師在中央大學授課長達27年，與中央大學情緣既深且遠。張老師除著
作等身外，為中央大學培育無數英才，病後身廢而吟詠教學不綴的精神，更足以令世人
欽佩，成為中央大學足以傲人的詩人學者典範。

　　張老師於民國30年出生於四川成都，祖籍湖南永綏。祖上世代務農，為殷實地主。
父親張廷能畢業於筧橋中央航空學校第三期，中日戰爭期間，隨國民政府遷都重慶，遂
攜家移居四川，而後奉派赴美受訓。夢機老師有稍長一歲的兄長張克地先生。老師出生
時，外祖母夢見飛機於天際飛翔，大概因為女婿任職空軍，抗戰方酣，夜有所夢。因
此，家人乃將老師命名為「夢機」。

　　1945年抗戰勝利，1946年老師的父親自美學成返國，任職南京空軍司令部教官，遂
舉家遷居首都南京。夢機老師便與兄長於南京就讀小學，曾和母親與家人於玄武湖畔遊
玩時，聽到周遭播於周璇歌曲，便喜歡上周璇。在南京的時間雖然不長，但是在大陸淪
陷渡海來臺後，南京、玄武湖與周璇歌聲，乃成為老師一生重要的童年象徵，日後於詩
作中不斷吟詠。而南京，也正是中央大學創校所在地，可知老師與中央大學宿緣深厚。

　　國共內戰，國民政府節節敗退，老師全家乃於1948年遷居臺灣高雄，居住於岡山空
軍勵志村眷村中。因為是軍眷子弟，自小懷有從軍報國志向，曾與長兄約定，哥哥當空
軍，弟弟當陸軍，克紹箕裘，日後齊心戮力報效國家。在岡山眷村成長期間，老師與長
兄及眷村少年友伴，如宋定西、傅丙仁、劉鉞、李芳崙、陳顯、畢國璋、蘇人俊等人，
舞拳弄棍，以俠氣自任，而這些年少玩伴離開眷村後，多投軍報國，更有多位官拜將軍
（包含老師長兄）。唯獨老師於就讀岡山高中時期，受國文老師影響，逐漸對中國文學
產生興趣。老師的母親，雖然在老師小時候就教導老師背誦了許多詩詞，不過老師古典
詩的啟蒙老師卻是老師父親的友人，當時臺灣南部優秀的古典詩人鄒滌暄先生。老師就
讀岡山高中時，鄒先生教他寫了第一首詩，之後不斷指導批改老師的詩作，讓老師初識
古典詩格律規矩。

　　1960年高中畢業後，老師負笈北上，考入臺灣省立師範大學體育系。在體育系修讀
期間，也修習國文系課程，總共達四十學分，並向李漁叔、吳萬古、江絜生諸位先生學
習詩詞，在校刊發表古典詩作品。在大三時，師大國文系系主任林尹先生約見老師，並
鼓勵老師報考國文研究所。在大學畢業，於惇敍中學擔任體育組長後，老師遂於1968年
考上師大國大所碩士班，並於1969年以《近體詩發凡》取得碩士學位，指導老師為李漁
叔教授。其間，於1967年得到臺北市聯吟大學第一名，初試啼聲、嶄露頭角。其後，於

1968年獲臺灣省全省聯吟大會銀牌獎，至此，確立老師青年詩人的地位。日後更在1979年，分別以《師橘堂詩》與《西鄉詩稿》二書，獲第二屆中興文藝獎章古典詩獎與中山文藝獎，隱然成為新一輩的詩壇祭酒。

老師在獲得碩士學位後，於1970年與田素蘭女士結婚，婚後育有二子，並在1972年回師大國文系擔任講師。於1973年考上師大國文所博士班，遂辭去師大專任教職，於臺灣各大中文系兼課。在博士班修業期間，老師曾任教於國內南北七所大學中文系，也因此能廣結善緣，樹人無數，與許多當今中文學界優秀學者有師生之誼，如李瑞騰、蔡英俊、陳啟佑、李正治、王文進、簡錦松、簡恩定、龔鵬程、馬叔禮、吳榮富等人。1981年，老師以《詞律探原》獲國家文學博士，並在高雄師範學院國文系擔任副教授。可是到處兼課、南來北往的生活實在太勞累，當時老師也不免作詩感嘆「上庠真稿十年心」！

二 受聘中央大學中文系

1983年受聘於中央大學中文系。終於能從高雄師院轉聘中央大學中文系，可能當時系主任蔡信發先生幫助頗多。老師在六十一歲的〈恩承居集飲，喜晤信發〉一詩中，除了描述蔡信發的丰采外，對於蔡教授曾在擔任中大中文系主任及文學院長期間鼎力相助一事，多所感激：

> 平居忍閒寂，剝啄知朋來。嘉招謝面喻，踐約相歡咍。所喜識君久，當筵共香醅。事瑣歸雋語，河瀉如辯才。雄州昔吾陷泥淖，中壢賴汝拔擢回。八年鬟宇膺顯職，幾番賴汝手暗推。沉綿病中本多累，迭次賴汝慰悲哀。前塵尚歷歷，豈容盡成灰。讌罷乘軫去，返宅看盆栽。同聽雨喧述交誼，茗荈濃釀分瓷杯。〈恩承居集飲，喜晤信發〉

詩中「雄州昔吾陷泥淖，中壢賴汝拔擢回」，指的是老師當時家住新店，卻在高雄師範學院專任，每周南北奔波，苦不堪言。當時相同處境的北部學者，為了生計必須南下高雄師院任教的，除了老師之外，同時還有曾昭旭、顏崑陽、何淑貞等人。同樣是中央大學中文系退休的曾昭旭教授曾寫道：「我當年和他每週同車赴高雄上課，相約在車上他為我講一首詩，我為他講一則義理，結果他總是聽聽就睡著。」在這言語中，固然顯出張老師的率性豁達，但也透露出南北奔波的勞累，實常人所不能堪者。當時在高雄師院任教，後來也到中大任教顏崑陽教授，便是在這種折騰下，於講臺上病倒。因此，當時中大校長余傳韜先生與中文系主任蔡信發先生起愛才之心，從高雄師院網羅張老師及曾老師，對老師而言，那真的是「雄州昔吾陷泥淖，中壢賴汝拔擢回」了。

老師感念余傳韜校長知遇之恩，為之襄理校務，擔任行政職。於1987-1989年兩年擔任中大總務長，於1989-1990擔任校長秘書室主任秘書。於1990年8月開始擔任中文系

系主任。蔡信發先生於1988年8月到1990年7月，第二度擔任中文系系主任，張老師便是蔡教授的繼任者。而蔡信發先生卸任中文系主任後，便榮膺中央大學文學院院長一職。在老師投身行政工作時，蔡信發教授不論是在中文系主任或是文學院長職位上，想必對張老師有很大的幫助，因此老師便在日後感謝蔡教授「八年黌宇膺顯職，幾番賴汝手暗推」的暗中協助。

自1983年獲聘中大後，張老師的人生一路順遂，也把握住機會，貢獻己力，為中央大學服務，亦榮膺要職，擔任總務長、校長主任秘書等學校一級主管。更重要的是擔任中文系系主任期間，可以延攬優秀人才，壯大中文系的聲勢。在張老師擔任主任時，中央中文系聘進兩位師資，一是李瑞騰先生，一是李國俊先生。李瑞騰先生極富行政長才，除了廣博紮實的學術著作外，兼治古今文學，也創作散文新詩。當時年富力盛，為中文系開拓新格局。肆後，除學術教學成績卓然超群外，更擔任中央大學中文系系主任、圖書館館長、文學院院長，於2010-2014借調擔任國立臺灣文學館館長；李國俊老師進入中文系後，以培育戲曲人才為職志，成立青玉齋南樂社，教授學生絲竹管弦傳統樂曲，成立南管練習隊。除在學校練習，也曾前往國家音樂廳等地參與表演，並協助整理南管的口傳歷史資料。在李國俊先生的努力下，中央中文系培養一群優秀的南管演奏者，在實際的演練下，戲曲研究能夠活化而成為個人生命情調的一部分。因此中央大學中文系戲曲特色，除洪惟助老師主持的戲曲研究室的崑曲研究展演外，與李國俊老師的傳統南管研究展演，形成雙璧之美。夢機老師擔任主任時，聘進二位李老師，對日後中央中文系均有卓越的貢獻，由此也可見張老師的識人之明。

三　五十歲中風後於家中繼續授課寫詩

在當時張老師任教中央大學中文系期間，中央大學中文系名家輩出。校長余傳韜本欲聘任當時新儒家大師牟宗三先生，親往東海大學拜訪，牟先生卻辭而不就。但經牟先生引薦其弟子們，也就是當時鵝湖社新儒學青壯輩學者，如王邦雄、曾昭旭、岑溢成和袁保新等人，都在1986年被余校長禮聘入中大。當時中大儼然成為新儒家重鎮。1987年，中央中文系聘進張夢機老師一生的摯友：顏崑陽教授。加上中文系原有的紅樓夢專家康來新、崑曲專家洪惟助、禮學專家章景明等人，當時中大中文系前途光明美好，可貴的是系上同仁均值壯年，大有可為。可惜張老師卻在擔任系主任剛滿一年，於1991年9月9日腦幹中風，幾瀕於死。

老師於事後回憶，他中風當天恰巧去醫院探視正在住院的大哥，本來就患有高血壓的他，沒想到竟然在此刻中風。因為在醫院中風，所以能及時處理，免於一死，雖不幸，也算幸運。老師於中風期間住進加護病房，有一天在半夢半醒之間，聽到可能是護士的一位小姐說：「這個病人怎麼還沒死！」由此可知，當時老師真的是生死繫乎一線。

我想老師當時實在是太累了，才會在五十歲壯年中風倒地。

老師擔任中文系主任前不久，父親辭世。擔任系主任後不久，1990年秋天，老師的妻子，師大國文系副教授因食道癌辭世。失怙、喪偶，在兩年內連接發生，就算老師是師大體育系出身的健壯肉體，也會被擊倒吧！我想，老師不止身體上的勞累，更累的是當時生命重要的兩人相繼辭世，心中不堪其痛楚，才累倒的。老師忍著悲痛處理紛雜的系務，當時兩岸剛開始學術互訪不久，系上得風氣之先，在1991年暑假率領中央中文系訪問團前往大陸各大學進行交流，為期兩周。老師在從大陸回來的第五天，便已發病。壯遊神州後，積勞成疾，令人不勝唏噓。壯年時連遭喪父、亡妻，緊接著自己也中風，老師五十歲以後的遭遇，就如龔鵬程先生所說的：「攖人世之奇慘，病廢樓居數十年」！

夢機老師在鬼門關前走一遭，僥倖保有一命，卻也半身不遂，口齒不清。但是老師憑藉著無比的毅力復健，竟然能重登講席，繼續授課。在摯友顏崑陽的協助下，賣掉臺北建國南路的房子，移居新店安坑玫瑰中國城養病，並將居所命名為「藥樓」。風痺之後，老師要用力費勁才能寫字、講話，所幸視力、記憶都無損傷，無礙講學。中文系遂經過系務會議通過，讓老師居家授課，以指導研究生的方式減授鐘點。課程大概都排在周三全天，上午在碩士班開設「詩學研究」，三個鐘點，下午在博士班開設「文學研究」，二個鐘點，修課學生必須從中央大學通車到新店安坑藥樓上課。除了上課外，老師專心養病，在摯友顏崑陽的建議與鼓勵下，老師重拾詩筆，大量寫詩。中風初期，尚無法寫詩，但在三年後，老師病況大致穩定，便開始拾筆創作。

詩人瘂弦曾在1996年1月與陳義芝、楊錦郁、韓舞麟、宇文正等人至藥樓拜訪老師。瘂弦問老師是否還在寫作，老師回答：「寫文章太費力耗神，詩則天天寫，在腦海中思惟運作，主要是消磨時間。」不過老師在養病及消磨時間所寫的詩，竟然比病前多出數倍不止。老師現存詩作約二千餘首，在病前所作，不及四百首。也就是他在病後到往生的這廿年間，寫了超過一千六百首的詩。對不良於行、半身病廢的老師而言，寫詩、讀書、授課、應接賓客，已是老師病後人生的全部。寫詩，也成了吟詠生命、寄託心靈的最重要媒介。

老師病後大量寫詩，摒除紅塵一些名利與庶務糾葛，創作日夥，與年少時逞少使氣而寫作精美雕琢詩作不同。病後老師的詩作，開始面向不良於行的自己，以詩歌記錄日常生活的一切。詩對老師而言，已不是誇耀文學才華的存在，而是另一種心靈療癒的日常必需品。寫詩使得病後人生不太無聊，寫詩，也使得足廢口訥的老師，重新找到生命的意義。因此老師昔日中央大學的同事王邦雄先生，曾經為文記述老師中風後對老師的不捨，文章的題目便是〈英雄已去，詩人歸來〉。老師中風前在人世間的事功榮耀，偉岸事蹟，都已如流雲飄去，病後的老師，大量寫詩，境界更上一層，與早年詩才不同，老師病後，成了一個最純粹的詩人。因為大家提到張夢機，便直覺地想到詩人，而當代只要一提到古典詩，大家第一個想到的便是病後持續不斷寫詩的張夢機。

到了1994年，老師中風後病情稍稍穩定後，老師才又開始大量寫詩。當然大病初癒，不良於行，老師只能困守在藥樓，除了定期的回診，或是極少數的朋友譙集，老師鮮少外出。斗室方丈，便成了老師生活的全部空間。足廢口訥，卻更能使老師靈臺清明，詩思泉湧。雖然老師極少怨天尤人，抱怨病後的不方便，但是在詩中卻常流露出對命運無可奈何的感慨，雖然這種感傷極其幽微不彰，如這首詩寫的病後日常生活呈現出的情調一樣：

> 及昏樓望待雲回，生意經年到此灰。葉少愈增林突兀，天高不覺塔崔嵬。又從寒歲悲塵事，早為沉痾止酒杯。買屋閒居銷晝永，著書換得鬢毛催。〈冬日書懷〉

每次看到這首詩，心下不免默默哀傷。老師的樓居生涯，廿年如一日。每天從早坐到晚，天錮其軀，常人所企求的「閒居」，對病後的老師而言，乃是每日的生活基調。任何人在這種情形下，如何能有「生意」呢？但是「葉少愈增林突兀」，又是老師以景物自喻。此詩寫在歲末冬寒之際，萬木凋零，卻能使枝幹不因茂葉的遮蔽而更顯格調。老師病後，繁華落盡，不向厄運低頭的一股強勁生命力，如同寒冬落木一般，老幹彌彰。獨坐藥樓的老師，生涯至此，身罹奇疾，身外的聲名榮利早已不可得，也不在乎了。別無所求唯在詩藝上盡力，人生境界更高一層。如果這世界上有詩之神，應當是祂在老師中風之際，奮力挽回老師生命，讓老師餘生，都為詩歌獻身吧。

在1995年，老師中風後四年，老師寫了一首詩向中央的老友同事們報告近況：

> 蔬食生涯世外清，且拋窮達臥山城。三年詩卷收花氣，一幅簾波捲樹聲。人事又驚隨鳥換，病心真欲與鷗盟。分憂釋謗恩長在，入戶林邱鑒此情。〈書近況寄諸故人〉

這首詩也是老師表示對於世外榮辱、窮通聲名別無所求的作品。前四句當然寫老師甘於病後閒居生活，雖然足不出戶，但卻能於室內欣賞窗外美景，並將吟詠入詩句之中，這也就是「詩卷收花氣」；舉目所見，唯望窗才能眺望外面的世界，而望窗時先見窗簾，簾子因風起伏似波，也與窗外風聲相互應和，窗外風不僅吹發樹聲，也使得窗簾搖動如波。腹聯則寫自己已病，閒居猶似隱居，機心已泯，人事轉換已與己無干，但是聽聞人事消息，還是有所驚嘆。最後則感謝「故人」們分憂釋謗，關於這個部分，詩意隱晦難解，難尋本事。老師已殘疾，理應無所受謗。況且老師一生不臧否人物，對於他人，只挑優點說，鮮少批評，這在中文學界是眾所皆知之事，不知此時老師有何憂謗？不過，老師以指導研究生的方式減授鐘點，不良於行使得學生必須從雙連坡北上新店上課，當時校方或系上可能有非議之聲。中文系同仁如顏崑陽、曾昭旭、王邦雄、蔡信發、岑溢成、康來新、李瑞騰等人一定支持老師以養病為由，於家中授課，是否因為此事與校方、系上有所齟齬，事經廿餘年，不得而知。顏崑陽教授於1996年離開中大遠赴

東華大學任教，也不知因為何事離開。但是中央中文系系上好友全力相挺，讓病後的老師感到溫馨，感恩於心。

中央大學中文系破例讓老師於家中授課，免於車馬奔波勞苦，專心養病，這種高誼精神，在中文學界傳為佳話。在老師往生後，中央大學前校長蔣偉寧在中央中文系李瑞騰、孫致文為老師編輯的紀念文集《歌哭紅塵間》書中的序言曾寫到：

> 我知道，在這漫長的艱困歲月中，中文學界的朋友一直是支撐張老師度過難關的一股力量，像蔡院長、曾昭旭教授、陳文華教授、顏崑陽教授等等，總在張老師有需要的時候，就適時地伸出援手，這樣的情義，正是一種深度人文精神的具體表現，令人感動。

中央大學中文系，在老師中風後，如同蔣校長所說，展現的情義，令人感動。老師病後一直在家中授課，直到1999年1月底退休，自1999年2月開始，固定每學期開設一門研究所的課，直到2010年7月，也就是他辭世前的一個月。中央中文系，真是一個有情有義的系；中央中文系的學生也何其有幸，雖然長途跋涉，卻也能親炙老師晚年最精深幽微的詩學課程，尤其老師病後摒除一切俗務，將心力付諸詩中，其講述內容必然精采無比。

如前所述，老師在中風病況穩定後，開始大量創作古典詩。在1993年12月，由學生李瑞騰編輯集結老師病中復健餘暇的創作，有詩三百餘首，名為《藥樓詩稿》；1999年出版《鯤天吟稿》，作為他於中央大學退休的紀念詩集，收詩約五百餘首，這本詩集是非賣品。2001年出版《鯤天外集》，此書卷一以詞為主、卷二為詩、卷三為詩評，大概也是非賣品。2004年在好友陳文華、學生簡錦松兩位教授的幫助下，出版《夢機六十以後詩》；2009年出版《夢機詩選》；2010年出版《藥樓近詩》。老師在2010年夏天往生後，學生龔鵬程親攜老師自選遺稿，2013年1月於大陸出版《張夢機詩文選編》，收詩781首，詞75闋，並附上老師碩士論文《近體詩發凡》，在諸多出版的詩集中，此選集是比較好的本子。當然，老師詩作全集的補遺及出版，還待我輩弟子們努力蒐集勘校。

《鯤天吟稿》是老師病後最重要的詩作總集，老師也在此集序言中闡述他病後心境與處境，而且總於熬到退休了，在人生的工作上也算進入了另一個里程碑：

> 余自罹病以還，今且八載，而身猶殘障，口仍訥澀，日日看山看樹，聽風聽鳥，除復健外，惟以披書賡詠自誤。惜夫歲月易逝，題材寖荒，周遭事物，幾已摹寫殆盡，且余久病不瘳，登涉維艱，縱有谿壑美景，恐難入吟篇。述作不易，幸能成書，亦快事也。況余退休在即，輯以為鴻爪之跡，不亦可乎！此所以不計工拙，敢陳大雅之故也。

《鯤天吟稿》五百餘首詩大概展現了老師罹病八年來的生活。一方面要固定在中文

系開設兩門課，一方面又要持續復健，困身斗室一隅，老師無聊的處境可想而知。寫詩寫到「題材寖荒，周遭事物，幾已摹寫殆盡」，寫到沒有題材可以書寫，愈顯出老師坎坷迍邅的處境。老師病廢藥樓之後所寫的詩，如同龔鵬程教授所說的：「翻來覆去，可說只是同一首詩或同一題詩：藥樓遣悶」，信乎此言。但是老師還是發揮他絕佳的詩藝，將相同的心境、相同的景物、相同的時序遞嬗，以不同的形式傳達出來，讓千餘首的詩作，不致於重覆。這種體物入微，仔細琢磨周遭事物的觀察力，還有憶往懷舊咀嚼情誼的敏銳心思，是老師在寫了千餘首詩，尚能游刃有餘的功力。這也是老師病後培養出用心專一，聚精會神，將所有的心思放在寫詩之後才能呈現的格調。

日本小說家村上春樹曾經在談論舒伯特的鋼琴奏鳴曲時提到一個觀念，也就是：「這個世界上，不無聊的東西人們馬上就會膩，不會膩的東西大體上是無聊的東西」。日本漢學家吉川幸次郎在《宋詩概說》一書中，也曾將唐詩比喻曾酒，而將宋詩比喻成茶。酒易醉人，但不可多飲，茶味平淡，卻可當成日常飲品。老師病後詩，大多是書寫無聊心境，但是一首一首讀下來，卻充滿了日常趣味和幽默機智。平淡枯燥的病後復健生活，在老師筆下詩中，竟然生意盎然。

老師在2000年寫的〈回首〉一詩，大概可以概括地呈現他近十年來病後的事況：

> 披書以外是賡詩，四季都歸默眺時。黍夢光陰蟬不管，鵑花心緒蝶難知。朋來助講存高誼，客至交歡話上醫。往日事如風雨過，今朝愈覺繫人思。〈回首〉

詩中所謂的「黍夢」，乃黃粱一夢的簡稱。此詩寫出老師病後，賡詩、默眺之外，最高興的就是有友朋、佳客前來拜訪，為無聊的樓居生活憑添一絲樂趣。除此之外，每周一次的中央中文系研究生前來上課，也讓老師歡娛良久。如以下這兩首詩寫病中授課傳業情況：

> 寒舍開講筵，環坐三學博。論法頻傳詩，啟門授金鑰。秋氣穿前廳，左側臨大壑。巧聯與趣聞，偶爾供一噱。課罷諸生歸，斜陽掛屋角。閑眺雲緩升，周遭盡落索。〈授課憶舊〉
> 午後樓陰冉冉移，諸生遠道共茶甌。且從皮陸明吳體，偶向陳黃辨宋詩。請業不曾嫌口訥，叩鐘稍欲見襟期。輕車歸去斜陽晚，坐看白雲無盡時。〈授課〉

老師不僅在古典詩創作為一代宗師，在詩學理論上更有獨到的見解，尤精於格律法度之學。老師年少時便以碩士論文《近體詩發凡》鳴世，書中細論詩法、格律、拗救，在1981年更出版《古典詩的形式結構》，更加細密地討論詩法。其餘如《詩齋說詩》、《杜律指歸》、《詞律探源》、《鷗波詩話》、《讀杜新箋：律髓批杜詮評》、《詩學論叢》等學術專著，也多偏重形式法度，尤精深於杜詩。「論法頻傳詩」，當是實際授課內容。「且從皮陸明吳體，偶向陳黃辨宋詩」，皮陸乃晚唐詩人皮日休、陸龜蒙，陳黃乃宋代

江西詩派的三宗：黃庭堅、陳師道、陳與義。所謂的「吳體」，是古典詩中特殊的拗救格律，創自杜甫，流行於晚唐、北宋，至黃山谷時發揮到淋漓盡致，這也是老師於詩學中特殊的學問所在。辨明格律家數，最後明唐宋詩的分野。所以老師詩中「啟門授金鑰」一句，充滿了無比的自信，從拗體明唐宋詩，乃是老師於詩學中最重要的貢獻。在授課期間，老師會穿插中文學界學人趣事及迭事，這也是老詩所謂的「巧聯與趣聞，偶爾供一噱」。老師交游廣闊以及幽默風趣，在中文學界為人津津樂道。學生上課時能聽到師長輩的趣聞，也增添了上課的樂趣。

老師在中大退休前，一學期開課兩門課，大概是「文學研究」、「詩學研究」、「文學理論研究」與「詩學專題研究」四門課輪流對開。1999年退休後，則於每學期開設一門課程，九十二學年度新開「唐詩專題研究」、九十三學年度新開「詩詞專題研究」，在九十八學年度第二學期，也就是他去世前的一個學期，開設了「杜詩專題研究」。老師從來沒有在中央大學中文系開過杜詩的課，但卻選擇在將近七十歲時開設杜詩，可見他想將一生集中專注杜詩的研究，在這門課作一個總結。老師授完一學期的「杜詩專題研究」後，便去信中央中文系系辦，暫停下學期兼課事宜。老師親筆寫信給系上助教如下：

馮小姐：

很對不起，本學期最後一個月，我言語乏力，口齒不清，授課很吃力，故準備休息一學期，看看結果，再作決定吧。勞神之處，敬祈鑒宥。匆此　即祝

學安

張夢機上　九十九、七、一

馮曉蘋是中文系助教，負責老師的排課事宜。當初老師的信在系務會議上公布，說明老師不再兼課的原委後，我看到信，心下一陣悲涼傷痛。老師的身體已經這麼不好了啊。然後跟同事孫致文教授相約，暑假有空時去看看老師。沒想到，還沒約成，老師便已然住院。接著在2010年的夏天，八月十二日，與世長辭。

老師往生後，中央大學中文系組成治喪委員會，由系主任楊祖漢教授與老師好友門生們，洽商治喪事宜。治喪委員會名譽主任委員是中央大學老校長余傳韜先生，主任委員是當時中大校長蔣偉寧校長，總幹事為中文楊祖漢主任，副總幹事為孫致文教授。老師一生的好友顏崑陽教授寫了〈大詩人張夢機教授傳略〉，老師的學生，當時擔任臺灣文學館館長李瑞騰教授，偕同中文系孫致文教授，在短期間之內編輯了《歌哭紅塵間－詩人張夢機教授紀念文集》，此書收錄了與老師相關的文章，由中央大學中文系出版。李瑞騰老師並命孫致文，籌辦老師告別式的相關事宜，也命令我鳩集學生，組隊在老師的告別式中吟唱。告別式於2010年9月2日下午，在臺北第二殯儀館舉行。由中央大學退休教授曾昭旭講述行誼，中央、師大、淡江學生的吟唱送別，親友學生致辭後，完滿結束。告別式後，老師靈骨亦安奉於三峽三德公墓。老師後事的籌辦過程中，李瑞騰

老師出力最多。在老師生前，李老師不僅出資校定出版老師的《碧潭煙雨》、《詩學論叢》與《藥樓詩稿》，在老師病後，在系務上多所協助，老師身後，更掛心老師詩集的出版，並指導碩士生撰寫老師作品研究的學位論文。李瑞騰之於張老師，可謂不辱師門、無負師恩。

四　餘論

我是張夢機老師的學生簡錦松教授的學生。記得在中山大學中文系就讀時，簡老師在詩選課的最後一周，用兩小時的時間，跟我們講授藥樓詩，並略述張夢機老師的事跡。那一年，是1994年的初夏，我廿歲。當時既佩服老師詩作的高妙，更因為老師悲慘的遭遇而難過。之後到博士畢業前，我都沒離開高雄，跟著簡老師做學問。第一次見到夢機老師時，是2008年初夏，我應聘中央中文系，面試後，順道北上安坑探望老師。老師之前已收到我寄給他的詩作，對我讚譽有加，令我愧不敢當。會面後聊了一下午，大多是中山、中央師長們的趣聞。臨走前老師要贈書給我，簽名時問了一下日期，我回答「六月三日」，老師突然顆顆笑了兩聲，愉快地說出「禁煙節」。

因為是學生的學生，我稱呼老師為「太老師」。老師說不要那樣叫他，稱他為「老師」就可以了。從這裡可以看出老師的隨和謙遜。因此，此文全篇，我都稱張夢機為老師。雖然他是我老師的老師，不過，他在我心中，是一位真誠而沒有距離的真老師。

在中央應徵上專案教師後，經過一年，我在中文系開設大二的「詩選及習作」，我用盡力氣來上這門系上的必修課，期間與致文兄去找過老師幾次。在這門課上學期結束前的最後一周，我選了張夢機、顏崑陽、龔鵬程、簡錦松幾位先生還有我自己的詩來講解。幾位學生想去玫瑰中國城找老師，在2010年的寒假前，我和致文帶著一群大二的學生，和他們寫的詩，一起去安坑拜謁老師。老師那天的心情很好，對學生的詩作稍稍修改一番，也給了他們意見。之後我們一群師生盡興而歸。

在來中央的前兩年，我常寫詩，也將詩作寄去給老師看，老師有時會次韻我的詩，令我受寵若驚。我本來就不太喜歡寫詩，比較喜歡寫論文。但是因為有老師的欣賞，詩作日夥。趁著課餘去安坑拜訪老師，雖然路途遙遠了些，不過心裡總是很踏實。

老師死後，我不再寫詩，因為寫詩失去了重要的讀者，也不再在系上開設「詩選及習作」，因為沒有力氣再教學生寫詩。詩對我而言，僅剩學術研究的價值。老師死後，我大概有整整兩年沒寫過一首詩，也不再教人寫詩，心神沮喪，無力且無助。

老師死後兩年，我才因為某個契機開始再拾筆桿。寫完丁亞傑的悼念詩二首之後，開始動筆的第三首便是懷念老師的詩作。

重壞紅塵隔迢遙，遺詩格調自兀嶢。問字說項似昨日，令我小子志氣驕。逸興遄

飛坐如石，論詩憶舊動顏色。難忘淡海浮舟夜，風流滿船水天碧。痼疾鎖斷多少春，幽幽二十年酸辛。縱使世間添好詩，可惜杜門寂寞人。放吟天地無寬窄，倔強提筆何須藥。明朝授課說詩時，詩老定教後生識。〈憶藥樓主人，次韻吾師「觀雲篇」〉

「明朝授課說詩時，詩老定教後生識」，只要我站在講壇上一天，我就會持續演說老師的事蹟，並將老師的優秀詩作介紹給未來的莘莘學子。這就是薪火相傳。這就是詩學的傳承。這就是我對張夢機老師的承諾，也是我在心底幽靜而無聲的自我期許！

（三）【風土與家國想像】

「故國夢」與「在地情」
——論張夢機詩中的「存在漂浮」

顏崑陽*

摘要

張夢機乃國府遷臺以降最重要的古典詩人,出版七本詩集,有詩二千餘首,質量俱高。其才情生具,中學時期即能詩。大學原習體育,研究所轉讀中國文學,兼擅古典詩學與創作,故能深契中國文化詩性之美。

張夢機祖籍湖南省永綏縣。父親為航炸軍官。抗戰期間,出生於成都,六歲寓居南京,就讀小學,童年記憶深刻。九歲,全家隨國府遷臺,安置高雄岡山空軍勵志村,度過中小學歲月。及長,負笈臺灣師範大學,托跡台北市。婚後曾擇居新店多年,又徙臺北市。中晚年廢疾,復定居新店,養病安坑,號所居為「藥樓」。

張夢機此一生命歷程,可謂漂浮如萍,故羈旅之情始終在懷,而往往表現於詩中。出於稚齡即寓居鯤臺,似有「在地情」而未嘗切實,多屬「詩意」之體驗,非鄉土之認同;而故鄉遠在海峽彼岸,乃時有「故國夢」而未嘗成真;所認同者實「文化中國」、「詩意中國」而非「政治中國」、「鄉土中國」。

張夢機之詩,其中多隱涵「故國夢」與「在地情」之交纏,而二者俱與現實世界相遠,可謂「兩不著地,鄉土無歸」;故其「存在主體」始終「漂浮」在想像、建構之「文化中國」、「詩意中國」中,終成幻境。

關鍵詞:故國夢、在地情、張夢機詩、存在漂浮、藥樓

---

*　淡江大學中國文學系教授。

一 前言

一九六七年，在「中國詩經研究會」何南史所主辦的全國聯吟大會中，我與張夢機初識。夢機剛從師大體育系畢業二年餘，一面在惇敘中學擔任體育教師，一面積極準備投考師大國文研究所。我則剛從師大附中畢業，被大學聯考煎熬過。那時，夢機寓居台北市金山街的巷子裡，庭院內，一棟日式房子，他分租的房間不到三坪，的確是「蝸居」。從此，我就經常到他的蝸居，談詩論藝，有時天南地北閒聊，並開始詩歌往來酬贈。某日下午，我親睹岡山眷村總角之交的好友李某，穿著軍官制服來找他。因為李某的妹妹被植物園一帶的小流氓欺侮了，就找夢機一起去討回公道。夢機要我在屋裡等他，茶剛泡好，回來，還要繼續談詩。

他們出門了，我望著二個壯碩的背影，忽然體會到，「詩」與「劍」原可合於一人之身。祖狄、劉琨、李白、辛棄疾等，不就這樣嗎？約莫一個多小時，夢機的身影跨入庭院。我從窗口望見他，身上沒有傷痕。「幾個小混混賠不是，也就算了。喝茶，談詩吧！」他淡然的說。那天，聊得太晚，我就在這兒打地鋪。這其實是常有的事。

就這樣，從一九六七年開始，到二○一○年，詩人去世。我與夢機情同兄弟，元白交契四十餘年。其間，除了經常詩茗往來，更同在高雄師範學院、中央大學任教。一九七○年間，他婚後即卜居新店。一九七九年，我婚後也在新店定居。我們隔著一條北新路，相與為鄰。女兒顏訥、兒子顏樞更拜夢機夫婦為義父母。

其後，夢機遷居都城，與曾昭旭對門而居；但我與夢機的往來從未曾間斷。一九九○年，夢機悲逢莊生鼓盆之歌，夫人田素蘭教授病逝。一九九一年，忽爾中風幾死，廢臥，四體不仁，口舌猶木。一九九三年，夢機因經濟及養病之利的考量，遷離都城，擇居台北南郊。我幫他尋覓適合養病之所，購屋於新店安坑玫瑰中國城之浩園；住定之後，日常不離藥物，乃號其居為「藥樓」。

夢機病後，萬念俱灰，詩也擱筆了。我幾經勸慰，他才重拾吟詠，而詩情更豐沛於往昔。病後假滿，必須復職，否則生活所賴者無以為繼。他雖經復建，口舌猶不便利，如何授課？於是，由我權充「特別助教」。夢機編好講綱，簡述要義之後，我再接續闡發，並與學生們細做討論。其間，他有見解，就適時介入。選課的學生甚多，他們都覺得這門課很有收穫。聽說，有人為了報怨，向中壢調查站檢舉我「利益輸送」；有司查明，一笑而結案。

年餘，夢機已能獨立授課，正好我也移家花蓮。此後，酬贈之詩依然未輟。而我也時常獨自或攜眷遠從花蓮到藥樓探視。四十餘年間，得意之時也好，失意之時也好，我與夢機從未曾疏離過。其間談論，除詩文或時事而外，彼此身世之經歷及感思，也莫不交親而言深。

因此，我直接而深層的理解張夢機這個人，也理解他的詩。在我的理解中，夢機的「人」與「詩」根本是相互滲透而同在。他的生命存在意義是以「古典詩」這一既傳統又創變的「文化形式」，意象化的表現出來；而其詩之意義也是以他的存在經驗為題材，亦即個人與時代交織的「身世」經歷及感思，經由「文心」的意匠經營而以古典詩體表而現之；故詮釋其詩與詮釋其人，必須交相為用。這是本文的基本詮釋原則。

夢機乃國府遷台以降，最重要的古典詩人，有詩約二千餘篇，質量俱高。其才情生具，中學時期即能詩。大學原習體育，研究所轉讀中國文學，碩、博士論文皆以詩詞為專業，而又擅於創作，故能深契中國文化詩性之美。

夢機祖籍湖南省永綏縣，一九四一年出生於成都。當時正值抗戰期間，六歲隨家由成都遷居南京，與兄長張克地一起就讀小學。九歲隨家遷臺，安置高雄岡山空軍勵志村，度過少年歲月。及長，負笈臺灣師範大學，托跡臺北市。婚後曾擇居新店十餘年，復徙臺北市。晚歲則又再度卜宅新店安坑，養病「藥樓」。

夢機的生命歷程，可謂漂浮如萍，故羈旅之情始終在懷，而往往表現於詩中。由於稚齡即寓居鯤臺，總覺一身如寄，故雖有在地之情而未嘗切實，多屬「詩意」之體驗；而故鄉遠在海峽彼岸，乃時有故國之夢而未嘗成真。由於父兄皆為甲冑之士，忠貞效勞國民政府；則其夢中「故國」實為「文化認同」或「詩意想像」，而非「政權認同」，更非「鄉土經驗」。

細讀張夢機之詩，可體會其中「故國夢」與「在地情」之交纏，而二者俱與現實世界相遠，可謂「兩不著地，鄉土無歸」；其「存在主體」始終「漂浮」在想像、建構之「文化中國」、「詩意中國」中，終為幻境。

本論文即是以此為題，揭明張夢機詩中所隱涵「故國夢」與「在地情」之衝突，以詮釋亂離詩人「存在漂浮」之悲情。而這樣的「存在漂浮」其實具有「典型性」意義，乃是張夢機前後二代外省籍人士，共同的存在經驗。

二　張夢機詩中的「故國夢」

（一）張夢機「故國夢」生成的原因

張夢機的「故國夢」之所以生成，可有三個主要原因：

其一、童年亂離的記憶

湖南省永綏縣是夢機家族血緣之身分認同的故鄉；但事實上，一九四一年，他在烽火中，降生於成都市；接著由於戰亂，流離遷徙。解嚴後，他三次旅遊故國，也未曾回到永綏，可能那兒並沒有他認識的親友；故而夢機一生從未踏過故鄉永綏半寸土地，童

年記憶也只連接到成都、南京與上海。

夢機家族世代務農，尊翁廷能先生始棄農從學；或許因為時局混亂，青年人多懷班超之志，廷能先生乃選擇投考軍校，畢業於筧橋航校三期。那時，正逢日軍侵華，武漢、長沙已成會戰之野；因隨國民政府之遷都，攜家服役於古蜀之地，稍後奉派赴美，學習航炸之術。一九四六年，廷能先生自美學成歸國，奉派南京空軍訓練部，膺任教官，故自成都移家首府。夢機乃與其長兄克地，在南京就讀小學。某日，隨母遊於玄武湖邊，忽聞周璇鶯燕啼春之歌聲，穿花越柳而來；時則內戰方殷，遠方砲火恐如驚蟄之巨雷。

後來，他在戰火中，隨家人從上海搭乘船艦，離開故國，到基隆上岸，輾轉安置岡山空軍眷村。他的〈自敘〉詩云：「髫齡隨父別秣陵，由滬乘桴渡溟渤。雞籠艤船近午天，昏黑始抵岡山歇。」[1]這段記憶非常深刻，夢機經常向我談到，以致往後他會那麼嗜愛周璇舊曲，並且邀我以及其他友人一起聆賞。除了我之外，在詩集中還可以讀到〈永武過宿新店寓樓聽周璇遺曲感作〉[2]。陪他一起聽賞周璇舊曲者，合情的推想，除黃永武與我之外，恐怕還會有好友羅尚、陳文華等人吧！或許夢機就是藉著周璇的歌聲，以追想亂離逃難的跫音。他有一首〈聽周璇歌〉描述這段經驗與感懷。[3]直到他中風之後，困居「藥樓」，聽賞周璇舊曲，還是養病生活的趣味之一，或許是藉以追憶這段深刻的童年經驗吧！夢機之詩多有感時憂世之情，亦緣於遭逢亂世之故。這是他「故國夢」始終酣熟的原因之一。我曾在〈詩人真的走了！〉一文中，描寫他在玄武湖邊聽到周璇的歌聲，竟爾終生難忘這件事：

> 這一幕往事，鐫刻在他最裡層的心版上，時而掏出來閱讀。我明白，他反覆聆聽的不只是周璇的歌聲，更是生命迤邐過那段苦難歲月的跫音。我是他的兄弟，雖然沒有陪他一起走過亂離之路，卻可以在幾十年後，陪著他讓周璇的歌聲，將我們帶到還沒有被烽火吞噬的玄武湖邊。[4]

夢機還健壯如龍虎的年代，有一個夜晚，在他新店家裡，我們從周璇的歌聲中，從遙遠的「故國夢」回到現實世界。他忽然談起劉禹錫的一首詩〈與歌者何戡〉，云：「二十餘年別帝京，重聞天樂不勝情。舊人唯有何戡在，更與殷勤唱渭城。」[5]他嘆了一口氣說：「崑陽，你懂劉禹錫這首詩嗎？我喜歡聽周璇的歌，你也懂嗎？」這種感懷，他

1　張夢機：《夢機六十以後詩》（台北：里仁書局，2004年），頁33。

2　張夢機：《師橘堂詩》（台北：華正書局，1979年），頁36。

3　張夢機：《鯤天吟稿》（台北：華正書局，1999年），頁118。

4　顏崑陽：〈詩人真的走了〉，《文訊》二九九期，2010年9月），收入李瑞騰、孫致文合編：《歌哭紅塵間》（台灣：中央大學中文系，2010年）。

5　瞿蛻園：《劉禹錫集箋證》（上海：古籍出版社，1989年），中冊，頁786。

在〈聽周璇歌〉一詩中，有句云：「白頭舊何戡，鬱悒誰得似！」[6]我當時大聲的回答：「懂啊！怎會不懂？」如今想來，恐怕沒有完全懂得吧！

其二、中國文化意識型態

夢機隨父母流離臺灣，被安頓在高雄岡山空軍眷屬聚居的勵志村。他從童稚到少年時期的夥伴，就是眷村裡的軍人子弟們，除了長兄張克地，還有宋定西、傅丙仁、劉鉞、李芳崙、陳顥、畢國璋、蘇人俊等。其中有幾位，我曾在夢機家裡見過。即使大家年紀都很大了，我卻還可以感覺到，他們的友情和親兄弟沒有兩樣。

他們都就讀岡山中學，一起作夢、玩耍、追女孩子，甚至打群架。當然夢機強調，他們只是「行俠仗義」或「抵禦外侮」，絕沒有欺侮弱小。當時，夢機與我，兩人之「詩性」與「俠氣」投契無間。我對他們這群兄弟的少年俠客行，當然深信不疑，甚至心嚮往之，彷彿打架時，我也在旁邊擂鼓助陣。他這些朋友，後來大多就讀軍校，其中有的當到了將領。夢機長兄張克地，就是炮兵少將。軍人家族，對夢機之意識型態的形塑，不知不覺中，起了很大作用。我想，那個年代，掛在中小學走廊柱子上的民族英雄圖像，諸如衛青、霍去病、班超、岳飛、文天祥、鄭成功等，應該很受到他們的認同吧！報效黨國、反共抗俄、光復大陸、還我河山，這不只是口號，恐怕真的就是他們當時堅固的意識型態。

不過，這個意識型態的結構頗為複雜，由三個層位所組合：國民黨、中華民國、中國文化。有些人的意識型態定位在台灣內部的政黨關係上，對「國民黨」政權的認同，是為「政黨意識型態」；有些人的意識型態定位在兩岸關係，對「中華民國」之正統主權的認同，是為「國家意識型態」；有些人的意識型態定位在臺灣本土文化或中國文化的認同，是為「文化意識型態」。其中，有些會將這三個層位混同為一，國民黨就是中華民國，中華民國就是中國文化。有些人則會理性的將三個層位分開：認同中國文化，卻未必認同中華民國；認同中國文化與中華民國，卻未必認同國民黨。夢機雖然沒有效法班超，投筆從戎；但是，從父親、兄長到眷村的夥伴們，都是執干戈以衛社稷的軍人，夢機耳目心智之所習染，「政黨意識型態」雖然沒有那麼強烈；但是「國家意識形態」與「文化意識型態」，卻頗為明顯。尤其中國「文化意識型態」更是堅固。這也是他「故國夢」始終醞熟的原因之一。

然而，我與夢機相交四十幾年，我們從來不曾因為意識型態的差異而發生衝突。我也從沒見過夢機在這方面與人對立而惡言相向。其中原因之一是他的胸襟開闊，無不可容之人；原因之二乃是他從不涉足政治場域，故而「政黨意識型態」並沒有那麼偏極，在政治權力上與人無爭。原因之三則是中華民國的「國家意識型態」，對立的是海峽彼

---

6 張夢機：《鯤天吟稿》，頁118。

岸的中華人民共和國。這幾乎是解嚴之前，那個年代的知識分子被形塑的共同意識型態；統獨之爭，還沒展開，因此當時同處臺灣本地的知識分子，內部還沒有意識型態的衝突。我所了解的夢機，做為受到中國文化及文學薰陶成長的知識分子，「文化意識型態」才是他心靈結構的底質；故而原因之四應該是他真正認同的乃「文化中國」、「詩意中國」而非「政治中國」。從知識分子所懷抱的文化理想來看這世界，一切政治的黑暗，不管什麼政黨、政權都是他的詩歌所諷喻的對象，國民黨也不例外。這種意識型態有其「價值理想」的超越性，不在政治立場上選邊站；因此，我從不曾見過他在政黨、族群、省籍、鄉土的立場上，有過任何排他性的言行。

其三、古典詩意的想像

夢機真正認同的「故國」，是「文化中國」、「詩意中國」而不是「政治中國」。這當然與他是優質的古典詩人，而文化涵養出於中國文學系有關。我曾在〈大詩人張夢機教授傳略〉寫到：「夢機資性兼具「詩」與「俠」之材質。詩予其靜、予其文；俠予其動、予其武。宜詩宜俠、能靜能動、允文允武，此為夢機之神貌。」[7]然而，假如說一個人的「才性」有其向度與強度，則夢機雖兼具「詩」與「俠」兩種向度；但是「詩才」的強度應該是超過「俠氣」。因此，他最終沒有走上「武」這一條路，而以「文」實現生命存在的價值。早在中學時期，「詩」就是他表現自我、享受自我、肯定自我的創造產物。因此，大學就讀聯考比較容易進門的體育系；但那畢竟不是他才性「真正」所鍾之地，暫時寄寓而已。他的才性所鍾之地，就在國文系，那兒才有他嗜愛的中國古典詩歌。我在〈大詩人張夢機教授傳略〉寫到：

> 夢機之於詩，高中時期，即啟蒙於父執鄒滌暄先生，而知起承轉合之規矩。其後，負笈師大體育系，每旁聽中文課程，而得入詩壇祭酒李漁叔先生之門，幸獲宗匠之陶鑄，授以聲調、篇章變化之秘法。其間，又時承吳萬谷、江絜生諸前輩之點化，乃明活字求奇之方。夢機材質既高，轉益多師，故終成大器。

因此，他離開現代的籃球場、拳擊台之後，便走入古代的詩詞世界中。一個文化豐饒的「故國」，讓他恣意神遊。長安宮闕、洛陽牡丹、秦淮酒家、揚州畫舫、邊塞風雲……。這是一個古典詩意想像的中國，夢機的心靈就安頓在這世界中，時與陶淵明、謝靈運、李白、杜甫、王維、孟浩然、蘇東坡、黃山谷，甚至黃仲則、陳散原……，古今相接，同聲唱和，從而實現他的生命存在價值。這當然是他「故國夢」始終酣熟的原因之一。

---

7 顏崑陽：〈大詩人張夢機教授傳略〉，《文訊》二九九期，2010年9月），收入李瑞騰、孫致文合編：《歌哭紅塵間》。

　　綜合而言，童年亂離的記憶、中國文化意識形態、古典詩意的想像乃是夢機「故國夢」生成的三個主要原因。

（二）張夢機「故國夢」的三個階段

　　張夢機的「故國夢」可約略分為三個階段：第一個階段是青少年到解嚴之前；第二個階段是解嚴後到他中風廢疾之前；第三個階段是他中風廢疾之後，以至於去世。

第一階段的「故國夢」

　　這一階段的「故國夢」，表現在《師橘堂詩》、《西鄉詩稿》，大約二十幾首的作品中，卻都沒有自己切實經驗的專題之詠，例如〈揚州〉、〈南國〉，詩題雖為故國地名，卻只是「詩意中國」的想像，從典故化出的故國之夢。

〈揚州〉云：
　萬貫幾人騎鶴來，二分明月照樓臺。今宵偏憶揚州路，荳蔻春心小杜才。[8]

〈南國〉云：
　南國春深入夢哀，荔枝紅遍越王臺。那堪碧海青天意，都被中宵月喚來。[9]

這二首詩明顯脫胎於「腰纏十萬貫，騎鶴上揚州」的古詩句，或杜牧、李商隱等人的詩篇。雖說「今宵偏憶揚州路」、「南國春深入夢哀，荔枝紅遍越王臺」，景象如在目前；但是夢機在解嚴之前，童年記憶只及於成都、南京、上海，並未到過揚州、廣州（越王臺）。從語言形式而言，確是馳騁才氣的好詩；但畢竟「為文以造情」之作。不過他的「故國夢」卻可以理解，那是「文化中國」的認同，也有夢機那一代亂離、漂浮的生命存在意義。

　　這一階段，如此的「故國夢」在早期二本詩集二十幾首作品中，幾乎都出現於片段的句子，間接從他人的經驗而起興；大體是「古典詩意想像」的故國，其中當然有他童年亂離的記憶。這些詩，除上舉二首，其餘如下：〈牡丹詩〉、〈春雨〉、〈己酉庚戌間與崑陽剪燈賡吟九首〉、〈碧潭秋感〉、〈老兵〉、〈自大湳北歸偶題絕句酬崑陽見寄〉、〈雨夜戎庵寓廬食蓮粥歸後崑陽有詩次韻〉、〈壬子新春戎庵治饌招飲為述江南舊事歸作此篇〉、〈癸丑上巳華岡雅集分韻得少字〉、〈前詩既成意猶未盡案有餘墨復作二首〉、〈過戎庵寓廬夜話〉、〈永武過宿新店寓樓聽周璇遺曲感作四首〉、〈春雨〉、〈寒流〉、〈題江師翔雲騁懷集二首〉、〈伯元自美歸國詩以迓之〉、〈奉酬伯元追懷舊邦之作〉；[10]〈山居〉、

8　《師橘堂詩》，頁40。

9　《師橘堂詩》頁40。

10　以上諸詩，見《師橘堂詩》。

〈辛亥秋興〉、〈梅雨〉。[11]

這些詩中，類似〈春雨〉云：「賣花聲裏夢湘州」、〈己酉庚戌間與崑陽剪燈賡吟〉云：「湖山有夢徒能說」、「浮家瀛海頻經歲，懸夢衡山第幾崖」、「楚雲已隔鯤濤外，家在楚雲西更西」等，都將「故國夢」落在家族血緣的故鄉——湖南。然而夢機的童年記憶其實未及於祖籍湖南永綏；故而那只是他家族血緣的認同，一個始終虛懸的故鄉。

夢機間接從他人的經驗起興的「故國夢」，在詩中歌詠到的主要是同一亂離世代的朋友，他們有著共同的歷史記憶，例如羅尚（戎庵）、黃永武、陳新雄（伯元）。其中羅戎庵尤為重要，戎庵年長於夢機，曾從軍歷經戰爭，行履各地；又是夢機最親近的詩友之一，皆寓居新店，相鄰不遠；因此經常聚會話舊，前舉詩中所謂「為述江南舊事」，即是如此。

總之，夢機第一階段的「故國夢」，小部分出於童年亂離的記憶，大部分來自「文化中國」的意識與古典「詩意中國」的想像。因此，虛境為多，切實經驗為少。「夢」字經常出現，果是「故國神遊」之「夢」，何等「漂浮的存在」！

第二階段的「故國夢」

第二階段與第三階段的「故國夢」，在經驗發生的時序上，可以區分；但作品寫成與出版的時間，卻難以辨別。從經驗發生的時序來說，第二階段大約一九八七年兩岸政治解嚴，到一九九一年夢機中風廢疾。這期間，他三次旅遊大陸，總算踏上童年記憶與詩意想像的故國，而身歷北京、廣州、南京、杭州、上海、西安、桂林等地。他有一首〈記大陸游〉，頗詳述旅遊歷程，云：

> 病前三度堯封行，遍遊燕陝粵浙京。二為寒冬一炎夏，請容縷縷敘分明。首乘銀翼當殘臘，飛抵上都入雜遝。……次從港九到廣州，珠江曲折滾滾流……。三搏扶搖蒞於浙，兩堤叢柳鎖酷熱。……嗣後泛覽舊秣陵，鍾阜龍蟠秦淮燈。玄武湖邊暗憶往，髫年頻摘藕花曾。西安桂林恣遊衍，渭水灘水煙波軟。……返臺豈料才須史，竟罹沉痼及禍樞。……。[12]

這首詩敘述得很明白，夢機三次故國之遊。第一次在冬天，歷經北京一帶，故宮、十三陵、頤和園、琉璃廠、長城、蘆溝橋都有詩記遊。第二次也在冬天，取道香港到廣州，珠江、鎮海樓、六榕塔，都曾引發思古之幽情。第三次在夏天，歷遊杭州、上海、南京、西安、桂林等地，旅程比前兩次還更廣遠，西湖、靈隱寺、飛來峰、秦淮河、黃埔灘、鍾山、玄武湖、渭水、長安古城、驪山、大雁塔、慈恩塔、秦俑等，都有他的遊

---

11 以上三詩，見張夢機：《西鄉詩稿》（台北：學海出版社，1979年）。

12 《夢機六十以後詩》，頁82。

蹤。他另有〈溯往〉、[13]〈重過秣陵感作〉的〈序〉、[14]〈西湖記遊〉的〈序〉，[15]都比較詳細的敘述旅遊故國各地的歷程。

　　一九九一年，辛未，第三次遠遊歸來，可能太過疲累，回家不久，到三軍總醫院探望兄長張克地將軍，就在醫院裡中風倒下，急送加護病房。從此，只能困居「藥樓」，進入第三階段的「故國」之「夢」，追憶與想像乃成為第三階段的主調。

　　第二階段的遊歷經驗有些可能當時不久就寫成，更多卻是第三階段病後的追記或回憶，這兩階段的作品頗難分辨。這類作品刊載於病後所出版的五本詩集：一九九三年，《藥樓詩稿》；一九九九年，《鯤天吟稿》；二〇〇一年，《鯤天外集》；二〇〇四年，《夢機六十以後詩》；二〇一〇年，《藥樓近詩》。[16]另有四百餘首未收入上列詩集，乃輯成《夢機集外詩》，[17]我為這本詩集寫序。在這六本詩集中，表現夢機第二、三階段「故國夢」的作品，總數將近一百首。

　　從這些作品在幾本詩集分佈的狀況來看，《藥樓詩稿》最少，僅得〈憶西安〉、〈江南夢憶〉二首。而《鯤天外集》也少這類詩，僅得三首，因為名為「外集」，僅是收入《鯤天吟稿》的餘篇而已。這類詩最多為《鯤天吟稿》，約有四十餘首；其次是《夢機集外詩》，約有三十首；復次是《夢機六十以後詩》、《藥樓近詩》，各約十首左右。這樣數量的分佈，可以理解。《藥樓詩稿》出版於一九九三年冬，夢機病後未滿三年；這段時間，他心志沮喪，停止作詩一年餘，哪有意趣追憶故國之旅。《鯤天吟稿》出版於一九九九年，在〈自序〉中，夢機云：

> 余自罹病以還，今且八載。而身猶殘障，口仍訥澀。日日看山看樹，聽風聽鳥，除復建外，惟以披書賡詠自娛。惜夫歲月易逝，題材寖荒，週遭事物，幾已摹寫殆盡，且於久病不瘳，登涉維艱，縱有溪壑美景，恐難入吟篇。[18]

　　夢機病後幾廢吟詠之業，經我的勸慰，一九九二年冬，重拾詩筆，自此吟興勃發；而且困居「藥樓」，生活多暇，故「除復建外，惟以披書賡詠自娛」。那幾年，我三天兩日便會收到他寄來的新作；但是，「週遭事物，幾已摹寫殆盡」，因此我們可以想像，「追憶」種種往事，便成為詩材的另一主要來源。八年以前的三次故國旅遊，就這樣大量寫入詩中。

13　《鯤天吟稿》，頁55。

14　《鯤天吟稿》，頁92。

15　張夢機：《鯤天外集》（台北：漢藝色研文化公司，2001年），頁116。

16　張夢機：《藥樓近詩》（台北：印刻出版公司2010年），

17　張夢機：《夢機集外詩》（台北：文史哲出版社，2015年）這本集外詩的謄稿乃得之於哲嗣凱君與凱亮、摯友陳文華教授、看護劉敏華女士；復經門生賴欣陽、楊維仁、張富鈞、李珮玲多方蒐集、編校。

18　（《鯤天吟稿》，頁1。

　　這類作品或以特定旅遊地點命題，例如〈憶西安〉、[19]〈記灕江〉、[20]〈記頤和園〉、[21]〈憶玄武湖〉、[22]〈記明帝十三陵〉、[23]〈記登慈恩塔寺〉、[24]〈記燕陝遊〉等；[25]或以泛題而歷敘多處旅遊地點，例如〈昔遊〉、[26]〈溯往〉、[27]〈神州雜憶四首〉、[28]〈記大陸遊〉等；[29]或於非旅遊大陸的一般詩篇中，片段句子隨意起興「故國」之思，例如〈夜歸〉：「河嶽九州徒在夢。」[30]〈玫瑰城即事〉：「南國驚回千里夢。」[31]〈愁緒〉：「斑竹猶為海濤隔，恐難卜宅臥湘江。」[32]〈藥樓漫題〉：「夢遊江浙蘧然覺。」[33]〈遐想〉：「夢去峨嵋望蜀月，茶來普洱帶滇塵。」等。[34]

　　夢機旅遊故國的經驗實際發生在第二階段，因此上列幾本詩集中，前二類「以特定旅遊地點命題」與「以泛題而歷敘多處旅遊地點」，應該視為這一階段之「故國夢」的書寫。其中，或滲入第三階段病中「追憶」的感懷，這些成分可留待第三階段去理解、詮釋。

　　第二階段與第一階段「故國夢」的差別，表面觀之，頗為明顯：已經從童年亂離的記憶、詩意想像的「故國」，轉成親履其地而有切實臨場經驗的「故國」。然而若涉入深層語境去理解，則這一階段的「故國夢」，固然以臨場實地經驗內容寫出不同於前一階段純屬古典詩意想像虛構的「故國夢」；但是，其底質並非截然兩樣，何以然？可以詮釋如下：

　　這一階段故國之遊，臨場實地經驗所成之詩，題材及主題約有三類：一為懷古、詠史之作，例如〈哀紫禁城〉、[35]〈記蘆溝橋〉、[36]〈金陵懷古〉、[37]〈記明帝十三陵〉、[38]

19　張夢機：《藥樓詩稿》（台北：台灣文學觀察雜誌社，1993年），頁47。
20　《鯤天吟稿》，頁14。
21　《鯤天吟稿》，頁14。
22　《鯤天吟稿》，頁46。
23　《鯤天外集》，頁101。
24　《夢機六十以後詩》，頁13。
25　《藥樓近詩》，頁183。
26　《鯤天吟稿》，頁4。
27　《鯤天吟稿》，頁55。
28　《夢機六十以後詩》，頁3。
29　《夢機六十以後詩》，頁81。
30　《鯤天吟稿》，頁8。
31　《鯤天吟稿》，頁11。
32　《鯤天吟稿》，頁25。
33　《夢機六十以後詩》，頁59。
34　《藥樓近詩》，頁73。
35　《鯤天吟稿》，頁38。
36　《鯤天吟稿》，頁42。
37　《鯤天吟稿》，頁53。
38　《鯤天外集》，頁101。

〈盤龍城懷古〉等。[39]二為描寫山川景象之作,例如〈記灕江〉、[40]〈記頤和園〉、[41]〈京滬記遊〉、[42]〈記上海之遊〉等。[43]當然,這兩類的標準體固可區分,卻也不少兩者混合之作,例如〈昔游〉、[44]〈西湖記游〉、[45]〈記六和塔〉、[46]〈憶西安〉、[47]〈記登慈恩塔寺〉,[48]這些混合型的作品,我們不另作一類。三為從臨場實地經驗「感物起興」,以「虛境」抒發對童年往事的追憶,例如〈憶玄武湖荷花〉、[49]〈夢醒〉、[50]〈即事〉、[51]〈夢斷〉等。[52]

前二類其實與古典詩傳統的一般詠史、懷古、遊覽、山水之作沒有兩樣。其內容雖有臨場實地經驗,使得「故國」不再只是從古代典籍記載所獲致的想像虛構而已,似乎與前一階段的「故國夢」有了實質經驗的差異;然而,我們深入語境中體會,則這二類詩的敘述主體,其實只是短暫停留、旁觀、過境的旅人,張夢機與來自其他各地的觀光客並無不同。詩中沒有「在地生活」的經驗、沒有「鄉土認同」或「政治認同」的意識。他在詩中所書寫的依然是「文化中國」、「詩意中國」,而不是「政治中國」、「鄉土中國」。因此,從此一「主體性」而言,第二階段與第一階段的「中國夢」,其底質並沒有截然的差別。

第三類則明顯將臨場實地經驗連結到童年記憶,這是如真似幻、似虛如實的抒情主體。他與第一階段及第三階段的「故國夢」都有相互滲透、彼此交疊的成分。我們可舉二首詩為例,深入體味。

〈憶玄武湖荷花〉:

王氣金陵早已收,煙波菡萏夢綢繆。曾看翠蓋同擎雨,真感紅衣共擁舟。水佩待尋堅此約,風裳久別溯前遊。何當歸臥名湖畔,自傍菱莊許狎鷗。[53]

---

39 《藥樓近詩》,頁80。

40 《鯤天吟稿》,頁14。

41 《鯤天吟稿》,頁14。

42 《鯤天吟稿》,頁17。

43 《鯤天吟稿》,頁83。

44 《鯤天吟稿》,頁4。

45 《鯤天吟稿》,頁82。

46 《鯤天吟稿》,頁82。

47 《鯤天吟稿》,頁83。

48 《夢機六十以後詩》,頁13。

49 《鯤天吟稿》,頁46。

50 《鯤天吟稿》,頁46。

51 《鯤天吟稿》,頁47。

52 《夢機集外詩》,頁20。

53 《鯤天吟稿》,頁46。

〈夢醒〉：

鍾阜秦淮恣意過，秣陵夢覺夜嵯峨。記從短巷尋殘跡，漫就平湖泛夕波。浦口江寬潮自語，棲霞楓冷葉初酡。情深惟有臺城柳，猶綰兒時舊憶多。[54]

夢機旅遊故國各地，大部分都展現旁觀的視角；只有親履南京、上海，才由於連接到童年記憶而展現切身經驗的主觀抒情視角。他三次旅遊故國，並未涉足出生及幼兒時期所住過的成都；但是詩中卻也不少藉著旅遊經驗而起興，寫到成都這段遙遠的幼時記憶。這一類作品在他的幾本詩集中，數量還不少，除上舉二首，其餘留待有興趣者再多巡讀。

這二首詩，含有親履南京的實地經驗，故而不再是第一階段僅憑童年記憶對南京的虛想；但是，記憶中童年曾有過對南京的經驗，畢竟已成雲煙，如同一夢。當它滲入臨場的實地經驗，就連眼前景象之「真」之「實」也恍然如「幻」似「虛」，故云「煙波菰菖夢綢繆」、「秣陵夢覺夜嵯峨」。而在如幻似虛的情境中，卻彷彿還能追尋到當年曾經在此幾年生活的殘跡，一切似乎那麼真實，故云「水佩待尋堅此約，風裳久別溯前遊」、「曾看翠蓋同擎雨，真感紅衣共擁舟」、「記從短巷尋殘跡，漫就平湖泛夕波」。而最後夢機還自期一個未來可能成為真實，不久之後病倒，因而終成虛幻的「夢想」：「何當歸臥名湖畔，自傍菱莊許狎鷗。」這種情境乃交融著三個階段的「故國夢」，過去、現在、未來的三維時間如水流連縣，其中情境真幻虛實交織，最值得再三玩味。

夢機第二階段的「故國夢」，上述前二類作品是主調；然而，即使有了臨場實地的經驗，讓前一階段的「故國夢」到此由「虛」入「實」；他卻畢竟只是短暫的「過客」，而不是從此久居的「歸人」；「故國」仍然存在於虛幻的夢境中。

第三階段的「故國夢」

從旅遊故國的發生經驗而言，夢機第三階段的「故國夢」與第二階段固可區分；但是，從事後的回憶以及詩作的追記而言，兩個階段實有交疊之處。因此，如果詩的內容絕大部分偏向上述前二類，即展現相對客觀描寫歷史古蹟、山川景象的作品，就視為前一階段的「故國夢」。第三類則比較特別，因為交融著三個階段的存在經驗，在這第三階段中，也可以納入體會他病後的心境，如何交織著童年記憶、旅遊臨場實地經驗與未來歸鄉的夢想；而就第三階段的「故國夢」來說，這「未來歸鄉的夢想」更是主調。

他一九九一年中風，病後調養、復健，到二○一○年過世，前後將近二十年，困居「藥樓」，就如他的自述「身猶殘障，口仍訥澀」。夢機日常不是躺臥床上，就是坐在輪椅，生活完全依賴看護劉敏華女士，如同親人一樣，日夜照顧他。夢機體格碩大，床

鋪、輪椅、浴廁、就醫時上車，這幾個空間的轉換非常不易；而敏華嬌小，搬動夢機的身體甚為困難。因此，有時必須兒子凱君、凱亮或學生張富鈞，這等壯男從旁協助。後幾年，兒子各有事業，也都已成家，不與夢機同住。敏華改為夜間照顧，白天則交給女性外傭。晚上就寢時，由學生張富鈞從遠地騎著機車來「搬」他上床。那麼，漫漫長日，與外傭相對無言，只有期待朋友門生到訪，帶來特別的飲食與歡笑。他曾對我說，很怕吃壞肚子，而白日也經常忍渴，不敢多喝水；因為屢屢如廁，女性外傭柔弱無力，將如何是好？我聽了，為之心酸不已。

這就是他病後的生活情境，睡覺、飲食、如廁、洗浴、就醫、吃藥、看書、看電視、等待訪客、聽風聽鳥、追憶往事、作詩。前引《鯤天吟稿》的〈自序〉寫到「日日看山看樹」。其實，夢機在安坑玫瑰中國城「浩園」家居，客廳落地窗前有陽台，雖然對著遠山，中庭也有些植栽；但是，他整日或在床鋪或在輪椅，其實連站到陽台憑欄觀賞風景，都有很大困難；真能「看山看樹」，恐也不易吧！

從這樣的生活情境，我們才可以體會他這個階段的「故國夢」會是怎樣的情境。除了不少作品頻頻藉著追想旅遊經驗而感懷成都、南京、上海的童年記憶之外；這一階段有一個新起的主調，已不同於從前，那才是這一階段夢機「故國夢」的特徵；這主調是什麼？約而言之：「故國歸鄉夢斷」。

第三階段的主調是「故國歸鄉夢斷」。夢機在詩中一方面經常表現「故國」及「故鄉」，只能徒託「空夢」或「臥遊」，例如〈客至〉：「乍話湘天抵臥遊。」[55]〈夜歸〉：「河嶽九州徒在夢。」[56]〈玫瑰城即事〉：「南國驚回千里夢。」[57]〈北新道中〉：「輕車簸夢到湘沅。」[58]〈郊城首夏〉：「倦養雙眸憑小盹，或能有夢到湘州。」[59]等。另一方面則經常表現回歸故國，甚至回歸湘西故鄉已是夢斷。前一階段他還有「何當歸臥名湖畔，自傍菱莊許狎鷗」的夢想，那或許是病前親履南京玄武湖，追憶童年時，所興發將來回歸故國的一份期待。到了病後，他整日只能在床鋪與輪椅間移動殘障的身軀，而歲月老去，這份回歸故國家鄉的夢想已全斷絕。因此，這一階段在夢機的詩中，經常表現這種「故國歸鄉夢斷」的心境，例如〈盛暑感賦〉：「養生僻地買樓居，一舸歸湘計已疏。」[60]〈陰雨積悶偶成〉：「三楚恐無回轉日，九州徒有臥遊心。」[61]〈愁緒〉：「斑竹猶為海濤隔，恐難卜宅臥江湘。」[62]〈首夏獨坐〉：「看罷楚辭虛有願，湖湘信美不能

55 《鯤天吟稿》，頁6。
56 《鯤天吟稿》，頁8。
57 《鯤天吟稿》，頁11。
58 《鯤天吟稿》，頁26。
59 《夢機集外詩》，頁13。
60 《鯤天吟稿》，頁15。
61 《鯤天吟稿》，頁15。
62 《鯤天吟稿》，頁25。

歸。」[63]〈夢醒〉：「熟知沉痼翻為累，欲踏湘吳計亦荒。」[64]〈淹留〉：「瀛洲傷客久，家在楚雲西。抱病身猶贅，還鄉夢亦迷。」等。[65]

　　其實，夢機從不曾踏足故鄉湖南永綏；對他而言，「永綏」只是父母口中談到的祖籍地名。然而在他的「故國夢」中，湘西、湘州、湘沅卻經常出現，這只能說是一種家族血緣情感的認同。而這個原本就是「家族想像」中的「故鄉」，在他晚年第三階段的「故國夢」裡，終究因為殘疾，徹底的「歸鄉夢斷」，而永遠都「回不去」了，終究成為無法腳踏實地的虛無之境。

　　綜合夢機三個階段的「故國夢」，他所認同的「故國」，始終都只是「文化中國」、「詩意中國」，而不是「政治中國」、「鄉土中國」。「故國」永遠存在於想像之中、夢境之中，而無法讓他落為腳踏實地的存在。

三　張夢機詩中的「在地情」

（一）張夢機詩中「在地情」之所以生成的個人性、文化性與社會性的存在經驗基礎

　　如我們想要真正理解張夢機詩中「在地情」的生成因素、特質與內涵，就必須先從詩外理解他個人性、文化性與社會性的存在經驗基礎。

其一、張夢機個人性的存在經驗基礎

　　前文論及夢機資性兼具「詩」與「俠」之材質。俠氣，讓他待人處事都以情義為先，非常樂於助人，雖然還不至於視金錢如糞土，卻從不與人計較財利；有時借錢給友生，對方實在困窘，無法依約償還，他也就「忘記」了；再加以胸懷有如大地廣墊，除非眾所唾棄的惡棍，否則沒有他不能相處的人。另外，他幽默健談，有如東方朔再世，只要一杯茶、一包菸、幾碟花生、瓜子，必定讓在座男女老少充分享受「談笑無還期」的樂趣。彷彿在他這裡，人間沒有了煩憂。即使他病後，困居「藥樓」，常有賓客來訪，也聽不到他皺眉訴苦，照樣讓人開懷大笑。因此，任何人和他在一起，可以完全沒有拘束、沒有壓力。

　　他敬愛長輩，長輩也欣賞他。早期，受知於大詩人李漁叔而入其門下，也得到吳萬谷、江絜生、李猷、汪中等前輩詩人的賞識、點化。學業上，則頗受當時師大國文研究

63　《鯤天吟稿》，頁29。

64　《藥樓近詩》，頁49。

65　《夢機集外詩》，頁16。

所所長林尹教授的稱許、提攜。晚期，在中央大學受到余傳韜校長的知遇，結為忘年之交。夢機病後，余校長時來探視，有詩為證。至於同輩友朋，知交可佔百家姓的一半。除了中文學界之外，他的朋友廣及其他行業或文化領域，最值得注意的是與新詩人瘂弦、洛夫、商禽等，都有交情。學院外的詩人，除了上列老輩吳萬谷、江絜生、李猷等人之外，其他例如羅尚、龔嘉英、林恭祖等，不管本省籍或外省籍，彼此都時有詩歌往來。尤其，他對年輕的才俊之士，更是真情竭力的賞識、提攜，不少現在卓有成就的詩人、作家、學者，都受過他的沾溉，例如渡也、李瑞騰、龔鵬程、簡錦松、王文進、初安民等。現代作家張大春也善於古典詩，夢機晚年與大春相知互惜，誼在師友之間。兩人定期論詩，輯成《兩張詩譚》。

夢機是天授的詩人。我在〈夢機集外詩序〉說到：「夢機以詩而存在，詩亦因夢機而光大矣！」的確，從夢機身上抽掉了「詩」，則「張夢機」這名字的價值，便只剩「曾任教授，娶妻，育有二子，置產二間房屋」。這種人，左鄰右舍、街頭巷尾，隨手一碰，就有好多個。然而，「張夢機」與「詩」根本無法切割；夢機生命存在的價值完全以「詩」而實現，近半世紀以來，他是臺灣最重要的古典詩人，這已是無法否認的事實。夢機生命存在的本質，不管是自我定義，或他人定義，都是「詩人」。詩人，當然是以「詩」的心眼，觀看、感知、思維他所身處的世界。他的「在地情」自然以「詩」去表現，是為「詩意的在地情」。

綜合上述，夢機在臺灣本地的歷史存在位置，可用「詩」與「人」兩個要素織合而成。他的學生龔鵬程在《張夢機詩文選編》的〈前言〉，對張夢機在近幾十年臺灣詩壇的位置，有一切當的評斷：他認為張夢機是新詩人、古典詩人；本土詩人、外省遷臺詩人；學院內詩人、民間詩人；老、中、青各輩詩人，他們都如眾流匯海，以張夢機為「接合點」；而且張夢機這個「接合點」沒有人可以替代。[66]

關於張夢機個人性的存在經驗基礎，當然還必須理解到他所經歷的亂離。這種經驗「即群體即個人」，是他父母親輩與他這一輩，也就是隨國民黨政府播遷來臺的外省第一、二代，群體的共同存在經驗與歷史記憶；但是，對於在這情境中的每個人而言，卻又是自己的切身之痛之苦。夢機這種亂離經驗，前文論述他的「故國夢」時，已做了詳說，不再贅言。在這裡，我要特別指出一點，那就是他對於自己身在臺灣，到去世為止，始終都還是〈淹留〉一詩所說的心態：「瀛洲傷客久，家在楚雲西。」臺灣是他客處寓居之地，因而不曾有過「在地認同」的意識。這完全不能責怪他，其實此乃人之常情，遷移、離散的人，一輩子都難以在「異鄉」腳踏實地的存在著。因此，幾乎所有遷臺的外省第一、二代，都是如此，臺灣本來就不是他們的故鄉。或許真的必須在那一塊土地上，已安置了父祖三代的墳墓，才能認同這就是自己的鄉土。

---

66 張夢機著、龔鵬程校：《張夢機詩文選編》（合肥：黃山書社，2013年），頁8。

從夢機這種個人性的存在經驗，我們就可理解，他的「在地情」完全沒有落實在鄉土經驗；而大部分都表現在「人際關係」的情誼上，並且皆以「詩心」去觀照，以「詩」去表現，因而他的「酬贈詩」特別多，二千多首作品中，這類詩超過一半；但是必須注意他那麼多的「酬贈詩」，絕大部分都不是虛情假意的社交應酬之作。龔鵬程在上引那篇〈前言〉中認為：

> 他永遠有詩人之興，興高采烈，一時興起，遂不斷與周遭友朋共同興於微言以相感動，所言一皆是詩。……（張夢機）發於性氣，成於自然，而又仍作用於詩，令不同領域的各色人等都能在此化除畛域，重新以詩、以詩人之心態覿面相親。這是他獨特之品質。

龔鵬程的確理解他老師這種「獨特之品質」。這段話非常深刻切合夢機詩中「在地情」的特質，就在性氣之所發、詩心之所用，而於「人情」的境遇中，「錨定」了他生活臺灣幾十年「在地存有」的位置。因此，表現在詩中的「在地情」乃是一種「詩意的在地人情」。

其二、張夢機文化性的存在經驗基礎

夢機雖然大學畢業於體育系；但是，那個必須使用自然生理的身體氣力，去賽贏他人而實現自我價值的世界，畢竟不是夢機所優先選擇的生命存在意義。因此，研究所階段，他就從「詩」這一扇門，走入中國傳統文化的世界中，而擇定了文化性的存在，成為中國文學系的學者、教授，以及卓越的古典詩人。

這個文化性的存在經驗基礎，讓他超越了「政黨意識型態」，真正所認同的是「文化中國」。因此，一方面他的「故國夢」無法落實在共產黨政權下的「政治中國」、「鄉土中國」；另一方面他的「在地情」也無法落實在「政治臺灣」、「鄉土臺灣」。他生活在臺灣幾十年，其實所遊歷的地方非常有限，尤其腳踏實地的鄉土、民間的經驗非常少。山川草木、田園漁村、城市荒野、街坊樓臺等，對他而言，都只是文化的、詩意的「風景」，以供吟詠。因此，他這種「在地情」並沒有生於斯長於斯的鄉土認同意識，而是「詩意的在地風景」。

到了他病後，只能臥困坐牢在「藥樓」的居家；耳目所及，頂多推擴到門窗之外的「浩園」，聽風聽雨聽鳥聽車聲；即使憑欄看山看花看樹看雲，都非易事；而昔日縱目騁懷的「碧潭」，也只能坐在輪椅上追憶，或在就醫途中「路過」而觀望罷了。幸好屋內滿架中國文化與文學的典籍；看書，從中找尋文化性存在的趣味，這是他最豐盛的精神飲饌。這些來自於文化性存在的生活況味，都成為他詩歌的意象。此時，他日常生活的「在地情」已是萎縮到只剩「詩意的家居況味」了。

其三、張夢機社會性的存在經驗基礎

夢機的社會階層及身分，從現代社會的經濟生產方式而言，他是白領的中產階級，大學教授享有雖不豐厚卻穩定的薪資；這樣的社會階級其實距離農、工、商的經濟生產環境甚遠，尤其最接近鄉土而以勞力換取生活物質之需的底層庶民，他更是很少接觸。

有一段時期，我們一起在高雄師範學院任教。某年某個星期，連續三天上課時間，第二天適逢假日，也無法回臺北。他忽起好奇之心：「什麼樣的靈地，能孕育顏崑陽這個人？帶我到你的故鄉去看看吧！」於是，我帶著他到嘉義東石鄉一個土地貧瘠、生活窮苦的小漁村，名叫「副瀨」。村裡到處堆滿採收過後的蚵殼，非常腥臭。伸手就可抓到一把的蒼蠅，似乎對他很有興趣，不斷繞著他飛撲。放眼，面目黧黑的農漁民都在海邊、田裡，頂著烈日工作著。這似乎是他第一次這麼接近臺灣社會的底層，非常驚訝，很是疑惑的問我：「你真的在這種地方出生長大嗎？」我默然點頭，反問他：「不然，你以為是個鍾靈毓秀、詩情畫意的地方嗎？」

那天午飯，讓他吃些鄉村日常的粗食，他倒也感覺到回歸自然的趣味。飯後，為了讓夢機更深入體驗底層庶民的生活，了解他們在勞苦工作之餘，能享有哪些娛樂？我帶他去看俗稱「牛肉場」的歌舞團表演。警察靜默的坐在最後排，臺上卻正遮遮掩掩的跳起脫衣舞。臺下擠在前幾排的一堆老男人，隨著脫衣舞女從戲臺兩側的布幕間閃現，而波浪般的左右擺動著層層疊疊的腦袋。夢機頗覺窘迫，又故作無所謂的樣子。「他們有些從早場開始，帶著便當進來，連場看到下午！」我將聽說來的趣聞轉述給他。他不改一向的幽默，說：「你怎麼沒有替我們準備兩個便當？」

他大概從沒想過，一個站在文化、知識高層的教授、詩人，會坐在這種地方。「別窘！這就是底層庶民的生活。」我很正經的說。真的，站在精英分子所謂的「雅文化」立場，儘管會批評這是「低俗」的娛樂；然而，無可否認的，這是臺灣每天都在很多鄉野或底層社會發生著的事實現象。詩，從某些層次而言，距離這種生活經驗，非常遙遠。

夢機的社會階層及身分，除了由現代社會經濟生產方式所定位的中產階級之外，更重要的是從文化傳統所繼受的「士階層」或稱「知識階層」的身分。這一階層在現代社會的結構中，其實已流動而四散。有之，則是在「意識型態」上，出於接受文化傳統而自覺的身分認同。人文學出身的知識分子群體中，相對比較多人會懷抱這種「文化意識型態」。

自古以來，「士階層」所懷抱的這種「文化意識型態」，最普遍而明顯的特質，就是「政教關懷」；每於詩文之中，表現對政治、社會風氣的諷諭，以為可以正得失、美教化、移風俗。

綜合上述，夢機從社會性的存在經驗而言，一方面很少接近臺灣社會底層的庶民生活，因此他詩中的「在地情」就很難貼切到鄉土民情的關懷；另一方面卻又由於繼受傳

統士階層的文化意識型態，「政教關懷」乃是他「詩心」的重要成素。因此，即使病後坐困「藥樓」，仍然會透過媒體的傳播，對高層的政治事件或現象，對普遍影響大眾生活的災害與社會風氣，三致其意而歌詠成詩。他的「在地情」就表現為一種「詩意的在地社會關懷」。

綜合而言，張夢機詩中的「在地情」，必須藉由詩外這三種個人性、文化性與社會性的存在經驗做為基礎，才能貼切的詮釋其「在地情」的生成原因、特質與內涵。

（二）張夢機詩中「在地情」的特質與內涵

張夢機表現在詩中的「在地情」，其特質與內涵，大致可以歸約為四類：一是「詩意的在地風景」；二是「詩意的在地人情」；三是「詩意的在地家居況味」；四是「詩意的在地社會關懷」。

他的詩歌寫的是他在臺灣生活的觀察、感知與思維，當然具有「在地性」的特質；但是，這「在地性」卻又缺乏他做為存在主體的「在地身分認同意識」與「鄉土生活經驗」，表現的內涵幾乎都是知識階層的傳統文化價值觀與詩意的想像、思維。因此，他詩中的「在地情」，其特質就是「詩意的在地」，其內涵就是上述四類「風景」、「人情」、「家居況味」與「社會關懷」。

其一、詩意的在地風景

夢機所經歷的臺灣地理區域其實不多。從九歲來臺，安置於高雄岡山勵志村，到他六十九歲在新店安坑去世，前後六十年間，因為求學、工作、居家所需，而與他關係最密切的地方有五個：岡山、臺北市、新店市、高雄市、中央大學。

從童年到少年時期，他生活在岡山，就讀中小學。青年時期，他在臺北市就讀大學、研究所，並擔任惇敘中學及德明商專的體育教師、師大國專科的講師，曾賃居金山街、和平東路。其後，因與夫人田素蘭結婚，卜居新店，先是租屋在中華路的巷子裡，而後在新生街購買新居。這一住就是十幾年，其間受聘於高雄師範學院，經常南北往還。高雄市也因此成為他記憶重要的一部分。後來遷居到臺北市建國南路與辛亥路交接處，和好友曾昭旭對門而居。他的教職轉到中壢中央大學後，這個種滿松樹的校園也成為他所經歷的重要地方。病後，他又重回新店，第二次定居之地，過了碧潭橋，在新店西南邊區的安坑，直到他過世。

這五個地方都深切的連結到他「經常性」的生活記憶。因此與偶然一、二次旅遊的場所，例如陽明山、溪頭等，其存在經驗的意義實為不同。在他的詩中，描寫比較多的也是這五個地方，大篇幅的佔有「詩意的在地風景」。其中，位在新店的「碧潭」與「浩園」尤為重要，幾乎是他「在地情」所繫最深切的存在空間。這二個地方前後都寫過幾十首詩。

詩，不可能抽離詩人所對的自然世界，故而物色、景象是組成詩歌重要的題素之一。古代行旅、登覽、山水、田園、記遊各類作品，必然描物寫景。而自然世界諸物可以是詩人現實生活所賴以維生的條件，也可以是詩人觀賞審美、感物寄懷的「風景」。前者比較少，乃是漁牧樵耕經驗寫實之作，陶淵明、儲光羲等都有部分這類詩歌。後者為主流，則陶淵明、謝靈運、謝朓、王維、孟浩然、韋應物、柳宗元等詩中，觸目皆有。

從上述夢機的文化性、社會性存在經驗而言，他面對臺灣本地的自然世界，所生成的「在地情」，就是上述的第二種：觀賞審美、感物寄懷的「詩意風景」。完全無關乎他現實生活的條件，更無連接到鄉土的漁牧樵耕的經驗。其中描寫最多的是「碧潭」與「浩園」。我們就選擇「碧潭」為例，至於「浩園」則與他病後的「居家生活況味」更有密切的關聯，後文再詳說。其餘岡山、臺北市、高雄市、中央大學校園，就留待有興趣者繼續研究。

對夢機而言，新店的確是他「在地化」最深的的生活空間；而「碧潭」更是連接到他在地生活最為密切的悠遊場所。碧潭做為夢機心眼中「詩意的在地風景」，可以分為前後兩期，正好對應著他先後兩度定居新店的時期。第一個時期是他新婚後首度定居新店，也是他病前所實地臨場觀賞感知的「碧潭風景」。這些詩表現在《師橘堂詩》、《西鄉詩稿》。第二個時期是他病後再度定居新店，也是他困居安坑玫瑰中國城浩園的「藥樓」，所追憶昔日的「碧潭風景」，或是他坐車到耕莘醫院就診時，途中所匆匆過眼的「碧潭風景」。這些詩分布在病後的幾本詩集，包括《夢機集外詩》在內。

第一個時期的「碧潭詩」約有二十六首，其中主要是觀賞碧潭風景，或借物起興；至於寄懷人情或故國之思者，相對比較少，約有四首：〈碧潭篇用高青邱中秋玩月韻呈漁叔師〉、〈碧潭秋感四首〉、〈碧潭〉、〈碧潭獨夜〉。[67]其中，前二題五首最為精采，尤其〈碧潭篇〉這首七言古體，更是早期騁才之作，清麗精嚴，用明代高啟詩韻而得其風格。〈碧潭秋感〉則寄懷秣陵、夔州的故國之夢，例如「不泛雙湖二十年，詩懷長在秣陵煙」、「夔州急杵入斜暉，高詠哀猿已不聞」。這常是他的「在地情」與「故國夢」在詩中起興連接的基調，早期的詩作便已如此。另外，還有二十首左右的「碧潭」詩，則都是與朋友一起在「碧亭茗話」，共對湖光山色，高談天南地北，或一起泛舟置飲，或因景興發懷友之情，其中密切者除了我之外，還有陳文華、張子良、陳新雄、蔡雄祥、陳茂雄、陳茂村等人。

第二個時期的「碧潭詩」約有二十餘首，主調有二，卻彼此相關。一是追憶病前與友生的碧潭舊遊；二是就醫途中，暫停車駕，眺望碧潭風景，有時因而勾起舊遊記憶。這類以〈過碧潭〉為題的作品，竟至於「十過」，可見「碧潭」在他的記憶中，何等深切！前者例如〈憶碧潭茶棚〉：「雙屐尋秋記昔曾」，病前事也；「纏身有疾去何能」，感

---

67 《師橘堂詩》，頁9、10、11、22、43。

嘆病後也。[68]後者例如〈重過碧潭〉：「車過雙橋溯雋游，潭邊小渡舊維舟。」因過碧潭而追憶舊日與友朋泛舟之遊也；「碧亭長記尋春侶，試舫風鐙細煮愁。」追憶舊日與友生碧亭茗話也。[69]。〈過碧潭〉：「舊朋已與浮漚散，往事都歸逝水哀。」[70]碧潭舊遊之友，都已散去，而往事也如逝水，不可復現。〈碧潭夕望〉：「重過真欲身非贅，一蹶旋知願是空。橋外停車閑坐眺，前塵都在綠波中。」[71]就醫路經碧潭，停車夕望，病後雖希望能再續前遊；然而今成殘廢，此願畢竟成空。

夢機的「碧潭詩」是最典型的「詩意在地風景」，其寫景描物不同於一般「過客」的「旅遊」之作。因為其中含有他在地居住的經驗，「碧潭」連接著他與諸多友生共享的「詩意記憶」，是他詩中「在地情」最深切的部分。

其二、詩意的在地人情

前文述及夢機的「在地情」沒有落實在鄉土經驗，而落實在廣交的人際關係；因此他的「酬贈詩」佔了所有作品的一半以上。這種書寫現象，在早期的《師橘堂詩》、《西鄉詩稿》已是如此。病後坐困「藥樓」，每日所殷切的期待與慰藉，更是各方親友學生到訪，相與高談歡敘，因此《藥樓詩稿》以下幾本詩集，更是酬贈繁多。其中大多是性氣所發，真情實感之作，非尋常虛假的社交應酬，這個道理已在前文論述過。我在《夢機集外詩》的〈序〉中，有一段見解可以在這裡引述，以與此一議題相互發明：

> 夢機之廣結善緣，師長友生無不以性情交親；雖病居市郊，而門庭未嘗有可羅之雀，座席不乏談笑之賓；故酬贈乃夢機詩之大宗。近現代以降，學者多以不食人間煙火之所謂「純詩」為尚，而鄙薄酬贈，以為陋於實用。斯淺識偏見者之論也，特不知古者詩未嘗離用而體在；蓋詩盈於人間物際，隨用而顯體。所謂美者，何嘗虛求乎煙火之外！詩不過人間物際，吟詠性情之聲也，故酬贈乃其大用。李杜元白蘇黃，莫不以詩往還親友，而多真情實感之作，豈徒不食人間煙火之語哉！故詩之用，詩之體也；體用相即不離而詩在。若夢機之酬贈，珠璣充乎緘札，性情流於吟篇，皆有可觀者。近年，予倡「詩用」之學，或可另拓酬贈詩之詮釋視域也矣。

中國古代，以「詩」酬贈，乃是文人彼此傳達情意，相互通感，普遍的社會文化行為方式。除去這類詩歌，中國古典詩的世界，就喪失了半壁江山。這些年，我所建構的

---

68 《藥樓詩稿》，頁25。

69 《藥樓詩稿》，頁32。

70 《鯤天吟稿》，頁12。

71 《鯤天吟稿》，頁58。

「中國詩用學」理論，[72]也正可以從夢機這類「詩意的在地人情」之作得到印證。

夢機所往還最為親切的人情，大致有幾個群體：

一是他岡山時期，童年的朋友，其中與兄長張克地、宋定西的關係最為密切，夢機詩集中贈給他們好幾首詩。宋定西是個出版家，曾經營漢光文化公司，聘請夢機擔任支薪的顧問。夢機病後，不但時來探視，更繼續支給顧問薪資，以助養病之需。這樣的朋友，夢機贈之以詩，宋定西並非詩人，雖不能酬答，其中真情實為可感。

二是中文學界諸友，夢機與我交親四十幾年，情同元白，寫給我的酬贈詩有幾十首，都是真情之作。除我之外，陳新雄、黃永武、王熙元、蔡信發、李殿魁、王邦雄、張子良、何淑貞、杜松柏、曾昭旭、張仁青、陳文華、沈謙、康來新、鄭明娳、蔡雄祥、袁保新等，都是來往親密的朋友，夢機病後幾本詩集中，很多給他們的贈詩。文華是詩人，自有酬答。

三是學院外的古典詩人，李猷、羅尚、莊嚴、韋仲公、龔嘉英、林恭祖、莊幼岳、方子丹、劉榮生、蔡秋金、林正三等，平常就詩文相互往還；病後，他們都來探望，夢機也以詩相贈。其中羅尚更是與夢機非常交親，時相酬贈。李猷是很有聲望的詩人，年長於夢機，卻相待如摯友。

四是新詩人，瘂弦、洛夫、商禽、張默、辛鬱、梅新、陳義芝等。病後，他們來探望，夢機皆有詩致謝。在夢機這裡，現代詩人與古典詩人已不再是井水與河水兩不相及的陌路人了。

五是學生，渡也、李瑞騰、龔鵬程、簡錦松、蔡英俊、李正治、王文進、文幸福、簡恩定、吳榮富、初安民、楊維仁、陳文銓、李佩玲、孫致文、呂素端、王學玲、賴欣陽、張富鈞等。他們既得「夢機師」的提攜，也相對以情義回報，夢機病倒在醫院那段時間，自動安排時間，輪流守在病房照顧。困居藥樓時期，更是時來探視，以解寂寞；詩集中很多贈給這些學生的詩作。其中，渡也、李瑞騰、龔鵬程、初安民、陳文銓諸生，為夢機文學事業的傳衍，盡了很大心力。[73]最近，《夢機集外詩》的出版，也有賴張富鈞、賴欣陽、楊維仁、李佩玲幾個學生的蒐集、編輯、校訂。

---

72 參見顏崑陽：〈用詩，是一種社會文化行為模式──建構「中國詩用學」初論〉，《淡江中文學報》，第十八期，2008年6月，頁279-302。顏崑陽這類「中國詩用學」的論文尚有多篇，不俱引。

73 張夢機病後第一本詩集《藥樓詩稿》，由李瑞騰整理、編輯，找人美術設計，並由他所創辦「臺灣文學觀察雜誌社」代理出版發行。二〇一〇年八月，夢機過世，李瑞騰緊急請《文訊》二九九期出版張夢機專輯，並由他與學生孫致文合編紀念文集《歌哭紅塵間》，中央大學中文系出版。龔鵬程在大陸推揚張夢機詩，並校訂《張夢機詩文選編》，撰寫〈前言〉，洽請合肥黃山書社出版。二〇一五年，渡也策劃並委請中興大學中文系舉辦「紀念張夢機教授學術研討會」。初安民以印刻出版社之資源，邀請張大春按期與張夢機論詩，刊登在印刻文學生活雜誌，並輯成《兩張詩譚》出版。二〇一〇年，張夢機過世前的《藥樓近詩》也由印刻出版。陳文銓出資印製《夢機詩選》，委請宏文館圖書公司出版。諸生之愛其師者有若是焉，可為文壇、學界佳話。

六是其他社會人士，例如余傳韜校長、出版家郭昌偉、書法家薛平南等，都有贈詩。其中，郭昌偉是華正書局的發行人，仁慈寬厚，一向非常關愛夢機，病後尤其照顧。早期，夢機的《師橘堂詩》即由華正書局出版。病後，又出版了《鯤天吟稿》、《詩學論叢》。出版這種書，往往賠本，則郭先生之愛惜夢機，可想而知。至於里仁書局之出版《夢機六十以後詩》，發行人徐秀榮應該也是這種心情。

這類的詩實在太多，尤其《鯤天吟稿》之後的幾本詩集，更是俯拾皆是，很難一一舉例詮釋，就留待有興趣者再去做研究。

夢機的「在地存有」幾乎是定位在這樣豐饒真實的「人情」網絡，尤其病後更是依賴這個人情網絡，讓他的門庭從不冷落；而即使廢臥床間，困坐輪椅，溫情與歡笑卻未嘗匱乏，因而能安度漫漫二十年的養病日子。他病後的詩集中，除了很多酬贈詩之外，還有很多賓至、客至，以及藥樓飲集，甚至經常出現的春集、秋集、冬集詩作，其中有些我也在座。夢機就是這樣的活在「詩意的在地人情」網絡中，即使無法腳踏實地的認同臺灣這片土地，做為取代湘西而成為他的「故鄉」；但是他這艘漂泊的船隻，的確曾經長久的定錨在「臺灣」這個充滿人際溫情的良港，做為安住他鄉的旅人。

其三、詩意的在地家居況味

夢機病前，還正是奔忙於事業之途的中年人，「家」外的天地無限寬廣；因此「家居」似乎不是他生活的重心，也不是他「在地存有」的驗證。他早期的《師橘堂詩》、《西鄉詩稿》，顯然很少寫到「家居況味」。及至病後，他存在的天地就僅剩「藥樓」這四十幾坪的空間，描寫「家居況味」的詩就佔去大半了。

安坑在新店過了碧潭橋的西南邊陲；「玫瑰中國城」是安坑的一個社區；「浩園」是玫瑰中國城裡，號稱「賓士特區」的幾棟大樓，每兩排相對，前有大門，門內是公共空間的庭院，有些扶疏的花木。「藥樓」就在浩園其中一棟大樓的邊間，側臨大馬路，每過十來分鐘，就可聽到新店客運的車聲，其分貝還可接受。

這就是夢機病後的生活空間，遠近可分為幾個層次，都表現在他的詩中：最遠是回到中央大學一趟，也到桃園蘆竹鄉赴李芳崟招飲，與岡山少年時期的故友歡敘，〈芳崟蘆竹鄉招飲〉：「未負尋秋前日諾，重溫歃血少年情。」[74]即使病後行動不便，這種聚會對他還是很有吸引力。次遠是臺北市，通常也是偶爾接受好友的邀請，筵席間享受美食與歡笑，例如〈傳公委員招飲即呈〉[75]，傳公是余傳韜校長，時任考試委員；又如〈定西招飲北市皇家酒樓〉[76]，宋定西是他岡山時期最好的朋友之一，曾多次宴請夢機，有

---

74 《鯤天吟稿》，頁109。

75 《鯤天吟稿》，頁2。

76 《藥樓吟稿》，頁57。

詩為證;再如〈來新主任招飲〉[77],中央大學同事康來新教授,時為系主任。

再次遠就是新店市了,通常是赴耕莘醫院就診,才會進入新店市區;而不管赴臺北市或新店市,途中都會經過碧潭及環河快速道,故集中這類詩頗多。接著,比較近些的空間就是安坑了,這通常也是往臺北、新店兩市而經過,或者是居家的想像,集中有〈安坑孟夏〉[78]、〈安坑漫興〉[79],這類的詩作。

空間再從安坑縮近些,就是玫瑰中國城社區了,夢機也作了詩,例如〈玫瑰城即事〉[80]、〈玫瑰城秋日〉:「一樓閒適一茶甌,蠖屈郊村過十秋。」這時已養病玫瑰中國城過了十年,又云:「久困蝸廬悲楚竹,堪驚螢幕會韓流。」[81]想來困居藥樓,除了為自己悲哀之外,對近來臺灣迷於韓劇、韓貨的社會現象,頗有感慨。比較有趣的是他住的這個社區有時會舉辦敦親睦鄰的餐會;夢機從來不是那種孤癖幽閉的人,因此也樂意參加,可聊解寂寞,〈玫瑰里讌集〉:「登臨有累吾何敢,語笑無拘酒已闌。」別說他現在雙足已廢,就是病前,也「懶」得登臨爬高;但是茶酒小酌,開懷談笑,這是他性情所鍾。想像這次里鄰小聚,頗讓他苦中作樂,這些鄰人也相當可親可愛,故云:「哀亂聲中成小聚,容顏真合再三看。」[82]

夢機居家最密切的空間,當然是「藥樓」;「藥樓」是夢機生活可以身心直接擁有的「內在」空間;而與「藥樓」一窗之隔,最接近的「外在」空間,就是「浩園」了。一窗之隔,對於夢機還是似近實遠,並非可以「隨意」置身其間;因此除了聽風聽雨聽鳥之外,要想目見身觸浩園的景象,就只有依靠看護推著輪椅下樓透氣抒悶。這也是他家居生活中,頗為盼望的況味。

他從《藥樓詩稿》以下的幾本詩集中,直接以「浩園」為題之作,就有十幾首,例如〈浩園即景〉云:「磚平疑是砥,坐眺托雙輪。」下句自註:「余因病膝,恆以輪椅代步。」一個原是運動健將,怎麼也想不到有一天竟連「走」出門外看風景,都是難事!其中酸苦可以體會,而夢機卻也還能怡然「坐眺」風景,故云:「山勢奔如馬,樓形密似鱗。花臺生雜樹,庭樹滿流塵。場圃陽光裡,繁枝沐暖春。」[83]景象寫實而鮮明。

描寫「浩園」的作品,並非全是寫景,有些會寓以人情心境,例如〈浩園看花遲友人不至〉:「臨老所嗟為久病,尋幽不復有深愁。」久病,有些哀嘆有些無奈又有些看開,這是他那時的心境。期待朋友探訪,朋友卻失約不至,只好看花而自我慰藉:「故

77 《鯤天外稿》,頁77。

78 《夢機六十以後詩》,頁38。

79 《夢機六十以後詩》,頁124。

80 《鯤天吟稿》,頁11。

81 《藥樓近詩》,頁20。

82 《鯤天吟稿》,頁26。

83 《藥樓詩稿》,頁31。

人失約花相慰，大樹當昏鳥自投。」而夢機生性曠達，總在苦悶中能轉念自解，友人雖失約，花香卻可掬：「馥氣真堪收兩袖，攜持歸去好盈樓。」[84]。又〈夜歸浩園〉：「親朋已覺車過少，老病真嫌煮藥忙。」這首詩為晚期之作，應該是夜晚從外看診或赴宴回到浩園；是否那段時間，到訪探視的親朋已不如從前熱鬧，自己則老病而整天忙著就醫服藥，以致有些感慨？然而，夢機最後總會轉念而看開：「何處蛙鳴聲沸地，憑軒坐領滿園香。」[85]「浩園」是夢機養病十餘年間，「詩意的在地家居況味」中，很重要的場所。

夢機養病十餘年間，「詩意的在地家居況味」中，最重要的場所，當然就是「藥樓」，一棟大約五十坪左右的房子，屋況不錯，情境頗佳。夢機的書齋名，最早期是「雙紅豆館」，後來改為「師橘堂」，取意屈原〈橘頌〉。病後遷居安坑，才以養病不離藥物而改稱「藥樓」。病後第一本詩集，即名為《藥樓詩稿》。《藥樓詩稿》以下幾本詩集，以「藥樓」為題的詩作非常多，是他這十餘年間，「詩意的在地家居況味」主要表現的作品；而題非「藥樓」的詩，當然也大多是書寫「藥樓」的「在地家居況味」，例如〈秋襟〉、〈雨後〉、〈午寐初起作〉、〈冬曉初醒〉、〈盛暑感賦〉、〈端居〉、〈獨夜〉、〈獨坐〉、〈索居〉、〈閑居即事〉等，這類題目的詩佔了最大部分，都是養病「藥樓」，困在這五十坪空間中的生活況味。

「藥樓」的家居況味，有二種冷熱對照的情境，值得我們體味。熱鬧的情境表現在客至、賓至、朋聚、藥樓飲集、藥樓春集、藥樓秋集、藥樓冬集，或某某過訪等，此類作品中。這是夢機性情所鍾的生活趣味，他病前原就喜歡三朋六友，喝茶、抽菸、聊天。他不善飲酒，號為「張三杯」；但是很喜喝茶、抽菸。在茶煙與菸煙繚繞中，他可以高談闊論到忘記日夜。夢機第一度定居新店，剛婚後、生了兒子；兒子寄養在內壢娘家，大嫂每週末便回娘家看孩子。這時，夢機就「趁虛」找我與陳文華到他家，沒什麼要事，就是聊天而已。他能燒幾道好菜，紹子豆腐、醬燒茄子、肉片豆豉苦瓜、蒜苗湖南臘肉等。星期六，晚飯後，就開始唐詩宋詞、掌故佚聞、學界八卦……。我們經常這樣徹夜清談，如果要讓他上床睡覺，只有一個辦法，就是趕緊把香菸抽光；深夜，沒有香菸，他就哈欠連連。因此，夢機病後，幾近殘廢，卻還能安然養病近二十年，很少有哀苦、憤怨的情緒；一方面是天性曠達，凡事很容易妥協，既然生病，就向命運妥協吧！另一方面當然是因為他廣結善緣的人際關係，病後熱情探望他的親友學生，絡繹不絕，即使政要巨商名流，都比不上他。因此，他養病「藥樓」，人情樂趣實在非常豐富。

然而，客至、飲集也不是日日都能盼到的歡愉。夢機很多時間還是要獨對看護或外傭；尤其夜晚或冬天寒雨綿綿的日子。因此藥樓家居，也相對表現另一種孤獨冷寂的況味。幾本詩集中，〈獨夜〉、〈獨坐〉、〈默坐〉、〈索居〉、〈陰雨積悶〉、〈病久〉、〈愁緒〉、

84　《鯤天吟稿》，頁107。

85　《藥樓近詩》，頁132。

〈山麓久居忽忽不樂〉、〈悼亡〉等詩題之作非常多。這些作品其實才是夢機在人前歡笑之外，另一個被排遣、掩蓋的自我，例如〈獨夜〉：「萬幻惟餘淚最真，陳言重省記猶新……風惡聲窗向誰語，燈孤影壁與吾親。」[86]可以想見其暗夜的孤獨悽涼。又〈愁緒〉：「晝雲吹雨打軒窗，迸作傷心淚滿腔。」[87]直說傷心迸淚矣。又〈獨坐〉：「心猶哀故里，足不到長廊。」[88]殘廢獨坐，追憶故鄉，徒起傷感而已。詩集中，有些〈安閒〉、〈閒適〉之作，恐怕也不是他獨自一人時，常有的心境吧！他並不是完全沒有悲苦的聖人或佛陀。這些詩乃是理解夢機「詩意的在地家居況味」，非常重要的一個面向。

他這類的詩實在太多，我只是指出其中梗概，細節則留待有興趣者繼續研究。夢機真的不得不「在地」了，不然他還能到哪兒去？「故國」已是「歸鄉夢斷」，徒成追憶而已。而困居「藥樓」近二十年，偶然可以一窺屋外「浩園」的情景，或「路過」碧潭、環河快速道，停車短暫的眺望。再遠也不過偶到臺北市與朋友宴集；那次重回中央大學校園，以及到桃園蘆竹鄉赴故友的招飲，算是最難得的遠行。「藥樓」家居應該是他「在地情」最重要的存在體驗。

然而，我還是感受得到，在夢機亂離漂泊的意識中，這裡仍然是客居之地；那麼，他的「故鄉」究竟在哪裡？

其四、詩意的在地社會關懷

前文已論述過，夢機的鄉土經驗比較薄弱，尤其對本土底層庶民的生活經驗，很少接觸；但是，這並不表示他對臺灣社會了不關懷；正好相反，以他所繼受傳統知識階層的「文化意識型態」，關懷社會原本就是「詩言志」之所為「用」。因此，夢機的詩作從早期《師橘堂詩》、《西鄉詩稿》就露此端倪，例如〈老兵〉[89]、〈寒流〉[90]等。那時，還在五○、六○年代，國民黨執政，「反共」是知識分子被形塑的普遍意識型態。「感時」之作也都是這類意識型態的表現，其中或偶爾以「比興」的意象隱藏諷刺國政之失。夢機早期這類作品大體如此。

解嚴之後，兩岸開通，返鄉或旅遊大陸者眾，「反共」的意識型態逐漸在淡化，因此像早期那種國共政權對立的「感時」詩歌也就少有人作了。而回到臺灣內部，夢機病後，自顧尚且不暇，哪有心思關懷社會。因此，養病之初所出版的《藥樓詩稿》中，極少關懷社會的作品；即使病後將近十年才出版的《鯤天吟稿》，絕大部分作品也還是集

86　《鯤天吟稿》，頁105。

87　《鯤天吟稿》，頁25。

88　《藥樓詩稿》，頁36。

89　《師橘堂詩》，頁11。

90　《師橘堂詩》，頁38。

中關注個人的家居生活；關懷社會的作品，只有〈保釣〉[91]、〈選美〉[92]、〈感近事〉[93]等少數幾首。及至《鯤天外集》，這類作品才多了起來；而最後幾年的《夢機六十以後詩》、《藥樓近詩》，則關懷台灣社會就已成為夢機「在地情」的重點之一了。這類作品的數量不少，值得特別注目。

夢機關懷臺灣社會的作品，主題幾乎都在普遍的政治及社會現象，或是指標性的政治事件、重大災害。總的來說，多為刺惡，頗少頌美；而且大多直言其事，不用比興，乃是亂世怨怒之音，變風、變雅與屈騷之遺緒，承繼了古來士人階層的諷諭「詩用」傳統。[94]

政治現象的諷喻，主要是譏刺官員廉能俱失、既庸且貪、官商勾結的普遍劣行，或政務決策之遲緩、粗糙，甚至誤謬，或賄選、欺騙、攻訐等選風之敗壞，政黨權力鬥爭，虛耗國力等，例如〈述事〉：「厄言變決策，其勢來洶洶。始乃寸涔水，終匯百道洪。……吾聞政不舉，癥結是官庸。下材重諛佞，吹噓以為功。陋習生宦海，餽金蔚成風。……。」[95]這首詩對於政治決策之粗糙而漫無定準，官員之平庸又喜歡諂媚、吹噓、賄賂的劣行，強烈批判，而且直言不諱，免用比興，這已是元白諷諭的修辭取尚了。[96]〈感近事八疊詩韻〉：「選民宴集酒千巵。」[97]候選人以流水宴賄賂選民。又〈蓬瀛篇〉：「頗聞賈吏共花酒，可能賄選臨鄉橙。……官衙儘多佞諛輩，頌揚一片喧呼聲。尸位貪墨何所喻，碩鼠毀社狐盈城。……。」[98]官商勾結，共喝花酒；賄選遍及城鄉；官場拍馬逢迎、索取紅包的惡質風氣，已到了難以言喻的境地；而這種毀敗政風的社鼠已多到塞滿公家機關。又〈北台述事〉：「交兵朝野尚風雲。」[99]政黨惡鬥也。其他有關核廢料處理不善、物價上漲而銀行降息，致使百姓經濟生活困難、環保政策執行不彰等政務劣蹟，都曾是他「在地社會關懷」的詩旨。這類篇章大多直言痛批之作，不再以比

---

91 《鯤天吟稿》，頁39。

92 《鯤天吟稿》，頁44。

93 《鯤天吟稿》，頁112。

94 中國古代之「詩用」，可分為諷化、通感、期應三種主要類型。前述酬贈詩多為友朋之間的「通感」之作；此處所述關懷社會之作，則為「諷化」一類，下以風刺上，諷也；上以風化下，化也。參見顏崑陽：〈用詩，是一種社會文化行為模式──建構「中國詩用學」初論〉。

95 《鯤天外集》，頁96、97。

96 元稹、白居易的諷諭詩多直陳其事、直議其理，而少用比喻。白居易在〈新樂府・序〉中，就主張：「其辭直而徑，欲見之者易諭也。其言直而切，欲聞之者深誡也。其事覈而實，使采之者傳信也。」參見《白居易集》（台北：里仁書局，1980年），冊一，頁30。白居易這種「詩用」觀念，可參見顏崑陽：〈論唐代「集體意識詩用」的社會文化行為現象〉，國立成功大學主辦第四屆唐代文化學術研討會，收入會議論文集，頁27-67，國立成功大學出版，1998年。

97 《鯤天吟稿》，頁112。

98 《夢機六十以後詩》，頁1。

99 《夢機六十以後詩》，頁22。

興虛象託喻於言外。近十年來，國政日壞，已到危急之秋，詩人也耐不住怨怒之情了。夢機老病如此，對這臺灣社會卻還是放不下。

社會現象的諷諭，主要集中在山林濫墾濫伐而導致土石流、人民生活奢靡而詐騙橫行、巨商大賈憑其財力勾結官員而便宜行事，少年犯罪至於鬥狠弒親、黑社會包娼包賭等，例如〈強颱〉：「土石流下瀉，豕尸浮草萊。……誰歟憫民瘼，匆匆籲防災。廟堂遲頒令，林壑仍濫開。……。」[100]每次颱風來襲，都造成土石流之害。政府防災行動粗率，年年沒有改進。百姓濫墾，政令頒布及執行，遲無效果。〈蓬瀛篇〉：「角頭各據地盤固，經營娼賭持刀橫。……淳風厚俗已消歇，欺詐之術嗟其精。陶朱囊豐估可覷，孟嘗面廣事易成。少年飛仔饒血氣，拋書且慕朱家名。飆車弒父逞勇狠，功祿不計忘前程。……。」[101]〈蓬瀛篇〉這首五古長篇幾乎寫盡上列台灣政治社會惡質的現象。其他例如〈亂象〉二篇[102]、〈述事〉[103]、〈感近事〉[104]、〈台員篇〉[105]、〈訟庭〉[106]等，其中雖隱然有些特殊人事，但大體化為泛詠臺灣社會亂象，傷時憂世之心現於言表。

另外，還有一些歌詠指標性的政治事件或重大災害之作，例如〈國會大選〉、〈二次輪替〉、〈感近事〉五首之一〈扁案〉等[107]。又例如〈大選〉：「何處飛來雙子彈，一槍聲破蔚藍天。」[108]總統大選，三一九槍擊陳水扁、呂秀蓮事件也。〈集集大震後中秋作〉，詩旨非僅客觀描述九二一大地震的災況，重點仍在批判政府的賑災之策：「坐惜中樞遲善策，多欣外族聚專才。」[109]〈艾莉襲台〉意在反映土石流的環保問題：「東海風濤怒，南投土石流。災黎苦淹水，眾畜死浮溝。」[110]這類歌詠政治事件或重大災害的作品，都具有指標性，可以表徵夢機所關懷的臺灣政治與社會問題，當然是他「在地情」的展現。

綜合上述，夢機詩中的「在地情」主要表現在詩意的風景、人情、家居況味、社會關懷。有些已很「切實」於「在地」的日常生活經驗，尤其養病「藥樓」將近二十年，他的現實生活與這塊土地完全分不開。然而，我還是能感知到夢機那種生逢亂世，被迫離鄉背井，羇旅異地，一身如萍的心理。因此，他到去世為止，雖已「故國歸鄉夢

---

100 《鯤天外集》，頁72。

101 《夢機六十以後詩》，頁1、2。

102 《藥樓近詩》，頁29。

103 《藥樓近詩》，頁59。

104 《藥樓近詩》，頁62。

105 《藥樓近詩》，頁81。

106 《藥樓近詩》，頁98。

107 以上三首詩，收在《夢機集外詩》，待梓中。

108 《藥樓近詩》，頁122。

109 《鯤天外集》，頁79、80。

110 《藥樓近詩》，頁122。

斷」；然而在「文化中國」之意識型態所託存的「烏托邦」想像之中，他仍然期待著兩
岸能和平統一，天下一家，海峽不再隔絕兩地。〈兩岸〉一詩或可表明他這番心跡：

> 風雲一峽界神州，兩岸何當戰旆收。鹿港堪分秦嶺月，鳳山猶接粵江秋。[111]

　　這真是「江山如畫」，詩人在詩裡繪製出來「如畫」的大一統江山，就像杜甫在詩
裡蓋出來的千萬間大廈那樣：「安得廣廈千萬間，大庇天下寒士俱歡顏，風雨不動安如
山。」[112]詩人之可愛可敬就因為他有「烏托邦」的夢想，而他的可哀可悲則因為永遠
不「接受」政治之虛偽、欺詐、殘酷的事實，因此往往都是身心一體的受害者，到死還
在期待「烏托邦」夢想的實現。我與夢機相交四十幾年，很清楚的了解他在現實世界生
活中，從來都很「務實」，於「學」於「業」的出處進退，都關切實際，慎謀能斷，故
長於行政而曾為余傳韜校長所賞識重用，這是他生命存在的一個面向；然而，我們永遠
不能忘記他畢竟是個「詩人」，而且是非常傑出的大詩人；因此性情所致，在現實世界
之外，他另有一種「詩性的浪漫」，不管面對遙遠的故國江山或臺灣本地的風景、人
情、家居生活、社會現象，他都會以「詩意的心眼」去觀照，將現實世界的污穢加以淨
化，而讓它安置在「烏托邦」的夢想世界中。這兩個「夢機」都是真真實實的「夢
機」，從不作假；我都接受他也喜歡他，因為我大體也是這種人。

四　結語

　　二〇一〇年，夢機去世，至今四年餘。我一直沒有感覺到他真的離開這世間，因為
不只是我經常會錯覺：過些日子，應該去藥樓看看他；而且他的朋友學生還是經常會談
到他，彷彿他坐在輪椅上，等待大家圍著他說笑。

　　在歡笑的表層中，夢機似乎切切實實的存在於亂離時代的臺灣，甚至在岡山度完他
行俠仗義的少年時代，在臺北、新店幾十年過著他教授的生涯，受人喜愛與尊敬；然
而，我做為他相交幾十年的摯友，卻總是在他的詩中，在他深層的意識中，感知到他一
直活在「故國夢」與「在地情」兩面交纏，卻又畢竟落空的情境裡，呈現「兩不著地，
鄉土無歸」的虛懸狀態；其「存在主體」始終「漂浮」在想像、建構的「文化中國」、
「詩意中國」之中，終為幻境。

　　從上述夢機詩中之「故國夢」與「在地情」的詮釋，我已向接近他、認識他、關愛
他的親友學生們，揭露了夢機在歡笑與病苦的現實世界之外，有一個「存在漂浮」的靈
魂，幽幽訴說著亂離時代的悲情。

---

111 《藥樓近詩》，頁122。
112 杜甫：〈茅屋為秋風所破歌〉，仇兆鰲：《杜詩詳注》（台北：里仁書局，1980年），冊二，頁831。

　　其實，何止夢機如此；他的故友們，洛夫、瘂弦、黃永武等，從故國漂浮到臺灣，又從臺灣漂浮到加拿大溫哥華。洛夫寫了三千多行的長詩〈漂木〉，不也在訴說他們那個世代共同的歷史記憶與存在漂浮的悲情嗎？

　　綜觀人類的歷史，只要這世界一直都有那種權力欲望烈如火、毒如蛇的政治猛獸，甚至惡獸，相互爭奪，彼此吞噬；那麼亂離的悲情、存在的漂浮，就是眾多人民難以逃脫的噩夢；而亂離之作也將永遠是文學史上，最讓人垂淚的詩篇！

壯遊—冷遊—臥游與溯游
——試說夢機先生的紀遊詩

周益忠*

摘要

　　張夢機先生一生吟詠不斷，所作紀游詩尤多，今試以其生平分為三期：1.1964-1981為早期的壯遊.2.1982-1991為中期的冷游.3.1993-2010過世前為晚期的臥游與溯游甚至車遊等，探討此類作品，也可約略可述及其黃州句法。

　　早期詩篇發揚蹈厲，頗多七古之作，也有靈動之七絕。尤其七古用韻之變化、章法之鋪陳，可以看到他經營詩作的技巧，也透露其懷抱。中期則較多七律，間雜以絕句及古詩，雖也頗多出遊之什，然此際道路奔波，又窮於研究、服務及上庠人事等，昔年襟抱不得再見，因藉吟詠景物以寓其內心的苦悶。

　　晚期則困於風瘁，不復出遊，但詩人猶創作不輟。或追溯昔日舊游；或偶然就醫外出，路見昔日之碧潭等有感而發；更有聽蟬聞曲，夢憶交織或推窗遠眺，目游神想之作；甚至穿越時空、兩岸交錯，斑斕奪目如空際轉身之手法，令人嘆為觀止。然詩人非以此炫其詩技，實藉以追暑解悶、自我療癒。坐眺為坐望，在坐望中坐忘，忘其肢體之殘缺，忘其心知之不復得用，忘此人世，而如鯤鵬之化，藉此吟詠，翔於天際。由藥樓而臻鯤天，則此另類之紀游詩實有待一一解碼，以窺其詩之深層意義。

關鍵詞：壯遊、冷遊、臥游、溯游、車游、坐望、藥樓、鯤天、黃州句法

* 彰化師範大學國文學系教授。

一　前言

　　張夢機（1941-2010）湖南永綏人，為當代少數研究與創作兼善的詩人。早先以少年綺懷，有〈雙紅豆簃詩存〉，79年時改以《師橘堂詩》、《西鄉詩稿》問世。91年中風後，亦先後有《碧潭煙雨》、《藥樓詩稿》、《鯤天吟稿》、《鯤天外集》等；晚年猶有《夢機六十以後詩》、《藥樓近詩》等創作不斷，又自編舊作為《夢機詩選》。[1]

　　夢機先生過世後，論述者頗多，並結集為《歌哭紅塵間：詩人張夢機教授紀念文集》，皆可見其作為一代詩人的成就。[2]今試以壯遊、冷遊、臥遊、溯游為題，探討其紀遊詩。實有感於詩人早先則道路奔波、行旅往來，然猶忙裏偷閒，驅車作登高臨遠之壯遊，如是者不斷，因而飽嚐臺灣南北各地之風土，發而為詩，詩中皆有其生命之印記。且以五十之壯年中風之後，雖不良於行，養痾浩園，然猶詩作不斷，或臥游或溯游，記錄其先後之刻痕。因以其傳世之詩集等為依據，摘其與紀遊相關者，試加探討如次。

二　夢機先生紀遊詩的分期

　　夢機先生之紀遊詩載見於其集中者：最早當為1963〈陽明山春遊〉、其後猶有1964〈雙重溪絕句〉，1969年則有〈碧潭篇用高青邱中秋翫月韻呈漁叔詩〉，1973〈南行雜題〉、〈夏日與崑陽文華碧潭共茗飲作〉、〈重過超峰寺〉，1974〈中元前二日，雄祥置酒招引泛月潭上，感秋作兼似文華、崑陽〉，1975〈春晴陪雨盦師陽明山觀櫻作〉、〈冬日與師大南廬吟社諸生淡水泛夜月出始歸〉，1976〈中部橫貫公路紀行〉、〈高雄與永武眺海夜話作〉，以及1979〈烏來口占〉、1980〈近郊晚步〉、〈臺北行〉、〈過關渡〉1981〈溪頭篇再疊高青邱中秋翫月韻〉等等，凡此皆為四十一歲前為早期之作。頗多發揚蹈厲、縱橫變化之作，皆可見其青壯時期的生命風采。[3]

　　自1982年後先生詩作轉為沉寂，如〈江渚〉、〈壬戌七月既望宿燕子湖作〉以及〈初至西湖中大同仁讌集杭州大飯店〉等而已。1989年才又有〈過毗盧禪寺〉以及1991〈夏日過至善園，新雄熙元哲夫炯陽同遊〉、〈春集白雨軒，呈雨盦師兼示同席〉、〈宿溪頭〉等作品，皆可見此時詩人苦於上庠之研究、服務等，詩風轉為沉寂，紀遊之作亦表現為

1　此段引文出自張夢機著　龔鵬程校《張夢機詩文選編》合肥：黃山書社2013年1月版，前言頁4-5。所言《夢機詩選》高雄：宏文圖書出版，2009年10月，選其生平所作222首，據編者顏崑陽云：「會其諸集取菁抉華」，其後《張夢機詩文選編》大致以此為依據，可信為夢機先生一生詩作之精粹。

2　李瑞騰、孫致文主編《歌哭紅塵間·詩人張夢機教授紀念文集》桃園：國立中央大學中文系編印出版2010年9月版。

3　以上所引詩目見張夢機著　龔鵬程校《張夢機詩文選編》合肥：黃山書社2013年1月版，目錄頁3-6。

冷漠。且稍晚即遭逢悼亡之慟，一年後又身罹風痺而吟詠遂告中輟。

　　然先生雖因罹疾而移居於新店安坑，於藥樓養痾中竟又有詩。1993年底先有《藥樓詩稿》問世，所作紀遊詩多緬懷舊游如：〈憶碧潭茶棚〉、〈舊游絕句〉、〈憶西安〉、〈江南夢憶〉等等；或書就醫外出途中所見如：〈環河便道上作〉、〈重過碧潭〉、〈新店三峽道中〉等；亦有憑窗遠眺、聽歌覽圖而目游神想之作，如：〈看山〉、〈夏夜〉、〈眺雨〉、〈臥游〉、〈坐眺〉等等，皆有此臥游之意涵。此後更創作不斷，如其〈追憶〉詩所言：

> 舊夢釀成斑斕夜，無星時節作新醅。

縱觀其詩約略可分為三期，顏崑陽即有云：

> 其詩大體可別為三期，初期頗學義山，得其麗辭幽意，靈變有則之體；中期漸契少陵之沉鬱頓挫，而佐以山谷、無己之清勁，復斟酌同光之瘦健。前二期雖風格有別，然大致嚴於準繩，精於鍛鍊。晚期則以身遭疾厄，困頓病榻、輪椅之間，而詩風為之大變，皆景與目遇，事與緣契，情由物感，意自懷出，而自然成篇，工拙不計，蹊徑悉泯。[4]

　　早將夢機詩分為三期，但前二期確切的劃分，則並未標出時間點。今以其紀遊詩而論，應可以1981年四十一歲前為第一期，此後為第二期，龔鵬程曾說：

> 其七古之發揚蹈厲、縱橫變化——早期所作，如臺北行、觀變等，用長短句，以文為詩，乃至以駢體、以問答、以新事物入詩，都有極力打開古體詩格局的想法。可惜病後氣力不繼，才不能於此大開戶牖，否則當是大有可觀的。[5]

　　所言〈臺北行〉作於1980，至於〈觀變〉更早於1975年，雖非紀游詩，但都是早期具大氣力，想要有所突破的作品。龔氏所言，只見其詩作可分兩期，並以其病後為分期，實則在風痺之前十年，約1981年時作者之詩風已有轉為沉寂的傾向。應該也可以如顏氏所云，再分出一期。至於中風之後作者復提筆為詩，錄舊夢、思往事、眺窗景、聽蟬鳴進而發乎吟詠。以忘其病榻之折磨，忘其一身之寥落，忘其不得出游之苦悶，由坐眺中甚且得乎莊子坐忘之境。

　　詩人如是者吟詠不輟，也以此自我慰藉甚至自我治療，可謂以血淚書者。讀此時之作尤其臥游、夢游或車游等等，反復諷誦，往往能體會詩人實以自身遭逢與其夢憶，指出向上一路。且更能以詩者，持也，持人情性的詩人本懷[6]，以示後之來者，所謂己欲

4　顏崑陽曾分夢機詩為三期見《文訊》199期　張夢機紀念特輯　台北文訊出版頁45。

5　張夢機著　龔鵬程校《張夢機詩文選編·前言》合肥：黃山書社2013年1月版，前言頁23。

6　語出劉勰著范文瀾注《文心雕龍·明詩》頁65，臺北：學海出版社1977年版。

立而立人者。其氣力之大固已超乎格律章句之間。顏氏謂：「工拙不計，蹊徑悉泯」應該在此。且昔時山谷道人所謂：「無人知句法，秋月自澄江」所謂黃州句法[7]，夢機先生已在此時的記遊詩中一一展現，應該庶幾得其漁叔師之傳，甚至可直追蘇黃。今試以其記遊詩分三期，論之如下：

三　壯遊——早期的紀遊詩 1964-1981

自1969年作者有〈碧潭篇用高青丘中秋翫月韻呈漁叔師〉與作於81年之〈溪頭篇再疊高青丘中秋玩月韻〉時間相隔十二年，地點分屬碧潭與溪頭，但都以明高啟之中秋玩月之韻為之。[8]於此應可以領略其第一期的風格。

由今所見詩作來看，早期的紀遊詩可見其發揚踔厲的少年襟懷，如冠於篇首的〈陽明山春遊〉七古之作，極言陽明山之山勢及春華爛漫之景致：

> 岡巒縈紆勢初起，忽掛匹練成飛泉。繁櫻肇海紛滿眼，萬象起滅胸中填。小潭淺碧出石罅，錦鱗躍水生漪漣。塵埃野馬綠詩夢，飛文染翰尤清妍。

已可見其雛鳳初唱之清音。此時多以七古為主，足見早年經營用力之專且勤，亦有絕律之小品。茲分敘如下：

（一）七古之極力摩寫

〈陽明山春遊〉作於1963年，之後的69年作者已有七古巨製〈碧潭篇用高青邱中秋翫月韻呈漁叔詩〉出現，描寫碧潭之作，已足見其寫景抒懷之筆力：

> 遙岑螺髻堆天藍，平潭落景沉浮嵐。高雲不動雁聲遠，秋魄一縷容吾探。
> 屬車載筆夢久覺，愛此苔髮青鬖鬖。湖平水寨月愈白，鷗首賡歌清氣涵。
> 即事有足悅心目，盈虧彈指何須參。淨杯雲腴堪小摘，圓輝快攫供饕貪。
> 涼蟾下引忽墮水，玉璧直覺潭心嵌。歸來晚潮抱兩袖，吟詩時復聲喃喃。
> 圍燈縹帙香似海，搜討權作書中蟫。優曇才隨秋夢了，還期詩佛相同龕。
> 縋幽冷趣摒塵俗，精舍新榜師橘庵。曩聞屈子美佳橘，天命不遷殊杞枏。
> 邇來二千六百載，哀郢誰復臨江潭。飛濤瀛外催畫腳，黃旗未舉天東南。

7　詩出黃山谷〈奉答謝公定與榮子邕論狄元規孫少述詩長韻〉任淵《山谷詩內集注》頁336臺北：學海出版社，1979年10月。又襟人張大春也曾探究〈黃州句法〉引見《歌哭紅塵間·詩人張夢機教授紀念文集》桃園：國立中央大學中文系編印出版2010年9月版。

8　二詩分見《張夢機詩文選編》合肥：黃山書社2013年1月版，頁40-41及頁73-74。

> 吳楓楚蟹每縈念，抽絲到死同春蠶。草檄欲浣青州硯，駱丞才調嗟多慙。
> 平生拜手任俠士，輕肥裘馬非所耽。頗向花室悟微旨，每於墨堂耽雅譚。
> 壓榍茶釀添水厄，促箭宵寒遲擘柑。公詩秀爭玲瓏月，炎州細算無兩三。
> 致仕幽閒重內守，空銜客淚千愁含。記從龍門至竭石，冰河荒渡遲戎驂。
> 垂老金鼇懷歸遠，聞茄部屋思不堪。十年絳帳感殊遇，黃州句法差能諳。
> 何意騰驤青雲道，迂疏況我非奇男。泊廬碧潭飲淥淨，蔗霜秫粉飛清甘。
> 鷗泛荻渚隨玉笛，騰攜逸氣追徐戡。會將犀甲靖六合，樺燭盟水窮幽罎。
> 待飲嶽麓對湘澧，半巖花雨分餘酣。喜甌為公淪殘月，風柳娟曙搖毿毿。

寫景以韓孟詩派七古之手法，且用明人高啟之原韻，詩家以為窄韻的覃韻為之。也可見其年少時寫景縱橫變化且於難中見巧的氣勢。[9]而後則語氣收斂，表明其一心問詩法於業師之情懷。[10]

此時以七古寫景兼書懷之詩作，還可舉〈冬日與師大南廬吟社諸生淡水泛夜月出始歸〉一詩為例。此詩更將書寫之筆力，一洩無餘，相較於前面幾篇，已可見他由山而水，由小潭而大海，逐步開展之句法：

> 誰向蒼穹倒植蘆蕭蕭，千點萬點作雪飄。長雲南皆江來處，混茫直壓滄海潮。滄海潮，捲雲飛，雲耶潮耶遠莫知。薄晚青冥排雲出，袖上煙霞收夕霏。剩有殘雲棲翠塈，留與山僧補衲衣。今我隨雲臨古渡，重喜觀音秀如故。鼇背風來一市腥，寺樓鐘落千林暮。諸生同抱五湖心，呼棹裂碧尋佳趣。量篙清漪分小艇，扣舷長哦狎群鷺。紅泥爐火，酌武夷之流霞；活水茶鐺，試顧渚之新芽。冬眺市廛落吾手，千燈燭夜想繁華。隔江八里千燈外，兩三星火風物異。誰將濃墨潑山水，渲此蒼茫萬古意。倚櫓發幽思，不知霜侵袂。真宰凝兮形釋，禪寂通兮空明。歸殘磬於寥廓，掛繁星以崚嶒。夢豈逐揚州唳月之鶴？游且效天池摶搖之鵬。崖嶅俄頃轉皎潔，東山徐徐吐蟬魄。清輝尚想羲農前，萬古彈指幾圓缺。蜀道雲，秦嶺雪，赤壁洞簫牛渚客。漢關烽燧六朝春，分明千都都照徹。我乃舉艷樽，酹江月。勸耳長照人嬋娟，莫向沙場照白骨。艤舟正催歸，樂甚而賦別。拂衣迴看高詠處，唯見冷崖空水霜月白。

詩以平聲之蕭肴韻起，先換為四支韻，而後轉為去聲遇韻，再回到平聲歌麻，再又轉為去聲寘韻，而後轉八庚通轉平聲十蒸。以大鵬之鵬字相勗勉後，又轉而以入聲之月、陌等通押之韻作結。借與諸生同遊，極力描摹淡海四面之景，且用蜀道、秦嶺、赤壁、漢

9　張夢機《古典詩的形式結構‧詩韻的吁與覰》頁54，即將詩韻平聲韻依寬窄程度分為四類，其中覃韻即在窄韻中。臺北；駱駝出版社。

10　此年另有〈碧潭秋感〉七律二首。可看出此時七律學義山之風格。

關、六朝等典故，或豪邁或柔情，結以赤壁懷古的用意。[11]

稍後又有〈中部橫貫公路紀行〉，以中橫山勢險峻，因而起筆即出之以李太白〈蜀道難〉的手法，也可看到此時詩人心境之壯闊：

> 飛湍瀉玉，懸壑流丹。煙嵐縹緲，星日高寒。林巒縈迴，鳥道千盤。

詩中更接著說道：

> 偉哉江山竟如此，混沌雲氣老不死。形勢已湮三百載，未許塵凡窺壯采。樵夫雖
> 知莫能言，詞客窘步驚汗駭。直待五丁九死磊塊崩，危衢始得橫貫東西兩際海。

不但用〈蜀道難〉飛揚跋扈之句勢，更帶入臺灣歷史。以玉山形勢湮滅三百載無人知，且闋之以五丁鑿山之典故。[12]縱橫捭闔、氣象萬千，所以為當時所推崇，以為難以企及。[13]至於〈臺北行〉也是以七古為之：

> 杜鵑城堞夜嵯峨，瑤光徹漢失星河。摩肩仕女恣遊鶩。蛇行飛轂喧闐過。
> 九衢燈海燭人海，滿耳夷歌間島歌。瑰麗之奇炫光怪，浮靡之風能掀滄海波。巨
> 賈揮金門酬酢，賓士勝於揚州鶴。十千五千拼一飲，十萬百萬縱一博。碧琉璃，
> 紅氍毹，華購連雲古所無。奉客以巴西釀醲之咖啡，爽脾以富春鮮嫩之鱸魚。舞
> 衣巧裁金作縷，酒廊爭琢玉為舻。柳屯田云：『市列珠璣、戶盈羅綺，競豪
> 奢。』其此之謂乎？或謂遭艱虞，經濟支國脈，淫樂顧表徵，慎勿深苛責。嗟
> 夫！興邦貴教化，蒸黎恥且格。逸豫損淳風，州閭輕竹帛。澆厚驗安危，念茲輒
> 蹙哦。君不見人才重趨走，時論羞困窮。興臺挾暴富以驕恣，吧娘藉衣錦而雍
> 容。凱子囊豐估可觀，太妹委蛇下釣筒。崔姬一曲金千斛，滿街爭效舞姿瘋。聲
> 價遂為天下美，慷慨誰復思長風。嘩世掊孔顏，四維漸摧裂。民心懼腐蝕，邦國
> 將焉活？譬彼巖上松，謖謖凌霜雪。斧鉞斫其根，螻蟻毀其骨。枝葉縱扶疏，蒼
> 翠能幾月？五洋風鶴凜生寒，纏兵熒惑照南天。能源寖荒為世患，眼前何計拯時

---

11 詩人於《西鄉詩稿》另有〈舟渡〉二首可與此相參。觀音蓊鬱枕秋江，十幅輕帆掛夕蒼。寥廓漫思黃鵠舉，逍遙真作白鷗翔。鱸魚休說今堪膾，鶴骨旋知久亦霜。血淚南溟終縈繫，浮槎誰與輯流亡。（一）蛟蜃吹潮一市腥，淡江以外是滄溟。樓形向日攢飛鳳，山影連波壓釣舲。蘆荻已翻霜後白，峰巒猶峙古來青。扣舷我欲歌春雪，祗恐魚龍不耐聽。（二）

12 此詩由序文：「丙辰立春之後二日，皆內子素蘭與高雄師院諸生，自東勢入山，——歸數日，補成斯篇。」及詩末兩句所云：「只今攤卷對吟燈，猶憐水石風雪相摩蕩。」知詩乃1976丙辰年遊中橫歸後所作，引見《張夢機詩文選編》合肥：黃山書社2013年1月版，頁62-63。

13 見于大成《西鄉詩稿》序：「數年前有橫貫公路之游，——欲為詩以紀之，而詩久不成。友人張子夢機曰：『我有橫貫公路紀行長歌，君盍作一畫，即書吾詩其上，如何？』余受其詩而讀之，不啻我口之所欲出，為之歡喜讚嘆——」此詩及為《西鄉詩稿》之首篇。

艱？欲挽長河供一瀉，洗盡杜鵑之城夜斑斕。亟斂浮華歸樸美，更修樓櫓壯江山。殷憂終信能回變，佇聽萬里狂濤為我唱刀鐶。

七言歌行雖以七言為主，然雜以三言之「碧琉璃，紅氍毹，」、五言之「或謂遭艱虞，經濟支國脈，淫樂顧表徵，慎勿深苛責。——」、「嘩世揙孔顏，四維漸摧裂。民心懼腐蝕，邦國將焉活？——」甚至十言之「奉客以巴西醲釅之咖啡，爽脾以富春鮮嫩之鱖魚。」等，另又逕引用宋詞柳永〈望海潮〉之句，以狀當時台北之富庶豪奢。其中更有意思的是夾以俚俗語或新詞彙為之。如：「——吧娘藉衣錦而雍容。凱子囊豐估可覷，太妹委蛇下釣筒。崔姬一曲金千斛，——」就中吧娘、凱子、太妹、崔姬等皆時下之用語，[14] 如此筆力之橫肆不拘一格。且押韻上前八句先以下平五歌韻，接著為入聲十藥韻，再用上平六魚韻；而後五言句則又用入聲十藥、十一陌通押韻；再則「君不見——」下雜言體則以一東韻為之。而後再用五言入聲韻，又轉用上平十四寒、下平一先，回到平聲十五刪韻之七言句。如此一平一仄交錯變化且仄聲韻腳都以通轉的入聲為之，可說極盡七古聲律變化之妙，有其「縱橫變化」、「以文為詩」之飛揚跋扈。[15]

此後又有〈溪頭篇再疊高青邱中秋翫月韻〉堪稱為前期壓卷之作，以其猶以窄韻之十三覃為韻。且此詩後半以赤眉寇盜，說對岸盤據河山之政權，當是彼時反共文學風潮下之典型詩作：

久矣赤眉亂天紀，七鯤流寓停帆驂。煙濤微茫故園渺，子歸聲苦情何堪。廟謀早定沼吳策，一旅匡復事早諳。此邦自古毓奇氣，前謨芳烈多偉男。天聽況是繫民聽，薪膽卅載中回甘。昆陽雷雨必興漢，潢池盜賊從平戡。會當摳衣踏五嶽，天柱太室窮幽覃。今宵良覿正未易，飲視八極同醺酣。惟屏倦處夢鄉國，千簧搖曙齊毿毿。

以漢朝赤眉之亂比喻當時中共的紅旗文革：然後以中興之事自許，更以越王勾踐臥薪嘗膽及興漢之昆陽雷雨等典故的運用，說出當時流寓七鯤的臺灣男子的心願。此篇與69年之〈碧潭篇〉前後呼應，可為第一期記遊詩的壓軸。也可看到詩人此時戮力吟詠，雖偶有絕律小品，然錄之於集中者，多出之以七古。或一韻到底，或歌行之轉韻。顏氏所謂麗詞幽意，靈變有則，該是其七古文采、內容與章法都美善可觀者。讀此記遊之作，也印證他少壯時積極經營的痕跡。

---

14 古典詩中運用新詞彙如何不悖「雅馴」的原則，夢機先生拈出：「用了一些新詞彙之後，必須在上下文中，搭配一些典雅的詞彙或經史的故實，作為調和。」今人張大春並將此衍生為〈黃州詩法轉相師——跋《藥樓近詩》〉引見《歌哭紅塵間‧詩人張夢機教授紀念文集》桃園：國立中央大學中文系編印出版2010年9月版頁77-86。

15 《張夢機詩文選編‧前言》合肥：黃山書社2013年1月版，前言頁23。

（二）絕律之小品風采

　　早期的壯遊詩時期，雖以七古見其精采，但仍有出之以絕律的小品之作。如〈雙重溪絕句〉也能看出其豪邁中蘊藏的細膩：

> 辟地能教心境寬，深山八月已微寒。檐前卻聽蕭蕭竹，秋思多應在此間。（其二）
> 聞道廣寒春尚淺，御風亦擬廣寒游。只愁弓勢初三月，不讓沉憂付一鉤。（其三）

又如1973年〈重過超峰寺〉也可看到年少襟懷具有的柔情：

> 沿鐘尋寺入僧寮，聽磬重來暮雨飄。幽竹飛青仍可掬，離懷追夢到垂髫。

又有〈碧潭〉也是七絕小品之作：

> 小渡船家已夕薰，頻來多恐白鷗嗔。欲裁一片匡廬碧，補作空庭半頃春。

此時雖殫其心力以七古創作為主，但七絕之作也更精彩可觀，因而此紀遊小品呈現一片天機，足堪追隨以賞玩。尤以描寫碧潭之作，碧潭，更是在後期，為其吟詠創作提供源源不斷之靈感。惟與其他諸作一樣，多出之以七律。早些時《西鄉詩稿》已有〈郊行絕句〉十首，今錄其前三與後三共六首：

> 誰歟大筆寫蓬萊，渲染溪山入畫來。暘雨一春恣高詠，頻教幽躅損蒼苔。
> 萬叢杜宇啼時血，幾樹漁郎行處花。十丈游塵涴櫻壑，終嫌幽討換喧譁。
> 早知浮豔本質空，遂掬繁櫻萬樹紅。欲釀一壺春絢爛，花飄時節潤深衷。
> 遠帆閑若洞庭軆[二]，鵑樹紅於蜀海棠。今夜枕邊千里夢，不知到楚到巴鄉。
> 松濤萬壑坐聽時，披卷重吟供奉詩。恍見蜀僧攜暮靄，一揮綠綺下峨眉。
> 近郭新篁堪試墨，隔溪晴渚偶眠鳧。拼將詩筆收春色，得句終慚鄭鷓鴣。

> [一]草山之陽盛植杜鵑。
> [二]淡水際海處時見漁帆。

凡此都可看到詩人早期的麗詞幽意，此時也有七律之作，都可看到他年少時記游寫景的功力及風采，如〈近郊晚步〉：

> 潑戶春光醉不勝，晚來江表寄瞢騰。一篷明月閑吹笛，百甕晴潭冷汲燈[一]。夕靄扶人過野寺，疏鐘先我下新塍。雲歸宿在西巖外，留與禪廊補衲僧。

> [一]碧潭兩岸設茗座百計。

又如〈曉過溪岸口占〉

曉扶殘夢過寒溪，花木浮香冷沁脾。曙色遙看徐動處，春痕細驗暗移時。多歧筐徑成孤往，不舍川流接所悲。慢許嶺雲空自性，尚矜心力獨為詩。[16]

四　冷遊——中期的紀遊詩 1982-1991

自1982年之後則邁入中期，集中漸少有七古之作，轉而以律體或截句為之。七律尤多，古詩則較少，茲分別敘述如下：

（一）七律之興寄幽微

先是1982年之〈江渚〉即出之以七律：

罨畫樓臺異昔時，重來江渚更尋誰？九天寥廓星如佩，一世沉冥淚是詩。遠鶴孤飛難擇木，此肱三折略知醫。盤膚自毓林潭秀，不悔當年獻賦遲。

頷聯九天寥廓中星如佩之閃耀，又有何用？只映照出在此沉冥一世間以淚為詩之孤寂。二句已可見其寂寞無人知之慨歎。而下聯又自比一己如遠鶴之高飛，無可擇木，但折肱已多，略諳醫理，也是無奈於三折肱下之自我解嘲。末聯又安慰自己，當年未及早尋找功名，當是中年以，後有見於五陵衣馬自輕肥有感所作。此時記遊詩轉少，且多是七律，表現其冷淡詩篇遇賞難的感慨。雖偶有同遊之伴，即誌之，然仍可以約略窺探其時心事之寂寥。

至於〈初至西湖中大同仁讌集杭州大飯店〉也是七律之作：

浮海俄驚四十年，三臺潮汐換華顛。乍歸城郭疑非我，舊夢蘇杭遠在天。
快瀉花雕熨腸酒，細烹虎擘試茶泉。雙堤只隔疏簾外，共掬晴波上綺筵。

91年初返舊地所作。蓋詩人年少一別，歷經四十年始得再歸去，因而雖在熱鬧中，也帶有傷感。次聯「乍歸城郭——舊夢蘇杭」即用丁令威典寄其舊夢難再，雖舊地重來，在上筵席中卻徒增舊憶之遙遠，一切都回不去了的失落感。另又有〈白雲軒茗飲，賦贈洛夫、瘂弦〉也是描寫禪寂之心事：「不隨熱客分殘醉，且豁吟眸訒獨醒。喚起竟陵陸鴻漸，共餐餘馥補茶經。」但說飲茶略有心得，不再以飲醉為豪，中年後心境之轉於冷漠，或可一見。1991年〈夏日過至善園，新雄、熙元、哲夫、炯陽同遊〉則為：

---

16 《西鄉詩稿》中收錄此，但其後自選之《夢機詩選》則未錄，同前之〈郊行絕句〉十首，亦未見收錄，此外另有七律紀遊之作，如〈碧潭秋感〉、〈過關渡〉等都未見於以後之選本。

繞郭雙溪試一尋，同將幽興托園林。畫橋叢柳籠煙碧，鳳樹高花翼瓦陰。庭上聊
為招鶴詠，池邊敢有換鵝心。控搏奇景堪藏袖，歸與文筵助醉吟。

為表現此幽興，頷聯先寫眼前畫橋叢柳、鳳樹高花之勝景，再以六朝時招鶴、換鵝之之
故實，寫此時領略林壑之美時之雅緻。已見諸人「同將幽興托園林」，〈春集白雲軒呈雨
盦師兼示同席〉也是。頷聯已有言：

叢竹當窗堪試墨，群峰在坐莫言官。

藉由叢竹、群峰在眼前，自不宜有紅塵之喧擾，因而末聯又申言：「胸次各饒溪壑美，
任它鷇搶與鵬搏。」不管外在紅塵擾攘，但以寄情溪壑之美為樂。而白雲軒為雅集之意
義俱在此不問俗事小大之爭，且雅趣中也可進而體會詩人心境之冷。他如〈與蔡信發自
慈湖至三峽，遊衍終日〉亦然：

案牘勞心意久慵，喜從勝概托遊蹤。謁陵初濕慈湖雨，禮佛同聽三峽鐘。
得句自鍾林壑秀，披情如澄社醅濃。欲歌春雪邀真賞，且喚山靈問蔡邕。

首句：「案牘勞心意久慵」道出出遊之必要，因而先沾濕慈湖雨，再聽三峽之鐘聲。此
時所鍾情者與前一詩的林壑之美，都可一窺此時心境，鐘鼎山林之間，作者凸顯其山林
之取向。末聯於邀真賞外更喚山靈以作結，愈見其心凝形釋、溶於自然。且心境轉趨內
斂，不復往昔，如同遊溪頭，此時但有〈宿溪頭〉：

潑墨群巖開畫本，稍迴襟抱媚岑蓊。篝燈影壁依花靜，竹籟聲窗挾雨驕。
乍換暄涼如世態，不關興廢是林樵。漫勞山鬼邀相語，少日清狂夢已遙。

此時有見於世態炎涼，只能如林樵之不關興廢；而山鬼邀語，清狂之少年夢已遙等，但
以此七律寄其時心境之蕭索。相較於十年前所作七古〈溪頭篇〉所言：「此邦自古毓奇
氣，前讓芳烈多偉男——。昆陽雷雨必興漢，濆池盜賊從平翦。會當攬衣踏五嶽，天柱
太室窮幽覃。」等等之氣宇軒昂，實已不可同日而語。同時間所作〈烏來白雲軒與一蕃
光甫茗話〉末四句也是諸多寄寓：

相看蝸角猶爭地，早悟蛾眉必見猜。案牘漸令詩力退，休輕漬墨浣蒼苔。

又如〈高雄講舍課罷遊澄清湖〉：

暫逃物役恣清遊，穿透煙波得句幽。高塔平收千嶂暮，曲橋冷臥一湖秋。豈真無
悔仍黃鵠，所不能如是白鷗。十載栖遑吾亦倦，欲磨水鏡照孤愁。

藉由三四兩句：「高塔平收——曲橋冷臥——」一平字和冷字作為詩眼，中年雖看似平

穩卻冷淡的心跡雙寂寞，蘊藉於此。而帶出後半：「豈真無悔──所不能如──」自注猶引杜詩：「黃鵠去不息，哀鳴何所投。」而詩人倦於中年奔波之意已明。因而有尾聯：「十載栖遑吾亦倦──」表明栖遑十年時之無奈，此時南北舟車勞頓，不免諸多感慨，借吟詠景物以寓其心中之苦悶。

（二）絕句七古之點綴

第二期的七絕之作，可用89年所作〈過毘廬禪寺〉為例：

> 松篁一徑翠浮空，欲證真如謁梵宮。到此塵緣鐘打盡，竿幡不動本無風。

斯時已厭倦紅塵之紛擾，禪寺之寂靜正為詩心之所向。與次年之〈白雲軒茗飲，賦贈洛夫、瘂絃〉用意略同，都可表現中年心境之寂冷。

至於古詩之作，僅有〈壬戌七月既望宿燕子湖作〉等雖亦為七古，然已不似第一期用力經營之名篇：

> 晴谿婉若常山蛇，群峰怒似南山虎。虎頭東顧矗蒼穹，蛇身西走歸遠浦。
> 雙橋未肯鎖逝波，不捨如斯換今古。誰歟築堰當下游，橫截煙波狎野鷗。
> 殘虹收盡千嶂雨，涼颸吹作一湖秋。煎茶待月攜吟侶，披襟共話庾公樓。
> 東山林壑轉皎潔，斗牛之間冰輪澈。天與月我相奔流。偶嘗野味驚烹雁。
> 稍斂機心欲下鷗。此日逍遙繩檢外，更呼漁艇試尋幽。

燕子湖位在新店近郊，為新店溪上游的勝景，作者也用用轉韻的方式呈現。然不似以前舊作之用心於聲律之經營，此詩轉韻表現頗為不規則：前半之前六句先用上聲七麌韻，後六句則用下平十一尤韻；然後十三、十四東山林壑二句則兩句互押入聲九屑韻；結尾五句則又回到十一尤韻。這較之以前所作七古轉韻，平仄交錯變化，甚至一平一入的聲律錯縱之美的經營，已有些不同。

五 臥游與溯游──晚期的紀遊詩 1993-2010

九零年後，詩人先是不幸失怙、喪妻，既而又中風，雖幸急救而挽回一命，卻從此輾轉於病榻與輪椅，出入只在藥樓與醫院間。較之孟子所謂苦其心志──空乏其身，動心忍性，增益其所不能云云，實又過之。先生堅忍，中風一年後竟又為詩，口雖不能言、手雖難以舉，於吟詠卻更勤且精。其中之紀遊詩尤為奇特，或臥於藥樓見窗外風雨寒暑、神游目想而作；或就醫回診路途而作、或聽蟬、聞曲、沉思舊日遊歷而作，所作

之多更甚於前期。[17]

　　此時期的紀遊詩有幾個面向：一是以臺北住家浩園為中心，包括就醫的耕莘醫院，以及偶然出入臺北行程中的所見所思。除《藥樓詩稿》所載詩外，又有：〈環河道中作〉等等，都可以看到他如何透過詩中所述，給他安身立命的力量。因而就臥游、溯游及就診外出之車遊，強分為三，敘其時詩人之遊。

（一）臥游——浩園所見所憶

　　　　深垂布幔坐重樓，檢點輿圖作臥游。廢陣早非臣亮日，長城猶是帝嬴秋。陶情嶺
　　　　陸張家界，擢秀山川九寨溝。五嶽三江看不足，何當鐵翼到神州。

　　詩為錄於《藥樓詩稿》中的〈臥游〉。詩人再次提筆為詩後，此時有見眼前景，即道心中事，不免憶往，思念往事甚至亡妻，以此自我療傷；夏日難耐，更以此臥游暫得清涼，坐眺臥游，竟成詩人此時惟一的消暑解愁之方。前者如93年《藥樓詩稿》所載詩外，94年起陸續有各種臥游的詩篇。茲分述於下：

1 以臥游自我治療

　　　　朝翠空濛暮靄寬，看山以外更何歡。晴餘排闥渾忘我，雨裏窺帷莫問官。眾鳥相
　　　　望決眥入，孤胸真感宿雲蟠。林邱羅列如孫輩，我作嵯峨五嶽看。

　　這首〈看山〉詩，可見詩人臥游的背景以及臥游中的寄託與慰藉。另外，詩人也在此排闥所見的窗外山景中自我調適。稍後的詩篇也都有類似的風格，如〈曉起〉：

　　　　臥起平明被尚溫，形骸無力待東暾。——披襟遠眺貪朝爽，惟對群山坐不言。

此時只能作對群山遠眺抒懷，〈坐眺〉一詩也是寫此心境：

　　　　除卻推敲外，樓望慰病顏。誰家飛白鴿，是處見青山。——

足見不能出游，但目眺窗外青山，亦給與作者不少慰藉，早先一年的〈曉坐〉也是如此。雖因「坐眺山光百慮空」卻又由三四句「詩袖漫分群樹綠，芸窗不染點塵紅」而想到自己的才命相妨。因而有末聯：「寵辱從知皆一夢，餘生那復記窮通。」既然窮通不復記，則此〈曉坐〉竟也有坐忘的意涵。

---

17 林漢傑有篇載於1996年1月24日之採訪稿即曾說他：「發病前詩作僅有三百多首。發病後，短短四年間，竟寫出了六百多首詩。」引見《歌哭紅塵間‧詩人張夢機教授紀念文集》桃園：國立中央大學中文系編印 出版2010年9月版。

95年的〈曉起獨坐〉也是一樣，從起筆八句的鋪寫：

> 天際動曙光，雄雞報期信。批絮雲翻山，萬翠得滋潤。飛鳥從西來，玄白自成陣。晨飈炊老榕，策策響清韻。

可以看出詩人細膩筆觸下的心思，因之在如此風光下道出其感傷之由：「坐眺緣體孱，焉能寸步進。口訥猶期期，塵土兩蓬鬢。」可見不得出游而代之以坐眺窗外山景，成為此時惟一的休閑，如此看山作詩非僅排遣，更具自我療癒的功能。末了終究省悟：「曠士斷愛憎，幽襟泯喜慍。還取南華經，重讀齊物論。」因而重讀莊子以自遣。[18]然而詩人風痺之疾畢竟難以康復，因而只能不斷的臥游、溯游與書寫中自我調適。又如2001之〈晨眺〉則不免自傷殘疾：

> 淹街眾木翠俱勻，啜茗臨軒坐眺頻。檐下語禽閒話曙，鉢中火鶴漫燒春。家藏左傳經何用？舟泛西湖夢未真。所幸足殘為棄物，餘生不必拜風塵。

以足殘不能奔波風塵，更不必如潘岳拜路塵，其自傷如何？對照家藏左傳，有經書傳家之無用，再用張岱《西湖夢尋》之語，則身世悠悠的感觸俱在焉。

苦痛有待在憶舊中稍加抒解。於〈新店述事〉因而有道：「憑將舊憶過槐夏，攜得沉憂臥杏林。」表現出形軀已如槁木，憶舊為詩不免也有傷身子，末聯結語也是令人鼻酸，「半頹槁木當風處，蟲齧經年恐不禁。」此詩借著形式的錯綜，表現內心將此餘生寄託於詩的無奈。

有時不見友朋，也將青山作為伴侶。〈廊前〉

> 廊前馴雀覓殘羹，鉢上丹花照眼明。嫵媚青山通指顧，欲來座右共茶清。

又如可作為壓卷之作的2001年〈晚晴〉：

> 臨山坐眺翠成堆，啜茗能教倦眼開。高興漸為蟬叫起，晚晴都被鳥銜來。愛吟奇崛韓公句，愧乏沉憂杜老才。殘疾餘生原宿命，詩文何必數悲哀。

可見臨山坐眺之臥游，實為當時無奈之下的選擇，但詩人鎮日如此，日復一日，晚晴中也有高興，在殘疾中體會宿命。晚晴作為詩題，以詩人已過六十歲，中風之後也已十年，然生命並未因風痺、不良於行而封閉；花甲之年，並未因此而昏暗，還有晚晴在。因能看透，坐眺中眼見窗外翠成堆，蟬鳴鳥叫，不待出游，盡來眼前，則何必不高興？雖已晚年卻自有其晴天，對照其他因困頓而生命昏暗之眾人，亦足堪安慰。因而末句之「詩文何必數悲哀」此非歷盡滄桑者不能道。真已較之東坡夜飲後：「歸去，也無風雨

---

18 此詩為五言古詩二十四句，用去聲十二震韻通押十三問韻，唯《夢機詩選》頁112手民誤植排為六首五言絕句。

也無晴」的境界又拓出，也有蔣捷聽雨僧廬下：「一任階前點滴到天明」的超越。是以為壓軸，[19]也有自我治療的正面意義。

2 物色之動心亦搖焉

詩人不免也因季節之轉換，病軀之難耐，而感慨此生者，如〈餞春〉：

> 上巳清明已過了，哀傷豈獨餞春心。身因久廢元為贅，道乃將衰漸欲沉。鳥雀對花愁作別，箟榕迎節密成陰。青幡難護芳容老，試問流光底處尋？

藉著眼見鳥雀對花告別，春日將離去，感傷自身在只在藥樓久廢漸衰，芳容已老、青春不再，因而詩人雖在此目游神想中已漸自療，仍因物色之動，觸景生情，不免悒悒不甘。茲分述如下：

（1）時光渺渺回不得

96年〈坐眺〉即為此時典型之作：

> 風鐺煮藥散清芬，無事經年坐眺勤。獨聽滂沱簾外雨，貪看飄忽嶺頭雲。羈孤已忍揚雄宅，奧衍早慚韓愈文。不是春光在鄰戶，為何蜂蝶過紛紛。

此詩起筆說出因養病煮藥而勤於坐眺，並述及獨聽雨、貪看雲，更以揚雄之羈孤自比。末聯卻又感傷眼前春光：「為何蜂蝶過紛紛」詩人因而每在此坐眺中，目游神想，思通千古。[20]又如〈浩園看花作〉：

> ——風力送香方去遠，花光照袂且來尋。孟夏雜芳看不盡，端詳已到夕陽西。

另有〈首夏獨坐〉也是，從前半「炎天暑氣欲侵扉，默坐聽蟬對翠微。槁木須從梅雨活，落花還與藥煙飛。」可看出眼前景致帶來頸聯的感觸。因而有末聯「看罷楚辭虛有願，湖湘信美不能歸。」更以不能回鄉作結。

凡此都可看到在目游神想之際，詩人不免仍因時光的流逝、康復無望且逐漸老去，而寄此慨嘆於詩句中。2001年又如〈老柳〉：

> 荏苒流光日月移，薄寒天氣柳衰遲。那堪此物枯黃際，尚想青青裊娜時。

往昔詞家故國神遊，華髮早生之嘆油然而生，對於因病廢枯守浩園的詩人，更不免在季節交替景物更換時有青春不再、又不得歸去等諸多無奈。

---

19 此作《夢機詩選》即以之為壓軸之詩。高雄：宏文館圖書有限公司。2009年10月。

20 2001出版《鯤天外集》也有〈坐眺〉：前庭紅紫簇花臺，翠幔開披望眼開。喚雨心隨鳩遠去，剪春人訝燕重來。慣從玄想通千古，欲共吟朋醉百杯。坐享寂寥臨大道，車聲往復響輕雷。

（2）憶起舊日與亡妻

有時所見風土因景緻之變異，不免讓詩人感慨此生的遭逢，甚或憶起所思的故鄉或亡妻，在《藥樓詩稿》中的〈春寒〉已有詩：

> 覺來蝶夢太無端，萬里春陰釀作寒。──憶事懷人空度日，零丹駁翠等閒看。

又如〈煙雨〉因首聯：「煙雨空濛濕晚炊，苔痕漸看上階滋。」以及景聯：「庭草綠從人去後，鵑花紅到燕來時。」讓詩人又想到了故鄉：「故園春色應無恙，剪韭畦邊定有誰。」末句之定有誰，而此時之孤苦伶仃也可想見。

這種念舊之情依然盤桓不去，更且加上思念亡妻，如〈暮春〉：

> 臃腫青山漫自憐，炎州未識落花天。江流再濯非前水，廟宇重看已夕煙。陳力十年真憊矣，輯詩一卷故欣然。悼亡愁聽中宵雨，漸瀝恐驚泉下眠。

抒寫憶亡妻之情，猶潘岳悼亡之恫惶忡驚惕也。又〈安坑孟夏〉：

> 亭午薰風不滿衣，氣炎晝晦敞窗扉。人閒微雨留愁住，客久啼禽勸我歸。
> 五里溪山來楮墨，十年存沒憶庭闈。已稀車轍臨初夏，漸覺郊居遠是非。

遠離是非的郊居中，詩人依然從眼前有如潑墨的溪山景緻，憶起亡婦。真如蘇軾〈江城子〉，十年生死兩茫茫，不思量，自難忘。[21] 詩人之舊日神游，觸景自多感慨，夜雨、薰風、蝶夢、禽啼等每每不能於忘情吟，因而紀游卻又憶庭闈。

3 消暑有方在坐望

以前詩人或傷春或悲秋，少有及於夏日者，然而夢機先生臥遊詩中最具特色的卻在此寫暑熱之詩。《藥樓詩稿》中的〈逭暑〉即寫如何避暑：

> 蟬嘒當高樹，炎威挾鬱蒸。漸堪深掘井，真欲坐調冰。冷氣涼侵骨，薰風暗扶膺。──

詩中指出逭暑之方，更提出心靜的重要，〈長夏閒居偶書〉即有詩云：

> 心境聊為卻熱方，淒枝蟬語訴昏黃。古壚誰識金銀器，──群山向晚當軒見，濃綠濛濛接混茫。

---

21 此悼亡思妻之作，屢見於《藥樓詩稿》集中有素蘭事是三年念之成句、再憶素蘭、三憶素蘭、四憶素蘭等，為直接悼亡者，然於坐窗遠眺、目游神想中憶及王妻亦屢見。

臺北夏日難耐，也是以此調適，96年之〈逭暑〉即寫出詩人卻暑的心得：

> 火雲屬日恐難禁，樓外風微不滿林。鳩喚空知呼少婦，荷錢但欲買濃陰。
> 身當詩案冰先飲，意與潭波瑩共沉。卻熱於今無上藥，惟教淵默護孤心。

詩中先由「火雲屬日恐難禁，樓外風微不滿林。」說起酷暑難耐，然而作者卻能以其詩人之修為，於無法中有法，有蟬則聽蟬，無蟬則靜坐，而結以：「惟教淵默護孤心。」又如後來的〈安坑漫興〉亦然：

> 驕陽乍放世將焚，一飲冰漿斂暑氛。

〈追憶夏日作〉也有：

> 擁翠林邱笑獨眠，蟬聲叫破午時天。泉甘購坐烹茶水，荷小留為買雨錢。

〈盛夏〉四首，更能道出盛夏時北臺灣之熱，以及風土之美：——165-166

> 卓午陽光潑眼明，鬱蒸暑氣四圍生。桄榔不動樓陰直，簾外幽禽時一聲。
> 朱夏猶存鐵則新，陸機千古識吾心。渴來莫取貪泉飲，陰甚休從惡木尋。
> 黃梅季節雨霏霏，渾似彌天萬矢飛。俄頃山虹開霽色，清詩奪得夕嵐歸。
> 碧潭舟楫舊曾諳，坏地溪流冽且甘。閒坐橋邊頻眺遠，一山晴翠似江南。

其後又有〈苦熱〉則將詩人如何避暑之方說出：

> 山翠雍容天溽暑，亢陽真感灼朱樓。田因大旱多龜裂，吾欲前潭與鯉游。逭熱此心歸闃寂，遭蒸何計弭煩憂。飲冰吹扇銷炎晝，一晌貪涼意已幽。

〈溽暑〉亦然，首聯即說：「鬱蒸餉午熱難當，心閒能生一室涼。」不只是避暑，更要醞釀寫詩之心境。又如〈暑天口占四首〉之四，也寫避此暑熱為：

> 閑庭屬亢陽，萬籟沉舊圃。滿地樹濃陰，一聲雞啼午。

則有〈郊城首夏〉：

> 薰風昫午此城幽，默念前賢坐藥樓。——看山詩奪遠嵐至，沏茗袖令微馥留。倦養雙眸憑小睏，或能有夢到湘州。

又有〈夏夜〉：

> 青茶支獨夜，白月照涼棚。沸池聽蛙鼓，隨風想鳳笙。丹鉛開客意，博塞故人情。閉牖休燈坐，相思默默生。

此外尚有〈薰風〉：

> 嘒嘒鳴蜩叫夢回，午天梅雨濕樓臺。薰風吹得山增翠，排闥飛來供剪裁。

也是寫梅雨天午夢驚回，見此風日與山光，可作為寫詩之材料。夏日中詩人端賴此療一身之苦。舊時詩人較少寫盛夏，以其酷暑難耐，然夢機先生以其安時處順的襟懷，在坐望中藉著聽蟬語鳥鳴，將苦熱的無奈甚至一身的沉痾忘懷，轉化炎蒸的處境為清涼地。坐望中竟有坐忘的意涵，藉著融入眼前自然景緻：樹蟬嘒、幽禽鳴、霽色開、山晴翠、與鯉游、聽蛙鼓等等漸而與此萬化冥合。忘苦熱、忘久病，真可謂墮肢體、黜聰明，離形去知，詩人已在臥游坐望中坐忘。

（二）溯游

> 招提夜曾宿，山澗沸鳴蛙。朋舊隨雲聚，衣襟雜茗濃。吟蟾映淨海，金馬壯前鋒。齊上梅園望，飛吟答晚鐘。

這是見於《藥樓詩稿》中的〈舊游〉。詩人鎮日在家養痾，偶得閒暇或聽名曲、或覽青山，目想神移之餘，夢境恍惚，不免追溯舊游，發為吟詠，亦為此時詩作的大宗。其後《藥樓近詩》更有〈溯往〉詩寫出此種心境：

> 樓舍閒坐眺，動變隨浮雲。事往漫相憶，南北春平分。晝夜四都邑，視作活骨筋。中年臨簧宇，頗欲更策勳。前游似夢寐，回溯仍多欣。何堪罹陳痼，索居久離群。

因而所作如1996有〈記灘江〉、〈記頤和園〉，1998年有〈憶潭柘寺〉、〈憶宿山寺〉、〈金陵懷古〉1999有〈舊遊〉、〈再記前遊〉、〈記廣州行〉、〈西湖記遊〉、〈記六和塔〉、〈憶西安〉、〈憶登長城〉、〈重過秣陵感作〉等等，或寫臺灣舊游或書唐山夢憶。且憶舊遊之作，多在此年書寫。

1 欲返鯤南悵路遠 —— 記臺灣舊遊

> 雨霏霏裏煮銀燈，雙屐尋秋記昔曾。聞道碧潭通指顧，纏身有痾去何能。

此〈憶碧潭茶棚〉見於《藥樓詩稿》為臥病之初所作，碧潭近在咫尺，然痾疾纏身，卻只能在記憶中尋思舊日之遊。此時所詠大抵回溯臺灣南北各地，或零星單篇溯舊游，或以組詩形式總結。茲分別探討如下：

（1）漫遊午夜記當年

如98年之〈新店首夏〉：

> 浮嵐一抹草芊眠，入夏風光分外妍。梅雨同沾青嶂樹，荷錢留買碧波煙。閒中歲月飛飛鵠，病後功名跕跕鳶。暑濕炎方元淨土，漫遊午夜記當年。

這也反映詩人的無奈，只能在閒中歲月，以吟詠溯游昔時。又有〈寄宿梨山〉：

> 車轂充朔風，登臨梨山上——海拔何其高，群岫低入望。——邱壑爭盤胸，早是弭嘲謗。歌呼合歡顛，霰霰雪已降。

〈記礁溪〉：

> 東行至礁溪，樓館暮投宿。——墮茲淫娃堆，憑儒以拒慫。

詩中寫出礁溪作為溫柔鄉的一面，末聯頗令人一哂。又有〈憶金山〉：

> 海天共一色，潮汐空攤前。——多少囂宇事，費心辨恩嫌。夜闌客去盡，蟲聲透疏簾。

又有〈記金門〉：

> 銀翼摶扶飛，抵茲金門島。戎旅十萬餘，臨海守昏曉。——

及〈憶獅頭山之遊〉：

> 林壑浮嵐欲濕衣，呼朋挈婦踏晴暉。丁丁伐木樵何在？蹻蹻沿鐘僧自歸。
> 逸興不因疲累減，歡情但與鷦鷹飛。出山回眺遊觀處，遠寺茶煙起翠微。

以及〈愛河五日〉等等：

> 河上龍舟槳尾道，都從熒幕影中收。一流截取千波軟，兩岸爭來萬重稠。
> ——築臺臨水多歌唱，逸興隨之狎海鷗。

此詩以列子與海鷗狎遊作結，也有道家思想在，此詩應為從螢幕上所見之愛河龍舟賽。除此之外，前所列溯游之作，都頗多感慨，因而有詩云：「溯往詩成力已殫，髮玄漸冉換華顛。故人盡去松濤在，每憶前塵一惘然。」凡此都可見詩人困居浩園，不得出遊，但以回溯舊遊為吟詠以自遣，亦蘊有深沉的無奈。

（2）離懷卻憶當年事

此時最能表現他心境的，還是藉著紀遊詩，表現他珍惜友朋的一面，如〈碧潭懷舊〉後半：

> 不霽虹形橋尚在，長流茗氣水猶馨。呼朋最憶中元夜，泛月銜杯共畫舲。

又有〈夜半聽雨感舊〉

> 茶甌已餘普洱淺，攜得殘詩眠樓館。中宵猛雨來滂沱，衾枕涼生夢乍斷。
> 回思舊居浙澦時，年少閒臥貪清簞。記曾呼朋宿招提，禮佛讀書忘朝晚。
> 大岡山腹窮幽覃，鄰右樵戶傳雞犬。──於今聽雨樓郊垌，養拙十稔非偃蹇。力疲足弱同駑駘，欲返鯤南悵路遠。

〈憶宿山寺〉：藉著對於山寺的記憶，聯想到當年朋友如今已不再，後半：

> 梵宇濕雲淹曉榻，佛庭叢木帶殘興。離懷卻憶當年事，朋散還如墮地瓶。

對於當年記憶雖在，有朋卻以分散各地，墮地瓶一語真的很貼切。

（3）舊游組詩溯游蹤

此時也曾以組詩形式總結舊日游蹤，如：〈舊游〉六首：

> 岧嶢大崗山，遊衍得幽趣。沿鐘尋寺門，禮佛香幾炷──摘食多桂圓，浮嵐入衫履。欲攜片雲歸，留與補衲布。
> 娟秀澄清湖，明鏡一泓水。──嗟我散澹人，養晦侶學子。講貫多餘閒，邀朋踏吟屐。平眺隔岸花，閒釣唼波鯉。
> 挈眷登溪頭，繁青一暢目。興來恣吟哦，清風拂塵服。──已而日西趀，歸向華館宿。濡墨記勝遊，山燈照幽獨。
> 昨抱梨山蒼，今踏合歡雪。登樓望奇萊，皚皚何皎潔。下有雲海生，猶堪自怡悅。乘桴客炎州，未嘗見銀屑。本為六出花，不到老蜃穴。豈料躋嶺顛，寒光冷似鐵。縱欲捧之歸，清白與誰說。
> 雲去青嶂淨，花繁碧潭春。持之以作畫，對之如故人。──朋來崖亭坐，啜茶話詩頻。只今傷殘痾，事往迹已陳。
> 驅車宿東墩，平旦遊鹿港。龍山寺鐘沉，我來領朝爽。書院今荒蕪，講舍生榛莽。街巷老瓦磚，都在百年上。史館存人文，睹物起遐想。古蹟何其多，入眼紛萬象。

此詩由少時的大崗山之游回憶起，由「欲攜片雲歸」已可見詩人年少之雅趣以深具，次首遊澄清湖，看似寫景，然末聯「平眺隔岸花」云云，實暗用孟浩然〈望洞庭湖贈張丞相〉：「坐觀垂釣者，徒有羨魚情。」的典故。有此湖中鯉魚不能躍龍門而成龍的感觸。第三首的遊溪頭呼應前中期時之作，由壯懷轉為蕭索，末句：「山燈照幽獨」頗有耿耿此心不為人知的意涵。第四首遊合歡山見雪時之激動，先則驚豔，再則感慨。欲持之歸去表白心事，卻又以「清白與誰說」作結，由雪的潔白想到心事的表白，頗暗用「無人識高潔，誰為表予心」典。駱丞〈在獄詠蟬〉結語，竟成為眼前困居藥樓不得自由的詩人寫照。

因而第五首想到過去頻頻造訪、故人相聚，啜茶話詩的碧潭，現今也只能路過遠望而已。往事已成陳蹟，大有繁華散盡，往事如煙的無奈。但詩人畢竟有其想望，有期堅持。因而第六首以鹿港作結，尤深可玩味。先則由龍山寺的鐘聲讓詩人領略朝爽之氣，讓生命充新得到新機，將之前第五首的無奈振起。再則說紀念海東文獻初祖的文開書院，如今雖荒無，然鹿港的人文精神已深具，睹物遐思，古蹟處處猶能保存，所賦與詩人的意義應是在此文化的傳承。書院可能已生榛莽，但人文已扎根於此街巷，如百年的老瓦磚中屹立長存。這或許如同詩人寫詩，雖只看是自遣或自我書寫而已，然將來應如同眼前的古蹟，超越時空的限制，繼續呈現其豐富多樣的意義。則此舊遊追溯至此，實有其積極慰藉的作用。

又有〈再記前游〉，繼續追敘舊游之景：

> 楠梓觀音山，翠湖當其綠。——回思髫齔時，到此恣游矚。攀緣上層顛，林壑皆畫幅。不意兩紀過，重踏塵外躅。今夕情何堪，思往意彌篤，（高雄觀音山）
> 車過花蓮港，薄晚到鳳林。——最憶太魯閣，三秋氣蕭森。——宵來書燈畔，猶覺盪潮音。——（花蓮）
> 風日大道晴，隨車蒞野柳。——除卻女王頭，奇景復何有？——（野柳）
> 暄煖老白河，嵯峨關仔嶺。——水火驚同源，——此觀奇景。——浴罷涉夜回，處處疑魅影。幸遇潤戶歸，導引脫困境。——（關子嶺）
> 朱櫻何娟娟，杜鵑亦窈窕。春上陽明山，櫻鵑鬥清好。——此與貝湖雙，秀絕冠蓬島。（＊再說陽明山）
> 纜掬傴堤青，旋看烏來秀。山陵笑相招，行吟當晴畫。——昔與諸生游，曾不訝高岫、——吁嗟首更回，事往難悉究。何如遠塵埃，把翠銷鄙陋。（再說烏來）

此組五言古詩也有六首，分別回溯舊遊：先說年少時所遊高雄之觀音山；再則說花蓮，並及於中橫之太魯閣；三則說北台灣的野柳，惟此地但有女王頭，詩僅八句，不若他詩動輒二十句左右，也可看出當時之沉寂；四首則寫白河關子嶺，並寫溫泉浴罷後迷途、尋路賦歸之緊張。五首再寫當年上陽明山賞櫻觀杜鵑而花下醉之記憶；六首則回到烏

來，當年與學生同遊不懼其山高，但高歌賞奇景、恣意遊賞而已，又回到感慨如今已不可得的無奈，惟六首末聯：「何如遠塵埃，挹翠銷鄙陋。」也頗有期待，深具正面意涵，也是詩人此時溯游詩的特色。

2 吟鞋難踏江南地——記唐山舊遊：

十年足蹟成底事，吟鞋難踏江南地。何當身能健鶻如，飛臨嶽麓穿山翠。詩人此時回溯舊遊者為少時故鄉的記憶以及中年時曾三次唐山之旅，雖不可復至，然舊時遊蹤每入夢境，發之吟詠，療其病中蕭索，篇篇都可見其血淚。

（1）組詩渺渺說舊游

《藥樓詩稿》又有〈舊游絕句十二首〉自萬里長城、紫禁城寫到秦兵馬俑、灕江等分別敘寫91年千三入大陸的十二個景點，從〈紫禁城〉：

憑弔重來歲已更，紅牆黃瓦認皇城。九龍畫壁今猶在，譜盡前朝興廢情。

緬懷舊游所歷不免興懷多端。又如〈盧溝橋〉：「至今橋下桑乾水，猶作人間嗚咽聲。」〈金陵〉：「六朝如夢隨流水，淮月依然照石頭」；〈華清池〉：「君王重色幽州亂，禍國旋知是此湯」；〈秦兵馬俑〉：「可憐鵠立三千載，出土才聞解散聲」等等都可以看到追憶古蹟的想像中，詩人的歷史觀，然而一切都與此時的心境相銜接，終結的〈灕江〉一詩可見：

奇山異水甲天下，潑眼風光鳥自啼。所欠江波通澧浦，不然搖夢到湘西。

蓋灕江自秦時曾有李冰鑿靈渠以通湘水，湖南廣西間舟船可通，然水路並未能到達故鄉所在的湘西，因而以此壓軸，魂夢思歸之情，盡見於此。

2001年又有〈神州雜憶〉四首：

陶情向林坰，欲觀飛來石。——靈隱古寺雄，距此纔咫尺。——（一）
呼朋觀冰燈，遠赴龍慶峽。殘臘屬朔風，拂面寒霎霎。燈飾何繽紛，鑿冰亦多法。——摩肩涌人潮，腳疑無處插。——（二）
再過北京城，重遊琉璃廠。——契闊雖十年，夢中尚來往。（三）
揮手辭西湖，朝發杭滬道。隨車塵土飛，天際越樹小。溪寬泛舟帆，田沃搖秔稻。雞犬瓦舍前，篁竹愈清好。端宜居此間，尋詩賞花鳥。水村受淳風，山林事幽討。沉思引人眠，簸夢到仙島。暑氛日炎炎，春申路渺渺。（四）

由再憶西湖說其期待與幻滅，說到北方龍慶峽賞冰燈，也再述說北京琉璃廠廣搜古書，並藉由杭滬道中所見所思，想到蓬萊仙島，卻又由眼前的暑熱想到當時一樣，而到上海之路顯得長路漫漫，總是在醒夢之間徘徊而不能去。

（2）搜盡風光誰可語

古寺名園仔細看，煙波處處憶江南。秣陵城郭杭湖月，一字吟成百不堪。

〈江南夢憶〉由二句「處處憶江南」也看出夢回舊游，在此時對詩人來說是常見的，卻又是對病軀的一種折磨，記游江南偏又沉浸於舊日游蹤。

翁仲無言看廢興，低迴明帝十三陵。至尊當日全民賴，踐踏於今恐不勝。（明十三陵）

這首見於舊游絕句的作品，都反映當時只能回憶舊日之遊的心境。且這些作品也會重複出現，如93年〈憶西安〉：

關西都會此親臨，古蹟猶多試一尋。大雁塔高情悱悱，華清池冷晝陰陰。半坡能識史前物，百俑難安陵裏心。偶過藍田思賤內，霑衣漸覺淚痕侵。

憶當年至西安而想到藍田，又因此義山悼亡之名句念及亡妻，不但如此，作於六年後另一首〈憶西安〉亦然：

摶扶銀翼到西安，城郭如磐大道寬。——一坑兵士看秦俑，千古皇州想漢冠。車走藍田野炯外，纔思亡婦已心酸。

所寫之西安除秦俑外內容並不同，然而結語卻都由李商隱藍田日暖玉生煙想到悼亡。[22]其後又有諸多夢憶之詩，如〈記廣州行〉：

越海當殘蠟，飆車港穗行。低迴六榕寺，遊衍五羊城。畫美市樓好，天寒林壑清。珠江流日夜，說盡古今情。

又有〈西湖記遊〉：

湖天七月暑猶存，花港孤山印屐痕。——搜盡風光誰可語，及昏歸對一燈言。——

秦檜與岳飛之忠姦，西湖的風光收盡等等，如今誰人可語？〈記六和塔〉又云：

戈船銷盡霸圖無，百里平望此塔孤。——野風不斷吹華髮，詞客初來弔故都。欲起錢王問興廢，四青晚柘接荒蕪。

---

22 藍田本為李義山錦瑟詩所用之典，然夢機先生夫人田氏祖籍亦為陝西藍田，一語雙關。感謝何淑貞教授提供此訊息。

當年吳越王的遺址猶在，讓人懷念的政蹟，卻敵不過歷史的現實，弔古傷今，詩人之用意深矣。〈憶登長城〉也是懷古中抒發其感觸，有《三國演義》中〈西江月〉：「幾度夕陽紅」的意味。

> 九關天下過居庸，形勝憑高一望雄。——遊興闌珊人盡去，女墻剩掛夕陽紅。

至於〈重過秣陵感作〉（前有小序——辛未夏，與中大同仁，組團共赴，欲觀形勝。數日，自滬抵京，南京也。——始補作長句。亦聊記其實耳。）

> 聽潮滬海記曾經，且更摶扶向此停。淮水難回千古碧，鍾山未改六朝青。空悲竹馬學前事，最憶藕花湖上舫。卻怪炎城九春盡，不然童稚夢猶馨。

詩人於此追憶舊游，只能說流水落花春去也，天上人間。他如〈北京記遊〉：

> 大都殘臘此登臨，勝跡遊觀喜不禁。——且從山寺尋松竹，莫對皇城話古今。明帝闖王俱土壤，興亡付與夕陽深。

又是以夕陽寄託，至於〈記明帝十三陵〉則也藉懷古而發出警語：

> 城外清風掃鬱蒸，十三明寢聽人稱。已回邃古棺猶在，偶話前朝史可憑。往昔民難窺御座，致今展任踏皇陵。從知帝力隨身朽，姓字何如漢郅鷹。

最後又有〈記大陸游〉七古，總結此中風前三次遊歷之過程：

> 病前三度堯封行，遍遊燕陝粵浙京。二為寒冬一炎夏，請容靚縷敘分明。首乘銀翼當殘臘，飛抵上都人雜遝。故宮長城十三陵，清吟賴有朔風答。次從港九到廣州，珠江曲折滾滾流。鎮海樓與六榕寺，思古幽情詩卷收。三摶扶搖蒞於浙，兩堤叢柳銷酷熱。杭湖滬瀆路逶迤，黃浦灘外懸溟渤。嗣後泛覽舊秣陵，鍾阜龍蟠秦淮燈。玄武湖邊暗憶往，髫年頻摘藕花曾。西安桂林恣遊衍，渭水灘水煙波軟。大雁塔古控皇州，蘆荻巖幽興匪淺。

記敘三次遊歷，真的是歷歷在目，只是一次中風倒下後，雖然游興猶在，卻不得再續舊游，只能神游舊日，因而於詩篇結處感嘆道：

> 返台豈料纔須臾，竟罹沉疴及禍樞。披書晴晝對蕭索，弔影清夕守空廬。十年足蹠成底事，吟鞋難踏江南地。何當身能健鶡如，飛臨嶽麓穿山翠。

不似臥游之可以眼前景、療傷止痛療以安慰，甚至坐忘；凡此溯游詩尤其溯及唐山舊遊者，詩人每每有不得再度歸去之慟。諸如曾至陝西藍田，由藍田日暖而憶起亡妻，如今已難重遊舊地，更不能回到從前。時空兩空，眼前只能空守藥樓，隻身憑弔、滄桑漂泊的感慨尤為動人。

3 舊夢釀成斑斕夜

詩人名諱中有夢字，因而錄夢之詩，頗能一窺其心事。如〈記夢〉二首：

> 老榕樹下遇嬋娟，癡小風姿絕可憐。長記月前歌宛轉，輕聲嬌奼已魂牽。
>
> 月圓一曲太綢繆，三十年前舊畫樓。遠憶草山迷網事，雙鬟勾起是春愁。

夢境中總讓人魂牽，醒後卻又惘然，此草山往事，言三十年前，應為當年陽明山春遊時初試啼聲的往事。自此為人所重，如今忽忽已卅載，可謂辛苦遭逢起一經。然此夢所及猶只在臺北近郊的往事。亦有因眼前而將年少南京杭州之游入夢者，如98年之〈即事〉：首聯「氣暖孟冬蕃草木，廟前鼓鈸憶髫年。」因而次聯即接以：「幽襟欲濕錦城雨，別夢遙連鍾阜煙」由眼前景夢入年少的回憶。

97年早已如此，由眼前景而記起夢裏少時的印象，〈道旁見柳〉：

> 綠拂塵埃氣乍蘇，柔腰還似小蠻無？不知東浙杭湖畔，縞雨搖晴尚幾株？

至於98年所作的〈植物園觀荷〉也是，在抒寫植物園之景緻八句後即道：

> 無端勾起後湖思，舊夢依稀尚堪睹。髫年畫舫衝煙波，藕榭菱莊憶洲渚。蓮房蒲月如繁星，摘得剝食不須煮。長堤楊柳縞流光，水佩風翻一一舉。秣陵何意王氣終，虎踞石城化塵土。舟浮溟渤之瀛洲，泊宅碧潭天所與。時乘閒暇肆清游，尋馥又到芙蓉浦。亭亭乍感黍離悲，重對明妝意酸楚。此花幸不知春愁，桃杏早信應羨汝。願從菡萏增詩力，賡詠題襟共吟侶。遲歸憑弔斜陽紅，輕輇自將冷香去。

借這眼前景而思起髫年之往事，且不免有「秣陵何意王氣終」又有「亭亭乍感黍離悲」之感觸，再回到眼前景致：「此花幸不知春愁」頗有南宋吳文英於〈齊天樂〉「三千年事殘鴉外」一詞中空際轉身的手法。將臺北眼前植物園的情景與少時南京的記憶，穿梭時空加以縮結。借著時空錯綜的手法而眼前的植物園和依稀的舊夢——藕榭菱莊、長堤楊柳等作穿越時空的超連結。然而尋思金陵王氣已終，石頭城已化為塵土，黍離酸楚之後，思緒又瞬間由空際墮入紅塵。轉回現今所居瀛洲的碧潭、及眼前菡萏花開的芙蓉浦—荷花池中，扣緊「觀荷」，結構脈絡深藏不露，真的是「非具大神力不能也」。[23]

1998年又有一首〈對雨〉也是如此：先寫下雨之景：

> 噴壑峰雲晦，溶溶一天橫。何處響雷鼓，猛雨夾涼生。

更且在抒寫雨景之後帶到哀哀嫠婦，而想起的巴山夜雨以及少時曾居住的錦官城，因而接續道：

---

23 葉嘉瑩《靈谿詞說》引周濟之說評吳文英夢窗詞。

冷灰堆殘燭，孤襟不可名。勾起巴山話，迴思瑾觀成。關河同淒淚，流人夢易驚。豈惟念稼穡，頗亦愁漢旌。何當掃陰翳，坐臥為能平。詰朝置楮墨，急捷賦詩成。檄爾林鳩喙，火速呼新晴。

一心懸念為老農也為國事之難解，末句實下虛成，更別有意味。且此詩舊夢與現實交織的溯往與坐臥同遊的吟詠，表現時空交錯想要突破此幽明兩隔，一樣空際轉身的神力，委實令人浩歎。

〈破曉〉亦然，中二聯為：

荒雞叫破江南夢，眾鳥銜來雨後晴。不寐慣教詩意動，忍閒渾覺佛心生。

思緒叢江南夢中被喚回，雨後晴因而詩興發且有佛心。又如此年〈早春〉之三四句：「遠渚近丘皆似畫，清波晴靄不論錢。」末聯則又以舊遊作結：

時有前遊來夢寐，煙山初雪秣陵煙。

又如2000年之〈追憶〉：

東浙空懷盛湖柳，中臺長記雪山梅——舊夢釀成斑斕夜，無星時節作新醅。

不管身在何處？對於無法再外出的詩人，他只能在夢中加以釀造，也如張岱《西湖夢尋》，然後作為佳節時獨自斟酌的新醅。至於〈溯往〉一詩，舊遊與現況，夢境與眼前交織，更可看見他病中極力嘗試寫作的企圖：

玄冬雲積堆天藍，搖晴篁竹奏二南。消寒回暖愛酒釅，微陽酪酊分餘酣。
忽思故國廣輪境，秦淮月與驪山嵐。搏扶憶昔及炎暑，九州形勝從容探。
西湖波盡倒影濕，琉璃廠中風雅含。高標雁塔控平野，晚潮滬海如清談。秣陵自古佳麗地，龍蟠虎踞吾曾諳。桂林谿壑甲天下，灕江秀色應無慚。
記此鬌次泛溟渤，萬辛茹苦死不堪。故山猿鶴每縈夢，輿圖披讀心魂耽。
何期淹留逾三紀，竟教酸楚回清甘。幽蹤到處覓勝蹟，旅遊禹甸恰及三。久遭陽九傷一蹶，困居樓舍臨谿潭。日除復健撰詩外，惟有嵐靄供饕餮。
偶因坐眺啜茶綠，落寞滋味閒中參。臺城楊柳入獨寐，縮愁搖夢同毿毿。

這首詩的用韻很明顯與先前第一期的碧潭篇、溪頭篇一樣，都是用高青邱的原韻，以〈溯往〉為題，饒富深意。但與前兩篇不同的是：詩人已不再完整的步韻重現，此詩已有所簡省，或者，此時已不復舊日用心經營於文字，而是醒夢交織時的表白並自我治療，因而不再以聲律為尚，注重於區區用韻的完整性。[24]

---

24 詩見《鯤天吟稿》卷三頁55，另於稍後幾年之自選本如《夢機詩選》等即不見此作。

（三）車游——就醫偶出途中所作

自然在臥遊與溯游之外，詩人也不免有出遊之時然多在就醫或應邀外出而作，然以行動不便，坐車出遊耳，猶車游也。以其外出常可路過俯望碧潭，因而每每以此眼前惟一舊游之地入詩中。

1 情有獨鍾在碧潭

碧潭本為舊遊之地，如今外出所必經，每每入詩中如：〈環河便道上作〉：

> 沿溪荒翠路迢迢，媚夜千燈隔岸遙。兩鬢春風吹不盡，輕車已過碧潭橋。

以就醫外出道路經過碧潭，因而碧潭遊屢屢入其詩題中。「六過名潭落日平，石橋籤念一車輕。」然猶每經過則有憶念，且往往發之於吟詠，因而碧潭之作特多。如〈雨中八過碧潭〉：

> 車行橋上獨行吟，料峭春寒欲透襟。雲聚潭空人不渡，一天風雨氣蕭森。

都可看到他對於碧潭的情有獨鍾，而這也來自碧潭過去與友朋相歡聚，留給他的諸多回憶。如〈重過碧潭〉：

> 車過雙橋溯舊游，潭邊小渡舊維舟。陶情煙水三分醉，錄夢詩詞滿紙收。傷別應教人是燕，忘機不信我非鷗。碧亭長記尋春侶，試薦風鑪細煮愁。

溯舊游而為錄夢詩詞，可見此時之心情——又有〈新店三峽道中〉：

> 輕車籤夢浴新晴，村落人家次第更。綿互相隨如渴驥，青山一路不知名。

又如：〈環河道中作〉：

> 瀝青道路起塵埃，燭夜千燈隔岸來。枵腹猶嘗秋寂寞，大橋不鎖水濚迴。曾占微命殊非薄，誰料陳痾換此哀。鷗外新敦明月在，山邊搖指小樓回。

雖然因首聯：「瀝青道路——燭夜千燈——」以及頷聯的：「枵腹猶嘗——」而有頸聯的感慨：「曾占微命——誰料陳痾——」但是末聯：「鷗外新墩明月在——」云云，有了明月相照，指引著回家的路，詩人寂寞的心，終究得到些許慰藉。此詩病後復出時所作，今人陳文華先生嘗有解讀。[25]

---

25 原文初載於《乾坤詩刊》36期，2005年十月號，引見《歌哭紅塵間‧詩人張夢機教授紀念文集》桃園：國立中央大學中文系編印　出版2010年9月版。

又有〈碧潭夕望〉前四句借著:「雨餘溪壑氣沖融,叢竹長虹設色工。薄靄奪將春水碧,落霞借得野花紅。」抒寫眼前的美景,真想好好一遊,然而:

> 重過真欲身非贅,一蹔旋知願是空。

終究是中風癱瘓之身軀,而這無奈也就更深了。這時縱能出外車游,卻也能短距離,碧潭自是首選。且因少及於他處,只能或就醫或路過,碧潭也就較常出現於詩人的吟詠中了:「中年愛此況餘齡,向晚停車辨物形。——」詩人自道其鍾愛碧潭,其來有自,但也透露此時病軀對於他出遊的限制。

2 偶出如同獲赦行

詩人長年以來為病軀所纏,行動不便,出游幾已不可能,如同幽囚於醫院與藥樓間。因而一得從病院就診歸來,或有有朋邀約得以離開藥樓,心中即有獲赦之感,苦中作樂,令人動容。〈入市道中作〉也是在夏日中所作:

> 車行官道漲塵氛,叢竹飛青日欲焚。夢去四圍皆嶺樹,愁來一割是溪雲。樓形拔地參差起,人海生潮往復勤。三載深居偶然出,稍從遊衍廣知聞。

中間三四兩句「夢去四圍皆嶺樹,愁來一割是溪雲。」景中帶情,五六兩句又直描所見:「樓形拔地參差起,人海生潮往復勤。」引出結語的:「稍從遊衍廣知聞」也賦與所見正面的意涵。〈山行〉詩也是:

> 輕雷車是下山忙,官道縈紆夕樹旁,燈亂乍疑星在地,月明莫訝夏生霜。
> 偶因獲赦心初放,真感虜吟興更長。猶恐餘生為棄物,縱遊未必計全荒。

由起筆的輕雷車聲帶出「官道縈紆夕樹旁」以及頷聯的燈亂、月明的聯想,頸聯五句獲赦之語令人鼻酸,六句則以吟詠自療可知。而帶出尾聯的「猶恐餘生為棄物,縱遊未必計全荒。」如此山行的縱遊對於療癒身心的功用自在不言中。

作於98年之〈早行〉亦然,

> 靄靄嶺上雲,啾啾簷邊鳥。雲鳥何幽娟,初陽照清好。野坰久棲遲,雲浮笑伶俜。及曉尚高臥,鳥啼喚初醒。蝸舍臨山隅,郊城碧潭側。輕車籤新愁,杏林天之北。朔風安坑道,商肆半已開。灰惜長橋過,翠是簧竹來。迷離文山霧,濔溰新店水。寒霜薄如紗,貼地呼不起。

這首五古從「靄靄嶺上雲,啾啾簷邊鳥。」起連續二十句寫景,極盡早行所見之景,再而有感而道:

　　性元愛溪巒，窮通澹於僧。飽腹飲岫蒼，小渚亦可朋。緩行貪朝爽，但看雲舒卷。

所以才有結語之：「吟哦興遄飛，何物是軒冕？」因早行於此紀遊的領略而自豪，也是
他在晚年中難得的作品。[26]

　　臥病難起，不免借景來撫慰，〈入市〉三四句：「四圍林壑遮吟目，一瀉煙波貫酒
巵」卻又接以「身閒心苦白鷺鷥」借著山谷〈池口風雨留三日〉之句，以明其苦痛，有
待於入市尋求詩興。2001年〈郊行〉也是：「久縛形骸歸塞刻，偶逢花竹便癡狂。」也
可見縱使每天看山坐眺、目游神想，詩人還是喜愛親臨自然山水，每以遇赦為言，可見
重病後真能出遊的難得。

六　結語——從壯遊到憶游、從藥樓到鯤天

　　少日曾隨謝屐閒，瀛洲不負好湖山。合歡高插頑雲上，大貝平鋪沃野間。秋舫量
　　篙當夜月，歸僧尋寺走荒菅。無端乍憶前遊事，勾起幽憂巵待刪。（山水）
　　一府延平業，三臺壯肅心。江山慕遺烈，忠鯁表微忱。閣以春秋秀，潭惟日月
　　深。欄杆欲憑眺，足蹶恐難臨。（臥游）

　　夢機先生一生愛詩，愛遊，以詩紀遊。早期的壯遊，如絕律小品外，更以長篇七古
為之，或一韻到底，或轉韻為之。都可看到年少情懷喜山愛水，更於詩篇中用心經營。
山水得詩而益彰；詩因山水而益美。惟中年之後，困於人事奔波，教學研究服務每讓其
心力交瘁，雖偶有偕伴出遊，但心境轉趨冷淡。所作詩但出之以熟悉之七律，不復以前
出之以縱橫變化之七古、興象風華之七絕。直到晚期中風臥病，養痾藥樓，推窗坐眺、
聽蟬逭暑，雖不得出外而遊，然目游神想之際，舊日游蹤一一浮現。或夢、或想，忘其
病軀，偶然就診歸來如同獲赦，車外景物更一一入其吟詠。詩人即在此臥游、溯游、車
游中，雖不能遊，而無不可游，且化而為吟詠、隨之翱翔，如北冥鯤之化而為鵬，游於
天際。

　　曾昭旭說他：「隨順性情圓通世智」，在早期詩人個性已如此通脫，病後亦能以詩作
自我療癒，借眼前的山川景物，或直敘或聯想，要在發其鬱悶，借而療療，因目與景
遇，化而為詩，轉而抒解其身心之苦痛，如其詩所言：「舊夢釀成斑斕夜，無星時節作
新醅。」職是之故，曾經一游之山林皐壤非但文章之奧府，更為詩人自我療癒之良方
也。夢機先生晚年臥病之後，如莊子所謂畸人者，畸於人而侔於天者。更且如〈大宗
師〉所敘顏回之坐忘：

---

26 此詩為五言古詩二十八句，以四句一換韻，《夢機詩選》頁154手民也植為六首五言絕句。

仲尼蹴然曰:「何謂坐忘?」顏回曰:「墮肢體、黜聰明,離形去知,同於大通,此為坐忘。」仲尼曰:「同則無好也,化則無常也。而果其賢乎!丘也請從而後也。」[27]

莊子重言藉孔顏間的師生相契說道。尤其坐忘,對於當時因中風痺之疾的詩人來說體會更深,「墮肢體、黜聰明」誠為此時心境的寫照。詩人之臥病於藥樓,幸有窗外美景堪慰藉,因而一望此青山白雲,每多遐想。雖不出遊而遊在其中,雖有肢體之殘疾,於此當下,已然忘卻;雖已不能再用其聰智而有所為,然正契合黜其聰明、離形去知之意。所以坐眺之間每每忘情神遊,坐望在坐游,由坐游而坐忘。忘其肢體之病殘、忘其聰明之不為世所用,與不得出之苦,而得當下的自在清涼。則此坐游之坐忘,自有其自我治療之功效。

正因此個人之特殊際遇,夢機先生紀遊詩有一樣特色,就是相較於傳統文士傷春悲秋之慨,這方面似乎少多了,反而多的是記夏、逭暑。或許是處於亞熱帶臺灣,他在〈初冬書懷〉起筆即已有道:「地氣炎洲暖,冬初未覺寒。」尤其在病榻與輪椅間所要力敵的,除了病魔,就是逼人的暑氣。酷暑難耐,詩人卻將之捕捉入其詩句中。以其詩作之完成,消暑亦在其中,且具從而自我治療的大智慧在,也成就夢機先生此紀遊詩的特色。

另有溯游——夢中所憶之舊遊,或髫齡時之少駐、或中風前的唐山之遊,也一一人其詩句中。也藉著記憶中的舊游,安頓身心,慰藉病榻。這較之張岱〈陶庵夢憶自序〉所云:「雞鳴枕上,夜氣方回。因想余平生繁華靡麗,過眼皆空。五十年來,總成一夢。」亦相仿彿。夢機先生八歲時山河變色,隨家人而來臺,五十之年又中風,與張岱「五十年來,總成一夢。」有其相近處。因而更有如〈西湖夢尋序〉之:「蒢榻紆徐,惟吾舊夢是保。一派西湖景色,猶端然未動也。兒曹詰問,偶為言之;總是夢中說夢,非魘即囈也。」[28]當然,夢機先生所溯之紀遊,非同張岱所序之西湖。然其病魔折騰之身軀,其景緻之不復得見則一,是已皆於夢中說夢。惟詩人非如張岱「山中人歸自海上,盛稱海錯之美」以此誇耀於鄉人而已,更有其自我身心療癒的功用。詩人於蒢榻紆徐中,借由此溯往昔游歷之書寫,而治療其不得再遊與無可奈何之遺憾,且時有所悟。在坐眺中坐忘,甚且可說詩人已追步蘇黃:「無人知句法,秋月自澄江」這黃州句法的詩境。

雖然詩人猶是血肉之軀,憶往不免傷懷。情之所鍾,不能忘情吟,「誰料陳疴換此哀」凡此苦痛之折磨,不為詩何以療癒?是以猶待吟詠以抒懷。因而首復一首,年又一年,竟能持續一十七年之久,且達千餘首之多。其中臥游、憶游、溯游之作更是可觀。

---

27 《莊子集釋》頁284-285,臺北:河洛圖書公司1974年版。

28 《西湖夢尋》頁7,張岱自序,臺北:頂淵文化事業公司2005版。

張岱之夢尋，但以小品；天臺之臥遊，也非吟詠。惟有藥樓、鯤天等卷帙，以此五七言詩而遠游，可說開前人所未嘗有之奇，而成就其殊遇。尤其病後所作，以北冥之鯤者，借題詩稿，則詩人之用意有如：

> 鯤之大，不知其幾千里也。化而為鳥，其名為鵬。鵬之背，不知其幾千里也；怒而飛，其翼若垂天之雲。是鳥也，海運則將徙於南冥。南冥者天池也。[29]

詩人以其吟詠為鯤鵬之怒而飛，所謂逍遙者端在此。豈必如適千里者之聚糧而遠行？又如屈子遠遊，如蘇子赤壁神游。詩人藥樓養病，而在此目游神想中化為種種不同的紀游之作，忘其病軀，如鯤之大而能化，摶扶搖而直上。則此游之逍遙，豈世俗之遊者所能知？以鯤天自許，有鯤天吟稿，鯤天外集等，其用意許應在此。詩人之苦心孤詣於此或可解碼，此另類紀遊詩之書寫也更具深層之意義。

---

29 《莊子集釋・逍遙遊》頁2-4，臺北：河洛圖書公司1974年版。於此郭注言鯤鵬有云：「夫莊子之大意，在乎逍遙遊放，無為而自得，故極小大之致以明性分之適。達觀之士，宜要其會歸而遺其所寄──」；成疏也有云：「如此鵬鳥，其形重大，若不海中運轉，無以自致高昇，皆不得不然，非樂然也。且形既變革，情亦隨變。」則所謂鯤天者，詩人寄託其吟詠如鯤之化而為鵬，終將摶扶搖於九天之上也。

在地飄泊與抒情自我
──張夢機歌詩中的生命書寫

林淑貞*

摘要

　　本文旨在論述張夢機歌詩中所透顯出來的遭逢及其對治的方式，以豁顯其獨特的生命情懷與基調。研究範圍以張夢機詩歌為主，首先，逆溯其生命中的迴旋曲，以形成在地飄泊的感懷，繼而論其蹇困與遭逢，以示現其在地飄泊、蹇足幽居孤困的心境，進而揭示其對治困境及心境潛轉的心緒流轉。

　　第一部分先揭示其生命基調中的飄泊情懷，分從二個面向進行論述，其一是聽周旋舊曲常有「綺曲重聽世已非」的深刻感懷，其二是憶想江南的情懷，常有「瞥眼風花世已殊」的無奈感受，二線衍成歸湘無計的在地飄泊感傷，形成特殊的生命基調。第二部分，論其憂生情懷。蹇足難行，有「艱危歲月憐吾病」的感傷；悼念亡妻、感懷師友有「悼亡愁聽中宵雨」的銘刻；感念佳節興發昔是今非的「匆匆只佳辰去」的幽懷。第三部分論其憂世情懷，雖然蹇足困頓，仍然關懷社會民生，有「橫流此日恤蒼生」的時事憂思、有「戰血膏枯蓬」的歷史感懷。凡此，飄泊的生命情調，益以憂生、憂世的情懷，更使心情萎索、生命困頓。然而，豈能永遠催陷在悲苦之中難以自拔？第四部分從生活層面論其對治生命的困蹇，有食鮮、品茗、寫詩、讀書、友訪及書信往來、懷舊等項，以消解永日漫長之孤寂；第五部分論其精神超越，反轉心境，超邁方域，超脫蹇足難行之悲，有「冥會神契憶舊遊」之歡、有「餘生不必拜車塵」之悟，更有「不瘳是孤吟」以書寫療癒，透過書寫創發生命的深度與寬度與廣度。最後總結詩人生命情調雖然是一種現世的飄泊，然而透過憂生憂世讓我們深刻感受他的悲歡愉泣，也在對治生命的困挫中提昇精神層面，讓我們體契他的生命耐受力與韌性。

關鍵詞：張夢機、西鄉詩稿、藥樓、師橘堂詩

---

* 中興大學中國文學系教授。

一　前言

　　張夢機（1941-2010）祖籍湖南永綏縣，1941年生於成都，1946年移居南京就讀小學，1948年隨父遷居台灣高雄岡山，就讀岡山高中時，為體育校隊，擅長籃球、拳擊。1960年入台灣師範大學體育系就讀，因常發表古典詩作，受林尹鼓勵，後報考國研所，從學李漁叔，並受教於吳萬谷、江絜生等人。1969年以《近體詩發凡》獲碩士學位，1981年以《詞律探原》獲國家文學博士，歷任文化、淡江、東吳、高師、成大、中興、中央大學等教職，以講授詩學為主，尤精杜詩。1990年妻子田素蘭因胃癌逝世，1991年前往榮總探視兄長中風，從此蹇足難行，後，遷居新店玫瑰中國城，名其居室為藥樓，最後殘老於藥樓。曾以《西鄉詩稿》獲中山文藝創作獎。著有《近體詩發凡》、《古典詩的形式結構》、《詞律探源》、《鷗波詩話》、《鯤天吟稿》、《藥樓近詩》、《張夢機詩文選編》等書。

　　以古典詩歌名世的張夢機，究竟其詩歌示現什麼樣幽困的生命經驗？如何對治生命的困挫？如何反轉潛藏的心境？頗值得探究。以下分別開展論述。

二　追憶：生命中的迴旋曲

　　童年，對許多文學家而言，是創作的源頭活水，也是思維的起點，對張夢機而言，七年的故國經驗，網羅了他一生心眼注視的焦點，無論身在台灣何時何地，故國鄉園的召喚如影隨形地籠罩在詩歌與創作之中。追憶往昔，形成創作的核心，畫出的圓形皆以故國為圓心，它為詩人撐起了創作的思維，也為他實踐了古典詩歌中的情懷，他竟是活在此生此世，而憶念著彼園彼國，形成一種在地飄泊與離散的書寫，這種特殊的憶想情懷，是現世的，也是思古的，彷彿要梯接所有文學家思鄉念國的經歷，浮遊人世，必要以追憶作為生存的浮木，渡越人世滄海。

（一）綺曲重聽：周璇舊曲的意象流轉

　　記憶，不論時間的久長短暫，永遠是一種生命的鑲嵌，像壁畫一樣，浮映著若實若虛、即實即虛的印象；也似伏流一樣潛游在心靈底層，時時要冒出地表而流動。對詩人而言，曾經在童齔之年聽聞周璇歌曲，從此，這樣的旋律，形成了生命中惻動心弦難以拂去的律動，時時映現，時時迴遊，也時時召喚，有〈永武過宿新店寓樓，聽周璇遺曲感作〉四首，感念今昔：

〈其一〉：「金粉東南半壁天，春風歌扇小嬋娟。衣容莫更尋聲憶，土蝕埋花二十年。」[1]（頁63）

〈其二〉：「往日尋常淒艷曲，今宵翻作亂離音。滄桑都在絲篁外，惘惘難為此夜心。」

〈其三〉：「綺曲重聽世已非，記從滄海見塵飛。」

〈其四〉：「寄語秦樓舊聲伎，休輕重唱雪兒歌。」

四首詩歌敘寫重聽舊曲，感傷離亂，情深意切；又在〈寓樓耽寂，檢視舊稿，有懷永武台中・其一〉詩中自注云：「聽周璇遺曲」，揭示聽遺曲而生感念，又云：「江南歌扇能生憶，樓外官楊欲助吟。」（頁69）又有〈聽周璇遺曲〉：「鍾山春與街頭月，三十年來意所耽。攜得餘音歸倦枕，流雲扶夢到江南。」（頁119）也寫出這種因歌憶想江南的情懷。到底周璇的歌曲代表了什麼？為何讓詩人不斷地從音聲中去尋找那一份難以遺忘的情懷？也許周璇歌曲代表的意義，不在浮動的旋律，也不在跳躍的音符，更不在歌詞中流動的情意，它對詩人存在的真實意義，是一種代表傷逝的憶想，一種難以回追的情懷，一種飄泊的感懷，更是一種今昔對照的滄桑感。對照著音聲，流動的不是旋律的流轉，而是一重重難以追挽的歲月流逝，是一種傷昔感今的欷歔唱嘆，隨著樂音的流動，生命也在起承轉合之間應合著節拍而流動著，透過音聲，所要感受的不僅是一種無可奈何花落去的人世感傷，更是一種人世如煙，芳華難駐的沈重感。流轉的情思，也隨著音聲而迴蕩在無邊的境域之中，沈淪與消亡，是難以遣散的昔是今非、昔歡今悲的深沈感受。故而，每聽周璇之曲，必然迴轉一次生命的過程，也重溫故國舊夢，最後，不必然透過周璇之曲，只要一憶想，便如迴旋曲般地再現那重難以排遣的生命感受，一遍遍臨現在當下，召喚著不著邊際的無情歲月的流轉。

（二）瞥眼風花：失落的童年與家國

如果，周璇的歌曲，代表一種傷逝的情懷，那麼，憶想故國家園，或是失落的童年，也代表了詩人選擇性的記存生命可以資憑藉的湍流浮木。喜歡追憶，喜歡懷想，念舊、憶往成為書寫的主軸線，這代表了什麼？故國情緣七載，收攝詩人永生永世的眼目與心思，那種迢遞的哀感不斷地流轉在歌詩之中，讓詩人透過憶想去追念故園，雖然顛沛流離，然而記憶的基點，無論滄桑或美好，同時總攝詩人的情思，也網住詩人的創作源泉，成為一道汨汨流動的活水，時時潛流在歌詩之中，招引詩人關注與書寫，例如：

〈初食川味火鍋感作〉：「少小吾飲汶江水，童蒙不識溪壑美。今逾四紀違峨眉，初睹茲

---

1 見《張夢機詩文選編》（安徽：黃山書社，2013.01），頁63。本文所引詩歌皆出自該書，其後不再另標出處，僅隨文注明頁數。

物懷錦里……漫從川味憶兒時……」（頁178），其中「漫從川味憶兒時」寫偶食川味火鍋便引發詩人追憶兒時的情懷，四十年來從未斷過。再如〈雨後〉：「篁竹晴飛青，追夢到鬢齔。」（頁161）敘寫觀看篁竹便要追想童齔時分；〈寒流〉：「憶昔遭陽九，隨父泛溟渤。去國值鬢齡，及壯尚為客。」（頁65）詩中的「及壯尚為客」標注深刻的飄泊之感。童年，無論短長、無論歡悲，永遠是詩人追憶懷想的過往時光，七歲之前的記憶，可能澱漫成蕭索的歲月，也可能是一片模糊的記憶，但是，詩人永遠以它為圓心，繞著它作夢，繞著它懷想逝去的家國，以及親朋故舊之間的溫馨婉暱，造出的憶想之境比真實之境更真切、更有情味，而這樣的情思，幻成一重重江南故國的美好臆想：

> 「瞥眼風花世已殊，江南何處摘雲腴」（頁38）
>
> 〈南國〉：「南國春深入夢哀。」（頁66）
>
> 〈寒舍餞歲〉：「經年塵事隨風遠，錄夢詩愁借酒澆。牛去虎來驚一瞬，旅魂海角倩誰招？」（頁124）[2]

江南夢境重回，只是一重重感傷與哀逝心情重疊在歲月的邊境，這種不真實與虛幻，其實詩人並非未知，而是自甘沈淪在這種想像之境，「旅魂海角倩誰招」敘寫飄遙在天地之間，旅魂無招的幽情，回首前塵，遂有慨嘆，例如〈感春‧其一〉：「往事微茫一回首，宵分時有淚沾襟。」（頁67）寫回首往事，只有哀淚沾襟，又如〈偶感〉：「歲月一彈指，前塵如夢中。」（頁179）寫歲月彈指消逝，前塵似夢的感懷；再如〈得戎庵書並見懷之作〉：「可堪往昔歡虞事，今日都成一夢空。」，也有往事如夢的感慨。

人生飄泊，歲月流逝，終有回首如夢的感受，歡悲盡成往事，而在回首時才能興發無奈感、滄桑感，以及如夢似幻的驚詫心情。最深刻的是：「纔是衿青驚髮白，人生無奈是光陰。」（〈明堯遠來榮總視疾，別三十年矣〉，頁181），友人闊別三十年重逢的感嘆，化成為斑髮相對，而偶然感春閒作也逃脫了不往事如夢的悲感，歲月如潮，人在潮中起起伏伏，只能換成「今日都成一夢中」的況味了。

（三）歸湘無計：永遠的在地飄泊

我們恆是寓寄逆旅的過客，但是，他鄉作故鄉或許是一種幽微的心境轉折。對詩人而言，更是一種寄寓的心情飄遊在塵世之間，曾是家國的湘水，曾是出生地的成都，曾是就學的南京，皆以詩歌幻化成追想的故園，望斷故園心眼不能回歸的心緒潛伏，衍化成一種客寓他鄉的飄泊感受，流轉在字裡行間，這是什麼樣的情懷呢？當故鄉因不良於

2　這種感傷又見：〈過昭旭觀生堂茗話‧其四〉：「夢繞洞庭憐楚竹，茶來普洱帶滇塵」（頁82），〈道旁見柳〉：「不知東浙杭湖畔，綰雨搖晴尚幾株。」（頁106）。感念故國風物：楚竹、滇茶、晴柳，俱化作：〈重過旗津〉：「世事又隨啼鳥換，暮潮仍向亂崖崩。」（頁64）的浮世之感。

行，不再是可以回歸的故鄉時，那種思念之殷切，便要化成心中點點滴滴難以忘懷的客夢，浮遊流轉在心中，在生命中，乃至於在詩裡潛流著，例如〈山校偶感〉：「客久從知夢亦荒，招來嵐氣立微茫。」（頁33）寫客久夢荒之情；再如〈雙重溪絕句〉：「何處相招舊酒徒，江南楓樹醉耶無。黃花不解棲遲意，猶向西風問碧鱸。」（頁33）寫懷想江南之情；〈重過超峰寺〉：「離懷追夢到垂髫。」（頁50）寫追憶童少之情，而最深的感傷是：

> 〈與崑陽剪燈賡吟・其五〉：「楚雲已隔鯤濤外，家在楚雲西更西。」（頁38）
> 〈盛暑感賦〉：「養生僻地買樓居，一舸歸湘計已疏。」（頁95）[3]

家鄉遠被鯤濤隔阻，歸湘無計，詩人只好將自己的感思臆想化成為古典詩詞中的幽情，不僅是自身的思念，也是亙古詩人對家國的思念，更以一葉幽幽的扁舟，行走在歷史的邊境，透過懷念江南、故國，成就實踐古典之幽情。這種永遠的飄泊感懷是詩人難遣的幽懷與感傷。

　　詩人一生以台灣為成長、就學、服務為場域，然而，迴蕩在其心中的，七年故國的記憶，不僅像一首未央歌，時時迴旋腦海中，也不斷地重現在詩歌創作裡，形成一種特殊的憶舊、懷舊的生命迴旋曲，這種特殊的情懷，是他詩歌中的書寫基調，沈深地浮遊在心靈深處。

　　這種基調，是一種今昔對照，映現在他的思維當中，形成身在此，而意在彼的一種虛空、夢幻、在地漂泊的感受，一種離散的、追憶的情懷，不斷地迭湧。

3　再如〈與崑陽剪燈賡吟・其二〉：「新句忽傳春渭北，華燈不是舊江南。」（頁38）敘寫憶念江南；〈牡丹詩〉：「天涯相顧俱飄泊，莫遣襜心憶京洛。」（頁35）寫飄泊之情；〈春雨〉：「深巷小樓朝睡美，賣花聲裡夢杭州。」（頁36）寫夢回杭州之情；〈客愁〉：「湘水多情入夢流，瀛洲未見雁來秋」（頁138）寫思念故鄉湖南入夢；〈春雨次灑寒先生韻〉：「客夢十年隨水逝，吟箋一卷納春歸。」（頁152）仍有在世飄泊的客夢之慨；〈閏四月望夜得燈字〉：「履跡倘歸今夕夢，不知到陝到燕塍？」（頁166）寫歸夢未知何處？〈夜半聽雨感舊〉：「中宵猛雨來滂沱，衾枕涼生夢乍斷。回思舊居浙瀝時，年少閒臥貪清簟。」（頁171）寫聽雨追憶舊居之情；〈春晚示客〉：「留滯瀛洲吾甚悴，艱危世道汝何之？養身來日愁如海，回首前塵淚是詩。同有滄溟清淺感，斜陽歸雀前悲。」（頁186）寫留滯瀛洲的感懷；〈碧潭篇用高青邱中秋翫月韻呈漁叔師〉：「致仕幽閒重內守，空銜客淚千愁含。」（頁40）用「客淚」寫幽深情懷；〈秋興四首・其四〉：「生涯憐梗泛，天塹阻歸誰。」（頁45）寫天塹未歸之情；〈贈李殿魁〉：「休說鈿蟬零落盡，江南猶有李龜年。」（頁48）借杜甫江南逢李龜年寫自己與李殿魁之交，而江南飄泊之情俱在其中；〈夜讀〉：「書燈有味支宵坐，猶是兒時一點青。」（頁59）寫夜讀仍要追憶童年之情；〈金陵懷古〉：「形勝江東入夢深，秋窗客枕起微吟。」（頁116）以客枕寫飄泊；〈題東坡海南畫像〉：「飄蕩一生家萬里，那堪隔海望江南。」（頁97）寫憶想江南之情，〈安坑孟夏〉：「人閒微雨留愁住，客久啼禽勸我歸。五里溪山來楮墨，十年存歿憶庭闈。」寫客久勸歸之情，凡此，皆有曲折深厚的在地飄泊之感。

三　憂生：歌哭紅塵間

詩人在1976年〈丙辰人日景伊夫子招飲，奉呈兼柬同席‧其三〉題寫：「脫盡浮漚身即海，吟心翻覺一塵無。」（頁61），詩中盡是豪情壯志，了無塵染的胸襟，讓自己心寬、境寬地浮遊在天地之間，那時豪邁之情，豈知風足一病成難堪？這種壯氣反轉，又豈是可以寬解的悲怨？詩人自是有憂生之悲懷，縮結成一脈難以開釋的悲懷，幽幽流轉在心臆之中。

（一）艱危歲月憐吾病

中年為謀生計，南北奔走，到處兼課供職，與儕輩們往來北高兩地，待任教中央大學始有安頓之感，歷任行政職務，磨鍊心性，在最煌燦歲月欲展翅高飛時，父亡，妻子田素蘭也因胃疾亡故，繼而自己中風不良於行，三重打擊，似乎欲考驗其生命的耐受力，幾經磨難與消沈，終讓自己感受風足是生命必須承受且不可迴避之負荷：

〈病久〉：「郊居臥病似僧家，辜負山嵐與海沙。」（頁126）

〈江渚〉：「九天寥廓星如佩，一世沈冥淚是詩。遠鶴孤飛難擇木，此肱三折略知醫。」（頁75）[4]

「郊居臥病似僧家」寫蹇足難行，只能如僧定靜，而「一世沈冥淚是詩」以詩為淚般地揮灑，最是深刻。風足不良於行，只能養病玫瑰中國城，這對於曾經風華一時，叱吒風雲的詩人而言，何其不幸，面對這種孤寂養痾的心情，最是難以排遣，而不能排遣之外，亦不能不正視這個殘酷的事實，於是幽微潛隱的情緒，在其中流轉再流轉，從難堪的面對，到直視生命中的不偶，再寬解成悲涼換沈痛的醒悟，其間的幽情微意豈是常人所能體會？試看：〈鬱邑〉：「詩卷低哦勝吹笛，心愁強忍托看花」（頁186）寫幽微之意，〈得榮生先生書〉：「艱危歲月憐吾病」（頁194）寫幽傷之情；〈曉坐〉：「寵辱從知皆一夢，餘生那復計窮通。」（頁84）[5]，寫寵辱可忘，是非可忘，如夢一生，也不過是萍

4　再有〈記大陸遊〉：「返台豈料纏須史，竟罹沈痾及禍樞。披書晴晝對蕭索，弔影清夕守空廬。」（頁178）寫乍罹沈痾之情；〈近郊有吟事邀往不赴〉：「久負十年沈痾心，郊居養晦祇閒吟。自嗟擊缽才情少，早厭逢人世法深。」（頁184）寫養痾心情。

5　再如〈寄懷永武〉：「重衾搜句到宵殘，枕上傷春強自寬。早憐悟名有磨滅，不磨姓字在書刊。」（頁125）寫傷春，〈次榮生先生遙寄韻〉：「絃歌庠序弱年前，事往何堪化作煙。邵水追歡空有憶，湘天托愛竟無緣。愁深真感三生誤，海闊惟憑一夢牽。心緒銷沈眺春雨，吹寒引怨到吟邊。」（頁125）寫心銷沈；〈次答永武〉：「詩夢未離秦嶺月，秋懷先亂楚天雲。坐聞郊外愁多壘，欲賦江南愧不文。」（頁83）寫秋懷；〈暮春一首仿黃晦聞體〉：「天涯春與人俱老，視已茫茫髮亦蒼。沈痾端知

寄浮世而已,那麼可以依憑的又是什麼呢?如果浮世無可念,無可憑?那麼生命存在的意義何在呢?沒有了想望,沒有了追求,只能直視這種無可替換的悲哀嗎?「心愁強忍托看花」那種心愁強看花的心情最曲折,花開終有花落之際,在最盛開的花顏中見證自己的殘破心情,直視自己無可追換的青春歲月,對照之下,人生的沈痛悲涼與花顏的美好靜閑,成為反差,成為反襯,如是,日益衰頹的病體,尚能依托什麼而歡呢?尚能依憑什麼而有存在的意義?浮世也只剩下艱危歲月相視而度了,這種無所憑、無所托、無所歡、無所臆想的歲月,像一匹長長的靜練,寫就的是無邊的哀感與靜寂,無所遣,無所排,而情思仍然要不斷地浮遊、不斷地耽溺,直視痾疾,是一種難堪的心緒流轉,然而幽微潛隱的,不僅是病體的折磨,繼以作客他鄉難以拋擲的客居孤寂感受不斷地浮現,再加上悼亡傷逝的心情,似要催陷人生。

(二)人間地下兩茫茫

傷逝是一種情懷,而悼亡則是一種永世難遣的悲感,浮沈心中。無論是悼念亡妻,或是悼念亡友,深沈的悲哀無以消解。

1 悼念亡妻

身值壯年,愛妻田素蘭因胃癌往生,惘惘不甘情懷,無時不潛浮在詩裡,成為遣悲懷的一種心境:

〈暮春〉:「悼亡愁聽中宵雨,淅瀝恐驚泉下眠。」(頁158)
〈憶西安〉:「車走藍田田野坰外,纏思亡婦已心酸。」(頁132)[6]

情愈深而憶想愈真切深刻,如果未曾深深愛戀,如何縮住這份情思直到天長地久,直到天荒地老呢?少年夫妻老來可以作伴,可是,當孤寂成形,悼亡成為事實,那種悲懷又是誰可以探測的深度呢?思念亡妻成為生命中不可承受之重,幽浮在心臆之中,時時浮現,那種無可言說的悲情,豈是遭逢過的人可以感受?唯有深深感受到死亡如椎心泣血般地烙印心版,才能深刻體契人生中,尚有無可排憂的悲情如影隨形地浮現在心海之中,心酸已無法言說深沈悲情,更何況幽明兩隔之後,人生尚能有春天重臨?尚能重現歡情?宵雨懷念亡妻,更增感傷,深沈的雨聲,加重黑夜成形的悲感。

吾可了,前緣孰料事難忘。」(頁186)寫傷春;這些深沈感傷一直潛伏在詩人的心中,流蕩在字裡行間。

6 悼亡又有〈十二疊韻答堂明先生〉:「悼亡十載心流血,弔影三更淚散星。」(頁175)寫幽隔十年悼亡心情;〈悼亡〉:「荏苒年深夢未沈,山居久瘁恐難禁。黑棺已葬如過雨,紅淚回思尚動心。不寐枕前來鬱悒,聞歡花外懶追尋。幽明一紀遙相隔,孤寂生涯直到今。」(頁190)寫孤寂感懷。

潘岳的〈悼亡〉、元稹的〈遣悲懷〉、義山的〈錦瑟〉、東坡的〈江城子〉（十年生死兩茫茫），繼以納蘭性德的悼亡，那種深刻悲切，非經過之人所能體會的。知心相契的夫妻，因為幽明殊途，將感傷留給活著的人，「死者已矣，生者何堪」，唯有生者才能深刻點點滴滴去體現存在的悲情，漂浮無依的情感，何處依託？清寂難排的深情，也只能化作「纔思亡婦已心酸。」的悲情在心底汨汨然流蕩了。

2 感懷師友

死生睽隔，永世難逢，懷念師友，讓詩人再一次跌入無邊無盡的哀愁之中：

〈懷友〉：「一歿鍾期誰顧曲，五年懶鼓伯牙琴。」（頁170）

以伯牙鍾期寫至交亡故之情，所懷至友有王勉蓀、林端常、于大成、陳熙元、閔宗述、白翎等人[7]。「早戀黃泉未必非」寫出曠世的悲感。死亡是何事呢？生死不過是一線之間，然而活著的人卻要面對無法遣去的哀傷，畢竟情之所鍾，正在我輩，臨在的情思，是無人可以替換的哀愁，更那堪友人亡故之後悼念之情的流轉呢？先詩人而逝的友人，更加強了病中養病的詩人情緒，那種張力，是無可迴避的生死大限，分明知道人生難免一死，然而難以忘懷與排遣的哀慟，正是一種臨在的悲情又強加在詩人的心眼中。浮生所欠唯一死，養病的詩人之所以能夠如此張皇地活著，那是友情的力量支撐著，但是，在友人逐漸銷亡之後的詩人，心情難免受影響，高山流水知音之難，千載以下，唯存琴音銷寂，山水無色。

（三）匆匆只恐佳辰去

病中，面對佳節，其實更是難堪，惘惘的情思，如羅如網罩住思飛的詩人，想飛不能飛，那種幽懷，豈是常人可以體契，透過對節慶的感念，興發昔是今非，昔歡今悲的感思，又豈是他人可體會？詩云：

〈中秋無月〉：「深居亦作飛騰想，長此何甘獨伴筳。」（頁137）

〈上元夜坐，惘惘成詩〉：「元日以來多笑樂，今宵無月始愴神……鼓笛九逵驚舊

---

7 輓詩尚有：〈挽王勉蓀先生〉：「東浙山川取次迎，歸鄉豈料了浮生。」（頁166）、〈挽林端常教授〉：「漸盡文才天又奪，已稀詩詠世將暗。」（頁153）、〈挽于大成教授〉：「書種已稀嗟汝逝，塵緣全了換吾傷。」（頁183）、〈哭熙元〉：「交誼醰醰三十載，忽驚訃告到門庭。萬緣已共雲飄去，講席惟餘月解聽。」（頁113）、〈清明〉：「瘀愁有墓遙相念，作誄無才剩此誠。忍寂含凄一回首，年年今日暗吞聲。」（頁119）、〈懷熙元〉：「重生憐我身為贅，一歿嗟君道已荒。休說書香能濟世，且看述作漸銷亡。」（頁134）、〈哀閔宗述教授〉：「祇只浮世多衰象，早戀黃泉未必非。」（頁135）、〈憶江南次白翎先生韻〉：「幽明一隔逢衰世，公逝真堪戀夜台。」（頁106）

夢，榮枯百感托孤呻」（頁183）

〈餞春〉：「上巳清明已過了，哀傷豈獨餞春心。身因久廢元為贅，道乃將衰漸欲沈。」（頁187）

中秋無月，只能作騰想；元宵無月，只能愴然神傷；清明時節，更是哀傷春心了。歡樂的節慶用來反襯內心的孤寂，而幽寂的清明時節，則強化了內心的哀感，。無論是歡樂的佳節，或是哀思無盡的清明，皆是觸發詩人細膩心思的觸媒。節慶到來，無可揮灑；哀思臨到，無可排除，「佳節惘惘成悵然」又是一種難遣的幽懷。

四　憂世：塵世艱危懼陸沈

身困斗室的詩人，憂世之懷未曾銷滅，客寓他鄉之浮世感懷，悲懷亡妻之感念，哀傷友人之傷逝，憂生之情未了，而憂世之懷又浮現。

（一）橫流此日恤蒼生

身在瀛洲，面對各種社會現狀豈能無感無思，豈能麻木不仁？詩云：

〈書憤次方子老韻〉云：「核四餘波蕩未休，時危併此集千憂。井深欲汲須修綆，瀑大誰知始細流。近歲詩壇驚太俗，平生國賊視如仇。」（頁153）

寫核四紛紛擾擾之外，尚有時機危難讓詩人千憂百感齊上心頭；又有：

〈觀變奉答方子老見寄：九月納莉風災，十月美阿宣戰〉：「北台諸邑淹何廣，彼美雙樓毀已平。颶母一災堪警世，屍盟九誓乍興兵。」（頁176）

敘寫台灣颱風[8]與美阿宣戰之憂，〈瀛洲述事〉：「蘭嶼拒堆核廢料，竹科漸缺水資源」（頁188）則寫核廢料之患與竹科缺水之憂，這些憂思，收攝成〈堪嘆〉詩中：「命途舛錯招天問，塵世艱危懼陸沈。」（頁188）的懼陸沈的深刻心情。

憂心核四，憂心颱風，憂心旱災，憂心社會現況，讓詩人的心眼飽受憂世之苦。這種感懷，是一種現世的關懷，也是入世的關注，標記著詩人深刻的悲憫憂懷。

---

8 風災又有〈述災〉，詩云：「凌厲桃芝挾雨來，山流土石釀為災。瀛洲莫更誇仙島，地坼風狂取次摧。」（頁171）深刻摹寫颱挾帶土石流所形成的寫災害，然颱風固然造成鉅損，挾帶豐沛雨量亦可解旱象，〈喜雨〉有云：「中颱豪雨濕瀛東，薄晚滂沱喜有功。」（頁195）即是詩人表露因雨解旱的欣喜之情。這些皆是詩人深切感受的生活面向。

（二）戰血膏枯蓬

除了身在瀛洲的悲懷之外，尚有歷史悲情橫亙在心臆之間，詩云：

〈先芬篇：記先外翁李懋吾先生〉：「往值光宣朝，橫流沒堯封。鼙鼓驚海宇，戰血膏枯蓬。」（頁182）

敘寫歷史，深寄自己的幽懷，對於歷史的流變，不能無感，然而，這種幽懷潛隱成心中的哀感：

〈答厚建歲闌自遣〉：「蕭疏冷雨濕年光，久為羈孤欲舊狂。」（頁100）

〈首夏獨坐〉：「一襟熱淚為誰盡，萬計浮生到此非。」（頁102）

二詩充滿了感傷世事、幽懷難遣的羈旅情懷與浮生無計的哀感。無可排遣的浮生幽懷正是潛藏在心底難以言說的心緒流轉成形。

以上，不僅有傷今感昔之悲，也有故舊消亡之後的感傷。浮世一生，所餘思念，尚要忍受幽明兩隔的悲情，繼以佳節臨現的幽思、懷人念想之深刻殷切，皆成為生命中沈重的負荷了。

五　對治：順逆全歸命

人世飄泊之悲情、蹇足幽困之哀傷、悼亡懷人之感思、紅塵浮世之憂憫，這些具在的困挫，如何度越？如何超邁？生活難道沒有超越的方式，讓詩人一直沈淪與坎陷在悲情之中嗎？事實不然，反轉生活體驗，造悠然之境，讓我們看到了新視境：

〈遣懷十韻〉：「順逆全歸命，尋常不廢情。」（頁149）

〈敬次答慶煌教授古風一首〉：「嗟吾患沈痾，早已忘窮達，晝視晴嵐氛，夜沏香茗」[9]

將心情作寬，將生命釋放，才有機會凝視生命臨在的意義，也才能度脫悲情走向坦途，釋放自我，追求如海心境。

9　該詩乃據陳慶煌〈古風一首贈夢機〉：「正喜風雅揚，一躓白雲過。身雖艱寸移，思路老更辣」而能呈示活潑生機。

（一）食鮮

味覺的體驗，是中國人的的美感之一，在酸甜之外，自有甘霖存乎其中，享受美食，能化解生命中的困頓，讓味覺的觸感，興發存在的感官享受：

〈初食川味火鍋感作〉：「涮肉盡饒蜀滋味，燙蔬相顧笑語和。」（頁178）
〈恭祖贈詩次答〉：「新秋莫更哀塵事，但說肥鮮蟹與蝦。」（頁173）

是的，美食，可以讓感官欣悅滿足，也可消解生平困頓與不平。

（二）品茗

蹇足難行，透過品茗以消永日之無聊，這也是詩人寬待自己的方式，在尺寸之間，感受清氛，體驗清茗佳品的美好：

〈茗飲歌〉：「廣廳有客致新羪，微馥可待驅塵罥。銅鐺得火煮活水，看沸蟹眼聽松濤。」（頁155）
〈閒居次正光詞兄韻二首〉：「性不貪佳釀，惟銜綠茗杯。」（頁165）
〈某書詢近況，賦呈代簡〉：「閒居懶慢困於家，除卻賡吟好啜茶。」（頁183）
〈不眠〉：「今宵不寐緣何物，恐是濃甘普洱茶。」（頁187）

對於詩人而言，品茗也是存在一種美好的想像，越山度海，想像山林野趣，想像清氛襲人，在尺寸間留存齒香，遊在唇齒之間的歡愉，也足令人清暢快樂。

（三）寫詩

書寫，不僅是詩人存在的意義，也是亙古文學家們留存世人的方式之一，永日寂寂，透過書寫，展現靈思，讓古今融會於眉睫之間，讓詩人的歲月更加靈動與躍然：

〈樓居〉：「群醫束手了無策，自分詩骨埋平蕪。爾來復健且三載，萬事反覆身羈孤。終憐微命得天佑，一念尚可新羅踰。功名棄擲少恩怨，東隅雖失收桑榆。」（頁85）
〈九日〉：「困居蝸舍守寥寂，惟教賡詠銷年光。」（頁147）

書寫，是救贖，也是一種療癒，更是排遣永日的方式之一，〈郊居十二韻〉云：「飲冰銷溽暑，養拙作詩奴。」（頁121）甘心伏案書寫作詩奴，以消解悒悒不甘的生平臆氣，以澆生平塊壘，如是，可釋放生命的沈重負擔。

（四）讀書

閱讀，度越今古，清閒流轉在字裡行間，成就了腹笥，也可消永日之慢、長：

〈史記遊俠列傳讀後〉：「披史愛看任俠輩，然信以死歌慷慨。」（頁157）

〈新春試筆〉：「除卻拜經披史外，裁箋便欲補微吟。」（頁182）

〈清晝〉：「清晝槐陰節序新，詩書在腹敢言貧？」（頁189）[10]

無論讀經、讀史，或是讀詩，可補生平惘惘，可消永日長晝。

（五）友訪與酬唱往來

足不能出戶，端賴友人來訪或書信往來，飛度困囚一室之悲，友人成為生命中的源泉，灌注生命，讓生命因為清泉流動而更清氛可人：

〈奉答嘯雲先生見贈：先生惠詩，並代贈《語亭吟草》〉：「隨郵詩札見清新，復檢陳編眼更青」（頁165）

〈羅戎老贈詩次答〉：「真淳汝誼欣相接，鄙近吾才辱見知。」（頁180）

無論是友人來訪，或是友人贈答詩書慰問，皆足以安慰孤寂悲頓的足蹶之傷。[11]

---

10 以閱讀銷解永日寂寂，〈閑居〉云：「詩文歸卷帙，楮墨記林泉。」（頁196），又有〈醉樵吟集囑題〉詩云：「琢句裁章默運思，耽閑製就一家詩。高吟遠答瀟湘雨，積卷多收元白辭。」（頁185）敘寫讀書寫詩之情。除了閱讀案牘之書，亦以覽閱庭園景致為歡，例如〈忍閑〉：「忍閑以外無餘事，欲讀廣庭內景經。」（頁171）。再如寫庭景有〈讀史未竟，山雨乍來，見浩園小花尚紅，偶成一律〉：「看書不終卷，驟雨濕清晨。」（頁181）皆是由閱讀書籍轉向庭景之覽觀。

11 此系列作品甚多，例如〈次韻張定公讀書有感之什〉：「索居賡詠來詩了，卷帙娛心意最真。……尊作一吟餘自喜，青燈白蠹是朋親。」（頁180）敘寫次韻張定成之情意；〈贈黃永武博士〉：「久別瀛洲惜遠分，誰卓楓旌更照君。盼將一管生花筆，寫出天涯琬琰文。」（頁191）寫贈詩之情；〈澤涵、來新、述民、廣定、次澄、惟助、孝萱諸教授過訪〉：「語笑引興高，論學有深意」寫師友來訪之歡；〈偶題〉：「偶烹鮭菜邀朋至，偏愛雲嵐對戶生。」寫邀朋共食之樂；〈善燦、明經、克明、柏青、英安、孝萱見過〉：「同論藝事詩書畫，多愧家庖並筍豕魚。……從知深誼歸淳厚，相契依然莫逆如。」（頁158）、〈戎庵、秋金、正三、文華來集寒舍，約同賦〉：「安排酒食到杯盤，語笑無拘興未闌。」（頁159）、〈玫瑰里讌集〉：「登臨有累吾何敢，語笑無拘酒已闌。哀亂聲中成小聚，容顏真合再三看。」（頁101）三詩寫過訪之情。〈羅戎老贈詩次答〉：「真淳汝誼欣相接，鄙近吾才辱見知。」（頁180）、〈次韻張定公讀書有感之什〉：「索居賡詠來詩了，卷帙娛心意最真。」（頁180）、〈瀛外〉：「瀛外書來慰寂寥，盆栽擢秀茗煙飄。詩名未共浮雲起，暑氣都因猛雨消。」（頁197）三詩寫酬贈詩歌情事，這些皆是詩人深切感受的情意流蕩。

（六）懷舊

病中無所遣，懷人，成為一種臨在的享受，享受懷念友人深情摯意的快樂，以及懷念友人深情慰問的愉悅，可以讓生命脫離現下的困頓與悲懷。懷人之詩甚多，詩云：〈藥樓坐雨有懷沈謙〉：「詩心感愉悅，聞汝病初瘳。」（頁174）敘寫初聞沈謙病癒的欣悅心情；〈藥樓感秋〉：「蝸居病後惟多暇，偶爾吟朋折簡呼。」（頁136）寫風足之後，友朋書簡微吟之樂，再有〈懷人絕句〉（頁159）感懷吳璵、黃慶萱、章景明、尤信雄、沈謙等人；〈懷人絕句續〉（頁160）感念渡也、王文進、李瑞騰、簡恩定等人；〈晚晴獨坐，有懷保新、建民〉陳保新等人（頁167）；〈憶遠〉（頁163）有陳滿銘、莊萬壽、林卓祺、張德麟、初安民等人，又有〈懷舊〉（頁140）五首，懷黃永武、李殿魁、陳新雄、羅宗濤、于大成等人。

追懷，憶想，是詩人書寫歌詩的大宗，喜歡懷舊，形成一種獨特的書寫內容，有時追憶充滿了喜悅，讓生命因為憶想而浸潤歡愉：

〈記灘江〉：「憶昔灘江溽暑經，坐聽水鳥喚山靈。」（頁94）
〈記頤和園〉：「踉蹌雨至北京城，林苑湖樓認晚清。」（頁95）

憶想、懷人，讓寂寂長日有了寄託，讓生命似乎找到了出口：

〈追憶〉：「當年多少尋常事，此日回思輒可哀。東浙空懷聖湖柳，中台長記雪山梅。」（頁137）
〈回首〉：「往日事如風雨過，今朝愈覺繫人思。」（頁140）

讓思念成就書寫的內容，讓生命更具有真實的臨在感受。

懷人，是一種高度，可以將自己的臆想推到遠處冥想之中，以排遣養痾無法步行出門的難堪，如果生存的周遭只剩下一室，似囚似禁，如何度脫飛翔超越呢？只有冥想能無盡地飛翔，懷念友人，重憶昔日交遊盛況，或是享受友情溫馨慰問，這些溫暖了詩人的情懷，也讓病中的詩人因為有了懷人而有了具體的作為，至少，思維流轉其間，便可消除漫長的光陰歲月所帶來的孤寂的感受。

六　超邁：奮如思遠翥

除了深刻體驗生活之外，反轉心境，讓思緒悠遊於天地之間，以臥遊、以冥想、以憶念，來飛離如囚幽室，讓存在更具歡愉，唯有超越自己的悲歡，才能展現存在的意義：

〈次羅戎老蟻穴韻‧其二〉：「忍寂沈痾久，前塵化作煙。」（頁151）

〈季夏雜詩‧觀弈〉：「病來早已心如海，勝負何妨一例看。」（頁170）

「病來早已心如海」的幽情轉折，勝負無可追求的淡然心境，非有深刻感受，豈能如此婉轉曲折道出？真正的超越不是來自外境的改變，而是自我心靈的寬解，心念一轉，萬境皆幻，前塵如煙呢！

（一）冥會神契憶舊遊

旅遊，是現代人不可或缺的跨界存在與流動的方式之一。遊，有形遊、神遊，無論是有目的性或無目的性，意在遊玩、遊泄、知旅，以達到怡情適志、銷憂解愁、獲得知識的功能，固然旅遊有自然生態之遊，有人文景觀之遊，亦有歷史文物、古蹟建築之遊，從遊看到遊想，從異地、異俗、異景之遊觀，可增廣見聞，可涉獵博學，可領域文化之異同，故而從身釋到神釋，是一種無累之釋放。但是，足未能出戶的詩人，如何展翅作遊想呢？古人有臥遊，冥遊，詩人也透過憶想，讓自己形體超越有形的困限。

對於風足的感慨，詩人曾云「十年足躄成底事，吟鞋難踏江南地。何當身能健鶻如，飛臨嶽麓穿山翠。」（〈記大陸遊〉頁178），憶昔舊遊而今難以重臨江南之地了，生命豈能如此催陷？唯有心念轉移才能離困境，故而翻轉生命，如〈讀棟亭集〉：

「未記浮世哀，多寫勝遊句。高詠健翮如，奮如思遠翥。」（頁156）

寫騰遊之句，奮思遠翥，以追憶作騰空憶想，有遊台之作，例如〈舊遊〉（頁129）六首敘寫大崗山、澄清湖、溪頭、梨山、碧潭、鹿港。〈再記前遊〉（頁129）六首，寫觀音山，花蓮港、野柳、老白河、陽明山、烏來之遊，亦有風足之前的大陸旅遊之追想，有〈記廣州行〉：「珠江流日夜，說盡古今情。」（頁131）記廣州之行；有〈西湖記遊〉：「湖天七月暑猶存，花港孤山印屐痕。」（頁131）寫花港之遊；復次，尚有〈記六和塔〉（頁131）、〈憶西安〉（頁132）、〈憶登長城〉（頁132）、〈北京記遊〉（頁142）、〈記明帝十三陵〉（頁143）諸寫敘寫遊歷中國大陸勝景之詩；〈神州雜憶〉（頁145）四首敘寫來石、龍慶峽、北京城、西湖等等，除了大陸故國之遊，憶記台灣勝景則有〈記宿梨山〉（頁149）、〈記礁溪〉、〈憶金山〉（頁150）、〈記金門〉（頁162）等地。

其中〈記金門〉：「尋詩托遊蹤，攬勝事幽討……回首十數年，嬗變知不少。」（頁162）最能示現以詩寫勝遊句的心緒流蕩。

對於風足不良於行的詩人而言，如何出遊？如何釋形？透過記遊來銷解惘惘不甘之情愁，亦能生發奮飛遠翥之快意。

（二）餘生不必拜車塵

不能出遊，透過想像之遊，追憶舊遊，欣然有味，雋永的憶遊，成就生命的喜悅，讓歡欣追隨。而且這種浮遊的方式，也有了自娛的況味存乎其中，除此而外，蒔花，賞花、耽句、看電視也是一種自娛的方式：

> 〈藥樓月夜〉：「能驅夜色是燈光，讀畫聞歌意思長。浮蟻臘醅迎月御，蒔花瓦缽試宮妝。偶耽賡句隨人詠，莫以歸心惱客腸，了卻愛憎無箇事，且憑閑適啜茶香。」（頁181）
> 〈漫成〉：「熒幕平寬看世足，蟬聲高亢動詩心。」（頁195）

詩人雖然悲困於雙足，不能展翅高飛，卻透過觀看世足賽及冥遊也足以自我遣懷，除此而外，詩人豈無宗教信仰以消解人世困阨？其云：「少歲僧廬學跏趺，焚香禮佛念無邪。殿前鐘鼓三更雨，院外蒿萊兩部蛙。偶捲窗帷延夜氣，閑披書帙送年華。迷離事往今回溯，逐耳猶聞唄讚譁。」（〈夏夜憶往〉頁190）早年禮佛有一段沈深的感受，只是，日後在漫長的歲月裡永遠記住那段感知的美好即可，不再陷入，也是一種虔信宗教的方式之一吧。詩人雖困於雙足，卻能自我超越，〈自敘〉云：「沈痾十載忍寂寥，花月無端竟虛設。纏過老蒼耳順年，懶向賡吟計工拙。欲移五柳傍宅栽，漫就淵明學閑適。」（頁155）敘寫欲學淵明閒適心情，再如〈晨起〉：「說殘曉夢鳥雙去，催老流年雞一啼。書卷猶存甘落寞，頑軀多累要提攜。」（頁99）敘寫自甘寂寞，以消流年。又如：〈耕莘醫院晚眺〉：「針藥終期除惡疾，親朋真感慰愁容。幽居祇隔弓橋外，若問歸情似墨濃。」（頁99）寫視病之情，再如〈次韻奉答正三詞兄見贈〉：「養拙生涯歸落寞，披書賡詠弭千憂。」（頁153）寫養拙之情；〈奉寄傳公校長〉：「偶將繁翠一簑收，高屐且看山藥樓。但以雞豚下卮酒，不從鱗羽計沈浮。」敘寫不計沈浮而能心寬覽閱藥樓山景。再如：

> 〈溽暑〉：「鬱蒸餉午熱難當，心閑能生一室涼。」（頁193）

反轉心境，能從苦熱中汰洗成清涼之心，這種超越有時也化成以淒涼換曠達的感思，例如〈晨眺〉：「家藏左傳經何用，舟泛西湖夢未真。所幸足殘為棄物，餘生不必拜車塵。」（頁185）這種大於悲哭的沈痛與反省正是詩人在面臨臏足二十年之餘的啟悟。再如：

> 〈寓興〉：「身閑心遠小樓寬，細檢詩書興未闌。漸覺十年忘寵辱，孰知一病了悲歡。蓍眸但欲望邱壑，結誼俱能出肺肝。卓午薰風招客敘，陶然聊復共杯盤。」

（頁193）[12]

身閑心遠小樓亦寬敞不局促，啜茗、讀書、寫詩也能甘心於：「吾拋功祿忍沈痼，十年遁世如埋名。」（〈丙仁將軍璦園招飲，賦謝〉，頁172）的深刻感受。這些從沈痛與坎陷中脫困而出的書寫，又豈是常人可以體會？這就是詩人超越形軀困頓之後的釋懷。

（三）不瘳是孤吟

風雲一時，壯志飛揚的詩人，待要振翅高飛時，傷在風足難行，那種折翼的傷痛豈是常人所能忍受？生命中不可卻除的困阨，如影隨形地從天罩網而下，無所遁逃，只能直視，只能面對，尤其性如野駒不受控捉的性情，一旦因不良於行而被囚一室之內，那種打擊豈是常人所能忍受，所堪忍受？走過悲歡歲月，才知道罹疾未妨是一種天遣：

> 〈洛夫商禽、張默、梅新、辛鬱諸兄枉過〉：「身雖罹疾世相棄，性如野駒不受彎。」（頁86）
> 〈偶感〉：「自嗟孤緒依宅生，豈有浮名壓孟亭。」（頁87）
> 〈憶昨〉：「前塵歷歷腸堪斷，愁對風霜髮已彫。」（頁89）
> 〈李猷、龔嘉英、王勉、羅尚、林恭祖諸老見訪，賦呈〉：「何期罹風疾，一蹶久不瘳。活絡筋骨外，惟與詩書謀。」（頁107）
> 〈惘然〉：「罹疾已三稔，流光不旋踵。」（頁113）[13]

病體沈痾已成事實，而漫漫長日如何消解？「惟與詩書謀」是罹疾之後的消遣。〈端午前二日，龔稼老招飲敘香園〉亦云：「余亦耽吟哦，愛之實如命。沈痾有瘳時，不瘳是孤咏。」（頁115），敘寫沈痾或許有癒合之日，而唯一不能癒合的痼疾是書寫吧。孤詠、創作、書寫，成就了生命的意義，也讓無邊漫長的歲月有了遣懷的具體內容了，趙翼曾云：「國家不幸詩家幸，賦到滄桑句便工」（〈題元遺山集〉），如果不是一番顛沛流離的遭逢，豈能寫出深沈的哀思呢？豈能抽換筋骨寫出迥異前作的靈思呢？幸與不幸之

---

12 這種反轉心情的詩句尚有〈晚晴〉：「臨山坐眺翠成堆，啜茗能教倦眼開。……殘疾餘生原宿命，詩文何必數悲哀。」（頁198）強力寫出不數悲哀的心境；又有〈讀杜工部集〉：「大音寄在幽寞外，至味存於樸拙中。」（頁103）寫大音大味皆寄存在幽寞與樸拙之中，似乎暗喻詩人的心境。

13 書寫罹病哀句尚有〈戊寅重九雅集予以病未至，亦補一詩〉：「天涼焉可銷吟痼，足蹶真嗟負酒卮。」（頁136）、〈初食川味火鍋感作〉：「自罹沈痼尋十載，跬步艱行足已廢。遊屐難以踏堯封，惟有輿圖默然對」（頁178）、〈暮春一首仿黃晦聞體〉：「沈痼端知吾可了，前緣孰料事難忘。家山有夢空來去，生計無營自悵傷。往昔論文親學博，今朝坐憶幾迴腸。」（頁186）、〈堪嘆〉：「命途舛錯招天問，塵世艱危懼陸沈」（頁188）、〈清晝〉：「前潭雖美憐吾蹶，久客堪悲況夢陳，端合一閒詩並老，孰知萬幻淚能真。」（頁189）、〈得戎庵書並見懷之作〉：「可堪往昔歡虞事，今日都成一夢空。」（頁189）、〈獨夜〉：「萬幻惟餘淚是真，陳言重省記猶新。」（頁137）等。

間，福與禍之間，只是一種心情的翻轉而已，因病而能積二十年時日創作，對於詩人而言未妨是一種特別的任務吧，辛稼軒不也因為廢退鉛山而有豐富的詞作傳世嗎？上天為詩人閉了一門，豈知要自己去創造另一扇窗，讓無邊的江山風月重啟，讓創作的靈思臨現，讓幽幽寂寂的歲月因為有了文字的摩挲而更有深度與寬度了。透過書寫，讓生命的刻度加深，讓生命的廣度更開闊。

七 結語

詩人的生命基調是一種現世的漂泊，也是一種離散的書寫，不僅憂生也憂世，透過臏足困於幽室，不斷地追憶懷想往日，也透過自我消解的品茗、書寫、懷人、冥遊、閱讀而能超越困頓形成一種既惘惘不甘的抒情自我，同時，也在抒情的過程自我療癒，自我超越，這種臨在的困限，超脫而出，為我們留下生命的見證：「殘生不作傷春語，少日曾為壓卷文。」（〈默坐〉，頁119）。詩人不僅書寫生命的困頓，也努力彰顯殘老之後的心境轉移，透過書寫讓生命重新諦視風足之後的人生，並且嘗試轉化沈淪的心境，開發涓滴成河的生命長流。

閱讀詩人之詩，契會與感悟他曾經遭逢過的悲歡人生，藉由他的生命書寫可重新反省、凝視自我，以增加我人的生命耐受力與韌性，這才是詩人留給我們最大的寶藏。

茲總結全文結構如下：

生命基調		憂生憂世	生活對治	精神超越
在地飄泊	憂生	艱危歲月憐吾病 悼亡愁聽中宵雨 匆匆只恐佳節去	食鮮 品茗 寫詩 讀書 友訪 書簡往來 懷舊	冥會神契憶舊遊 餘生不必拜車塵 不瘳是孤吟
	憂世	橫流此日恤蒼生 戰血膏枯蓬		

鴻文能繪湖山貌，鳳藻偶宣哀樂情[*]
——張夢機詩中的臺灣山水[**]

顧敏耀[***]

摘要

　　關於張夢機之臺灣山水詩作，約以1991年為分水嶺，前期大多受到個人生命歷程以及時代背景的影響而帶有沉重的家國憂懷，島內地景對於詩人而言是「比」與「興」之題材，較少作為「賦」之對象，〈中部橫貫公路紀行〉是少數的例外，惟詩中也出現了呼應當局反攻大陸國策之詩句，而且無庸諱言的是，當時詩人對於臺灣地景或有驚奇讚嘆如對於太魯閣峽谷者，但是較少有愛憐欣賞之情，甚至將臺灣山水與中國山水相較而頗有貶抑之辭。到了後期則隨著個人生活經驗的積累與美好回憶的沉澱，地理空間因主觀情感而有了不同的意義與價值，雖然還是寫了許多憶念華夏故土之作，然而對於臺灣的山川大地卻也能不吝於給予讚賞與肯定。其次，他一方面能夠充分刻畫當地景物特色，一方面則能寓情於景、藉景抒情，呈顯所思所感，體現其性情與人格。此外，正如張夢機於《近體詩發凡》所說：「故文學創作，貴在模擬之外，自有銷鎔之鑪，以冶古人佳句。櫽括入律，渾然天成，不惟可以踵武前賢，抑且可以顯示後出轉精之效」，從這些臺灣山水詩作當中，亦能看出他十分擅長轉化鎔鑄前賢描寫山水之體裁結構與遣詞用句，頗能將其學術研究上之洞見與實際創作活動緊密的結合起來，互相發明，相輔相成。

關鍵詞：臺灣文學、臺灣古典詩、文學地景、人文地理學、地方感

[*]　張夢機，〈饒著《詩文寶島情》讀後〉，《藥樓近詩》（臺北：印刻文學生活雜誌出版公司，2010），頁155。全詩為：張岱書來倦睫明，高吟輕倩意猶清。鴻文能繪湖山貌，鳳藻偶宣哀樂情。閒倚崖松分石氣，愛聽風竹譜詩聲。會當紙貴洛陽日，定使才名令世驚。

[**]　本論文承蒙「張夢機教授紀念學術研討會」主辦單位邀請之評論人廖雪蘭教授惠賜許多寶貴意見，深感受益良多，謹致謝忱。

[***]　國立臺灣文學館副研究員兼研究典藏組組長。

一 前言

　　《2007臺灣作家作品目錄》是由臺灣文學館在2008年出版的當前最具代表性之臺灣作家名錄與作品目錄，書中收錄者幾乎都是現代文學作家，少數幾位古典文學作家則有賴和、陳虛谷、周定山、葉榮鐘、林獻堂以及張夢機等。在臺灣戰後古典詩壇中，張夢機（1941～2010）正是來臺第二代中最負盛名之詩人，書中所撰之小傳如下：

> 張夢機，男，籍貫湖南永綏，1941年9月13日生於四川成都，1949年底隨父母來臺迄今。
> 臺灣師範大學文學博士。曾任臺灣師範大學講師、高雄師範學院教授、中國古典文學研究會理事長，中央大學教授，現已退休。曾獲中興文藝獎、中山文藝創作獎、《乾坤詩刊》十週年古典詩貢獻獎。
> 張夢機創作文類包括文學論述、傳統詩、雜文等。古典文學修養深厚，常以寫作格律詩自娛；學術論述集中於古典詩文的評介賞析。雜文作品則以論辯、批判為主，展現學者超然於物的包容精神，融合典故於小品文中，更見古典與現實結合的巧妙。張夢機除提倡古典文學的學術研究，特別鼓勵古典詩的創作和研討風氣。50歲時因中風病倒，仍靠堅強毅力，重拾創作之筆，並屢有佳作。[1]

敘述簡要平實，四平八穩，值得注意的是，目前似乎尚未見及有論文細究其籍貫所在地「湖南永綏」。其實該地業已於1952年更名為「花垣縣」，屬湖南省「湘西土家族苗族自治州」所轄，「是個以苗族為主的少數民族聚居山區……其中苗族人口佔總人口的78.6%」，沈從文《邊城》即以該縣茶峒鎮（今已改名邊城鎮）為小說場景[2]。張夢機家族是否就屬於當地的苗族呢？他轉讀國文研究所之前，乃師大體育系的高材生，身材魁梧，籃球與拳擊等運動皆十分擅長，是否即來自山地民族之天賦？自古以來，漢化之中國少數民族亦有不少在漢文學方面有耀眼之成就，譬如被譽為「古今隱逸詩人之宗」的陶淵明可能出身「溪族」[3]，撰有《藍公案》之清初名儒藍鼎元則屬「畬族」[4]，關於張家之民族背景，亦可進一步考察確認。

1　封德屏主編，《2007臺灣作家作品目錄2》（臺南：國立臺灣文學館，2008），頁750。

2　不著撰者，〈幸福的花垣〉，《民族論壇》，2007年11期，頁57。

3　陳寅恪，〈魏書司馬睿傳江東民族條釋證及推論〉，《陳寅恪先生全集》（臺北：里仁書局，1979），頁531-566。

4　顧敏耀，〈藍鼎元傳記資料考述──兼論其〈紀水沙連〉之內容與意涵〉，《成大中文學報》，第42期，2013年9月，頁137-182。

　　至於張夢機之詳細傳記，顏崑陽〈大詩人張夢機教授傳略〉[5]已有翔實且公允之述評，此處不再贅述，惟詩人本身於2001年亦曾作〈自敘〉一首，運用富有畫面感、節奏感的藝術手法呈顯其生平經歷：

> 長繩不繫日與月，少歲青絲今黃髮。流光五紀坐致悲，偶念三湘淚垂血。髫年隨父別秣陵，由滬乘桴渡溟渤。雞籠艤船近午天，昏黑始抵岡山歇。曾於鄉序欣披書，重嶺遠湖俱攀涉。閒游隴畝愛唐詩，頗謂擊壤勝彈鋏。北臺負笈投名師，竟使駑下臻高格。上庠曾是騁龍媒，飛詠攡文各卓越。已而竹塹服役歸，山校絃歌再響徹。陪都擊缽喜掄元，授業雄州感怡悅。攜春旗津暮聞潮，冒冷合歡朝踏雪。中山獎飾獲寵榮，黌宇松風聽獵獵。前塵撮要說分明，空有詩名驚耄耋。沉痾十載忍寂寥，花月無端竟虛設。才過老蒼耳順年，懶向賡吟計工拙。欲移五柳傍宅栽，漫就淵明學閒適。

詩作開首就表達對於時光飛逝的無奈與感慨，作者適屆耳順之年，故云「流光五紀」[6]，至於「三湘」則是指其祖籍地湖南。詩中接著運用類似蒙太奇的手法，描述生命中許多重要片段之畫面，包括：隨父離開南京[7]而取道上海搭船渡海來臺[8]、少年時期對於體育活動的興趣勝過舞文弄墨[9]、北上求學[10]期間的學識涵養大有進境而個人的才學與興趣亦獲得充分發揮[11]、畢業之後前往新竹服兵役繼而在山間的學校任教[12]、參加臺北的擊缽吟會奪得冠軍且開始到高雄授課[13]、春天到旗津聽潮聲而冬天到合歡山賞雪、榮獲中山文藝創作獎的肯定且前來種滿松樹的中央大學擔任教授[14]等，接著筆鋒一轉，表示自己年紀老邁，在家養病，忍受著寂寥的日子，甚至都懶得作詩了，只希望像陶淵明那樣閒適過活就好。全詩韻腳有月、髮、血、渤、歇、涉、鋏、格、越、徹、悅、雪、獵、耋、設、拙、適，韻部分屬六月、九屑、十一陌、十六葉，全屬入聲韻，詩人以此表述其苦悶得令人哽咽之心情，此詩堪稱一篇簡潔扼要的「六十自述」。

5　收錄於李瑞騰、孫致文合編《歌哭紅塵間——詩人張夢機教授紀念文集》（桃園：中央大學中文系，2010），扉頁。

6　一紀為12年。

7　秣陵為南京別稱。1949年作者8歲，故云「髫齡」。

8　溟渤意指大海。

9　擊壤為一種古代的遊戲，將一塊鞋狀的木片側放在地上當靶，在三四十步之外用另一塊木片去投擲，打中則獲勝。此處泛指運動競賽。

10　指就讀國立臺灣師範大學。

11　上庠，稱位於京師的國立大學。龍媒，駿馬。

12　指北投的悼敘中學以及內湖的德明行政專校（今德明財經科技大學）。

13　指高雄師範學院（今高雄師範大學）。

14　張夢機於1979年以《西鄉詩稿》榮獲該年度中山文藝創作獎。

張夢機《師橘堂師》（臺北：華正書局，1979）封面書影

張夢機自從幼年隨家人來臺之後，除了曾經短暫前往中國參訪遊覽，其實幾乎都生活在臺灣寶島之中。這座島嶼是在一億年前由歐亞大陸板塊與古太平洋板塊擠壓而先產生面積不大的「古臺灣島」，到了六百多萬年前，因菲律賓板塊與歐亞大陸板塊碰撞而引發大規模造山運動，發育成臺灣的主要山脈[15]，在這不到四萬平方公里的土地上，竟有超過二百五十座三千公尺以上的高山，且包括山地、丘陵、臺地、盆地、平原等各種地形皆有[16]，江山如畫，風光旖旎，四百年前葡萄牙人以「美麗島」（Ilha Formosa）稱呼[17]，良有以也。誠如連橫所說：「夫以臺灣山川之奇秀、波濤之壯麗、飛潛動植之變化，可以拓眼界、擴襟懷、寫游蹤、供探討，固天然之詩境也」[18]，張夢機在身體健康之際，曾往臺灣各地遊山玩水：「中年任游衍，足跡遍炎州。茗煮東墩月，詩吟北地丘。港都雄控海，潭竹勁搖秋。鳳樹花如火，嵌城燃客愁」（〈憶往〉）[19]，在後來的養病期間，亦有不少回憶昔日遊蹤之作，描摹山水景物的同時也抒發胸中情懷。

以下便以景物所在地分為北、中、南三部分，略擇若干具有代表性之篇什以分析論述。參考之詩集版本包括《師橘堂師》（臺北：華正書局，1979）、《西鄉詩稿》（臺北：學海出版社，2011）、《鯤天吟稿》（臺北：華正書局，1999）、《夢機六十以後詩》（臺北：里仁書局，2004）、《藥樓近詩》（臺北：印刻文學生活雜誌出版公司，2010）、《張夢機詩文選編》（合肥：黃山書社，2012）等，另外也檢索其他散見《乾坤詩刊》等雜誌之詩作。

二 北部風光──以碧潭為例

張夢機不僅就讀之大學與碩博士班都位於臺北市內，繼而執教之大學也有許多都在

---

15 張伯宇、高慶珍、徐君臨，《臺灣地理圖說》（臺北：南天書局，2008），頁6-9。

16 張瑩瑩總編輯，《福爾摩沙大百科》（臺北：野人文化出版公司，2006），頁26。

17 林礽乾等總編輯，《臺灣文化事典》（臺北：臺灣師範大學人文教育研究中心，2004），頁888。

18 連橫，《臺灣通史》（臺北：大通書局，1987），頁616。

19 張夢機，《藥樓近詩》，頁155。

北部（如臺灣師範大學、文化大學、淡江大學、東吳大學、中央大學等），爾後更定居新店安坑，因此他關於北部地景之詩作佔最大宗，包括早期的〈陽明山春遊〉[20]、〈雙重溪絕句〉、〈初冬永武約登草山〉、〈碧潭篇用高青邱中秋翫月韻呈漁叔師〉、〈碧潭秋感〉、〈夏日與崑陽文華碧潭共茗飲作〉、〈碧潭〉、〈過圓通寺〉、〈碧潭坐雨寄懷崑陽文華〉、〈碧潭春日茂村來共茗椀歸後有詩見寄次答〉、〈甲寅立秋避喧碧潭忽憶茂雄金昌書此寄懷〉、〈中元前二日雄祥置酒招飲泛月潭上感秋作兼似文華崑陽〉、〈碧潭獨夜〉、〈烏來口占〉、〈碧潭口占〉、〈植物園聞蟬〉、〈臺北行〉、〈過關渡〉、〈郊行〉（十首）、〈夏日過至善園新雄熙元哲夫炯陽同遊〉、〈與蔡信發自慈湖至三峽遊衍竟日〉、〈烏來白雲軒與一蕃光甫茗話〉等，以及在家養病期間的〈過碧潭〉、〈碧潭懷舊〉、〈碧潭夕望〉、〈植物園觀荷〉、〈新店首夏〉、〈萬華酒集〉、〈環河道中〉、〈林口蘆竹道中〉、〈舊遊〉六首其五[21]、〈再記前遊〉六首其三、其五、其六[22]、〈記華岡〉、〈碧潭〉、〈碧潭口占〉、〈記譙溪〉[23]、〈憶金山〉、〈過臺北市〉、〈陽明山花季〉、〈碧潭晚眺〉、〈中大憶舊〉、〈碧潭遠眺〉、〈碧潭三章章五句〉、〈中大十景〉、〈雙潭春晚〉、〈陽明夜遊〉[24]等。

由以上臚列的這些詩題，可以看出「碧潭」屢屢成為其吟詠之主題與場景，足以作為其詩作當中的北部代表地景。碧潭位於新北市新店區內，新店溪經過直潭、灣潭與青潭而流經該處時，水流趨緩，溪面開闊，彷彿形成一處水潭故稱，舊名猶有「石壁潭」、「赤壁潭」、「新店潭」等[25]，在日治時期就已經因為風景秀麗而成為當地觀光名勝，「潭水滿溢著紺碧之色，更有巉巖之翠綠互相掩映，水明山紫，美景實在不可名狀」[26]。

張夢機在身體健康時，就已經卜居新店，「扣掉上課的時間以外，他習慣趁著自在輕風，到湖邊看水，看鷗鳥貯著情意，在波紋裡來來回回。當煙波飛上心靈，他就怡然領首，從容地回到字紙裡看書、寫稿。所以，他的書名就叫作《鷗波詩話》」[27]，碧波粼粼，沙鷗翔集，確實適合詩人在此悠遊與構思。李瑞騰亦曾追憶云：「有一次我下山辦事，到新店看他，在他家用過晚餐，他帶我到碧潭。就在碧亭，喝茶、抽菸、嗑瓜子，更重要當然是聊天了。……那一夜，離開碧亭，夜已深，我趕最後一班車上山，梳

---

20 本詩於《師橘堂詩》作〈陽明山春遊〉，《西鄉詩稿》作〈陽明春曉〉。

21 該組詩皆無另立小題，第五首之內容描寫碧潭，錄於《張夢機詩文選編》，頁127-128。

22 該組詩亦無另立小題，此三首分別描寫野柳、陽明山以及烏來。錄於《張夢機詩文選編》，頁129-130。

23 「譙溪」殆即宜蘭之「礁溪」。

24 題下小注：「記三十年前往事」。

25 張家榮，〈碧潭與碧潭吊橋〉，《臺灣文獻別冊》，第45期，2013年6月，頁60-72。

26 杉山靖憲，《臺灣名勝舊蹟誌》（臺北：臺灣總督府，1916），頁541。原文為「其の水、紺碧を湛えて巉巖の綠翠と相掩映し、水明山紫、景光眞に名狀す可らず。」

27 黃秋芳，〈如夢令——張夢機的《鷗波詩話》〉，李瑞騰、孫致文合編《歌哭紅塵間——詩人張夢機教授紀念文集》，頁115。

張夢機《西鄉詩稿》（臺北：學海出版社，2011）封面書影

理頭緒，彷彿有了深刻的人生體悟」[28]，幽靜的碧潭水畔，洵屬暢敘長談之佳處。厥後張夢機於1993年出版之詩文合集就題為《碧潭煙雨》，書後有該書編者李瑞騰所撰之後記〈在碧潭煙雨中吟哦一山青翠〉，更明顯點出了碧潭與詩人之間的緊密聯結。

只要有詩友吟侶相聚，張夢機總是喜歡選擇在碧潭，相關詩作不少，由前文所列詩題當中可看出曾經相約的友人包括「文華」[29]、「崑陽」[30]、「茂村」、「雄祥」、「伯元」[31]、「子良」[32]等，其中七言古詩〈中元前二日雄祥置酒招飲泛月潭上感秋作兼似文華崑陽〉[33]充分刻畫出當地的景色以及當時的心境：

去秋觀濤渡旗津，歌月持螯美清夜。水犀射盡三千弩，銀闕仍卷涼[34]潮大[35]。今秋置酒碧潭舟，柔檜劃破水中樹。醉耳失聽濤聲美，秀巖有態幸嬌妊。一潭明月冷黃昏，淒梗晚蟬真定霸。得光寒木幻龍蛇，落景沉波老魚怕。浮生久苦困樊籠，偶共閒遊若遇赦。耽茲幽趣斂塵心，隔渚浴鳧應不訝。時逢普渡近中元，已[36]放蓮燈逐流下。清梵數聲出僧舫，涼宵聞此意悲吒。吾生一粟渺滄溟，抱月長終非可假。況復帶甲滿乾坤，遄客幾人脫刀欛。世事轉知等微毫，惟有青嵐買無價。莫隨杜老

---

28 李瑞騰，〈生命之悲與沉鬱之詩〉，李瑞騰、孫致文合編《歌哭紅塵間──詩人張夢機教授紀念文集》，頁186。

29 陳文華（1946～），淡江大學中文系榮譽教授。

30 顏崑陽（1948～），淡江大學中文系教授。

31 陳新雄（1935～2012），字伯元，臺灣師範大學國文系教授退休。

32 張子良（1938～2005），高雄師範大學國文系教授退休。

33 張夢機，《師橘堂詩》，頁26。這次聚會是詩人銘記腦海中的美好回憶，養病時期曾有〈碧潭懷舊〉之作：「薄晚重過鬢已星，煙波曾此照衿青。記尋山寺留幽躅，舊約潭雲坐碧亭。不霽虹形橋尚在，長留茗氣水猶馨。呼朋最憶中元夜，泛月銜杯共畫舲。」見《鯤天吟稿》，頁54。

34 《師橘堂詩》、《西鄉詩稿》以及《張夢機詩文選編》三種版本皆作「涼潮」，疑應為「浪潮」，形近而誤。

35 此乃「強弩射潮」之典故：「浙江通大海，日受兩潮。梁開平中，錢武肅王始築捍海塘，在候潮門外。潮水晝夜衝激，版築不就，因命彊弩數百以射潮頭，又致禱胥山祠。既而潮避錢塘，東擊西陵，遂造竹器，積巨石，植以大木。堤岸既固，民居乃奠。」見《宋史》卷九十七〈河渠志七‧東南諸水下‧浙江〉。蘇軾〈八月十五看潮五絕〉其五：「江神河伯兩醯雞，海若東來氣吐霓。安得夫差水犀手，三千強弩射潮低。」

36 「已」於《西鄉詩稿》誤植為「己」。

傷寒剎，且慕坡公欲羽化。諸子擢秀擅才華，何妨高詠凌鮑謝。不然賭酒飲千鍾，醉向蘆邊臥長壩。

全詩一韻到底，韻腳有夜、大、樹、妊、霸、怕、赦、訝、下、吒、假、欏、價、化、謝、壩，除了「大」屬於去聲二十一箇韻之外，其餘皆屬二十二禡韻，鄰韻通押。正所謂「去聲分明哀遠道」，詩人即運用去聲韻表達其心情之沉重與鬱悶。龔鵬程曾表示，張夢機「交遊雖廣，師友雖多，其實卻一直是不快樂的」[37]，在這首詩作當中亦可看出他「不快樂」的心情，雖然詩人先描述了潭畔有濤聲之美與秀巖之嬌妊，然而由「一潭明月冷黃昏」以及「落景沉波老魚怕」等用字遣詞則透露其抑鬱寡歡、悶悶不樂，背後的原因殆即戰亂所造成之離鄉背井，「況復帶甲滿乾坤，逋客幾人脫刀欏」，如何讓人開心得起來呢？不過，詩作最後還是表示，因為不能辜負眼前美景與詩友相伴，暫時努力學習蘇東坡之超然物外，不妨就醉臥長壩旁的蘆葦叢裡吧！其強顏歡笑而無可奈何之情，不言可喻。

早期的碧潭對於張夢機而言，美則美矣，似乎還是少了點什麼，其實他真正緬懷的還是幼年待過的神州大地，如同〈碧潭秋感〉[38]四首之二所述：

> 不泛雙湖二十年，詩懷長在秣陵煙。疏鐘寺院秋雲外，夕照茶檣亂葦邊。樵斧爛時棋正劇，衣砧多處月初圓。重歸應訝柳花老，飛盡烟堤十里綿。

詩中提及之「秣陵」乃是南京古稱，張夢機因為父親張廷能在1946年奉派擔任南京空軍訓練部教官，因此舉家遷居，作者與其長兄就在當地就讀小學。在此詩作之結尾，他已經開始想像如果有朝一日返鄉之後，將會看到柳花飛揚在綿延十里的堤岸邊。張夢機在早期關於碧潭的詩作裡，往往一再流露這種對於海峽彼岸的想念，例如〈碧潭〉[39]：

> 小渡船家半夕曛，頻來多恐白鷗嗔。欲裁一片匡廬碧，補作空潭半頃春。

作者天馬行空的表示，他想要裁剪江西廬山（別稱「匡廬」）的一片碧綠，增補碧潭之半頃春色。此種心境在〈碧亭茗話了良贈詩甚美奉答〉[40]表述得更為明顯：

> 十幅春帆飽山翠，千家秋雨熟霜柑。江南風物哪堪說，默對黃淤一勺潭。（五首其二）
>
> 每向桐風憶石頭，棲霞舊艷供清愁。可能驛遞傳紅葉，粧點文山一碧秋。（五首其三）

37 龔鵬程，〈前言〉，張夢機，《張夢機詩文選編》，頁17。

38 張夢機，《師橘堂詩》，頁10-11。

39 張夢機，《師橘堂詩》，頁22。

40 張夢機，《師橘堂詩》，頁32-33。

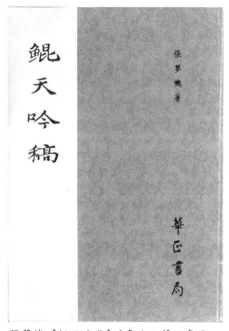

張夢機《鯤天吟稿》（臺北：華正書局，1999）封面書影

作者認為，若與江南山水相較，碧潭也只是「黃淤一勺潭」而已。每次秋風吹起時，總是讓他想起了南京（古稱「石頭城」），憶及名剎棲霞寺的豔麗秋景，心中徒添清愁。詩人再次突發奇想：不知道可否將南京的紅葉寄來，增添文山碧潭之秋色？總而言之，在此時期，他筆下的碧潭，無論春天或秋天，總是有所缺陷，需要海峽彼岸之美景來彌補才行。

此種心境，對於離鄉背井避難來臺的遺民／移民而言，自是人心之常而無可厚非，不過，韶光荏苒，久居此地之後，隨著各個時期無論是喜怒哀樂的各種記憶之積累，自然而然也逐漸培養出對於當地的歸屬感、安全感與認同感，原本的「空間」（space）由於染上了主觀的情感色彩而轉化為「地方」（place）[41]，乃個人歷史經驗之場景、美好回憶之舞臺，更是情感寄託之所在，不再是等待補闕之遺憾殘景，而是不假他求、自成圓滿的可愛美景：

> 車聲似樂喚山靈，潭底游魚欲出聽。突兀崖亭臨水起，至今茗氣帶花馨。（〈碧潭〉）[42]
>
> 薄暮長橋緩緩車，碧潭此際竟何如？山頭燈火樓千戶，岸外霜天月一梳。端合餘生約雲水，恐難殘命混樵漁。孤衷貯得詩歸去，小市人家夜色初。（〈夜歸〉）[43]
>
> 中年愛此況餘齡，向晚停車辨物形。兩岸叢篁生夕籟，一潭秋水浸疏星。微茫橋索懸空設，突兀崖亭散茗薰。何處舟人夜搖櫓，幾聲欸乃最堪聽。（〈碧潭晚眺〉）[44]

碧潭的小魚好像也善解人意，茶亭裡的清茶也帶著花香，迷人景色讓詩人不禁想要在此度過餘生，耳畔傳來的搖櫓聲都讓人覺得餘韻無窮，字裡行間流溢出濃厚的喜愛之情。

詩人晚年隱居於碧潭附近，偶而徜徉於此，湖山如畫，稍可慰其胸中之孤單寂寥；而碧潭得此大詩人之模山範水、敲金戞玉，亦足以使山水增色。

---

41 蔡文川，《地方感──環境空間的經驗記憶和想像》（高雄：麗文文化事業公司，2009），頁22。

42 張夢機，《鯤天吟稿》，頁119。

43 楊澤主編，《又見觀音──臺北山水詩選》（臺北：麥田出版公司，2004），頁64。

44 楊澤主編，《又見觀音──臺北山水詩選》，頁64。

三　中部山水——以中橫公路為例

　　張夢機對於臺灣中部景致之詩作有〈中部橫貫公路紀行〉[45]、〈登松雪樓〉[46]、〈溪頭篇再疊高青邱中秋翫月韻〉[47]、〈記宿梨山〉[48]、〈舊遊〉六首其三、其四、其六[49]等。其中雜言古詩〈中部橫貫公路紀行〉句式長短錯落有致，頗似李太白〈蜀道難〉之章法，且描寫得瑰瑋壯麗而氣勢恢弘，極具可讀性。詩前有小序云：

> 中橫公路，跨中花兩縣，綿互二百餘里，崛嶐偉麗，冠絕臺員。丙辰立春之后二日，偕內子素蘭[50]，與高雄師院諸生，自東勢入山，游觀其上。昭旭[51]亦挈眷同往。是夕宿梨山，翌晨，至合歡之陽，登松雪樓吟眺，雪氣沉浮，林壑四碧，如在畫圖。晌午出大禹嶺而東，幽邃竅穴，突怒巉崖，相繼奔會。遂盡覽新白楊、天祥、太魯閣之勝，薄暮乃抵花蓮。歸數日，補成斯篇，至山水雄秀處，藻墨不能盡也。

丙辰指1976年，該年立春為陽曆2月4日，可知詩人出遊之日期即該年2月6日，正當春寒料峭之時節，適可觀賞林寒澗肅而松柏不畏霜雪之冬景。全詩略可分為五段。首段開門見山，點破題旨：

> 飛湍瀉玉，懸磢流丹。煙嵐縹緲，星日高寒。林巒縈迴，鳥道千盤。其勢若鴉摶鶻沒，其險殆鬼鑿神剗。古杉老檜一時起波濤於指顧之間，巉巖峻阪，怵目皆然。令人歛息屏氣，惟有撫膺長歎。

此段韻腳有丹、寒、盤、剗、間、然、嘆，歸屬之韻部為「寒」、「刪」與「先」，皆屬平聲之陽聲韻，營造悠揚開闊之感。至於起始之六句都用彼此對仗之四字句，顯得鋪張華麗，類似賦作之風格，且鏗鏘有力，具先聲奪人之氣勢。次段內容即詩序所述之「翌晨，至合歡之陽，登松雪樓吟眺，雪氣沉浮，林壑四碧，如在畫圖」，詩中全用七字句：

45　張夢機，《師橘堂詩》，頁34-35；張夢機，《西鄉詩稿》，頁1-4。
46　張夢機，《師橘堂詩》，頁36。
47　張夢機，《西鄉詩稿》，頁35-36。
48　張夢機，《夢機六十以後詩》，頁15-16。
49　此三首詩作分別描寫溪頭、合歡山以及鹿港。
50　指其夫人田素蘭，曾任教於臺灣師範大學國文系，著有《洛陽伽藍記校註》等。
51　指曾昭旭（1943～），臺灣師範大學國文系博士，先後任教於高雄師範學院國文系、中央大學中文系、淡江大學中文系、華梵大學中文系等，著有《不要相信愛情》、《解情書》、《永遠的浪漫愛》等。

此來我欲凌嶢薜，砭骨曉寒在衣褐。翠微重疊堆青蒼，層巔乍見佈銀屑。乘雲飛蹣千峰頂，吟鞋半日踏玉葉。松雪樓高眺奇萊，天際芙蓉益峭拔。臺榭邱墼炫一色，寒光搖室生虛白。憑欄忽起飛騰思，破虜明春當大獵。鞭韃快挾六幕風，搴旗蹴踏萬帳雪。

雖然句式讓人感到較為流暢舒緩，不過因為韻腳包括褐、屑、葉、拔、白、獵、雪，皆為入聲韻（曷、屑、葉通押），所以同時也塑造了斬釘截鐵、孤高冷峻之氛圍。詩中所謂「破虜明春當大獵」云云，則可看出受到當時官方所宣揚「反攻大陸」意識型態之影響，屬於時代之印記。第三段敘述大禹嶺至新白楊之間的景色，句式則五、七、八字句交互出現：

午發大禹嶺，路轉新白楊。澗谷淵淵深似海，縷脈俛視來奔降。盤崖飢鴉翻在下，畏途直欲祈彼蒼。卻恐衝車飄瓦墮，血肉只飽飢鴉腸。嶺陸煩互走，巨細得盡觀。戰戰抽春筍，繚繚書古籀。或如蜿行遁藏之蛇，或如振翼奮搏之鷙。盆罍與峨冠，曝鱉共寢獸。跬步即殊相，須臾異狀候。霧合天地黑，晴生花木秀。變態焉能窮，惟有天籟長搜漱。

此段與韓愈〈南山詩〉[52]具有「互文性」（intertextuality，又譯為「文本間性」）之關係，例如韓詩之「或亂若抽筍」、「或繚若篆籀」被轉化成「戰戰抽春筍，繚繚書古籀」，還有「或蜿若藏龍，或翼若搏鷙」被拉長為「或如蜿行遁藏之蛇，或如振翼奮搏之鷙」，另外「或累若盆罍」、「或儼若峨冠」、「或覆若曝鱉，或頹若寢獸」此四句則濃縮成「盆罍與峨冠，曝鱉共寢獸」，諸如此類，蓋屬黃山谷所謂「奪胎換骨」之手法。詩人於此詩法曾三致意焉：「實則脫胎換骨為詩家用字最高明之手法，學者宜漸漬沉酣而熟習之……前賢作詩，皆擅此道。」「粗略論之，奪胎換骨之法，要皆以故為新，以俗為雅，鉤深入神，化腐朽為神奇。……寖假而詩人真能陶冶萬物，鎔鑄群言，雖取古人之陳句入詩，亦必能盡得渾然天成之高妙，不著斧鑿拆補之痕跡也」[53]，可見張夢機在進行學術論述的同時，也將此研究成果透過詩歌創作而具體實踐。第四段描寫作者在新白楊至太魯閣之間的所見所感：

岌嶢已過餘陂陀，詩囊貯得山翠多。偶憐情與境合，真堪憑軾長哦。狂思濡墨灑崢嶸，倩誰剗平蒼崖奮一摩。回顧群峰插霄漢，千鬢萬髻高峨峨。後車啣尾緣嶺

---

[52] 張夢機曾撰論文〈杜甫北征與韓愈南山詩的比較〉（收錄於《思齋說詩》），文中認為：「論風格北征沉壯鬱勃南山奇崛壯麗」、「參筆法北征工敘情事南山巧摹物狀」、「究聲律北征南山平側相諧皆合古調」、「探章法北征開闔盡變南山鍼縷細密」，對於〈南山詩〉有深入之探究，故而能將其化為作詩之材料。

[53] 張夢機，《近體詩發凡》，收錄於《張夢機詩文選編》（合肥：黃山書社，2012），頁336-338。

表，緩逐迤迤行木杪。六十五狹橋，八十三隧道。共攜夕靄下天祥，終日疲頑快
一掃。生樹雜花紛爛漫，枵腹飲香得暫飽。九曲蟠龍，長春聽濤。立壁拏雲作磅
礡，寒谿不雨猶喧豗。

詩中之「六十五」與「八十三」殆皆虛指，只是形容道中狹橋與隧道之多不勝數、一個
接著一個不斷出現。此確屬實情，在新白楊之後就依序有衡山隧道、慈雲橋、嵩山隧
道、恆山隧道、西寶隧道、谷園隧道、泰山隧道、天祥隧道、祥綠隧道、慈母橋、九曲
洞隧道、流芳橋、秀富隧道、錐麓隧道、靳珩橋、溪畔隧道、白沙橋、寧安橋、長春
橋、西拉岸隧道、砂卡礑隧道、錦文橋……等，正是藉由這些橋樑與隧道之連接才得以
穿越險峻的太魯閣峽谷，並使得遊客能夠看到沿途磅礡之美景。最末段則抒發個人感慨：

偉哉江山竟如此，混沌元氣老不死。形勝已湮三百載，未許塵凡窺壯采。樵夫雖
知莫能言，詞客窘步驚汗駭。直待五丁九死磊塊崩，危衢始得橫貫東西兩際海。
攜內作壯遊，奇絕冠平生。嘯歌則與風俱發，憂樂亦無端互侵。已倦腰腳終不
悔，山水固潛仁智心。歸來恍覺皆虛妄，佳景過眼難摹狀。祇今攤卷對吟燈，猶
憐水石風雪相摩蕩。

中部橫貫公路在日治時期就已經開始興築，惟僅完成部分路段，戰後在1956年再度興
建，並於1960年竣工[54]，詩人以「五丁九死磊塊崩」形容開路人員之犧牲慘烈，此亦充
分反應史實，在中橫開鑿過程當中的殉職人員多達二百餘位，公路局因此特別興建「長
春祠」以為紀念[55]。本詩以恍如夢境而讚嘆愛憐之筆觸作結，頗有餘音裊裊之感。

　　清儒朱庭珍《筱園詩話》有云：「夫文貴有內心，詩家亦然，而於山水詩尤要。蓋
有內心，則不惟寫山水之形勝，並傳山水之性情，兼得山水之精神，探天根而入月窟，
冥契真詮，立躋聖域矣。……以其靈思，結為純意，撰為名理，發為精詞，自然異香繽
紛，奇彩光豔，雖寫景而情生於文，理溢成趣也。使讀者以吾詩而如接山水之精神，恍
得山水之性情，不惟勝畫真形之圖，直可移情臥遊，若目睹焉。造詣至此，是謂人與天
合，技也進於道矣，此之謂詩有內心也。」[56]批覽張夢機此首〈中部橫貫公路紀行〉，
中橫沿途景色之壯麗與令人驚駭確實令讀者感同身受，歷歷在目，堪稱「詩中有畫，畫
中有詩」，庶乎臻於朱庭珍所述「詩有內心」之妙境。其文友于大成（1934～2001）亦
曾對此詩作讚揚備至：

54 廖財聰編纂，《重修臺灣省通誌・卷二 土地志・勝蹟篇》（南投：臺灣省文獻委員會，1996），頁
　199。

55 魏宏晉編著，《臺灣的國家公園》（臺北：遠足文化公司，2002），頁81。

56 朱庭珍，《筱園詩話》，郭紹虞編選，富壽蓀點校，《清詩話續編》（上海：上海古籍出版社，
　1983），頁2344-2345。

余髫齡從先王父學為詩，三餘之暇，吟詠不輟；其後從陳先生定公習繪事，秉燭
作畫，每忘昏曉。迨中歲事考據，遂並弃去不復為。數年前有橫貫公路之游，覿
其峰巒之奇，鳥道之險，神為逐而目為眩，欲為詩以紀之，而詩久不成，友人張
子夢機曰：「我有橫貫公路紀行長歌，君盍作一畫，即書吾詩其上，如何？」余
受其詩而讀之，不啻我口之所欲出，為之歡喜贊歎，意欲閉戶十日，用經營一長
卷；乃每一援筆，而神思枯竭，以是畫亦不能成。因悟望溪、姬傳之不能為考
據，東原、懋堂之不能為詞章，非必不屑為，抑亦勢有所不能也。[57]

張夢機《夢機六十以後詩》（臺北：里仁
書局，2004）封面書影

雖然臺灣在日治時期就有描寫太魯閣峽谷之相關
漢詩作品，不過大多為篇幅較短的律詩或絕句，
譬如黃謙容〈東海岸旅行雜詠：登太魯閣〉：「巍
然太魯峽清幽，溪谷紆迴作勝遊。此日登臨無限
感，千秋落葉正深秋」[58]、井出季和太〈太魯閣
視察口占〉二首：「溪畔紅櫻帶雨開，肩輿動夢
路崔嵬。懸崖腳下三千尺，山嶺白雲去又來」、
「翠微投宿玉泉樓，浴後飛杯物外游。漁火滅明
似螢火，蕃歌切切使人愁」[59]、徐德宗〈太魯閣
峽〉二首：「蒼涵碧影漾江明，一遍山頭雁陣
橫。雲物輪囷蕭颯雨，轉蓬萬里動鄉情」、「輕煙
迷野岸蕭條，白雪橫村一艇漂。潤水蔚藍雙氣
合，山容翠黛蹙迢迢」[60]等皆然，類似扇面上的
雅致小畫，而張夢機的這首〈中部橫貫公路紀
行〉確實如同山水長卷一般，充分描摩出中橫公
路沿途之佳景壯采，讀之令人無限神往。

四 南部景色——以高雄與臺南地區為例

張夢機詩作當中，關於南部景物者，包括早期的〈行軍途次拷潭作〉[61]、〈高雄與
永武眺海夜話作〉、〈大貝湖與永武茗飲〉[62]、〈高雄重晤聰平盤桓兩日歸作六絕奉貽〉、

---

57 張夢機，《西鄉詩稿》，頁1。
58 《詩報》，第51期，1933年1月16日，頁13。
59 《詩報》，第56期，1933年4月1日，頁13。
60 《詩報》，第144期，1937年1月1日，頁14。第二首最末「迢迢」刊出時誤植為「超超」。
61 拷潭，指高雄仁武的拷潭營區。
62 大貝湖，即澄清湖，別稱猶有大埤、大埤湖。

〈南行雜題〉[63]、〈重過超峰寺〉[64]、〈重過旗津〉[65]、〈高雄講舍課罷遊澄清湖〉、〈遊美濃〉，以及養病期間的〈記春秋閣〉、〈愛河五日〉[66]、〈鯤南豪雨〉、〈高雄〉、〈舊遊〉六首其一、其二、〈再記前遊〉六首其一、其四、〈鄉居憶往〉[67]、〈鯤南風災〉[68]等，其中早期之詩作大多是藉景抒懷，以個人情懷為主軸，景物只是陪襯之作用，例如1965年服兵役期間所作的〈行軍途次拷潭作〉：

> 古槐搏風力，兵氣助蕭森。雖抱飛騰意，終傷急劫心。蒼茫餘鶚沒，蓊鬱護蟬吟。南越新傳警，雲霾作夕陰。

詩題之「拷潭」位於今高雄仁武境內，因該處有一潭水時常乾涸（臺語稱乾涸為「洘」，音 khó），故名「洘潭」，後寫為臺語同音之「拷潭」或「考潭」[69]，當地是仁武境內少許有丘陵起伏的村莊，清領時期曾有節孝婦吳猜娘獲得官方旌表[70]，日治時期在此建有軍營，戰後作為槍械庫，屬於陸軍21師獨立團駐防區，二二八事變期間，起義民眾曾想要前往攻佔接收，惜乎未能成功[71]。在張夢機的詩中並未看到前述關於當地人文歷史脈絡之描寫，至於眼前所見諸如強風中的古槐、蒼茫裡的老鷹、佈滿雲霾的黃昏，都只是用來襯托作者沉重之心情，而末聯所謂「南越新傳警」則是指南越政權在當時發生了軍事政變，情勢不穩[72]，臺灣與南越同屬東亞反共陣營，當時蔣政權更時常以南越局勢來恫嚇臺灣人民[73]，作者有受到時代氛圍之影響，因此也感到憂心忡忡。另外像是寫於1971年的〈高雄與永武眺海夜話作〉亦有類似之情形：

> 吹笳摑笛沸城根，樓櫓迎潮蜃氣昏。劍佩千秋扶正朔，風雲一峽界中原。尸盟揖盜天方憤，熒惑拖芒世共詛。強弩三千都射盡，崩崖猶有怒濤翻。

---

63 共十首，其中與南部地景有關者為〈宿大貝湖侵曉觀蓮〉、〈登壽山眺海〉以及〈嵌城書懷〉。

64 題下小注：「寺在大岡山西麓，童年嘗與至交王宗渝、李芳崙、劉鉞、傅丙仁遊此。

65 本詩原為七言律詩，後來重刊於《乾坤詩刊》（第44期，2007年10月）時，僅刊出前半首，題名也改為〈過旗津〉。

66 以上二首皆錄於《夢機六十以後詩》。

67 此詩描寫中小學階段在高雄岡山的生活與周遭景觀，見《藥樓近詩》，頁51。

68 此首未收錄於已集結之詩集，刊於《乾坤詩刊》，第52期，2009年10月，頁4。

69 張德水，《臺灣種族、地名、政治沿革》（臺北：前衛出版社，1996），頁376。

70 古文錦等撰述，《臺灣地名辭書 卷五 高雄縣 第二冊》（南投：臺灣文獻館，2008），頁306。

71 賴澤涵總主筆，《「二二八事件」研究報告》（臺北：時報文化出版公司，1994），頁125-126。

72 唐向宇，《南越第一共和國興亡史——越南戰爭序曲》（臺北：獨立作家，2014），頁419-435。

73 最著名之案例是在南越被北越併吞之後，在1979年由《中央日報・副刊》刊出一篇《南海血書》，指出有一位臺灣漁民在南中國海的珊瑚礁上撿到一篇用鮮血寫成的文字，作者署名「阮天仇」，自云為南越人民，北越入侵之後，與妻兒搭小船流亡漂流大海，最終餓死珊瑚礁上。此篇著作後來成為當局反攻宣傳的樣版，由中央日報發行單行本，且透過大眾傳播以及教育系統廣為宣傳，甚至由中影拍攝成電影《南海島血書》，喧騰一時，事後證明是偽託之作。

尾聯化用蘇軾詩句：「安得夫差水犀手，三千強弩射潮低」（〈八月十五日看潮〉五首之
五）。此處之高雄海濱到底是旗津、西子灣還是其他地點似乎無關緊要，從詩作內容也
無法確切辨別，不過當年發生一件國際大事：10月25日聯合國大會通過2758決議案：
「決定恢復中華人民共和國的一切權利，承認它的政府的代表為中國在聯合國組織的唯
一合法代表，並立即把蔣介石的代表從它在聯合國的組織及其所屬一切機構中所非法佔
據的席位上驅逐出去」[74]，此即官方所宣稱的「中華民國被迫退出聯合國」、「排我納
匪」[75]。詩人對此感到氣憤難平，認為西方世界[76]簡直是開門揖盜、糊塗昏憒，高雄海
邊的怒濤聲好像也正在對此表達強烈的不滿。另外還有寫於1973年的〈南行雜題〉十首
其七、其九，亦屬相似手法之作：

> 鶻沒雲低畫渺冥，蒼茫難辨水天形。坡公縱謫南溟外，猶看中原一髮青。（〈登壽
> 山眺海〉）
> 浮家有淚驚秦火，焚服無能負鄭王。三百年來一回首，危樓猶自戍斜陽。（〈崁城
> 書懷〉）

詩人登上壽山（即今稱「柴山」）眺望臺灣海峽時，縱然海天一色，蒼茫渺冥，無法望
見禹甸神州，但是還是讓他想起蘇東坡被貶謫海南時緬懷中原之詩作：「餘生欲老海南
村，帝遣巫陽招我魂。杳杳天低鶻沒處，青山一髮是中原。」（〈澄邁驛通潮閣〉二首其
二）；在臺南赤嵌城遊歷時，也聯想到「中華民國在臺灣」的情勢彷彿與三百多年前奉
明正朔之鄭氏王國相似，自己僅僅是與家人避秦來臺的一介儒生，對此時局實感無能為
力，徒感悵惘而已。再如作於1976年的〈重過旗津〉則云：

> 天氣微暄渡晚津，彈丸小嶼得重登。聚村瓦舍三千戶，照海漁船五百燈。世事又
> 隨啼鳥換，暮潮仍向亂崖崩。滄溟西接微茫外，直掛雲帆病未能。

雖然詩中也有提及眼前所見人口密集之村落以及燈光映照著海面的眾多漁船，然而末聯
才是全詩結穴所在，化用的是李白之詩句「長風破浪會有時，直掛雲帆濟滄海」（〈行路
難〉其一），蓋以當時臺海兩岸正屬於風雲變幻之際，1975年蔣介石病卒，翌年其死對
頭毛澤東也亡故，然而在島內曾經相信蔣介石所宣稱「一年準備、二年反攻、三年掃

---

74 原文為：「Decides to restore all its rights to the People's Republic of China and to recognize the
representatives of its Government as the only legitimate representatives of China to the United Nations, and
to expel forthwith the representatives of Chiang Kai-shek from the place which they unlawfully occupy at
the United Nations and in all the organizations related to it.」引自聯合國網頁 http://daccess-dds-ny.un.
org/doc/RESOLUTION/GEN/NR0/327/74/IMG/NR032774.pdf?OpenElement，2015年5月31日讀取。
75 李筱峰，《臺灣史100件大事・下》（臺北：玉山社，1999），頁88-90。
76 「天方」原指阿拉伯地區，此泛指西方世界。

蕩、五年成功」的離鄉軍民們，卻仍然無法返鄉探親[77]，詩人在此詩作中也表述他想要再次踏上故土之強烈心願。

張夢機對於臺灣南部風景所採用的以憂懷為主軸而以景色為陪襯之書寫手法，在後期則有所轉變。例如作於1999年的〈舊遊〉六首其一、其二[78]分別描寫高雄阿蓮的大岡山以及高雄鳥松的澄清湖：

> 岧嶢大崗山，游衍得幽趣。沿鐘尋寺門，禮佛香幾炷。遠眺青煙升，知有樵戶住。偶然發長吟，轉身旋忘句。蓊勃夏木森，蟬鳴閒吾步。摘食多桂圓，浮嵐入衫屨。欲攜片雲歸，留與補衲布。
>
> 娟秀澄清湖，明鏡一泓水。四圍遍青蒼，其間點紅紫。曲橋臥淪漣，高塔瞰遐邇。垂柳晴綰春，鳥啼含宮徵。仙潢在郊坰，去城不十里。嗟我散澹人，養晦侶學子。講貫多餘閒，邀朋踏吟屐。平眺隔岸花，閒釣唼波鯉。

在這兩首詩作當中，不僅有活靈活現、色彩鮮明的視覺描寫，包括「遠眺青煙升，知有樵戶住」、「四圍遍青蒼，其間點紅紫」，更有好似讓人身歷其境的聽覺描寫，如「沿鐘尋寺門」、「蟬鳴閒吾步」、「鳥啼含宮徵」等；其間有自然景物，如「蓊勃夏木森」、「明鏡一泓水」，亦有建築景觀，如大岡山上的佛寺（指超峰寺）、澄清湖上的「曲橋臥淪漣，高塔瞰遐邇」，更有棲息其中的動物，如蟬、鳥以及鯉魚，描摹得面面俱到，動靜皆宜。此二首之詩眼應為「閒」／「閑」，透過五言古詩之體裁，更能表現其悠然自得、清新古雅之感，至於作者對於這兩處景點之憶念與深情，亦不言可喻。

另外，〈再記前遊〉六首其一與其四[79]則分別描寫高雄大社觀音山以及臺南白河關子嶺之景色：

> 楠梓觀音山，翠湖當其麓。鄰寺鳴暮鐘，餘響爽心目。我來婪尾春，窄徑列修竹。鑿池設亭臺，錦鯉唼波綠。嘉饌三杯雞，快啖頗自足。飲杯共朋儕，語笑似琴筑。回思齠齔時，到此恣遊矚。攀援上層顛，林壑皆畫幅。不意兩紀過，重踏塵外躅。今夕情何堪，思往意彌篤。
>
> 暄暖老白河，嵯峨關仔嶺。呼朋飲嵐光，清暇銷晝永。水火驚同源，駐足此奇景。大千寺樓鐘，聆之發深省。向晚臨山村，溫泉濯身頸。浴罷涉夜回，處處疑魅影。幸遇澗戶歸，導引脫困境。擁雲臥招提[80]，漸覺枕衾冷。幽興閒唄生，酌詩句益警。

---

77 臺灣直至1987年才正式開放返鄉探親。
78 張夢機，《張夢機詩文選編》，頁127-128。
79 張夢機，《張夢機詩文選編》，頁129-130。
80 原註：「是夕宿碧雲寺」。

張夢機《藥樓近詩》（臺北：印刻文學生活雜誌出版公司，2010）封面書影

觀音山雖然位於大社，不過距離其最近的火車站是楠梓火車站，故詩中稱其「楠梓觀音山」，清領時期將觀音山列入「鳳山八景」之一，1894年成書的《鳳山縣采訪冊》記載：「觀音山，在觀音里，縣北二十三里，脈由虎形山出，高三里，長十五里，陡起十九峰。中一峰屹立如菩薩端坐，眾小峰拱峙於側，分支環抱，不可名狀。其麓一巖，名曰「翠屏」，為縣治八景之一（原註：八景中有「翠屏夕照」即此）。中蓋觀音寺，左右二山，天然鐘鼓，形家稱勝地焉」[81]。張夢機詩中所謂「鄰寺鳴暮鐘」正是指這座觀音寺（別稱「翠屏岩」、「大覺寺」），然而他描述之主題乃是寺旁的「翠湖水上餐廳」（又稱「翠湖土雞城」），作者與友人來此快啖暢飲，而且欣賞周遭景致，是一段非常愉快的回憶。至於關仔嶺之遊，同樣也是與友人一同前往，飽覽當地的「水火同源」奇景、參訪名剎「大仙寺」[82]、前往泡溫泉、借宿在幽靜之碧雲寺內，在梵唄聲的陪伴下，讓他作出來的詩句更為精簡凝練。

當作者在「藥樓」養病期間，腦海中所浮現的南部景物之回憶，似乎都暈染了可愛動人的情調，不再背負著沉重的家國之思、故國之情、身世飄零之感，反而能夠融情入景，而且情景交融，非但細膩再現當地景物，更緬懷當時的美好時光，此時的詩人擺脫物理空間的侷限，自由自在的神遊於回憶中的廣袤山水大地，前賢所謂：「文之思也，其神遠矣。故寂然凝慮，思接千載；悄焉動容，視通萬里。吟詠之間，吐納珠玉之聲；眉睫之前，卷舒風云之色」[83]，殆此之謂乎？

五　小結

山水田園與遊覽感遇之詩作，素為漢語古典詩歌中之重要主題，在臺灣古典詩史上亦然，由楊青矗於《臺詩三百首》特闢一類「臺灣勝景遊吟」[84]以及近年民間詩社編選

---

81 盧德嘉，《鳳山縣采訪冊》（臺北：大通書局，1987），頁21。

82 詩中稱「大千寺」，殆屬音近誤記。

83 見劉勰《文心雕龍》〈神思第二十六〉。

84 該類又按照體裁區分為「勝景七律」、「勝景七絕」、「勝景五律」、「勝景五古」、「勝景七古」，見楊青矗，《臺詩三百首》（臺北：敦理出版社，2003），頁19-191。

之《臺灣千家詩》[85]描寫主題全為臺灣各地名勝景點，亦可略窺一斑。總綰前文諸小節所論述，張夢機詩作中的臺灣山水書寫，若以北中南三區各舉碧潭、中橫公路、台南與高雄為例而考察分疏，約略可以歸納出以下三項特點：

其一，寫作之手法與風格約以1991年（詩人五十歲）不幸罹病為分水嶺。前期大多受到個人生命歷程以及時代背景的影響而帶有沉重的家國憂懷，島內地景對於詩人而言是「比」與「興」之題材，較少作為「賦」之對象，〈中部橫貫公路紀行〉是少數之例外，惟詩中也出現了「憑欄忽起飛騰思，破虜明春當大獵。鞭鐙快挾六幕風，搴旗蹴踏萬帳雪」之呼應當局反攻大陸國策之詩句，而且無庸諱言的是，當時詩人對於臺灣地景或有驚奇讚嘆如對於太魯閣峽谷者，但是較少看出愛憐欣賞之情，甚至將臺灣山水與中國山水相較而頗有貶抑之辭，如寫碧潭時云「江南風物哪堪說，默對黃淤一勺潭」等。到了後期則隨著個人生活經驗的積累與美好回憶的沉澱，或者也與開放探親之後看到中國的現況而有所比較與感觸有關，臺灣的地理空間因主觀情感而有了不同的價值與意義，雖然詩人還是寫了許多憶念華夏故土之作，諸如〈神州雜憶〉四首、〈記大陸游〉[86]、〈記過金陵〉、〈禹甸〉、〈記燕陝游〉[87]等，然而對於臺灣的山川大地卻也能不吝於給予讚賞與肯定，這從他後期對碧潭的描寫當中可以明顯看出。這並非地理空間此一客體（object）本身有所改變，而是作為主體（subject）的觀看者本身之心境轉化所致，亦即詩人因其意識的意向性活動（consciousness as intentional）之不同，雖然投射於相同的地理景觀之上，卻因此而在詩作中形塑出不同的山川樣貌[88]，詩人在晚年能夠寫出如此讚揚臺灣景物之詩作「孰云塵網事尋常，慣以詩文記數行。八月南投萬櫻發，一秋北港眾罏香。梨山高插白雲上，蘭嶼獨浮蒼海旁。四合煙濤天下秀，蓬萊谿壑好風光」[89]，亦不足為奇了。

其二，在刻畫當地山水特色的同時，往往也充分展現作家本身之特性。此即清儒葉燮（1627～1703）所云：「遊覽詩切不可作應酬山水語。如一幅畫圖，名手各各自有筆法，不可錯雜；又名山五嶽，亦各各自有性情氣象，不可移換。作詩者以此二種心法，默契神會，又須步步不可忘我是遊山人，然後山水之性情氣象、種種狀貌、變態影響，皆從我目所見、耳所聽、足所履而出，是之謂遊覽。且天地之生是山水也，其幽遠奇險，天地亦不能一一自剖其妙，自有此人之耳目手足一歷之，而山水之妙始洩，如此方無愧於遊覽，方無愧於遊覽之詩」[90]。衡諸張夢機描寫臺灣山水之遊覽詩作，大多能夠

---

85 洪嘉惠主編，《臺灣千家詩》，臺北：萬卷樓圖書公司，2012。

86 以上二題收錄於張夢機《夢機六十以後詩》。

87 以上三題收錄於張夢機《藥樓近詩》。

88 參考鄭樹森〈前言〉，鄭樹森編，《現象學與文學批評》（臺北：東大圖書公司，2004），頁2。

89 張夢機，〈臺員〉，《乾坤詩刊》，第41期，2007年1月，頁10。

90 葉燮等，《原詩·一瓢詩話·說詩晬語》，（北京：人民文學出版社，1979），頁69。

兼具此二項特質，譬如其詩句「微茫橋索懸空設，突兀崖亭散茗薰」一看便可知道是碧潭而非其他日月潭、鯉魚潭或珊瑚潭等，還有像「飛湍瀉玉，懸壑流丹。煙嵐縹緲，星日高寒。林巒縈迴，鳥道千盤。其勢若鷚搏鶻沒，其險殆鬼鑿神剜。古杉老檜一時起波濤於指顧之間，巉巖峻阪，怵目皆然」此等陡峭險峻之勢，更非中橫公路／太魯閣峽谷莫屬；至於其詩中寓情於景或藉景抒情之處，亦多能體現其所感所想，展現其個性人格與生命經歷之特色。

其三，作者十分擅長轉化鎔鑄前賢描寫山水之體裁結構與遣詞用句。譬如〈中元前二日雄祥置酒招飲泛月潭上感秋作兼似文華崑陽〉與〈高雄與永武眺海夜話作〉都化用了蘇軾〈八月十五日看潮〉之詩句；〈中部橫貫公路紀行〉在體裁與句式方面頗與李白〈蜀道難〉相似，至於內容則化用了韓愈名篇〈南山詩〉中的許多詩句；還有〈登壽山眺海〉之於蘇軾〈澄邁驛通潮閣〉、〈重過旗津〉之於李白〈行路難〉亦有此等互文性之關係。張夢機於《近體詩發凡》曾云：「故文學創作，貴在模擬之外，自有銷鎔之鑪，以冶古人佳句。檃括入律，渾然天成，不惟可以踵武前賢，抑且可以顯示後出轉精之效」[91]，詩人頗能將其學術研究上之洞見與實際創作活動緊密的結合起來，互相發明，相輔相成。

筆者在碩士論文撰寫期間，曾於2003年前往彰化請益古典詩壇耆老吳錦順老師，當時吳老師便曾再三稱讚說：「你們中央大學的張夢機教授是目前全臺灣古典詩壇首屈一指的詩人！」同年前往新店藥樓拜訪張老師時，深受啟發，受益匪淺，謦欬笑貌迄今仍宛在眼前。惜乎張老師已於2010年駕返道山，不過仍然為我們留下了許多珠璣滿目的錦繡詩文，除了臺灣山水詩作之外，其他抒懷、酬唱、憶舊、感時、記事、詠物等不同主題之詩仍然值得繼續深入探討論述，希望未來能夠見到一部完整的《張夢機全集》且在網路上能有收錄其詩文作品的數位資料庫，方便各界讀者瀏覽運用，並且衷心期待有更多相關研究成果的問世。

---

91 張夢機，《近體詩發凡》，收錄於《張夢機詩文選編》，頁345。

（四）【疾病書寫】

疾病書寫的生命觀照
—— 以《藥樓近詩》、《夢機六十以後詩》等為例

邱惠芬*

摘要

　　疾病是人類環境的一部分，也是人類共同普遍的、恆久的生物性經驗。如何預防疾病，正常地接受醫療，既是人的生活和生命中無法割捨逃避的，也同時是與人類社會的發展、文明的變遷有著緊密而複雜的關係。「生病」意謂著人的身、心、靈經歷了非自主意願選擇的折磨或痛苦狀態，誠如蘇珊‧桑塔格《疾病的隱喻》所說，疾病是透過身體說出的話，也是一種戲劇性地表達內心情狀的語言，唯有正視且理解它，才有超越的可能。疾病書寫中對於病體苦痛的敘述，除了可以看出一個人面對疾病的馴化、被馴化、凝視、觀看的取向關係之外，也能從作品中感物吟志，體物入微的書寫語言與敘事，掌握作者對社會人生的思考維度與生命觀照。所以不論是在文學或藝術的層面上，它都具有獨特且正面效應的昇華作用。本文茲以張夢機先生患病後的詩集文本為例，析論其疾病書寫的生命觀照。所論者，主要有三：第一，瞭解疾病書寫與文學治療的關係脈絡；第二，析分文本擬題、以及病體之語言與敘事，以見其詩抒情意識；第三，透視詩人疾病書寫的生命觀照及其意義價值。

關鍵詞：張夢機、疾病書寫、文學治療、病體、語言與敘事

---

* 長庚科技大學通識教育中心副教授。

一　前言

疾病是人類環境的一部分，也是人類共同普遍的、恆久的生物性經驗。如何預防疾病，正常地接受醫療，乃是人生活和生命中無法逃避的選擇，它同時與人類社會發展、文明變遷有著緊密而複雜的關係。「生病」意謂著人的身、心、靈經歷了非自主意願選擇的折磨或痛苦狀態，誠如蘇珊・桑塔格《疾病的隱喻》所說疾病是透過身體說出的話，「是一種用來戲劇性地表達內心情狀的語言；是一種自我表達」，唯有「唯有正視它、理解它，生命才有另一種超越的可能」[1]。

對許多人而言，疾病往往是人們思索人生的一個起點，一個讓他們可以重新檢視生命意義的契機。在對疾病所採取的一系列事件組成的序列的治療中，乍看之下，病人似乎被動地接受治療，但其實在治療過程中，病人自我的心靈或其他療育，甚至是外在環境媒介，都有可能同時發揮相當程度的治療作用，這也是近來醫界、心理學界與文學界對於疾病的敘事與書寫熱切關注的原因。

基本上，疾病書寫中對於病體苦痛的敘述，除了可以看出一個人面對疾病的馴化、被馴化、凝視、觀看的取向關係之外，書寫者筆下感物吟志，體物入微的書寫語言與敘事，通常能洞察其對社會人生的思考維度與生命觀照。因此，不論是在文學或藝術的層面上，它都具有獨特且正面效應的昇華作用。

張夢機先生在傳統詩學及詞學研究上，造詣深卓，極受稱譽。1991年罹患中風之後，買屋山陬，以賡吟搜句自娛，所作《藥樓詩稿》[2]、《鯤天吟稿》[3]、《夢機詩選》[4]、《夢機六十以後詩》[5]、《藥樓近詩》[6]等書，不僅在擬題、選詞或是陶鑄新意、賦古典以新貌上，精采超群，可供後學研究者甚多，其蝸居詠懷、借詩遣悶的詩作中，對於罹病後的自我重整與反省，更值得關注研究。本文所論依據詩集文本除以上諸書，亦參照《藥樓文稿》[7]、《夢機集外詩》[8]等詩文材料，所論者，主要有三：第一，闡述疾病書寫與文學治療的關係脈絡；第二，析分文本擬題、以及病體之語言與敘事，以見其詩抒情意識；第三，透視詩人疾病書寫的生命觀照及其意義價值。

1　蘇珊・桑塔格：《疾病的隱喻》（臺北市：麥田、城邦文化出版，2012年），頁54。

2　張夢機：《藥樓詩稿》（臺北市：華正書局，2008年）

3　張夢機：《鯤天吟稿》（臺北市：華正書局，2008年）

4　張夢機：《夢機詩選》（新北市：永續圖書公司，2009年）

5　張夢機：《夢機六十以後詩》（臺北市：里仁書局，2004年）。

6　張夢機：《藥樓近詩》（新北市：INK印刻文學，2010年）。

7　張夢機：《藥樓文稿》（臺北市：文史哲出版社，1995年）。

8　張夢機著，賴欣陽主編：《夢機集外詩》（臺北市：文史哲出版社，2015年）。

二 疾病書寫與文學治療

物質性的身體是界定自己與別人差異的重要媒介，也是展現個體生命與文化創造、社會意義書寫、銘刻的場域。然而，我們一般人往往汲汲於紛擾世道中，忽略了身體覺察、身體感知甚至是身體經驗，而只強調「心」和「思」的運作，日居月諸，輕忽或忘卻了身體朝自己所發出的求救警訊，而這又通常是人在沒有病痛的情況下，最為明顯。這也就是美國當代學者雷德（Drew Leder）所提出的「不在場身體」的說法。其云：

> 當我們投入創造我們的環境，主導我們日常例行活動的有目的行動時，身體通常會從我們的體驗中「隱身」（fades）、「不顯」（disappears），但當我們患上疾病或感到疼痛，我們的身體的社會生產作用降至最低，身體就會驟然復顯（reappear），成為關注焦點[9]。

誠如雷德所言，在「隱身」的日常生活中，工作及責任感的意志行為活動，使得身體的疲累酸疼的知覺感隱退，直到身體以病態或偏離的形式（病顯 dys-appearance）凸顯其焦點的存在時，身體病顯遂將使我們與世界疏離[10]。換言之，當我們的身體清楚的對我們表現出渴望被關注的需求時，正是我們即將面臨生命貶值——疾病的時候。

由此可知，長久輕忽身體感知、覺察能力以及身體經驗，導致身體強烈反撲的結果，已成人不可避免的生物過程與經歷。但這段經歷對一個人往後的人生，卻具有絕對重要的影響。因此，如何真誠地看待及定位「疾病」，自然成了人生中無可逃避的必要選擇與思考。

亨利‧歐內斯特‧西格裡斯特（Henry Ernest Sigerist）在其《疾病的文化史》一書中，指出任何時代疾病都使人在社會上形影相弔，孑然孤立，且被狠狠地甩出了生活的正常軌道，人不僅行動受到限制，且和健康的人的生活劃分開來，甚至必須仰賴別人的援助。他說：

> 對個人而言，疾病不僅僅是一個生物過程，而且還是一段經歷，它很可能是一段刻骨銘心的經歷，對你的整個一生都有影響。既然人是文明的創造者，那麼，疾病通過影響人的生活和行為，從而也影響著他的創造[11]。

不論是對身體的歌頌與衷愛，還是對疾病的控訴無奈，「身體」作為人生命的物質載體，既是可見的生物性物質結構，也是一種承載著人類的精神和思想，兼具「社會

9　克里斯‧希林《文化、技術與社會中的身體》（北京市：北市大學出版社，2011年），頁62。
10　克里斯‧希林《文化、技術與社會中的身體》（北京市：北市大學出版社，2011年），頁63。
11　亨利‧歐內斯特‧西格里斯特：《疾病的文化史》（北京市：中央編譯出版社，2009年），頁1-2、62。

性」和「文化性」的複雜有機體。一旦「身體」罹病之後，疾病之於人便產生重要且深刻的聯結，是故對於疾病所作的思考與書寫，應當賦予更高的價值意義。

首先，疾病的真相是什麼？根據蘇珊・桑塔格《疾病的隱喻》的思考是：

> 疾病是生命的暗面，是一種更麻煩的公民身分。每個降臨世間的人都擁有雙重公民身分，其一屬於健康王國，另一則屬於疾病王國。儘管我們都只樂於使用健康王國的護照，但或遲或早，至少會有那麼一段時間，每個人都被迫承認自己也是另一王國的公民[12]。

蘇珊・桑塔格撰著此書的目的，旨在消除及抵制人們有關疾病的隱喻性思考，希望人們以健康的方式看待疾病，且從疾病的不幸中看清一生中的種種自欺與人格的失敗，甚至於破譯疾病所透露出患者本身都沒有意識到的欲望[13]。換言之，她希望藉由剷除千百來加諸在疾病的種種文化上的迷思，呈現疾病的真正意義。

其次，是疾病的創作內容及題材為何？

以繪畫為例，莫內因晚年患有白內障，創作出聞名於世的睡蓮系列畫作，故法國著名畫家保羅・塞尚讚嘆其為「何等獨特的眼睛啊！」這種罹病後對外界知覺的感官變異成了創作的靈感來源，可謂坐實了尼采所說的「疾病是一種刺激豐富多彩生活的強有力的興奮劑」。

從文學的創作角度來看，罹病後的作家對疾病的感受，往往比一般作家相對來得深刻及強烈，患病經驗的身體感透過了文學的語言表達出來，不僅揭示了人類生存面臨的危機感，也帶給健康的人思考生命的意義與價值，豐富了人類存在的知識。尤其，更重要的是在書寫疾病的敘事過程中，作家本身可能正進行著一場自我詮釋、重建與療癒的過程。

檢視中國古典詩歌中的疾病書寫，疾病一直以來就是文學創作的獨特意象資源，今人李紅岩〈陶淵明詩歌中的疾病書寫〉論文即梳理了陶淵明的疾病書寫，發現陶潛是將疾病與貧困、饑餓、死亡連結在一起[14]；何騏竹〈杜甫病後的「意義治療」與生命實踐〉論文，則就杜甫〈進封西嶽賦表〉、〈病後遇王倚飲贈歌〉、〈遣悶奉呈嚴公二十韻〉、〈耳聾〉、〈秋日夔府詠懷奉寄鄭監李賓客一百韻〉等書寫疾病的詩作，闡釋杜氏患病後引發的生命意義之追尋與超克，董理出杜詩中豐富的疾病經歷、思想意識等，實可供探尋杜甫在疾病受苦過程中產生的啟發作用與奮鬥歷程[15]。此外，白居易深為眼疾所

---

12 蘇珊・桑塔格：《疾病的隱喻》（臺北市：麥田、城邦文化出版，2012年），序言。

13 蘇珊・桑塔格：《疾病的隱喻》（臺北市：麥田、城邦文化出版，2012年），頁53、56。

14 李紅岩：〈陶淵明詩歌中的疾病書寫〉，《貴州社會科學》，總288期第12期，2013年12月。

15 何騏竹：〈杜甫病後的「意義治療」與生命實踐〉（《成大中文學報》，第44期，2014年3月），頁43-80。

苦，所作的〈眼病〉二詩，透露其眼睛損傷已久，曾就僧家與醫家治療，然效果不彰，病根難除，除服用決明丸外，亦嘗試用「金箆」來「刮除」眼中的白內障；〈病眼花〉一詩則主訴頭暈目眩，經醫生及詩人陳克華查證後，得知韓愈患有「消渴症」，也就是所謂糖尿病[16]。他如身體羸弱，境遇偃蹇的李賀沉哀傷感的詩[17]與患有痲症的盧照鄰所寫的絕筆遺言〈釋疾文〉等，都可以發現這些詩作書寫疾病的重點，主要著重在身體外面顯示出的病徵現象以及疾病引發的生活適應、社交隔離及心靈低落。

再者，疾病書寫的目的為何？

就醫學的角度而言，李光宙〈疾病的敘事與書寫〉指出：「疾病的文學敘述可以提供作為瞭解病患生命具體而有力的學習材料。」至若疾病世界敘事的必要性，是因為當生病不適、疼痛或瀕臨死亡的我已經不是原來的我時，透過不斷的陳述和追尋當下的我，可以說是建構自體，或重新擁有「我的自己」（My-Self）的一種過程[18]。

而就作者本身而言，乃是：

> 對作者的「自我」來說，疾病是一種「異我」，這個「異我」在人類千古疾病經驗的歷史中，不斷地改變型態、暗喻和修辭，從神的懲戒、惡靈的入侵到細菌與病毒等。疾病經驗和治療經驗的寫作是和痛苦及死亡威脅抗爭行動的一部分……這些書寫和言說努力也是一種自我的靈魂治療行動，力挽自己被疾病宿命和死亡恐懼所摧殘的尊嚴……就醫者或病者的臨床實踐而言，也不僅是文類意義而已，還是自我闡釋、修整、統合、甚至高度自我「凝視」的行動[19]。

書寫本身就是一場建構、重建、定位與凝視的療癒過程。疾病書寫對作者本身或對醫者、他者乃至於社會，都是可期待的一種行動，也是讓我們一窺作者情志及靜默內省乃至超拔疾痛的機會。

中國學者葉舒憲〈文學治療的原理及實踐〉指出：

> 文學是人類獨有的符號創造的世界，它作為文化動物人的精神生存的特殊家園，對於調解情感、意志和理性之間的衝突和張力，消解內心生活的障礙，維持身與心、個人與社會之間的健康均衡關係，培育和滋養健全完滿的人性，均具有不可替代的作用[20]。

---

16 陳克華：〈唐代詩人的白內障手術〉，《聯合報》，2011年5月31日。

17 周淑媚：〈蚌病成珠——從文學與治療角度看李賀早夭及其詩歌的複雜性〉，《通識教育學報》第17期，2012年6月。

18 蔡篤堅：《人文‧醫學與疾病敘事》（臺北市：記憶工程，2007年），頁3-6。

19 克里斯‧希林《文化、技術與社會中的身體》（北京市：北市大學出版社，2011年），頁12-15。

20 葉舒憲：〈文學與治療——關於文學功能的人類學研究〉，《文學與治療》（北京：社會科學文獻出版社，1999），頁273。

這樣的說法，承襲孔子論《詩經》「興、觀、群、怨」與《詩大序》的社會教化功能的論點，認為文學具有調節情感、洩導人情的重要功能。他同時指出文學能滿足五方面的需要：第一，符號（語言）遊戲的需要；第二，幻想補償的需要；第三，排解釋放壓抑和緊張的需要；第四，自我確證的需要；第五，自我陶醉的需要[21]。他同時指出加拿大文學理論家諾思洛普‧弗萊（Northrop Frye）認為文學和藝術能幫助人構成一種與現實生活相逆反的環境，促使人們用主觀經驗去取代客觀經驗，具有幫助康復的巨大力量。故此，書寫疾病與文學治療絕對應該給予更多的關注。

心理學大師弗蘭克（Frankl, Viktor Emil, 1905-1977）倡導「意義治療學說」，指出對生命意義的尋找是人類的根本探究，人們唯有澄清生命的意義問題，才能使生存超越愧疚、混亂，和因為死亡而導致的不確定性[22]。其云：

> 文學是有所選擇的。文學不應僅僅成為大眾精神官能症的一種症狀，而且同樣可以為心理治療作出某種貢獻。至少文學應當向人們揭示這種普遍延的空虛感和痛苦具有的意義，並使陷入這種痛苦的人們藉助心靈的痛苦來戰勝自我，發現痛苦的意義。從中認識到自己與他人的聯繫，感覺到自己不是孤獨的……書籍是一種很好的心理治療物，一本好書可以防止人們去自殺，決定人們的以後生活，有時，一本書可以將病人從病榻上拯救出來，可以將犯人的靈魂從地獄中拯救出來[23]。

弗蘭克呼籲作家開放自己，藉由書寫疾病向人類揭示疾病受苦的心靈，從中找尋與他人聯繫的慰藉與支持，並影響或拯救他者／讀者的心靈。

這種我與他者的聯繫關係，人與人之間不言而喻的理解與默契，主要是因為他人在主體性的意義上與我共同存在於這個世界之中。他人實際上為我存在，我並非絕對孤獨[24]。鄭震《身體圖景》一書指出：

> 我們之所以能夠不言而喻地理解別人的言談，是因為在我們的身體和他人的身體之間已經建立起一種語言的主體間性的聯繫，是因為我們與他人共存於世界之中，共同分享了一種已經建立起來的語言及其意義，因此，在某種程度上我們是被已形成的世界所引起的，我們所做的不過是重新肯定我們從歷史、從他人那裡繼承而來的語言及其意義[25]。

所以，當我們開放心靈、忠實地書寫疾病造成身體疼痛及心理的不適感時，並不是

---

21 葉舒憲：〈文學治療的原理及實踐〉，《文學與治療》（北京：社會科學文獻出版社，1999年），頁7。
22 Frankl, Viktor Emil：《尋找生命的意義》（臺北市：貓頭鷹出版社，2001年），頁25。
23 Frankl, Viktor Emil：《尋找生命的意義》（臺北市：貓頭鷹出版社，2001年），頁240、241。
24 詳見鄭震：《身體圖景》（北京市：中國大百科全書出版社，2009年），頁105。
25 詳見鄭震：《身體圖景》（北京市：中國大百科全書出版社，2009年），頁108。

一個人孤單的受苦，隨著作品被開放的閱讀，疾痛無助甚至是對生命存在及死亡的思考，將進入與我們同處這世界場域的讀者心靈中，被傾聽、理解、凝視與觀照。而這便是疾病書寫中治療與被治療的對象之間巧妙的聯結關係，也是疾病書寫的目的與意義價值。

三 《藥樓近詩》、《夢機六十以後詩》等「病體」語言與敘事

詩歌是探察作者意欲傳達思緒感受的一種想法及夢想企圖，經由閱讀，讀者可以嘗試理解及想像詩人內省的思路。高友工在其〈中國抒情文學〉一文中曾指出：

> 在寫詩的同時，詩人欲向他人傳達某些個別思緒。然而，詩人也可能使用詩歌作為內省的管道，藉此理解當今現在，以及收復過往……詩人不為作品的對象提供線索，讀者也沒必要解讀詩人的本意、外在的語境。此類詩僅僅當事人內省的舉止；通過文藝作品，讀者也參與這項內省過程……創作活動經常關注的卻是詩人的感受、反響、思索及夢想[26]。

當詩人透過詩歌向廣大的讀者群呈現他內在自省時，讀者以過往的生命經驗揣摩、想像、感受作者的內在情思時，事實上也是一種詮釋的再創造。而作為詩歌的擬題、語言與敘事風格，更是洞察詩人生命觀照與詩歌抒情意識的重要依據。

茲依張夢機先生罹病後出版詩集之先後出版順序，略分其「病體」語言並加以標註，析論之。

（一）病體語言與敘事

1 病發與病體敘事

> 武不能鳴鐃伐鼓搴胡旗，文不能檄喻巴蜀如相如。養疴日日以楚奏，寂寞疑是揚雄居。聲華兮雨外杵，材質兮蒙莊樗。致君堯舜夢噎耳，索居漸與人群疏。披山晴雲壓石裂，流天明月搖窗虛。三春夙夕閒眺遠，更點周易觀經書。憶昨發疾日，實同鳳在笯。體力忽衰弱，形骸非故吾。雙膝殆廢，口瘖難呼。譬猶泥滓困疲馬，斂翮棲倦鳥。諸生殷勤餽花果，朋輩濡沫相呴濡。群醫束手了無策，自分詩骨埋平蕪。爾來復健且三載，萬事反覆身羈孤。終憐微命得天佑，一念尚可新羅踰。功名棄擲少恩怨，東隅雖失收桑榆。且願并州借得快刀剪，剪取翠嶂列座隅。有若南陽諸葛廬，兒乎兒乎機雲乎。（《藥樓詩稿續·樓居》）

---

26 高友工：〈中國抒情文學〉，《中國抒情傳統的再發現·下》（臺北市：臺大出版中心，2009年），頁595、615。

　　此詩係山居養病三年念及中風病發時所感，詩中遙記當年中風時情狀：體弱力疲，形軀難以自主控制、雙腳僵麻無感，口齒不清等身體感受，宛如鳳凰在笯，駿馬身陷泥淖、倦鳥斂翅一般，其窘境難堪原以為劫數難逃，幸蒙上天庇佑、友朋相濡以沫而倖存。反思過往，如今猶能賡詠著書，傚仿陸游「天機雲錦用在我，剪裁妙處非刀尺」，實乃失之東隅，而收之桑榆。

> 孫臏黥面能逃災，卞和刖足非緣財。
> 頭風誤我且三載，膝屏口噤殊悲哀。
> 憶昔狼狽始，微命薄如紙。
> 若無回天力，垂危幾瀕死。
> 夜闌漚血，沾衣乍噴數升；
> 煙害戕身，下地俄驚雙屨。
> 多懃朋輩照拂勤，每隨歸鳥沈西曛。
> 諸生禮數最周匝，鮮花橘柚漫紛紛。
> 道尊基督漸深信，慈顏衰髮淚潛迸。
> 功名恩遇轉頭空，人生至此豈非命。
> 嗚呼！功名恩遇轉頭空，人生至此豈非命。（《藥樓詩稿續‧佚題》）

> 甫從九州回，訪兄視疾了。杏林秋燈明，一瞑乍昏倒。壯歲罹頭風，
> 所幸施診早。足躓驚身屏，口訥不能道。沈痼十五年，殘贅自愁惱。
> 　　　　　　　　　　　（《夢機集外詩‧鯤天賸稿‧秋日雜詠五首》之二）

　　以上二詩憶及探訪兄疾而病發醫院時，吐血委地之瀕死情狀，除感念朋輩學生照料送暖外，對於患病後足殘口訥的行動溝通障礙，無限感傷。而歎人生功名恩遇轉眼成空，皆由命定。

> 杏林一厄病非輕，坰外移家寂寂清。問我身謀無可答，盤胸塵念忽焉生。
> 嘔心來日貪搜句，傷足多時懶入城。莫訝人間桑海變，經年世事已頻更。
> 　　　　　　　　　　　　　　　（《夢機六十以後詩‧病中》）

> 杏林七日樊籠堅，多欣遇赦返自然。惱人院食已摒棄，忍開孤寂甘徒捐。
> 輕車馳向郊道上，橋東樓閣高撐天。碧潭只在碧橋外，畫圖一幅臨空懸。
> 橋西小鎮萬千戶，曩是滄海今桑田。玫瑰城僻對丘壑，浩園花木迎初還。
> 感吾頑疾逾十載，耕莘往復無不便。沈痾微恙求疹治，歸攜丸藥軒廊前。
> 三春盤舍看眾鴿，九夏嘒嘒聽鳴蟬。晝披秋晝詠冬夕，偶爾客至同腥羶。
> 浮生閒適忘寵辱，枕山養拙過餘年。坐監住院本相似，何如此際為茶仙。
> 　　　　　　　　　　　　　　　（《夢機六十以後詩‧出院喜賦》）

　　此詩寫其罹病後移家玫瑰城，忍閒孤寂，披書詠詩，嘔心搜句，雖足廢沈痾出入醫院甚繁，然世事滄桑多變，惟以閒適養拙，忘人間寵辱，安度餘年。

> 初秋天氣尚炎烝，健步登臨愧不勝。[庋架]已除[心絞痛]，吸筒堪驗[肺功能]。
> 陶情山可忘[沈痾]，錄夢詩曾記舊陵。書帙相陪閒歲月，早因[足弱]罷飛騰。
>
> （《藥樓近詩·自況》）

　　此詩敘述心臟庋架與肺功能檢測儀改善病體後，謝絕人事騰達，與書為伴，看山寫詩，遣興陶情以忘卻痾疾。

> [口噤]難言[插器]長，[膽生][結石]便[胰傷]。世情不許多臧否，端合冷眸觀四方。
> 來何遽遽去何忽，[生死]都憑[一霎]中。人命於茲[無貴賤]，管它皂隸與王公。
> 夷曲清柔緩助眠，殘宵猶得夢闌珊。無端冰枕生寒氣，人在霜天雪地間。
>
> （《夢機集外詩·鯤天賸稿·耕莘加護病房口占三首》）

> 山麓移家托此身，慰吾[沈痾]鳥來頻。[藥鐺]細煮流離夢，詩卷平收浩蕩春。
> 偶喚故人閒話茗，稍堅晚節遠看筠。多年蟄伏甘[殘足]，免向潘郎學拜塵。
>
> （《夢機集外詩·鯤天賸稿·病中》）

> 茶煙輕颺作圖形，[久病]真憐髮已星。[口訥]何能答蛙鼓，[足殘]惟是[守螢屏]。
> 慵披一卷閒無賴，靜養雙眸倦不醒。鄰笛偶然吹折柳，憑軒默坐再三聽。
>
> （《夢機集外詩·鯤天賸稿·病中獨夜》）

> [中風]十餘秋，[多病]等懲創。通脈[心導管]，[割膽]莫名狀。[胰島]紛施鍼，[血糖]驟以
> 降。去回杏林頻，所須上藥養。新來功能減，耗神在[腎臟]。
>
> （《夢機集外詩·鯤天賸稿·秋日雜詠續四首》）

> [寵辱渾如夢]一場，事過似雨亦尋常。病來[生死元何畏]，老去[窮通固已忘]。
> 偶為披書讀山鬼，故於賡句協風篁。[筋骸無力]傷流矢，彈指俄驚十六霜。
>
> （《夢機集外詩·藥樓賸稿·病懷》）

> 十七年來[痾疾]中，[身謀家計兩無功]。早知臺瀆心猶蠢，自念[黔驢技已窮]。
> 元亮桃源安可覓，季倫梓澤不須通。餘齡甘願身為贅，[不拜車塵]不羨鴻。
>
> （《夢機集外詩·藥樓賸稿·病久》）

> [足廢]扶輪歲月新，荊山差似[卞和]身。神游大甲趨參佛，心往墾丁呼喊春。
> 偶喚故人同博塞，早尊修竹是朋親。養生學道閒過日，額手[青雲]答謝頻。
>
> （《夢機集外詩·藥樓賸稿·足廢》）

杏林問診感 身殘 ，道上車行趁大寒。斷雲自據高低嶺，叢竹遙分上下灘。
期能衰體 吞丸順 ， 忌食 甘錫 保腎 安。雙足至今驚地弱，只愁一贅伴餘歡。

（《夢機集外詩・藥樓集外詩・寒流日往耕莘醫院》）

餝廊花影近吾廬，彈鋏無由出有車。楮墨詩收山水月，杯盤性嗜筍芹魚。
病情 漸冉令 身瘦 ，老色行看上面徐。 藥石 廿年仍 足廢 ， 殘身 真感犬難如。

（《夢機集外詩・藥樓集外詩・自書近況》）

於陵浪說求黃笋，苗栗寧能覓白桐。 微命 猶如 雞狗活 ， 殘身 只恐鼠狐攻。
勤披經史終何用，閒撰詩文難以工。眠食生涯惟 養拙 ，晚年早已忘窮通。

（《夢機集外詩・藥樓集外詩・病後四韻》）

以上諸詩對於罹病後的未來身家、口噤足廢份外感傷，而中風之後、膽結石、血糖、心
臟裝皮架、腎臟等身體狀況，令他多次出入病院，且體認診療台上人命不分無分貴賤，
生死皆在一線間，故而在漫長的養病生涯中，不羨紅塵追逐，惟養生學道，賡詠耽閒，
以忘窮通。

2 述往事追流光

偶從影像 溯前游 ，還向衣衫辨葛裘。曾慕九重一鴻鵠，今過五十四春秋。
他生煩作 賡吟 者，此日猶為 待赦 囚。勾起神州山水憶，疏蟬淒梗叫清愁。

（《夢機詩稿・檢篋見舊照有感》）

深居 地僻 遠浮埃，秋日樓望翠樹陪。曉夢早因雞叫醒，晚清已被鳥銜來。
人依舍下群書坐，詩奪山前薄靄回。卻憶 風光少年 事，上庠曾是 騁龍媒 。

（《夢機詩稿・秋興》）

長繩不繫日與月，少歲青絲今黃髮。流光五紀坐致悲，偶念三湘淚垂血。
齠年隨父別秣陵，由滬乘桴渡溟渤。雞籠艫船近午天，昏黑始抵 岡山 歇。
曾於鄉序欣披書，重嶺遠湖俱攀涉。閒游壟畝 愛唐詩 ，顧謂擊壤勝彈鋏。
北臺負笈投名師，竟使駑下臻高格。上庠曾是 騁龍媒 ，飛詠擒文各卓越。
已而 竹塹 服役歸，山校絃歌再響徹。陪都擊缽喜掄元，授業 雄州 感怡悅。
攜春 旗津 暮聞潮，冒冷合歡朝踏雪。 中山獎飾 獲寵榮，蘙宇松風聽獵獵。
前塵撮要說分明，空有詩名驚耄耋。 沈疴 十載忍寂寞，花月無端竟虛設。
才過老蒼耳順年， 懶 向賡吟 計工拙 。欲 移五柳 傍宅栽，漫 就 淵明學閒適。

（《藥樓詩稿續・自敘》）2001年

　　此上數詩乃詩人閒坐感悲時光飛逝，檢閱影像舊照，念及兒少隨父離開上海到臺灣，中午時抵達基隆港，下午到岡山；年少漫游田野間，喜讀唐詩，負笈北上求學，蒙師長裁成，大學時即詩文卓絕，嶄露頭角；新竹服役後，任職北投陽明山上惇敘高中，參加臺北市聯吟大會勇奪第一名，而後攻讀博士期間，兼任高雄師範大學教職，與友朋赴旗津觀海潮、合歡山上賞雪；其後獲中興文藝獎章、中山文藝獎章等殊榮，並至中央大學任教等等前塵往事，不勝唏噓。罹病後忍受十幾年的寂寥生活，深居地僻遠塵囂，不再計較詩作的工巧或樸拙，而向陶淵明學閒適的品調。

> 韶年曾有青雲志，擬託功名喧姓字。孰知刀棍動憑陵，遂使榮寵來非易。
> 拋書少歲習飛吟，尚帶三分江湖氣。欲攻聯招急溫書，偶抱佛腳宿山寺。
> 上庠大道騁龍媒，錦繡詩文誇嫵媚。標槍脫手仰射空，擊缽掄元天所賜。
> 沈潛八載博士成，考據詞章供腹笥。講堂能展孟軻才，論學渾覺駑駘異。
> 雄州傳道何辭勞，猶記聽潮旗津地。更移中壢雙連坡，黌舍絃歌答松吹。
> 乍罹頭風染重病，卜築郭外安眠食。東鄰潭碧北嶺蒼，節改都換鳴禽至。
> 螢幕鎮日消閒餘，還復懷人兼憶事。偶為沙蟹邀朋歡，吾詐爾虞不損誼。
> 滿望為政繫民心，衙署宜少貪墨吏。海門波穩祈宜航，兩岸折箭申和議。
> 殘生但願平順過，寂謐心中凡貳忌。既愁兵燹侵鯤嶠，又恐祝融毀宅第。
> 覆函賡詠聞歌柔，閒適啟我遺世意。夜闌風止萬籟收，惟有舊憶搖獨寐。
>
> （《藥樓近詩·沈痾吟》）

　　此詩乃重病多年回顧平生之作，先敘年少凌雲壯志，豪氣萬千，負笈北上後，詩作深受師輩讚譽盛名，學成後在各大學任教，南北奔波。其次，言染病後，山居調養，偶與友朋歡聚敘情。最後，心繫家國兩岸情勢，但願平生安樂和順。

> 樓舍閒坐眺，動變隨浮雲。事往漫相憶，南北春平分。
> 碧潭泛雙楫，弓橋斂塵氛。煙波洗疲累，崖亭茶尚薰。
> 雄州十餘載，上庠授詩文。旗津看潮卷，港埠茹羶葷。
> 崁城鳳花赤，課罷才斜曛。店肆咖啡釀，品嘗話奇聞。
> 東墩霓燈的，辟雍話奇聞。長記烹茗荈，瓊花散微芬。
> 晝夜四都邑，視作活骨筋。中年臨黌宇，頗欲更策勳。
> 前游似夢寐，回溯仍多欣。仍堪罹沈痾，索居久離群。（《藥樓近詩·溯往》）

　　此乃追憶當年往返臺北、臺南、高雄等大學授課精彩的生涯，從早到晚歷經四都城的忙碌彷彿只是在活絡骨筋，對照如今索居離群的養病生活，宛若夢一場。

　　此外，尚有數首追憶過往中國遊歷之旅，如：

摶扶九千里，溽暑下臨杭。漫折西湖柳，閒依北浙篁。
六橋連野色，三竺壓波光。茂樹尊坡老，哀絃唱岳王。
鳳山張翼遠，龍井沏茶香。靈隱寺鐘落，錢塘江浪狂。
醋魚借夜讌，麥酒沃吟腸。勝景盤桓暫，離襟鬱邑長。
彩圖曾屢見，宿願得初償。鴻墮才留跡，駒奔復脫繮。
足今憐卞氏，詠昔效潘郎。舊夢賡仍斷，沈痾惋且傷。
何當為騄耳，堤上再騰驤。（《藥樓近詩・昔游》）

病來強欲忍伶俜，枕上邯鄲夢乍醒。
萬裡難尋湘岸竹，十年猶念浙湖萍。
已寬心臆收滄海，漸黯功名墮夕星。
近辨股風驚慘綠，浮詞何以慰生靈。

（《夢機六十以後詩・六疊韻寄懷龔稼老》）

已違海道負襟期，記泛西湖畫舫時。聽曲喜曾居滬瀆，尋詩悔不到滇池。
堯封有景徒能憶，舜日無光兀自悲。近歲瀛州空內耗，我攜沈痼欲何之。

（《夢機六十以後詩・沈痼》）

以上數首追憶十年前遊歷杭州等名勝情狀，歷數西湖之美景勝境、名人與名產，宛如在目，然因沈痾足蹶，未能再行遠，萬分遺憾。《夢機六十以後詩》另有〈記大陸遊〉一詩，其詩云「返臺豈料才須臾，竟罹沈痼及禍軀。披書晴晝對蕭索，弔影清夕守空廬。十年足蹶成底事，吟鞋難踏江南地。何當身能健鶻如，飛臨嶽麓穿山翠」，亦是遙念江南返臺後，不久便罹病足殘，無法舊地重遊，冀能化身穿雲鶻，飛臨美景勝地。

詩歌的敘事性通常有別於敘事詩，沒有情節，只有日常生活場景和微妙心理等細節的敘事，往往傾向於單純的敘事，可以說是對自身生存體驗的顯示方式，也是有意味的一種敘事。由於詩人作詩重在抒情，詩歌話語遵循的是其本身所特有的情感邏輯法則。

Amia Lieblich, Rivka Tuval-Mashiach, Tamar Zilber 在《敘事研究——閱讀、分析與詮釋》一書中指出：

> 了解內在世界最為清晰的管道，則是透過敘說者對其生活和所經驗過的現實進行口語描述和故事敘說。換句話說，敘事使得我們得以了解人們的身分認定與人格……在吾人生活之中，故事不斷地被創造、敘說、修正、及再敘說。藉由我們所敘說的故事，我們知道或發現了我們自己，並向他人揭露我們自己[27]。

---

27 Amia Lieblich, Rivka Tuval-Mashiach, Tamar Zilber：《敘事研究——閱讀、分析與詮釋》（嘉義市：濤石文化，2008年），頁9-10。

　　詩作中對於病發時的情狀感受以及病中追憶過往健康的事功行旅等敘事，都是以生活的真實事件為核心所建構出來，且依詩人對這些「回憶的事實」自由和創造性地選擇、增補、強調和詮釋。

　　從以上「病發的自我敘事」與「述往事追流光」的詩作中，可以發現作者病發時的驚異怖懼，由於先前對於身體感受、身體覺察的忽略，未能及時正視身體正常運作的改變，導致發病。

3 蝸居詠懷

四圍抹漆晚涼天，樹罅燈光對惘然。霜髮無情生有種，風窗有月照無眠。
壁間讀畫初宵後，樓外吹簫秋社前。一病翻教塵念淨，披書撰稿不知年。

（《藥樓詩稿續·獨夜》）

高捲書帷晝啟扉，籬東又見菊花肥。雲開今古樓空壑，雀語簷廊惜落暉。
旱久漸聞秋水淺，痾沈轉覺故人稀。窮途未料身何竇，作健登臨意已違。

（《藥樓詩稿續·感秋》）

及昏樓望待雲回，生意經年到此灰。葉少愈增林突兀，天高不覺塔崔嵬。
又從寒歲悲塵事，早為沈痾止酒杯。買屋閒居銷晝永，著書換得鬢毛催。

（《藥樓詩選·冬日書懷》）

早歲還乘東海浮，晚扶風疾有雙雛。聲華溫李幾曾有，族望謝王元本無。
病久已憐非故我，境幽但惜是殘軀。臨窗開眺衣裳冷，欲喚東陽照座隅。

（《藥樓詩稿續·遣悶》）

臥聞叢樹聲，微覺涼籟發。捲幕迓曙光，冥濛天際白。
復健為耽閒，事亂似霜髮。曆日翻風過，祈寒變燠熱。
雙膝須助行，所言尚訥訥。蓮社集詞流，惜無遠飛翮。
病後恩怨疏，功名記疇昔。坐對山葬蒼，春曉守空宅。

（《藥樓詩稿續·藥樓春曉》）

　　以上諸詩係病後山居生活遣懷之作，或深夜讀書，或秋日賞菊，或冬晚看雲，或春曉獨坐，或臨窗閒眺，自憐口訥足殘，日常生活失能，經久復健成效有限，友朋漸稀，唯有披書撰稿，銷磨漫漫流光。

少日圖遊豫，拋書負短檠。吟哦尊李杜，戈甲慕韓彭。
弱歲詡英挺，上庠分寵榮。挾才參鳳穴，搜句結鷗盟。
垂老罹風疾，移居遠帝城。功名禽下墜，歲月水流輕。

順逆全歸命，尋常不廢情。杯觴頻勸酒，博塞偶交兵。
塵外青衫舊，燈前白髮明。相陪惟茗翠，膚詠度餘生。

（《夢機六十以後詩・遣懷十韻》）

茶甌已餘普洱淺，攜得殘詩眠樓館。中宵猛雨來滂沱，衾枕涼生夢乍斷。
回思舊居浙瀝時，年少閒臥貪清簞。記曾呼朋宿招提，禮佛讀書忘朝晚。
大岡山腹窮幽覃，鄰右樵戶傳雞犬。濕雲淹榻梵唄清，窗外杉篁屢磨颭。
於今聽雨樓郊坰，養拙十稔非偃蹇。力疲足弱同駑駘，欲返鯤南悵路遠。

（《夢機六十以後詩・夜半聽雨感舊》）

以上二詩，前者論年少時詩尊李杜，大學時期即以詩名，恃才而青春結社與詩友吟哦，晚年則罹病移居山城，茶伴人老。後者乃論深夜雨聲滂沱，不惝然緬懷年少禮佛讀書情景，而今足弱體孱，惟以賡詩養拙度餘生。

錢塘澎湃胥濤青，灘江一碧斜陽舫。龍蟠鍾阜雲養竹，柳老灞水絮化萍。
外灘八九樓旅舶，慈恩寺塔何伶俜。十年吟卷收勝景，移家新店蒼山鄰。
銅鐺得火曉煎藥，壁燈弔影宵披經。沈痾生恐熒惑現，欲銷兵燹惟祈靈。

（《夢機六十以後詩・感冬》）

郭外移家直至今，斷除功祿愛山林。夢遊江浙蓬然覺，病入形骸久矣深。
冰扇能消三伏暑，登臨已負十年心。蝸廬自據為雄壘，塵務厄言百不侵。

（《夢機六十以後詩・藥樓漫題》）

以上二詩係詩人移家山居，沈痾多年，病入形骸甚久且深。而遙想當年壯遊江浙勝景，如今足殘未能再次登臨，僅能據家屋為堡壘，抵禦塵務俗語。

世事身謀悉可知，經年歌哭固無疑。文章早信終耽寂，經貿安能漸唱衰。
偶啗車螯當藥石，每思竹馬羨童兒。山居清冷沈痾久，除卻披書輒賦詩。

（《夢機六十以後詩・山居長句》）

淹街眾木翠俱勻，啜茗臨軒坐眺頻。簷下語禽閒話曙，缽中火鶴漫燒春。
家藏左傳經何用，舟泛西湖夢未真。所幸足殘為棄物，餘生不必拜車塵。

（《夢機六十以後詩・晨眺》）

天涯春與人俱老，視已茫茫髮亦蒼。沈痼端知吾可了，前緣孰料事難忘。
家山有夢空來去，生計無營自惋傷。往昔論文親學博，今朝坐憶幾迴腸。

（《夢機六十以後詩・暮春一首仿黃晦聞體》）

身閒心遠小樓寬，細檢詩書興未闌。漸覺十年忘寵辱，孰知一病了悲歡。
蒼眸但欲望邱塋，結誼俱能出肺肝。卓午薰風招客敘，陶然聊復共杯盤。

（《夢機六十以後詩‧寓興》）

臨山坐眺翠成堆，啜茗能教倦眼開。高興漸為蟬叫起，晚晴都被鳥銜來。
愛吟奇崛韓公句，愧乏沈憂杜老才。殘疾餘生原宿命，詩文何必數悲哀。

（《夢機六十以後詩‧晚晴》）

以上諸詩，述其沈痾十年忘人世寵辱，坐眺群巒，品茗聽鳥鳴，讀書賦詩，身閒心遠，領悟殘疾原是宿命，不勞詩文悲哀。

向不棲槽丘，淺斟輒顏赤。但飲鹿谷茶，嗜之漸成癖。
珍愛藏櫃中，視若趙王璧。烏龍列長阡，包種連曲陌。
當日歌參差，纖手同採摘。晴靄滋雲腋，入甌一何碧。
荏苒五載過，灑落記曩昔。貪啜咖啡濃，偶沾黃封液。
漫漫三十年，長為耕煙客。微芬滿芸窗，飛灰料萬尺。
吸噓霧千尋，吹唇卷盈百。倘得手一枝，魯璵不足惜。
移家戒卷菸，徬徨似落魄。幸有茶鐺風，習習生兩腋。
回甘夢魂馨，澆愁大寒夕。微馥支倦眸，遂使文稿積。
今我久不瘳，茗莪慰落索。潤喉復清心，於身稍裨益。
養拙居青郊，生涯慣閒適。酒菸與咖啡，捐棄如敝屣。

（《鯤天吟稿‧啜茶》）

淵默真能斂暑氛，且將詩意與花分。殘生不作傷春語，少日曾為壓卷文。
大壑臨軒明白髮，沈痾留命謝青雲。流光似水沄沄去，終乏長繩繫夕曛。

（《鯤天吟稿‧默坐》）1998年

春光潑眼紛入室，榕樹鵑花映煖日。暮從林表識禽歸，曉羨村人隨軫出。
那堪五十罹頭風，絳帳歡娛已盡失。深居鍵戶守清寥，懶慢往往託頑疾。
湖湘此去隔滄溟，嶽麓沼遙邈難匹。不如築宅鄰碧潭，截竹前灘為膂栗。
蝸廬養拙又一年，忍寂能樂心非怵。夜燈作暈看北征，晝雨釀寒讀無逸。
丹青挂壁殊閒閒，經史列架何秩秩。坐收淑氣歸吟篇，洗硯揮毫相狎暱。
偶開書卷自校讎，時取詩什評甲乙。儲金延聘賴友朋，肝膽披瀝似膠漆。
至今跬步行猶艱，不信殘粧眾尚嫉。年來伏案親唐詩，箋註蟲魚勤撰述。

（《鯤天吟稿‧藥樓春日》）

以上諸詩乃默茶品茗，憶及昔日貪啜咖啡，喜吞雲吐霧，而今病後深居忍寂，戒菸酒咖

啡，獨愛鹿谷烏龍包種茶香，以遣落寞，且賡詩勤於撰述。

> 前庭蕭索入望空，槭葉微紅錯認楓。重訝蚊傳 登革熱 ，一如舟逆石尤風。
> 雪翎盤舍看飛鴿，漆嘴銜雲想遠鴻。雙足至今艱 跬步 ，迴旋翻羨九秋蓬。
>
> （《藥樓近詩・感秋》）

> 前庭暫默雨絲絲，婪尾春殘出饞遲。三月花痕棲在水，百年心事萃於詩。
> 人閒漸感禽聲改， 病久徒傷 體力衰 。荏苒流光同 捷運 ，濃陰如幄晝晴時。
>
> （《藥樓近詩・饞春》）

> 東風樓舍寂無人，字畫圖書是至親。髮白千絲已生雪，花紅一圃欲燒香。
> 機邊 滑鼠 銷閒 易，轍裡窮魚乞活頻。 口訥足殘 餘自憫，不然蓬島去尋真。
>
> （《藥樓近詩・偃蹇》）

> 卜筮 元知晚命差 ，餘生 偃蹇 世堪嗟。山飛秀色來詩卷，人擇韶光付 網咖 。
> 壁鏡早看頭已雪，歌樓舊憶臉猶霞。郊城獨坐過寒暑，幸有相陪顧渚茶。
>
> （《藥樓近詩・偃蹇》）

> 晚積濃陰 坐眺 時，殿秋淺碧雨絲絲。 閒愁 勾起歸幽抱，遐想飛來入小詩。
> 有患 此身原是累 ， 無為 吾道本非奇。比年胸次多塵垢，淅瀝端宜 洗肺脾 。（《藥
> 樓近詩・藥樓坐雨得句》）

> 一樓 閒適 一茶甌， 蠖屈 郊村過十秋。久困蝸廬 悲楚竹，堪驚螢幕匯韓流。
> 髮黃 真欲墨痕染，山翠全歸詩卷收。溪壑為鄰樹豐衍，誰知此地是滄洲。
>
> （《藥樓近詩・玫瑰城秋日》）

以上諸詩，或春往秋來，感物吟志，自述久病早已看淡生死，不計人間是非；或悵惘失志，困坐山城，猶如涸轍枯魚，急待救援；或驚歎韓劇如洪流席捲影視，屈身隱退蝸廬。

鄭毓瑜〈從病體到個體──「體氣」與早期抒情說〉一文中指出：

> 「抒情」就是「舒展中情」，就是「解憂釋鬱」，抒展情志的同時也解脫了病體的
> 鬱悶；「舒（抒）」、「解（釋）」所針對的紆結鬱塞，既是身體的病症也是情志狀
> 態……這些看似情緒化的語詞，原本有其「病體」的背景……鬱結的身體感其實
> 就是一種纏繞、糾結的氣態個體，所以可藉由體氣收放的狀態來呈現[28]。

---

28 鄭毓瑜：〈從病體到個體──「體氣」與早期抒情說〉，《中國抒情傳統的再發現・上》（臺北市：臺
大出版中心，2009年），頁81-83

　　張夢機先生罹病後移居新店玫瑰城，鎮日坐眺群山浮雲，耽寂忍閒，蝸居詠懷詩作甚多。詩中屢提病體經久不癒，足殘口訥，語多困頓悵惘，故其詩作中鬱結煩悶的心情，實乃源自於經久不癒的病體。

> 瀛洲傷客久，家在楚雲西。抱病身猶贅，還鄉夢欲迷。
> 胸襟同海闊，詩興與天齊。莊老重披讀，餘生劾阮嵇。
>
> （《夢機集外詩·鯤天賸稿·淹留》）

> 高風早慕子陵釣，事過千載欲同調。不屑功名惟愛閒，老病豈畏萬夫誚。
> 端居寂諡雨潺潺，養拙生涯髮已斑。章脈流宕句跳脫，詩家服膺李義山。
>
> （《夢機集外詩·鯤天賸稿·服膺》）

> 銅鐺閒煮養肝茶，缽裡火鶴紅灼灼。當軒依榻鄰青山，涼靈金風秋蕭索。
> 簾邊泚茗洗心源，簜下叢笋開新籜。乍驚詹牙換鳴禽，足廢久誤游湖約。
> 流年十五彈指過，口訥身殘命何薄。庭前真感車轍稀，烈酒早是罷斟酌。
> 比來貪睡懶出門，塵世路有羊腸惡。連宵賡詠倦弗知，頗欲曹溪分半勺。
> 平居寂諡惟聽歌，偶亦邀朋縱一博。乾坤印刻須刻文，供稿不斷樂復樂。
> 披書以外看螢屏，除此浮生將安託。堪鄰攬鏡鶴髮多，老去蒼顏已非昨。
>
> （《夢機集外詩·鯤天賸稿·岑寂》）

> 多年養拙同僧，默坐真能散鬱蒸。不讓祿名生內熱，藏心早有一壺冰。
>
> （《夢機集外詩·藥樓集外詩·藏心》）

> 廿年足廢久離群，坐聽鳴禽惜落曛。心慧當長食鯉，身羸所忌病媒蚊。
> 裁章詩最尊工部，臨帖書難繼右軍。記得兒時游玩處，渝洲錦蜀天雲。
>
> （《夢機集外詩·藥樓集外詩·獨坐偶成》）

　　以上諸詩，係抱病感慨足廢身贅，離群索居，漫漫孤寂年歲中，貪睡懶於出門，偶則重讀莊、老之書，仿效阮、嵇，賡詠則服膺李義山。而於髮蒼顏已非昨之際，默坐散鬱，養拙藏心。

4 良朋雅會

> 滿頭未插黃花黃，銜杯竹葉何曾嘗。
> 詩懷深念孟嘉事，風吹帽落龍山蒼。
> 登高豈必災可避，客久端合銅為腸。
> 沈痾十載遠塵世，盤飧無復飛黃香。
> 禪庭琳宇不踐約，聯吟擊缽夢已荒。

獨依潭嶺活生計，愛聽鳥語含宮商。

困君蝸居守寥寂，惟教賡詠銷年光。

是非漸隨車轂少，寵辱窮達俱相忘。

每當暮節思故舊，回溯少壯心悲涼。

逢辰高會莫能預，一碗釀茗秋惟旁。

題詩我非鄭重九，盆栽相與看斜陽。（《夢機六十以後詩・九日》）

久負十年沈痾心，郊居養晦祇閒吟。自嗟擊缽才情少，早厭逢人世法深。

鯤海光陰催白髮，鳳城消息阻青岑。掄元奪殿雖堪喜，不及邀朋話古今。

（《夢機六十以後詩・近郊有吟事邀往不赴》）

故人實杯盤，邀吾共秋夕。其奈眩暈何，遂令斷車跡。

遙想篝燈前，圍筵盡歡懌。魚饈助黃封，語笑忘白髮。

自罹沈痾來，孤寂守第宅。忍閒惟賡詩，相慰賴篇籍。

感汝折柬招，高興暗盈積。堪嘆微恙生，無力振飛翮。

盛情難以酬，厚意存在膈。他日博塞時，甘為棄金客。

（《夢機六十以後詩・保新林口招飲因病不赴》）

閒邀舊雨亭午過，同食蓉城麻辣鍋。涮肉儘饒蜀滋味，燙蔬相顧笑語和。

圍席嘗鮮執杯酒，喚取青山鄰座右。高興不因節候銷，缽花憑汝嘲老醜。

溽暑有客成都回，攜得底料紅如梅。秋來早忘醫師囑，朵頤大快情猶孩。

少小吾飲汶江水，童蒙不識溪鑿美。今逾四紀違峨眉，初睹茲味懷錦裡。

望江樓外清茶香，浣花粼畔古草堂。青城去此無多路，峰巒千仞鬱蒼蒼。

自罹沈痾尋十載，跬步艱行足已廢。游屐難以踏堯封，惟有興圖默然對。

漫從川味憶兒時，鳩車竹馬空傷悲。諸君蓉渝曾羈旅，一鍋端合引返思。

（《夢機六十以後詩・初食川味火鍋感作》）

重陽海客集韋劉，譱聚華岡坐晚秋。萬木飲霜楓酩酊，千莖搖畫菊風流。

詩言落帽終將腐，典用題糕合自羞。吾不登高因足蹶，忍閒獨詠一樓愁。

（《藥樓近詩・九日華岡雅集不赴》）

　　以上詩作乃友朋中秋、重九時分邀赴陽明山上敘舊、聯吟，然因病足及眩暈發作無法成行，只好忍閒詠詩舒憂；而喜邀舊雨大噉川味鍋食，則念及少小離鄉蜀地，終因足廢艱行無法親踏故國而傷悲。

5 酬詩贈答

蓬嶠未見秋柯黃，松醪菊釀誰能嘗。

漫收乾坤入吟卷，天青雲白山蒼蒼。

中臺夢斷暗吞淚，南鯤路遠頻迴腸。

餘生沈痾堅坐眺，萬物唯憐書最香。

安閒只與茗為伴，功名千計今俱荒。

乍欣尊詩來不翼，鏗鏘音節如宮商。

裁章跌宕多硬語，波瀾壯闊搖晴光。

慰吾落寞豁胸臆，朝誦夕詠愁皆忘。

寢荒古調墨堂冷，師門回首同淒涼。

細參聲律論句法，昔年問字茶煙旁。

可堪師歿三十載，草木拱墓當微陽。（《夢機六十以後詩·二疊韻酬戎庵惠詩》）

清新渴慕韋應物，豪宕規摹陸放翁。學是荒畦已僵蚓，才非廣陌不羈驄。

抱病久負雙潭秀，沽酒何當一讌同。沈鬱倘蒙公指點，杜詩風格或能通。

（《夢機六十以後詩·龔稼老贈詩次韻答之》）

千金不賣是書香，賡詠披經引興長。休訝東籬仍吐菊，坐愁南海漸生桑。

廟堂真感吏才少，塵世尚期謠詠荒。清夜朋來寒訊穩，杯分釀茗試澆腸。

最憶澄潭岸竹香，碧波澹澹櫓聲長。罹病十載違移舫，臨海三臺忌種桑。

短尺安能測深厚，淺源枉欲救寒荒。閒來更檢辛詞讀，煙柳斜陽一斷腸。

（《夢機六十以後詩·次韻龔稼老孟冬遣悶二首》）

何曾詩海掣奔黿，騰葆謙謙不辱名。萬卷丹黃慰沈痾，十年揖拱謝浮榮。

綠城交蓋冬陽暖，白雪為歌午雀驚。問字樽前吾豈敢，呴濡相約度餘生。

（《夢機六十以後詩·次韻答正三詞兄》）

欲寫溪山姽嫿章，多慚楮墨負文房。沈吟惟許茶為伴，日暖初傳裊裊香。

裁章少日新奇，自謂才如馬不羈。直到中年了沈鬱，始尊一部杜陵詩。

頑病已近十春秋，早向郊坰購此樓。養拙生涯歸落寞，披書賡詠弭千憂。

照海繁櫻遠在天，臨軒烹字一欣然。細吟尊作如唐句，骨重神遙識汝賢。

（《夢機六十以後詩·次韻奉答正三詞兄見贈四首》）

未墜隱居志，漸安沈痾身。功名隨逝水，花木擁閒人。

賡詠古今事，盤胸天地春。移家枕山麓，且效不羈民。

世亂孤襟淚，溟寬一粟身。硯茶吾舊雨，風雅汝騷人。

曾共東墩酒，平分南海春。從來慕元亮，願作晉時民。

（《夢機六十以後詩・鴻烈有詩見懷次答二首》）

厭居諠呶凡塵中，將隨銀翼摶長風。
欲呼臺員半規月，遠照全蜀山川雄。
峨眉蓊勃天下秀，巴東巫峽穿奔洪。
武侯祠屋盛香火，都江築堰驚奇功。
浣花谿畔草堂在，工部詩詠千秋崇。
吾初墮地少城北，稍長零夢依稀通。
稚齡記得上元夜，手提小小紅燈籠。
瀛涯客久逾四紀，鬢年負笈今龍鍾。
壯猷待展傷一蹶，沈痾此日浮榮空。
蓉渝萬裡阻滄海，艱行跬步難再逢。
知君遊屐過錦裡，或堪代覓兒時蹤。
裁箋倘更書雋句，拜讀端合生歡悰。
可能形勝收滿袖，歸來抖落慰寂容。（《夢機六十以後詩・送文華遊蜀》）

趁西晚日又酡顏，坐眺真憐跬步艱。歸鳥啾啾方據樹，濕雲渰渰欲淹山。
前潭聞是玻璃碧，濃莽烹成琥珀殷。抱病郊村餘一憾，十年老宿失追攀。

（《夢機六十以後詩・向夕再疊前韻寄諒公丈》）

東遷五十四春秋，川陸冬來尚綠洲。風露遙天凜鰲背，詩文少日佔龍頭。
卜居郭外身堪隱，買醉人間輒自投。沈痾相陪驚晝短，閒為鄰叟睇吟眸。

（《藥樓近詩・二疊韻寄戎庵詩老》）

已過六秩身猶病，足廢多年奈命何。扶壁無端驚地弱，賡詩真感損眠多。
竿搖翠靄曾看竹，莖出黃淤獨愛荷。詞客不來禽亦去，閒居清冷似山阿。

（《藥樓近詩・老境次龔稼老韻》）

在張夢機先生的詩集中，數量僅次詠懷詩的是酬詩贈答悠邈良朋之詩作。詩中與友傾心論及「病體」之足殘、沈痾的落寞感傷，交游譜系亦可略知一二。在抱病沈鬱、移居郭外的閒居生活中，賡酬是情志的寄託，也是遣愁破悶的選項之一。

麥克・懷特、大衛・艾普斯頓《故事・知識・權力──敘事治療的力量》一書中指出：

寫作或重寫生活或經驗的過程成為一種治療。在敘事治療中，信函、檔、證書，變成了我們重新界定自己與問題關係的工具。簡單地說，就是，將問題外化、質

問，從問題中獲得知識與力量……在敘事治療中，信件是現實架構的一種形式，由所有參與者分享。信件可以當成個案紀錄。個人／家庭是這些信件創作的想像讀者；相對的，有些所謂的專業權威則擔任紀錄的隱形讀者，在大多數情況中，這類紀錄都是內心自我的對話[29]。

就敘事治療的角度來看，人往往通過收信這種儀式，把自己安放或重新置放到熟悉的世界。這些與友朋贈答的詩作，不僅是張夢機先生向對方傾訴自己罹病的孤寂苦悶，重整及表述自己與對方過往生命的交流經驗，也同時是對自己養病忍寂的悠悠獨白，以及表述個人心境的轉化。

（二）病體語言的結構內涵

語言是一個人內心情志的折射，透過詞彙的選擇與安置，人的本質因而存在，思想情感得以交流。詩的語言是詩人思想與生活體驗的呈現，其語言內涵的表意結構，主要有二種：第一，是由「聯想」所構成的垂直軸，讓讀者可以想像、揣摩、解讀作者創作的心理；第二，是由「詞序」構成的「水平軸」，讓讀者透過語法的原則，序列作者創作的心靈與外在世界，如上述詩作標有外框者。

考察張夢機先生罹病後之詩作，可以發現其側重由語言垂直的「聯想」結構來表達情意，其中多借日常生活、山川景物等事物興發抒懷。而「詞序」構成的「水平軸」語言，雖然在不同時期出版的詩集中，其詞語的變動不大，但其主要提供我們透過時間歷程加以整併組構，可發現詩作內涵裡的時間先後與因果關係，有助於詩作的理解與想像。

從以上病發與病體的自我敘事、述往事追流光、蝸居詠懷、良朋雅會、酬詩贈答等五類援引的詩作中，其「病體」語言之「詞序」組構，詳如下表列：

詩類	病體病體	心境、事實、時、空		體悟
病發與病體敘事	口瘡口訥口噤體衰頭風嘔血膝屏傷足殘足	藥樓文稿·藥樓詩稿續	鳳在笯、泥滓困疲馬、斂翮倦鳥、卞和垂危、瀕死、煙害	微命、天佑、功名棄少恩怨、收桑榆南陽諸葛、機雲功名恩遇空、豈非命
		夢機六十以後詩	病非輕、移家嘔心搜句忍閒孤寂、丸藥坐監住院	養拙忘寵辱過餘年為茶仙
		藥樓近詩	忘沈痼 書帙相陪	陶情忘沈痼

29 麥克·懷特、大衛·艾普斯頓：《故事·知識·權力——敘事治療的力量》（臺北市：心靈工坊文化，2001年），頁123、144。

詩類	病體病體		心境、事實、時、空		體悟
	足殘 足躓 足廢 頑疾 沈痾 微恙 殘身 身屏 膽結石 胰傷 庋架 心絞痛 肺功能 沈痼 痼疾 筋骸無力			足弱	書帙相陪閒歲月 罷飛騰
		夢機集外詩	身謀家計兩無功 藥鐺、微命、多病 身瘦、老色、久病、中風、 昏倒、施診早 心導管、胰島、血糖、腎臟 愁惱、犬難如、雞狗活 忌食甘錫保腎 黔驢技窮、守螢屏 卞和身 大甲參佛 墾丁喊春。 故人同博塞		生死一霎中 人命無貴賤 免向潘郎學拜塵 元亮桃源安可覓 不拜車塵不羨鴻 養生學道 青雲答謝頻 養拙 晚年忘窮通、老去窮通忘 寵辱渾如夢　生死元何畏
述往事追流光	頭風 重痾 殘生 沈痾 沈痼	夢機詩稿	溯前游 賡吟、待赦囚 深居地僻 風光少年、騁龍媒		
		藥樓文稿・ 藥樓詩稿續	雞籠、岡山、竹塹、旗津、 雄州、合歡 愛唐詩、移五柳 投名師、臻高格、 騁龍媒		懶計工拙 就淵明學閒適
蝸居詠懷	痾沈 病久 殘軀 助行 口訥 腦靈 足廢 風疾 賤軀 足殘 視茫 髮蒼 沈痼 殘疾 跬步	夢機六十以後詩	伶俜、浙湖、西湖 功名墮		
		藥樓近詩	少習吟、江湖氣、青雲志 騁龍媒、詩文嫵媚 掄元、博士成、講堂、論 學、中山獎飾 旗津、雄州、崁城、碧潭 西湖、岳王、錢塘江、靈隱 寺 醋魚、龍井茶 卞氏、潘郎 閒坐眺、賡詠 殘生、索居離群、索居		安眠食、消閒、憶事 平順過、閒適、遺世 隨浮雲
		藥樓詩稿 藥樓文稿・	讀書、披書撰稿 重讀齊物論		耽閒、恩怨疏 塵念淨

詩類	病體病體	心境、事實、時、空		體悟
	身殘 身贅 身羸 足蹶 體屛 體衰	藥樓詩稿續	故人稀、窮途未料 悲塵事、止酒杯 著書、鬢毛催、邁陽九 非故我、髮黃 移家 閒眺、坐眺、遣悶、閒居 復建、守空宅	披書撰稿不知年 人生福禍安排定 不用橫經問卦爻 作客本天運
		鯤天吟稿	鹿谷茶、烏龍、包種 貪啜咖啡、三十年煙客 移家、戒卷菸、落魄 茗荈慰落索 親唐詩、勤撰述 白髮、守清寥	養拙、忍寂 慣閒適、謝青雲
		夢機六十以 後詩	伶俜 蝸廬、山居、吟卷、賦詩 耽寂、坐眺、禮佛讀書 愛山林、游江浙、茶仙 李杜、韓彭、上庠、杜老 寵榮、李杜、韓彭、韓公 上庠、寵榮 思舊居、大岡山、錢塘 灘江、慈恩寺、西湖夢 碧潭、玫瑰城、耕莘 煎藥、藥石、移居、移家 力疲足弱、鯤南路遠 披經、披書、坐憶、 細檢詩書、坐眺 視茫髮蒼、生計無營	全歸命 非偃蹇 餘生不拜車塵 賡詠度餘生 身閒心遠 了悲歡 順逆全歸命 養拙、宿命 生死淡、忘寵辱 無為 身原是累 宿命 塵務卮言百不侵
		藥樓近詩	吟筒、蝸居 羨壯農 銷閒、閒愁、耽寂 卜筮、晚命差、偃蹇 坐眺、賡詠、棄經典 久困蝸廬、蠖屈、髮黃 江淹、悼妻、潘岳哀 登革熱、捷運、滑鼠、網 咖、韓流、螢幕	此身原是累 無為 淅瀝洗肺脾 無言對猗猗，閒情得以遣 久病早看生死淡 閒居忍聽是非來 莫向蝸居笑寒賤，猶多溪 壑匿吾胸 閒適
		夢機集外詩	抱病、莊老重讀 服膺李義山、尊工部 子陵釣、繼右軍	餘生効阮嵇 不屑功名惟愛閒 養拙

詩類	病體病體		心境、事實、時、空	體悟
			車轍稀、罷酒、養肝茶 貪睡懶出門、連宵賡詠 披書、看螢屏 髮斑、鶴髮多蒼顏非昨 足廢、離群、病媒蚊	默坐散鬱蒸 藏心早有一壺冰
良朋雅會	沈痾 足蹕 足廢 沈痼 眩暈 頑痾 跬步	夢機六十以後詩	遠塵世 聯吟擊鉢夢荒 擊鉢才情少、掄元奪殿 蝸居、寥寂、孤寂、 忍閒賡詩 車轂少、思故舊、 閒吟、白髮、憶兒時 忘醫囑	愛聽鳥語含宮商 賡詠銷年光 忘寵辱窮達 是非少 厭人世法深
		藥樓近詩	重陽、讌聚 華岡、韋柳 忍閒獨詠	
酬詩贈答	沈痼 足廢 頑痾	夢機六十以後詩	中臺夢斷、南鯤路遠、 功名俱荒、落寞、移家 韋應物、陸放翁 杜詩風格或能通 賡詠披經、書香、坐眺 慕元亮、披書賡詠、讀辛 裁章務新奇、裁箋雋句 蜀山、巫峽、都江堰、草堂 武侯祠、峨眉、工部詩	書最香 謝浮榮、浮榮空 中年了沈鬱 始尊一部杜陵詩 養拙 不羈民 茶為伴
		藥樓近詩	龍頭 卜居郭外、賡詩、閒居	閒為鄰壑睞吟眸 奈命何

　　在病體語言的部分，的張夢機先生1995年所出版的《藥樓文集・藥樓詩稿續》、2004年出版的《夢機六十以後詩》、2010年出版的《藥樓近詩》等詩集中，可以發現詩集中書寫中風「病體」的主要用語，主要有四類：第一，頑疾、頑痾、沈痾、微恙、沈痼、痼疾、重痾、痾沈等；第二，頭風、風疾、殘疾；第三，體衰、體孱、筋骸無力、殘生、殘軀、殘身、身孱、賤軀、身殘、身贅、身羸；第四，膝孱、膝殘、傷足、殘足、足殘、足蹕、足廢、足蹕、助行、跬步；第五，口瘖、口訥、口噤；第六，嘔血、眩暈、視茫、髮蒼等。

　　而在罹病後的詩作中，對其現實處境、心境與詩作創作內容等語言敘事，則可看出病發及病後身體失能的情形，其以鳳在笯、泥淖困疲馬、斂翮倦鳥、卞和身、垂危、瀕死等表達其驚懼之情，而移家蝸居遠塵世，過著離群索居的山居生活，罷酒戒卷菸，偶

與故人博塞，或守螢屏，銷磨時光。對於養病復建、效力不彰、未來茫然的用語有力疲足弱、視茫髮蒼、功名墮、功名俱荒、遭陽九等喟歎。

伶俜守清寥的忍閒耽寂詩作中，不論是述往事追流光、蝸居詠懷、良朋雅會或酬詩贈答等，其用語主要有二類：第一，是思舊居與憶兒時岡山之風光少年，喜好習吟、屢見詩作，而北上求學：投名師、臻高格、騁龍媒、掄元奪殿、上庠、博士成、講堂、論學、中山獎飾、寵榮等用語，以及南北往返竹塹、旗津、雄州、合歡、旗津、崁城、中壢等授業行跡之用語，亦可想見其意氣風發的精采生涯；第二，則是遙想遊江浙之旅的用語，如：浙湖、西湖、岳王、錢塘江、靈隱寺、錢塘、灘江、慈恩寺、西湖夢蜀山、巫峽、都江堰、草堂、武侯祠、峨眉、工部詩、醋魚、龍井茶等。至於披書遣悶、賦詩賡詠的創作中，李杜、韓彭、杜老、李杜、韓彭、韓公、韋應物、陸放翁、檢讀辛詞、服膺李義山、尊工部等用語，則可見其裁章雋句的師法淵源。此外，在日常生活中，鹿谷、烏龍、包種、茶仙等用語見其以茗茶慰藉落索；禮佛讀書、愛山林、慕元亮、移五柳、重讀齊物論、莊老重讀等用語，見其返歸田園與親近老莊的情狀。

四 「詩意的棲居」之疾病書寫的生命觀照與意義

哲學大師海德格指出「人的存在是向著死亡的可能性存在，所以人應極力尋求心靈的解放與自由——詩意的棲居」。海德格「詩意的棲居」這一存在的至高境界的「詩」，其內涵不僅是文學上具有審美意識的「詩」，而是具有人類積極構築和創造，可以實現人生自我價值存在的哲學意涵。詩集裡疾病書寫的生命觀照為讀者提供一個人生命意義的世界。

考察腦中風之病理係腦部血管因為某種原因，造成破裂（腦出血）或阻塞，導致腦部組織局部受到壓迫或循環不良，使得腦部部分組織失去功能而造成各種神經症狀。罹病所呈現的可能症狀有：偏癱、感覺障礙、過度敏感，對於距離、速度、空間感的判斷有問題、語言障礙、吞嚥困難、歪嘴流口水、智力減退、視覺障礙、行為與人格異常等。由於腦中風患者如同其他逐漸失能的老人一般，遭遇到身體功能變化的衝擊，伴隨著身軀長期失能的痛苦與行為改變，往往在心理上造成極大的懊喪、委靡不振，所以，腦中風可以說是直接剝奪人性的疾病之一。

蔡馥好在其論文《中風者之憂鬱與宗教態度、宗教因應及靈性的關係：以本土宗教為例》中指出，腦中風病人常因失能與家庭角色的改變，有了生活適應上的困難。其中，最常見的情緒疾患是中風後憂鬱（post stroke depression），在臨床盛行率約佔33%，不僅是中風後重要的後遺症之一（常於中風後三個月內出現，約佔中風病人20-60%，第一個月約20%），也對復健的效果及社會功能造成顯著的負面影響。而日常生活功能障礙及身體的殘障程度，其實與憂鬱症呈現的情形密切相關。中風後所造成的身體殘疾，

生活處處依賴他人打理，或者情緒管控的腦區受損等，都是可能的成因[30]。

經臨床實務研究發現，中風病人適應病後生活的最大支持資源，是提供生命意義與心靈慰藉功能的宗教。這種宗教正向的因應策略，以及所謂的「靈性安適感」，都是提升個體健康及心理，對慢性疾病者更能預防憂鬱情緒發生的重要因素。憂鬱使人容易生氣（bad temper），感到孤寂感（loneliness）、焦慮不安（anxiety）、沮喪（depressive mood），及一無所有感（hopelessness），中風病人的憂鬱情形則往往與其生活失能及社交隔離關係最深。

張夢機先生自1991年腦中風之後，歷經近二十年的復建與治療生涯，病體經年不癒，足殘造成的行動困難，是心靈莫大的考驗與試煉。詩中愁惱、犬難如、雞狗活、卜筮、晚命差、偃蹇、遘陽九、悗傷、命定、宿命等用語，不難想像其怨嗟悲歡的沮喪心情，但他能轉向詩歌的創作，以遣悲懷，尋求安頓，正是從被疾病馴服轉化、超越到馴服疾病的最佳例證。

心理學家弗蘭克（Frankl, Viktor Emil）「意義治療學說」指出身心靈健全的關鍵在於尋獲生命的意義，而終極意義的實現能幫助人們超克痛苦和死亡。基本上，其肯定人內在靈性的力量作為療癒及個人轉化的終極源泉。所以，他主張一個人可以透過三種價值的追求，達致圓滿的生命意義。這三種價值分別是：創造性的價值（creative values）、經驗性的價值（experiential values）和態度的價值（attitudinal values）。其中，唯有「態度的價值」是在人面對無法改變的有限人生中，才得以被體認到一種自我的獨特與唯一性。也就是在受苦的境遇中，所追求到並挺身去實踐的存在意志。其云：

> 生命的潛能在於人的選擇，人的意志自由。人的獨特性和唯一性不是現存的、固定的，而是因為人的不斷造成個性的行為選擇、他的變化過程。一個靜止不變的人是一個沒有生命的人，也是一個不可能對自己負責任的人[31]。

故此，作家與文學評論家的歷史使命，便不設限地暴露自我，努力傳達自己對生命的意義與價值的體驗，豐富人類的存在意義與價值。而張夢機先生的詩作，可以說是向我們傳達他面對無法改變的病體疾痛中，實踐及追求他存在意志的一種可能。在《鯤天吟稿》中，他表示：

> 余病後多暇，困居蝸舍，因對三家詩勤加披讀，偶亦規摹句法，探究詩律，誦習既久，創作益豐。……余自罹病以還，今且八載，而身猶殘障，口仍訥澀，日日看山看樹，聽風聽鳥，除復建外，惟以披書賡詠自娛。惜夫歲月易逝，題材寖

---

30 蔡馥好：《中風者之憂鬱與宗教態度、宗教因應及靈性的關係：以本土宗教為例》，中原大學心理學研究所碩士論文，2013年。

31 Frankl, Viktor Emil：《尋找生命的意義》（臺北市：貓頭鷹出版社，2001年），頁235。

荒，周遭事物，幾筆寫殆盡，且余久病不瘳，登涉維艱，縱有谿壑美景，恐難入吟篇。述作不易，幸能成書，亦快事也[32]。

在困守蝸廬，養病忍閒的日子裡，盡日看山看樹，聽風聽鳥，寫作題材幾乎摹寫殆盡，加以無法登涉高山、親臨谿壑美景，撰述十分不易，然而他固守詩要有真感情、真血淚，不作無病呻吟語，能於有限題材中，鍛練詩句。此乃張夢機先生遭遇人生極大困頓而無法改變的境遇中，透過詩的創作進行證明以及展現自我獨特與唯一性的表現，既是創造性的價值（creative values），也是態度的價值（attitudinal values）。

張夢機先生曾說：「我作詩只有興趣，談不上訣竅。其實詩要感人，只要有真感情、真血淚，或有極深的名理，就可以了[33]。」語似簡單平易，但所謂的「興趣」、「訣竅」、「感人」、「真感情」、「極深名理」實則奧義深遠，詳察其《近體詩發凡》、《詞律探原》等碩、博士論文，以及《詩學論叢》、《師橘堂詩》、《鯤天吟稿》，以及《藥樓文稿》中〈詩阡拾穗〉、〈浮海詩話〉、〈古文辭例釋〉等對於詩之情采、鎔裁、詩法等闡論，足見其詩作裁章煉句、謀篇遣詞之渾然天成的深厚功力，絕非浪得虛名。

以《夢機六十以後詩·偶感》一詩為例：

殘霞一抹又黃昏，念及沈痾淚幾吞。
足廢差同卞和厄，腦靈猶感華佗恩。

就語言「詞序」來看：殘霞－黃昏－沈痾－吞淚－足廢－厄難－腦靈－感恩，詩人病體經年不癒，足殘造成的行動困難，與殘霞、黃昏相對照，更見遲暮之悲，最後感恩腦力靈慧，遂成生命存在唯一堪慰的動力依據。

又如：

移家碧潭西，郊坰買樓館。山翠疑飛來，庭芳付裁翦。
一紀罹沈痾，早已棄經典。朔氣穿簾帷，瓷杯試茗荈。
耽寂攤華箋，賡詠忘晝短。邀朋啖鮭蔬，酒醇共玉椀。
偶然喚輕車，載此朝爽滿。乍停眺叢篁，繁綠曾不斷。
萬葉晴搖風，其聲如潮卷。無言對狺狺，閒情得以遣。

（《藥樓近詩·郊居看竹》）

春色何曾付剪裁，愚蒙況我少詩才。寧論天道江淹恨，且悼荊妻潘岳哀。
久病早看生死淡，閒居忍聽是非來。鐙前偶喚雛身坐，指點輿圖認九垓。

（《藥樓近詩·感春》）

---

32 張夢機：《鯤天吟稿》（臺北市：華正書局，2008年），序言。

33 張夢機：《藥樓近詩》（新北市：INK 印刻文學，2010年），頁253。

秋晚瀛洲綠尚饒，俊遊解佩踏晴郊。山巔樓舍多新象，樹杪霜烏失舊巢。
默以腸寬置冰炭，懸知海闊羨龍蛟。人生禍福安排定，不用橫經問卦爻。

（《藥樓詩稿續·遠望》）

天際動曙光，雄雞報期信。披絮雲翻山，萬翠得滋潤。
飛鳥從西來，玄白自成陣。晨颸吹老榕，策策響清韻。
往復車聲喧，初陽遍遠近。坐眺緣體屭，焉能寸步進。
口訥猶期期，塵土兩蓬鬢。莫嗟遘陽九，作客本天運。
海角甘棲遲，歲月若奔駿。總髮垂垂黃，四秩倏一瞬。
曠士斷愛憎，幽襟泯喜慍。還取南華經，重讀齊物論。

（《藥樓文稿·藥樓詩稿續·曉起獨坐》）

平生不負是吟筒，每到花時興更濃。芳草薰衣蘭九畹，繁星沈水粟千鍾。
經深重讀生疏卷，足蹶徒歆少壯農。莫向蝸居笑寒賤，猶多溪壑匿吾胸。

（《藥樓近詩·春襟》）

　　以上諸詩，記其罹病十二載，移家碧潭，與茶為伴，偶邀故舊聚談，耽寂遣情。就語言「詞序」來看：沈痾—體屭—久病—口訥—足蹶—蝸居—閒居—坐眺—雲翻山—經深重讀—徒歆壯農—取南華經—重讀齊物論—莫嗟遘陽九—作客本天運—看淡生死—忍聽是非—人生禍福安排定—不用橫經問卦爻。詩人雖兩鬢霜飛，體屭口訥，然品茗賞花，賡詠裁章，偶邀友朋雅會敘情，對人生福禍坦然接受，轉以《莊子·齊物》遣情耽寂，皆可見其超拔疾病的生命存在意義。

　　至於其罹病後詩作的體悟，其用語主要有五類：第一，是關於命運者，如：人生福禍安排定、平順過、作客本天運、不用橫經問卦爻、順逆全歸命、宿命、非偓僺、奈命何、豈非命；第二，關於生死貴賤者，如：此身原是累、生死一霎中、生死元何畏、生死淡、人命無貴賤、微命、天佑、收桑榆；第三，關於塵世功名恩遇寵辱者，如：免學拜塵、不拜車塵不羨鴻、餘生不拜車塵、塵念淨、塵務厄言百不侵、不覊民、功名棄、功名恩怨空、少恩怨、恩怨疏、了悲歡、隨浮雲、少是非、忘寵辱、寵辱渾如夢、罷飛騰、過餘年、青雲答謝頻、謝青雲、謝浮榮、浮榮空、晚年忘窮通、老去窮通忘；第四，關於修養者，如：養拙、懶計工拙、忍寂、無為、默坐、藏心、身閒心遠、安眠食、閒適、耽閒、遺世、不屑功名惟愛閒、賡詠度餘生、賡詠銷年光、書最香、陶情忘沈痾、瀿瀝洗肺脾、桃源安可覓、就淵明學閒適、養生、學道等。

　　詩的語言具有高度的象徵性質，高友工在其〈《古詩十九首》與自省美典〉一文中曾指出：

　　文學批評家弗萊（Northrop Frye）在試圖根據呈現方式對文類進行歸類時提出，

抒情詩「一般都假裝在與他自己或他者交談：是一種自然之靈、繆斯、一個私人朋友、一個情人、一個神、一個被擬人化的抽象物，或是一個自然物」……他用了「假裝」這個詞描述抒情詩人對假想聽者的態度。換言之，「交流」最多不過是作詩的藉口，「詩人的聽者其實都隱而不見」。其實，最重要的是將聽者內在化的過程，這一過程使詩歌創作得以自足。當然，當一個詩人和他的朋友以詩交談時，詩歌的確是一種交流方式。但更多時候，詩人只是與自己交談，他以書寫的文字反照自身的體驗，從而創造出一段獨白（monologue）或者說一種「不經意間聽到的聲音」。在這個意義上，我以「自省詩」（reflexive poetry）這一名詞表示其與「表達詩」的區別……所謂抒情詩的最基本的定義是指以表達詩人當下所感所思的一類詩歌，那麼我們就必須做出進一步的區分，即過程是指自我表達的活動，而內容則是所思所感此活動的再現。表達是某人之所表達，而體驗則是某人之所思所感。這種區分看似瑣細和隨意，但它卻是「表達的詩」與「自省的詩」的重要區分的依據[34]。

今由詩集病發與病體的自我敘事、述往事追流光、蝸居詠懷、良朋雅會、酬詩贈答等五種類別的詩作內容，可以發現那不僅僅是詩人情志的表達而已，因為當詩集出版後，詩作實則已開放及展露詩人內心世界裡的自省獨白。所謂有病安心是藥方，詩作內容哲理、情思的描寫，已涵蓋詩人如何定義自己、觀看自己、因應罹病策略的馴服與被馴服，以及忍閒耽寂等鍛練心智的開始。

此外，張夢機先生後期的詩中多有反映時事的社會關懷等詩作，猶如他在《藥樓文稿・詩阡拾穗》中指出：

文學的形式和使命，雖異常繁複，然究其目的，最重要的不過兩方面：一是反映時代，即對現實社會作深刻的描繪，知微必彰，有轉移人心，整頓風俗的力量。二是表現自我，將個人心靈情愫反復闡幽，任其流露[35]。

特別值得一提的是，他鎔裁新句於古典的嘗試，在《藥樓文稿》裡，他曾說：「在舊詩中灌注新的生命，並無礙詩之古雅性，以舊典入新詩，也絕不貶低詩的時代性。」、「近人好以新詞彙搭配入詩，其佳者，如美人鬢邊的黑痣，益增嫵媚；其劣者，如屠沽鼻端的贅疣，傖俗可厭。[36]」等，對於不同時代的詩歌創作，他不固守傳統而不變通，但堅持傳統「雅馴」的佳句。

---

34 高友工：〈《古詩十九首》與自省美典〉，《中國抒情傳統的再發現・上》（臺北市：臺大出版中心，2009年），頁224-225。

35 張夢機：《藥樓文稿》（臺北市：文史哲出版社，1995年），頁35-36。

36 張夢機：《藥樓文稿》（臺北市：文史哲出版社，1995年），頁37、39。

　　《藥樓近詩》一書即擷取當代語彙，如：登革熱、捷運、滑鼠、網咖、韓流、螢幕、病媒蚊等入詩，讀來自然而典雅。他認為作為一個現代人，即使是作傳統詩也應該表現新的思想，新的內容，因此無可避免要使用新詞彙，而這早在清末民初的黃遵憲的《人境廬詩草》中，即貫徹此一主張[37]。他表示：

> 運用新詞彙並不如想像中那麼容易，有時反而比不用還要難做。因為，新詞彙固然可以加強詩的時代性、現代感，但也很容易戕傷傳統詩的古雅性。……新詞彙入詩如何才能夠不悖傳統詩「雅馴」的原則，也就是說，如何才能使這首詩既富於時代性，又同時保有古雅性。要達到這個目的，我以為在運用新詞彙的同時，也必須留意上下文的搭配與結構，更清楚點說，用了一個新詞彙以後，必須在上下文中，搭配一些典雅的詞彙或經史的故事，作為調和，我想只要精心結構，經營得法，一定能造成雅俗之間的平衡[38]。

　　因此，從張夢機先生詩集中「病體」語言與敘事，可以看出其疾病書寫中觀照生命的視角。其從病體病貌到病者心靈的沮喪、乃至定位重整、療癒等的語言串接組合，可見其疾書寫的語言與敘事的辯證歷程。放眼當代疾病書寫多以小說、散文為主的現象，張夢機先生詩集裡的疾病書寫，不僅向我們展示他罹病後的疾痛、內省與心智的修練，同時，也勇於針砭時事，反映時代，表現自我的感受，並能鎔裁新句於古典，此足見張夢機先生詩集之疾病書寫在當今疾病書寫中詩學典範的意義價值。

五　結論

　　疾病是人一生中的核心經歷，罹病後的疾病書寫與創作，可以照見其人其作的品調。安納托・卜若雅（Anatole Broyard）在《病人狂想曲》一書中，鼓勵人在病中建立並堅持一種自尊自愛的風格，因為只有這種自重自信的風格，才不會因疾病而被貶抑、變形扭曲，失去自我。他說「我們怕得不得了的，也許不是死，而是自己變醜、變笨、變糟。[39]」張夢機先生自1991年罹患中風之後，即以賡吟搜句自娛，所作《藥樓詩稿》、《鯤天吟稿》、《鯤天外集》、《夢機詩選》、《夢機六十以後詩》、《夢機詩選》、《藥樓近詩》等書，不僅在擬題、選詞或是陶鑄新意、賦古典以新貌上，精采超群，可供後學研究者甚多，其蝸居詠懷、借詩遣悶的詩作中，對於罹病後的自我重整與反省，不僅僅屬於詩人情志的表達，也是對所有讀者開放及展露他內心世界裡的自省獨白。其詩作內

---

37 張夢機：《藥樓近詩》（新北市：INK 印刻文學，2010年），頁3。

38 張夢機：《藥樓近詩》（新北市：INK 印刻文學，2010年），頁4。

39 安納托・卜若雅（Anatole Broyard）：《病人狂想曲》（臺北市：天下遠見出版公司，1999年），頁26、65。

容哲理、情思的描寫，以及疾病書寫中「病體」語言與敘事，已涵蓋他如何定義自己、觀看自己、因應罹病策略的馴服與被馴服，以及忍閒耽寂的鍛練心智，其內涵不僅是文學上具有審美意識的「詩」，也具有他實現存在價值的哲學意涵，尤其能於疾病治療的過程中，針砭時事，反映時代，表現自我的感受，鎔裁新句於古典詩作，堪稱疾病書寫中的詩學典範。

藥樓與病體的相互定義
——張夢機晚期藥樓詩作中的身體與空間書寫

羅秀美*

摘要

　　張夢機教授（1941-2010）為當代知名古典詩人，也是詩學教授；天命之年後因風疾而臥病，人生最後近二十年歲月以藥樓為家。臥病其間，詩人大量創作詩篇，他是少數能夠以創作和病魔共處的詩人，龐沛的創作能量，令人激賞。本論文擬以詩人藥樓臥病期間的詩作為考察對象，以探究詩人晚期藥樓詩作之風格（新語法）轉變，及其所書寫的身體與空間如何相互定義。首先論及藥樓是養病為主的空間，也是詩人最後近二十年人生的「家」。在藥樓裡，詩人以詩的創作昇華了身體的病痛，以及久居藥樓的煩悶。其次論及詩人「樓居」藥樓的孤寂，以及請業學生與友朋之過訪。這是「在」藥樓的詩人主要的生活內容。再者論及詩人也有「暫時離開」藥樓的時候，多以就醫住院、訪友或接受招飲為主，無奈有之，歡笑有之。然而也指向心靈的離開，即回憶美好的壯遊時光，這是身體無法自由行走的詩人最深刻的「離開」。最後，總結詩人之病體與藥樓已融合為一；同時，詩人也因病體而產生新的語法風格，再展另一詩藝高峰，可謂詩窮而後工的當代經典。

關鍵詞：張夢機、藥樓詩作、晚期風格、身體與空間、台灣古典詩

---

* 中興大學中國文學系副教授。

一　前言：病與詩──詩窮而後工

　　詩人張夢機（1941-2010）的詩藝，在天命之年意外中風後[1]，不但未曾停歇，反而再創高峰。病前僅《西鄉詩稿》（1979）、《師橘堂詩》（1979）兩部詩集，病後近二十年間則詩作大增，依出版時間，依序為《藥樓詩稿》（1993）、《藥樓詩稿續》（收錄於《藥樓文稿》，1995）[2]、《鯤天吟稿》（1999）、《鯤天外集・卷中》（2001）[3]、《夢機六十以後詩》（2004）、《藥樓近詩》（2010）等六部（卷）詩集；另有兩部精選集《夢機詩選》（2009）與龔鵬程校《張夢機詩文選編》（2013）。於此可見其養病期間的創作能量，大有可觀之處。由於詩人張夢機自題養病寓所為「藥樓」，故以上詩作可統稱為「藥樓詩作」。

　　藥樓座落於新北市新店區安坑之玫瑰中國城，專為養病而移居。寓居期間自1991年至2010年辭世為止，近二十個春秋坐卧其間，除短暫看病、訪友外，鮮少外出，多賦詩自娛。因此，藥樓詩作既為養病山居後所作，自有許多觸及病體與藥樓起居之作，這些詩作如何書寫空間與身體的相互定義，便是本論文關注的焦點。

　　藥樓詩作為詩人張夢機五十一歲罹風疾至七十歲辭世，近二十年間的作品，堪稱晚期之作。借用薩依德對「晚期風格」的定義：「人生的最後或晚期階段，肉體衰朽，健康開始變壞；……我討論的焦點是偉大的藝術家，以及他們人生漸近尾聲之際，他們的作品和思想如何生出一種新的語法，這新語法，我名之曰晚期風格。」[4]進而言之，晚期風格約有二義，一是臻於圓融之境的作品，一是「將圓融收尾的可能性打壞，無可挽回」[5]的晚期風格，它往往「涉及一種不和諧的、非靜穆的（nonserene）緊張，最重要的是，涉及一種刻意不具建設性的，逆行的創造。」[6]而薩依德討論的晚期風格主要指後者。本論文借此概念以說明張夢機晚期藥樓詩作的風格，但不完全囿於薩依德的觀點。由於為病軀所苦，因此詩人的晚期藥樓詩作，不僅有一般詩人圓熟老成之作，更有許多隨心情跌宕起伏而出現的「不和諧」之作，主要以無奈、哀嘆這類負面心境為主。

1　筆者碩士論文指導教授即為張夢機教授（實際指導者為顏崑陽教授）。羅秀美《宋代陶學研究》，中央大學中文所碩士論文，1997年6月（榮獲國科會1998年度一般研究乙種獎勵）。

2　《藥樓文稿》（1995）為詩文合集，書後附錄《藥樓詩稿續》。

3　《鯤天外集》（2001）為詩詞文合集，卷中收錄詩作。

4　〔美〕艾德華・薩依德（Edward W. Said）著；彭淮棟譯，《論晚期風格：反常合道的音樂與文學》第一章「適／合時與遲晚」（台北：麥田出版社，2010年3月），頁84。

5　〔美〕艾德華・薩依德（Edward W. Said）著；彭淮棟譯，《論晚期風格：反常合道的音樂與文學》第一章「適／合時與遲晚」，頁85。

6　〔美〕艾德華・薩依德（Edward W. Said）著；彭淮棟譯，《論晚期風格：反常合道的音樂與文學》第一章「適／合時與遲晚」，頁85。

整體言之，詩人張夢機的晚期藥樓詩作，往往交迭出現兩種風格（或曰新語法），與其
臥病前的詩作風格大不相類，值得探究。

其次，本論文所稱「身體」，借用理查德・舒斯特曼（Richard Shusterman）《身體
意識與身體美學》的說法，身體「所表達的是一種充滿生命和情感、感覺靈敏的身體，
而不是一個缺乏生命和感覺的、單純的物質性肉體。」[7]而所謂「身體美學」，指涉的是
「充滿靈性的身體是我們感性欣賞（感覺）和創造性自我提升的場所，身體美學關注這
種意義上的身體，批判性地研究我們體驗身體的方式，探討如何改良和培養我們的身
體。」[8]是以，本論文借此概念以探討張夢機晚期藥樓詩作中所呈露的身體樣貌以及自
我提升的心靈世界。再者，所謂「空間」，指涉的是一般定義下的物質空間，在本論文
的脈絡裡所指涉的便是藥樓這一居住空間，亦即詩人人生最後19年的「家」；此外也指
向充滿生命力的心靈世界這一身體空間。是以，張夢機晚期藥樓詩作多呈現病體、藥樓
等與身體／空間相關的內容，且擅寫身體／空間的交互定義。是以，其身體／空間亦非
截然二分的書寫，往往相互定義，指涉豐富。

是以，本論文擬就三個要點，探討詩人張夢機晚期藥樓詩作中的身體與空間如何被
書寫。首先論及晚期藥樓詩作，詩人為長期復建之需而移居藥樓養病，寫詩遂成為復建
生活之寄託。因此，其一系列藥樓詩作多以藥樓與病體為書寫題材，尤其是受困的敏感
心靈面對半殘之軀的心境。是以，在詩人龐沛的創作能量裡，出現了不少雷同的詩題及
無奈之語。其次，「在」藥樓養拙的詩人，逐漸接受口訥足廢之病軀，藥樓成為心靈成
長之福地。詩作裡既能呈現詩人獨享藥樓的寂靜之美，也有學生與友朋過訪所帶來的歡
樂。詩人因此突破困居藥樓之局限，與外界溝通，詩題因之豐富，詩作境界較添圓熟。
再者，藥樓詩人雖長期困居藥樓，仍有「暫時離開藥樓」的機會，一是就醫住院與友人
招飲，而另一種「離開」則是詩人因足廢而無法再出外旅行的反撥，藉由回溯美好的壯
遊經驗，以滿足心靈的「暫時離開」；是以，臥遊暫時豐富了目前足廢困居的生活。最
後，綜觀詩人病後可觀的創作能量，令人無法忽視；而其因病體而迸發的晚期詩藝，既
有圓融老成之作，也有「不和諧」的無奈與哀嘆之語，未必截然二分，意涵豐富。總結
詩人張夢機晚期藥樓詩作之意義與價值，詩人因生命之大傷心而成就其不凡詩藝，值得
探賾。

7　〔美〕理查德・舒斯特曼（Richard Shusterman），《身體意識與身體美學》導論（北京：商務印書
　　館，2011年7月），頁11。

8　〔美〕理查德・舒斯特曼（Richard Shusterman），《身體意識與身體美學》導論，頁11。

二 藥樓、病體與詩──詩讓詩人真正安居於藥樓

藥樓因病體而起名，病體也因藥樓而得以「重生」，以筆（寫詩）代口，傳達了病體的疼痛與心境的無奈，詩作因此大增，詩藝因之大進。身體之不足，病軀之痛楚，藉由詩作得以昇華生命之高度。更重要的是，病體促生新語法，晚期風格因之建立。因此，藥樓是養病之所，也是詩的誕生地；它困住了詩人的身軀與行動，卻無法扼殺龐沛的詩思，反而使詩人得以專心作詩，過著單純的詩生活。因此，藥樓是當代台灣古典詩壇的一方重要空間。

因此，藥樓、病體與詩的相互定義在於，詩讓（臥病的）詩人真正安居於藥樓，並且得以昇華身體之病痛。誠如海德格爾所稱：

> 「人詩意地安居」更毋寧是說：詩首先使安居成其為安居。詩是真正讓我們安居的東西。但是，我們通過什麼達於安居之處呢？通過建築（building）。那讓我們安居的詩的創造，就是一種建築。[9]

是以，詩使臥病的詩人得以安居，而安居之建築就是藥樓。同時，讓臥病的詩人得以安居的詩，也是一種建築。所以，詩人既安居於藥樓裡，也安居於詩的創作裡，詩人的存在價值因藥樓與詩而得以彰顯。

（一）詩意的安居之所：藥樓

「藥樓」是詩人移居玫瑰中國城的養病之所，詩人將終生與藥罐子為伍，養病復健是移居城郊的重要原因。然而，詩人在醫學復建外，以詩的創作療治病軀，藥樓因之成為「詩意的安居之所」。[10]

在中風大病前，詩人張夢機是出身體育系的詩學教授，不只身形壯碩，且言談幽默。然而正當盛年的詩人倒下了，繼先後失怙、喪妻後，自己也突遭風疾所襲，成為口訥足廢之病人，復健自此成為生存的唯一目標。五十一歲正值人生之麗日當空，詩人卻失去太多了，尤其是健康的身體。摯友顏崑陽尤其感慨良深：

> 然夢機竟為遭命之人矣。戊辰秋，初抱失怙之痛；越明年，復銜鼓盆之哀。而天命始知，年方二毛，突以風疾廢臥。雖神智未喪，卻四體不仁，口舌猶木。乃於壬申秋，移家都城南郊，養病碧潭西鄰，而額其居曰「藥樓」。[11]

---

9 〔德〕海德格爾著，郜元寶譯，《人，詩意地安居》（上海：上海遠東出版社，2011年5月），頁71。
10 借用並轉化《人，詩意地安居》之標題。
11 顏崑陽，〈《藥樓詩稿》序〉，張夢機《藥樓詩稿》（台北：台灣文學觀察雜誌社，1993年12月），頁4。

文中所稱戊辰指1988年，壬申是1992年。中年張夢機可說是集眾多悲哀於一身的大傷心人，所幸大難不死，猶有清晰的神智，可謂不幸中的大幸。因此接受摯友顏崑陽建議，由台北市中心移居城南郊坰玫瑰中國城養病，「藥樓」因之代替原有之居所「詩橘堂」，成為往後近二十年的家。張夢機〈臘殘〉亦曰：「瓦牆櫛櫛傍山阪，病後詩齋號藥樓。」[12]然而，雖有此大幸運，卻也必需清楚地面對自身困坐輪椅、行動不得自由的殘酷事實：

> 想見一室闃寂，困坐輪椅。死者日遠，生者腐心。而歲月悠悠，以日為年，曷其有極？嗟乎！人生至此，詩不得不作矣。是以驚情駭志，而聲文並發。斯乃主其主而僕其僕，本乎性命，深於哀樂，自爾成詩，而矩矱皆在度外矣。[13]

身體困居藥樓，但心靈仍舊活生生地感受世間一切，長日無事，作詩度日，成為最佳選項。因此，在大不幸中的大幸裡，詩人重新開始授課，重新閱讀與作詩，甚至一樣能以笑話待客。專心作詩，日積月累，很快便誕生了第一部詩集《藥樓詩稿》：

> 壬申秋，余移家安坑，養病玫瑰中國城。雙足幾廢，口閹難言。孟冬，閒居無事，始賦詩以自娛。越一年，竟得三百餘首，遂稍予裁汰，彙集付鋟為《藥樓詩稿》。惜夫沉痼纏身，既乏烹鍊之功，又無檢索之力。故本集之作，大抵率意為之，但求紀實，非敢以矜嚴自許；而遣詞造句，亦與舊作大相逕庭矣。[14]

詩作始於1992年冬天，一年之間便已有三百餘首，產量可謂豐厚。詩人自謙宥於病體而無力錘鍊，但仍有藥樓養病紀實之效。此後詩作中亦常見以作詩度閒日的敘述，如〈午寐初起作〉：「漫以賡詩銷永晝，慣從寂境過殘生。」[15]或〈九日〉：「困居蝸舍守寥寂，惟教賡詠銷年光。」[16]、〈保新林口招飲因病不赴〉：「自罹沉痼來，孤寂守第宅。忍閒惟賡詩，相慰賴篇籍。」[17]皆述及專心作詩成為度日良方的情景，令人不忍。

是以，人生至此，詩不得不作矣。自《藥樓詩稿》始，藥樓詩作陸續產出，直到生命終期最末一部《藥樓近詩》為止，共計六部（卷）詩集，成果豐碩，自言「沉痾三載詩千首」[18]，洵非虛言。更何況十餘年間的作品數量，自是遠遠超過「千首」，實令人嘆為觀止。

---

12 張夢機，〈臘殘〉，《藥樓詩稿》，頁27。

13 顏崑陽，〈《藥樓詩稿》序〉，張夢機《藥樓詩稿》，頁4-5。

14 張夢機，〈《藥樓詩稿》自序〉，《藥樓詩稿》，頁7。

15 張夢機，〈午寐初起作〉，《鯤天吟稿》（台北：華正書局，1999年6月）卷一，頁5。

16 張夢機，〈九日〉，《夢機六十以後詩》（台北：里仁書局，2004年5月）卷一，頁8。

17 張夢機，〈保新林口招飲因病不赴〉，《夢機六十以後詩》卷之二，頁80。

18 張夢機，〈近況次勉蓀先生韻〉，《鯤天外集》（台北：漢藝色研出版社，2001年3月）卷中，頁44。

（二）寫詩當藥引：豢養口訥足廢之病體

詩人移居藥樓後，「寫詩當藥引」[19]成為最佳的療治良方。詩人以詩作講述身體的苦痛，於是晚期藥樓詩作裡最常吟詠的主題及其關鍵字便是「藥樓」與「病體」，六部（卷）詩集裡重複吟詠此類與身體及空間相關之題材者不在少數，也是晚期藥樓詩作的主要特色。進而言之，由於題材之集中（與局限），新的語法風格亦因之誕生。

「人類存在最明顯的真相——人擁有身體，並且在某種程度上，人就是身體。」[20]，只有當身體失序了，成為病體，我們才清楚意識到人與身體的關係如此密切。是以，「當我們的身體為疾病所苦之際，心思也隨之糾結。……然而身體的苦痛如何以身外之物的語言傾訴呢？」[21]，然而詩人張夢機的苦痛正是透過身外之物的詩加以傾訴的，詩人別無選擇。因此，隨著養病時間日久，題材集中的情形也愈來愈顯著，實乃病體所限之不得已。詩人自道：

> 余自罹病以還，今且八載，而身猶殘障，口仍訥澀，日日看山看樹，聽風聽鳥，除復健外，惟以披書賡詠自娛。惜夫餘歲月易逝，題材寖荒，周遭事物，幾已摹寫殆盡，且余久病不瘳，登涉維艱，縱有谿壑美景，恐難入吟篇。[22]

可見，藥樓養病的詩人因殘障之身難以登涉，見聞有限，能寫之題材自然多集中於切身有關之病軀及藥樓困頓之情。八年後，詩人已有題材漸稀之感。然而，詩人仍舊以作詩為藥引，昇華養病歲月的孤寂，迭有作品付梓。

試觀詩人集中諸作，其以「藥樓」命名者不在少數，以《藥樓詩稿》（1993）為例，有〈藥樓獨坐〉、〈藥樓戲占〉、〈藥樓即事〉[23]等；《藥樓詩稿續》（1995）有〈藥樓坐雨兼懷戎庵崑陽〉、〈藥樓即事〉、〈藥樓春曉〉等；《鯤天吟稿》（1999）有〈藥樓次戎庵韻〉、〈藥樓飲集〉、〈次戎庵藥樓社集韻〉、〈藥樓冬集〉[24]、〈藥樓春日〉、〈藥樓春集〉、〈藥樓雨中〉、〈某過訪藥樓作〉、〈藥樓感秋〉、〈藥樓述事〉等；《鯤天外集・卷中》（2001）有〈酒集藥樓作〉、〈藥樓雜題三首〉、〈藥樓冬集二首〉、〈藥樓春集〉等；

---

19 語出張夢瑞〈寫詩當藥引〉，張夢機《鯤天外集》附錄，頁162。
20 〔英〕透納（Bryan S. Turner）著，謝明珊譯，國立編譯館主譯，《身體與社會理論》（台北：韋伯文化公司，2010年2月）「第二章　社會學與身體」，頁33。
21 柯裕棻，〈推薦序：疾病之名〉，〔美〕蘇珊・桑塔格（Susan Sontag）著；刁筱華譯，《疾病的隱喻》（台北：大田出版社，2000年11月），頁4。
22 張夢機，〈《鯤天吟稿》自序〉，《鯤天吟稿》，頁1。
23 同一詩集裡出現兩首〈藥樓即事〉。
24 同一詩集裡出現兩首〈藥樓冬集〉。

《夢機六十以後詩》（2004）有〈藥樓秋集〉、〈藥樓漫題〉、〈藥樓秋集〉、〈藥樓坐雨有懷沈謙二首〉、〈藥樓月夜〉、〈藥樓春集〉、〈藥樓茗坐遲故人不至〉等；《藥樓近詩》（2010）有〈藥樓坐雨得句〉、〈藥樓秋集〉、〈藥樓漫題〉、〈藥樓四韻〉、〈藥樓雅集〉、〈藥樓秋集四首〉、〈藥樓春集〉、〈藥樓雜詩〉、〈藥樓雜詩續〉、〈藥樓〉等，不乏重覆之詩題。以上詩題在六部（卷）詩集裡迭有重覆，內容多以藥樓獨坐與聚會為主，前者如《藥樓詩稿》（1993）之〈藥樓即事〉：「群綠戎戎暗，盆栽獨受陽。人隨啼鳥換，病忌釀茶香。朝暮依書帙，衰殘托藥囊。羞從明鏡裡，看取髮成雙。」[25]後者如《藥樓近詩》（2010）之〈藥樓雅集〉：「春風樓館共吟朋，挹翠裁紅力尚能。余視總持為少友，詩期貽上以中興。初沽尊酒香如棗，已斂塵心靜似僧。遠道諸君來問訊，遂令廣座茗氛增。」[26]便是。即使其他題名未見「藥樓」而論及藥樓點滴者，更是不計其數。可見詩人深居藥樓，題材漸稀之事實自屬必然，令人不忍。

是以，詩作中出現「病體」、「口訥」、「足廢」或「輪椅代步」等關鍵字者，難以一一細數。首先，寫及「病體」或「殘軀」者，如〈癸酉春節〉：「病軀裹足局門戶，詩袂分春拂暖香。」[27]、〈偶感〉：「艱危歲月惜殘軀，獨坐當窗形影孤。」[28]、〈遣悶〉：「病久已憐非故我，境幽但惜是殘軀。」[29]、〈餘生〉：「已殘身似風前燭，不動心如寺裡幡。」[30]等。

其次，同時述及「口訥」及「足廢」（「輪椅代步」）者，如〈秋懷〉：「功名已了依輪椅，病膝還憖口尚瘖。」[31]、〈閒居作〉：「詩猶隱隱情方掩，口尚喑喑語未通。……。幽居恰似魚千里，病膝何能作轉蓬。」[32]、〈自況〉：「足不能行口猶噤，此生端合老山城。」[33]、〈樓居〉：「體力忽衰弱，形骸非故吾。雙膝殆廢，口瘖難呼。」[34]、〈藥樓春曉〉：「雙膝須助行，所言尚訥訥。」[35]、〈郊居十二韻〉：「身殘嗟俸薄，口訥藉文吁。」[36]、〈次答春初先生〉：「口訥身殘瘳有日，不瘳沉痼是孤吟。」[37]、〈索居〉：「藥

---

25 張夢機，〈藥樓即事〉，《藥樓詩稿》，頁66。

26 張夢機，〈藥樓雅集〉，《藥樓近詩》（台北：印刻出版公司，2010年5月），頁60。

27 張夢機，〈癸酉春節〉，《藥樓詩稿》，頁48。

28 張夢機，〈偶感〉，《藥樓詩稿》，頁77。

29 張夢機，〈遣悶〉，《藥樓詩稿續》，收錄於《藥樓文稿》附錄（台北：文史哲出版社，1995年5月），頁161。

30 張夢機，〈餘生〉，《鯤天吟稿》卷三，頁71。

31 張夢機，〈秋懷〉，《藥樓詩稿》，頁68。

32 張夢機，〈閒居作〉，《藥樓詩稿》，頁68-69。

33 張夢機，〈自況〉，《藥樓詩稿》，頁74。

34 張夢機，〈樓居〉，《藥樓詩稿續》，收錄於《藥樓文稿》附錄，頁169。

35 張夢機，〈藥樓春曉〉，《藥樓詩稿續》，收錄於《藥樓文稿》附錄，頁174。

36 張夢機，〈郊居十二韻〉，《鯤天吟稿》卷三，頁60。

37 張夢機，〈次答春初先生〉，《鯤天外集》卷中，頁44。

樓抱病又經年，口訥身殘一惘然。」[38]、〈二月初八忍閒作〉：「口訥足殘餘自惘，不然
蓬島去尋真。」[39]等。

再者，僅寫及「足廢」（「輪椅代步」）者，如《藥樓詩稿》（1993）的〈樓夜〉：「俱
身大患須輪椅，鑠夢新詩運匠心。病體惟愁冷鋒過，青氈獨擁恐難禁。」[40]、〈浩然即
景〉：「磚平疑是砥，坐眺托雙輪（余因病膝恆以輪椅代步）。」[41]、〈春晴〉：「輪椅隨身
疑刖足，鉛刀勝雪只分橙。」[42]、〈浩園〉：「自從罹沉痾，輪椅代步履。」[43]、〈統禹先
生寄書及詩次韻奉答〉：「自嗟膝弱不堪行，忽奉吟牋倦睫明。多恐餘生尚藜杖，能陪清
月只茶鐺。」[44]、〈藥樓春日〉：「至今跬步行猶艱，不信殘粧眾尚娛。」[45]、〈四疊韻奉
答戎翁〉：「八載足殘天地窄，一襟誼古肺肝知。」[46]、〈廖梅老惠詩奉答〉：「一蹶猶艱
跬步行，且憑吟詠度餘生。」[47]、〈九疊韻寄戎老龍定室〉：「沉痾十載換伶俜，蟻穴槐
安夢久醒。骨傲不曾輸勁菊，足殘猶是羨流萍。」[48]、〈偶感〉：「殘霞一抹又黃昏，念
及沉痾淚幾吞。足廢差同卜和厄，腦靈猶感華佗恩。」[49]、〈感秋〉：「雙足至今艱跬
步，迴旋翻羨九秋蓬。」[50]等。

由以上詩題觀之，病體確實為詩人張夢機最大的痛楚來源，然而〈佚題〉中所呈露
的身體，最令人不忍：「孫臏黥面能逃災，卜和刖足非緣財。頭風誤我且三載，膝孿口
噤殊悲哀。憶昔狼狽始，微命薄如紙。苦無回天力，垂死幾瀕死。夜闌嘔血，沾衣乍噴
數升；煙害戕身，下地俄驚雙履。多慚朋輩勤照拂，每隨歸鳥沉西曛。諸生禮數最周
匝，鮮花橘柚漫紛紛。道尊基督漸深信，慈顏衰髮淚潛迸。功名恩遇轉頭空，人生至此
豈非命。嗚呼！功名恩遇轉頭空，人生至此豈非命。」[51]詩人回憶三年前發生的身體劇
變以及隨之而來的大悲痛，至今讀來猶令人驚心。然而病前詩人的身體並非如此，沈謙
嘗道：「他不僅舌燦蓮花，而且肢體語言豐富，一彈指，一聳肩，一噘嘴，一眨眼，雄
姿英發，顧盼煒如也，真是魅力無邊。」[52]，不只如此，他還是馳騁球場的健將，更是

---

38 張夢機，〈索居〉，《鯤天外集》卷中，頁48。

39 張夢機，〈二月初八忍閒作〉，《藥樓近詩》，頁52。

40 張夢機，〈樓夜〉，《藥樓詩稿》，頁24。

41 張夢機，〈浩園即景〉，《藥樓詩稿》，頁31。

42 張夢機，〈春晴〉，《藥樓詩稿》，頁52。

43 張夢機，〈浩園〉，《藥樓詩稿續》，收錄於《藥樓文稿》附錄，頁172。

44 張夢機，〈統禹先生寄書及詩次韻奉答〉，《鯤天吟稿》卷一，頁7。

45 張夢機，〈藥樓春日〉，《鯤天吟稿》卷三，頁69。

46 張夢機，〈四疊韻奉答戎翁〉，《鯤天吟稿》卷五，頁108。

47 張夢機，〈廖梅老惠詩奉答〉，《鯤天外集》卷中，頁38。

48 張夢機，〈九疊韻寄戎老龍定室〉，《夢機六十以後詩》卷之一，頁15。

49 張夢機，〈偶感〉，《夢機六十以後詩》卷之一，頁28。

50 張夢機，〈感秋〉，《藥樓近詩》，頁24。

51 張夢機，〈佚題〉，《藥樓詩稿續》，收錄於《藥樓文稿》附錄，頁172-173。

52 沈謙，〈張夢機的機鋒妙趣〉，張夢機《鯤天吟稿》附錄，頁137。

拳擊高手。如此病體，對照詩人病前的勃發英姿，確有天淵之別，令人不忍。

梅洛—龐第曾經強調身體的「沉默」，將沉默視為身體的典型特徵。[53]而詩人張夢機「沉默跛腳的身體美學」，正可透過其六部（卷）詩集呈露其口訥、足廢的病體事實。因此，詩人張夢機通過對於殘軀的認知，意識到自己既是一個身體，同時也是一個身體的擁有者：

> 當我用食指觸摸自己膝蓋上的一個腫塊時，我的身體主體性被引導著去把身體的其他部位感受為探索的客體。這樣，我既是一個身體，又擁有一個身體。[54]

是以，詩人張夢機面對自身半殘之軀，尤其是困坐輪椅的雙足，想像詩人觸摸軀體之際的感受，必然生發如是感懷：我是一個身體，同時我也是這個殘軀的擁有者。已然口訥的詩人，如何訴說這樣的心情，惟有依賴紙筆的刻畫，身體才能真正被復原。

是以，對詩人張夢機而言，對身體（病體）的認同，已不只是簡單的生存問題，而是更高層次的生命精神上的議題：

> 身體是我們身份認同的重要而根本的維度。身體形成了我們感知這個世界的最初視角，或者說，它形成了我們與這個世界融合的模式。它經常以無意識的方式，塑造著我們的各種需要、種種習慣、種種興趣、種種愉悅，還塑造著那些目標和手段賴以實現的各種能力。所有這些，又決定了我們選擇不同目標和不同方式。當然，這也包括塑造我們的精神生活。[55]

由於身體罹病，詩人張夢機更能意識到自己與自己的身體之間的關係，必需重新開始認知。通過這副軀體的病殘形貌，詩人張夢機必需重新感知這個世界的一切，也必需重新認識自己與世界融合的模式，生活方式因之全然不同。「殘軀」自此成為自我認同的身體樣貌，然而精神生活如何被重新塑造，更是當務之急。顯然，困居藥樓的病體，必需賦詩。

因此，在詩人張夢機的詩作裡，不時出現「雖病猶能作詩」的自我寬慰之詞，如〈次韻震宇弟閒居〉：「沉痾猶能吟，彼蒼錫純嘏。」[56]或〈杏林雜詠四首〉之三〈偶

---

53 援用〔美〕理查德・舒斯特曼（Richard Shusterman），《身體意識與身體美學》第二章標題「沉默跛腳的身體哲學：梅洛——龐蒂身體關注的不足之處」，頁76。案：梅洛——龐第曾將哲學描述為「跛腳的」，甚至以此曲折的隱喻讚美哲學。然而，本論文僅借用「沉默」與「跛腳」這兩個詞彙，但不宥於它原有的概念指涉，而以「沉默跛腳的身體美學」說明詩人張夢機口訥、足廢的病體事實。

54 〔美〕理查德・舒斯特曼（Richard Shusterman），《身體意識與身體美學》導論，頁14。

55 〔美〕理查德・舒斯特曼（Richard Shusterman），《身體意識與身體美學》導論，頁13。

56 張夢機，〈次韻震宇弟閒居〉，《鯤天外集》卷中，頁95。

感〉：「殘霞一抹又黃昏，念及沉痾淚幾吞。足廢差同卞和厄，腦靈猶感華陀恩。」[57]等
詩作，詩人有感於自身不幸中的大幸，猶有清明的心智，足以閱讀、思考與賦詩，而深
感上蒼恩賜之厚。王邦雄即以「英雄已去詩人歸來」稱許詩人張夢機：

> 他的英雄形象，就此隱退終結，而他的詩人靈感，卻神奇復活。徼天大幸，退出
> 江湖又重現江湖，莊子說相忘於江湖，儘管身手不再，詩篇卻在筆端湧出，似乎
> 困守輪椅斗室靜思的苦悶悲愁，是詩人重回人間的藥引良方。[58]

是以，詩人因病成為真正的大詩人，詩作一部一部地接連推出，病後作品超越前半生的
總成果，得失之間，實難估計。王邦雄說「老大還是老大，甚至是更老大了」[59]，貼切
地點出詩人張夢機的精神特質。

　　因此，上蒼雖以殘酷的方式，要詩人專心寫詩，而詩人也確實願意寫，經常寫，把
病後人生全寫進詩作裡。詩人也因病體對語體之影響，而寫出了不同於以往風格之作。
是以，詩人晚期藥樓詩作，使詩人得以安身立命，也順利通往藥樓之外的世界，困居藥
樓的日子乃既有獨享之美，也有與眾樂之時，充滿無窮生趣。

三　「棲居」藥樓——獨享孤寂、藥樓授課與友人到訪

　　詩人張夢機透過詩作，闡釋沉默跛足的身體之建構過程。這副軀體既隱匿於藥樓養
病，又朝向整個世界開放。是以，詩人棲居藥樓養病，其受困的敏感心靈大多能獨享整
座藥樓的孤寂之美，然而詩作也呈現了詩人因養病日久造成的心緒波動。但詩人不只
「在」[60]藥樓「棲居」、獨享藥樓，也有定期來訪的授課學生及不時登門造訪的友朋。
這些與眾樂的歡洽場景，往往也是詩作的重要題材。因此，藥樓詩人不盡然獨享藥樓之
孤寂美，不時出現歡笑人語的藥樓，往往也是詩人通向這個世界的絕佳管道。

　　然而，詩人曾自道，由於生活空間之局限與身障之故，即使不時有學生、友朋過
訪，詩題漸稀仍是不爭之事實，時日既久，漸有集中於友朋唱酬及回溯過往之趨向：

> 余自罹風疾以還，已過十一春秋，棲遲郭外，買屋山陬，鎮日耽寂忍閒，遊目自
> 適，惟以賡吟搜句自娛，至其工拙，非所計也。閒居日久，詩題漸稀，故本集儘
> 多唱酬、回溯之作，堪為生涯實錄。雖無驚人之句，仍足留存高誼，追溯前游，
> 再拾往日歡愉。[61]

---

57 張夢機，〈杏林雜詠四首〉之三〈偶感〉，《夢機六十以後詩》卷之一，頁28。
58 王邦雄，〈英雄已去詩人歸來〉，張夢機《鯤天吟稿》附錄，頁131。
59 王邦雄，〈英雄已去詩人歸來〉，張夢機《鯤天吟稿》附錄，頁131。
60 「在」，旨在強調詩人張夢機總是在藥樓、難得離開藥樓的一種恆常的狀態。
61 張夢機，〈自序〉，《夢機六十以後詩》，頁Ⅱ。

詩人在這部身罹風疾十一年後所出的《夢機六十以後詩》裡,如此自道忍閒耐寂惟依讀書作詩之境況,自嘲詩題逐漸集中,但至少仍有生涯實錄之價值。

循著詩人自道詩題漸稀而集中於唱酬與回溯之作的說法,本節「困居藥樓」乃先論其所謂唱酬之作,次一節「『離開』藥樓」再論回溯之作。前者因詩人困居藥樓乃獨享藥樓,僅能倚賴定期到訪上課的學生與不時造訪的友朋,以聯繫藥樓內外的空間,是以唱酬之作大多指涉此類與人際互動之作,是詩人通向世界的重要道路,非指一般窄義的唱酬。而後者所稱回溯之作,則是詩人困居藥樓的病體之「暫時離開」,指涉的是心靈之游離,以追憶病前之美好壯游,使病體得以稍解無奈的狀態。

(一)獨享:藥樓孤寂／閒適之美

在詩人張夢機困居藥樓的相關詩作裡,不難發現詩人有許多獨享藥樓孤寂之美的詩作。此類詩作又可大分兩小類,第一類詩作裡,藥樓獨坐的寂寞之感較深,較常展現落寞之氛圍與心緒;第二類詩作裡則顯得較能獨享藥樓孤寂之美,較能呈現圓熟老成之風格。然而,這兩類心緒並非截然二分,往往穿插出現於詩人同一首詩作裡,而且也貫串於詩人整個晚期藥樓詩作裡。

1 落寞氛圍滿藥齋:無奈之孤寂感

在第一類詩作裡,藥樓獨坐的寂寞之感較深,落寞之氛圍與心緒溢於言表,如〈夏夜〉的「落寞氛圍滿藥齋」[62]便是最佳代表。〈次韻奉答正三詞兄見贈四首〉之三也寫出這種心緒:「頑痾已近十春秋,早向郊坰購此樓。養拙生涯歸落寞,披書賡詠弭千憂。」[63],又如〈索居〉:「藥樓抱病又經年,口訥身殘一惘然。難著尋山謝公屐,滿望泛月米家船。邀朋偶酌詩中句,知我惟餘葉底蟬。終日杜門非大隱,消沉意緒下簾眠。」[64]詩中的「惘然」、「終日杜門」、「消沉意緒」在在可見詩人獨享藥樓之落寞。而〈山麓久居意忽忽不樂偶作〉,詩人更直接於詩題即指出這種「不樂」之感:「薄晚春寒以雨增,如山愁緒忽嶒嶒。」[65],詩中更指出愁緒如山高的無奈。

此外,如〈二月初八忍閒作〉:「東風樓舍寂無人,字畫圖書是至親。髮白千絲已生雪,花紅一面欲燒春。機邊滑鼠銷閒易,轍裡窮魚乞活頻。口訥足殘餘自惘,不然蓬島

---

62 張夢機,〈夏夜〉,《藥樓詩稿》,頁61。案:以下詩作引介,大致按照詩作時間先後排序,詳參文後附表。

63 張夢機,〈次韻奉答正三詞兄見贈四首〉之三,《夢機六十以後詩》卷之一,頁30。

64 張夢機,〈索居〉,《鯤天外集》卷中,頁48。

65 張夢機,〈山麓久居意忽忽不樂偶作〉,《藥樓近詩》卷四,頁119。

去尋真。」[66]、〈老境次龔稼老韻〉：「已過六秩身猶病，足廢多年奈命何。扶壁無端驚地弱，賡詩真感損眠多。竿搖翠靄曾看竹，莖出黃淤獨愛荷。詞客不來禽亦去，閒居清冷似山阿。」[67]都寫出了藥樓獨坐之孤寂心緒。

然而，詩人亦未必整首詩只傳達此種落寞氛圍，如〈藥樓獨坐〉：「圖書飾壁遞微馨，吹袂風清韻可聽。欲雨覆山雲不散，乍晴射屋樹多青。髮皤猶是迷三笑，體弱那堪困一經。恩怨漸隨車轍少，自嗟久病忍伶俜。」[68]詩題已點出獨坐藥樓，末句更指出久居藥樓養病之孤寂。然而全詩並未只一味呈露負面之孤寂美，其中所透顯的意境仍具有一定的美感與高度，尤其是「圖書飾壁遞微馨，吹袂風清韻可聽」最為耐讀。而〈秋襟〉：「天氣微涼雁不過，蝸居岑寂似山阿。孤燈影壁泛紅暈，幽幔卷秋生翠波。靜裡閒猶檢書卷，夜來渴欲飲星河。庭邊蛩與樓心月，惹得離人涕淚多。」[69]、〈端居賦興〉：「樓居落寞似叢林，徒有陶公運甓心。書帙誤入翻野史，瓶花媚我要清吟。看山已覺雲煙熟，攬鏡俄驚歲月深。占樹鳴蜩尚多事，叫殘午夢雨初沉。」[70]以及〈雜詩四首〉之二：「序齒才盛年，已作終老計。樓舍守寂寥，日沉更星替。閒坐憶少時，脫略游於藝。及壯入辟雍，沾濡感師惠。紙今傍山隅，雖設門久閉。偶看雨絲絲，默聽蟬嗼嗼。」[71]等等都是此中佳作，其中提及「蝸居岑寂似山阿」、「樓居落寞似叢林」與「樓舍守寂寥」都指出獨居藥樓令人無奈之孤寂感，然而詩人不忘展現靜觀自得的人生態度，於岑寂滿樓中，猶能體味生活靜觀之美。

2 閒坐藥樓煙雨外：圓熟之孤寂美

第二類詩作裡則顯得較能獨享藥樓，較能展現圓熟之孤寂美。詩人在第一部藥樓詩作《藥樓詩稿》裡即呈現了藥樓閒適之美，〈山城即事〉即是一例：「白牆紅瓦屋如鱗，指顧青山不幾尋。閒坐藥樓煙雨外，支頤眺遠數飛禽。」[72]短短四句詩，點出初享藥樓孤寂之美的詩人，其實已然呈現閒適之感。

然而，這種閒適感並不乏見，更常見於詩人臥病後期（年過六十後）的詩作。詩人在《夢機六十以後詩》曾以〈自敘〉表明願學陶淵明的閒適：「長繩不繫日與月，少歲青絲今黃髮。流光五紀坐致悲，偶念三湘淚垂血。……中山獎飾獲寵榮，饗宇松風聽獵獵。前塵撮要說分明，空有詩名驚耄耋。沉痾十載忍寂寥，花月無端竟虛設。才過老蒼

66 張夢機，〈二月初八忍閒作〉，《藥樓近詩》卷二，頁52。
67 張夢機，〈老境次龔稼老韻〉，《藥樓近詩》卷二，頁63。
68 張夢機，〈藥樓獨坐〉，《藥樓詩稿》，頁25。
69 張夢機，〈秋襟〉，《鯤天吟稿》卷一，頁3。
70 張夢機，〈端居賦興〉，《鯤天吟稿》卷一，頁16。
71 張夢機，〈雜詩四首〉之二，《鯤天吟稿》卷三，頁63。
72 張夢機，〈山城即事〉，《藥樓詩稿》，頁63。

耳順年，懶向賡吟計工拙。欲移五柳傍宅栽，漫就淵明學閒適。」[73]詩人自道五十之後沉痾在身，不得已「提早進入」老病之年，忍寂度日；十年後的耳順之年，詩人以陶淵明的閒適為學習對象。其〈次韻鴻烈安居新秋四首〉之一，也呈現了詩人六十耳順後郊居養拙之欣喜：「郊坰堪養拙，買屋近庭槐。病木因霖活，窮魚得水佳。山川留畫本，天地豁詩懷。最喜賡尊作，孤吟滿藥齋。」[74]，類似的心境也見於〈鴻烈有詩見懷次答二首〉：「未墜隱居志，漸安沉痼身。功名隨逝水，花木擁閒人。賡詠古今事，盤胸天地春。移家枕山麓，且效不羈民。」[75]此詩則道出詩人漸安於身殘病驅之事實，而能安隱於山居。

在詩人最後一部藥樓詩作《藥樓近詩》裡，〈客過〉呈現了詩人養病十二年後的心情：「吾罹沉痼一紀餘，漸冉鬱邑化閒適。」[76]經過十二年餘的養病時光，詩人自道逐漸已能化鬱邑為閒適。其中〈藥樓四韻〉也寫出這種閒適之美：「大樓不動前庭闃，橫亙山青映畫堂。塵蟎汙帷分地氣，書蟫棲卷忌陽光。多欣藥餌促身健，默對芸窗賡句忙。普洱外參杭菊瓣，滇茶色釅溢清香。」[77]藥樓一片靜寂，詩人身體暫健，默然作詩，畫面素淡而自有一種美感。

詩人曾經書寫坐眺藥樓之雨的心情，也能展現閒適美，如《鯤天吟稿》之〈坐眺〉：「風鐺煮藥散清芬，無事經年坐眺勤。獨聽滂沱簾外雨，貪看飄忽嶺頭雲。羈孤已忍揚雄宅，奧衍早慚韓愈文。不是春光在鄰戶，為何蜂蝶過紛紛。」[78]詩人無事坐眺，已是經年所為，獨坐獨聽更是習以為常。

浩園乃藥樓之一方園圃，詩人亦時常吟詠坐擁浩園之孤寂美，如《藥樓詩稿》之〈浩園即事〉：「浩園四顧興遄飛，幽圃撩人花木肥。病後時時耽獨坐，山中日日到斜暉。葉飄小樹渾疑雨，鳥叫秋風正拂衣。輪椅碾塵愁土痛，不如一器助行歸。」[79]詩人筆下的浩園獨坐，無論幽圃、落葉或鳥叫，皆有奇趣。而同樣寫浩園的〈藥樓〉（《藥樓近詩》）更道出獨坐之趣：「樓外風蕭瑟，浩園秋已殘。川湘遷客夢，蔬筍小儒餐。得札愁何在，酬詩興未闌。茶香支獨坐，聽曲溯前歡。」[80]音樂正是消憂的最佳良伴。

藥樓的春天也是詩人獨坐的最佳時節，閒適獨坐之作特別多，如《鯤天吟稿》之〈玫瑰城即事〉：「初陽樓舍斂微塵，眾綠沿庭漸已勻。南國驚回千里夢，東君早賜一城

---

73 張夢機，〈自敘〉，《夢機六十以後詩》卷之一，頁33-34。

74 張夢機，〈次韻鴻烈安居新秋四首〉之一，《夢機六十以後詩》卷之一，頁5。

75 張夢機，〈鴻烈有詩見懷次答二首〉之三，《夢機六十以後詩》卷之一，頁31。

76 張夢機，〈客過〉，《藥樓近詩》卷三，頁101。

77 張夢機，〈藥樓四韻〉，《藥樓近詩》卷一，頁43。

78 張夢機，〈坐眺〉，《鯤天吟稿》卷一，頁27。

79 張夢機，〈浩園即事〉，《藥樓詩稿》，頁77。

80 張夢機，〈藥樓〉，《藥樓近詩》卷七，頁213。

春。幾時佛日消三障，何處琴音濫四鄰。莫笑此身成落索，書香山翠漫相親。」[81]、
〈安閒〉：「漸變鳴禽換物華，安閒疑是在僧家。悠悠春讀樊川句，裊裊煙分普洱茶。眼
底人才異江左，樓前庭樹即天涯。不知雨後杭州道，是否朝來賣杏花。」[82]、〈藥樓春
日〉：「春光潑眼紛入室，榕樹鵑花映煖日。暮從林表識禽歸，曉羨村人隨軫出。……。
蝸廬養拙又一年，忍寂能樂心非怵。……」[83]、《鯤天外集》之〈玫瑰城春日〉：「東君
送暖小城幽，卷幔披襟坐畫樓。花梗三春沾雨露，人家萬戶接陵丘。沉痾漸引千愁出，
宿怨終歸一笑休。獨守清閒無客到，倦來偶憩養雙雙眸。」[84]、〈坐眺〉：「前庭紅紫簇
花臺，翠幔閒披望眼開。喚雨心隨鳩遠去，剪春人訝燕重來。慣從玄想通千古，欲共吟
朋醉百杯。坐享寂寥鄰大道，車聲往復響輕雷。」[85]等等，此類吟詠藥樓之春的詩作，
皆能呈露詩人閒適安居於藥樓的境況與心緒，令人神往。此外，少數寫及藥樓之夏的詩
作，如《鯤天外集》之〈夏意〉：「一樓寂謐棕香生，溽暑陽光隔牖明。午睡醒來人未
起，臥聽遠處賣冰聲。」[86]其寂謐之美又是另一種風格。

最後，詩人獨享藥樓閒適美，其所展現的圓熟老成，也展現在詩人對於身殘之慶
幸，如《鯤天外集》之〈偶成〉：「深居九載枕山陵，萬念寧為俗所繩。……。口足俱殘
殆天幸，不須屈丐博飛騰。」[87]、《藥樓近詩》之〈淒梗〉：「淒梗秋蟬訴霽晨，前廳墨
竹最相親。……。餘生一事差堪慰，足蹶無須走世塵。」[88]由此可知，久居藥樓的詩人
已逐漸體會身殘體廢所帶來的益處，不必奔波於塗，無需再為世塵所累。詩人亦曾自
道：「其實這樣病下來也好，否則我從來不知道以前被交際應酬淹沒的生活有多麼不正
常。做一個讀書人，還是要讀點書。而且人，有時靜下心來獨處也是一種福氣。」[89]詩
人在此展現了他對於福禍相倚的正面看法，詩人因臥病而重新成為專業的生活家與作
家，未嘗不是生命的大收獲。

然而，即使詩人能夠自任閒適，關心的友人仍不免質疑詩人往後漫漫人生路的艱
辛，詩人回答：「不，寂寞是有，但沮喪不會！」[90]一派率真的態度。是以，如此境遇
造就詩人之圓熟老成，此亦可謂其人生之大幸。茲以沈謙所言為註：「張夢機，振翅遨

---

81 張夢機，〈玫瑰城即事〉，《鯤天吟稿》卷一，頁11。
82 張夢機，〈安閒〉，《鯤天吟稿》卷一，頁28。
83 張夢機，〈藥樓春日〉，《鯤天吟稿》卷三，頁68-69。
84 張夢機，〈玫瑰城春日〉，《鯤天外集》卷中，頁83。
85 張夢機，〈坐眺〉，《鯤天外集》卷中，頁84-85。
86 張夢機，〈夏意〉，《鯤天外集》卷中，頁92。
87 張夢機，〈偶成〉，《鯤天外集》卷中，頁88。
88 張夢機，〈淒梗〉，《藥樓近詩》卷六，頁207。
89 鄭明娳，〈泰山與江河——為張夢機六十壽〉，張夢機《夢機六十以後詩》附錄，頁152。原刊於
　《文訊》194期（2001年12月，頁111-114）。案：張夢機此言乃回應鄭明娳關於病後調適的問題。
90 鄭明娳，〈泰山與江河——為張夢機六十壽〉，張夢機《夢機六十以後詩》附錄，頁153。原刊於
　《文訊》194期（2001年12月，頁111-114）。案：張夢機此言乃回應鄭明娳關於病後調適的問題。

翔的蒼鷹，卷舒自如的雲霞。如今蒼鷹折翼，雲霞失色，但是讀書寫作，沈潛涵詠，悠然閒適，未嘗不是另一種福緣？」[91]誠哉斯言，詩人確實能夠獨享藥樓閒適之美。

（二）與眾樂：藥樓授課與友朋讌集

然而，久居藥樓的詩人，並非全然只能獨對藥樓，與自己對話，藥樓尚有不少人聲笑語點綴其中。詩人與眾樂的主要事件有二，一是定期到訪藥樓上課的研究生，二是相招來訪視疾的友朋。〈郊居偶感〉即如是呈現：「深居地僻遠塵氛，莫逆朋來酒半醺。……。除卻生徒相請業，忍閒惟是賦詩勤。」[92]、〈漫成（七古）〉也有：「窗延樹色忍蕭索，十載沉痾臥丘壑。披襟客至共斟茶，請業人歸閒煮藥。」[93]，可見請業生與友朋來訪，確能為詩人的藥樓生活增添活力，也是詩人與藥樓之外的世界相聯繫的重要管道。

1 寒舍開講筵：藥樓授課

藥樓授課是藥樓詩人最為人津津樂道之事，一般中風養病之人少有能夠如此者，詩人不只腦靈清明，可以閱讀，可以作詩，甚至可以授課，堪稱奇蹟。如〈授課憶舊〉：「寒舍開講筵，環坐三學博。論法頻傳詩，啟門授金鑰。秋氣穿前廳，左側臨大壑。巧聯與趣聞，偶爾共一噱。課罷諸生歸，斜陽掛屋角。閒眺雲緩升，周遭盡落索。」[94]詩裡寫出學生遠道而至藥樓上課的情景，除了傳授詩學，詩人授課往往喜以笑話點綴其中。然而，值得留意的是，詩末四句因請業諸生歸去而生發的落索之感。歡笑人語歸去後，對照詩人的孤獨處境，益發顯得落寞。

再如〈授課〉所言：「午後樓陰冉冉移，諸生遠道共茶瓷。且從皮陸明吳體，偶向黃陳辨宋詩。請業不曾嫌口訥，叩鐘稍欲見襟期。輕車歸去斜陽晚，坐看白雲無盡時。」[95]詩裡則寫出學生至藥樓上課，詩人雖口訥，卻不減學生選課學習之意願，年年有學生，一批又一批地定期來訪藥樓。然而，請業諸生歸去後的描寫，在此不見落索之感，而是坐看雲起時的淡然與悠遠。〈課餘〉之授課描寫近似：「漫從溫故得新知，口訥慚為博士師。請業諸生歸去後，青山坐眺獨尋詩。」[96]但詩人卻以作詩自遣請業諸生歸去後的落寞之感。其他詩作亦有類此坐看雲起時的心境描寫，如〈次韻稼老仲夏絕句四

---

91 沈謙，〈張夢機的機鋒妙趣〉，張夢機《鯤天吟稿》附錄，頁137。

92 張夢機，〈郊居偶感〉，《鯤天吟稿》卷一，頁20。

93 張夢機，〈漫成（七古）〉，《夢機六十以後詩》卷之二，頁80-81。

94 張夢機，〈授課憶舊〉，《夢機六十以後詩》卷之一，頁9-10。

95 張夢機，〈授課〉，《藥樓詩稿續》，收錄於《藥樓文稿》附錄，頁166。

96 張夢機，〈課餘〉，《鯤天吟稿》卷五，頁107。

首〉之四：「風雨兼旬涼似水，功名一念澹於僧。諸生課罷剛歸去，坐眺山雲緩緩升。」[97]與〈晌午以前作〉：「……詩文暫了蟲魚注，茗荈猶須水火烹。請業門人歸去後，憑軒緩緩見雲生。」[98]等，可見詩人對於請業諸生定期來訪感受之深。

2 客來送暖恣相歡：友朋過訪

友朋來訪較諸請業諸生的到訪，更令詩人振奮。沈謙夫人施秋月曾道：「張夢機最有福氣了，他沒有討好朋友，但朋友們都喜歡他。」[99]確實如此，因此藥樓詩作裡述及友朋過訪的詩篇相當可觀。如〈賓至〉：「山壓樓扉路屈蟠，客來送暖恣相歡。茶煙不盡侵衣厚，絲雨無邊釀歲寒。座上燈懸堪作畫，堂前書在莫言官。郊坰倘許遲歸轂，拙稿猶須繩墨彈。」[100]，又如〈客至〉：「飛禽日日到紅樓，過訪何期更少留。事往且教歸一笑，雲開端欲換千愁。漫開書卷窮幽賞，午話湘天抵臥遊。清暇不嫌郊道遠，還來讀畫共茶甌。」[101]詩裡盡是對於賓（客）至所帶來的美好感受，可見詩人對於友朋情意之真。因此，〈榮生先生代贈邵氏鴻文賦謝〉即說明濃厚的友情對於詩人的重要性：「十載郊坰居，花鳥伴煢獨。開軒納巖青，賡詠固所欲。謝茲友情濃，令人忘塵俗。」[102]由於友情的灌溉，使詩人十年孤寂的藥樓養病生涯，增添了不少情味。

到訪藥樓的友朋裡，以視疾為最大宗，亦可謂視疾為友朋到訪的主因。如〈信發昭旭來視疾作〉：「歷經寒暑病非輕，一器相隨可助行。衰體扶牆驚步弱，長宵臥躑待天明。煩紆真感無妻子，問訊頻來有友生。二妙翩然隨雨至，清言玉屑見真情。」[103]或〈與文華崑陽夜話〉：「藥樓燈色媚書香，卷幔前廳語笑長。眼底親朋半已老，病中恩怨兩皆忘。飆車直待馳官道，罹疾何堪損胃囊。後此宵深思二妙，孤篝新詠且端詳。」[104]等友朋來訪之詩作，多能看到詩人交遊之廣闊與友情之深摯。其中，顏崑陽與詩人更結下深厚的兄弟情誼，其他詩作中亦不斷出現相關詩題或內容，如〈崑陽夜過〉[105]等。

然而，視疾之外，友朋也至藥樓歡聚。如〈朋聚行〉：「……，一月一回飲讌張，各以清言奪炎熱。嗟我沉痾五載過，披書羹詠半消磨。為耽岑寂邀朋輩，同話前塵發醉

---

97 張夢機，〈次韻稼老仲夏絕句四首〉之四，《鯤天吟稿》卷三，頁61。

98 張夢機，〈晌午以前作〉，《夢機六十以後詩》卷之二，頁58。

99 沈謙，〈張夢機的機鋒妙趣〉，張夢機《鯤天吟稿》附錄，頁137。

100 張夢機，〈賓至〉，《鯤天吟稿》卷二，頁32-33。案：題目下小序：「乙亥冬，聯副主編瘂弦，偕義芝舞麟漢傑錦郁瑜雯文冰諸君，遠來視疾，晤敘蝸舍，啜茗談諧，盡半日之歡。是午薄雲吹雨，寒流襲袂，然諸君之來，頗攜一股暖意，余有感彼等高誼，乃賦此報謝。」。

101 張夢機，〈客至〉，《鯤天吟稿》卷一，頁6。

102 張夢機，〈榮生先生代贈邵氏鴻文賦謝〉，《夢機六十以後詩》卷之二，頁62-63。

103 張夢機，〈信發昭旭來視疾作〉，《藥樓詩稿》，頁24-25。

104 張夢機，〈與文華崑陽夜話〉，《藥樓詩稿》，頁54。

105 張夢機，〈崑陽夜過〉，《藥樓詩稿》，頁86。

歌。」[106]詩人自言一月一回的藥樓讌集，是他藥樓歲月披書贋詠外的重要活動。〈寒舍小聚〉[107]也書寫了類似的情境。而〈藥樓春集（改作）〉：「海嶠春回革舊寒，紫氛且喜入脾肝。杯香共飲茅台酒，花秀爭誇石斛蘭。往日絃歌猶在夢，廣筵口辯自生歡。辟雍多少浮沉事，啼笑都歸袖手看。」[108]及〈藥樓春集〉：「燈光熠熠集梅歐，聽竹看花坐藥樓。諸子笑談銷永夜，一筵鮭菜醉清甌。說詩豈泛深沉語，論政都嗤懶惰牛。讌罷群公盡歸去，不知吟事與誰謀。」[109]等詩在在呈現了藥樓的歡笑人語。詩人另有諸多類此之作，如〈藥樓冬集二首〉[110]、〈藥樓秋集〉[111]、〈陳顥定西人俊讌集舍下率爾成興〉[112]、〈芳崙丙仁兩將軍讌集寒舍即席賦贈〉[113]等諸作。

以上詩作，皆可見詩人人緣之佳。詩人以開闊的胸襟展現他交友的廣度，從不抱怨任何朋友；別人多給的，銘記在心；別人少給的，從不計較；無論朋友消失多久，當再度出現時，友情可以立刻無間地銜接起來，沒有生分。[114]鄭明娳曾以「一幅磅礡的山水」形容詩人：「什麼話都可以講，什麼玩笑都可以開，什麼問題都可以問……，這就是難以割捨的朋友張夢機。剛他聊天，我眼前經常浮現的夢機好像一幅磅礡的山水！」[115]黃永武亦認為：「夢機一生最大的成功處，就是將『以文會友』四字切實做好，成為處世的快樂妙方。他喜歡和前輩師友相與唱和，都成了摯友；又喜歡向學生晚輩投贈詩句，也成了摯友。」[116]這就是友人眼中率真可愛的詩人性情。

然而，客來亦有客去之時，詩人對此，亦有詩作呈現此類心境，如〈客去〉：「客去菸香在，瀟瀟雨打樓。燈懸群嶂晚，簾捲一庭秋。秀墨寒搜句，清茶夜煮甌。繽紛螢幕影，閒暇足消憂。」[117]對比客至之喧鬧，客去之後顯得十分靜寂，詩人依然作詩，有時也觀看電視節目，一派悠然，也有幾許寂寞。鄭明娳曾提及詩人對來訪朋友的企盼：

---

106 張夢機，〈朋聚行〉，《鯤天吟稿》卷三，頁62。

107 張夢機，〈寒舍小聚〉，《鯤天吟稿》卷二，頁37。

108 張夢機，〈藥樓春集（改作）〉，《鯤天吟稿》卷三，頁74。案：題目下小序：「晝陰如晦，晌午無風，信發昭旭沈謙文華雄祥保新瑞騰諸教授，不畏春寒，來共杯酒。幽花香遞，隨萬卷而滿樓；雋語聲喧，聚千歡於半日。余乃援筆撰句，略誌鴻爪，至其工拙，非所計也。」

109 張夢機，〈藥樓春集〉，《鯤天外集》卷中，頁81-82。

110 張夢機，〈藥樓冬集二首〉，《鯤天外集》卷中，頁80-81。

111 張夢機，〈藥樓秋集〉，《夢機六十以後詩》卷之一，頁2-3。

112 張夢機，〈陳顥定西人俊讌集舍下率爾成興〉，《藥樓詩稿》，頁61。

113 張夢機，〈芳崙丙仁兩將軍讌集寒舍即席賦贈〉，《藥樓詩稿》，頁83。

114 鄭明娳，〈泰山與江河——為張夢機六十壽〉，張夢機《夢機六十以後詩》附錄，頁154-157。原刊於《文訊》194期（2001年12月，頁111-114）。

115 鄭明娳，〈泰山與江河——為張夢機六十壽〉，張夢機《夢機六十以後詩》附錄，頁157。原刊於《文訊》194期（2001年12月，頁111-114）。

116 黃永武，〈詩人張夢機的魅力〉，《文訊》348期（2014年10月，頁62-64），頁62。

117 張夢機，〈客去〉，《鯤天外集》卷中，頁45。

> 不會說話的張夢機卻用眼神表達他對朋友的企盼。有一天，朋友們扶著他的手寫
> 字，他第一次寫出來的字竟然是「再來」！是的，他使我們忍不住的再來。[118]

鄭明娳所述之情景是詩人最初臥病醫院，口不能言時對來訪朋友的期待；其後藥樓時期
的詩人，因復建之故逐漸拾回說話的能力，送別到訪友朋之際，往往便以這句簡短的
「再來」作結，令人不捨。

然而，客也有不來之時，或遲不至或改期，如〈藥樓茗坐遲故人不至〉：「滇茗分香
一屋閒，賡詩披卷翠帷邊。端知往事如流水，自抱孤愁到暮年。候客不來餘獨惘，看春
已去了前緣。社中風物供吟矚，搖曳唯升竹外煙。」[119]或〈阻雨〉也是：「寂歷招詩
朋，行期阻秋雨。門無車轍過，清坐又亭午。獨吟鳥相酬，口訥共誰語。畫閒空掛壁，
缽花自嫵媚。烹荈待客來，看搖棕櫚樹。」[120]因客不至，詩人乃獨自欣賞藥樓內外的
景物，雖然落寞，亦不乏獨坐之悠然。

綜合前述，詩人之病體「在」藥樓「樓居」的歲月裡，大多呈現獨自坐享的孤寂狀
態，此一獨享藥樓的生活裡，既有落寞無奈，也有閒適靜觀之美。此外，「在」藥樓裡
「樓居」的詩人，有時也能透過請業學生的到訪與視疾探問的友朋，與藥樓之外的世界
聯繫。然而，他人短暫的到訪藥樓，縱有歡笑喜樂，但終有離去之時。這種到訪與離去
之間的落差，亦喜亦愁，正是詩人恆常必需面對的課題。曾昭旭便以為詩人的真性情正
好表現在此：

> 據我的觀察體會，夢機的人生態度既非樂觀，亦非悲觀，也不是達觀，不是說是
> 一種感興式的活在當下。由於善於與週遭的環境人物感應起興，而可樂則樂，可
> 悲則悲。這不正是詩人根柢嗎？夢機因此人緣極佳，人面甚廣。……夢機在豪爽
> 幽默、愛熱鬧裡面其實有一顆敏感脆弱的心，這不也正是一種詩人性情嗎？所以
> 中風十幾年來，行動不便，生活寂寞，感懷根觸，竟使夢機的詩作更為量多而質
> 精，也可謂「文窮而後工」了。[121]

是以，無論獨坐藥樓或是學生與友朋過訪，詩人皆展現了他的真性情，並非悲觀，也不
是樂觀，只是感興的活在當下。簡言之，「在」藥樓「樓居」的生活裡，既有獨對病體
的自我對話，也能透過學生友朋的到訪，通向藥樓之外的空間。「在」藥樓裡「樓居」
著的詩人，無疑是真正真性情的大詩人。

---

118 鄭明娳，〈泰山與江河——為張夢機六十壽〉，張夢機《夢機六十以後詩》附錄，頁148。原刊於
　　《文訊》194期（2001年12月，頁111-114）。
119 張夢機，〈藥樓茗坐遲故人不至〉，《夢機六十以後詩》卷之三，頁114。
120 張夢機，〈阻雨〉，《夢機六十以後詩》卷之二，頁78。
121 曾昭旭，〈略說夢機的詩人性情〉，李瑞騰、孫致文主編，《歌哭紅塵間——詩人張夢機教授紀念文
　　集》（桃園市中壢區：中央大學中文系，2010年9月），頁3-4。〔同時刊登於「張夢機紀念特輯」，
　　《文訊》299期，2010年9月，頁47-49。〕

四 「暫時離開」藥樓——就醫與訪友、追憶壯遊

詩人雖以藥樓為主要「樓居」空間，也有「暫時離開」的時候。所謂離開，其實也包含「逃避」之義；詩人「逃離」藥樓，也是「逃離」病體。借用段義孚的話，逃避自己的軀體也是逃避一個「地方」：

> 那麼怎麼看待身體？身體，毫無疑問，是一個人的生理軀體。從這個角度來看，身體也是一種自然。但是，對我而言，身體並不是外在的東西。身體就是我，因此不管在什麼情況下，我都不想、也不能逃避它。但是想要逃避它也不是完全沒有可能。在病痛折磨我的時候，我常常渴望拋棄這個沉重的肉體，逃到別處。在有限的範圍內，這樣做是有可能的。[122]

可見，病體確是詩人意欲逃離的「地方」。因此，對於詩人而言，「暫時離開」有二義，一指病體外出就醫與訪友等離開藥樓的實際移動，走出又返家，詩人因之得以轉換空間；另一義指向心靈的離開，棲居藥樓、無法外居的病體，時常回溯／神遊過往的美好時光，尤其是病前的中國壯遊經常入詩。上述二種義涵的離開，無論身體實質的移動或心靈的離開，都是藥樓歲月中難得的空間切換經驗，為詩人帶來不少生活奇趣。

（一）入市／返家：出入病院、友朋招聚

詩人於城南藥樓郊居養病，偶爾暫時離開，多為病體必需出入醫院救治，其次則是病況較佳之際的少數訪友行程。是以，久居藥樓的詩人，雖對藥樓之外違隔已久的空間有所期待，但這些「暫時離開」藥樓的詩作裡所呈露的情感（情緒）是多樣而複雜的，歡欣有之，無奈有之。

詩人離開藥樓的詩作不少，可見久居藥樓對於詩人而言確有壓力。一旦出門，多半有詩。如〈入市道中作〉：「車行官道漲塵氛，叢竹飛青日欲焚。夢去四圍皆嶺樹，愁來一割是溪雲。樓形拔地參差起，人海生潮往復勤。三載深居偶然出，稍從游衍廣知聞。」[123]深居簡出的日子，早已成為藥樓歲月的固定面目，因此難得出門的詩人，對於離開藥樓充滿歡欣。因此，在路上的愉悅，便成為詩人捕捉的題材。

回家，回到暫時離開的藥樓，則是另一種心情。暫時離開固然歡欣，但如果是出外

---

122 〔美〕段義孚（Yi-fu Tuan）著，周尚意、張春梅譯，〈導言〉，《逃避主義》（台北：立緒文化公司，2006年4月），頁18。

123 張夢機，〈入市道中作〉，《鯤天吟稿》卷一，頁14。

就醫，心境則是複雜的。但無論如何，藥樓乃目前「棲居」的「家」，返家之欣喜乃是必然。如〈返家口占〉：「過盡環河道，喜逢新店天。山原為舊識，水亦是前緣。招手猶雲氣，搖秋尚藥煙。故人分祿米，殘障送餘年。」[124]、〈車行〉：「逆走市招如有翼，一車聊復載春飛。以輪代步身堪託，將景入詩心不違。樓閣端宜看次第，老殘莫更付歔欷。歸途簸夢吾疲矣，新店溪旁輾夕暉。」[125]，詩人寫道環河南路（台北市通往新店的水源快速道路）、新店、新店溪等地景，分明是由台北市中心返回新店藥樓途中的情景。此類詩作，尚有〈環河道中〉[126]、〈北新道中〉[127]等同樣寫到夜歸途經環河南路與新店北新路的情景。這些地景都是通向藥樓的必經之所。

而碧潭也是詩人返家詩作中經常入詩的地景，如〈碧潭夕望〉：「雨餘溪壑其沖融，叢竹長虹設色工。薄靄奪將春水碧，落霞借得野花紅。重過真欲身非贅，一蹶旋知願是空。橋外停車閒坐眺，前塵都在綠波中。」[128]詩人於夕陽西下之際返家，途經碧潭，頗有重遊之意，卻因足殘之限制而未能如願，過往美好的碧潭回憶一一湧現。又如〈夜歸〉：「薄暮長橋緩緩車，碧潭此際竟何如。山頭燈火樓千戶，岸外霜天月一梳。端合餘生約雲水，恐難殘命混樵漁。孤衷貯得詩歸去，小市人家夜色初。」[129]此詩也描寫了碧潭的初夜之色，顯然也是返家途中再見碧潭的萬般心緒。

1 抱病長年甘請藥：出入病院

在詩人暫離藥樓的詩作裡，出入病院系列之作不在少數。如〈早行〉：「……蝸舍臨山隅，郊城碧潭側。輕車簸新愁，杏林天之北。……」[130]此詩道出詩人出門赴病院之感，顯然並非一愉悅的旅程。因此，詩人尚有一系列住院感懷，如〈榮總晚眺〉[131]、〈住院感賦〉[132]等詩，其中如〈耕莘醫院晚眺〉：「針藥終期除惡疾，親朋真感慰愁容。幽居只隔弓橋外，若問歸期似墨濃。」[133]詩人病體入院而得以療治，但住院的詩人卻歸心似箭。

是以，詩人雖久居藥樓而時有所怨，但較諸住院之沉悶，藥樓似乎更顯出可愛之

---

124 張夢機，〈返家口占〉，《藥樓詩稿》，頁85。

125 張夢機，〈車行〉，《夢機六十以後詩》卷之三，頁101。

126 張夢機，〈環河道中〉，《鯤天吟稿》卷五，頁110。

127 張夢機，〈北新道中〉，《鯤天吟稿》卷一，頁26。

128 張夢機，〈碧潭夕望〉，《鯤天吟稿》卷三，頁58。

129 張夢機，〈夜歸〉，《鯤天外集》卷中，頁71。案：在此段小前言裡所提及的「在路上」的詩篇，皆是難以清楚判別出外就醫或訪友之行的作品。

130 張夢機，〈早行〉，《鯤天吟稿》卷三，頁56。

131 張夢機，〈榮總晚眺〉，《藥樓詩稿》，頁84。

132 張夢機，〈住院感賦〉，《藥樓詩稿》，頁84。

133 張夢機，〈耕莘醫院晚眺〉，《鯤天吟稿》卷一，頁22。

處。詩人一系列出院詩作，便十足展現其欣喜之情，如〈出院喜賦〉：「久縛形骸類楚囚，欣然遇赦近中秋。初銷小劫愁何在，試檢神方病已瘳。高興忽隨潭水滿，好壞更領岸山幽。轔轔車走安坑道，笑指榕邊是寓樓。」[134]詩人將出院與囚徒遇赦相比擬，顯見其欣然返家之情。另一首〈出院喜賦〉：「杏林七日樊籠堅，多欣遇赦返自然。惱人院食已摒棄，忍聞孤寂甘徒捐。輕車馳向郊道上，橋東樓閣高撐天。……。玫瑰城僻對丘壑，浩園花木迎初還。感吾頑疾逾十載，耕莘往復無不便。沉痾微恙求診治，歸攜丸藥軒廊前。三春盤舍看眾鴿，九夏嘒嘒聽鳴蟬。書披秋晝詠冬夕，偶爾客至同腥羶。浮生閒適忘寵辱，枕山養拙過餘年。坐監住院本相似，何如此際為茶仙。」[135]此詩除將出院擬為遇赦外，也將住院比為坐監，令人難捱，惟有歸返藥樓養拙，才是正道。〈出院口占〉也有「杏林遇赦一車還」[136]的說法。此類詩作尚有〈出院口占〉[137]等，所在多有。

而詩人也經常書寫就醫返家的心境，如〈環河道中作〉：「瀝青道路起輕埃，燭夜千燈隔岸來。枵腹猶嘗秋寂寞，大橋不鎖水瀠洄。曾占微命殊非薄，誰料沉痾換此哀。鷗外新墩明月在，山邊搖指小樓回。」[138]述及某次就醫返家途中所見所思，詩人對於身遭重疾的命運猶有些微不甘；但無論如何，路途盡處即是山邊小樓的家，即將抵家的欣喜使前述不甘平靜許多，藥樓已是詩人認同的家，最好的歸宿。又如〈赴公保大樓〉則寫出詩人向晚返家的心情：「環河道外暮江新，向晚車多唧尾頻。倦眼忽迷莊子蝶，小窗初染庾公塵。重來元憲情何苦，早信華陀技亦神。抱病長年甘請藥，身閒渾似葛天民。」[139]詩裡對於長年抱病請藥的無奈躍於紙上。

2 偶因飲饌託幽蹤：友朋招聚

詩人病體稍佳之時，偶有機會出門赴朋友邀約，如〈入市〉：「薄晚輕車入郭時，長橋落影壓晴漪。……故人招飲天街畔，語笑安排好賦詩。」[140]即說明故人招飲的無窮吸引力，使詩人充滿歡欣之。是以，如〈萬華酒集〉之類詩作便呈現了詩人參與聚會的情景：「艋舺重過喜再逢，細吟夏碧與彌濃。剪心人食攢籬筍，拾子誰栽偃蓋松。漫檢詩書慰沉痼，偶因飲饌託幽蹤。堪言除卻韓陵石，惟有龍山古寺鐘。」[141]此詩寫出詩人偶因飲饌得以「重返」萬華，享用滿席佳餚之歡娛，可謂漫檢詩書之外的一大生活樂

134 張夢機，〈出院喜賦〉，《鯤天吟稿》卷二，頁48。
135 張夢機，〈出院喜賦〉，《夢機六十以後詩》卷之二，頁85-86。
136 張夢機，〈出院口占〉，《藥樓近詩》卷三，頁79。
137 張夢機，〈出院口占〉，《鯤天吟稿》卷五，頁119。
138 張夢機，〈環河道中作〉，《藥樓詩稿續》，《藥樓文稿》附錄，頁156。
139 張夢機，〈赴公保大樓〉，《藥樓詩稿續》，《藥樓文稿》附錄，頁167-168。
140 張夢機，〈入市〉，《鯤天吟稿》卷二，頁44-45。
141 張夢機，〈萬華酒集〉，《鯤天吟稿》卷四，頁81。

趣。而〈夜歸〉[142]二首、〈漫成三絕句〉[143]等詩皆以「讌罷歸來」為主題，俱可見詩人對於讌集之後的感懷特別深刻。

詩人的友人招飲詩作中，多見知名餐廳，如〈昭旭招飲賦謝〉：「樓號皇家傍市街，分羹侍飲賴金釵。寒流侵袂烹臺茗，兼味登盤煮粵鮭。廣座千觥矜擢秀（昭旭榮升教授），上庠疇事付談諧。春風此日喧譁甚，在席群賢有好懷。」[144]詩裡呈現的滿座喧譁正是清冷的藥樓所欠缺的風景，此詩出現的皇家樓，也曾經出現於〈定西招飲北市皇家酒樓〉[145]中。而〈與人俊共飲江南春並承載歸〉[146]、〈江南春讌集（定西招飲信發邦雄昭旭瑞騰諸教授在席）〉[147]則在江南春；〈定西招飲天廚賦謝〉[148]地點在天廚；〈恩承居集飲喜晤信發〉[149]是恩承居。此類外出宴飲詩作，多由友朋招飲，除大啖中華美食，亦充分感受濃郁的人情，可謂盛宴一場。

而招飲詩作，又以赴曾昭旭之約最多，除前述曾昭旭升等教授宴飲於皇家樓外，其實大多赴曾宅歡聚，如〈過昭旭宅茗話〉：「瓷杯分茗試澆腸，歡笑燈前欲滿堂。……回甘不覺沉痾重，知味還增逸興長。最是輕車載歸去，衣衫猶帶一絲香。」[150]，過訪友人宅，歡笑滿堂，詩人不覺忘卻病體之重。此類詩作尚有〈曾昭旭宅小聚〉[151]、〈與文華過昭旭宅茗飲並承載歸〉[152]、〈集昭旭觀生堂〉[153]等多首，可見詩人與曾昭旭交情之深厚。

（二）臥遊／回溯美好時光：病體思壯遊

詩人「暫時離開」藥樓之作的第二類離開，指的是心靈的離開，尤指其回溯美好的壯遊經驗。這是身殘口訥的詩人宥於病體所能達到的最深刻最遙遠的離開，詩人藉由無遠弗屆的心靈之「暫時離開」，得以追憶病前之美好壯遊，使病體得以稍解無奈。詩人對美好壯遊的回溯，可以借用段義孚的話說明之：

---

142 張夢機，〈夜歸〉，《鯤天吟稿》卷五，頁110。〈夜歸〉，《鯤天吟稿》卷五，頁120。

143 張夢機，〈漫成三絕句〉，《藥樓近詩》卷四，頁110。

144 張夢機，〈昭旭招飲賦謝〉，《藥樓詩稿》，頁45。

145 張夢機，〈定西招飲北市皇家酒樓〉，《藥樓詩稿》，頁57。

146 張夢機，〈與人俊共飲江南春並承載歸〉，《藥樓詩稿》，頁72。

147 張夢機，〈江南春讌集（定西招飲信發邦雄昭旭瑞騰諸教授在席）〉，《鯤天吟稿》卷三，頁64。

148 張夢機，〈定西招飲天廚賦謝〉，《藥樓詩稿》，頁84-85。

149 張夢機，〈恩承居集飲喜晤信〉，《夢機六十以後詩》卷之二，頁64。

150 張夢機，〈過昭旭宅茗話〉，《鯤天吟稿》卷三，頁63-64。

151 張夢機，〈曾昭旭宅小聚〉，《鯤天吟稿》卷五，頁105。

152 張夢機，〈與文華過昭旭宅茗飲並承載歸〉，《鯤天外集》卷中，頁79。

153 張夢機，〈集昭旭觀生堂〉，《藥樓近詩》卷二，頁68。

> 如果人們意欲逃避的「地方」是人類自身的軀體，那麼逃避又將意味著什麼？人
> 類能否採取一些手段來逃離肉體的限制？……但是，我們常常在想像中這樣做，
> 如做白日夢的時候，或是完全沉浸在一個人或一件事情上，此時我們就會忘記肉
> 身的存在，也就是說此時我們已經逃離了生理軀體的限制。[154]

是以，詩人回溯美好的壯遊時光，無論是臥遊／夢遊，都使詩人下意識地察覺自身病體
的殘酷限制；然而，這種美好的追憶，足以使詩人沉浸其中，某種程度上逃離了病軀的
局限。

1 餘生殘障我何遊：病體使壯遊不再

　　詩人為湖南永綏人，1941年生於四川成都，長於南京；來台後則成長於高雄。病前
曾數度回返中國大陸旅遊，因此詩人美好的回溯之作多與中國壯遊有關，如〈禹甸〉即
是：「……回溯病前餘惘惘，不堪朔氣滿瀛涯。」[155]禹甸即中國大陸，詩人夢牽魂縈之
所在。

　　由於病體久居藥樓，深居簡出無法出遊之故，反而很弔詭地使「病體」成為詩人壯
遊詩作裡的主題，無奈與愁苦兼具。如〈開簾〉：「開簾納日雨初收，病膝年來類楚囚。
滿架圖書兒可讀，餘生殘障我何遊。秋山故國思猿鶴，賞畫看詩泯怨尤。零夢飄廊多往
事，安閒心境自然幽。」[156]、〈浩園春日〉：「登涉山河空有願，那能陳力比群兒。」[157]，
詩裡盡是無法再遊中國的無奈，因此詩人多自嘆不知何時再能突破身殘局限而重遊中
國。是以，此類想望之作亦多，如〈記大陸游〉：「病前三度堯封行，遍游燕陝粵浙
京。……返臺豈料才須臾，竟罹沉痼及禍樞。披書晴晝對蕭索，弔影清夕守空廬。十
年足蹶成底事，吟鞋難踏江南地。何當身能健鶻如，飛臨嶽麓穿山翠。」[158]、〈昔游
（擬作：五排限七陽韻）〉：「搏扶九千里，溽暑下臨杭。……足今憐卞氏，誄昔效潘
郎。舊夢賡仍斷，沉痾惋且傷。何當為駔耳，堤上再騰驤。」[159]、〈朔風〉：「屐體何當
行腳健，再從禹甸補遊蹤。」[160]等，前述詩作裡，詩人多麼希望再有健步得以壯遊故
國山河。龔鵬程對此有言：

---

154 〔美〕段義孚（Yi-fu Tuan）著，周尚意、張春梅譯，〈2、動物性／掩飾與戰勝〉，《逃避主義》，
　　頁41。

155 張夢機，〈禹甸〉，《藥樓近詩》卷五，頁157。

156 張夢機，〈開簾〉《藥樓詩稿》，頁71-72。

157 張夢機，〈浩園春日〉，《藥樓詩稿續》，《藥樓文稿》附錄，頁165。

158 張夢機，〈記大陸游〉，《夢機六十以後詩》卷之二，頁82。

159 張夢機，〈昔游（擬作：五排限七陽韻）〉，《藥樓近詩》卷五，頁153。

160 張夢機，〈朔風〉，《藥樓近詩》卷七，頁217。

足痹者思壯游，恍若瘖啞人念其曾於歌筵顛倒眾生，乃是令人大不堪的。而此事竟成他藥樓遣悶之一法，真使人聞之不忍。[161]

善哉此言，詩人足殘而思壯遊，確實為其藥樓久居之遣悶法。若不放任心靈自由地暫時離開藥樓，任意馳騁於虛實空間，詩人必然更加大不堪。

2 勝蹟惟能作臥遊：臥遊／夢遊取代壯遊

因此，足殘的詩人只能仰賴地圖，以臥遊取代實地壯遊，如〈初食川味火鍋感作〉：「自罹沉痼尋十載，跬步艱行足已廢。游屐難以踏堯封，惟有輿圖默然對。漫從川味憶兒時，鳩車竹馬空傷悲。諸君蓉渝曾羈旅，一鍋端合引遐思。」[162]即是；或是透過照片回思壯遊時光，如〈檢篋見舊照有感〉：「偶從影像溯前游，還向衣衫辨葛裘。曾慕九重一鴻鵠，今過五十四春秋。他生願作賡吟客，此日猶為待赦囚。勾起神州山水憶，疏蟬淒梗叫清愁。」[163]等，可見詩人只能仰賴地圖及照片進行純心靈的臥遊。

是以，臥遊成為詩人重要的回溯主題，如〈臥游〉：「深垂布幔坐重樓，檢點輿圖作臥游。」[164]、〈次韻稼老仲夏絕句四首〉之四：「才過五十六春秋，勝蹟惟能作臥遊。」[165]、〈睡起〉：「禹甸臥游千萬里，浙湖秦月秣陵烟。」[166]等，詩人一回一回地馳騁心靈飛越藥樓，重渡故國山川，並藉由詩作記錄這些臥遊的重遊經驗，在不能遠行的現實與美好的記憶之間，詩人享受了難得的自由空間。

臥遊之外，也有夢遊故國山川之作，如〈午寐夢回作〉[167]便思及北京、上海與杭州之行。〈藥樓漫題〉：「夢遊江浙蘧然覺，病入形骸久矣深。」[168]也有類似夢遊故國之感懷。而〈夢醒〉：「銀翼搏扶作遠翔，堯封一夢慰離腸。洞庭湖廣收沅水，天目茶甘出溧陽。乍醒枕邊心自惘，已寒樓外雨猶狂。孰知沉痼翻為累，欲踏湘吳計亦荒。」[169]詩裡呈現由美好的壯遊夢境醒轉的失落感，十足令人感嘆。

3 回首只淒然：追憶美好的中國壯遊

在詩人的追憶壯遊之作中，於自身生命空間最有意義的地點便是南京，此地為詩人

161 龔鵬程，〈前言〉，張夢機著，龔鵬程校，劉夢芙審訂，《張夢機詩文選編》（合肥：黃山書社，2013年1月），頁19。

162 張夢機，〈初食川味火鍋感作〉，《夢機六十以後詩》卷之二，頁83。

163 張夢機，〈檢篋見舊照有感〉，《鯤天吟稿》卷一，頁16。

164 張夢機，〈臥游〉，《藥樓詩稿》，頁73。

165 張夢機，〈次韻稼老仲夏絕句四首〉之三，《鯤天吟稿》卷三，頁61。

166 張夢機，〈睡起〉，《鯤天外集》卷中，頁99。

167 張夢機，〈午寐夢回作〉，《鯤天吟稿》卷一，頁20。

168 張夢機，〈藥樓漫題〉，《夢機六十以後詩》卷之二，頁59。

169 張夢機，〈夢醒〉，《藥樓近詩》卷二，頁49。

童年成長之地，也曾於病前壯遊，詩人因之感懷較多，如〈重過秣陵感作〉[170]即是，此詩題下小序有云：「秣陵蓋南京之古名，余髫年嘗居於此。其後神州板蕩，乘桴來臺，遂與長別。客居蓬萊且四十載，天塹乍通，何忻喜之甚耶？辛未夏，與中大同仁，組團共赴，欲觀形勝。游數日，自滬抵京，細拾前塵，不禁感慨系之。然不意歸罹沉痾，逾六年，始補作長句，亦聊記其實耳。」可知詩人於病前壯遊此地，病後六年始補作詩句以紀念這趟壯遊。此外，如〈憶玄武湖荷花〉[171]、〈金陵懷古〉[172]、〈記過金陵〉[173]等皆是追憶南京形勝之作。

其次則是詩人壯遊大陸各地之旅遊經驗，如〈舊游絕句十二首〉，分寫萬里長城、紫禁城、琉璃廠、蘆溝橋、白天鵝賓館、西湖、滬上、金陵、華清池、大雁塔、秦兵馬俑、灕江等地[174]。遍及大江南北，足見詩人腳跡之廣。又如〈郊居雜感四首〉之三：「山川景如畫，回首只凄然。」[175]憶及杭州、上海與桂林之遊；〈神州雜憶四首〉[176]寫杭州、北京等地；〈昔游〉[177]寫上海、桂林、西安、南京等地遊蹤；〈京滬記遊〉[178]則是以北京、上海為主的記遊詩作；〈記燕陝游〉[179]則以河北、陝西為主要追憶之地。

其中又以北京遊蹤最常為詩人所捕捉。如〈春襟四首〉之四[180]，〈舊游絕句〉[181]、〈記明帝十三陵〉[182]寫明十三陵、〈記頤和園〉[183]、〈哀紫禁城〉[184]、〈記蘆溝橋〉[185]、〈再記蘆溝橋〉[186]、〈憶潭柘寺〉[187]、〈憶登長城〉[188]、〈北京記游〉[189]等皆是，足見詩人對北京之熱愛。

---

170 張夢機，〈重過秣陵感作〉，《鯤天吟稿》卷四，頁92-93。

171 張夢機，〈憶玄武湖荷花〉，《鯤天吟稿》卷二，頁46。

172 張夢機，〈金陵懷古〉，《鯤天吟稿》卷三，頁53。

173 張夢機，〈記過金陵〉，《藥樓近詩》卷五，頁155。

174 張夢機，〈舊游絕句十二首〉，《藥樓詩稿》，頁33-35。

175 張夢機，〈郊居雜感四首〉之三，《夢機六十以後詩》卷之一，頁40。

176 張夢機，〈神州雜憶四首〉，《夢機六十以後詩》卷之一，頁3-4。

177 張夢機，〈昔游〉，《鯤天吟稿》卷一，頁4。

178 張夢機，〈京滬記遊〉，《鯤天吟稿》卷一，頁17。

179 張夢機，〈記燕陝游〉，《藥樓近詩》卷六，頁183。

180 張夢機，〈春襟四首〉之四，《藥樓詩稿》，頁42。

181 張夢機，〈舊游絕句〉，《藥樓詩稿》，頁42。

182 張夢機，〈記明帝十三陵〉，《鯤天外集》卷中，頁101。

183 張夢機，〈記頤和園〉，《鯤天吟稿》卷一，頁14。

184 張夢機，〈哀紫禁城〉，《鯤天吟稿》卷二，頁38。

185 張夢機，〈記蘆溝橋〉，《鯤天吟稿》卷二，頁42。

186 張夢機，〈再記蘆溝橋〉，《鯤天吟稿》卷三，頁52。

187 張夢機，〈憶潭柘寺〉，《鯤天吟稿》卷三，頁52。

188 張夢機，〈憶登長城〉，《鯤天吟稿》卷四，頁84。

189 張夢機，〈北京記游〉，《鯤天吟稿》卷五，頁123。

再者，江南行旅也經常入詩，如〈閒居即事〉：「無端勾起吳中憶，撩夢鱸蒓最可誇。」[190]詩寫江南知名的鱸魚與蒓菜。特別追憶杭州的則有〈江南夢憶〉[191]、〈舊游〉[192]、〈西湖記游〉[193]、〈記六和塔〉[194]、〈記遊西湖〉[195]等詩作。單獨追憶上海的也有，如〈記上海之旅〉[196]等。此外，追憶西安之遊，如〈憶西安〉[197]、〈記登慈恩寺浮圖〉[198]等。追憶桂林的則有〈記灕江〉[199]。追憶廣州的，如〈記廣州行〉[200]、〈香江偶憶（改作）〉[201]等皆是。可見詩人遊蹤之廣，亦可見詩人對上述遊蹤懷念之深。

綜合前述，詩人的病體「暫時離開」藥樓，以外出就醫與訪友為主，因此身殘足障的詩人留下許多「在路上」的離家／返家系列詩作。此外，詩人的病體「暫時離開」藥樓也體現在心靈的出遊上，尤其是回溯壯遊中國的美好時光，正是無法健步的詩人最有意義的「暫時離開」。兩種「離開」，一實一虛，都是詩人「在」藥樓「棲居」的歲月裡，難得的暫離。易言之，暫時離開可謂詩人對藥樓之眷戀的最好表達。

五　結語：藥樓與病體成就詩藝——張夢機晚期藥樓詩作的意義及價值

綜觀詩人張夢機因病體而迸發的晚期詩藝，藥樓、病體正是詩作裡常見的關鍵字，這兩組詞彙也就構成了藥樓詩作的主要精髓。藥樓、病體與詩已然融合為一，藥樓是詩人這一病體的家，值得眷戀的居所。同時，詩人也因病體而大展詩藝，病體對語體產生一定的影響，造就了不同以往的風格，可謂詩窮而後工的當代經典。

而詩人的病體既「在」藥樓，也有「不在」（暫時離開）的時候。前者表現在詩人棲居於藥樓獨享的孤寂之美，以及學生請業與友朋過訪。一靜一動，為詩人的藥樓生活帶來不少樂趣。後者則表現在詩人之暫時離開藥樓，既有無奈之旅，如就醫住院；也有歡欣之旅，如接受友朋招聚。這些都是詩人難得離開藥樓之出遊經驗。然而，詩人也有

---

190 張夢機，〈閒居即事〉，《鯤天吟稿》卷二，頁29。

191 張夢機，〈江南夢憶〉，《藥樓詩稿》，頁81。

192 張夢機，〈舊游〉，《藥樓詩稿續》，《藥樓文稿》附錄，頁169。

193 張夢機，〈西湖記游〉，《鯤天吟稿》卷四，頁82。

194 張夢機，〈記六和塔〉，《鯤天吟稿》卷四，頁82。

195 張夢機，〈記遊西湖〉，《藥樓近詩》卷五，頁147。

196 張夢機，〈記上海之旅〉，《鯤天吟稿》卷四，頁83。

197 張夢機，〈憶西安〉，《藥樓詩稿》，頁46；〈憶西安〉，《鯤天吟稿》卷四，頁83。案：兩首詩，題目相同，內容相異。

198 張夢機，〈記登慈恩寺浮圖〉，《夢機六十以後詩》卷之一，頁13。

199 張夢機，〈記灕江〉，《鯤天吟稿》卷一，頁14。

200 張夢機，〈記廣州行〉，《鯤天吟稿》卷四，頁80-81。

201 張夢機，〈香江偶憶（改作）〉，《鯤天吟稿》卷四，頁82。

精神上的離開，尤其是困於足廢而無法自由行動的病體，只能藉由臥遊／夢遊以回溯美好的壯遊時光。今昔對照，病體與健體，天壤之別，尤其神傷。是以，詩人晚期藥樓詩作之身體與空間書寫往往融合為一，相互定義，形成豐富的意涵。

是以，由於藥樓詩作以藥樓與病體為主要書寫題材，同一首詩或同一部詩集裡，既圓融老成，也有「不和諧」的無奈或憤激之語，顯見詩人情感之豐富、心緒之複雜。詩人曾述及東坡詩風：「奇趣紛呈問誰是，反常合道數坡公。飛來手泐能言此，讀了吾心實認同。」[202]自道病後頗能認同東坡詩之奇趣紛呈、反常合道。陳文華亦曾提及詩人詩風的轉變：「臥病之後，詩風丕變，而多自然率真之面目，也應是邅變之餘，哀樂由衷，詩反而是他生命更深切的告白吧！」[203]是以，詩人晚期藥樓詩作的風格，已迥別於前期酷嗜李商隱之穠麗與杜甫之沉鬱，而與蘇軾的奇趣紛呈、反常合道較為契合。究其實，詩人張夢機的晚期藥樓詩作確實未完全流於哀歎病體之殘缺、悲憤世界之不公，反而時有奇趣異彩，頗能呈露詩人任性率真的面貌。是以，晚期藥樓詩作不止展現藥樓與病體的相互融合，也能適當地呈現「在」與「不在」藥樓的不同心緒，讀來奇趣橫生。

是以，展讀詩人張夢機晚期六部（卷）藥樓詩作，因生命之困頓而成就其不凡詩藝。茲以顏崑陽〈大詩人張夢機教授傳略〉末段作結：

> 詩者吟詠性情，感物而動，緣事而發，則非苦難加身，坎坷阻路，不足以造就偉大的詩人，此少陵之所以必經安史之亂而後成「詩聖」。夢機所遭遇之苦難坎坷皆已鑄成動情感性之篇章；而「大詩人」之稱，實可銘諸碑碣，傳為典範，則夢機又何憾之有？[204]

誠哉斯言。有大傷心斯有大詩人，信而有之。

202 張夢機，〈得戎庵書并建懷之作〉，《夢機六十以後詩》卷之三，頁106。

203 陳文華，〈不畏浮雲遮望眼——側記幾位臺灣古典詩人〉，張夢機《夢機六十以後詩》附錄，頁137。原刊於《文訊》188期（2001年6月，頁53-56）。

204 顏崑陽，〈大詩人張夢機教授傳略〉，李瑞騰、孫致文主編，《歌哭紅塵間——詩人張夢機教授紀念文集》書前折頁（桃園市中壢區：中央大學中文系，2010年9月）。〔以〈張夢機教授傳略〉為名，同時發表於《文訊》299期「張夢機紀念特輯」，2010年9月，頁44-46〕。

附表　藥樓詩作

一、前期：天命之年後十年間的詩作（51-60歲）

書名／出版時間	創作時間	序跋	目錄／分卷	附錄	備註
《藥樓詩稿》（1993）	約作於1992-1993年。	顏崑陽〈序〉羅尚〈題夢機教授詩集〉張夢機〈自序〉	無分卷	張夢機〈西堂詩稿序〉、張夢機〈伯元吟草香江煙雨集序〉	
《藥樓詩稿》續（1995）	約作於1993-1995年。	張夢機〈自序〉	無分卷		*《藥樓詩稿》續（P.155-177），收錄於《藥樓文稿》（詩文集）後。
《鯤天吟稿》（1999）	約作於1996-2000年。	張夢機〈自序〉	五卷	六篇：黃永武〈死生師友〉、王邦雄〈英雄已去詩人歸來〉、沈謙〈張夢機的機鋒妙趣〉、簡恩定〈安時處順的張夢機老師〉、張夢機〈《東橋說詩》序〉、張夢機〈「顏崑陽古典詩集」序〉。	原詩集未繫年，經與繫年的《夢機詩選》（2009）比對，約作於1996-2000年間作。然本詩集出版時間為1999年，詩作時間卻到2000年，原因為何，尚待考察。
《鯤天外集·卷中》（2001）	約作於2001年之前數年間。	張夢機〈自序〉	卷上詞作76闋；卷中詩作約155首；卷下雜文凡18篇。	張夢瑞〈寫詩當藥引〉，劉榮生〈詩話二則〉。	*《鯤天外集》（詩詞文合集）僅詞作按年編次，詩文皆未編年。

二、耳順之年後十年間的詩作（61-70歲辭世）

書名／出版時間	創作時間	序跋	目錄／分卷	附錄	備註
《夢機六十以後詩》（2004）	作於2001年。	張夢機〈自序〉	三卷	四篇：陳文華〈不畏浮雲遮忘眼〉、鄭明	*原詩集未繫年，經與繫年的《夢機詩選》（2009）比

書名／出版時間	創作時間	序跋	目錄／分卷	附錄	備註
				娳〈泰山與江河〉、李瑞騰〈生命之悲與沈鬱之詩〉、張曼娟〈青春並不消逝，只是遷徙〉。	對，與其2001年詩作幾近八九成重覆。惟本詩集所收2001年詩作較多。
《藥樓近詩》（2010）	約作於2007-2010年間＊。	張夢機〈自序〉、張大春〈跋：黃州詩法轉相師〉	六卷	三篇：林正三〈傳統詩的時代轉折與願景——詩人張夢機專訪〉（附：張夢機詩選十首）、張夢機〈析顏崑陽詩〈洄瀾夢土〉〉、陳文華〈析張夢機詩〈環河道中作〉〉。	＊未繫年，張夢機〈自序〉謂「最近三年之作」。＊以新詞彙入詩，每一詩下附注解。

三、二部精選集

書名／出版時間	創作時間	序跋	目錄／分卷	附錄	備註
《夢機詩選》（2009）	作於1963-2001年。	顏崑陽〈《夢機詩選》序〉	一九六三年（師大大四）至二〇〇一年。	無	＊唯一繫年之詩集。2001年詩作最多。
龔鵬程校、劉夢芙審訂，《張夢機詩文選編》（2013）	約作於1963-2010年間	龔鵬程〈前言〉	一、「夢機詩詞」：收錄《夢機詩選》；新編《夢機詩補選》；收錄《鯤天外集·卷上》詞作，改稱「夢機詞選」。二、《近體詩發凡》。		

張夢機詩的疾病書寫

吳東晟[*]

摘要

　　在張夢機教授的寫作生涯中，中年中風所帶來的影響，無疑是至深且鉅的。中風以後，不良於行，終其一生，均為病魔所苦。但也藉此潛心著作，創作反而大增。由於古典詩具有詩言志的傳統，因此疾病經常出現在他的詩中，成為其中年以後創作的重大主題。

　　本文在通讀夢機師的已出版的全部詩作後，選擇以罹病初期的《藥樓詩稿》為主要觀察對象，就其內容取材與表現方法試加探討。在內容上，從《藥樓詩稿》中觀察其帶有生病訊息的各種詩作：四季風景、養病生活、乃至以疾病本身為題材之作。表現手法上，著重觀察其詩中的空間感，以及分析他如何追求詩的含蓄之美。

關鍵詞：張夢機、臺灣古典文學、疾病書寫

---

[*] 成功大學中文所博士候選人。

一 前言

在張夢機教授的寫作生涯中，中年中風所帶來的影響，無疑是至深且鉅的。中風以後，不良於行，終其一生，均為病魔所苦。但也藉此潛心著作，創作反而大增。由於夢機師所從事古典詩寫作，具有詩言志的傳統，因此疾病的身影，時常進入詩中，成為其中年以後詩作的重大主題。

夢機師生前出版的詩集，罹病之前有《西鄉詩稿》（1979）、《師橘堂詩》（1979）、《師橘堂賸稿》（收於《碧潭煙雨》卷三，1993）；罹病之後有《藥樓詩稿》（1993）、《藥樓詩稿續》（收於《藥樓文稿》附錄，1995）、《鯤天吟稿》（1999）、《鯤天外集》（2001）、《夢機六十以後詩》（2004）、《藥樓近詩》（2010）。此外，有自選集三種，分別為《夢機詩選》（2001）、《夢機詩選》（2009）、《張夢機詩文選編》（2012）。其中以黃山書社《張夢機詩文選編》跨越時間最長，亦為夢機師晚年選定之作。該書自《西鄉詩稿》至《夢機六十以後詩》均有所選錄，其中又有二十四頁新收入的內容，未見於其他詩集。可稱最具代表性的選集。然而《藥樓詩稿》、《藥樓近詩》二書均未選入。《藥樓近詩》或許是因出版時間接近，避免重覆；然《藥樓詩稿》的全數汰除，卻頗值得玩味。夢機師即使生病，對詩也以精嚴自我要求。《藥樓詩稿》諸作，在這種要求下，不覺滿意。「大抵率意為之，但求紀實，非敢以矜嚴自許；而遣辭造句，亦與舊作大相逕庭矣」[1]。然而《藥樓詩稿》完整地反映罹病初期對疾病的衝擊從心境變化上，題材選擇上，藥樓詩的疾病書寫，差不多在《藥樓詩稿》就已基本定型。

本文在通讀夢機師的已出版的全部詩作後，選擇以《藥樓詩稿》為主要觀察對象試加探討。而疾病書寫在《藥樓詩稿》以後的新發展，另於最末一節補述之。

二 性喜隱居

夢機師民國八十年中風，民國八十二年重拾詩筆。他能安心寫作、恢復創作生活，與他喜歡隱居的個性不無關係。在他病前的《師橘齋賸稿》中，〈端居〉[2]一詩，便可見出端倪。

> 叔夜真懶士，子陵本狂奴。燕居愁何有，名心澹欲無。梵磬飄檐際，煙波浸座隅。晨蝸書秦篆，夜雨歌巴歈。閑唯野鶴似，行猶健鶻如。寒畦剷冬筍，小市問春蔬。客來驪虞洽，語罷鄙吝袪。汲水共淪茗，圍燈偶呼盧。生計任俸薄，風懷

---

1 張夢機，《藥樓詩稿》（作者自印，1993年），頁7。

2 張夢機，《碧潭煙雨》（臺北，漢光出版社，1993年），頁110-111。

以詩攄。微吟頻狎月，不仕非關鱸。多情憐鷗鷺，何物是璠璵。聽曲愛楚奏，披
文辨魯魚。時伴兒課讀，偶與妻揶揄。聲價豈和璧，材質乃莊樗。未羨鵬摶海，
甘同鳳在笯。頗喜一廛地，差擬五柳居。百尋鄰溪墅，一枕夢樵漁。聊復誦陶
句，吾亦愛吾廬。

在此詩中，透露出一種安於隱居的心情。與友人愉快地相聚，煮茶、博戲、讀書、
作詩，薪水雖不多，但生活無虞。妻兒在旁，朋友時來。心如野鶴，行如健鵲。不羨飛
黃騰達，儘可自在逍遙。夢機師甚至說了「甘同鳳在笯」這樣的話，甘願當個被關在鳥
籠的鳳凰。這個鳳凰在笯的出處，來自《史記‧屈原賈生列傳》：「鳳皇在笯兮，雞雉翔
舞。」與之成對比對象的，是翔舞的雞雉。夢機師引用此語，用「未羨鵬摶海」與之成
對。無論是原始之處，或者在詩中的意象，表現的都是對個人飛黃騰達的無所忻慕，而
甘於自拙。

事後看來，這首詩幾同讖語。發病以後，夢機師另有〈樓居〉[3]一詩，同樣有鳳在
笯之語，但已是「憶昨發疾日，實同鳳在笯。體力忽衰弱，形骸非故吾」的感歎，感嘆
中風之後，不能行動自如。

〈端居〉一詩中顯示出來的生活情趣，是夢機師所喜歡的。他曾以此詩為基礎，在
病後重新寫為〈郊居十二韻〉[4]。其詩曰：

飲冰銷溽暑，養拙作詩奴。眾鳥啼而樂，繁花萎欲蘇。風痕過樹杪，山影壓樓
隅。蝸字書秦篆，蟬聲唱蜀歈。新鐺烹筍美，小市買蔬胰。邀客歡虞洽，看雲鄙
吝無。身殘嗟薄倖，口訥藉文吁。貯水聊煎藥，圍燈偶喝廬。多情惟白月，何物
是青珠。未羨鵬摶海，甘同鳳在笯。十尋臨樹墅，一壁置書廚。據案披經史，閒
來課兩雛。

依然是「未羨鵬摶海，甘同鳳在笯」，但原詩的「偶與妻揶揄」沒有了，「行猶健鵲
如」也沒有了。甚至連「頗喜一廛地，差擬五柳居」、「聊復誦陶句，吾亦愛吾廬」等滿
意於隱居現況的欣然心境，也消失了。多了「口訥藉文吁」、「貯水聊煎藥」等病況，多
了移家新店後「山影壓樓隅」的寫景，甚至連「繁花萎欲蘇」這樣的寫景句，也有了病
後的景光。

如果夢機師不是本來就有澹泊名利的個性，那麼民國八十年這接連而來的重大打
擊，恐怕不容易站起來了。但從夢機師的詩看來，他雖性喜與人交往，在行政工作中也
勇於任事，但性格中自有喜歡安靜隱居、靜下心來的一面。病後生活，雖無從選擇，但
也留給他一條容易發揮的路。病後的自我調適中，時時可見他以隱居生活自我寬慰。

3　《藥樓詩稿續》。收於張夢機，張夢機，《藥樓文稿》（臺北，文史哲出版社，1995年），頁169-170。
4　張夢機，《鯤天吟稿》（臺北：華正書局，2008年二版），頁60。

三 藥樓四季

　　民國八十一年秋，夢機師因養病之故，移家新店安坑玫瑰城社區，他以寫作為生活的重心，使得漫長的養病生活有了節奏。過了一年，寫出三百多首詩，遂稍加裁汰，編為《藥樓詩稿》。詩集中經常提到的「浩園」，即玫瑰城的社區名；「藥樓」，則是夢機師自宅。

　　從《藥樓詩稿》的詩題看來，夢機師這一年養疾，寫詩的題材包含：季節節日、追憶亡妻、日常起居、憑窗望景、朋友探病與相聚、憶舊（如憶人、憶事、憶舊游）、讀報看電視、書簡往來、乘車觀景、關心時事、論詩論詞、接觸宗教、復健看病，以及停雲詩社課題等。

　　從《藥樓詩稿》的第一首詩讀起，一開始幾十首，不管什麼題目，差不多每一首都提到生病的消息。由於《藥樓詩稿》的寫作時間約為一年，書中正好繞了一圈，將四季的心境都寫過一遍。基本上是從冬天開始寫，而又繞回翌年冬天[5]。四季的循環，常常與人生的生老病死、諸法的成住壞空聯想在一起。夢機師冬天詩不多，可能也與冬天的死亡暗示有關。夏天詩較多，受到題目的暗示，心情上大多是煩倦或悠閒的心情。不過染病的事實，一樣出現在詩中。如〈夏日漫興〉[6]：

> 時分朏朏聽雞啼，眾綠淹街望欲迷。雨歇鄰山蟬上下，睡酣倦枕夢高低。萬人背水思韓信，一舸浮湖羨范蠡。塵外移家非辟世，贏軀漸覺要提攜。

　　第八句點出「贏軀漸覺要提攜」，點明了身體的贏弱需要照顧保養。但在前面七句中，寫的只是一般夏日景色，不仔細看看不出病狀。夢機師搬家到碧潭附近，故五、六句借用韓信背水一戰、范蠡泛舸五湖等故實來切合水字。這兩個典故，一武一文，既有事功，復有功成身退。聯中思、羨二字也符合了行動不便的事實。但整首詩在「夏日」的暗示下，並無悲傷之感，也不把移家養病看成是避世隱居。

　　〈山城首夏〉[7]一詩，表面上寫悠閒生活，生病的消息被隱藏在細節中。

5　除第一首詩〈秋日書懷〉，為停雲詩社社課外，季節詩的題目依序為〈歲暮遣懷〉、〈臘殘〉、〈凋年〉等冬題，〈初春寫興〉、〈春夜寄懷戎庵〉、〈感春〉、〈感春二首〉、〈春寒〉、〈春襖四首〉、〈癸丑春節〉、〈春寒〉、〈癸酉上元〉、〈春雨〉、〈春夜雜詠五首〉、〈花朝四首〉、〈春日獨居〉、〈感春〉、〈暮春〉、〈餞春〉等春題，〈山城首夏〉、〈迺暑〉、〈夏日漫興〉、〈梅雨〉、〈夏夜〉、〈大暑〉、〈長夏閒居偶書〉、〈薰風〉、〈夏日過中大校園〉、〈癸酉端午〉等夏題，〈初秋寫興〉、〈秋夜〉、〈感秋〉、〈清秋試興〉、〈秋懷〉、〈感秋〉、〈秋襖〉、〈秋日書懷〉、〈山城秋暝〉、〈癸丑七夕〉、〈癸酉重九近郊有吟事邀往登高不赴〉等秋題，又來到〈孟冬〉之冬題，並有〈移家且一年矣感作〉之詩。

6　張夢機，《藥樓詩稿》，頁59-60。

7　張夢機，《藥樓詩稿》，頁58。

綠壑雍容稻滿阡，繚牆藤密草芊眠。三竿已見窗前日，一囀初聞葉底蟬。沉李長卿能療渴，持家君實可稱賢。樓遲山麓容逃暑，遙想園池遍白蓮。

五句「沉李長卿能療渴」，夏日吃水果，取用涼水沉浸的李子解渴，原本只是一般夏日風情。但此處卻用了司馬相如（長卿）罹患消渴症（糖尿病）的典故，且稱「療渴」，不稱「解渴」。「三竿」云云，字面雖無睡字，但一般使用通常跟晚起床有關。如此晚起，也是因為養疾之故。這些與疾病有關的細節，都細細地藏在文字表面底下。

然而春秋二季，疾病的暗示被強化了。春的暗示，可以是蓬勃生命力的暗示，但也有春愁、傷春的暗示。夢機師沉痼未癒，詩中的春天往往表現為春愁、傷春一路。如〈感春〉二首其一[8]：

籩牙鶯語說春愁，鋟版新來細校讎。丘壑百尋臨曉座，圖書萬卷擁吟樓。殘妝不信邀花妒，微命何堪與病謀。聞道周璇迷滬上，漫從遺曲憶珠喉。

這首詩寫的是春天校書稿的心情。首聯雙起，第一句寫春愁，第二句寫校讎書稿；接著頷聯接第二句，頸聯接第一句，尾聯宕開，寫背景音樂周璇舊曲，並寄憶舊傷春之意。「殘妝不信邀花妒」，如此殘妝，憔悴落魄，不信還會邀來花的嫉妒。這句詩既是詠春，也是自況，如此回應「春」的暗示，足見苦於疾病纏身。

又如〈春寒〉一詩[9]

覺來蝶夢太無端，萬里春陰釀作寒。槐穴曾成千蟻聚，海波能幾一鵬摶。世仍烽火天難問，我自滄桑淚已乾。憶事懷人空度日，零丹駭翠等閒看。

本是百花齊放、繽紛多彩的春天，也有春寒料峭的時候。題目春寒二字，已蘊含美好生命橫遭挫折之意。此詩用了莊周夢蝶、南柯一夢兩個與夢有關的典故，一覺醒來，醒轉的生命原是如此痛苦。四句羨慕摶扶搖以適南溟的大鵬鳥，即以偏鋒寫自己的蹇礙難行。七句「憶事懷人空度日」，透露了那些看起來暫時擺脫疾病所苦的憶舊之作，其實都是出於對疾病的無可奈何。

秋天的詩，秋可以暗示豐收，但也可以暗示老病。夢機師此時對秋天的感受，以後者為多。如〈秋懷〉[10]一詩：

真感群山入戶侵，舉頭凝望一披襟。烏雲樓外彌天雨，黃菊籬東匝地金。自苦晨昏甘復健，久耽風雅且賡吟。功名已了依輪椅，病膝還慚口尚瘖。

8　張夢機，《藥樓詩稿》，頁37。

9　張夢機，《藥樓詩稿》，頁48。

10　張夢機，《藥樓詩稿》，頁68。

秋日之詩，來自題目悲秋的暗示，很容易觸及疾病感。此詩即是典型的例子。從空間的布置，到情感的抒發，自然而然地將閉門索居、日日復健及作詩的生活寫進詩裡。結聯直指病況，與「秋懷」之題旨自然相符，無須挪騰。

四　養疴歲月

養病期間，喪妻之痛，時時湧上心頭。在經營詩篇的時候，這種感情也常見於筆端。《藥樓詩稿》中，直接以憶亡妻為題的詩，便有四首[11]。試看第一首〈素蘭逝世三年念之成句〉[12]：

> 明知是夢卻相尋，贏得花時淚滿襟。追往還聽鼠齧夜，含淒何異蠟煎心。雙雛漸慣哀能樂，兩膝長憐病尚侵。屍體春來艱下拜，焚香默禱試微吟。

這首詩寫的不只是思念，也將兩個孩子現在的情形、以及自己的身體狀況告知亡妻。「屍體春來艱下拜」，身體行動不便，欲下拜而不得，對喪妻之人而言，尤覺心酸。

除了題目中點明懷念亡妻者外，還有一些詩，思念之情，是猝不及防湧上心頭。如〈樓夜〉[13]一詩：

> 紅泥爐火又冬臨，地暖炎洲雪未侵。海上千波沉老月，風前萬木奏鳴琴。俱身大患須輪椅，錄夢新詩運匠心。病體惟愁冷鋒過，青氈獨擁恐難禁。

這是寫日常起居的詩，詩筆頓挫，以溫暖始而以寒冷終。詩是冬天寫的，先是自我寬解地道出臺灣冬天不冷，不必苦寒。五句用《老子》語，「吾所以有大患者，為吾有身，及吾無身，吾有何患？」寫出無端罹疾的痛苦。六句說身體行動不便，只能以詩錄夢，在詩中、夢中，做個行動自由的人。尾聯「病體惟愁冷鋒過，青氈獨擁恐難禁」，點出病人喪妻的脆弱心緒。沒有妻子的相互扶持、相互偎擁，冬天的冷鋒顯得格外愁人。

這段靜心養病的歲月，個人獨處的行動坐臥、窗外景觀的風雨陰晴，都成詩題。行動坐臥方面，如〈不寐〉[14]一詩，寫臥床不寐的心情，「樹聲聒耳將誰歌，蟑影窺窗卻自疑」，風搖樹聲不止，半夜疑有蟑螂出現，體弱無力趨蟑，睡得很不安穩；〈獨坐〉[15]一詩，有「心猶哀故里，足不到長廊」句，心中懷念遙遠的故鄉，但腳卻連自家陽臺長

11　〈素蘭逝世三年念之成句〉、〈再憶素蘭〉、〈三憶素蘭〉、〈四憶素蘭〉。

12　張夢機，《藥樓詩稿》，頁35。

13　張夢機，《藥樓詩稿》，頁24。

14　張夢機，《藥樓詩稿》，頁26。

15　張夢機，《藥樓詩稿》，頁36。

廊都到不了。連起身自由行動的願望都滿足不了，更別奢談返鄉探親了。不過早晨起床，倒是可以帶來一些朝氣。如〈晨興〉[16]一詩：

> 筋骨才舒體貌清，偶思塵事感叢生。海枯漸覺桑方發，病久渾忘歲欲更。近壑空濛浮藹氣，小盆灌溉識花情。誦殘朝報閒無賴，敗葉隨風自在鳴。

此詩的疾病感還是很明顯，比方詩中還是有「海枯／病久」一聯，以及「敗葉」之句，但整體而言，這首詩是比較有朝氣的。早晨起來，舒展筋骨，日子的節奏因為養病而變得緩慢，時光不自覺的流逝。詩中即使提到病體，也是用種蓬勃朝氣的方式來敘述。如「敗葉」是病體，「自在鳴」有朝氣。行動坐臥本身，就蘊含了心情的起起伏伏。

如果可以出門走走，心情就可以更舒展了。夢機師把握住坐車的機會，將一般人眼中再也尋常不過的窗外景緻，都寫成詩，因為這種速度感，對一個不良於行的病人來說，顯得有些奢侈。〈新店三峽道中〉[17]一詩云：

> 輕車簸夢浴新晴，村落人家次第更。綿亙相隨如渴驥，青山一路不知名。

詩中「渴驥」一語，是「渴驥奔泉」的省稱。這個常用形容書法筆勢勁急矯健的成詞，在這裡又回過頭來指車馬的流動快速。車窗外，一直有新的景色迎入窗中，或村落、或青山，風景一直一直來。如果此詩是出自健康詩人之手，那或許只是一首普通的可愛小詩。然對不良於行的夢機師來說，這首詩中的速度感，是很令人欣慰的。

家中端居，天氣的風雨陰晴，窗戶外的有限景色，也都成為觸動詩思的題材。如〈端居〉[18]一詩，寫出許多敏感病體易查覺到的風景與心情：

> 書帙盆栽暗遞馨，閒身偶爾坐前廳。雲過忽射孤襟白，簾卷全延眾壑青。漸慣素餐親藥裹，權憑朱筆點詩經。最憐日落人歸去，小鼎烹茶耐細聽。

此詩寫獨自在住處讀書、觀景、用藥、烹茶的生活，有時有朋友來相聚，暫解煩憂，但朋友終有離開的時候，身體的苦痛終究無法分擔，只能獨自承受。「雲過忽射孤襟白」，坐在家中，從自己衣襟上的日光與雲影，覺察到雲的飄過。單調生活中的細微變化，成為詩人細細品賞的風景；而「簾卷全延眾壑青」，只要把窗簾輕輕拉起，就能擁有窗外所有山壑的青翠。口氣聽來像炫耀，但背後卻是一無所有的悲哀。「漸慣素餐親藥裹」，飲食習慣改變，接受了養生的粗茶淡飯；「權憑朱筆點詩經」，不讀新書，而溫舊書；不撰宏篇大論，而是點讀。凡此種種，都可以看到疾病的消息。

---

16 張夢機，《藥樓詩稿》，頁27。

17 張夢機，《藥樓詩稿》，頁75。

18 張夢機，《藥樓詩稿》，頁78。

　　夢機師風趣好客，養病生活中，仍常常與人接觸。或會面、或通信。如〈藥樓獨坐〉「髮皤猶是迷三笑，體弱那堪困一經」一聯，「三笑」指虎溪三笑圖[19]，是知友相會、樂以忘憂的典故。以「三笑」來與「一經」作對比。除了治經讀書的生涯外，也表現出度對與知友會面的著迷。

　　會友、通信，可以暫時忘憂。比方〈定西招飲北市皇家酒樓〉是一首與故友舊交的在粵菜飯館歡聚的詩，席間嬉笑怒罵，都成吟料。

> 謔今附遠暫成歡，瀲灩燈波照粵盤。尚有一疴為膝患，慚無萬卷向胸蟠。富豪揆席卑連戰，烽火波灣說海珊。賭酒送鈎喧此夕，天街車水與誰看。

　　《藥樓詩稿》中，有多首漢光出版社發行人宋定西先生招飲的詩，席間往往論政以助談興。此詩中第三句點出中風影響膝蓋，行走不便。除此之外，並不再說病況。首句「謔今附遠」四字，說的是笑罵當今政局、又議論世界局勢，即頸聯議論中外話題人物（連戰、海珊）；「暫成歡」三字，點出相聚的歡快，與七八句「賭酒送鈎喧此夕，天街車水與誰看」相呼應。但「暫」字仍藏了疾病的消息。

　　另外，〈答瑞騰〉[20]一詩，以詩代柬，答覆學生輩的學者。詩中氣氛顯得安靜許多。

> 眾綠淹街影戶明，賦詩復健臥山城。偶來喝雉邀朋輩，多愧傳經仗友生。袖手危邦看世變，養疴小鎮負時名。莫嗟人事隨雲改，且遣圖書寓性情。

　　頷聯「偶來喝雉邀朋輩」，說的當是定西等可以一起打牌消遣的朋友；「多愧傳經仗友生」，說的是幫忙研究事物的學生輩學者。在這首詩中，夢機師顯示出一種詩以養心的安靜感，對學院的人事遷變、乃至國家社會的風氣移轉，都靜觀其變，無意插手。然而既採入詩，便表示此事已入眼中。

　　夢機師是關心時局的，出於詩人的敦厚修養，以及養病養心，詩中並不時時關照政治；但是時代風氣也出現病癥了，夢機師憂時一如憂病，有時不免也要表現在詩中。如〈雨霽意忽忽不樂賦此〉[21]這樣的詩，雖稱不上疾病書寫，但對社會上去中國化的氛圍，亟感憂慮。該詩的後四句寫：「朝野幾曾知亮表，道途無復識昭心。早譜杜漸非微事，巨浸由來始寸潯。」憂慮之情，溢於言表；但遣詞用字，不願流於訐直，甚至也沒點明所憂何事。從寫作時間上看來，應該是憂慮李登輝執政時期明統暗獨的政治風向。

　　在〈戎庵惠寄近詩次答〉[22]一詩中，答覆詩友羅尚的關心，對病後的心境有所交待。

19　《漢語大辭典》：「【虎溪三笑】佛門傳說。虎溪在廬山東林寺前，相傳晉僧慧遠居東林寺時，送客不過溪。一日陶潛、道士陸修靜來訪，與語甚契，相送時不覺過溪，虎輒號鳴，三人大笑而別。」
20　張夢機，《藥樓詩稿》，頁89。
21　張夢機，《藥樓詩稿》，頁77。
22　張夢機，《藥樓詩稿》，頁54。

輸人百事縢真情,已鈍鉛刀大可攖。錢是塵埃身是夢,酒為僮僕茗為兄。吳盧初
見車傾蓋,鯤島賡吟燕蹴英。同禮潭州傳句法,花延年室繼詩聲。

據原註,吳盧指吳萬谷師之宅。張、羅二人的訂交,在詩人吳萬谷宅中,後來同為
湘潭李漁叔的弟子。此詩的後四句寫二人之文字因緣。前四句則是病後感慨。夢機師久
為詩壇推重,尊為祭酒,但他自己卻自謙病後已百事輸人,鈍如鉛刀,早無鋒芒。一二
句既已看淡聲名,三句「錢是塵埃」又看淡錢財,蓋錢財乃身外之物,不足為貴。「身
是夢」,身體尚且看淡,何況身外之物?病前嗜茶亦嗜酒,病後貴茶而賤酒。嗜茶的選
擇,也可看出心境趨向文靜的變化。

五 凝視疾病

《藥樓詩稿》中,有幾首直接以疾病為主題的詩作,如〈即事〉、〈病後〉、〈榮總晚
眺〉等。這幾首凝視疾病的詩,直接以病為題材,進行發想。〈病後〉一詩寫道:

塵囂隔溪水,村寨近山阿。邀妒憐孫臏,求真識卞和。畫詩多靜美,歲月任消
磨。病膝猶輪椅,空齋貧客過。

詩中寫病後生活。避居山村、遠隔塵囂,靜美安穩的生活,沒有多餘的欲望,只願
好好地消磨時光。如果不是身染沉痾,詩中顯現的靜美寧謐氣氛簡直令人羨慕。詩中罕
見地直接用了孫臏、卞和等殘疾人士的典故。但詩中並不突顯二人殘疾的特質,而是強
調孫臏的「邀妒」,與卞和的「求真」。他們都是「所挾持者甚大」(孟子語),而一旦橫
遭殘疾的大丈夫。

孫臏、卞和,是歷史上著名的殘疾人士,夢機師偶爾以此二人入詩,但不常見。以
歷史人物自況,而少用殘疾人士,似乎是《藥樓詩稿》的堅持。〈即事〉一詩,明處用
了四個歷史人物,暗處就筆者所見,亦有一處歷史人物。這些人物,只有司馬相如是身
染沉痾。

自慚衰謝久,敢說管蕭才。藥餌煎常苦,門楣設自開。窮途步兵淚,多病長卿
哀。倦就藜床臥,前塵搖夢來。

詩中明處用了管仲、蕭何、阮籍、司馬相如四個歷史人物,暗處「門楣設自開」用
陶淵明〈歸去來辭〉的典故。管仲、蕭何,俱為歷史上的名相。《三國志・蜀志・諸葛
亮傳論》:「亮之器能政理,抑亦管蕭之亞匹也。」因為衰病,已不敢以管蕭自期,這是
以反面點出原本的理想抱負,希望能成就一番事業。至於阮籍,用其哭窮途之典,《晉
書・阮籍傳》:「(阮籍)時率意獨駕,不由徑路,車跡所窮,輒慟哭而反。」阮籍之哭

或許是種隱喻，暗示著亂世之人，無從明智地選擇，往往率性隨緣，走上眼前隨意一條道路，最後發現這條路沒有出路。現實上的道路尚可循原路而返，但人生的道路卻是無法重來，一世之人莫不如此，只能哭泣相對。司馬相如，以賦聞名於世，晚年罹患消渴症（糖尿病），居於老家茂陵。李商隱著名的詩句「茂陵風雨病相如」，即以此自況。暗處反用陶淵明〈歸去來辭〉「門雖設而常關」之語。淵明「窮巷隔深轍，頗迴故人車」（〈讀山海經〉），朋友來拜訪的不多，是故門雖設而常關。夢機師病後隱居，而款待朋友視疾聚餐，故時開門扉。

另有一首也是題為〈病後〉的七言律詩，道出心境。

> 輪椅隨身病未休，披書搜句願粗酬。垂綸潭水才三里，買舍山城又一秋。殘碧猶饒晴望美，衰紅略補客居幽。安閒焉得并州剪，截取林邱入藥樓。

因為染病在身，看朱看碧，俱見其衰殘。但衰紅殘碧，仍具幽美之姿。尾聯想像用一把神奇的剪刀，將窗外的林邱景色剪取收藏。都是些病人的願望。而首聯「披書搜句願粗酬」，顯現出樂觀的精神。疾病雖教人無奈，但也讓人一償夙願。夢機師原本就嚮往隱居生活，靜下心來，好好讀書作詩。此詩用正面的態度去看待疾病帶來的不便。

這三首詩，夢機師凝視疾病，並不輕易向疾病低頭。從典故的使用上，可看見他避免朝著疾病去想。而病後生活，他用過去的願望來充實自己，溫舊書、覓詩句、遠俗塵、會親友。讓自己在病魔的重擊之下，能勇敢地再站起來。

《藥樓詩稿》中，還有幾首住院期間寫的詩。〈榮總晚眺〉[23]，有「同病相依成暫聚，涼風獨詠得清狂」句，既寫病友間同病相憐的情感，又寫遠眺抒憂的心情。〈住院感賦〉[24]，「神方試驗有新功，談笑能寬芥蒂胸。一去健身傷大劫，重來驗血凜衰容」，雖稱能寬胸中芥蒂，但其實相當擔心。〈返家口占〉[25]一詩，寫出院心情：

> 過盡環河道，喜逢新店天。山原為舊識，水亦是前緣。招手猶雲氣，搖秋尚藥煙。故人分祿米，殘障送餘年

回到住處，欣喜之情，溢於言表。前四句看來幾乎是病癒的心情。然後四句又點出「尚藥煙」，仍然過著養病的生活。或許是經歷過一次可能更嚴重的威脅，原本平靜的養病生活，也顯得可親起來。「殘障送餘年」，願意在詩中承認接受殘障的現實。

---

23 張夢機，《藥樓詩稿》，頁84。
24 張夢機，《藥樓詩稿》，頁84。
25 張夢機，《藥樓詩稿》，頁85。

六　空間布置

　　夢機師《近體詩發凡》論練意，曾有「明時空以取變化」一節，點出詩之寫作，可以在時空的運用上留心，使詩變化多姿。並引何敬群《益智仁室論詩隨筆》的說法，提出寫作構思，可以留意「時間、空間、感想、借題發揮」四個要素，他將時間、空間比喻為宮室，將感想、借題發揮比喻為住戶。寫一首詩，不妨考慮這四個要素是否都照顧到。且空間時間不一定要局限於眼前當下，運用某些虛字，便能拉展時空，如「更、又」等時間用字，「遙、應、獨、惟、祇」等空間用字，巧妙運用，即可在時空上捭闔變化，以收文字頓挫之功。

　　在「詩言志」的傳統下，抒情詩的「敘述者我」，往往等同於俗稱「作者」的「隱含作者我」[26]。夢機師罹病之後，以寫詩自遣，在詩的空間布置上，便很見工夫。真實作者雖受風疾所苦，但敘述者卻可以馳騁四方六合，不受病痛局限。

　　從題目上就看出這層意思的，有〈臥遊〉一詩。臥游一語，出呂祖謙〈臥游錄〉自，有臥床觀圖、以想像回憶代替旅遊的意思。夢機師〈臥游〉[27]，即是這種想像：

> 深垂布幔坐重樓，檢點輿圖作臥游。廢陣早非臣亮日，長城猶是帝嬴秋。陶情嶺陸張家界，擢秀山川九寨溝。五嶽三江看不足，何當鐵翼到神州。

　　輿圖既張，則五岳三江，何處不可遊？有的景點，在詩文中時見吟詠，如八陣圖、萬里長城；有的景點，常聽人說，景色為天下奇，如張家界、九寨溝。全詩盡情神遊，唯結語有憾，不知何時能乘鐵翼，親往一遊？

　　在兩岸開放前，夢機師以大陸風土入詩，或係贈答、或係用事、或係思鄉。贈答如「筍籜終成湘水竹，榆錢留買洞庭雲」[28]，是寫給湖南長沙吳萬谷夫子的詩句，以湘水竹、洞庭雲切合其鄉里；用事如「新句忽傳春渭北，華燈不是舊江南」[29]，這首送給顏崑陽的詩，用杜甫〈春日憶李白〉「渭北春天樹，江東日暮雲」語，切合詩友的切磋討論；思鄉之句，佳節思鄉者，如中秋有「一髮山形疑楚蜀」[30]句；反映兩岸現況者，如民國六十年有「知誰更獻修船策，蜀棧湘帆發遠思」句[31]，寄託復興中華、還我河山之

26　即隱含於文本中的作者，可透過文本認識。此概念用以區別「真實作者我」。蓋真實世界中的作者，與文本中認識到的作者，不完全等同。

27　張夢機，《藥樓詩稿》，頁73。

28　〈春盡感事，賦呈萬谷夫子〉。見張夢機，《師橘堂詩》，頁5。

29　〈己酉庚戌間與崑陽剪燈賡吟〉九首其二。見張夢機，《師橘堂詩》，頁7。

30　〈戊申中秋基隆紫薇山莊雅集是夜月全蝕〉。見張夢機，《師橘堂詩》，頁6。楚蜀，夢機師祖籍湖南，生於四川，故云。

31　〈辛亥秋興八首月杜工部韻〉其四。見張夢機，《師橘堂詩》，頁14。蜀棧湘帆，既寓復興中華之意

意。在兩岸開放後，夢機師曾三次親赴大陸[32]，因親履其地，經驗具體，病後以大陸風土入詩，更多是回味與遺憾。

〈臥遊〉、〈舊遊絕句〉等詩，全首以回味或神遊為主。其他詩作中，也屢以收放自如的時空變化，為詩增色。前文〈夏日漫興〉詩，「眾綠淹街望欲迷」、「雨歇鄰山蟬上下」等句，乃憑窗遠望、靜心傾聽，在斗室中以耳目所及，向外延展。夢機師很喜歡這種延展，且看這些詩句：

近壑空濛浮藹氣，小盆灌溉識花情。(〈晨興〉)[33]

小盆灌溉，足可親為。近壑空濛，則為開軒所望。一近景，一遠景，都是五官所及處。

丘壑百尋臨曉座，圖書萬卷擁吟樓。(〈感春〉二首其一)[34]

近景為室內萬卷圖書，遠景為窗外百尋邱壑。近景遠景，也都在耳目所及處。但敘述時，卻不以我為主語。而是用擬人法，使得「丘壑」為主語，是丘壑光臨我家，而不是我去看丘壑。此類以客體為主語的擬人修辭，讓詩中世界活潑熱鬧，是夢機師愛用的手法。如〈恭祖贈詩次答〉：「重嶺翠分當戶樹，餘霞紅渲插瓶花」[35]、〈春盡〉：「當階紅藥能燒地，入戶青山欲助吟」[36]等句，均是例證。王安石有名的〈書湖陰先生壁〉一詩：「一水護田將綠繞，兩山排闥送青來」，用的也是此法。

昨夜眠何晚，天明尚臥床。開軒延雨色，移枕納春香。久病非秦贅，佯歡是楚狂[37]。詩心念滄海，生恐發紅桑。(〈臥床〉[38])

昨日失眠，今日晚起。整首詩是不開心的，甚至還說平時看到的開心是佯裝出來的。但頷聯就耳目所及寫景，打開窗戶，延攬雨色；挪動枕頭，藏納花香。轉移注意

（蜀棧，用漢初劉邦明修棧道、暗渡陳倉故事，暗示撤退來臺；湘帆，用鄱陽湖水戰朱元璋以寡擊眾，大敗陳友諒漢軍以開創明朝的故事，暗示反攻大陸），也切合作者的祖籍（湖南）與出生地（四川）。

32 〈記大陸遊〉：「病前三度堯封行，遍遊燕陝粵浙京。二為寒冬一炎夏，請容覼縷敘分明。」見張夢機，《夢機六十以後詩》（臺北：里仁出版社，2004年），頁81-82。

33 張夢機，《藥樓詩稿》，頁27。

34 張夢機，《藥樓詩稿》，頁37。

35 張夢機，《張夢機詩文選編》（合肥：黃山書社，2012年），頁173。

36 張夢機，《張夢機詩文選編》，頁230。

37 偷語自杜詩：「倚著如秦贅，過逢類楚狂」。秦贅，語出《漢書‧賈誼傳》：「故秦人家富子壯則出分，家貧子壯則出贅。」

38 張夢機，《藥樓詩稿》，頁39。

力，稍稍寬解。其空間也都是五官所及處。開軒、移枕是近處動作，雨色、春香是遠處光景。

從五官所及處，再放遠一點，馳騁想像，就可以調度更大的空間。如〈閒居〉[39]一詩：

> 坐望樓舍密猶鱗，指顧青山發興新。曉度鄉間閒歲月，暮攜天上老星辰。藏心怨謗胸非海，喧世功名夢已醒。沉痼纏身惟復健，偶緣玉札助精神。

首聯之景，有樓舍、有青山，均眼目所及之景。四句運用想像力，遐想及於天上星辰。「攜」這個字，將視覺轉化為觸覺，即想像力的運用。夢機師作詩重視情真意切，即使文體是舊體詩，也要表現出今人的視界與情感。此詩「坐望樓舍密猶鱗」，寫「樓密」而不是寫「樓高」，即可見到夢機師講究貼切當下真實的觀念。然病軀行動不便，使他耳目所及、能夠取用的詩料受到限制，因此他更需要用別的方式來擴展調度。

夢機師在家中望窗外山景時，可以看到塔。此塔偶爾也作為遠景，出現筆下。如〈樓望〉[40]一詩：

> 寒雲淹塔亦悠哉，沉鬱胸襟一望開。線上鳥群嚴陣立，樓前山翠壓眉來。邊庭須有張班輩，肉食慚無管樂才。經世能臣摧折盡，東邊廊廟正堪哀。

此詩後四句憂時，前四句寫景。所寫之景，有塔、有山、有雲，近景來說有鳥、有電線。這座讓「沉鬱胸襟一望開」的塔，從其他詩中看來，並不是風景名勝，甚至是一座很醜的塔（可能是座靈骨塔）。百無聊賴的養病生活中，這座不好看的塔，數度被寫入詩中。如〈侵曉〉「獰眸塔貌使天驚」[41]、〈曉坐偶書寄懷崑陽〉[42]「爐塔雙雙棲在壑」等，乃至〈崑陽拈韻余試撰之〉「塔醜真教眾壑驚」[43]。儘管風景有限，仍可在詩中驅馳調度。

另外尚有以目地語、否定語來調度空間者。如〈樓居獨夜〉一詩：

> 忍閱靜靜遣涼宵，燈暈微黃茗翠銷。海氣欲迷秦嶺月，詩聲難答楚江潮。出師兩表猶誇亮，禪位千秋尚憶堯。寫史記功書卷在，英華含咀自逍遙。

此詩未刻意透露生病的消息。但在氣氛的營造上，確實和其他養病獨居的詩頗一致。詩中運用「欲迷」的目的語、「難答」的否定語，將「秦嶺月」、「楚江潮」都納入詩中。

39 張夢機，《藥樓詩稿》，頁89。
40 張夢機，《藥樓詩稿》，頁91-92。
41 張夢機，《藥樓詩稿》，頁33。
42 張夢機，《藥樓詩稿》，頁59。
43 張夢機，《鯤天吟稿》，頁39。

現代化的產品，也有助於擴展時空。《藥樓詩稿》中，偶有以電視入詩者，以電視拓展時空，將自身經驗與遠方世界聯結在一起。〈樓夜〉[44]前四句云「慣從螢幕夜聞歌，故里依稀入念多。湘水千秋猶滾滾，衡山萬仞尚峨峨。」從電視螢幕起興，觸起鄉思，復由相思接上家鄉山水。

電視既已入詩，帶有新聞性質的空間布置，也自然跟著入詩。如〈佚題〉[45]：

> 風吹殘臘盡，侯去聽雞鳴。波塞猶傳警，中東未解兵。當軒動詩詠，不雨滄山城。蝶影迷春夢，重尋已自驚。

此詩未留題目，從內容看來，應當安排〈歲暮書懷〉一類的題目。詩中有近景、有遠景，遠景句「波塞猶傳警，中東未解兵」，寫電視新聞日日報導的波斯灣戰爭，即帶有新聞性質。

此類詩在《藥樓詩稿》尚不多見，但縱觀《張夢機詩文選編》，則可多次見到電視的身影。如「河上龍舟樂尾遒，都從螢幕影中收」[46]、「蟬聲紛叫夏，螢幕記尋秦」[47]、「披書以外看螢屏，除此浮生將安托」[48]等等。此外，「螢幕」能與「蟬聲」字面相對，也增加了撰寫律詩構思布局上的趣味。

七　身體敏感

病痛身體帶來的敏感，影響了身體認知到的現象世界。敏感身體所看到的人間光景，實與健康人所見不同。如〈寄懷伯兄〉一詩：「哀樂無端欲語難，十行手泐報平安。浮生羨汝多言笑，曠達誰知病在肝。」此詩淺白如口語，但特別看得到笑容滿面的曠達之人，身上實患有肝病。又如〈秋夜〉[49]一詩：「山墨燈明歲欲更，庭梧葉落報秋晴。疏星疑是圓蟾淚，幾點晴空恨釀成。」一二句寫出山間獨居、喪妻鰥居的病後生活，三句將天上疏星看作是圓月之淚，四句寫星淚是悵恨所釀成。將星星看作月亮的眼淚——尤其是團團圓月的眼淚——，晴空無雨，秋梧無雨，而看見眼淚，可說也是來自病人的敏感。

敏感身體的將心比心，使得關心及於萬物，而更顯情味。《近體詩發凡》論含蓄有〈託物喻意〉一節，便是關心及萬物的另一說法。如〈藥樓即事〉[50]有「空對青山數飛

---

44 張夢機，《藥樓詩稿》，頁47-48。

45 張夢機，《藥樓詩稿》，頁49。

46 〈愛河五日〉。見張夢機，《張夢機詩文選編》，頁194。

47 〈閒居〉五首其五。見張夢機，《張夢機詩文選編》，頁196。

48 〈岑寂〉。見張夢機，《張夢機詩文選編》，頁238。

49 張夢機，《藥樓詩稿》，頁67。

50 張夢機，《藥樓詩稿》，頁90-91。

鳥,那堪白雨損寒花」之語,「那堪白雨損寒花」,便是化用杜甫〈秋雨歎〉[51],擔心弱小的花朵受到風雨的摧殘。這種對寒花的關心,乃來自病弱身體將心比心的敏感。

另外,〈浩園即事〉[52]一詩,也表現出敏感的關心:

> 浩園四顧興遄飛,幽圃撩人花木肥。病後時時耽獨坐,山中日日到斜暉。葉飄小樹渾疑雨,鳥叫秋風正拂衣。輪椅輾塵愁土痛,不如一器助行歸。

「輪椅輾塵愁土痛」,身有大患,情移於物,竟害怕自己的輪椅會壓痛土地。改用助行器,以免壓得土地過痛。「愁土痛」可謂用情至深。此語出於孟郊悼念亡兒的〈杏殤〉詩:「踏地恐土痛,損彼芳樹根。」然尋常人不易用此典故;即使用之,身無大痛,也就不具說服力。

再往深處看,夢機師在詩中因病痛而移情時,展現往往是長者無能為力的懊惱,而非孩童無助的呼救。〈三樓盆花既謝飄落樓下口占此詩〉[53]「敏姨癡小劬劬甚」之語,〈藥樓即事〉「那堪白雨損寒花」之語,乃至此詩「輪椅輾塵愁土痛」之語,都是如此。

雖然如此,夢機師卻曾將這種敏感的現象,解釋為「孩子語」。《近體詩發凡》論練意「藉無理以生妙意」一節,提到「情癡」起的作用:「無理近於癡。寫情到真處好,到癡處亦好。癡者,思慮發於無端也,往往能見深情。」例如《隨園詩話》所載「老僧只恐雲飛去,日午先教掩寺門」詩,及陳楚南〈題背面美人〉詩:「幾度喚他他不轉,癡心欲掉畫圖看」,「皆妙在孩子語」。[54]

〈春雨〉[55]一詩,也有病人的敏感。

> 天地無私霑溉長,小城花木益芬芳。將乾滄海猶添碧,已活枯藤豈復僵。生恐山雲壓詩旆,坐愁水潦減農桑。定知今夕悠揚夢,不到夔巫只到湘。

此詩本是喜雨之詩,但春雨帶來的感受,卻一波三折。首聯「天地無私霑溉長,小城花木益芬芳」,高興春雨滋潤天地,連己身所處的小城,花木亦蒙雨露;頷聯「將乾滄海猶添碧,已活枯藤豈復僵」,強化這份高興,在病人眼中看來,這樣的及時雨,幾乎起了起死回生之功;頸聯「生恐山雲壓詩旆,坐愁水潦減農桑」,轉而擔心,雨若過多,反而殘害民生,造成損失,是故欣喜之餘,又有憂懼;尾聯「定知今夕悠揚夢,不到夔巫只到湘」,一筆宕出,從旱潦的擔心中轉出,轉而趁著雨之消息,夢回湖山。「雲

---

51 杜甫〈秋雨歎〉:「雨中百草秋爛死,階下決明顏色鮮。著葉滿枝翠羽蓋,開花無數黃金錢。涼風蕭蕭吹汝急,恐汝後時難獨立。堂上書生空白頭,臨風三嗅馨香泣。」

52 張夢機,《藥樓詩稿》,頁77。

53 張夢機,《藥樓詩稿》,頁28。

54 張夢機,《張夢機詩文選編》,頁302-303。

55 張夢機,《藥樓詩稿》,頁51。

雨巫山枉斷腸」，雨和巫山，在文字上有聯繫，但今日之雨，不到夔巫，只到家鄉湖南。

此詩的一波三折，固然是構思求變化，但也反應詩人想法的細密複雜。一場春雨，思慮所及處，處處顧到。其中尤以起死回生的描寫，最突顯病人的敏感。

八　含蓄筆法

（一）側筆、藏鋒

張夢機《近體詩發凡》〈論含蓄〉一章，借用書法術語，有〈藏鋒不露〉、〈善用側筆〉二節。藏鋒不露，謂「意在言外，不許一語道破」，如金昌緒〈春怨〉：「打起黃鶯兒，莫叫枝上啼。啼時驚妾夢，不得到遼西。」寫閨怨而不點破閨怨，藏住閨怨之正意也。善用側筆，謂「不犯正位，襯說以取神韻」。換句話說，即欲寫正意，而寫其反面或側面。側筆，亦稱偏鋒。如明陳薦夫〈宮詞〉：「命薄不教人見妒，始知無寵是君恩」，側筆寫宮女的自我寬解，益見心酸[56]。

無論是藏鋒或偏鋒，說的都是一種布局上「不直接寫」的精神。《藥樓詩稿》中，有幾首詩，對病況將寫而未寫、將點破而未點破，頗符合「藏鋒不露」之妙。如〈題昌偉丈巨幅山水圖〉[57]：

怪底牆間出塹川，淋漓元氣一圖懸。畫中倘許能添我，水曲山窪作散仙。

這首題畫詩，從題畫詩的立場看來，並不算藏鋒不露。蓋前二句直接切合主題，室內牆間有廣闊山川、一圖之中有淋漓元氣，係讚美郭昌偉的畫功。不過後二句突出奇想，想像著「能不能把我畫入畫中，做一個散澹的人？」對題畫詩而言，此一奇想，已是宕出一筆，與原畫無直接關係了。它的關係是間接的，是側筆偏鋒，以觀畫者對畫境的嚮往，來表達畫境之妙。

但如果從疾病書寫的立場來看，此詩完全沒點有破疾病之意，卻寫出病人對健康生活的嚮往。苦於行動不便，見巨幅山水，而興神遊之感，願意遨遊其間，自由自在，在藝術創作的世界裡，當一個健康的人。「牆間出塹川」本無可怪，然慣於在陽臺前馳騁神思的夢機師，面對此巨幅山水畫，具體水曲山窪的形象在眼前，曲盡其妙，其感受自然較一般行動方便之人更為強烈。而後二句的突發奇想，希望自己在山水之中扮演一個散澹的人，正是其將欲點破主旨之處。

---

56 張夢機，《張夢機詩文選編》，頁317-323。

57 張夢機，《藥樓詩稿》，頁38-39。

〈侵曉〉[58]一詩，以某一日的凌晨天亮，寫病後常有的心情。

> 窺簷侵曉鳥呼晴，叢樹稠花照牖明。撲面樓形拔地起，獰睁塔貌使天驚。圖書四壁兒堪讀，鷗鷺雙禽我欲盟。排闥群山來座右，濃青一抹付詩情。

此詩寫天漸漸亮的風景相當細膩。前四句寫戶外，「窺簷侵曉鳥呼晴」，先從聲音寫起；「叢樹稠花照牖明」，再寫及窗上近處花樹之影。「撲面樓形」「獰睁塔貌」，則是遠處樓形塔貌，均入眼界，且有突然開燈、突然出現的不適應感。天既稍亮，詩的鏡頭轉到室內，寫四壁圖書，接著就聯想到讀書、作詩、觀景的日常生活。「排闥群山來座右」，不寫開門見山，而借王安石語寫山色來訪，除了表示一天生活開始之外，也側筆言及其行動不便。

這首詩表面上看來大多是寫景，寫心情處也是寫隱居讀書的心情。病後心情雖未說破，卻已隱隱可見。此詩雖寫景，但意象均非賓語，而為主語。不是詩人去聞觀景物，而是景物主動奔赴詩人耳邊眼前，足見詩人的行動不便。寫讀書作詩等心情處，也是養病生涯的自我排遣。

至於〈嘉有丈寄示近作次韻奉答〉[59]，則是以自身之疾病為側筆，用以祝福對方的健康硬朗。

> 黎明薄暮自移時，百念蟠胸晝夜馳。熱淚似潮傷一蹶，前塵如夢忍重思。口暗慚說還傳道，步弱多欣不廢詩。此日懷公開杖屨，翩然猶是海鷗姿。

前六句縷述自身疾病之哀，各種煩惱，縈繞不止，用以自報近況。末二句轉筆奉答，懷想李猷的形象，羨慕他的健康硬朗。快樂是痛苦的暫停，對方既無我之痛苦，則其樂大可羨也。

（二）餘憾生情

《近體詩發凡》論含蓄〈餘憾生情〉一節云：「王湘綺為人傳記，好從其不得意處寫之，言如此乃能曲傳心事，極唱歎之致。實則作詩之理亦復如是，蓋無論抒情言事，使能洞悉缺陷，狀莫名之惆悵，言之若有餘憾，其詩必可婉約生情，餘味雋永。」

夢機師詩中亦常見餘憾之情。早歲餘憾多為去國懷鄉，夢機師童年離鄉，成長求學則在臺灣，〈寒流〉詩云：「憶昔遭陽九，隨父泛溟渤。去國值髫齡，及壯尚為客。殺戮未親見，側聞得彷彿」[60]。其鄉愁之感，除了童年回憶的成分外，更多的是文化上對父

---

58 張夢機，《藥樓詩稿》，頁32-33。

59 張夢機，《藥樓詩稿》，頁52-53。

60 張夢機，《西鄉詩稿》（臺北：學海出版社，2011年三版），頁5-6。

母之邦的孺慕。喪妻罹病之後，生命的遺憾遂成永遠的主題。夢機師以詩抗病，作詩養心。對詩人而言，常人眼中的苦難折磨，可以透過寫作轉化為上天的賜予。透過寫作的行動，轉化身體病痛，而成為審美經驗。

〈偶感〉[61]一詩，即將鄉愁、喪妻、中風之憾，俱寫入詩中。

> 艱危歲月惜殘軀，獨坐當窗形影孤。萬木飲霜楓酩酊，九州尋路夢崎嶇。詩非補假何關史，山本幽深只隔衢。西望海濤遙阻雁，鄉書曾帶一封無？

「艱危歲月惜殘軀」點出病況，「獨坐當窗形影孤」點出喪偶，「詩非補假何關史，山本幽深只隔衢」寫隱居養病、作詩自遣的生活。但此詩主要寫的仍是客居之憾。在空間調配上，故鄉消息，或藉夢、或藉想像，均不能親履其地。即使夢中，路亦崎嶇；即使想像，海濤阻雁，也不免懷疑真能帶來一封書否。題為〈偶感〉，原本平靜無波的客愁，卻在疾病不良於行的隱喻中，又被喚起。

精神科醫師依利沙白庫布樂蘿斯博士（Elizabeth Kubler-Ross），從她長期輔導癌症末期患者的經驗中，發現病人在面對健康的重大失落時，會經過五個層面的心理掙扎期：否認、憤怒、討價還價、沮喪憂鬱、接受事實。但在文學作品中，「接受事實」的心理掙扎會提早出現。在出現「接受事實」的作品後，依然會出現「否認」的詩。這個現象，說明儘管詩言志、但詩卻會表現出超乎真實感受的抒情。除了來自文學本身蘊含的尋求生命超脫的暗示，也來自文學對「餘憾」之美的追求。換言之，文學作品中對重症的曠達接受，可能是強自寬解的餘憾之美。

《藥樓詩稿》寫作之初，夢機師已經罹病一段時間。為期一年的寫作養心，已出現「接受事實」的句子。五階段心理掙扎特徵，仔細推敲，在《藥樓詩稿》中都可找到痕跡。

否認階段，如〈藥樓即事〉[62]：「羞從明鏡裡，看取髮成霜」，害怕看到疾病帶來的衰顏；〈歲暮遣懷〉「沉疴夢裡終全癒」[63]、〈偶抒所感〉「但望明年腰腳健，櫻鵑花裡突重圍」[64]，仍期待著中風痊癒，都反映「否認」的心理掙扎。

憤怒階段，較不明顯。可能與夢機師溫柔敦厚的自我要求有關。但在詠物性質的〈夜雨〉[65]一詩中，卻透露出對病況憤怒的一些消息。這首七言絕句寫道：「真宰何當赦縛囚，高秋夜永坐書樓。簷牙清溜張簾幕，只隔歡娛不隔愁。」對雨的情感投射，是感覺它將人困在室內，無法外出。此處「雨」亦為疾病之隱喻，雨和疾病，都將詩人困

---

61 張夢機，《藥樓詩稿》，頁77。

62 張夢機，《藥樓詩稿》，頁66。

63 張夢機，《藥樓詩稿》，頁27。

64 張夢機，《藥樓詩稿》，頁88。

65 張夢機，《藥樓詩稿》，頁81。

住，因此「真宰何當赦縛囚」，反映的不全是對久雨的厭煩，更是對久病纏身的憤怒。

討價還價階段，意謂著「如果我病好了，我要如何如何」。通常會改變生活型態，有所妥協，以換取病癒之可能。《藥樓詩稿》中這樣的詩很少見，只有〈戲占〉[66]一詩，勉強有點像。詩云：「銜晴白鳥掠青山，坐眺尋詩氣自閒。咫尺碧潭傷病足，不然打槳過前灣。」要不是我的腳不良於行，我也想打槳泛舟啊！出此念頭，略似討價還價之念。

沮喪階段，如〈浩園〉[67]一詩，「莫對浮雲思往事，亦知萬物等輕埃」句，看似看開，但有沮喪之情。從真宰的角度看，個人與萬物如同埃塵一般，不須為生命流轉變化，而太過痛苦。但從自己的角度來看，若思往事，往事美好，不堪重憶。往事也如浮雲一樣，轉眼即逝。美好已逝，不忍回思，免得徒受刺激。足見「亦知萬物等輕埃」是故作達觀的自我寬解。「莫對浮雲思往事」，頗見其沮喪。

接受階段，如〈癸酉上元〉[68]有「一疴已泯恩仇念」、〈與文華崑陽夜話〉[69]亦有「病中恩怨兩皆忘」之語。重病在身，卻看到重病帶來的好處，能讓人擺脫是非恩怨；〈秋日書懷〉[70]一詩，有「漸知窮達由天致，已悟功名與病移」之語，也對人生的窮達起伏漸漸看開；〈樓夜用子丹丈解嘲韻〉[71]一詩，「積習消除當病後」之語，說養病讓人改變不少不良積習。

然而從詩的先後順序看，這些詩並非依照否認、憤怒、討價還價、沮喪、接受的順序出現的。否認階段的〈偶抒所感〉，甚至是《藥樓詩集》中時間頗晚的詩。接受階段的〈癸酉上元〉時間頗早（可比較註腳所標頁碼，印證時間順序）。接受階段、否認階段的詩都比較多，憤怒、討價還價、沮喪階段的詩，則須靠仔細的觀察勉為找出。之所以會有如此現象，可能是因「中風」與「絕症」不同，夢機師面對的不是死亡的威脅，而是失去自由的折磨。所面對的既非死亡，活著就有希望，因此「接受」不應該過早出現。此外，若以「餘憾」來理解接受階段所引諸詩，將「接受」看成是「做好心理準備、並從其中看疾病的好處」，這種接受與否認同時出現的現象，就更好理解了。

九 《藥樓詩稿》以後

隨著時光的流逝，某些想法的改變自然而然地出現。綜觀《藥樓詩稿》以後的疾病書寫，所出現新的內容，大體有下列幾端：

---

66 張夢機，《藥樓詩稿》，頁57。

67 張夢機，《藥樓詩稿》，頁63。

68 張夢機，《藥樓詩稿》，頁50-51。

69 張夢機，《藥樓詩稿》，頁54。

70 張夢機，《藥樓詩稿》，頁80。

71 張夢機，《藥樓詩稿》，頁82。

（一）同病相憐之情

　　《藥樓詩稿》中，曾有「同病相依成暫聚」[72]之語。此詩所寫為陌生的病友，可說是偶然感慨，全書中這種同病相憐之景，僅此一例。隨著罹病時間日長，遇到其他一樣身染疾病的友人，自身的疾病反倒成為互相安慰的資本。如詩友劉榮生，夢機師曾有詩贈曰：「君病恆在心，而吾傷於足。同憐贅藏身，早已棄榮祿。」（〈榮生先生代贈邵氏鴻文，賦謝〉[73]）劉榮生年紀較夢機師為長，曾掌《新生詩苑》編務，著有議論古今的《東橋說詩》詩話，請夢機師為之作序。夢機師以自己的「傷於足」，安慰劉榮生的「病恆在心」。又如〈坐雨聞灑翁病〉[74]一詩：「手泐傳來病訊遲，半身不遂繫吾思。雨狂那管公孱弱，猶是聲窗勸賦詩。」安慰同樣受中風之苦的詩友。病友身體孱弱，是否有力賦詩？不得而知。然夢機師以過來人的經驗，安慰灑寒先生，將中風看成是上天殘忍的出題，要求詩人賦詩以答。

（二）與衰老、死亡對照

　　夢機師五十歲中風，因此《藥樓詩稿》反映的是壯年橫遭病厄的心境。如〈自況〉[75]所述：「才過五十罷功名，病後全無結髮情。足不能行口猶噤，此生端合老山城。」對人生才五十歲，便遇此大厄，感到悵惘不止。隨著染病時間的拉長，年紀的老大，對病、對老都慢慢地接受，甚至有時還自嘲自寬。如染病七年後的〈多感〉[76]一詩：

> 養拙郊坰買屋居，老徵近覺上身徐。天留微命恩何厚，詩記前塵夢不舒。已訝橫流難覓岸，料知他日定為魚。時危俗薄今如此，平子多愁髮亦疏。

　　在此詩中，夢機師開始覺得身上出現衰老的癥候了。對深染沉痾一事，不無苦笑地自嘲「天留微命恩何厚」。這首詩的感覺很多很複雜，既有憂老、憂病、憂時等多種感覺，又有「到不了岸」的無力感，身陷橫流而無法抵達彼岸，竟出現化身為魚的念頭。如果化身為魚、安身於橫流中，就不怕橫流了。

　　到晚年，同輩中年紀較長者，迭傳凋零，夢機師以抱病之身，面對朋友的死亡，不能無感。如〈輓葉九如教授〉[77]有「數回憐我仍沉痼，而汝先成化鶴悲」之語。但長期

---

72 張夢機，《藥樓詩稿》，頁84。

73 張夢機，《夢機六十以後詩》，頁62-63。

74 張夢機，《張夢機詩文選編》，頁235。

75 張夢機，《藥樓詩稿》，頁74。

76 張夢機，《鯤天吟稿》，頁115。

77 張夢機，《鯤天吟稿》，頁103。

憂病憂時，對死生窮達，也看得更開。〈哀閔宗述教授〉[78]尾聯云：「祇今浮世多衰象，早戀黃泉未必非。」〈挽戎庵詩老〉[79]尾聯亦云：「泉下盡多賡詠客，不妨酬唱話流離。」九泉之下，竟也是豐盈寧靜與歡愉（借波特萊爾〈邀遊〉一詩語）的處所。

（三）空間感的改變

以「大陸憶遊」來暫時忘憂的詩，後來也有了新的發展。新增了聽人遊大陸、以及回憶南部兩類詩。友人要前往大陸，夢機師以詩相贈，諄諄叮嚀一定要回臺灣。如〈文華雄祥欲往西安，先贈以詩〉[80]詩：

> 二妙尋奇欲遠遊，摶扶先到古皇州。寺煙待乞歸詩句，塔石將移篆客愁。雁去驪山初喚塞，風吹渭水自搖秋。華清池畔雖堪戀，未抵明潭十頃幽。

前六句馳想遊字，也盛稱西安勝景，足供吟詠。但尾聯卻諄諄交待，西安風光雖好，卻不如南投日月潭。反映對友人遠行的依依不捨。

又如〈送文華遊蜀〉[81]詩，託友人陳文華代償思鄉之情。夢機師髫齡生長於四川，對四川有鄉愁。知道詩友將遊四川的消息，請代為題詠，以慰相思。「知君遊屐過錦里，或堪代覓兒時蹤。裁箋倘更書雋句，拜讀端合生歡悰。可能形勝收滿袖，歸來抖落慰寂容。」

此外像〈家兄游東北歸過舍茗話〉[82]等詩，寫的是別人遊大陸之經驗。「亟尋履跡供詩料，寂寥時節吟茲篇」，羨慕的同時，也拓展了寫作內容。這些詩的出現，固然未脫沉痼，但就詩的內容來說，注入了新鮮的詩料題材。

另外，夢機師早年在南部教書，臺灣各地的生活與風土，也成為吟詠材料。《鯤天吟稿》〈舊遊六首〉[83]、〈再記前游六首〉[84]等詩，集中地回憶了臺灣景點：大崗山、澄清湖、溪頭、梨山、碧潭、鹿港、楠梓觀音山、花蓮、野柳、關仔嶺、陽明山、烏來等。這些以回憶寫成的旅遊詩，地點或遠或近，寫作的原因可以用其中記碧潭的「祇今傷殘痼，事往跡已陳」一語該括。

---

78 張夢機，《鯤天吟稿》，頁99。

79 張夢機，《張夢機詩文選編》，頁245-246。

80 張夢機，《鯤天吟稿》，頁52。

81 張夢機，《夢機六十以後詩》，頁61-62。

82 張夢機，《鯤天吟稿》，頁66。

83 張夢機，《鯤天吟稿》，頁77-78。

84 張夢機，《鯤天吟稿》，頁79-80。

（四）對疾病的接受程度提高

人有七情六欲，心情也會有高低起伏的變化。夢機師看待沉痼，出現了更多的「接受」。這樣的接受，與《藥樓詩稿》中作為餘憾的接受，又不盡相同。如〈客過〉詩[85]：

> 撼鈴丁東到高展，額手西迎值寒夕。沙壺瓷杯沏釅茶，據案欣欣話疇昔。吾罹沉痼一紀餘，漸冉鬱邑化閑適。拚將心力藝缽花，更積詩稿卷盈百。今宵都講聯袂過，古誼醰醰出肝膈。上庠覯繧疇聞多，語笑生歡欺山月。不嫌郊坰翅鮑無，乘興來共壁燈白。茗煙已歇涉夜歸，露冷風寒星堪摘。

此詩落句以景語作結，用了落句虛成[86]的手法，營造含蓄美。在中間鋪敘之處，已經自然而然地帶出「吾罹沉痼一紀餘，漸冉鬱邑化閑適」的敘述。該詩重點放在與賓客的歡聚，而不在「罹沉痼」一事之上營造張力。由此看來，夢機師此時是用更平靜的心情，看待生病的事實。

夢機師的門生弟子，很多人對夢機師的機智健談風趣，印象深刻。他甚至有時會用風趣的話語，來看待疾病。〈二疊韻寄戎庵詩老〉[87]詩云：

> 東邊五十四春秋，川陸冬來尚綠洲。風露遙天凜鰲背，詩文少日占龍頭。卜居郭外身堪隱，買醉人間轄自投。沉痼相陪驚晝短，閑為鄰壑睇吟眸。

「沉痼相陪驚晝短」，寫病中心情。白日看山，貪愛晝長。日既西下，無聊陡增，故有「驚晝短」之語。而「買醉人間轄自投」，翻用陳遵投轄留客的典故，則可見夢機師的機智風趣。據《漢書・陳遵傳》：「遵嗜酒，每大飲，賓客滿堂，輒關門，取客車轄投井中，雖有急，終不得去。」後世遂以「陳遵投轄」，為好客之典故。但在此詩中，夢機師一方面是以「投轄」來說自己的喜愛朋友，一方面也是以「走不動」幽自己一默。

十 結語

詩人張夢機在中風之後，以詩養病。他維護詩言志的傳統，詩如日記，因此病後消息時時入詩。夢機師執詩壇牛耳，頗具盛名，但從他健康時的詩看來，他原本就是性喜隱居、可以放下浮名的人。因此生病之後，藉病隱居、以詩養心，也就順理成章了。

---

85 張夢機，《藥樓近詩》，頁101。
86 《近體詩發凡》論含蓄〈落句虛成〉節。見張夢機，《張夢機詩文選編》，頁331-334。
87 張夢機，《藥樓近詩》，頁105。

　　寫詩讓他的病後生活有了重心。養病一年所寫的《藥樓詩稿》，詩中的四季風景，或多或少、或隱或彰地反映病後心情；而行動不便的養痾歲月中，憶舊、端居、接觸友人、憂時、以及少處的乘車出門經驗等等，這些生活起居，都是他取材的內容。他甚至直接以疾病本身為題材，〈即事〉、〈病後〉、〈榮總晚眺〉等詩，凝視疾病，詩中展現不輕易向疾病低頭的精神。

　　在處理這些題材時，為取變化，夢機師在空間布置上著實下了一番工夫。現實經驗中行動不便的身體，透過想像、擬人、否定等各種修辭手法，突破限制。病痛帶來的敏感，也使得他關心及萬物，將心比心地觀察到健康身體更不容易見到的風景。這種關心，近於情癡，使詩無理而妙。此外，為追求詩的含蓄美，詩中時見側筆、藏鋒的運用。有時是將患病的正意隱藏起來，有時則以患病為側筆。另外，詩中也常以餘憾入詩。早年餘憾是兩岸分隔，而病後的餘憾則是失去健康。詩中的自我寬解，表面上看是對疾病的接受，但從餘憾生情的角度看來，這些看似接受的詩句，其實背後的心思是頗為曲折的。

　　《藥樓詩稿》以後，依然沉疾纏身。隨著時間的拉長，疾病書寫的內容也有了增加與變化。詩中可見同病相憐之情，也可見疾病與衰老死亡對照後的感懷，空間調度上，增添了聽人暢談大陸旅遊經驗、以及臺灣憶遊等新內容，對疾病也漸漸較能接受。甚至有時還可以看到他以風趣的言語自我寬解。

（五）【詩藝與詩用】

張夢機先生與網路古典詩人之互動
—— 以網路古典詩詞雅集為考察重心[*]

何維剛[**]

摘要

　　當代臺灣古典詩壇，向來存有學院與民間之分野，但自二十一世紀以來，網路成為新興的發言管道，傳統古典詩壇的權力結構也面臨重整。張夢機先生雖自謂「不懂電腦，也沒有上過網。」在晚年卻與網路古典詩人交往甚密。除了曾為《網川漱玉》、《網雅吟懷》等網路古典詩集撰序外，並多次擔任「網路古典詩詞雅集」徵詩之詞宗，詩集中亦可頻見同網路古典詩人等唱和詩作。藉由梳理張夢機先生與雅集成員之唱和，將對於先生詩作之繫年、背景有更深的了解。另一方面，2002年「網路古典詩詞雅集」之成立，填補了大專青年聯吟大會停辦之空缺。而長期參加雅集徵詩的網路詩人，因較為熟稔詞宗之文學品味、了解古典詩徵選之模式，成為競爭文學獎的有利因素。

關鍵詞：張夢機、詞宗、網路古典詩詞雅集、徵詩

---

[*]　本文之撰就，承蒙楊維仁先生、吳俊男先生、李佩玲女士提供相關資料，講評人吳榮富先生惠賜修
　　訂意見，謹致謝忱。
[**]　臺灣大學中文系博士班研究生。

一　前言

　　臺灣當代古典詩壇，向來存有學院與民間詩人群體之分野。雖說學院、民間二派並非嚴謹之二分法，且雙方亦多有來往交誼、甚至在身分上有所相互重疊，卻可傳神地描述當代古典詩壇兩大主流詩學體系。二十一世紀以來隨著網路的普及，使臺灣古典詩壇於「學院」與「民間」之對壘外，又增加了一批「網路」詩人。傳統看法以為，網路詩人指的是：「透過論壇、BBS、部落格、聊天室、社交網站等網路媒介學習作詩或發表詩作的詩人。」[1]其特色在於使用網路自學、發表古典詩詞，不受時間、空間與經費之限制。然而李知灝提出：當今古典詩壇所以分為「民間」、「學院」、「網路」三個活動區塊，主要在於臺灣古典詩壇的發展中，面臨社會局勢新變所產生的結構權力變化：

> 2000年以後，古典詩論壇網站活動興盛，但原本在「民間」與「學院」活動的古典詩人大部分不諳網路操作而產生發言權的真空與重組，因此在「網路」上整合出一個新的權力結構。……古典詩人在不同系統中取得發言地位，進而合作或競爭以取得詩壇的發言權。[2]

李氏之論旨主要聚焦於文學場域受到社會變遷之影響，進而產生傳統古典詩壇「權力場」之變革。然而就長久發展來看，網路使用之於古典詩壇，並非僅是古典詩壇發言權之爭奪平台，其根本改變了傳統詩學傳授之方式，甚至初步消弭了「學院」與「民間」詩學觀之衝突，塑造了一種新興的創作態度與結社形式。

　　在如此複雜的詩學體系中，唯有張夢機先生「與人為和」的風格，得以成為不同詩學脈絡的接合點。龔鵬程《張夢機詩文選編・前言》：

> 本土詩社，自成傳統；來臺詩家，是另一批；學院是一批，學院外又是一批。詩風、詩觀、人際關係各有脈絡，夢機師則是它們的接合點。同時，在老一輩詩家和我們這一代甚至更年輕一輩的學詩者之間，夢機師也是無可比擬、無可替代的接合點。這是祇讀他詩的人所難以體會的。[3]

事實上，除了本土詩社、來臺詩家與學院內外，張夢機先生於網路詩人中也極具影響

---

[1] 吳東晟：〈台灣古典文學創作概述〉，李瑞騰總編輯：《台灣文學年鑑・2009》（臺南：台灣文學館，2010年），頁49。

[2] 李知灝：〈台灣古典文學創作概述〉，李瑞騰總編輯：《台灣文學年鑑・2010》（臺南：台灣文學館，2011年），頁35。

[3] 張夢機著、龔鵬程校：《張夢機詩文選編》（合肥：黃山書社，2012年），〈前言〉，頁8。

力。許多觀察者如龔鵬程、姚蔓嬪皆已注意到這點[4]，其中尤以施懿琳〈台灣古典詩概述〉講述貼切：

> （《網川漱玉》）出版時，三位詩壇前輩：羅尚、張夢機、林正三先生曾為之作序，張夢機的序文尤多鼓勵，對目前古典詩網路化所帶動的風氣與造成的影響給予高度的肯定。[5]

從現有的相關材料來看，觀察者們對於張夢機先生與網路詩人之互動，皆給予正面的評價。但從另一方面來看，觀察者們因為未能熟悉網路生態，亦無法深入探析網路詩人與張夢機先生的交遊關係。

2002年「網路古典詩詞雅集」（以下簡稱雅集）網站正式成立[6]，到2010年先生逝世的這八年間，二者的交流頻繁。就筆者初步統計，張夢機先生詩作中與雅集相關者，計有37首，如附表一，多數收於晚年之《藥樓近詩》、《張夢機詩文選編》二書。並曾為網路詩集撰寫二篇序文，應邀擔任雅集徵詩詞宗共15次。若能了解張夢機先生與雅集之交流，應能對張夢機先生最後十年的詩詞創作有更深的認識與體會。

二　張夢機先生與網路詩人之交往與唱和

何謂網路詩人？吳東晟將之定義為：「透過論壇、BBS、部落格、聊天室、社交網站等網路媒介學習作詩或發表詩作的詩人。」[7]但這種界定畢竟略見寬泛，為了使問題得以聚焦，在本文之定義中，將以「在雅集註冊、學習作詩、發表詩作的詩人」為討論對象。然而雅集成立至今，已有超過1400位的註冊會員。筆者認為，在雅集活動的網路詩人，依照與張夢機先生的親疏關係，尚可分為三個層級。

第一個層級：在雅集成立之前便與張夢機先生相識交好，並在雅集成立之後，註冊成為雅集的會員，屬於臺灣或海外詩壇的前輩詩人。如林正三（惜餘齋主人）、沙培錚（水村）、張大春算是此類。

第二個層級：為雅集之網路活動中較為活躍的版主、詩人。這類人是雅集的中堅主

4　分見張夢機著、龔鵬程校：《張夢機詩文選編》，〈前言〉，頁3。姚蔓嬪：「戰後臺灣古典詩發展考述」（臺北：國立臺灣師範大學國文學系博士論文，2013年），頁130-131。

5　施懿琳：〈台灣古典詩概述〉，林瑞明總編輯，《2006台灣文學年鑑》（臺南：國立台灣文學館，2007年），頁62。

6　關於「網路古典詩詞雅集」之成立與紀事、論述，可參看楊維仁：〈「網路古典詩詞雅集」的緣起與現況〉，《乾坤詩刊》第23期（2002年7月），頁116-118。網路古典詩詞雅集管理團隊編輯：《網海拾粹》（臺北：萬卷樓出版社，2012年），頁239-263。李知灝：「戰後臺灣古典詩書寫場域之變遷及其創作研究」（嘉義：國立中正大學中國文學系博士論文，2009年），頁87-106。

7　吳東晟：〈台灣古典文學創作概述〉，頁49。

力，多數擁有中文系以上學歷、並有參與民間詩社的經驗，是與張夢機先生交流的主要
對象，屬於臺灣詩壇的青壯輩詩人。如楊維仁、李佩玲（卞思）、黃鶴仁（南山子）、吳
俊男（風雲）、李正發（小發）、吳東晟、張富鈞（故紙堆中人）等人。

第三個層級：參與雅集發表、討論的詩人，本身對於張夢機先生並未熟識，但景仰
張夢機先生之為人與詩作，渴望能認識張夢機先生。如李德儒、楊瑞航（噢月者）等人。

實際上，張夢機先生自謂「不懂電腦，也沒有上過網。」[8]與網路詩人之接觸，皆
是會面相談而非倚靠網路媒介。因此張夢機先生接觸到的網路詩人，主要是以第二個層
級為主要對象。下文談及張夢機先生與網路詩人之互動，也將以第二層級的詩人為探討
中心。

（一）直以諸郎為少友：張夢機先生與雅集之交流

張夢機先生對於雅集詩友之指導，似乎盛傳於當代詩壇。陳慶煌教授曾以筆名陳冠
甫發表〈夢機導引網路新秀〉一首[9]，張夢機先生次韻作有〈慶煌教授惠詩次答詩中言
及網路諸弟來此問字事〉：

> 不是傳燈選佛場，言詩論法亦尋常。深涵學養眾難及，飆舉才思誰易忘。直以諸
> 郎為少友，敢云新筍變修篁。高吟慰我沉綿意，差喜菊殘猶傲霜。[10]

題中所提及的網路諸弟，即是雅集成員，而二詩同樣發表於2008年1月，或可推測該詩
當作於2007年底。此詩雖非與雅集成員唱和之作，但「直以諸郎為少友，敢云新筍變修
篁」一聯，已然道及張夢機先生對於網路新生代詩人的態度：對於後輩詩人盡量給予提
攜，但成材與否仍取決於自身的天份與努力。

張夢機先生對網路詩人之看法，比較集中體現於先生所撰寫之〈網川漱玉序〉、
〈網雅吟懷序〉二篇序文之中。[11]先生在初讀雅集諸詩時，曾於〈網川漱玉序〉雅集詩
人提出三項意見：「詩貴各體悉備，不可偏嗜」、「以新詞彙入詩，最忌貪使濫用，流於
俚俗」、詞之為體當「雄豪中帶婉約，矜嚴中有嫵媚，始不悖詞體之美。」[12]而後於
〈網雅吟懷序〉復提及：

---

8 林正三、黃鶴仁等：〈傳統詩的時代轉折與願景——詩人張夢機專訪〉，李瑞騰、孫致文合編：《歌
　哭紅塵間：詩人張夢機教授紀念文集》（桃園：中央大學中文系，2010年），頁139。

9 陳慶煌：〈夢機導引網路新秀〉，《古典詩刊》第218期（2008年1月），頁5-6。

10 張夢機：〈慶煌教授惠詩次答 詩中言及網路諸弟來此問字事〉，《乾坤詩刊》第45期（2008年1月），
　頁9。

11 除兩篇序文外，張夢機先生也曾作有〈興觀詩集序〉，然此詩集因尚未出版，此暫不論述。

12 張夢機：〈網川漱玉序〉，李德儒等，《網川漱玉》（臺北：萬卷樓出版社，2003年），頁 x-xi。

唯目下詩壇雖略顯沉寂，然網路青年卻雲生蟲起，左旗右鼓，聲光彌懋。猶憶余為青衿學子之時，負笈上庠，雅愛吟哦，然尋常論詩賡酬者，惟仁青、崑陽等二三莫逆耳。無論晝吟春雨，夜詠秋燈，皆孤獨為之，無人可助推敲，何落莫之甚邪！五年前，余始初識網路諸弟，此十數人，因同好風雅而結社，彼此相互切磋，灌溉詩心，其作亦常能盪摩篇什，揚芬楮墨，確乎令人羨慕不已！回溯當年，無此結合，獨學而無友，詩藝之難以精進者，豈偶然哉？[13]

實際上，筆者以為在不依靠網路的前提下，先生眼中網路詩人與學院、民間詩社等詩壇後進，並沒有太大差異，所以異者僅在於因網路便捷所開切磋唱答之風，習詩環境與先生早年及學院、民間詩風頗見不同而已。是以序末先生勉勵諸位網路詩友：「倘更加沉潛經史，披讀詞章，他日必能為臺澎詩敲金戛玉，發光發熱，重使古典詩歌振興於蓬嶠，雅騷之風吹拂於瀛涯也。」[14]此雖為雅集詩友作序，何嘗不可視為普遍對於青年後進之訓勉？先生談及振興詩學的關鍵在於「沉潛經史，披讀詞章」，言下之意恐是網路詩作雖多清新可喜，但偶有流於淺俗粗鄙者，唯有書卷根柢方可救俗為雅。總體看來，網路詩作雖多青澀而未臻化境，但相對於老成凋零的學院與民間詩人，更有蛻變空間與成長活力。

傳授作詩心得與品評雅集詩友詩作，是張夢機先生與雅集主要的來往活動。詩友們藉由將詩作請張夢機先生品評，可以了解自己在創作上的不足（圖一　張夢機先生品評楊維仁詩手稿），而先生的課詩內容，雅集詩友也會在整理之後放置網路，與其他詩友一同分享。雅集中與先生交往最密切的，當屬楊維仁與李佩玲（卜思）二位詞長，先生詩中直接或間接涉及二人者，便各有十首[15]與八首[16]之多。楊維仁是雅集創始人之一，曾擔任天籟吟社之總幹事，其於2000年便與先生結識，初訪時作有〈追陪諸詞長訪玫瑰山莊詣夢機教授〉[17]，先生稱其「維仁句穩妥，其意亦脫俗。擊缽嘗掄元，諸事悉可錄。」[18]先生曾作有〈次韻維仁弟重遊碧潭〉：

13　張夢機：〈網雅吟懷序〉，李德儒等：《網雅吟懷》（臺北：萬卷樓出版社，2007年），頁 iv。

14　張夢機：〈網雅吟懷序〉，頁 v。

15　與楊維仁相關詩作，別見〈次韻維仁弟夜坐詩〉、〈藥樓雅集〉、〈佩玲、維仁、正發來視疾作〉、〈維仁、佩玲夜過〉、〈端午明輝維仁中年來訪〉、〈讀花延年室詩　維仁弟寄贈先師詩集讀之淒然〉、〈次韻維仁弟重遊碧潭〉、〈羅戎老以殘臘詩見示次韻〉、〈次韻答人口兄見贈〉、〈朔風一首示維仁弟〉。見附表一。

16　與李佩玲相關詩作，別見〈感事次佩玲女弟韻〉、〈藥樓雅集〉、〈佩玲、維仁、正發來視疾作〉、〈維仁、佩玲夜過〉、〈水仙　花為佩玲女弟所贈〉、〈羅戎老以殘臘詩見示次韻〉、〈四疊韻詠梅酬佩玲女弟〉。見附表一。

17　楊維仁：〈追陪諸詞長訪玫瑰山莊詣夢機教授〉，《抱樸樓吟草》（臺北：唐山出版社，2007年），頁15。

18　張夢機：〈維仁、佩玲夜過〉，《張夢機詩文選編》，頁237。

呼車臘月過寒潭，衫鬢兩青吾昔探。二十年來身已廢，舊游惟向碧波酣。[19]

先生詩中時見對於碧潭、碧亭的追憶之作。其詩楊維仁原作：「漫循新徑到幽潭，情味遙從夢底探。塵世幾多風物改，碧波還似舊時酣。」[20]從塵世風物到廿年身廢，對於時事變遷之感嘆，貫穿於原唱與次韻之間，而原唱更多著眼於時間風物之流逝改變，到了次韻之作則又添加了今我不如昔我的感慨。《藥樓近詩》另收有〈次韻維仁弟夜坐詩〉一首：

朔氣瀰天冷襲人，螢屏靚女獻歌頻。滂沱樓外清塵雨，孤另燈前弔影身。槐夢豐功原是幻，杏林病歷恐非真。自嗟才力歸綿薄，難挽殘疆已逝春。[21]

楊維仁〈夜坐〉原詩收於《抱樸樓吟草》，為雅集成立三周年時的徵詩作品，該次徵詩於2005年2月13截稿，並於該月27日公布名次。推測先生次韻之作，應當近於這段時間。楊維仁〈夜坐〉：

深宵獨有未眠人，坐對寒燈慨歎頻。熙攘塵囂緣底事，倦疲筋骨竟何身。世情詭譎參難透，夜色昏沉看不真。舊事如煙還繾綣，最宜尋夢憶青春。[22]

從楊維仁〈夜坐〉到先生次韻之作，得以看出先生晚年的創作手法與難脫悲傷的詩境。原唱「坐對寒燈」與次韻「螢屏靚女」，先生明確將時空點題在現代，並與前句「朔氣瀰天」之傳統意象相對，使新詞不生突兀之感，此乃先生「截搭」之法。先生詩中亦有意加深悲哀之渲染力。楊詩「參難透」、「看不真」，雖點出世事總在虛實真假之間，但總有參透、看真的轉圜餘地。末句「最宜尋夢憶青春」，更是帶出了希望的生機。然而先生詩中直言「原是幻」，末句又直接提及「難挽殘疆已逝春」，彷彿一切的希望皆歸於無有。陳文華品評張夢機先生〈環河道中作〉時述及：「整篇作品，寫的其實是一個很普通的生活經驗，但因為有作者身罹重疾的遭際作為背景，所以情調上就顯得十分沉重。」[23]對照楊作原唱與先生和詩，豈不如此？

有趣的是，先生於贈與或次韻李佩玲（卞思）的詩作中，略可見悲哀稍減而靈動漸增。李佩玲（卞思）畢業於中山大學中文系，曾擔任雅集版主，於網路普及後方正式學習古典詩，後復學詩於張夢機先生門下。除詩詞外亦善書法，先生稱之「佩玲善才華，吐語似琴筑。墨亦秀且娟，貽吾字一幅。」[24]先生曾作〈四疊韻詠梅酬佩玲女弟〉一首：

19 張夢機：〈次韻維仁弟重遊碧潭〉，《中華詩學》第27卷第3期（2010年3月），頁46。

20 此詩由楊維仁提供，無刊載，作者繫年2009年10月。

21 張夢機：〈次韻維仁弟夜坐詩〉，《藥樓近詩》（臺北：INK 印刻文學，2010年），頁219。

22 楊維仁：〈夜坐〉，《抱樸樓吟草》，頁49。

23 陳文華：〈析張夢機詩〈環河道中作〉〉，《歌哭紅塵間》，頁133。

24 張夢機：〈維仁、佩玲夜過〉，《張夢機詩文選編》，頁237。

> 綽約清姿十里身,記從嶺陸認梅頻。縞衣不與櫻爭色,丹屬能為雪寫春。偶夢孤山傷久客,欲歸解谷伴修筠。寒花縱使辭柯下,仍有暗香生垢塵。[25]

此詩未曾公開於先生詩集與詩刊。步原韻者《張夢機詩文選編》尚有〈病中再次前韻〉、〈三疊韻奉寄戎庵詩老〉二首,[26]但未收錄首唱之作。羅尚亦存有〈和藥樓病中韻〉一首。[27]案:李佩玲曾作〈詠梅——用張夢機先生〈病中〉韻〉[28]一首,於2006年5月18日發表於雅集。先生〈病中〉一詩今未刊於詩集,從圖中先生標注的時間與李佩玲於網路發表的時間來看,〈病中〉步韻數首作於2006年5月前後應是較為可信的。曾昭旭曾道及張夢機先生:「善於與周遭的人物感應起興,而可樂則樂,可悲則悲。」[29]先生次韻楊維仁、李佩玲的詩作,皆探得原詩神髓並轉以更為雅緻的語言重新詮釋,風格固然因原詩不同而有所差異,亦何嘗不是因應人物感應起興所致?

張夢機先生對於雅集而言,不僅僅是詩壇名宿、老師,更是一位親切、令人敬愛的長輩。因此,除了雅集的徵詩事務、評論雅集成員的詩作外,張夢機先生與雅集的交情,更多地表現在私領域的生活層面。2006年10月,張夢機先生因病入住新店耕莘醫院,雅集成員前往探視,因而作〈佩玲、維仁、正發來視疾作〉:

> 諸生聯袂至,同謁杏林秋。稍解論詩渴,堪銷抱病愁。清言霏玉屑,歡笑勝菱謳。一勺分吾輩,曹溪活水流。[30]

張夢機先生晚年久病,乃視雅集成員「直以諸郎為少友」,為其浩園生活添加不少歡笑。「一勺分吾輩,曹溪活水流」,更可見先生對於雅集諸友的鼓勵與期待。有時張夢機先生因為詩務繁忙、身體健康問題,會將品評詩作的任務交由雅集成員處理。先生曾作有〈朔風一首示維仁弟〉:

> 朔風樓舍寒加襖,閒坐枯腸借茗澆。抱疾有哀雙足廢,及昏乍亮一燈遙。藏收翠靄詩初就,罷耗紅塵孰可銷。感汝品評多卓識,還聽三子試簫韶。[31]

末聯「感汝品評多卓識,還聽二了試簫韶」,根據楊維仁回憶,乃是中國人陸有詩人寄

---

25 此稿未正式刊載,楊維仁提供,見圖二 張夢機〈四疊韻詠梅酬佩玲女弟〉稿。

26 分見《張夢機詩文選編》,頁235、236。

27 羅尚:〈和藥樓病中韻〉,《戎庵二十一世紀詩存》(高雄:宏文館圖書股份有限公司,2008年),頁118。

28 李佩玲:〈詠梅——用張夢機先生《病中》韻〉:「自將孤意託雲身,每不愛人探問頻。性冷非關一季雪,心高更避十分春。抱香崖畔酬清月,按影風前共瘦筠。何懼炎涼多折損,橫空依舊眇紅塵。」見雅集 http://www.poetrys.org/phpbb2/viewtopic.php?f=2&t=10886。

29 曾昭旭:〈略說夢機的詩人性情〉,《文訊》第299期(2010年9月),頁47。

30 張夢機:〈佩玲、維仁、正發來視疾作〉,《張夢機詩文選編》,頁237。

31 此詩未刊載,由吳俊男(風雲)提供,參見圖三 張夢機〈朔風一首示維仁弟〉。

來《遼北三家詩》請張夢機先生品評。時先生提不起精神閱讀，便將此事交由楊維仁來處理。品評完後，先生對於楊氏的評論甚為允當，方有「品評多卓識」、「三子試簫韶」的詩句。

　　張夢機先生閑居歲月清寂，於讀詩作詩之餘，亦頗喜雅集諸友相聚談笑。2005年9月楊維仁曾寄張作梅《一霞瑣稿》給張夢機先生，先生除了回信表達感謝，論詩之餘亦曾囑託下次聚會事宜：

> 前數日曾因事寄函佩玲女弟，並順便請其代轉吾弟安排來舍小聚事宜，不知曾連絡否？甚念。[32]

原稿署名於94年9月24日。除了楊維仁、李佩玲等人外，隨著時間之推移，先生與雅集諸人的交往層面也逐漸廣泛。鄭中中（天之驕女）詞長是先生晚年所結交的雅集成員，與先生交好、頗得歡心。先生曾致信楊維仁、鄭中中寫道：

> 鄭小姐七絕之作，亦見才情。又鄭小姐歌喉極佳，下次見面請唱吳鶯鶯之「紅燈綠酒夜」，以飽耳福。[33]

此信署名於97年6月11日。可見雅集成員與張夢機先生之來往，已從詩課授受之師生關係轉化為私人交情。2010年端午節，張夢機先生作〈端午明輝維仁中中來訪〉：

> 歲歲端陽說已煩，蓬窩延客共蒲樽。剝開粽葉供枵腹，看列廊花飾午盆。靳尚於今混猶好，屈原在昔歿何冤。龍舟競渡聽喧鼓，忠愛一懷誰更言。[34]

根據與會人鄭中中（天之驕女）回憶，當年端午前日，曾致電張夢機先生今年是否吃過粽子。先生表示還沒，點名了想吃湖州粽。端午當天，鄭中中女士便同維仁、明輝等人，買了東門市場的湖州粽與魯肉飯，抵達藥樓時已過了先生平時的午膳時間。該餐張夢機先生食量極好，飯後十分高興，直說要寫詩記住當天，並點名了下次要吃豬腳。[35] 蓋先生此詩中「歲歲端陽說已煩」，或許正反襯著該年端陽之不凡，而「剝開粽葉供枵腹」一句，可能正是先生過午未食的深刻體會。無奈此次一別，張夢機先生便於該年八月逝世，豬腳之約竟成絕響。

　　要之，雅集詩友與張夢機先生之會面，初始主要皆為請教古典詩之創作心得，而後漸發展為私人之情誼。以先生自己的詩來說，便是：「汝輩漫相隨，端合慰煢獨。以詩乞推敲，潤飾使圓熟。……閒暇時見過，日久誼何篤。」[36]

32　此書信未刊載，由楊維仁提供，參見圖四 張夢機先生致楊維仁信函。
33　此書信未刊載，由楊維仁提供，參見圖五 張夢機先生致楊維仁、鄭中中信函。
34　張夢機：〈端午明輝維仁中中來訪〉，《古典詩刊》第245期（2010年9月），頁5。
35　見雅集 http://www.poetrys.org/phpbb2/viewtopic.php?f=2&t=23131&p=137514。
36　張夢機：〈維仁、佩玲夜過〉，《張夢機詩文選編》，頁237。

（二）作為張夢機先生與詩家媒介的雅集成員

在雅集與張夢機先生的交流中，羅尚先生占有相當重要的地位。不但同是雅集徵詩活動的常任詞宗，也經常是藥樓宴席的座上賓，二人詩作中頻見以藥樓雅集為題之作品。如羅尚〈藥樓教授約網路詩友雅集〉：

> 大曆十才子，相將來藥樓。看雲多變幻，譚藝足雕鎪。令望真張禹，遐齡到陸游。青梅新煮酒，環坐論曹劉。[37]

案：此詩首見於2003年7月，由楊維仁代為發表於雅集，但因為資料缺乏，無法得悉此次聚會的具體內容。張夢機先生於2003年暮春曾作〈藥樓雅集〉：

> 春風樓館共吟朋，挹翠才紅力尚能。余視總持為少友，詩期貽上以中興。初沽尊酒香如棗，已斂塵心靜似僧。遠道諸君來問訊，遂令廣坐茗氛增。[38]

並自注：「癸未暮春，羅尚詩老、林正三詞兄暨小友黃鶴仁、李佩玲、楊維仁、李正發、吳身權、吳俊男等，同來寒舍論詩，飯後茗飲始歸。」[39]筆者案：此次聚會可能與雅集「癸未春季徵詩活動」相關。癸未春季徵詩由張夢機先生擬題「感春」，限七言律詩上平聲十灰韻，並有擬作一首。由羅尚先生擔任左詞宗，張夢機先生擔任右詞宗，並於該年4月公布結果。此次聚會聚集了羅、張二位先生與雅集諸友，時間上又與「癸未暮春」相近，或可推測雅集徵詩聚會催生了先生的〈藥樓雅集〉。至於羅尚先生一詩，是否也是以此次聚會作為創作背景？則尚有考察之空間。

張夢機先生詩中，還有一些詩作並未註明與雅集成員的關係，卻有雅集成員穿插於其間，成為創作背景的一部分。張夢機先生〈羅戎老以殘臘詩見示次韻〉，後先生次韻九疊羅尚先生，是先生相當重要的一首作品。[40]此詩作於2004至2005年之際，林正三（惜餘齋主人）、楊維仁、李佩玲（卜思）、吳俊男（風雲）皆有和詩。後林正三於雅集注解該次集會：「客歲杪與諸詞侶共訪夢機教授於玫瑰山莊，席上羅老見示〈殘臘〉大作，不佞約共次韻，張教授亦欣允步和，想其大作將指日即可拜讀也。」[41]可見許多詩作催生之場合，皆有雅集成員穿梭其中。此處應當補充的是，張夢機先生因為不懂電腦，其發表於雅集上的作品，皆是轉交楊維仁代為發表。張夢機先生之詩作主要見於《中華詩學》、《乾坤詩刊》、《古典詩刊》、《楚騷吟刊》等刊物，但各刊物並非十分流

---

37 羅尚：〈藥樓教授約網路詩友雅集〉，《戎庵二十一世紀詩存》，頁67。

38 張夢機：〈藥樓雅集〉，《藥樓近詩》，頁60。

39 張夢機：〈藥樓雅集〉，《藥樓近詩》，頁60

40 張夢機：〈羅戎老以殘臘詩見示次韻〉，《藥樓近詩》，頁174。

41 林正三：〈諸事圓融，心想事成〉，雅集 http://www.poetrys.org/phpbb2/viewtopic.php?f=2&t=6935。

通，且一般讀者未必訂購全部刊物。因此具有網路便利性的雅集，成為詩友觀覽先生詩作的首選。

　　張夢機先生晚年因身體不便，許多作品的創作契機皆源自於好友之拜訪。如〈次韻答人口兄見贈〉：

> 沏茗秋何爽，論交誼尚存。吾庸屬天性，汝詠託靈根。贅似成蛇足，閑如隱鹿門。至今艱跬步，徒羨大江奔。[42]

並且自注：「曾人口詞兄自雄州北上，秋日過話，別二十年矣，曾即席賦詩，才力驚人，越二日，余乃次韻奉答，略述近狀。」[43]雲林詩家曾人口是先生早年在高雄任職時之舊友，曾同飲高雄，至此廿載未見。根據雅集記載，此次拜訪藥樓的時間是在2003年10月12日，曾人口原詩為〈偕維仁、正發過藥樓訪張教授賦呈〉：

> 雄州共樽酒，廿載味猶存。有恙詩為藥，無邪道固根。騷壇尊杜老，學子立程門。事物原虛幻，欣看後浪奔。[44]

曾人口出身民間詩社，深諳擊缽之道，兼以才思敏捷而能即席賦就。此外，曾人口之身分亦為雅集版主李正發（小發）之舅父，針對此次北訪，李正發另作有〈侍舅父訪戎庵詩老〉一首，羅尚先生亦有〈高雄曾人口詞長北來多年不見約網路詩友楊維仁李正發相陪作小集〉五律一首。[45]從以上列舉諸詩來看，不難發現許多詩家之聚會往來，其實中間皆有雅集成員穿針引線。雅集諸詩作之文學價值，尚有可論之處，然而在文學社會學的層面，雅集成員往往是當代學院、民間詩家聚會的媒介，實應受到研究者們更進一步之關注。

　　因為雅集詩友與張夢機先生的密切關係，使雅集詩友成為其他詩人拜訪張夢機先生的橋梁。黃鶴仁（南山子）詞長出身於民間詩社，畢業於東吳大學中文碩專班，並在網路上創立《詩訊》電子報，對於學院、民間、網路三個詩學體系皆有涉及。他回憶於千禧年底初識張夢機先生，當時林正三以《乾坤詩刊》總編身分，透過瀛社社友羅尚引薦，前往藥樓拜訪。同行的尚有雅集詩友張允中（子惟）、楊維仁。而後黃鶴仁詞長便成為藥樓之常客，張夢機先生作有〈遣懷和鶴仁弟韻〉[46]。2008年12月28日前後，張夢

42　張夢機：〈次韻答人口兄見贈〉，《藥樓近詩》，頁85。

43　張夢機：〈次韻答人口兄見贈〉，《藥樓近詩》，頁85。

44　李正發對於該日活動記載：「今日偕維仁侍曾人口先生拜訪羅老、張教授，相談甚歡，先生即席賦詩，才思敏捷，令晚輩驚嘆，然先生猶言，即席寫就難免草率，亦為一病，不足效之。」見〈代貼曾人口先生五律三首〉，雅集 http://www.poetrys.org/phpbb2/viewtopic.php?f=2&t=3939。

45　分見李正發：〈侍舅父訪戎庵詩老〉，《網雅吟懷》，頁87。羅尚：〈高雄曾人口詞長北來多年不見約網路詩友楊維仁李正發相陪作小集〉，《戎庵二十一世紀詩存》，頁77。

46　張夢機：〈遣懷和鶴仁弟韻〉，《藥樓近詩》，頁245。

機先生作有〈鶴仁東晟義南敬萱諸弟過訪浩園〉：

> 冬日剛回暖，諸君訪此園。小杯分釅茗，啼鳥答清言。拯救寧無法，字辭須有根。騷壇今寂寞，應共卓吟旛。[47]

依照黃鶴仁記載，此次集會成行之契機，乃是張夢機先生見過吳東晟的詩，卻感嘆不認識這位年輕詩人。黃鶴仁曾因教育部文藝獎的機緣，認識吳東晟，且二人皆是雅集成員，便由黃鶴仁安排普義南（小普）、吳東晟等學人，一同拜訪藥樓。會後吳東晟曾有和詩〈戊子年冬過新店謁張夢老〉，並記錄：「戊子年冬，僕因參加瀛社百年詩會北上。廿八日，過新店謁張夢機教授。是日同行者，有南山子、小普、小米諸詞長。得親聆夢老教誨，畢生幸事也。」[48]張夢機先生於2010年4月復作有〈答東晟弟來函口占〉：

> 飛來一札意何深，內附佳詩耐細吟。選句原為能自賞，敢供賢弟作南針。[49]

「內附佳詩耐細吟」、「敢供賢弟作南針」，從此詩中得以看出，吳東晟於黃鶴仁引介之後，也將詩作寄至藥樓，請張夢機先生點評指教。雅集成員引介詩友結識張夢機先生，詩友亦將詩作請託先生點評，這樣的接引行為其實更接近於一種身分認可的「入門儀式」。藉由這種向既有文化尋求認同的儀式，雅集詩友一方面得以凝聚網路菁英的認可，一方面也以是否得以拜訪藥樓，區分出文學社群的高低等級。得以拜謁藥樓的詩友，因為有向大師學習的機會，確實能在詩作上有所提升，在熟知先生之讀詩品味後，也可能增加奪得文學獎獎項的機率。此雖並非是雅集成員刻意為之，但在拜訪機會掌握在少數人的情況下，能夠得到張夢機先生的指點，遂成為文學社群中的榮耀。吳東晟〈戊子年冬過新店謁張夢老〉詩中說道：「到處名山說浩園」、「瞻韓好慰平生願」[50]，已從側面說明「藥樓崇拜」這一文學現象，於不同的文學社群中被建構起來。

這種藥樓崇拜之思維，比較具體展現在2006年的一次聚會。2006年2月，雅集美國詩友李德儒、楊瑞航（嘯月者）二人訪臺，羅尚先生亦曾有詩表達對二人之歡迎。[51]在2月10日前後，二位美國詩友隨同雅集眾人拜訪藥樓，張夢機先生在此次聚會後，次韻詩作三首：

---

47 張夢機：〈鶴仁東晟義南敬萱諸弟過訪浩園〉，《古典詩刊》第228期（2009年4月），頁5。
48 吳東晟：〈戊子年冬過新店謁張夢老〉，雅集
　　http://www.poetrys.org/phpbb2/viewtopic.php?f=2&t=19795。
49 張夢機：〈答東晟弟來函口占〉，《乾坤詩刊》第54期（2010年4月），頁4。
50 吳東晟：〈戊子年冬過新店謁張夢老〉，雅集
　　http://www.poetrys.org/phpbb2/viewtopic.php?f=2&t=19795。
51 羅尚：〈網路古典詩詞雅集歡迎紐約網友李德儒楊瑞航遠來參加〉，雅集
　　http://www.poetrys.org/phpbb2/viewtopic.php?f=2&t=10151&p=57653。

春陽樓館笑談中，論學吾慙腹筍空。杯茗遙堪分淑氣，絇花端合迓晴風。膚詩髮已垂垂白，竭海桑將歷歷紅。念亂襟懷成小句，都知節見以時窮。〈德儒初訪寒舍以詩見貽次答〉

休從燕鯉計飛浮，滄海歸來萬里舟。詩卷自然收嶺陸，春風何必勸登樓。〈次韻瑞航弟之什〉

紫氣攜來到藥樓，論詩啜茗意閒悠。玉谿句法高千古，章脈堪居第一流。〈風雲弟贈詩次韻〉[52]

「詩卷自然收嶺陸」一句，張夢機先生自注：「謂蓬萊風光，自收詩卷，春風故不必多事，勸客登樓四眺也。」[53]此注及「滄海歸來萬里舟」句，若不能知悉李、楊二人乃歸國華僑之身分，恐怕難以理解先生詩意所指。李德儒原詩〈離鄉卅載而回有幸藥樓求學〉：

人生半百附庸中，贏得詩囊倒不空。北美難行緣積雪，藥樓求學沐春風。浮沉網路傷頭白，日夜天涯望眼紅。尚有多年歸國夢，一朝如願興無窮。[54]

從頷聯「求學」與末聯「如願」等句眼，不難看出李德儒對於張夢機先生的景仰與敬意，而頸聯的「網路」一詞，一方面是自我身分的認同歸屬，一方面也點明了「網路」乃是海外詩人對於藥樓「望眼紅」的媒介。這是一件值得注意的事。張夢機先生雖自謂不懂電腦，但先生之詩作、詩觀與個人特質，卻藉由雅集成員之營造與傳播，超越了地域與階層身分的限制，影響力是民間詩社之擊缽、詩刊，學院師生之論文、唱和所無法比擬的。即使二位詞長與張夢機先生未算熟識，卻能藉由雅集張貼先生相關的情報，與先生建立起夾雜於虛實之間的情誼。因為與雅集成員之交流，使張夢機先生的影響得以遠傳海外，這恐怕是先生生前所始料未及的。

三　雅集徵詩活動與詞宗徵聘

網路徵詩是雅集運作的一項重要活動，自2002年6月雅集創立至今，於每年3月、7月、10月舉辦春季、夏季、秋季徵詩，並於每年1月舉辦周年慶徵詩。徵選的內容分為詩薈組徵詩、新秀組徵詩與徵詞三項類別，截至2011年以前優秀的徵選作品，皆已收錄於《網雅吟選》與《網海拾粹》二書。每屆徵詩活動皆聘請詩壇名家二至三位擔任詞宗，其中張夢機先生曾擔任雅集徵詩、徵詞詞宗多達十五次。製成表格約略如下：

---

52 分見張夢機：《藥樓近詩》，頁229-230。
53 張夢機：《藥樓近詩》，頁229。
54 李德儒：〈離鄉卅載而回有幸藥樓求學〉，雅集
　　http://www.poetrys.org/phpbb2/viewtopic.php?f=2&t=10183&p=57707。

張夢機先生擔任雅集徵詩詞宗一覽表

時間與名稱[55]	詩詞題目、限韻	詞宗
2003.01雅集冬季徵詩活動	車票，七言絕句，下平一先韻。	左詞宗：張夢機先生 右詞宗：林正三先生
2003.04癸未春季徵詩活動	感春，七言律詩，上平聲十灰韻。	左詞宗：羅　尚先生 右詞宗：張夢機先生
2003.08網路聚會活動徵	夜歸，七言絕句，下平聲二蕭韻。	左詞宗：張夢機先生 右詞宗：陳文華先生
2003.11癸未之秋徵詩活動	臺員篇，七言古詩，上平聲一東韻（通押二冬韻）。	左詞宗：張夢機先生 右詞宗：羅　尚先生
2004.02兩週年慶徵詩活動	客來，七言律詩，限平聲七陽韻	左詞宗：張夢機先生 右詞宗：林正三先生
2004.11甲申秋季徵詩活動	昔遊，五言排律，限平聲七陽韻，至少八韻（十六句）。	左詞宗：羅　尚先生 右詞宗：張夢機先生
2005.06乙酉春季徵詩活動	讀詩，七言絕句，限平聲六麻韻	左詞宗：張夢機先生 右詞宗：顏崑陽先生
2005.08三週年半乙酉夏季徵詩活動	晌午，七言絕句，限下平聲八庚韻	左詞宗：張夢機先生 右詞宗：黃鶴仁先生
2005.11乙酉之秋徵詩活動	聽雨，五言古詩，限平聲十一尤韻	左詞宗：張夢機先生 右詞宗：沙培錚先生
2006.08丙戌夏季徵詩活動	聞蟬，五言絕句（今絕），限五歌韻。	左詞宗：林恭祖先生 右詞宗：張夢機先生
2007.08丁亥年夏季徵詩活動	雷雨。七言絕句。限上平八齊、下平七陽。	左詞宗：張夢機先生 右詞宗：黃鶴仁先生
2007.11丁亥年秋季徵詞活動	詞牌：應天長。詞題：秋楓。詞韻：韻依詞林正韻，第七部。	左詞宗：張夢機先生 右詞宗：包根弟先生
2008.02六週年慶徵詩活動	於西遊記中自擇書內人物之一歌詠，七言律詩，限上平四支韻或下平七陽韻。	左詞宗：張夢機先生 右詞宗：徐國能先生
2008.08戊子夏季徵詩活動	七夕，七言絕句。限上平七虞、下平七陽，詩中不可出現「七」、「夕」二字。	左詞宗：張夢機先生 右詞宗：傅武光先生
2009.02雅集七周年網聚暨冬季徵詩	照相機，七言絕句。平聲三十韻任選。	左詞宗：張夢機先生 右詞宗：劉榮生先生
2009.08己丑夏季徵詩	和張夢機教授〈夏日作〉，七律，下平一先韻。不限定是否步韻。	左詞宗：張夢機先生 右詞宗：吳榮富先生

---

55 此處之時間，皆以徵詩活動成績公布時間為準。

　　張夢機先生擔任雅集之詞宗，依照雅集所聘請的詞宗身分，大抵可分為兩個階段：第一階段自2003年到2005年，雅集仍屬於創立期，聘請的詞宗大多與雅集成員具有民間詩社或授課關係。此時與先生配搭的詞宗，如羅尚、林正三、陳文華、顏崑陽、沙培錚等人，皆與先生屬於同輩的詩學巨擘。然而重複擔任徵詩評審，一方面給予詞宗過多負擔，一方面也容易使評詩結果流於一端。第二階段自2005年到2009年，雅集之運作已逐漸成熟，為了避免評詩結果偏頗、減少詞宗負擔等問題，雅集有意識地聘請各不同領域的詞宗。其中包根弟、傅武光、劉榮生、吳榮富四人，各自具有學院與民間詩社背景，就筆者訪問楊維仁得知，此四人所以受聘擔任雅集徵詩詞宗，皆為張夢機先生從中引介之故。[56] 截至2011年底，先生共擔任雅集詞宗15次，遠遠超過次多的林正三7次、張國裕5次、黃鶴仁5次，羅尚4次，並且推薦了許多當代詩家擔任雅集詞宗，為雅集之發展運作貢獻許多，此些皆側映了先生與雅集之交好。

　　張夢機先生因應徵詩之擬作共有七首，各別為：〈晌午〉、〈讀詩〉、〈昔遊〉、〈客來〉、〈臺員篇〉、〈夜歸〉、〈感春〉。其中六首收於《藥樓近詩》，但除了〈晌午〉、〈讀詩〉、〈昔遊〉、〈臺員篇〉四首有標注擬作與限韻外，〈客來〉與〈感春〉二首並未作有任何標注。而2003年08月之徵詩擬作〈夜歸〉，今僅見存於《網雅吟選》與網路，並未發表於先生詩集與其他詩刊之中。[57]

　　先生在品評徵詩時，除了藉由擬作具體表現出此一題目應有之作法，偶而也會對於題目與所有作品進行總評，並且針對個別的詩作提出意見與感想。如先生品評癸未春季徵詩〈感春〉時曾有總評：

> 本人這次評詩的標準第一是章法，由於「感春」這個題目相當寬，所以只要寫到「春」也寫到「感」就可以，由此標準來看，這卅二首詩皆能切題。
> 第二個標準是形式結構，可以分為以下幾項來談：
> 用字是否精確？
> 聲調是否切合？
> 對仗是否工整？
> 句子含意是否吐畢？（意思是否能夠清楚表達？）[58]

雅集成員不但得以從先生之總評中，學習到作詩之章法結構，更重要的是學習到在徵詩過程中，詞宗是以什麼標準來評選作品。一般而言，先生於評選完所有作品後，會依照

56　雅集礙於經費，聘請詞宗皆未曾給予評審費，因此聘請詞宗往往是看張夢機先生或雅集版主之情面。據悉，陳文華與文幸福二位先生皆曾擔任過雅集詞宗，亦是張夢機先生推薦所致。

57　張夢機〈夜歸〉：「夜讌歸來酒未消，秋風大道一車飆。遠樓只見燈千點，疑是繁星墮九霄。」楊維仁主編：《網雅吟選》（臺北：萬卷樓出版社，2007年），頁58。

58　楊維仁主編：《網雅吟選》，頁34。

名次排序，並於名次之後提上編號與開篇二字，最後寫上對於該詩之評語。（如圖六張夢機先生點評乙酉之秋徵詩〈聽雨〉）。以評選乙酉之秋徵詩〈聽雨〉為例，先生評論吳俊男（風雲）：「夾敘夾議，自生波瀾，且詩中聲調，悉合古法。」又品評廖明輝（竹塘立影）：「以具象分寫雨勢強弱，堪稱傳神，然句中之疵累，尚須洗鍊。」[59] 作者與讀者都可藉由先生之評語，知悉作品優劣所在。先生也會在評選作品中偶發感想，如評選陳耀東（望月）〈感春〉一詩時，針對該詩頷聯「雲霓好與青山共，花葉頻聽流水催」提出：

> 頷聯為此次徵詩表現最好的一聯，「花葉頻聽流水催」尤佳，此處流水可以代表歲月，頗有「逝者如斯」的感慨。這讓我憶起先師李漁叔先生曾有一聯：「霜氣撼星疑欲墜，花光臨水似頻移。」時人都以為這上句「霜氣撼星疑欲墜」堪稱佳句，我則認為「花光臨水似頻移」寄意更深。[60]

透過先生的評語，雅集成員得以了解如何使自己的作品得臻上乘，同時也能經由長期與先生之互動往來，熟稔先生品評詩作之標準與喜好。此外，雅集長期舉辦徵詩，聘請之詞宗大多為當代著名詩家，這些詞宗往往也受聘擔任各大文學獎評審，雅集的徵詩經驗，無形之間便成為雅集成員角逐文學獎的優勢。

2002-2005年這三年間，是臺灣古典詩競技邁入地方文學獎的過渡期，這段期間內僅有教育部文藝獎，是最具公信力的常設獎項。2002年中華民國大專青年聯吟大會邁入歷史，大專院校的古典詩創作風氣頓挫。雖說2001、2004年臺北舉辦了臺北市公車捷運徵詩古典詩組，2003年臺南文學獎正式成立古典詩獎項，但是前者並未成為常設獎項，後者則有戶籍身分限制，造成的影響相對有限。此一狀況一直要到2005年臺北文學獎正式設立古典詩獎項，才慢慢有所改變。隔年2006年南投玉山文學獎也增設古典詩獎，而教育部文藝獎也限定了投稿者的身分限制，此些因素皆促使古典詩競技逐漸聚焦於地方文學獎徵選。[61]

成立於2002年的雅集，在某種程度上正承繼了大專聯吟的創作群。雅集創設初期，含括了「興觀網路詩會」詩學組織，該詩會便是由大專聯吟之詩友集結而成。雅集目前的版主如楊維仁、李知灝（壯齋）、曾家麒（樂齋）、張韶祁（五葉）及張富鈞（故紙堆中人），皆具有參與大專聯吟的經驗。在2002年地方文學獎古典詩徵選尚未成熟的年代，古典詩人發表、競技的場域，主要聚焦於民間詩社、古典詩刊與網路三個層面。對於接受學院訓練的大專聯吟詩人，網路遂成為主要的關注空間。雅集徵詩的流程主要改

---

59 楊維仁主編：《網雅吟選》，頁180、184。

60 楊維仁主編：《網雅吟選》，頁43。

61 筆者按：2004年第一屆蘭陽文學獎成立，也設立了古典詩組。然而該文學獎每四年才徵選一次古典詩類別，其影響力遠低於臺北、玉山與南瀛文學獎。是以此處暫不論述。

良於民間詩社之聯吟方式，詩題由詞宗或管理團隊擬定，沒有民間擊缽聯吟受限於贊助單位而題目流俗的問題，較能為年輕詩人接受。在評審方式上，由管理團隊接收稿件後重新謄打，交由詞宗評選，並由管理團隊記錄、回饋評審感言，已與地方文學獎之評審方式不謀而合。此外，2002-2005年間，獲聘擔任雅集詞宗的如張夢機、陳文華、顏崑陽、林正三等人，皆是爾後地方文學獎常見之決審評審。透過雅集徵詩，成員得以熟悉文學獎的運作模式，成為雅集成員競爭文學獎的有利因素。

四　結語

　　2011年9月，為慶祝網站成立十周年，雅集以文學獎的形式舉辦「網雅詩獎」徵詩活動，以「網路」為題徵選組詩四首，面向全國共徵得74件作品。以科技「網路」作為古典詩的徵選題材，是當代古典詩創作的新嘗試，不但開拓了古典詩寫作的題材，並結合了古典詩與當代社會。其中，如何融會新語彙與古典意象，用文學語言詮釋科技，是當代古典詩人必須面對的共同問題，也正是張夢機先生生前，念茲在茲的「截搭」之法的關鍵所在。陳文華曾稱：「夢機近年詩作，喜以新名詞造句，舊瓶新酒，既不失古雅，又契合了新時代的環境。」[62]先生詩句如「大江瀉挾泥沙下，重嶺崩衝土石流」[63]、又或如〈捷運〉[64]一詩，皆在嘗試處理此些問題。雅集以「網路」為題，是促使詩人正視當代古典詩面臨的問題，否定了新詞彙不宜入古詩的偏見，何嘗不是承繼了張夢機先生遺志。

　　張夢機先生對於雅集尤多鼓勵，除了表現於撰寫〈網川漱玉序〉、〈網雅吟懷序〉兩篇網路詩集序文外，更身體力行多次擔任雅集徵詩詞宗。先生集中晚年多贈答詩，箇中原因〈鯤天吟稿序〉已然提及：「惜夫歲月易逝，題材浸荒，周遭事物，幾已摹寫殆盡，且於久病不瘳，登涉維艱，縱有谿壑美景，恐難入吟篇。」[65]先生往往有集則詩、有詩則和，而從不同時期贈答對象的不同，也可略窺藥樓來往詩家身分之差異。相較於學院與民間詩人，雅集成員與先生之交往時間不到十年，卻與先生來往頻繁，甚至穿插於許多藥樓宴集之中，此些皆是在研究張夢機先生的文學活動時不可忽略的部分。

　　上世紀民間與學院詩人之分野，是否得以藉由「網路」這新興媒介的興起，消除彼此之間的隔閡矛盾，是未來可供關注的焦點。今日雅集成員中，楊維仁、黃鶴仁、吳東晟等人，都同時兼具學院、民間、網路等不同身分。2011年4月起，雅集又同天籟吟社、淡江大學驚聲詩社合辦「古典詩學講座」，每月邀請專家學者進行演講、推廣詩

---

62 陳文華：〈析張夢機詩〈環河道中作〉〉，《歌哭紅塵間》，頁132。

63 張夢機：〈鯤南豪雨〉，《藥樓近詩》，頁201。

64 張夢機：〈捷運〉，《張夢機詩文選編》，頁255。

65 張夢機：〈鯤天吟稿序〉，《鯤天吟稿》（臺北：華正書局，2008年），頁1。

學。筆者以為，民間與學院詩人於結社、創作、論述上各有所長，但能跨越藩籬、融會所長者，卻甚為有限，能如張夢機先生成為各個不同詩學體系的接合點，則更是少之又少。如何使臺灣詩壇之眼界超越民間與學院之窠臼，甚至跨越地域之侷限，發展臺灣古典詩壇自身的特色、價值，諸般種種猶待於當代古典詩人的努力。

附圖一　張夢機先生品評楊維仁詩手稿（楊維仁提供）

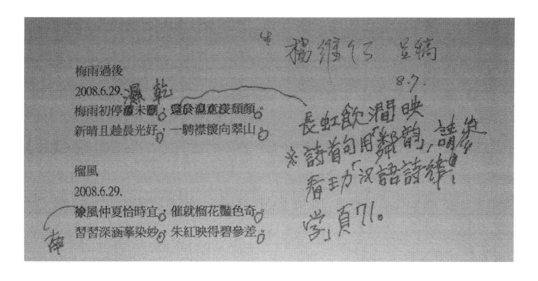

附圖二　張夢機〈四疊韻詠梅酬佩玲女弟〉稿（楊維仁提供）

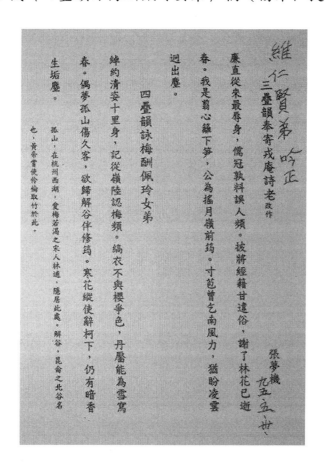

附圖三　張夢機〈朔風一首示維仁弟〉（吳俊男提供）

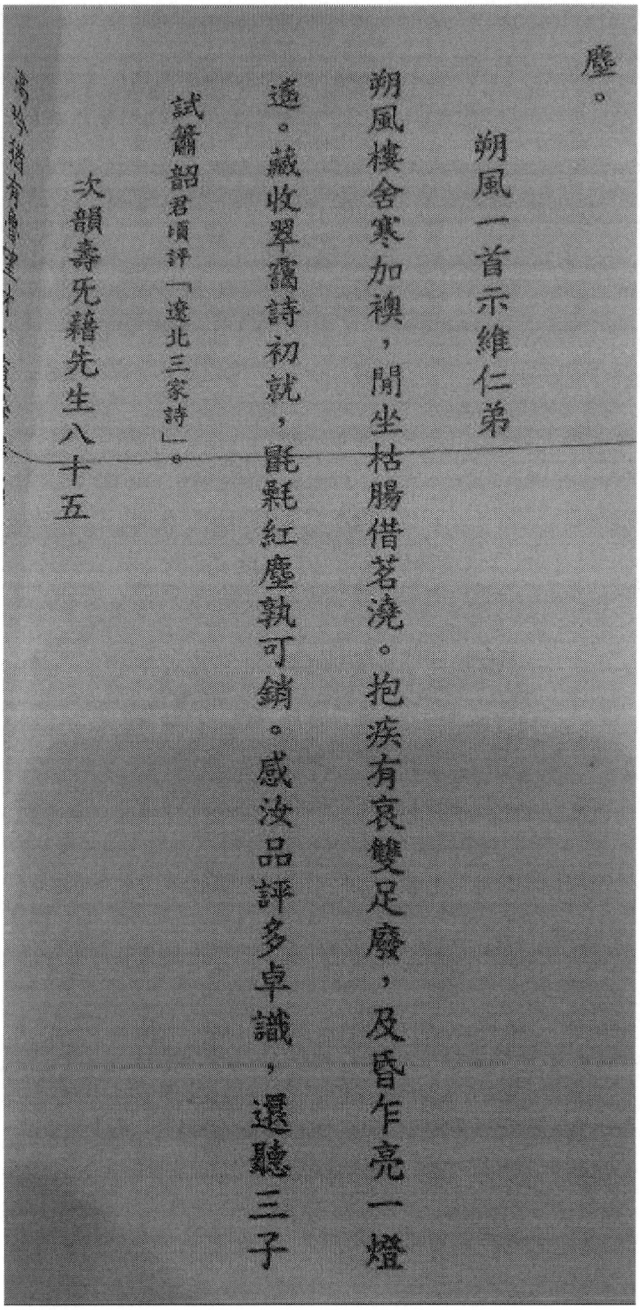

朔風一首示維仁弟

朔風樓舍寒加襖，閒坐枯腸借茗澆。抱疾有哀雙足廢，及昏乍亮一燈遠。藏收翠靄詩初就，氈耗紅塵孰可銷。感汝品評多卓識，還聽三子試籲韶君頃評「遠北三家詩」。

次韻壽尢藉先生八十五

附圖四　張夢機先生致楊維仁信函（楊維仁提供）

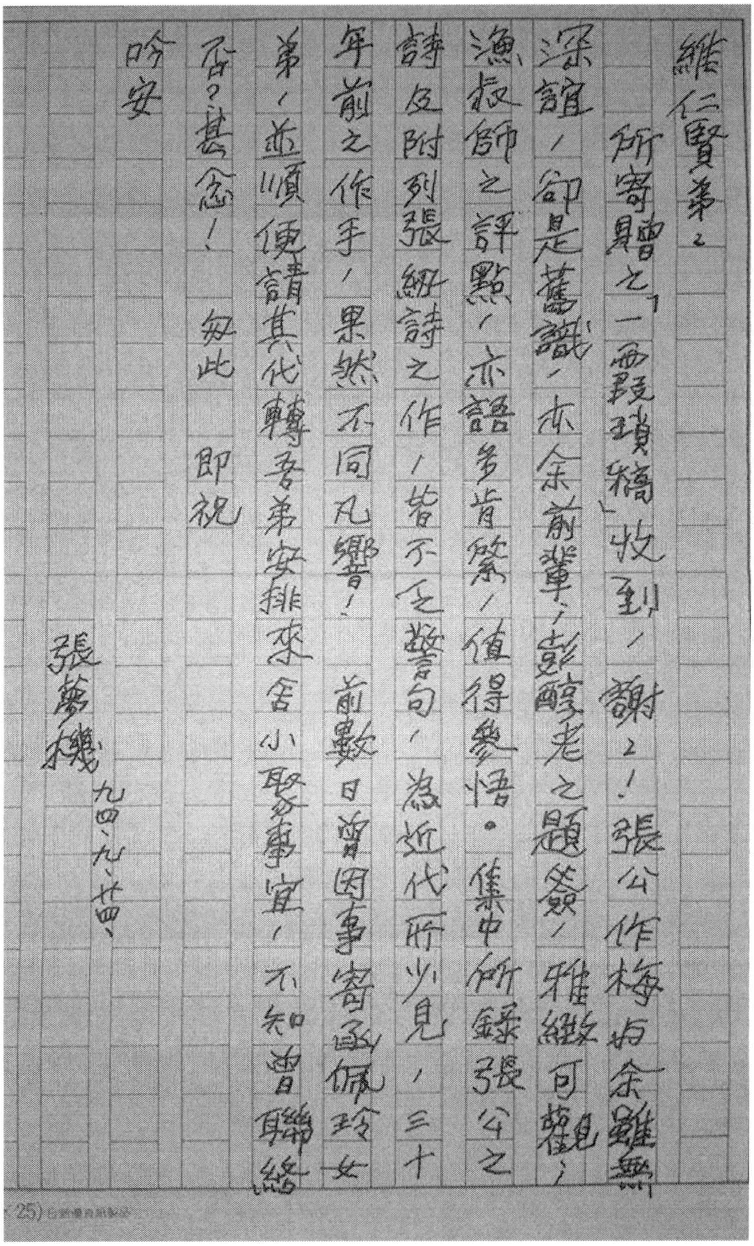

維仁賢弟：

所寄贈之「西螺瑣稿」收到，謝之！張公作梅与余雖無深誼，卻是舊識，本余前輩，彭醇老之題簽，雅緻可觀，漁叔師之評點，亦語多肯綮，值得參悟。集中所錄張公之詩及附列張紐詩之作，皆不乏警句，為近代所少見，三十年前之作手，果然不同凡響！前數日曾因事寄函佩玲女第，並順便請其代轉吾弟安排來舍小聚多事宜，不知曾聯絡否？甚念！　如此　即祝

吟安

張夢機　九四、九、廿一、

附圖五　張夢機先生致楊維仁、鄭中中信函（楊維仁提供）

生 楊維仁 敬呈

維仁弟、鄭小姐左右：

尊詩若干首，洗讀三遍，略易數字，供參酌耳！維仁古詩四首，用字裁章，臻佳境。鄭小姐七絕均之作，亦見才情。又鄭小姐歌喉極佳，下次見面請唱鶯鶯之紅燈綠酒夜以飽耳福！祝

吟安

張夢機

九七、十一

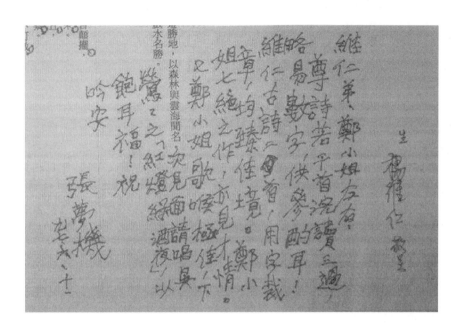

附圖六　張夢機先生點評乙酉之秋徵詩〈聽雨〉（楊維仁提供）

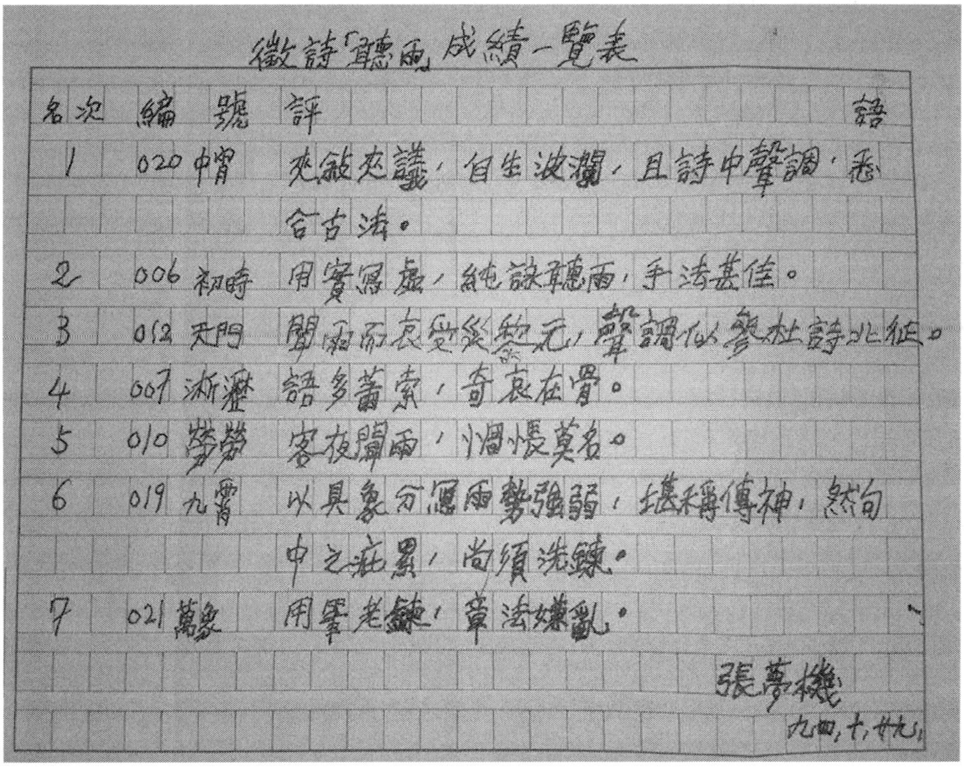

徵詩「聽雨」成績一覽表

名次	編號	評語
1	020 中宵	夾敘夾議，自生波瀾，且詩中聲調，悉合古法。
2	006 初時	用實寫虛，純詠聽雨，手法甚佳。
3	012 天門	聞雨而哀從黎元，聲調似參杜詩北征。
4	007 淅瀝	語多蕭索，奇哀在骨。
5	010 勞勞	客夜聞雨，惆悵莫名。
6	019 九霄	以具象分寫雨勢強弱，堪稱傳神，然句中之疵累，尚須洗鍊。
7	021 萬象	用筆老鍊，章法嫌亂。

張夢機

九四、十、廿九

附表一　張夢機老師與雅集相關詩作、繫年一覽表

一　徵詩擬作

張夢機，〈感春〉，《藥樓近詩》，頁55。應2003.3-4月。

張夢機，〈夜歸〉，《網雅吟選》，頁58。（七絕　限二蕭韻），應2003.7-8月

張夢機，〈台員篇　擬作　七古限一東韻〉，《藥樓近詩》，頁81。應2003.10-11月。

張夢機，〈客來〉，《藥樓近詩》，頁95。（七言律詩　限七陽韻），應2004.1-2月。

張夢機，〈昔遊　擬作　五排限七陽韻〉，《藥樓近詩》，頁153。應2004.9-11月。

張夢機，〈讀詩　擬作　七絕限八麻韻〉，《藥樓近詩》，頁198。應2005.4-6月。

張夢機，〈晌午　擬作　七絕限八庚韻〉，《藥樓近詩》，頁201。應2005.7-8月。

二　贈答詩

張夢機，〈正三詞兄來共午膳適戎老詩至因次其韻〉，《乾坤詩刊》，18，2001.04，頁8。
　　　　時間未詳。

張夢機，〈藥樓雅集〉，《藥樓近詩》，頁60。應2003.04。

張夢機，〈次韻答人口兄見贈〉，《藥樓近詩》，頁85。2003.10.12之後。

張夢機，〈次韻維仁弟夜坐詩〉，《藥樓近詩》，頁219。應2004.02前後。

張夢機，〈讀花延年室詩　維仁弟寄贈先師詩集讀之淒然〉，雅集
　　　　http://www.poetrys.org/phpbb2/viewtopic.php?f=2&t=5011。2004.04前後。

張夢機，〈羅戎老以殘臘詩見示次韻〉，《藥樓近詩》，頁174。2005年2月前後。

張夢機，〈風雲弟贈詩次韻〉，《藥樓近詩》，頁230。應為2006.02.10前後。

張夢機，〈德儒初訪寒舍以詩見貽次答〉，《藥樓近詩》，頁229。應為2006.02.10前後。

張夢機，〈次韻瑞航弟之什〉，《藥樓近詩》，頁229。應為2006.02.10前後。

張夢機，〈四疊韻詠梅酬佩玲女弟〉，未發表。楊維仁提供。2006.05.18-30左右。

張夢機，〈佩玲、維仁、正發來視疾作〉，《張夢機詩文選編》，頁237。應2006.10前後。

張夢機，〈遣懷和鶴仁弟韻〉，《張夢機詩文選編》，頁245。應2007年。

張夢機，〈慶煌教授惠詩次答　詩中言及網路諸弟來此問字事〉，《乾坤詩刊》，45，
　　　　2008.01，頁9。

張夢機，〈次韻答張大春見贈〉，《乾坤詩刊》，47，2008.07，頁5。2008.03-04前後。

張夢機，〈鶴仁東晟義南敬萱諸弟過訪浩園〉，《古典詩刊》，228，2009.04，頁5。
　　　　2008.12.28之後。

張夢機，〈次韻維仁弟重遊碧潭〉，《中華詩學》，27:3，2010.03，頁46。2009.10之後。

張夢機，〈答東晟弟來函口占〉，《乾坤詩刊》，54，2010.04，頁4。時間未詳。

張夢機，〈端午明輝維仁中中來訪〉，《古典詩刊》，245，2010.09，頁5。2010年端午作。

張夢機，〈風雲弟惠詩即次其韻〉，《藥樓近詩》，頁220。時間未詳。

張夢機，〈感事次佩玲女弟韻〉，《藥樓近詩》，頁218。時間未詳。

張夢機，〈維仁、佩玲夜過〉，《張夢機詩文選編》，頁237。時間未詳。

張夢機，〈徐世老正三兄鶴仁弟過舍茗話〉，《藥樓近詩》，頁182。時間未詳。

張夢機，〈水仙 花為佩玲女弟所贈〉，《藥樓近詩》，頁107。時間未詳。

張夢機，〈次韻奉答正三詞兄見贈四首〉，《張夢機詩文選編》，頁153。時間未詳。

張夢機，〈次韻答正三詞兄〉，《張夢機詩文選編》，頁152。時間未詳。

張夢機，〈題沙培錚《蘭谷吹簫》詩集四首〉，《張夢機詩文選編》，頁142。時間未詳。

張夢機，〈次韻答培錚詞兄〉，《藥樓近詩》，頁205。時間未詳。

張夢機，〈次韻寄永德弟〉，未發表。吳俊男（風雲）提供，時間未詳。

張夢機，〈朔風一首示維仁弟〉，未發表。吳俊男（風雲）提供，時間未詳。

張夢機，〈鶴仁、吉志兩弟過話〉，未發表。吳俊男（風雲）提供，時間未詳。

剪燈酬唱，情同元白
——張夢機、顏崑陽酬贈詩的意義與文學價值

顏　訥*

摘要

　　張夢機與顏崑陽，為當代知名的兩位古典詩創作者；同時，他們也是相交、相知數十年的摯友，彼此在生活、心靈、創作上皆有相當密切的交流；也始終在彼此遭遇困難時，毫不猶豫地給對方援助，有著親兄弟一般的情誼。若將他們的作品並置而觀，也會發現二人的詩集收錄了相當數量的彼此贈答之作，可與白居易、元稹的酬唱媲美。

　　「以詩贈答」是中國古代文人階層一種常見的人際交往模式，雖然也有些流於形式的作品；但其本義是藉贈詩表達詩人之間的真情實感，不乏文學價值極高的佳作。中國古代的「文學」與「社會」，特別在人倫關係層面，二者不可分開視之；張夢機、顏崑陽的「贈答詩」，正是顏崑陽自己在〈用詩：是一種社會文化行為模式〉中，所提出「詩式社會文化行為」的次類型之一：「感通」。顏崑陽做為詩創作者與詩學研究者，自己對「贈答詩」所採取的詮釋觀點，能夠幫助研究者理解他創作「贈答詩」的動機與目的。準此，確立顏崑陽「詩用學」這個詮釋視域，以做為本論文的基本立場及觀點後，再針對張夢機與顏崑陽的「贈答詩」所進行的意義詮釋，便有了基礎理論的依據。

　　本論文的研究方法，即是立基於上述「詩用學」的理論；先是考察、理解張夢機、顏崑陽相識、相知的情誼；進一步交叉比對、分析二人的「贈答詩」，同時參照前述對他們交往情誼的考察及理解，以揭明這些作品在創作動機及目的上，不是毫無真情實感的應酬之作；當然對於他們的「贈答詩」，也就可以做出文學價值的確當評斷。

關鍵詞：張夢機、顏崑陽、酬贈詩、社會文化性功用、詩用學

---

* 　清華大學中國文學系博士班四年級。

張夢機與顏崑陽，為當代知名的兩位古典詩創作者；同時，他們也是相交、相知多年的摯友，彼此在生活、心靈、創作上皆有相當密切的交流，也始終在彼此遭遇困難時，毫不猶豫地給對方援助，有著近乎親兄弟的情誼。若將他們的作品並置而觀，也會發現二者的詩集收錄了相當數量的贈答詩，可與白居易、元稹的酬唱之作媲美。然而，酬贈詩往往被視為美學價值不高的應酬之作，為確立張夢機、顏崑陽酬贈詩在當代有其研究效度，本文先從酬贈詩的文學價值談起。

一　酬贈詩的文學價值

「酬贈詩」或稱「贈答詩」，酬者，答也，回報也。這類詩興盛於漢魏晉，彼時文人大量創作，以文傳意互相往來，是一種常見的人際交往模式。《文選》也獨立收錄一類文類為：「贈答」，江雅玲在其著作《文選贈答詩流變史》就對此做了詳細的討論，可見「贈答」類在《文選》中的數量與重要性。而王令樾在《文選詩部探析》一書也對詩的贈答作了簡單定義：

> 以詩來往，有贈有答，藉贈答表相思之情，感謝之意，或勉勵勸戒，此類詩即稱贈答詩。一般贈答詩因多敘離別思念，相勉相勸，有的不免稍流於形式，實際上此類詩乃表情答意之作。[1]

因此，贈答詩雖然也有些流於形式的作品，但其本義是藉贈詩表達詩人之間的真實情感，《文選》所錄的贈答詩，也不乏藝術性極高的佳作。梅家玲則在《漢魏六朝文學新論——擬代與贈答篇》指出，贈答詩正是在一來一往之間，自然形成一對應自足的情義結構，贈詩者在創作時，欲藉此向受贈者傳達情意，也希望這份情意得到回應，在這一階段，詩一完成，投送至受贈者，其實就已經在某種程度上達到了溝通。而答詩的出現，則是受贈者在接受了贈詩者的情意後，內心有所感而自然產生的反應。

然而，近代詩學研究，贈答詩往往被視為徒具形式，為作詩而作詩，缺乏真摯情感的應酬文學，也因此被忽略、排除在研究者的視角之外。但是，在古典詩仍有人持續創作的當代，難道詩人之間沒有酬贈活動嗎？當代古典詩人之間的情誼，並不透過贈詩與答詩來表現嗎？當代古典詩人的作品本來已經較少人關注，更何況長期被忽視的酬贈詩呢？

至於，贈答詩曾經在中國文人間作為重要的交往媒介，又為何於近代受到忽略，甚至是貶抑呢？西方近代美學、藝術理論，往往將文學二分為「藝術性」與「實用性」；依循康德、席勒、克羅齊的美學標準，即是藝術之「美」與實用無關。中國當代美學研

1　王令樾，《文選詩部探析》（台北：國立編譯館，1996年7月初版）。

究，在二〇年代「新文化運動」前後，到三〇年代，從龍伯純以至朱光潛，分別借用了西方康德、席勒以至克羅齊的唯心主義美學，套用在中國的文學作品批評上，導致「道德性」、「社會性」與審美經驗截然為二。依照顏崑陽在〈論「文類體裁」的「藝術性向」與「社會性向」及其「雙向成體」的關係〉，對西方近代美學家所言「實用性」的定義，其中一個與「贈答詩」相關的界定，為：

> 文章只做為語言媒介工具，其功能可以被寫作者應用於現實社會的人際互動關係中，去達到某種功利性的目的，而無關乎審美，例如勸戒、慶弔、頌讚、表奏等。[2]

中國自古以來皆有的贈答詩傳統，正是具有被寫作者應用於現實社會的人際互動關係中的功能，近代學者受到西方美學觀念影響，將「藝術」與「實用」做切割的同時，漢魏六朝盛極一時，並且在當時也受到肯定的贈答詩，就被後世學者視為藝術價值不高而忽略了。根據梅家玲的觀察，主要原因有：

> 或以為「贈答」不過是為交際應酬而作，既缺乏真性情，也不具藝術價值，相對於〈古詩十九首〉以來止於「自言其情」的作法而言，乃是一種異變。[3]

然而，贈答作品在漢魏時期大量出現，是一既定的歷史現象，絕非偶然形成，這種傳統也被漢魏以後的詩人承傳了下來。足見詩人之間以詩酬贈對方的活動，不應該只是缺乏真情、不具藝術價值之作，而是對當時甚至是往後的文人而言，一種互相表達情感的社會行為模式。

除此之外，顏崑陽也進一步指出，以「『美』是無關善惡利害的直覺表象或經驗」作為評判藝術是否具有價值的這種論述框架，會陷入兩層邏輯困境：第一層為「文學本質論」的邏輯困境，也就是學者將文學二元化對立，又提不出一個超越二者之上的普遍一元本質，文學就被割裂為二，或者預設了「凡具實用性者皆不美」相對於「凡具藝術性者必不實用」，依此邏輯，「實用性文類」勢必就不能算是文學，又如何被列為文類之一？第二層是「文學創作論」上的邏輯困境，也就是「實用性」與「藝術性」先於創作，而「文類體裁」是客觀既存之物，如此一來，作者的才情與學養，在創作過程中，就失去了能動性。因此，這種企圖將實用性文學排除在外的美學標準，內在邏輯已經有矛盾、不確當之處，並且採取西方美學觀點來套用在文化情境完全不同的中國古典文學上，也是不在系統內批評的作法。

---

2 顏崑陽：〈論「文類體裁」的「藝術性向」與「社會性向」及其「雙向成體」的關係〉，《清華學報》第35期（2005年12月1日），頁305。

3 梅家玲：《漢魏六朝文學新論 擬代與贈答篇》（里仁書局，1997年初版），頁2。

　　依龔鵬程與顏崑陽的觀察，中國古代社會的文人與文學創作，基本上與現代的專職作家和創作期待有很大的差異。中國古代是一種社會生活文學化的模態，文學不只屬於文化菁英的專利，而是在一切生活中都具有重要功用，任何生命事件與人際交誼，都必須依靠文學來記錄、傳達，而這些具有「實用性」的作品，經常都是出自大文豪之筆，也講究所謂的文學之審美藝術性[4]。因此，中國古代的文學與社會，特別是人倫關係，完全不可分開而視之；在確立開啟詩的「社會文化性功用」詮釋視域為本文的批評態度後，針對顏崑陽與張夢機二者的贈答詩所進行的詮解，才有研究價值上的高度，並且因為他們的贈答詩在創作動機上，不是毫無真情、文學價值的應酬之作，也才能確保將詩作置入兩人的實際交往情誼中交叉比對，是具效力的研究方法。

　　然而，針對本文要討論的對象為當代詩人，或許會產生一種疑惑：贈答詩在古代固然作為人際、物際互動關係的一種社會行為，可是，身處當代的古典詩創作者，或多或少接觸西方「純藝術」的美學觀念，存在處境與交往模式也應當會隨著現代化社會環境產生改變，因此，面對當代古典詩人顏崑陽與張夢機創作的酬贈詩，我們應該如何看待呢？我認為，這個問題或許因人而異，還是必須回到兩人創作狀態來理解。顏崑陽在訪談中表示，他和張夢機之間的交往模式，包括表達平日對彼此的情感與關懷，或者有事情想請託對方幫忙，大抵都是用詩歌作為聯繫情感的語言媒介。此外，人與人之間的情感關係複雜，不同層次的情感需要用不同的傳播媒介來承載，對古典詩人張夢機與顏崑陽而言，某些深邃幽遠的感受與想法無法透過一通簡單的電話傳達，若以詩的意象、比興寄託重組、折疊、包裹，再經由對方閱讀、想像、詮釋過後，意義變得多重開放，讓人有反覆思考吟詠的機會。此外，以文字形式呈現，能夠永久留存，在不同時間、心境之下閱讀，也有不同的體會，這種以詩相互感應的方式，就比電話、簡訊，甚至是當面談話更顯慎重而幽深。觀察張、顏二人的酬贈詩作，特別是張夢機病後，顏崑陽搬到花蓮，更多的是表達思念、勸慰、贊美之情，我認為，這些情緒對兩個傳統的「大丈夫」而言，實在難以直接用言語向彼此傾訴。因此，當他們懷念起與對方共同經歷，現已逝去的黃金歲月的時候，寫一首詩寄給千山萬嶺那端的摯友，大概是最恰當也最有深趣的表達形式了吧！

　　回到問題的根本，顏崑陽在訪談中提到「什麼是好詩？」其基本原則古今皆然，也就是詩人是否在詩作中傳遞真情實感，其次才是語言形式經營好壞。情感真切是好詩，反之，僅只文字遊戲，或者虛假吹捧，就不是好詩。無論如何，都不該以「文類」作為對象評判優劣，一概貶低酬贈詩的價值。更何況酬贈詩的「酬」，本意其實是與「贈」相對的「答」，也就是回報，而非現代一般人指稱可以不帶感情的交際應酬。張夢機與顏崑陽的酬贈詩，立基於相知的深厚情感，因感物而動以贈與好友，又因緣情而發以回

4　參顏崑陽：〈論「文類體裁」的「藝術性向」與「社會性向」及「雙向成體」的關係〉，頁313。

報對方，就這樣一來一往三十幾年，鋪搭出兩條婉轉交錯，卻總離對方不遠的生命軌跡。這種酬贈詩的創作狀態，正是顏崑陽自己在〈用詩：是一種社會文化行為模式〉中所提出的詩式社會行為的次類型「感通」。依照他的定義：「感通行為發生於個體交往場域中，彼此感發、溝通內在的情志」，「至於歷代士人或男女間以詩喻示情志的行為，例如託名李陵與蘇武的『贈答』、秦嘉與徐淑夫妻間的『贈答』。都是很典型的例子。」[5]顏崑陽具有詩創作者與詩學研究者雙重身分，用他對贈答詩所採取的立場，來理解張夢機與他在創作酬贈詩的目的與心理，應該非常適切。

二 張夢機、顏崑陽相識、相知的情誼

承上所述，評判酬贈詩的好壞，首重情深意切；然而，如何判斷詩人是否在作品中傾露真情？若單就各別文本的內部意義比較難完全了解，因此在談張夢機、顏崑陽的酬贈詩之前，必須先考察兩人的實際交往情況，才能對酬贈詩做比較深刻而正確的理解。

顏崑陽中學時期即好讀古典文學，常到舊書攤購買相關書籍，或者就蜷在圖書館裡，閱讀《千家詩》、《唐詩三百首》、《幼學瓊林》、《史記》、《莊子》、《今古奇觀》、《西遊記》、《三國演義》、《古文觀止》等。在渴切吸收古典文學知識的過程中，1956年，顏崑陽閱讀了張仁青編著的《歷代駢文選注》，由於張夢機與張仁青是從大學就相識的知交好友，因此替張仁青編著的書題詩，那是顏崑陽對張夢機的第一印象。1967年，顏崑陽高中畢業的暑假，參加「中國詩經研究會」在舊台北市議會禮堂所舉辦的全國擊缽聯吟，放眼望去，會場中皆是兩鬢斑白的長者，唯獨座位最後一排冒出一張年輕而黝黑的臉，攀談過後，顏崑陽才驚訝的發現，眼前這位理著平頭，看似「情治人員」的年輕人，竟然是兩年前在書中認識的詩人張夢機，頓時又更親近了一些。

張夢機剛從師大體育系畢業不久，一面在中學教體育，一面準備報考師大國文研究所。當時，顏崑陽也剛考上淡江文理學院中文系，卻因付不起私校的學費，而辦理保留學籍，準備重考。這段時期，顏崑陽在「中央印製廠」當印鈔工人，賺取生活費。假日幾乎都到張夢機所租賃，位於金山街的日式小屋，談詩論詞。即使當時只能以腳踏車代步，從三重埔騎到張夢機住處，必須花上四五十分鐘的車程，卻也擋不住顏崑陽談詩論詞的興奮之情。他們經常到深夜還談興不減，談得晚了，回家路遙，就乾脆留宿於張夢機的住處，又一路聊到天亮。

1968年，顏崑陽考上師大國文系，有更多機會與身為學長的張夢機來往。彼時，張夢機已經遷居到和平東路，靠近安東市場的一條巷子，與朋友分租公寓的一個房間。那

---

5 顏崑陽：〈用詩，是一種社會文化行為模式——建構「中國詩用學」初論〉，《淡江中文學報》第十八期（2008年6月），頁291。

時，顏崑陽在學校幾乎都與張夢機及其他學長來往，包括曾昭旭、張仁青、徐芹庭等人。他們經常到龍泉街「豫皖館」餐廳吃飯，大家縱橫談笑，不亦樂乎。課後，顏崑陽也一如往常，到張夢機住處談詩、作詩。〈剪燈唱酬集〉就是此時所作。

張夢機性格豪爽、幽默、好客，即使婚後也不曾改變，有時甚至因為與朋友煮茶談笑而忽略了妻小。不過，正是因為「『朋友』在夢機生命中所佔的地位是多麼重要。他生活的趣味主要來自於朋友，而創作的動力也主要來自於朋友」[6]，使得他的詩集中有大量的酬贈作品。而張夢機性情之真，與朋友交往也以真心相待，他贈予朋友的詩，也並非虛假的應酬之作，「夢機寫詩給朋友，這些朋友不但對他的前途沒什麼幫助，甚至還喝他的茶，抽他的煙，有時還吃他的飯——其中，大概是我吃最多了。顯然這不是應酬，而是生活在一起很真實的感受」[7]。

如前所論，中國古代詩無所不在，是人際、物際互動關係的一種韻文形式媒介，而不是「為藝術而藝術」的「純詩」。因此，五四以來，迷信「形式主義」美學，故凡涉及「實用」，含有「社會性」的詩都被貶斥，而朋友相互「酬贈」之作，也一概被視為沒有真情實意的「應酬詩」。然則，贈詩雖然有些官場應酬之作，但是大多數好友至親之間的酬贈，都是情意「感通」的佳作。張夢機與顏崑陽之間的詩作酬贈，正是立基於如此堅實的情感基礎而作。

由於父親顏崑陽與張夢機是至交，因此我幼年時，就拜他們夫婦為義父母。乾媽田素蘭教授病重時，我雖然年紀小，卻總還記得那天到他家探病，視線擠進門縫，向乾媽房內望去，只見一雙枯瘦的腳擱在床沿。不知道為什麼，我當時已經明白那是一雙接近死亡的腳；而這雙腳，竟成為我對乾媽的最後印象。

1990年，乾媽終究因食道癌過世。隔年九月，乾爹張夢機教授突然中風，數度病危，最後總算從死亡邊緣搶救回來。原本住在臺北市的張夢機，在家中相繼送走父親、妻子兩位至親至愛，自己又病倒；他一方面不願繼續住在這不祥之屋，一方面所居之地在大安區，房價較高，因此決定賣房遷往市郊，預備應付龐大的醫療費。顏崑陽便幫他找到安坑的玫瑰中國城，供他靜養。張夢機五十歲病倒，正擔任中央大學中文系系主任；病後，辭去主任，並請病假一年。假滿以後，必須復職，但是他傷到了語言神經，口齒不甚清晰，實在無法連續講授兩小時的課。因此，顏崑陽就充當他的「高級助教」；張夢機先安排好課綱、講義，開場十幾分鐘，由張夢機講授；接下來的時間，就由顏崑陽與學生進行討論。1994年，顏崑陽移居花蓮，張夢機健康狀況也大有恢復，才完全自己上課。

不過，在顏崑陽搬到花蓮以後，兩人來往雖不如從前密集，卻仍時常有詩作贈答，頻率反而較以往更高，特別是張夢機病後詩量大增，有許多首思念之作贈予顏崑陽。這

6　顏崑陽：〈詩緣〉，《聖誕老人與虎姑婆》（漢藝色研出版，1998年），頁95。
7　顏崑陽：〈詩緣〉，《聖誕老人與虎姑婆》（漢藝色研出版，1998年），頁96。

樣親如手足的深厚情感，一直要到張夢機於2010年驟然去世後，才不得不終止。但留下的酬贈詩，則成為兩人四十幾年知交最真誠的記錄。

三　張夢機、顏崑陽酬贈詩三個階段的主題意義

理解了張、顏之間特殊而真摯的情誼之後，再談二者的贈答詩作，兩相對照，就能夠整理出一條較為清楚的脈絡。不過，張夢機與顏崑陽的酬贈詩數量不少，光是《顏崑陽古典詩集》中，除了〈剪燈唱酬集〉與〈續剪燈唱酬集〉以外，就收錄了十六首顏崑陽贈予張夢機的詩。而張夢機的創作量較顏崑陽更大，1979年以《師橘堂詩》與《西鄉詩稿》獲中興文藝獎章和中山文藝獎，中風以後，創作力反而較病前更加旺盛，二十年間，就先後出版了《藥樓詩稿》、《鯤天吟稿》、《鯤天外集》、《夢機六十以後詩》、《藥樓近詩》。其間，於2009年擇其精彩之作出版了《夢機詩選》；光是《夢機詩選》一書，就有十一首張夢機贈予顏崑陽的作品，若再納入其他七本詩集，數量相當多。因此，本研究並不打算逐一討論每一首作品，而將擇取幾首詩人較為重視，或者能夠代表詩人在不同時期交往情誼的詩作來進行分析。

（一）年輕的漂浮者：早期酬贈詩的懷鄉與不遇之情

張夢機與顏崑陽早期酬贈作品中，較為重要的有〈剪燈唱酬集〉。這批詩是1968年，顏崑陽初進大學，張夢機為碩士生時期的作品。本文在第二小節已經談過，顏崑陽進入大學以後，很多時間都與張夢機等幾位碩博士班學長交遊、論詩，經常聊到欲罷不能，就乾脆在張夢機金山街巷子裡的蝸居，打地鋪談到天亮。「剪燈唱酬集」中許多首詩，就是在這樣的情境中完成。這批詩作，除了能夠代表兩人在學生時代對詩有著最純粹的熱愛，也記錄了詩作為共同語言，使他們相識後就經常日夜談詩，培養出更深厚的情感，同時也是當代古典詩人少數的唱酬合集。此外，「剪燈唱酬集」中，詩的酬贈形式也相當特殊，由顏崑陽先作一首〈已酉冬過雙紅豆館與夢機夜話後奉寄〉贈與張夢機，張夢機次韻作了一首回應原作以外，又另外新作一首回贈顏崑陽，題為〈崑陽夜過有詩寄答二首〉；顏崑陽接到以後，也同樣先次韻作了一首回應前詩，然後又新作一首贈給張夢機。兩人就以這樣的形式一來一往，集結成〈剪燈唱酬集〉。

其中，較重要的有〈已酉冬過雙紅豆館與夢機夜話後奉寄〉，可以代表兩人年輕時的交往模式。這首詩是顏崑陽在張夢機書齋「紅豆館」過夜談天返家後，有感而作。首聯「燈巷虛窗語透簾，書床坐冷夜頻添」，描述在張夢機金山街巷弄裡所租賃的日式小房子中，街燈亮起，薄窗卻仍透出人語，原來是屋內的兩人遲遲未眠，還坐在床邊談天，把夜越坐越冷，越坐越深。一直聊到「背樓鄰火傳炊入」，已是天亮了；正因為兩

人都還清醒，嗅覺仍在活動，才能聞到鄰人炊煮早點的氣味。然而，經過一夜深談，卻還意猶未盡，「隔宿餘懷向夢占」，離去時胸坎間留存昨夜相知相惜的情懷。原來「慣作鄉心對雲賦」，是兩人所共有的鄉愁，出身嘉義的顏崑陽全家遷徙到台北，張夢機則從更遙遠的中國流離到台灣，無奈思鄉之情只能對著浮雲傾訴。通觀兩人之詩作，都經常夾入思鄉的惆悵情懷。不過，這種愁思也只能「常攜薄酒傍湖拈」，在湖邊舉杯而飲，以得排解；而後此情一動，就知對方「定有珠篇喚客瞻」，美好的詩篇就這樣產生了。徹夜談天，彼此分享、慰藉難解的鄉愁，飲酒，然後作詩，這就是詩人最真誠而自然的交往模式；也因為這樣的模式，引發了顏崑陽的詩興與贈詩的動機，正是前文所提到的「感通行為發生於個體交往場域中，彼此感發、溝通內在的情志。」[8]

前文提及〈剪燈唱酬集〉形式特殊，可以從第二首以後的詩作見得；在顏崑陽贈〈已酉冬過雙紅豆館與夢機夜話後奉寄〉後，張夢機又作了兩首詩回贈顏崑陽。如前所述，第一首為次顏崑陽所贈詩之韻，並且回應顏崑陽贈詩之詩意，例如顏詩第一聯為「燈巷虛窗語透簾，書床坐冷夜頻添」[9]，顯示夜已深，兩人談話的聲音穿透了簾幕，而夜是越來越冷，表示兩人談話時間已經越來越近清晨。張夢機回贈之詩，首聯則為「落落長垂一榻簾，休燈真覺亂星添」，視角也是安放於書房的垂簾，燈一熄則眼前有如亂星飛舞，同樣以燈光長時間亮著，表達兩人談話時間的長度。第二聯「心香徐共暝煙遠，塵事漫從老夢占」，則是對應顏詩「背樓鄰火傳炊入，隔宿餘懷向夢占」，「塵事」、「老夢」更將談天話題及其勾引出的情緒，清楚拉往遙遠悠長的歲月。除了次韻，詩句意義的對應也是贈答詩慣有的模式。不過，張夢機在第二首則另起一韻，並新立另一內容，再贈予顏崑陽，也就引發了一系列「再酬夢機二首」、「再酬崑陽二首」、「初春久雨書懷三酬夢機見貽」等詩，都是依循相同的模式一來一往。

雖然這一系列詩在某種程度上，是詩人年輕時期，彼此在詩藝上的切磋；但也不能說其中沒有真情，特別是兩人贈答詩中，共同透顯出年輕生命難以安頓，漂浮無所依歸的惆悵感。首先，是懷念那些流逝不能復返的時間，再次，是空間遷徙帶來的認同危機，使得因思鄉而產生的憂鬱、焦慮，成為許多詩中低回往復的主題。

我們可以在兩人的酬贈詩中發現，時間經常被詩句留在過去，如「心香徐共暝煙遠，塵事漫從老夢占」、「喚起清都十年夢，茶鐺松火煮新芽」[10]、「三峽灘聲落清夢，十年俠氣負春陰」[11]、「夢裏湖山如月遠，客中書劍向燈迷」[12]，都用「夢」來表現時間

---

8 顏崑陽，〈用詩，是一種社會文化行為模式——建構「中國詩用學」初論〉，頁291。
9 顏崑陽，〈已酉冬過雙紅豆館與夢機夜話後奉寄〉，《顏崑陽古典詩集》（漢藝色研出版社，1998年初版），頁79。
10 張夢機，〈崑陽夜過有詩寄答二首〉，《顏崑陽古典詩集》，頁80。
11 張夢機，〈再酬崑陽二首〉，《顏崑陽古典詩集》，頁81。
12 顏崑陽，〈初春久雨書懷三酬夢機見貽〉，《顏崑陽古典詩集》，頁82。

的遙遠且易逝，過往塵事只能通過夢境試著重新把握住，可是，十年歲月也不過一場夢，夢裡湖山仍舊如月一般無可觸及。再往下想，夢總會醒，夢醒後流失的時間仍然持續流失，加深了過往無可回復的感傷。而空間遷移帶來的憂鬱，除了〈己酉冬過雙紅豆館與夢機夜話後奉寄〉中「慣作鄉心對雲賦」一句外，顏崑陽在〈初春久雨書懷三酬夢機見貽〉中寫到「長憶茶薰夜話罷，歸情暗與雁爭西。……佳序君悲遷海外，驪駒我獨夢鯤南」[13]，也同樣是在漫漫長夜過後，話聲盡了，話題觸及的思鄉之情卻未了，既與渡海離鄉的張夢機同悲，也獨自在夢裡魂牽海島之南的故鄉。張夢機則在〈三酬崑陽〉中回應：「新句忽傳春渭北，華燈不是舊江南」[14]、「浮家瀛海頻經歲，懸夢衡山第幾崖」[15]，亦是他自述居住在台北城，繁華雖然，卻物是人非，不似舊時江南。飄洋來臺已經過了好幾年，夢境卻仍懸盪在湖南衡山崖上，可見他在當時還是將自己視為身在異鄉的異客。衡山除了是祖籍湖南的張夢機地理位置的故居，還是古往今來許多詩人騷客，包括李白、杜甫詩中吟詠的文化鄉土，對擁有古典詩人之心的張夢機而言，有雙重意義的嚮往，地理空間的中國遠了，只能用古典詩的中國想像貼近，更加深了亟欲回歸，卻道阻路且長的失落與惆悵。

值得一提的是，懷鄉的情感表現在時間與空間的向度，其實是一體兩面，互為因果。張夢機與顏崑陽年輕的時候就離鄉在外，懷念起過往在家鄉的時光，即使童年生活實際上很辛苦，也容易因為空間的阻隔而洗滌美化。反之，童年時光再不能返回，更加深了家鄉的距離感。

不過，這種旅居異地，思鄉之情無法安頓的相同存在經驗，雖然是張夢機、顏崑陽彼此相知相惜的內在因素之一；然而，張夢機的祖籍雖是湖南省永綏縣，卻出生成都，在南京上小學，最後又因戰亂被迫從上海隨著國民黨遷移到完全陌生的台灣；夢是唯一返家的途徑，因為「楚雲已隔鯤濤外，家在楚雲西更西」[16]，無論如何是回不去了。顏崑陽則是因故鄉嘉義貧困，父母攜家遷移到台北討生活，流離、顛沛之感不如生在亂離時代的張夢機，除了地理空間的移動，更多的應該是階級翻轉的掙扎，或許還抱著對未來自己將有所成就的期待。此外，顏崑陽也在訪談中表示，張夢機的「中國夢」除了來自童年的回憶，主要還承受了軍人身分的父親對國民黨的認同，中國是永遠，也是最終的家；台灣只是暫居之地，畢竟「華燈不是舊江南」。這從張夢機將懷鄉之情繫於湖南山水，便可看出端倪；畢竟他出生成都，湖南只是籍貫欄上跟隨父母填寫的身分，而非真實生活過的地方。這顯示對張夢機而言，「我從哪裡來」之「鄉」的意念，更接近親族血脈關係。

---

13 顏崑陽，〈初春久雨書懷三酬夢機見貽〉，《顏崑陽古典詩集》，頁82。

14 張夢機，〈三酬崑陽〉，《顏崑陽古典詩集》，頁82。

15 張夢機，〈三酬崑陽〉，《顏崑陽古典詩集》，頁83。

16 張夢機，〈再酬崑陽二首〉，《顏崑陽古典詩集》，頁81。

另外，遷台後，張夢機居住在都市，絕少有接觸台灣鄉土，培養在地認同的機會。因此，他的漂泊感除了地理空間，還有族群、血緣的認同，以及政治的依歸；這當然與出身嘉義貧困漁村的顏崑陽，來到城市中努力生活大不相同。可是，這種身分認同的差異，並沒有顯現在兩人的酬贈詩中；其中一個原因，應該是張夢機與顏崑陽讀的都是中文系，也都熱愛中國古典詩詞。顏崑陽回憶他與張夢機心有靈犀，成為摯友的機緣，主要還是來自對詩的喜愛。詩人的審美經驗相通，對中國也有一種詩性想像；又選擇用古典詩來表現，並且他們都在初入古典詩創作的階段，使得顏崑陽書寫懷鄉之情的時候，嘉義東石的鄉土沒有浮出，反而經常閃現古典文學裡的中國地理空間，例如〈再酬夢機二首〉：「蜀魄方驚一春事，揚州已覺十年陰。」[17]〈四酬夢機〉：「他歲不堪傷老去，孤燈誰與說秦淮。」[18]有趣的是，顏崑陽在八〇年代散文創作中，處理懷鄉題材的時候，又是非常鄉土寫實，細細敘寫童年真實生活而行走過的那條故鄉黃泥路，以及嘉義漁村養蚵經驗；對照這個時期的酬贈詩，可見出古典詩所建構的審美情境，給予創作者的一種「文化鄉愁」。因此，纏繞在早年兩人酬贈詩中，迴環往復的懷鄉主題，其共通之處，除了表明早歲遷居他鄉的流離心緒，更多的是來自古典詩情中，對古老文化中國的想像性追尋。

年輕生命之無所安適，因為離鄉背井，還因為知識分子初出社會，貧窮不得志的怨嘆。例如〈剪燈唱酬集〉中，〈崑陽夜過有詩寄答二首〉第一首：「微祿經年偏我累，釅茶三椀倩君拈。」[19]說的是張夢機讀碩士，另在中學教體育的時期，終日勞碌卻只拿到微薄的薪水，好友來家作客，只能以茗茶相待；而「白屋羞彈孤客鋏，青門待種一園瓜」，這一聯的「白屋」是貧士所居，又接著用馮諼客孟嘗君彈鋏的典故，感嘆自己不受重用，卻羞於求人。「青門瓜」則用了漢初邵平隱居青門外種瓜的典故，表達自己甘於清貧生活。除此之外，兩人也彼此激勵勸慰，例如〈再酬夢機二首〉：「共趁壯懷思擲筆，休因孤抱愧懸瓜」[20]，即是顏崑陽在收到〈崑陽夜過有詩寄答二首〉，發覺張夢機在詩中感嘆自己不得志，因此希望自己與對方能一起懷抱漢代班超擲筆從戎的的壯志，不要因為才能不受重用而喪氣。「愧懸瓜」用的是《論語·陽貨》孔子說吾豈瓠瓜也哉，焉能懸而不食，比喻不得用世。

值得注意的是，這一時期唱酬詩的創作型態，經常是為了切磋詩技而有意為之。雖然內容皆來自真情實感，但引發創作的卻不一定是某種強烈催促詩人下筆的情緒；而是兩人有意識經營，同題共作的成果。〈剪燈唱酬集〉後，還有〈續剪燈唱酬集〉。形式雖不如前者規律；但是大抵上題材與詩意與〈剪燈唱酬集〉沒有太大的差異，因此不再一

---

17 顏崑陽，〈再酬夢機二首〉，《顏崑陽古典詩集》，頁80。
18 顏崑陽，〈四酬夢機〉，《顏崑陽古典詩集》，頁83。
19 張夢機，〈崑陽夜過有詩寄答二首〉，《顏崑陽古典詩集》，頁80。
20 顏崑陽，〈再酬夢機二首〉，《顏崑陽古典詩集》，頁80。

一討論。從早期這一系列作品中，可見詩人在年輕時期，彼此共感鄉愁、有志難伸而互相勉勵的情志。這些主題在詩人中後期的作品，已經有了轉化；往後唱酬的形式及語言修辭都趨於自然平淡。

（二）在身體裡尋路的靈魂：張夢機病後詩人情誼的「落地」期

1991年以前，張夢機與顏崑陽還有不少酬贈詩，風格、意境大抵與最早期的唱酬作品沒有太大差別，多出遊過後有感而發，描寫郊遊途中所見風景，例如顏崑陽有〈冬登草山次夢機原韻〉、〈冬登草山再次夢機原韻〉、〈雨夜與仁青夢機訪戎庵喜食蓮粥有作歸後奉寄〉等詩，張夢機則有〈中元前二日雄祥置酒著飲泛月潭上感秋作兼似文華崑陽〉、〈夏日與崑陽文華碧潭共茗飲作〉。或者如〈剪燈唱酬集〉的創作發想，皆是在與對方歡聚過後，回味兩人談天的場景與內容所作，例如〈辛亥歲暮宿師橘堂與夢機夜話〉、〈夏夜別文山三首〉等。〈夏夜別文山三首〉中，「話裡西湖空入夢，今生不識舊江山」、「湘夢微通聽雨樓，詩心慣剪一燈秋」[21]，表達的情感主要也還是去國千里的無盡鄉愁。一直到1991年張夢機中風病倒，失去自由行動、料理生活起居的能力，兩人的交往模式有了很大的轉變。酬贈詩既是「感通」之作，兩人彼此交往的處境與內在情志改變了，自然也會影響詩作。因此，九〇年代初，張夢機倏忽罹病，可說是兩人酬贈詩重要的轉折期，不但內容、風格與前期相異，張夢機贈與顏崑陽的詩作數量也較以往高出許多。

前文提及張夢機生性豪爽，對朋友經常義無反顧伸出援手，例如顏崑陽新婚後還未得到專任職，只領兼任講師一小時九十元的薪水，四處奔波兼課才勉強維持房屋貸款與家計。可是，一旦進入暑假，領不到鐘點費，便面臨斷糧的窘境，張夢機每每慷慨解囊，甚至要顏崑陽放寬心，錢不用還。就是這樣對朋友義氣相挺的個性，使得許多人願意與張夢機親近，他也喜歡和朋友泡茶、聊天，享受熱鬧歡快的氣氛，因此家裡客廳經常高朋滿座，充盈著茶香與人聲，與朋友酬贈也多以相互拜訪、飲茶、喝酒、出遊為主題。正是因為如此，1990年妻子食道癌病逝，隔年自己又突然中風，整個家，甚至往後的人生都瞬間且將永遠地安靜下來，與病前的生活兩相對照，便可以想像這場疾病帶來的打擊何等巨大，畢竟喧囂後的寂靜總是令人更難承受，《藥樓詩集》以後接連出版的詩集，就是在這樣的狀態下完成。

不過，患難中才見得出真情，也正是因為這場來得極迅速的疾病，讓張夢機與顏崑陽的情誼較以往更篤實、堅定。顏崑陽在訪談中回憶，張夢機病前，身體康健，並不太需要特別關懷、給予援助，兩人的交往與一般朋友一樣，各有家庭、工作需要照顧，空

---

21 顏崑陽，〈夏夜別文山三首〉，《顏崑陽古典詩集》，頁103。

閒時就相約喝茶、聊天，朋友之間的真實情感反而沒有機會顯現，酬贈詩也因此比較少「生活感」，不著眼於生活瑣事，多以文人雅士相聚品茗、郊遊、夜話入詩，用典多，而且講究格律。

張夢機病後，沒有妻子照顧，孩子長大後也都各自成家，是最需要朋友援助的時刻，顏崑陽對他的關懷，必須比以往更落實在日常生活的照顧，包括四處奔走，替他尋找新住所，最後在新店安坑玫瑰中國城找到一間明亮、乾淨的房子，讓他安頓下來。除了協助生活起居，顏崑陽也掛心張夢機病後的情緒，經常炒幾道菜，帶著全家過去陪他用餐。除此之外，顏崑陽還在張夢機病假期滿後，協助他上了一學年的課。由於張夢機始終是一位受學生歡迎的老師，學生也都願意不顧路途遙遠，從中壢到安坑來聽課。對於顏崑陽鼎力相助，張夢機內心最深切的感激之情就透過詩來訴說，與前期品茗清談後，寫下浪漫、想像情懷的酬贈詩相比，病後這些詩談的都是最真實的生活景況，可視為詩人情誼與創作的「落地期」。例如張夢機在〈贈崑陽兩首〉中寫到：「忍為傳經說苦辛，記從菊放到櫻深。急難至性移天授，鬢髟慈悲見佛心。」[22]感念顏崑陽願意不辭辛勞，從秋天學期開始幫助他上了半年課，在急難之中見到朋友真情流露，宛如佛祖之慈悲心腸。又張夢機在〈曉坐偶書寄懷崑陽〉中思念顏崑陽的時候，也重提「授業多君來舍下，隆情古道恐難酬。」可見顏崑陽在病後義不容辭作他的「高級助教」那段時光，始終讓他掛懷，不知道該怎麼報答這種雪中送炭的情義。

張夢機中風之後，寫給顏崑陽等友人的酬贈詩作量大增，一方面是因為朋友們在他落難時紛紛寄予關懷，包括曾昭旭協助他管帳，蔡信發替他向醫院接洽醫療事宜等，讓他比以往更能強烈感受到人與人之間的真情真義。除了上述感激友人幫忙的詩作，也有許多在家中獨坐，或者在朋友走後思念對方的作品，其中，寫給顏崑陽的就有〈曉坐偶書寄懷崑陽〉、〈月夜懷崑陽〉、〈雨夜憶往改作──是夕閒坐藥樓憶與文華雄祥崑陽昔年泛碧潭月之游〉、〈憶崑陽花蓮〉、〈鷓鴣天──崑陽自花蓮來訪〉、〈崑陽工吟文華善飲詩以贈之〉、〈贈顏崑陽教授〉等，經常表現出對顏崑陽才情、人格的欣賞與敬佩，例如「春暖三臺百萬家，子淵惟是擅才華」[23]，稱讚顏崑陽有才華，「子淵」可同時雙關顏回與王褒。顏回切其姓，並比其德行；西漢辭賦家王褒則喻其文才。「體健端宜著述勤，雕龍手妙擅詩文」[24]乃讚譽顏崑陽學術研究、詩文創作甚勤而有成。除了好學、賢達、辛勤著述、文學創作，其才華令人激賞之外，更是「烹食易牙手」，在張夢機剛病倒的那段時間，精心炒好張夢機最喜歡吃的米粉，安慰他病中鬱悶的心情。這諸多讚美之辭絕非空泛的吹捧，而是來自與摯友相交多年，對性情人格的理解。

---

22 張夢機，〈贈崑陽二首〉，《藥樓詩稿》（台灣文學觀察雜誌社總代理，1993年12月初版），頁30。

23 張夢機，〈贈崑陽二首〉，《藥樓詩稿》，頁30。

24 張夢機，〈月夜懷崑陽〉，《藥樓詩稿》，頁65。

　　顏崑陽在訪談中，將張夢機病後古典詩創作的主題，大致歸納為三類：：一、親友到訪歡聚：酬贈詩在他病後數量更大，質量也佳。二、風景書寫：想像、追憶的虛境比較多，實境比較少。三、追憶過去：兩岸開放後，張夢機三趟旅遊中國。描寫故國的詩，由童年亂離經驗、文化想像，轉向旅遊的追憶。四、政治關懷：即使生病，張夢機仍舊透過電視新聞，關懷台灣的政治情況，以及兩岸關係的發展，並以時事入詩，體現知識分子的社會關懷。

　　其中，親友來訪、風景書寫與追憶過往的作品，交互出現在他寫給顏崑陽的酬贈詩中，除了感念顏崑陽在他病後給予的幫助，有感而發之外，更重要的原因是腦中風，讓張夢機只剩右手勉強可以寫字，語言神經受損，無法流利表達想法，失去行動、料理起居的能力，連走到陽台看風景都沒有辦法，更遑論像病前只要一得空，就能邀約朋友們在湖光山色間自在行走、徜徉。因此，1991年以後，張夢機的疾病與藥樓就是他此生的圍城，外面的人想透過語言進入他的世界總有困難，他自己的身體則受困在輪椅上，靈魂又囚困在身體裡。

　　我對張夢機中風以前的記憶不多。比較鮮明的印象，似乎就是乾爹病後坐在輪椅上，像一座時間流過便會靜止的山，彷彿疾病本來就是他生命的一部分。真正讓我感受到中風給乾爹帶來的影響，是在他過世前幾年，我隨父親及其友人拜訪玫瑰中國城，眾人圍坐在桌前笑笑鬧鬧，回憶過往的時候，本來靜靜坐在桌邊的乾爹突然開口，咿咿呀呀加入話題，簡直是用盡所有還能活動的面部肌肉，極其費力地向大家敘述一件趣聞，逗得眾人哈哈大笑。在那個難得熱鬧，充滿笑聲的餐桌上，我好像可以看到父親口中豪爽健談，在群體中總是能成為焦點的乾爹，困在沈痾的身體裡，努力想突圍的樣子。

　　張夢機也偶然會在寫給顏崑陽的詩作中透露自己不良於行的無奈，例如〈崑陽拈韻余試撰之〉中有「跛鱉羨人行矯健，秋蟬知我舉家清」句，用「跛鱉」形容自己不良於行，羨慕別人身手矯健，又化用李商隱〈蟬〉詩「我亦舉家清」，表明自己雖然是跛鱉，卻仍然保持清高的操守。另外，還有〈曉坐偶書寄懷崑陽〉「沉痾惟恐身成卞，賡詠何當氣壓劉」，用雙腿被斬斷的卞和來自比久病纏身，即使張夢機雙腿還在，卻也毫無行動能力。卞和泣璧是因為遇不到賢主，不得任用，卻總是為了信念選擇奮力一搏，然而，張夢機的殘缺是無可選擇的命運，與卞和相比更加深了無奈感。接著，他感嘆身體已經殘疾、萎頓至此，作詩賡和的氣魄又當如何壓過「貞骨凌霜，高風跨俗」的劉禎呢？這種以卞和自比的酬贈詩還有〈近狀書寄花蓮顏崑陽王文進〉：

　　　　數奇李廣侯難覓，命舛卞和身已殘。詩拙固知才亦薄，心平愈覺聽能寬。[25]

此詩是將近況透過歌詠，報與在花蓮東華大學任教，因而和張夢機分隔兩地的顏崑陽與

---

25 張夢機，〈近狀書寄花蓮顏崑陽王文進〉，《藥樓集外詩》，付梓中。

王文進。除了表明自己殘疾之身及命運乖舛與卞和相仿；同時也以戰功彪炳，才略過人，卻經歷三朝仍無法封侯的飛將軍李廣，來感嘆自己不得志的處境。李廣侯難覓的原因歷來有許多說法，張夢機在此處採用最普遍的「數奇說」，也就是李廣命中註定不能封侯，頗有在命運面前不得不低頭的感慨。

從「數奇李廣侯難覓，命舛卞和身已殘」到「詩拙固知才亦薄，心平愈覺臆能寬」，可以看出張夢機性格裡的妥協性。顏崑陽談中風對張夢機的影響時表示，他開闊曠達的性格，某種程度來說，也帶著妥協性；與人為善，對人妥協，也可能對命運妥協。中風後成為半廢之人，這種打擊有些人可能會承受不了，鬱悶終生，甚至輕生；有些人則願意向命運妥協，順勢而為，將半殘廢的生活盡量過得有興味，張夢機就是這樣的人。因此，李廣不得志是天註定，卞和身殘已成事實，不如平靜心緒，慢慢就能寬懷而自適。從張夢機贈與顏崑陽的詩作中，也的確能找到他逐漸順應命運，在生活的低谷中尋出一點樂趣的線索，例如「每依經案閒聽曲，偶寫詩牋喜報情」[26]，張夢機病前就喜歡端著同一只白瓷馬克杯，在茶香繚繞中，用老舊的錄音機一遍又一遍播放周璇的歌曲，讓樂音歌聲領他重遊昔日的故國[27]。病後張夢機沒辦法出門，守著一方書桌，空閒的時間比以往更多，還是依著舊習慣聽曲，偶爾興致來了，也寫詩向朋友傳遞心情。

在他寫給顏崑陽、王文進報告近況的詩作中，還提到自己放寬心後，「鴿昏雞曉但陪我，竹翠菊黃堪撲欄」[28]，縱然孤身一人，若能找到內在的平靜，寂靜中感官自然放到最大，便能感受到晨昏之間還有雞鳴鴿啼，與竹子菊花的顏色陪伴他。特別是「竹翠橘黃堪撲欄」，「撲」字的動態感，讓欄杆邊竹子與菊花的色彩繽紛熱鬧了起來，也呈現房內人物被動迎來房外自然景物的真實狀態。由於張夢機沒有行動能力，所以他在贈答詩中所描寫的實際景色通常都是從屋內的定點眺望，將屋外世界透過視覺、聽覺迎進屋內，如〈曉坐偶書寄懷崑陽〉：「屋廬鱗次接山阪，長夏樓望物象幽。爐塔雙雙棲在壑，樹花一一聚於眸。」[29]首聯視點先落在眼前櫛比鱗次的屋廬，一路參差延展至遠方的山腳，再由山腳向山上的爐塔望去，最後漫山遍野的樹花一一聚集進眼眸。景與景之間移動有連貫性而非跳接、斷裂，表示觀景的張夢機是在房中定點眺望，視線由近而遠，又由遠而近，可以想像在眺望中時間緩慢的流逝。

另一首〈崑陽拈韻余試撰之〉中，首聯「塔醜真教眾壑驚，鄰街往復盡車鳴」[30]，也提到矗立山間焚化爐如塔的大煙囪，可見張夢機應該經常坐在同一片窗邊向外遠望同一片景色，雙腳不能行走，就讓視覺與聽覺代替他遠行。針對這種疾病中的書寫狀態，

---

26 張夢機，〈崑陽拈韻余試撰之〉，《鯤天吟稿》（華正書局，1999年6月初版），頁39。

27 參顏崑陽，〈思舊賦〉，《手拿奶瓶的男人》（漢藝色研，1989年11月初版），頁19。

28 張夢機，〈近狀書寄花蓮顏崑陽王文進〉，《藥樓集外詩》。

29 張夢機，〈曉坐偶書寄懷崑陽〉，《藥樓詩稿》，頁59。

30 張夢機，《鯤天吟稿》，頁39。

張夢機在《鯤天吟稿》的〈自序〉中，自白病後八年「身猶殘障，口仍訥澀。日日看山看樹，聽風聽鳥，除復健外，惟以披書賾詠自娛。」上舉酬贈詩所寫的實景，也的確都是在窗邊看山看樹看塔，聽風聽鳥聽鄰巷人車喧鬧，自然也以這些窗外之景入詩。畢竟「久病不瘳，登涉維艱，縱有谿壑美景，恐難入吟篇。」[31]一方面從張夢機寫景取材的限制，或者是「塔醜真教眾瞽驚，鄰街往復盡車鳴」。這種視覺、聽覺的煩亂，我們可以感受到他為病所困的處境；另一方面也有「鴿昏雞曉但陪我」、「長夏樓望物象幽」，那種物我互相觀照，寧靜幽遠的況味。上述這兩種情境形成糾結、矛盾的物我關係，或許也就是張夢機病後詩真實而迷人之處。

　　如前所述，張夢機在病中創作量反而較病前更豐沛，也許正是肉體受困，心靈的腳相對來說更為自由，也有比較多的時間去感覺、想像，作詩比病前更成為他生命的出口。不過，張夢機病後，不免還是經歷了一段意志消沈的時間，一年內無詩作產出，包括顏崑陽、陳慶煌等友人都力勸他重拾詩筆，與他往來唱酬[32]，才讓他又詩興大發，找回創作熱情與精神依託。朋友、古典詩成為他病後生活中兩大重心，表現在書寫顏崑陽過訪的詩作中，這一系列詩作寫的都是盼望摯友到訪，在人去樓空後，用詩凝凍住與顏崑陽談天說地、歡快熱鬧的時間，例如〈崑陽夜過〉、〈與崑陽寒舍小飲口占此詩〉、〈喜顏崑陽至〉、〈崑陽明娴過話〉、〈崑陽伉儷過訪〉等。特別是〈崑陽夜過〉：「萬事滄桑隨季換，一樓語笑乞燈溫」[33]令人感動，彷彿又回到創作〈剪燈唱酬集〉，兩人剪燈夜話的時期，不論季節萬物如何移轉，多年前那兩個擠在小小紅豆館懷鄉、賦詩的青年身影彷彿還在。

　　在被疾病糾纏的漫漫歲月裡，張夢機或許就是透過創作過程中不斷的自我思辨，並在完成後用詩向能理解他的朋友訴說所思所感，才能渡過彷彿和他的身體一樣癱軟在地，無法前進的病中獨處時光。因此，病後的張夢機，較以往有更多首贈與顏崑陽的詩作，雖然顏崑陽的詩創作量因為教學、研究工作繁忙而逐漸減少，收到張夢機的贈詩後不一定再有答詩；不過，贈答詩經常贈多於答，在《文選》收錄的詩作中比重也能反映出來，但並不影響研究者從中觀察兩人交誼。

---

31 張夢機，〈自序〉，《鯤天吟稿》。

32 顏崑陽在〈詩人真的走了——悼念好友張夢機〉一文中提及張夢機病後「形如槁木，心如死灰，再也不作詩了。」一直到1992年光復節，顏崑陽炒了幾道菜，帶著全家到玫瑰中國城陪張夢機吃飯，勸慰他將心中鬱透過創作抒發，幾天後，張夢機詩魂復甦，從此創作靈感源源不絕。陳慶煌則在〈輪椅詩人張夢機--悼念張教授宓白〉中說明張夢機養病十幾年來，幾乎隔週寄詩作給他，大約每週寫五、六首。陳慶煌也每月寄給張夢機兩、三張 B4紙列印詩作，不少於六、七十首，供張夢機去打發時間。顏崑陽，〈詩人真的走了——悼念好友張夢機〉，《文訊》229期（2010年9月）。陳慶煌，〈輪椅詩人張夢機--悼念張教授宓白〉，收錄於《藥樓集外稿》。

33 張夢機，〈崑陽夜過〉，《藥樓詩稿》，頁86。

（三）行人更在後山外：顏崑陽東遷後詩人的憂思懷想與地方感

　　張夢機與顏崑陽的交誼型態中，產生較大的兩次變化，除了夢機中風病倒之外，還有顏崑陽1994年決定舉家東遷花蓮。在此之前，張夢機與顏崑陽雖然都已結婚生子，生活各有重心，卻都還住在新店，兩家經常往來。但是，1994甲戌年顏崑陽移家花蓮後，兩人之間隔著中央山脈；早年台北、花蓮火車車程還需四個小時，西部人普遍還是有後山難以抵達的「心理距離」，加上張夢機行動不便，實在不可能到花蓮與顏崑陽歡聚，使得兩人的贈答詩作，更多了王令樾所言的「表達相思之情」，真摯感人。

　　因此，這時期兩人酬贈詩不減反增，除了考慮到張夢機中風後說話比較吃力，不能經常用電話交談，而多年來有許多感觸也習慣用詩向對方訴說。顏崑陽在訪談中針對詩作為聯繫情感的媒介，在這個時刻起到的作用，有很清楚的說明。他認為，詩能表達口語無法表達的情感，以顏崑陽所作〈戊子清明已過風雨如晦因思夢機近多憂世之篇北向而望爰有此作〉為例，詩成於清明後仍然多雨的時節，顏崑陽在花蓮經常接到張夢機從台北寄來的憂世之詩，透露出他對眼前社會動盪的憂慮。顏崑陽想到病重的好友，還透過電視掛心社會，真是感慨萬千，因此北向而望，作了這首詩安慰張夢機。詩中以「可惜詩家逢此世，何如賈道托浮身！」[34]喟嘆詩人生不逢時，若生在重視詩歌的唐代，詩人還能有所作為，可惜生在利益至上的現代，金錢成為衡量存在價值的唯一標準，使得張夢機在亂世中惶惶終日，不能安適，最後又以「野雲恐是知天意，橫臥無言自屈伸。」[35]這樣寧靜、能屈能伸的形象來勸慰好友放開胸懷，時代已是如此，不如看透吧！顏崑陽自陳，這種將私人交誼與時代家國融合的複雜情感，不是一般生活瑣事，只能用詩來表達，也只能讓張夢機透過詩來理解、想像。

　　顏崑陽東遷以後，思念對方與憶往，就成為兩人酬贈重要的主題，例如顏崑陽在搬家後，於1998年所作〈甲戌移家花蓮背嶺而居丙子初春頗懷夢機昔日文山剪燈茶煙未散而君已殘疾如何東遊共對山色乎爰成二律〉，若單看題目，大抵已經知道詩的主題是1994年顏崑陽搬到花蓮，背著中央山脈而居，四年後的春天，懷念當初與張夢機在新店剪燈夜話，茶煙彷彿還歷歷在目，但當時經常暢談的好友如今已經中風殘疾，如此一來，如何能共遊東部的山色，再續情誼呢？二律如下：

　　　　東來快得好湖山，胸次每迴天地間。背嶺有窗雲作幻，無心臨壑水為閒。真情早

---

34 顏崑陽，〈戊子清明已過風雨如晦因思夢機近多憂世之篇北向而望爰有此作〉，《顏崑陽古典詩集後稿》，未出版。

35 顏崑陽，〈戊子清明已過風雨如晦因思夢機近多憂世之篇北向而望爰有此作〉，《顏崑陽古典詩集後稿》，未出版。

　　許追元白，高筆相期過馬班。可惜群峰疊疊翠，何人對酒看春還。

　　昔日文山共剪燈，茶煙薰鬢尚青青。瀟心獨我來東海，折翼愁君臥北溟。世亂荻花飛曠野，人歸霽月滿空庭。風泉欲取千尋水，寄與藥樓孤夜聽。[36]

第一首詩一開始談的是自己東遷以後，胸懷如同山水般開闊，背嶺而居，書房的窗外有雲如夢似幻，在這樣的環境中，詩人物我合一，心境閒適，臨壑看水，流水自然也呈現閒適的樣態。但轉念一想，這如夢似幻的山水，阻隔了與自己相交三十幾年，情感有如元稹、白居易，才氣縱橫有如司馬遷、班固的摯友，可憐張夢機已經殘疾，再也不能東遊共對湖山。第二首接著上一首的詩意，將時間往前推移，懷想夢機尚未病倒，自己也未東遷之時，兩人總是在新店的公寓裡，徹夜長談，冉冉茶煙好像還薰染著鬢角未散。只是如今，我獨自來到花蓮，而君已經如折翼之鳥病倒愁困於台北都城，顏崑陽在此化用了《莊子‧逍遙遊》的典故，比喻張夢機殘疾如鵬折翼之後，無法扶搖直上，只能做一隻鯤魚困臥在北溟（台北），挪借典故的手法十分巧妙。而亂世如荻花在曠野紛飛，歸隱之心正如滿庭霽月，這種憂世深感無力，欲與湖山共在的心懷，寫下來寄與獨自困居藥樓的張夢機。這裡用「獨」，剛好對應第一聯的「共」剪燈，昔日的夜晚是二人談天共度，今日則各自在鯤島的不同角落，獨自懷想對方；而「聽」字也暗含著夢機因病言語困難，今昔對照之下，詩人內心漲滿的哀傷，就已經溢出文字之外。

　　張夢機在顏崑陽東遷後，也有〈寄懷崑陽花蓮〉表達思念之情：

　　故人才學比南金，傾蓋論交歲月深。背嶺一樓眺蒼海，賡詩卅載始青衿。高情真覺能千日，獨寐從來不愧衾。家隔雲山千里外，相知莫負弟昆心。[37]

第一聯指顏崑陽才學極高，南金乃荊州、揚州所產之金，其質純良，故以南金喻美才。二者交往的情誼既久且深，「傾蓋」典出《孔子家語》：孔子在途中遇到程子，二人停車交蓋暢談，終日甚親。故後世以「傾蓋」喻交情親密。孔、程傾蓋而語，不知時日推移的狀態，正是自己和顏崑陽過去剪燈夜談的情誼，在喻意與實際狀態上皆相合。雖然顏崑陽已經東遷至背嶺眺海的花蓮，但彼此唱和的情誼從青年時代開始就沒有斷過，至今已經三十餘年。接著，張夢機反用唐高宗友愛兄弟，建花萼樓，朝夕與兄弟共樂，至同衾共寢的典故，以自己與崑陽分處二地，雖獨寐亦不愧兄弟共衾之誼。因此，即使重重雲山將彼此隔開，能夠相知的心情依舊不會被阻塞。

　　在張夢機病後孤獨的生活裡，常有這一類感嘆兩人分隔千里，不能相見，友情卻歷久彌堅的心情。例如〈贈顏崑陽〉中有：「交深卅春秋，一朝慘為別。……嗟哉久睽

36 顏崑陽，〈甲戌移家花蓮背嶺而居丙子初春頗懷夢機昔日文山剪燈茶煙未散而君已殘疾如何東遊共對山色乎爰成二律〉，《顏崑陽古典詩集》，頁78-79。

37 張夢機〈寄懷崑陽花蓮〉，《鯤天吟稿》，頁22。

違，無由紓鬱結。天末懷故人，夕陽赤如血。」[38]先陳述自己與顏崑陽深交已經三十年，用交誼時間的長度來對比一朝分別之「慘」，心中鬱悶之氣不知該向誰訴說。在這首詩中，張夢機思念顏崑陽的情緒之急切、憂傷，還可從最後一聯的景色看出，傍晚本來就有使人心情低落、感嘆時光逝去的意象，張夢機在此處還用「血」來形容日落的天色，更加深了「向晚意不適」的壓迫感，足以表達思念故人，無處抒發的鬱結。這種因想念顏崑陽而引發的憂傷，除了來自距離遙遠之外，張夢機獨居又久疾纏身也是主因，又例如〈憶崑陽花蓮〉：

> 養拙多時感索居，東遷憶汝四年餘。沉潛久在丹鉛裡，晤敘惟當博塞初。不肯清詩收翠嶺，曾教濕沫活窮魚。梨黃茶碧懷人處，交契何妨闊報書。[39]

首聯自謙才拙，涵養而隱，但若讀者想到張夢機病後長年困守在藥樓，離群而居，則寂寥之感就已經湧現。接著破題，指顏崑陽已經搬離台北四載，這裡用「憶」更能加強時間的長度。而朋友忙於教書以及學術研究，只有偶爾到訪，朋友一起玩梭哈的時候，才能晤敘。想及顏崑陽坐擁花蓮的山水，應該捨不得收起作詩的筆，「曾教溼沫活窮魚」一句，若置入兩人生平來看，指的應是憶起自己病倒之時，顏崑陽給予他的幫助與照顧，這裡化用《莊子・大宗師》「魚處於陸，相濡以沫」以及《莊子・外物》「涸轍之魚」的典故，就意象而言，擱淺於陸地之魚，痛苦不能動彈，也實在符合張夢機中風後的處境。整首詩不言自己孤獨的處境，卻在今昔對比下，暗示朋友遷移後，不能經常往來的遺憾。

　　不過，也是因為相見困難，使得久久一見，彌足珍貴。我在談張夢機病後酬贈時，已經列舉幾首顏崑陽來訪之後，有感而發寫下的作品，其中有些都是在顏崑陽搬到花蓮，偶爾北上到玫瑰中國城探望他的情境中寫成。張夢機內心歡喜、激動之情，除了因為見到睽違已久的友人，友人還帶來花東的山色海景，讓他能想像、接觸那一方窗外的世界，正是顏崑陽所說「風泉欲取千尋水，寄與藥樓孤夜聽」的意義。以〈與崑陽寒舍小飲口占此詩〉為例：「朝辭花港海波蒼，攜得潮聲到此堂。交契渾如融水乳，興高且更勸杯觴。」[40]詩中想像花蓮港海波蒼蒼，顏崑陽到訪彷彿也把潮聲帶進清冷的藥樓，兩人相聚談天，情誼完全沒有改變，令他高興萬分。這種景與情的組合在其他贈給顏崑陽的詩中相當常見，例如〈喜顏崑陽至〉：「攜得東疆山色至，蒼蒼欲補碧潭春」[41]、〈贈顏崑陽〉：「君家花港濱，晨昏耳潮咽。宛似陶柴桑，物態坐相悅」[42]、〈贈顏崑陽

38　張夢機，〈贈顏崑陽〉，《鯤天吟稿》，頁63。

39　張夢機，〈憶崑陽花蓮〉，《鯤天吟稿》，頁94。

40　張夢機，〈與崑陽寒舍小飲口占此詩〉，《鯤天吟稿》，頁73。

41　張夢機，〈喜顏崑陽至〉，《夢機六十以後詩》（里仁書局，2004年5月初版），頁96。

42　張夢機，〈贈顏崑陽〉，《藥樓集外詩》。

教授〉：「袖攜蒼海氣，莫逆自東來。……書帙堪消夏，端宜取次開」[43]、〈贈崑陽〉：「東疆此日海濤惡，珍重忘機鷗鳥盟」[44]、〈偶見崑陽舊作即次其韻〉：「花港移家飽覽山，人居碧海翠濤間」[45]、詞作〈鷓鴣天 崑陽自花蓮來訪〉：「攜得潮聲到此樓，歡然語笑共深甌」[46]。

　　顏崑陽回憶，張夢機病前大部分活動空間都是在西部，絕少涉足花東，只曾到訪花蓮一次，由顏崑陽開車載著一行人在縱谷遊覽，因此，張夢機對花蓮的景色還是有一定的印象。對張夢機來說，花蓮的濤聲山色是因為顏崑陽才得以認識，自然產生特殊意義；病後又沒有出遊的機會，除了藥樓窗外的景色，很少其他物象可以描寫，所以，懷念起住在花蓮的顏崑陽，就會勾引出許多回憶中、想像中的花蓮景色，而以景懷人；也藉花東物色的開闊、美好，臆想友人生活其間，必定也心境曠朗，故云「能洗北鯤塵垢無」[47]。景如其人，即使「疆東鯤北多無路」[48]、「去此東疆百餘里」[49]，也能以此寬慰不能時常相見的掛念；正因為「尚有山青供剪裁」[50]，張夢機才能在朋友離去之後，用「言歸且莫愁寥寂」[51]反過來安慰對方與自己不要心有罣礙。

　　張夢機酬贈詩中想像的景色，除了有洄瀾山海以外，主要還有回憶過往與顏崑陽共遊過的地方，連結到過往情誼，由景入情。其中以碧潭與高雄為兩個比較重要的地景。〈雨夜憶往改作──是夕閒坐藥樓憶與文華雄祥崑陽昔年泛碧潭月之游〉，寫的即是自己病後經常閒坐家中，憶起過往和朋友們在碧潭泛月共遊的景況，因而改寫過往詩作〈中元前二日雄祥置酒著飲泛月潭上感秋作兼似文華崑陽〉。顏崑陽也有〈甲寅七月既望與夢機文華雄祥碧潭泛飲〉一詩，可見當時四人泛飲碧潭之後，應該都有同題共詠的詩作。在這首舊題新作的詩中，展現了張夢機晚期慣常使用的特殊手法，將現代生活語詞化入古典詩中：「螢幕聞歌支獨夜，蝸廬過雨洗長欄。」[52]也透露了喪偶、病後的張夢機，有大半的時間是獨自在夜裡與電視對望，整個世界只剩下他和電視機，以及過去與朋友歡樂出遊的回憶，這種淒清的景況，雖然在詩中並無直言，但讀者讀來卻不禁鼻酸。

---

43 張夢機，〈贈顏崑陽教授〉，《藥樓集外詩》。

44 張夢機，贈崑陽，《鯤天外集》（漢藝色研文化公司，2001年3月初版），頁46。

45 張夢機，〈偶見崑陽舊作即次其韻〉，《藥樓近詩》（印刻文學生活雜誌出版社，2001年5月），頁37。

46 張夢機，〈鷓鴣天 崑陽自花蓮來訪〉，《鯤天外集》，頁38。

47 張夢機，〈懷崑陽花蓮〉，《藥樓集外詩》。

48 張夢機，〈偶見崑陽舊作即次其韻〉，《藥樓近詩》，頁37。

49 張夢機，〈近狀書寄花蓮顏崑陽王文進〉，《藥樓集外詩》。

50 張夢機，〈崑陽伉儷過訪〉，《藥樓集外詩》。

51 崑陽伉儷過訪藥樓集外詩。

52 張夢機，〈雨夜憶往改作──是夕閒坐藥樓憶與文華雄祥崑陽昔年泛碧潭月之游〉，《鯤天吟稿》，頁94。

這首詩「水燈遠憶浮蓮座，山月回思照竹灘」[53]，是改寫舊作中「時逢普渡近中元，已放蓮燈逐流下」[54]一句，描寫當年農曆七月十六日，四人在碧潭上看見替溺死之人作法事的祈福水燈，從青潭上游一盞一盞順流而下。這奇特的景象，經過這麼多年，被記憶反覆淘洗過，仍舊靜定地漂浮在張夢機的心中。當時，張夢機、顏崑陽、陳文華、蔡雄祥從碧潭附近海鮮餐廳炒了幾道菜，打了一桶生啤酒帶到碧潭，租了一艘有棚子的船，就在船上喝酒聊天。顏崑陽將這種美感形容為古典詩的美感，這段記憶對他們四個人而言都非常深刻。因此，病中的張夢機重新把這個美好的片段撿拾回來，「記得昔年微醉處，量篙酒舫共清歡」[55]，碧潭對他而言，是曾經與好朋友飲酒、泛舟的場所，代表過去身體矯健的自己，以及還未各奔東西的友誼所召喚出的地方感[56]。

顏崑陽回憶那一晚的經驗，覺得情景非常像蘇東坡與黃山谷等人在赤壁泛舟，寫下〈前赤壁賦〉「清風徐來，水波不興」的情境。顏崑陽寫〈甲寅七月既望與夢機文華雄祥碧潭泛飲〉與張夢機寫〈中元前二日雄祥置酒著飲泛月潭上感秋作兼似文華崑陽〉也的確都不約而同化用赤壁典故，表現出豪壯、快意之感。對照張夢機多年後改作，當年飲酒泛舟，「不然賭酒飲千鍾，醉向蘆邊臥長壩」[57]、「相從酒力論詩力」[58]的豪情壯志，如今只剩潭面上星星點點的水蓮燈順流而下，一明一滅，點亮雨後藥樓獨自面對電視螢幕閃爍的漫長夜晚。

除了上引〈雨夜憶往改作〉專寫碧潭之外，張夢機懷念顏崑陽的時候，碧潭景色經常浮現：「晴窗賦就詩千首，更向碧潭聽煮茶」[59]、「他日碧潭亭外過，茶香撩夢聽波喧」[60]、「攜得東疆山色至，蒼蒼欲補碧潭春」、「飲酒青衫泛潭碧，盈霜白髮失顏緋」[61]，可見昔日與顏崑陽在碧潭品茗的時光，對張夢機而言，的確有特殊意義。其實，在張夢

---

53 張夢機，〈雨夜憶往改作——是夕閒坐藥樓憶與文華雄祥崑陽昔年泛碧潭月之游〉，《鯤天吟稿》，頁94。

54 張夢機，〈中元前二日雄祥置酒著飲泛月潭上感秋作兼似文華崑陽〉，《西廂詩稿》（學海書局，1979年6月），頁21。

55 崑陽侊儷過訪藥樓集外詩。

56 文化地理學的理論中，作家與讀者對地景的書寫帶著「感受性」與「想像力」，文學作品提供可堪召喚「場所精神」（genius loci or spirit of place）的「文字描繪」（word-painting），其目的並非再現現實，而是在形成感覺結構。段義孚對「地方」（place）的定義，其中之一為地方感導源於內在熟悉的知識，經由聽覺、嗅覺、味覺、觸覺強化了關聯性，使環境建立人際關懷網絡，物質環境與情感關聯緊繫。諾伯舒茲（Norberg-Schulz, Christian）則清楚指出，具體環境存在空間（existential space）應該包含人與環境間的基本關係，必須了解方向感和認同感。認同感是歸屬感的主要基礎。

57 張夢機，〈雨夜憶往改作——是夕閒坐藥樓憶與文華雄祥崑陽昔年泛碧潭月之游〉，《鯤天吟稿》，頁94。

58 顏崑陽，〈甲寅七月既望與夢機文華雄祥碧潭泛飲〉，《顏崑陽古典詩集》，頁66。

59 張夢機，〈贈崑陽二首〉，《藥樓詩稿》，頁30。

60 張夢機，〈崑陽夜過〉，《藥樓詩稿》，頁86。

61 張夢機，〈心有所感余記以詩分寄文華崑陽〉，《藥樓集外詩》。

機病前，兩人的酬贈詩就經常以碧潭為題，或者吟詠場景設在碧潭。顏崑陽有〈夢機置第於碧潭之濱為賦一律〉、〈重至碧潭茗座即席二首〉；張夢機則有〈夏日與崑陽文華碧潭共茗飲作〉。顏崑陽〈重至碧潭茗座即席二首〉也有「澄潭猶記與鷗鄰，人去舟空夢已塵」[62]，這樣物是人非的感慨。時過境遷，碧潭則永遠等在那裡，作為顏崑陽、張夢機通往過去與摯友相聚之美好時光的任意門。

碧潭之所以如此重要，也是因為張夢機有段時間住在北新路，顏崑陽住在檳榔路，都離碧潭很近，懷有「家」的認同感。此外，張夢機家經常有學生來找他談詩，例如渡也、李瑞騰、李正治、龔鵬程等人，一來就是七、八個。有時候在家中坐著悶，就吆喝學生們一同到碧亭談天。碧亭是碧潭靠安坑那一岸懸崖上的天然平台，設了一個茶座，可以俯瞰整個碧潭，也可以眺望遠方山頭，景色怡人。張夢機、顏崑陽與學生們，許多高談闊論都在這裡。即使張夢機病後搬到安坑，距離碧潭不遠，到耕莘醫院就醫的途中，也一定會經過碧潭橋，往下看是碧潭，往另一側看則是碧亭。「他日碧潭亭外過，茶香撩夢聽波喧」，指的應該就是張夢機經過碧潭橋，從車窗向外望見碧亭，馬上就連結到過去在亭中所聞到的茶香，以及聽到的波喧。茶香與波喧之所以能撩夢，主要還是與他一起品茗、聽波的「人」與「情」，讓他懷念。

另一在酬贈詩中懷想顏崑陽時，會連結到的地方為高雄。1980年，顏崑陽博士班三年級，學科考試通過，已經能在大學專任。彼時，林耀曾老師剛好從師大借調到高雄師範學院當國文系主任，便聘顏崑陽到高師教書。顏崑陽開始加入與張夢機、曾昭旭、何淑貞一起南北奔波的行列。一行人早上八點從台北西站上車，十二點半抵達高師大附近，吃過午飯，下午就開始上課。張夢機與顏崑陽在宿舍同寢室，剪燈夜話的場景搬到了高雄。張夢機會讓顏崑陽先睡半小時，以躲過他如雷的鼾聲，現在想起來都令人莞爾。顏崑陽回想那段南征北討的日子，雖然極其辛苦，卻也非常快樂；這使得顏崑陽與張夢機之間的情感，除了詩歌往來以外，還有同事之間的革命情誼。因此，對張夢機而言，與好朋友在高雄同事共遊的日子，已經成為他地方認同中很重要的一段經歷。例如〈聞崑陽榮任東大院長喜賦〉一詩，張夢機因顏崑陽擔任東華大學文學院院長而替朋友歡喜，除了誇讚顏崑陽的節操與才情，也因此想起兩人剛進入大學教書，南北奔波的時光：「同眠港埠姜肱被，曾啜崖亭陸羽茶。」[63]港埠指的就是高雄，並化用「姜肱被」典故來形容當年兩人宿舍同寢的革命情感，就像東漢姜肱與其弟友愛天至，常共被而寢，自己與顏崑陽的情感也真的因為有了這些經歷而親如兄弟。

另一首〈心有所感余記以詩分寄文華崑陽〉中，也提到與顏崑陽在高雄教書、同寢之事。首先感嘆兩位摯友分隔兩地，各有所依，接著記憶就被帶往「雄州聽雨夜連榻，

---

62 顏崑陽，〈重至碧潭茗座即席二首〉，《顏崑陽古典詩集》，頁108。

63 張夢機，〈聞崑陽榮任東大院長喜賦〉，《夢機六十以後詩》，頁85。

木柵賡詩秋掩幃」[64]的舊時光。正是因為年輕時在高雄與顏崑陽連榻聽雨、在木柵與陳文華賡詩的日子無比美好，對照此刻與友人各分東西，並且已「盈霜白髮失顏緋」[65]，雖然情誼不變，但已青春不再，才顯得出「樂天舊句今同感，垂老光陰速似飛」[66]的感傷。一如張夢機在詞作〈鷓鴣天　崑陽自花蓮來訪〉中，因顏崑陽從花蓮到台北探訪他而歡欣鼓舞，快意的氣氛讓他彷彿回到那個如夢似幻的時光裡：「尋好夢，記雄州。愛河春與壽山秋。」[67]可是「如流歲月都重泝」[68]，縱使逆著歲月之河回到往日，卻都只是夢一場，最後還是「恐猶前塵一醉休」。[69]

　　「回憶」在張夢機贈與顏崑陽的詩中，一直是個重要的主題。年輕時回憶故國山川，中年以後則開始回憶自己年輕時與摯友共遊、共事的地方。顏崑陽在散文〈思舊賦〉中，形容張夢機是一個非常念舊的人，不願意割捨家中所有陳舊的物事。端著茶垢怎麼也洗不乾淨的馬克杯，聽著周璇舊曲的時候，他其實是用心去傾聽許多而今不再的往事。顏崑陽說：「那是一種用自己的歲月，用自己的真情去釀造的滋味。」[70]或許有著這樣事事物物不忍割捨的性格，使得他對朋友的情義也是亙久不變，懷舊自然成為他酬贈詩中經常浮現的情感經驗。可是，所有在他生命中發生過重大意義的景色與人物，卻終究隨著時間推進而接連離去。經歷喪妻、中風、摯友東遷，留得住的越來越少，只能透過回憶與詩來抵抗。

　　經歷了張夢機中風，顏崑陽舉家東遷的生命轉變後，恐怕二者贈答模式最劇烈的改變，是張夢機在2010年8月12日凌晨，心臟衰竭辭世於新店耕莘醫院。至此以後，兩人自青年時期以來，因相識而相知，進而藉詩歌互相傳遞情意，長達四十年的情誼，就被迫終止了。最後一首贈詩〈夢機久病忽爾大去予遠居花蓮聞之悲不能已感賦一律〉，這是顏崑陽在花蓮忽聞張夢機過世，悲傷不能自已，所感賦的一首詩：

> 元白交親四十年，遙天星落亂雲煙。我心悲逐詩人去，君病終隨薤露先。未絕唐音起大筆，猶霑俠氣對遺篇。從今縱有藥樓在，花色蟬聲空惘然。[71]

首聯懷想彼此情同元白，這樣交親已經四十年。在遙遠的花蓮，忽聞張夢機過世的消息，如見一顆星子墜落而天象大亂。若從前面兩人相交之深的理解，再看「遙天星落亂雲煙」，就能理解顏崑陽忽聞好友死亡消息的震撼，果真如見遙天的星星墜落那般驚天

---

64 張夢機，〈心有所感余記以詩分寄文華崑陽〉，《藥樓集外詩》。

65 張夢機，〈心有所感余記以詩分寄文華崑陽〉，《藥樓集外詩》。

66 張夢機，〈心有所感余記以詩分寄文華崑陽〉，《藥樓集外詩》。

67 張夢機，〈鷓鴣天　崑陽自花蓮來訪〉，《鯤天外集》，頁37。

68 張夢機，〈鷓鴣天　崑陽自花蓮來訪〉，《鯤天外集》，頁37。

69 張夢機，〈鷓鴣天　崑陽自花蓮來訪〉，《鯤天外集》，頁37。

70 顏崑陽，〈思舊賦〉，《手拿奶瓶的男人》，頁19。

71 顏崑陽，〈夢機久病忽爾大去予遠居花蓮聞之悲不能已感賦一律〉，《顏崑陽古典詩集後稿》。

動地，而他遠在花蓮，終究無法在病榻前執張夢機之手，送他上路。此刻，顏崑陽悲痛的心已經隨著張夢機而去，可是詩人去的那個遠方是生者永遠也無法到達之地，只能感嘆久病之後，他終究還是先離開人世。此處用漢代輓歌〈薤露〉之典，表現人生短暫如薤上之露水，很快就會被太陽蒸發。「未絕唐音」二句，尊張夢機為大詩人，並且俠氣霽滿詩篇；但是，如今即使藥樓還在，花色蟬聲依舊，人卻已經走了，再也不會有「攜得潮聲到此樓，歡然語笑共深甌」的場景，一切只是惘然，正如他在到悼念張夢機的散文〈詩人真的走了—悼念好友張夢機〉所敘說的心情：「今後，新店玫瑰中國城那幢詩人坐困近二十年的「藥樓」，再也看不到他了嗎？而每隔一些時日，便能接到他寄來的詩稿，果是從此音斷韻絕了嗎？」[72] 整首詩清楚、直接地表達詩人忽聞相交四十年的摯友辭世，人去而樓空，悲傷不能自已的濃烈情感。

我在張夢機的喪禮上，見到父親在瞻仰遺容的隊伍中，魚貫從幕簾後出來的表情，是前所未有的悲痛；即使把臉仰起，也抑制不了眼淚滾落。就在那個時刻，「我心悲逐詩人去，君病終隨薤露先」這句詩很自然在我心中浮現了。的確，這首詩作為在張夢機、顏崑陽之間最後一首酬贈詩，已經永遠地只贈無答，再也收不到張夢機的回應了。

四　結論

在張夢機、顏崑陽如元白相交四十年的歲月裡；我欲「如流歲月都重泝」，將兩人已經逝去，不能復返的珍貴經驗，透過深度的訪談、酬贈詩的詮釋；在不同人生時期涓涓流過的小溪，撿拾其中比較沉重的卵石，試著替兩人交錯又分離，分離又交錯的情誼梳理出一個比較完整的生命流域。這樣的研究所以有價值，還是建立在酬贈詩能夠如實呈現發言者與受言者往來「感通」的情境；而綜觀兩人酬贈詩也符合詩用學的「感通」一類。恰好學者身分的顏崑陽也在「用詩，是一種社會文化行為模式」的研究領域，已累積很豐碩的成果，並於《夢機集外詩》的〈序〉中，自陳兩人酬贈詩如「李杜元白蘇黃，莫不以詩往還親友，多真情實感之作」，而認為以「體用相即」的觀念來詮釋中國古典詩歌的「本質」，也許可以另拓酬贈詩之詮釋視域。

本文就是立基於這一理論，綜合張夢機、顏崑陽實際交往情形，交叉比對酬贈詩作，依循兩人生命中不同時期、影響創作的重要事件，共分為三個主題：一、年輕的漂浮者：早期唱酬詩的懷鄉與不遇；二、在身體裡尋路的靈魂：張夢機病後詩人情誼的「落地」期；三、行人更在後山外：顏崑陽東遷後詩人的憂思懷想與地方感。其中，第二與第三類詩的創作時期重疊，只是書寫主題不同，卻又彼此關聯，可兩相對照來閱讀。

如題所示，第一階段，早期酬贈詩主要以顏崑陽窩居在張夢機住處夜話後，而寫成

---

72 顏崑陽，〈詩人真的走了——悼念好友張夢機〉，《文訊》229期。

的〈剪燈唱酬集〉為研究對象。因張夢機幼年隨國民黨遷移來台，顏崑陽隨家離開故鄉嘉義，北上求學，又浸淫在中國古典文學的閱讀、創作中，共同表現出一種中國古典詩性的鄉愁，有亟欲透過夢境回到故里，卻不可得的惆悵。除此之外，兩人還在研究所求學階段，只能四處兼職，經濟拮据，而在詩中同樣表現出一種有志難伸，生活困窘的不安定感。

第二個階段為張夢機於1991年中風後，急需朋友相助。顏崑陽對他的關心落實到生活起居，除了使兩人的情感更加深切之外，張夢機贈與顏崑陽的詩作也比以往更加豐沛。張夢機病後的詩比較少用典，語言平實，日常瑣事皆能入詩，恰好與他和顏崑陽的感情落實相應。他的創作一方面感激朋友伸出援手；一方面因為中風使他不良於行，經常獨坐輪椅，靜默的思念故人，期待友人造訪的歡樂氣氛，以此慰藉病後孤獨而漫長的時光。

第三個階段為1994年，顏崑陽舉家東遷之後，與張夢機分隔兩地，相見不易。顏崑陽只能偶爾得空到玫瑰中國城探視他，使得張夢機在獨處的時間，更加思念顏崑陽。此時，他的思念之情已經從故國，慢慢落到在台灣不同地方與朋友相處的經驗。夢境通往的舊時光、舊世界，從湖南山水移轉到品茗、飲酒、泛舟的碧潭，或是早年與顏崑陽一同趕車、教課、同寢的高雄，以及曾經與顏崑陽遊歷過一次，如今只能想像摯友徜徉其間的花蓮山海。顏崑陽除了懷想張夢機之外，也掛念張夢機病中的心情，發現他多憂世之作，因而寫詩以勸慰。

從這三個階段酬贈詩的分析詮釋，可以看出「詩」的確在張夢機、顏崑陽的交往歷程中，作為一種中介符號形式，串連兩人在不同時期、不同處境中，對彼此的情感，以及亟欲與對方分享的生命的體悟。即便在現代化通訊發達的時代，文學依然能承載電話、簡訊所不能表現的複雜情感，在當代社會文化行為上繼續發生意義。

不過，在詮釋張夢機、顏崑陽酬贈詩的過程中，還是會碰到因為「意向」沒有用言語直接說明，而難以進入發言者與受言者互動事件的情境，因而不明其「用意」。顏崑陽在〈用詩，是一種社會文化行為模式——建構「中國詩用學」初論〉中，以「隱性意向」來解釋這種文本創作及其傳播之間，不同層次的問題。我們一般人作為「泛化讀者」，雖然享有文本的「公有義」，也許可以不顧原發言者與受言者因「在境」而享有的「私有義」；不過，這往往也是研究者因「事件情境」流失而不得不的詮釋方法[73]。然而，本文所研究的對象皆為當代詩人，「事件情境」除了可以透過詩題、序文以及相關的敘事散文來理解之外；我也依著「地利之便」，針對酬贈詩的詮釋觀點、事件情境來對顏崑陽進行深度訪談，幫助我「回境」，替某些「限定性語言」解碼，以期更貼近兩人創作當下的的存在處境。因為兩位研究對象都是我的至親，除了貼近他們的存在處境

---

73 參見顏崑陽，〈用詩，是一種社會文化行為模式——建構「中國詩用學」初論〉，頁293-295。

來理解作品；我也採取作為原發言者與受言者之外，有別一般「泛化讀者」，站在事件情境發生當下「在場證明」的位置，而回到自己的存在處境，以我對兩人性格、交誼的主觀理解來詮釋作品中的「隱性意向」。

如此一來，選擇研究自己熟悉的當代古典文學創作者，除了有直接面向作者創作、生命情境的機會，補足作者「離境」之後某些「隱性意向」難解的困擾；在解碼的過程中，我也得以站在不同的位置，重新面對自己與至親的關係，而獲致全新的理解。此刻，本文對作為當代古典文學研究者的「我」，以及作為女兒、乾女兒的「我」，這些不同的存在處境，都已形成彼此交融的意義；也許正如酬贈詩具有人與人之間中介性符號形式的功能，這樣的研究也成為我與同為當代古典文學研究者的父親，以及逝去的乾爹之間，一種互文性的「情境共定」吧！

附錄
在時間的這一岸寫詩給你：訪顏崑陽與張夢機交往、酬贈詩作經歷

受 訪 者：顏崑陽教授，淡江大學中文系教授，東華大學中文系榮譽教授
訪 問 者：顏訥，清華大學博士生
訪談時間：2015年3月29日

顏訥：

您在擊缽聯吟大會結識張夢機後，是在什麼機緣下與張夢機進一步熟識，最後成為莫逆之交？

顏崑陽：

1967年，我剛從高中畢業，考完大學聯考的暑假，參加「中國詩經研究會」所舉辦的全國聯吟大會；場地在舊的台北市議會，也就是現今台北市忠孝西路與中山南路圓環交界處。當時，在座都是老先生，唯獨最後一排坐了一位年輕人，胖胖壯壯黑黑，理個平頭，很像「情治人員」。上前攀談，才驚訝的發現他就是張夢機。高中的時候，我就已經在張仁青編著的《歷代駢文選》上，讀過張夢機題的詩。我們一見如故，相談甚歡。張夢機當時住在靠近師大，和平東路轉進金山街的一條巷子裡，印象中是105巷25號的一間日式房子。我在聯吟大會之後，就經常去找他，談詩論詞。那時，我住在三重市，要找張夢機的時候都是騎腳踏車，至少要四、五十分鐘。不知道為什麼，我和張夢機非常投緣，經常窩在他家談天說地，有時候談得太晚，就在他的蝸居打地鋪過夜。我們就這樣成為莫逆之交。

顏訥：

〈剪燈唱酬集〉的寫作背景是您於1968年考上師大國文系後，在學校與張夢機等其他學長頻繁來往，並且經常留宿在張夢機家時期所作。能否請您談談當時與張夢機和其他學長交往的過程？你們是否經常群聚討論詩作、詩觀，而彼此切磋、批評？

顏崑陽：

1967年，我從師大附中畢業，考試並不順利，只考到淡江中文系。可是，家裡窮，

無法擔負私立大學的高學費，便沒有去讀。1968年重考，考上師大國文系，正好張夢機也重考進入師大國文研究所碩士班，我們在師大經常碰面來往。張夢機當時已經從金山街搬到和平東路，安東市場附近的巷子裡，與朋友分租公寓？這裡又成為我的窩腳處。我們作完詩都會給對方看，有一陣子就作了〈剪燈唱酬集〉。〈剪燈唱酬集〉最開始，是我寫了一首〈已酉冬過雙紅豆館與夢機夜話後奉寄〉贈給張夢機；張夢機書齋的名字，最早叫「雙紅豆館」，後來改成「師橘堂」，病後搬到安坑才改為「藥樓」。〈已酉冬過雙紅豆館與夢機夜話後奉寄〉便是我在張夢機那兒夜話之後所作。張夢機回了我〈崑陽夜過有詩寄答二首〉，這就是詩人之間的「酬贈」。〈剪燈唱酬集〉比較有趣的地方就在，張夢機寄答的二首詩中第一首是次韻我先前贈給他的那一首原作，第二首則是他的新作。我酬答他的時候，就作了〈再酬夢機二首〉，第一首同樣次韻而作，第二首也是新作。就這樣一來一往，一共四酬，這有創體之功啊。

後來，還有〈續剪燈唱酬集〉，從詩題〈夢機婚後有詩賡和前韻寄答二首〉即可見出張夢機已經結婚。他和大嫂田素蘭交往的時候，還住在和平東路的公寓裡，婚後搬到新店中華路的巷弄裡。我們的詩興還是很好，陸續完成〈續剪燈唱酬集〉的系列作品。

我進入師大國文系以後，經常來往的不是同班同學，反而是跟張夢機相熟的研究所學長們，包括博士班的黃永武、張仁青、徐芹庭，以及碩士班的曾昭旭混在一起，聽他們談論學問，甚至是師友之間的趣聞。不過，學長們的研究領域並不在詩，其中只有張仁青偶爾會作詩，因此，比較經常談詩、酬贈的對象還是張夢機。

顏訥：

〈剪燈唱酬集〉中的某些作品，表現出兩人離鄉背井的相同經驗，共築出生命的漂浮感，例如〈已酉冬過雙紅豆館與夢機夜話後奉寄〉中「慣作鄉心對雲賦」，表現了兩人同有的鄉愁，而你們的其他詩作，也多夾懷鄉的惆悵感。能否談談在你們的交往中，這種異地生活的思鄉之情，身心無法安頓的相同存在經驗，是否是彼此相知相惜的內在因素之一？而張夢機的故鄉在湖南，因戰亂隨著國民黨遷移到完全陌生的台灣，是永遠無法回去的困境；您則離開貧困而全家從嘉義搬到台北討生活，這兩種生命的不安定感應該還是有差別，是否也表現在兩人的酬贈詩中？

顏崑陽：

張夢機是外省籍，湖南人；我則是本省籍，台灣在地。兩人雖然都是離鄉背井，經驗卻大不相同。張夢機遇上的是亂離的時代，1949年，他才九歲，就與父母隨著國民黨遷台，漂泊的感受肯定比我更深。所以，我一直認為張夢機的漂浮感非常重，九歲離開中國的時候，已經有了鮮明的記憶。他出生在成都，到南京上小學，最後從上海離開，這些童年記憶非常深刻，經常表現在詩作中。張夢機的「故國夢」除了來自童年回憶，

還來自他父親軍人身分的黨國認同。對他來說，中國大陸才是他的故鄉，台灣只是暫時旅居的所在。此外，張夢機念中文系，讀中國書，古典詩詞中書寫的古老中國，變成他夢境中想像的中國，詩性的中國。於是，張夢機一方面懷抱「故國夢」，二方面因為身處中產階級，很少有機會接觸台灣鄉野，在地經驗並不深切，這就使得他對故國的鄉愁在詩歌中頻頻出現。我在〈已酉冬過雙紅豆館與夢機夜話後奉寄〉寫出「慣作鄉心對雲賦，常攜薄酒傍湖拈」的語境，並不是單指我，也同時指張夢機。這種相似的鄉愁經驗，多少使得我們兩人情感有了聯繫。不過，我認為自己與張夢機的交情好，主要並不是因為鄉愁，有時候朋友之間的投契，說不出原因，只覺得性情、觀念、趣味就那麼麻吉。當然，真要說起來，共同對詩的喜愛，那大概是主要的原因之一。我們兩人都喜歡讀古典，也作古典詩，閱讀與創作經驗相同。此外，詩人的審美經驗也相通，我們同時可以體會喝茶的趣味，經常坐在碧潭的碧亭上，配著簡單的茶食，天南地北的聊天，這其實是非常古典詩的趣味。

顏訥：

張夢機生性豪爽，交友廣闊，您曾經在散文中提及「『朋友』在夢機生命中所佔的地位是多麼重要。他生活的趣味主要來自於朋友，而創作的動力也主要來自於朋友。」正因如此，也許才使得張夢機持續產出為數不少，而且品質很高的酬贈詩。您近幾年來的研究關注中國古代，詩作為人際互動關係的一種特殊的符號形式，而非純「藝術」，稱為「詩用學」。張夢機與您的酬贈詩是否就是在這樣的脈絡之下起了作用，表現您們兩人的互動關係，而非為詩而詩，不是那種沒有情感的應酬之作？

顏崑陽：

有關中國文學批評研究，從五四以來，反儒家傳統，因而盲目的反對文學的道德、政治實用，對中國古典詩某些建立在實用經驗的作品，通常價值都被貶低。一方面，是中國在追求現代化的過程，從西方引進美學，特別是朱光潛引介的形式主義、實驗心理學派的美學，例如康德、席勒以及克羅齊、李普斯等，把美視為「背實用」的純粹直覺，一旦實用就不美，美就不實用，因而產生「純文學」、「純詩」的觀念，主導近百年來對中國詩歌的詮釋。因此，我們逐漸忽略古人從不關起門來，只為作詩而作詩。詩是古人生活中的一種語言形式，文人之間來往，大部分是以詩作為一種媒介。所以，離開詩歌在中國古代文人社會互動關係的情境來談「純詩」，是完全不了解古人作詩的動機。這些年來，我建立了一套「詩用學」，主張回到中國古代詩人的歷史語境，詩歌不能脫離「用」而抽象的虛談本體。我歸納中國古代「詩用」的產品，可分為三種類型：一、「諷化」，用詩來作美善諷喻，或者教化百姓。學者反對詩歌的實用性，一般指的就是這種；二、詩人之間情意來往，稱為「通感」或「感通」；三、期應，也就是文人對

人有所求，希望得到回應。例如孟浩然希望張九齡能夠提攜他，便作了一首〈望洞庭湖贈張丞相〉，非常有名。因此，我認為學者應該回到中國古典詩歌的歷史語境，去了解古人如何用詩歌作為一種語言形式媒介，彼此之間相互通感，甚至期應。這種情況正如同現代朋友之間打電話、傳簡訊互相問候；所以，把詩歌放進古代的社會情境來理解，會比較貼切。我和張夢機之間的來往，彼此的關懷，或有事想請對方幫忙，經常用詩歌作為互通的語言形式，對我們而言，都是真情實感之作，並非應酬。

古人酬贈詩非常多，我們翻開杜甫、李白、元稹、白居易、蘇軾、黃庭堅等人的詩集，朋友之間往來的酬贈詩幾乎快佔一半以上，沒有對象性的純詩反而不是那麼多。這些酬贈詩並不都是壞詩，當然也不都是好詩，應該從個別的作品來看，兩人之間是否真情實感，而非只是應酬，這樣大概就會是好詩。

顏訥：

我了解，酬贈詩是古代文士階層作為人際互動關係的一種特殊符號形式；但是，面對身處現代的古典詩創作者，或多或少接觸了西方「純藝術」的美學觀念，而人的存在處境與交往模式也有很大的改變，若以您和張夢機為例，能否請您談談學者應該如何看待現代的古典詩人所創作的酬贈詩？

顏崑陽：

這個問題不論古今皆然。研究古人的酬贈詩有它的基本原則，研究現代人的酬贈詩也同樣有它的基本原則，就是「真情實感」。酬贈詩的「酬」字容易被用成通俗意義：應酬。其實，古人的「酬」並不指酒席上的虛應故事，「酬」其實是與「贈」相對，也就是「答」、「回報」的意思。你送我一首詩，我回報你一首詩，即為「酬」，並不是通俗義的虛假應酬，酬贈詩也可稱為「贈答詩」。贈答詩出現得早，指的是一個詩人為了要向另一個詩人表達感情，不論是思念或者感謝，甚至用比興寄託忠告善道之意。對方接到詩以後，了解作者的意思，也回應一首，這是人際關係溝通的韻文形式媒介，真正的特質應該是建立在人與人之間的情感。若無真實情感，只是文字遊戲，或是逢迎諂媚對方，就不是好詩。因此，酬贈詩不論古今，從內容來談，必須是一種有真情實感的作品，接著再看它的語言形式、修辭技巧經營得好不好。本來評價任何文學作品，也都是這種原則，為文以造情的詩，不論哪一種詩，都可能不是好詩。

因此，作詩一定是感物而動，緣情而發，再用好的語言形式技巧妥善表達，就是好詩。現代的古典詩人已經是小眾，即使是小眾的古典詩人之間相互來往所作的酬贈詩，評價標準也是相同，包括酬贈詩本質上的情感內容，以及語言形式的表現。我們現在研究古典詩，經常會有一種誤解，就是用文類定優劣。酬贈詩、山水詩、田園詩都是題材類型，我們會說山水詩、田園詩是好詩，因為田園、山水本身就很美，詩人在風光明媚

之中的感覺一定非常純粹，寫出來的作品當然很美、很純粹。如此一來，就犯了用文類來評價作品優劣的錯誤；評斷作品好壞，絕對不能夠以「類」作為基準，一概而論。每一種類型的詩歌都有好作品，也有壞作品，應該針對個別作品來談，一篇作品寫得好，與它是什麼類型無關。因此，不要一竿子打翻酬贈詩，認為它們全都是壞詩，還是應該回到作品本身，個別看待。

顏訥：

孫吉志在〈1949年來臺古典詩人對古典詩發展的憂慮與倡導〉中，討論1949年後來台古典詩人對保存與推廣古典詩創作的努力，大多是透過組織詩社、發行詩刊，或者編輯雜誌報刊的古典詩專欄等方法實踐，張夢機也被列入這一批詩人群中，關懷古典詩如何在現代社會中安身立命的問題。請問您是否曾經與張夢機組詩社或發行詩刊？詩社是否標舉某些詩觀，或對古典詩創作有共同的關懷？其中，有沒有酬贈詩是在這樣的背景下產生的？

顏崑陽：

我的大學時代是1961幾年，研究所延續到七○、八○年代，在那個時代的確還有許多老輩的古典詩人相當優秀。當時，報紙是詩刊所依託的一個園地，主要是《大華晚報》的副刊有一小塊「古典詩租借地」，專欄名為「瀛海同聲」，版面大約可刊登十來首短詩，主編是江絜生先生。另外，還有《民族晚報》的「南雅」專欄，主編是吳萬谷先生，這兩位前輩詩人與我和張夢機都熟識，張夢機年輕時甚至得到吳萬谷先生的指導，我的詞也受過江絜生先生的指導。除此之外，《自立晚報》有「自立詩壇」，《新生報》也有「新生詩壇」，都是一小塊園地可以供我們投稿。雜誌的部分，也有出版一些詩刊，例如《鯤南詩苑》、《中華詩苑》，都是台灣民間詩社所經營。我與張夢機除了向詩刊、報紙詩壇投稿之外，張夢機有一陣子擔任師大國文研究所主持的雜誌《學粹》的主編，我則擔任編輯協助他，也利用這個機會，在《學粹》開出古典詩專欄。我們並沒有獨立發行詩刊，都是有些特殊機緣，與報刊雜誌合作。

不過，我與張夢機倒是結過詩社。有一個以外省籍詩人為主的「中華詩學研究所」，由文化大學張其昀發起、創立，成員很多是黨國大老，年紀較大的外省籍詩人。張夢機是年輕一輩代表性的詩人，很受老一輩詩人的賞識。因此，由張夢機領軍，組織大專青年諸社，舉辦聯吟大會。我和陳文華兩人自然成為張夢機的左右手，協助辦理活動，對把古典詩推展到年輕人的創作、閱讀，也頗有功勞。我們自己組的詩社是「停雲詩社」，主要以師大教授，年紀較大的汪中老師，以及雖沒有在師大任教，但也是非常有名的詩人羅尚，還有王熙元、張夢機、婁良樂、陳新雄、黃永武、尤信雄、杜松柏、沈秋雄等十來人。停雲詩社維持了好幾年，我們固定一個月聚會一次，輪流作東餐敘，

出題目讓大家作詩。通常是上一次聚會出的題目，這一次聚會就要交出作品，互相切磋。我的詩集中其實有好幾首詩是在這種情況下生產的。不過，當時我們並沒有從理論上標舉某種詩觀，大部分還是就創作實踐交換意見、彼此切磋。其中，出題的方向有時可能剛好朋友間實際發生的某件事，就以這件事為題，例如我的詩集中七言古詩〈與停雲諸社友送西堂學長赴韓國講學〉，寫的就是我的學長尤信雄，號西堂，要到韓國講學。社友們就把這件事當作題目來共同作詩，帶著酬贈詩的意義。此外，詩集中有一首五言古詩〈方圜雅集有作呈停雲社諸詞長〉，就以詩社雅集的氣氛為題所作，贈與社友。所以，酬贈詩也會在這樣的背景下產生，好朋友歡聚，心中有所感受而作，是非常自然的事情。

顏訥：

1991年，張夢機突然中風，原本相當健談、活潑的人，病後卻只剩右手勉強可以寫字，語言神經受損，無法流利表達想法。這一種靈魂受困在軀體內的劇變，對張夢機的性格與創作有沒有影響？您們二人的來往狀況是否因此改變？〈曉坐偶書寄懷崑陽〉這首詩說：「授業多君來舍下，隆情古道恐難酬」，是說您在他病後協助他上課的狀況嗎？

顏崑陽：

張夢機的個性非常開闊曠達，某種程度來說，總是帶著妥協性，對人妥協，也可能對命運妥協，中風當然也是命。中風後既然已是半廢之人，有些人可能承受不了，最後自殺了結生命，或者每天鬧脾氣；有些人則比較看得開，願意向命運妥協，順著眼前半殘廢的生活，盡量過得有點趣味，張夢機就是這樣的人。當然，比起病前可以自由走動而言，中風是靈魂受困在軀體內的狀態，張夢機的性格並沒有因病而改變，但是對創作的影響倒是很大很深的。若說他的病對我們的情感有什麼改變的話，那應該是變得比以前更密切，關懷得更落實。以前張夢機還健康的時候，並不太需要我去關懷他、幫助他，兩個人可以相約在碧潭邊喝茶聊天，海闊天空，朋友之間的真實情感反而不太看得出來；碰到他生病的時候、落難，我對夢機的情感就必須更落實在日常生活中對他的照顧，例如，他生病以後，經濟上一定會出現困難，本來住在台北市建國路，與曾朝旭對門而居，房價當然高，賣掉可存一些現金。另外，他還想到自己住在那間房子的期間，父親與太太接連過世，若還繼續住在那裡，只會引起他的傷感。因此，我便替他四處在郊區尋覓新家，考慮到張夢機在新店住過一段時間，有地緣關係，最後在安坑玫瑰中國城找到一間不錯的房子，替他安頓好。這種生活上的照顧，朋友間只有在他落難的時候才能這樣做。

張夢機病後情緒肯定不好，因此我經常炒一些菜，帶著全家過去陪他用餐、聊天。我甚至在他病假期滿，必須復職開始上課的時候，協助他上課，做他的「高級助教」。

張夢機是個得到學生敬愛的老師，許多人在中大開課都開不成，他的課即使開在安坑家裡，也有許多學生遠從中壢、台北市來上課。一開始，張夢機的語言復健還不是很理想，口齒並不十分清楚，無法持續講太久，卻又必須上課。所以，我請他把講義編好，開始上課時，由張夢機先講授十來分鐘的綱要，接著由我替他闡述細部，讓同學提出問題，由我來回答，並與學生一起討論，或者他在旁邊聽了想回答，也會加以補充。這樣的情況持續了一個學年，讓他慢慢把語言、體力復健回來。當時卻還有同事跑到調查局的中壢調查站，告發我利益輸送，幸而院長蔡信發將實際狀況說明清楚，調查員聽完之後大笑，驚訝世間竟然有這種人。事情就這樣落幕。

除了我以外，其他的友人也對他多有照顧，例如曾昭旭協助他管帳，蔡信發則替他與醫院接洽醫療的事。張夢機過去對人非常好，使得這些朋友也都在病後紛紛幫助他。「授業多君來舍下，隆情古道恐難酬」，指的是我協助他上課的情況。張夢機病後寫給我的酬贈詩，就經常表現出對我給他幫助的感激之情。相較起來，早期我們的酬贈詩就比較掛空、想像、浪漫、唯美，很少著落在現實生活。

張夢機的病對他的創作有著極大的影響，他連站到陽台上看看遠山都很困難，作品的內容自然集中到以下幾個主題：一、抒發親友來訪的情味，酬贈詩在他病後數量更大，其中有許多好詩。二、描寫風景，基本上是想像的情況較多，實境較少，因為生病在家中，聽覺經驗恐怕比視覺經驗更多。三、追憶過去，夢機病後經常追憶過去與朋友學生在碧潭喝茶談天的情景。兩岸開放之後，他去過幾趟中國，所以追憶過往的中國旅遊經驗，也成為主要的詩才。由過去只是童年亂離經驗、詩詞想像的故國，變成旅遊的故國。四、政治關懷，即使生病，張夢機仍舊關懷台灣的政治情況，以及兩岸關係發展。這是古代知識分子都有的精神。當然，他對政治環境的了解幾乎是來自電視新聞，例如紅衫軍包圍總統府的事件，或者颱風、水災等自然災害，都成為他創作的主題。

除了主題改變之外，張夢機病後作詩的語言也不如早期用典較多，又講究格律，轉而回到生活，語言平淡自然，並不過度錘鍊。

顏訥：

1994年，您舉家搬到花蓮，與張夢機應該無法和以前一樣經常見面。然而，此時您們的酬贈詩反而增加，是否因為分隔兩地，又考慮張夢機的健康狀況，兩人並不經常用電話交談，更遑論電子通訊軟體尚未普及，詩作為聯繫情感的媒介，其作用反而較以往任何一個時刻更為重要？

顏崑陽：

這個觀察是正確的。張夢機中風後兩年，我們都還住在新店，離他家比較近，可以經常探視他，協助他上課。可是，1994年搬到花蓮以後，就沒辦法這樣經常見面，他講

話不清楚，並且很費力，打電話也不是很方便。所以，夢機打電話給我，通常都是某首詩的典故他懶得去查，或者手邊沒有工具書，就打電話問我，我若記得的話就馬上告訴他，不記得的話也會立刻替他考查，只是這種情況也不多。因此，作詩就成為我們兩人聯繫情感很重要的媒介。妳應該有發現，張夢機病後寫給我的詩，比我寫給他的詩還多，當然，他病後在家中比較有時間作詩，量非常大，有時候想起我，就寫一首詩寄過來。如果我有空，就會寫了回他；如果忙，也就比較沒有空回詩給他。不過，比較起來，他病後我們兩人酬贈詩的數量真的比以前多，朋友情誼也比較落實在生活中。

所以，中國文人以詩相贈答真的是很重要的溝通方式，一旦朋友兩地相隔，彼此的懷想之情要如何表達？詩是一個最好的方式。況且，用詩來表達，與打一通電話用口語表達完全不同。用口語表達雖然直接、明白，對不作詩的人而言，是最適合的方式；可是，對詩人而言，打一通電話，問候兩句，與寫一首詩傳達思念之情，對方接到以後必須經過閱讀、想像、體會，這兩種方式是不一樣的感受與經驗。用電話講，了無餘味，不需要低徊想像；然而，詩是意象的語言，哪怕是彼此相熟的朋友，接到一首詩，也必須經過意象的體會、想像來理解。夢機過世前一、兩年，我作的一首〈戊子清明已過風雨如晦因思夢機近多憂世之篇北向而望爰有此作〉，我在花蓮，張夢機在台北新店，清明剛過，每天都還下雨颱風。夢機作完詩通常都會請看護劉敏華女士手抄，或者他自己歪歪斜斜抄好，分寄給陳文華、曾昭旭以及我等詩友；那陣子，我經常接到他的憂世之詩，透露出他對對台灣社會紛擾感到萬分憂慮，內心無限感慨，想到一個病重坐在輪椅上的人，還透過電視掛心社會，因此北向而望，作了這首詩贈他。這樣的感情，打電話怎麼表達呢？這是詩的感覺，而非物質生活的瑣事，因此用詩來表現，不可能打個電話就算了。那首詩是這樣的：「已過清明冷未春，山風海雨亂花辰。高樓北向失群雁，疊嶂東陲思故人。可惜詩家逢此世，何如賈道托浮身！野雲恐是知天意，橫臥無言自屈伸。」我自認這首詩作得很好，要表達以上題目所表達的意義，真的也只能用詩來表達，透過詩的意象表達我對張夢機的思念，也對張夢機關懷時代家國有同感，這種比較深層的情感，只能透過詩的意象來表達。夢機接到這首詩，就能透過對它的閱讀，產生很多低徊、想像、體會之處。特別是「可惜詩家逢此世」，詩人真的生不逢時，若生在重視詩歌的唐代，詩人便有社會地位，可惜生在現代，作一個賺大錢，能左右政治的商人，也許還比作詩人活得更得意吧！可是，這個時代就是如此，即使慨嘆又能如何呢？不如看透吧！暗示夢機放開心懷，就像那知道「天意如此」的「野雲」，就無言的「橫臥自屈伸」吧！這種詩已經把我們兩人的友情，以及對時代家國之情融合在一起，情感之複雜，沒辦法透過電話去談。

顏訥：

張夢機在您搬到花蓮後，贈與您的詩大部分都會提及花蓮的山容海色，張夢機在病前曾到過花蓮嗎？抑或那是對花蓮的想像？

顏崑陽：

早年西部的人對花蓮的想像，就是一個比香港還更遙遠的地方。張夢機大部分活動空間都是在西部，花東絕少涉足；不過，他曾經因為我的關係而到訪花蓮一次。當時，我們還沒搬到花蓮，張夢機也還沒有生病，由我開車載著他、陳文華以及朱建民夫婦一起到花蓮，就住在鳳林山下「太古巢農園」，妳外婆的家裡。白天則開車到處遊玩。因此，張夢機對花蓮有一定的印象。

不過，詩歌也多有想像，除了這樣一段花蓮記憶之外，他寫到花蓮的景象大部分都還是虛構。

顏訥：

張夢機贈友人詩中，病前有與您和陳文華在碧潭邊品茗，病後又經常回憶過去與您們泛舟、飲酒於碧潭上。您也有〈甲寅七月既望與夢機文華雄祥碧潭泛飲〉一詩，〈雨夜憶往改作〉寫的是同一件事嗎？此外，您還有一首〈夢機置第於碧潭之濱為賦一律〉，能否談談碧潭這個地景對你們的意義？

顏崑陽：

我的詩〈甲寅七月既望與夢機文華雄祥碧潭泛飲〉，是描寫甲寅年七月十六日與張夢機、陳文華、蔡雄祥從碧潭附近海鮮餐廳炒了幾個菜，打了一桶生啤酒帶到碧潭，租了一艘有棚子的船，夜遊碧潭的情景。我們在船上喝酒聊天，非常舒暢。這種美感就是古典詩的美感，而這段記憶對我們四個人都非常深刻，回家以後每個人都為此寫詩，因此，張夢機〈雨夜憶往改作〉應該是改寫他的原作。我對那一次經驗有兩點印象非常深刻：首先，那種情景真的非常像蘇東坡與黃山谷等人在赤壁泛舟，寫下〈前赤壁賦〉：「壬戌之秋，七月既望，蘇子與客泛舟遊於赤壁之下。清風徐來，水波不興」的感覺。此外，前一天是七月十五日，中元普渡節。這一天是一六日的夜晚，正好有人在碧潭上租了一條船，替溺死者作法事，從青潭上游開始放水燈祈福。小小的水燈就一盞一盞浮在水面上，一路往下游飄去，情景非常奇特。張夢機〈雨夜憶往改作〉第五句「水燈遠憶浮蓮座」就是寫這個景象。

若讀我與張夢機的詩作，的確會發現許多寫碧潭的作品。碧潭這個地景對於我們幾個友人而言，以及在夢機病前經常來找他談詩的學生，如渡也、李瑞騰、李正治、龔鵬程等，都意義重大。張夢機有一段時間住在連接北新路的新生街上，我們家則是在北新路另一邊的檳榔路。許多學生常聚在他家中，一來就是七、八個。張夢機也特別喜歡這種熱鬧的感覺，有時候在家中悶著，就吆喝學生們一同到碧潭談天。碧潭靠安坑那一岸的懸崖上剛好有一個天然平台，設了一個叫「碧亭」的茶座，張夢機就帶著學生到那兒

喝茶，天南地北的閒扯。坐在那裡，可以俯瞰整個碧潭，瞧見一對對的情侶正在潭上划船，對面則能眺望低矮的山頭，景色怡人。因此，碧潭這個地景對張夢機和我而言，是能夠連結到過往許多年的生活經驗，與人際交往的記憶，幾乎都是在碧潭發生，因此我們都好些與碧潭有關的詩。即使到張夢機病後搬到安坑，離碧潭也不遠，雖然自己無法到碧潭舊地重遊，記憶卻能經常連結到那兒。或者，他偶爾會坐著別人的車到耕莘醫院就醫，一定會經過碧潭橋，往下看就是碧潭，往另一側看則是當初坐過的碧亭，都會連結到他的記憶。若談張夢機的「在地情」，絕大部分都連結到他在碧潭的生活經驗，這是詩的記憶，也就是所謂的雅文化，文人生活美學，屬於「詩性的在地」。

顏訥：

病後張夢機所作之〈鷓鴣天〉詞提到「愛河春與壽山秋，如流歲月都重沂，猶恐前塵一醉休。」是否指早年您們到高師大上課的過往？

顏崑陽：

〈鷓鴣天〉是我從花蓮到台北去看他的時候，夢機所寫的詞，其中追憶往事「尋好夢，記雄洲」，就是回憶在高雄的種種往事。我在1980年，博士班三年級的時候，學科考試通過，按教育部規定，已經能在大學專任。當時，我的老師林耀曾剛好從師大借調到高雄師範學院（後來才改制為大學）當國文系主任，他找我到高師的國文系教書。當時，我剛新婚，一聽到高雄，就覺得實在太遠了，因而被老師臭罵一頓，提到曾昭旭、張夢機等人都已經跑了好幾年，我想想也對，便接受老師的邀約，與張夢機、曾昭旭、何淑貞從台北一起到高師上課。通常都是由我負責在新店的台灣客運車站買國光號車票，早上八點從台北西站上車，十二點半到高師附近的和平路口下車，在松柏飯店吃個飯，就開始上課。下課後，有時候就四個人一起在高雄玩玩，學生們都覺得這個組合很有趣，剛好三男一女，就稱我們為「三劍客與瑪麗安」。那段日子雖然南北奔波，卻也非常快樂，對張夢機而言，已經成為他「在地情」中很重要的一段。

就是這些經驗，使得我與張夢機的友情並非那麼空泛，除了詩歌往來的情感，還有同事間南征北討的革命情誼，以及病後我協助他上課的那段歲月。此外，我新婚後住在檳榔路，還沒專任之前，以兼任講師一小時九十元的鐘點費，騎著摩托車跑了好幾個學校，才有辦法勉強維持房屋貸款與家計，非常窮困。可是，鐘點費只領十一個月，暑假沒有錢，有時不免斷糧，只要我向夢機開口，他都會二話不說，慷慨解囊，甚至要我不用還。我們兩人的友情，就是建立在這些經歷上，並非只是空泛的關係。

「相濡以沫」與「相忘江湖」
——論張夢機「酬贈詩」的詩用學意義

胡詩專*

摘要

　　古典詩可以是超越生活實用的純粹審美，也可以是文人落實於社會文化生活情境的語言行為方式；古代文人以詩歌相互酬贈，彼此往還，實乃普遍的社會行為現象。五四以降，學界對中國古典詩的批評，向來都主觀聚焦在「純粹性審美」之視域，而成為主流性的詮釋取向。從這一詮釋取向觀之，自古眾多文人彼此往還的「酬贈詩」，其文學價值幾乎都受到貶斥。

　　中國古典詩歌除了「純粹審美」之外，是否可以轉向而另從不同的詮釋視域來探討？顏崑陽教授提出「用詩，是一種社會文化行為模式」的詮釋視域，而建構了「中國詩用學」理論，為中國古典詩歌的詮釋開拓另一種「詮釋社會學」的路徑。本論文擬以張夢機的「酬贈詩」為對象，試以「中國詩用學」為理論基礎，進行意義的詮釋。

　　張夢機為當代臺灣古典詩壇之俊才，乃學院派詩人之巨擘。其交遊廣及各階層，平生最喜親朋、師生往來，山色茗煙，敞懷高談；故其「酬贈詩」甚多，佳構者既含超越生活實用之純粹審美，又能落實於生活，以詩歌做為社會互動，人際往還之語言方式，往往真情相契，非虛意應酬；此中可見人際豈僅「相濡以沫」而已，更有「相忘江湖」之境界。本論文以張夢機「酬贈詩」為對象，正可印證中國古典詩歌，在「純粹審美」之外，另有「社會文化功能性」的詮釋視域。

關鍵詞：張夢機、酬贈詩、詩用學、社會文化行為、詮釋社會學

---

* 暨南國際大學中國語文學系碩士班。

一　前言

張夢機（1941-2010）為當代臺灣古典詩壇之俊才，乃學院派詩人之巨擘。其交遊廣及各階層，平生最喜親朋、師生往來，山色茗煙，敞懷高談；故其「酬贈詩」甚多，佳構者既含超越生活實用之純粹審美，又能落實於生活，以詩歌做為社會互動，人際往還之語言方式，往往真情相契，非虛意應酬；此中可見人際豈僅「相濡以沫」而已，更有「相忘江湖」之境界。

古典詩不只是超越生活實用的純粹審美，也可以是文人落實於社會文化生活情境的語言行為方式；古代文人以詩歌相互酬贈，彼此往還，實乃普遍的社會行為現象。五四以降，學界對中國古典詩的批評，向來都主觀聚焦在「純粹性審美」之視域，以「藝術性向」為主流性的詮釋取向。僅從這一詮釋取向觀之，自古眾多文人彼此往還的「酬贈詩」，其文學價值幾乎都受到貶斥。

然則，中國古典詩歌除了「純粹審美」之外，是否可以轉向而另從不同的詮釋視域來探討？在彼此往還的酬贈類體詩當中，其「藝術性向」與「社會性向」[1]是否可能截然二分？顏崑陽教授提出「用詩，是一種社會文化行為模式」[2]的詮釋視域，而建構了「中國詩用學」理論，為中國古典詩歌的詮釋開拓另一種「詮釋社會學」的路徑。

本論文擬以張夢機的「酬贈詩」為對象，試以「中國詩用學」為理論基礎，進行意義的詮釋，藉以釐清張夢機此類詩作，或僅有社會性向的酬酢，或有些看似相濡以沫的生活酬酢，但其實是一「相忘江湖」的生命交會。印證中國古典詩歌，在「純粹審美」之外，另有「社會文化功能性」的詮釋視域。

二　「酬贈」涵義分析

此節著重在重新詮釋「酬」之本義，意圖摒除一般世俗認為酬贈詩（贈答詩）只具有負面、及社交利益的應酬功能觀念，將酬贈詩片面的理解為是為了和某一人達到社會交往目的，認為詩作是有目的性、功利性、且徒具形式，在內容方面根本不具有真情實感，其功能僅只是強調滿足個人的需求，因此認為酬贈詩完全沒有價值可言。其實，這樣的片面理解，其源可朔至西晉時代：

1　詳參顏崑陽：〈論「文類體裁」的「藝術性向」與「社會性向」及其「雙向成體」的關係〉，《清華學報》新三十五卷第二期（2005年12月），頁295-330。
2　顏崑陽：〈用詩，是一種社會文化行為模式──建構「中國詩用學」初論〉，《淡江中文學報》第18期（2008年6月），頁279-302。

由於崇尚清遠，自然激情不顯；由於追求文雅，自然詞藻典麗。甚至於，為了力求以典雅辭藻突顯自己及所欲表彰之對象的文德與文采（荐舉），即使作出誇大違心之言，亦所不惜。再者，延賓納士者既屬「其主不文」，對文士們又未能傾心相待，於是，由此而形成的「精英團體」中，便不免為虛矯浮華之習氣所瀰漫，其以贈答詩作為「象徵符號」而開展出的「儀式行為」，也就難免徒具形式，成為引發「禮云」、「樂云」之嘆的具文了。[3]

在當時的社會文化背景之下，「詩」是古代「精英團體」中往來互動的一種符號，為了表現自己，故「贈人以言」常有誇大的違心之論的現象，只有詩的形式，內文空洞不切實，因此，部分酬贈詩就演變成一徒具形式、虛情甚至矯情的應酬作品了。又，晚清新知識分子及五四新文化運動以來，以「純詩的美學」為詮釋取向，主張「反儒家尚用的文學觀」[4]所呈現出的貶抑現象。晚清新知識分子為追求現代化，將古今文章體裁以「藝術性」與「實用性」或「純文學」與「雜文學」二類型為概括分類基域，實用性文類並不藝術，不尚用的文章堪能稱為美文。這種二元的論述框架本身就彼此矛盾，且隱含著自我解構之因素，關於這方面的論述，顏崑陽〈論「文類體裁」的「藝術性向」與「社會性向」及其「雙向成體」的關係〉一文中，討論甚詳。由以上論述，可知酬贈詩被貶低，是有其歷史因素的。故本節試以還原「酬」字本來的描述義，以正一般的負面評價義。

「應酬」者，應用交際、應用酬酢；是生活上來往交際酬酢且反覆發生一種「文化行為」模式。所謂「文化行為」是一「反覆發生」、具有「規則化」、且必須建立在社會的「習得」（經過學習而所得且成為傳統）。「反覆」是構成模式化的必要條件，一次性或偶然性皆不足以稱為「模式」。「反覆」可有以下三種情況，一為多數人經常的反覆。例如：在華人世界裡，吃飯是用筷子，西方是以刀叉為主，如此行為是多數人經常反覆的。二，一個人一生執行此行為只一次，但有多數人在反覆。例如：結婚儀式。第三種情況：只具特殊身分的人才有的行為，其他人沒有，但是它代代反覆成為一種文化。例如：國君帝王的登基或加冕典禮。[5]

「應酬」本是一中性的詞彙，但是一般所認知的「應酬」，大都是帶有功利色彩的負面義，此類來往是有目的的，例如，下對上的交往，是要取得對自己有利的關係，而能讓身分水漲船高，如清朝袁枚，許多人不惜送銀子給他，希望自己的作品能獲得品評，而袁枚也會在詩話裡稍微提點幾句，如此「應酬」之語僅只是互利。酬贈詩是古代

3　梅家玲：《漢魏六朝文學新論：擬代與贈答篇》臺北市：里仁出版社，頁246。

4　顏崑陽：〈用詩，是一種社會文化行為模式——建構「中國詩用學」初論〉，頁281。

5　有關「文化行為」，參見美國菲利普·巴格比（F·Bagby）：《文化——歷史的投影》（臺北：谷風出版社，1988年），頁82-106。

文人用來交往應酬的詩歌，或為贈給親人、朋友的作品，若偶一為之，真情流露，還不失其加佳構之屬，倘千篇一律，為之氾濫，不免會被認定多少具有此企圖。

酬，本義是勸酒《說文》：「酬，獻醻，主人進客也。」《詩・小雅・楚茨》：「獻醻交錯。」《箋》：「始主人酌賓為獻，賓既酌主人，主人又自飲酌賓曰醻。」酬，應對也。《易・繫辭上》：「是故可與酬酢。」如沈約〈與范述曾論齊竟陵王賦書〉：「仰酬睿旨，微表寸長。」《爾雅・釋詁》：「酬，報也。」是故，「酬」的本義即應對、報答。以「酬」為領屬性加詞，而有「酬和」、「酬寄」、「酬唱」、「酬謝」、「酬贈」等組合式合義複詞。在此，酬即是應、答之意。「酬和」，作詩文以應答也，《晉書・劉琨傳》：「盧諶素無奇略，以常詞酬和。」；「酬寄」，作詩文以寄贈也，元稹〈白氏長慶集序〉：「是後各佐江通，復相酬寄。」；「酬唱」，以詩詞互相酬答也，《宋史・宋湜傳》：「與种放、魏野遊，多篇什酬唱。」是友朋之間情感交流的相互來往唱和；「酬謝」答謝，是為表達自己的感謝而贈予對方的詩。因此「酬贈」，即贈答。古人以詩交友，以詩言志，藉著詩作，或表達感受與思念之情，或明其情志，或作詩酬答。是詩歌往來中，接受別人寄贈作品後，以作品答謝之「回應」的一方。如何遜〈酬范記室云〉：「林密戶稍陰，草滋階欲暗。風光蕊上輕，日色花中亂。相思不獨歡，佇立空為嘆。清談莫共理，繁文徒可玩。高唱子自輕，繼音予可憚。」這是一首酬答友人的詩。友人名叫范雲，官職是記室。范雲賞識何遜才華，二人結忘年之交，相互贈答之詩頗多，這是其中之一首。陶弘景〈詩以答〉（〈詔問山中何所有賦詩以答〉）：「山中何所有？嶺上多白雲。只可自怡悅，不堪持寄君。」是一首五言古詩。齊高帝招賢納士，廣邀文人，得知陶弘景博學多才，隱居茅山，於是頒詔相問：「山中何所有？」詩人呈上這一首短小玄虛的答詩。若視此詩為答覆君主之作，其前一聯中一問一答，頗有畢恭畢敬的態度，但後一聯卻一嘆一憾，不無故弄玄虛的刁鑽口吻。柳宗元〈酬曹侍御過象縣見寄〉：「破額山前碧玉流，騷人遙駐木蘭舟。春風無限瀟湘意，欲採蘋花不自由。」亦有此相似之意。

三　「相濡以沫」與「相忘江湖」

「相濡以沫」一詞，語出《莊子・大宗師》：「泉涸，魚相與處於陸，相呴以溼，相濡以沫。」窮魚相處於陸，沒有水，坐困愁城，即將被乾死掉，故用口水滋潤對方，讓彼此可能活命的一種關懷。但在《莊子》的語境中，是一種動盪不安的社會情境下，人與人之間呈顯出彼此厲害與共的現實關係，而造成這關係的，是大環境的不完滿，好似乾涸的江湖，人為了活存，只好相濡以沫，猶似「患難中的真情」，但其基礎點是在「患難」的環境之中，才顯出的「真情」，這並非莊子的理想世界。相反地，其理想是「相忘江湖」的安定環境，如無邊無際的江湖，水源豐沛，沒有互相殘殺、傾軋、個體之間也不需要利害與共。「相忘乎江湖」語出《莊子・大宗師》：「孔子曰：『魚相忘乎江

湖，人相忘乎道術』。」魚沒有水，不能活命，且魚活在水裡，未曾有水給予的壓迫感，是完全融入在水中。此種超越情境的「相忘江湖」，最能呼應出生命情懷的最高理想。本文試圖以「相濡以沫」與「相忘江湖」由其原意，轉入且分析酬贈詩的兩種意涵，論證張夢機酬贈詩作，在「相忘江湖」中，可看出他們「相濡以沫」的慰藉；從「相濡以沫」中，可以看出「相忘江湖」的高遠。歸結「相濡以沫」與「相忘江湖」是一體的兩面，不可斷裂為上、下，亦非二元之對立。

四 張夢機酬贈詩類型及其詩用學意涵

（一）張夢機酬贈詩類型分析

身為詩人的張夢機，創作時間甚早，從小在母親啟發下，對詩的聲韻與意象，即有相當的認知。高中時期，在父執輩詩人鄒滌暄的教導，奠定了古典詩的基礎，對他而言，詩是與生俱來的生命情愫，一經開鑿，一發不可遏抑，成為一生最純粹也最渾然的體現。大學時期，受當代名詩人李漁叔教授薰陶，又得吳萬谷，江絜生等名家的點化，詩藝大為精進，卓然有成，深得眾人讚賞。當時，臺北詩壇亦頗為活絡，一時名家輩出，羅尚、汪中、陳新雄、黃永武、杜松柏、尤信雄、沈秋雄、陳文華、文幸福、顏崑陽等詩人、學者，皆為雅好吟詠且能詩者，張夢機時與諸俊彥相與唱和，籌組結為「停雲詩社」，從此活動頻繁，以致詩藝更加圓熟，詩名更加顯耀。

出道甚早，交遊廣闊，創作不斷，為此，張夢機的詩作構成他生活中重要成分，從最初的《師橘堂詩》、《西鄉詩稿》、晚年自行編定的《夢機詩選》到《藥樓近詩》等，前後共出版了十一種詩、文集，內容兼容並包，理論創作並俱，已儼然成為華人古典詩界之典範。

今以張夢機生前親自所選編之《夢機詩選》為例，探討其酬贈詩之類型及其詩用學意涵，主要動機有二：其一，此選集為以詩繫年，從一九六三年（大四）到二○○一年，橫跨三十九年間，會其諸集，取菁抉華而成，共有474題625首，應可做為代表性。其二，張夢機對創作要求極為嚴謹，唯其個性使然，對於以詩做為酬贈，不免亦流於尋常，尤其病後重新創作，傷逝懷人、唱酬之詠，更是多而顯見，故而，經沉潛後大幅刪篩過濾之作，自有其特別意義，更能從中窺見張夢機情感的淳真自然一面。

做為詩文化行為模式的酬贈詩，誠然是詩人文化生活的一部分，或基於情感交流，或本於禮尚往來，或遵行社會禮儀活動，詩的表達都是一種相當重要的媒介，它都關涉到贈者與受者之間的疏密關係，甚或社會活動的參與程度，故而，酬贈詩對詩人來說，既是生活中不可或缺的社會文化模式，也是具有相當程度的文化性功用。從酬贈詩中，當可發現作者自我與人際之間的情意表達，和其所要達到的行為目標。準此，我們試圖從《夢機詩選》略作類型分析，以進一步探討其所涉及的詩用學意涵。

　　據《夢機詩選》所收詩目，共有474題625首，其中酬贈詩194題275首，佔全詩44%，不可謂不多，這跟時代背景和創作風氣當然有其必然關係，與作者的生命情性也有密不可分的成分。臺灣古典詩，自有清一代沈文光等人先後傳入並發揚，奠定了相當基礎，日治時期，臺灣古典詩社從北到南，多達上百家，擊缽詩、詩鐘更是蔚為風氣，因此，臺灣古典詩人酬贈詩，已是一種普遍的詩式社會文化行為模式。張夢機年少接觸古典詩，參加了各種詩活動和詩社，當然熟悉此一社會文化行為的內涵，其酬贈詩的大量書寫，自是風氣使然，更與做為一個「性成命定」的詩人性格，亦有莫大的關係。張夢機亦詩亦俠的浪漫，無友不知己的率真，型朔成一特殊的詩人氣質，海內外詩人爭相結交，與之唱和，吟詠酬贈之作，比例之高，也是張夢機詩的一大特色。

　　此類酬贈詩，依「贈」、「答」、「酬唱」三類檢視。

　　「贈」詩可分為：1賦贈、2贈內、3題贈、4壽詩、5哀挽詩等五種。此類贈的內容，大部分為作者對師友，學生，詩友和太太的贈詩，從贈詩的對象而言，有師長輩，如吳萬谷、李漁叔、成惕軒、林尹、汪中、黃錦鋐、李猷、龔嘉英、龍冠軍、伏嘉謨……等，都是張夢機詩學上亦師亦友的長輩，對其詩學的指導，皆有一定程度的啟發和影響。而其中佔居多的同儕友朋，如黃永武、李殿魁、陳新雄、陳文華、沈秋雄、曾昭旭、王邦雄、蔡信發、顏崑陽、江聰平、徐芹庭、史墨卿……等，為張夢機學生時代或大學任教時期的同窗、同事，皆中文系所出身，並於各大學中文系所任教，或為文史俊秀，或為詩學碩彥，相濡以沫之餘，更以相忘江湖相期。古典文學外，張夢機對現代文學並不陌生，也能收兼容並蓄之功，與現代詩壇的詩人如瘂弦、洛夫、商禽、張默、梅新、辛鬱等人，時有往來並建立了深厚的情誼，這裡也收錄了幾首此類的贈詩。田素蘭與張夢機先後為大學國文所學長妹關係，先後在大學任教，集中收贈內詩兩首，哀詩兩首，為數雖不多，鶼鰈情深，哀婉動人，字字可見。張夢機出道甚早，學生輩人才繼出，或在大學教書，本身也是名作家、詩人者，如渡也、龔鵬程、李正治、李瑞騰、簡錦松、張曼娟、初安民、吳榮富……等，多不可數，對後輩關懷殷殷，提攜獎掖，大有平生風義兼師友之襟懷。古典詩壇詩友，如羅尚、莊幼岳、林正三、林恭祖……等，其中羅尚同是拜李漁叔門下同門詩兄，亦為當代古典詩大家，莊幼岳與其父莊太岳同為臺灣名詩人。至於壽詩、哀挽詩數量最少，前者只有四首，分別寫給林尹、汪中、黃錦鋐等業師和曾母康太夫人祝嘏詩。哀挽詩九首，七首為哀悼李漁叔、于大成等師友教授，另兩首為悼亡。

　　「答」詩可分為：1賦答（奉答）、2次韻奉和兩種；此類詩的內容，均為對贈詩者的答詩。賦答或奉答，皆純係就其內容作回應，區別在於，賦答是作者主觀意願居多，奉答則是依贈詩者的主觀期待而不得不然。而次韻奉和，更有贈詩者主觀意願的要求，不但對其內容有所回應，進一步更對其形式，亦即押韻有所步趨。通常前一種，對象以平輩居多，後兩種，以輩份較長者為之。

酬唱類，雖名為酬唱，卻一反其慣例，不似尋常應酬唱和之作，反而是最為知契交好相濡以沫、相忘江湖的詩為心聲之作。觀察《夢機詩選》或其他詩集所作，只有六題十四首，以羅尚、顏崑陽居多，其中以〈與顏崑陽翥燈賡吟〉九首數量為最，此詩為張夢機、顏崑陽年青時所作，原在臺灣師大國文系所刊物《文風》所發表，後收錄在《師橘堂詩集》集。此類詩，都為同題賡咏、或為同題繼作、拈韻撰作。顯現出酬者與唱者之間的意向所在。

觀以上分析：可知，張夢機詩才早具，交遊廣闊，其酬贈詩數量當然不少。但與之相互酬贈的對象，皆屬於單純的師友關係居多，詩壇上的詩友反而居次，有之，亦以輩份較長者為夥，可說是對張夢機詩賞識的忘年之交。其次，就內容來言，不論賦贈或奉答或酬唱，其性質、對象雖各有不同，但其詩不外乎以情為主，或抒其情、寫其志、雜其咏、賡其唱，皆能發深情於物外，寓其理於情中。張夢機平生所好唐人者唯李義山、杜甫、王維三人，其詩亦頗有此三人之遺風，雖酬贈之作亦然。酬贈之作，固屬詩人文化活動的模式，但亦不離藝術才情的深蘊；雖是一般生活社交的展現，也有著生命情懷的相呼相應。以下就針對張夢機酬贈詩的詩用學意涵，分別探討。

（二）張夢機酬贈詩的詩用學意涵

1 師友間贈答：自我與倫理、學界間的相應

贈詩

贈詩類二例，呈漁叔師一首，贈昭旭二首。李漁叔為張夢機於臺灣師大國文所詩學暨論文《近體詩發凡》指導教授，曾昭旭為師大國文所先後期同學，又於高雄師院、中央大學兩度同事，是張夢機最敬重與親近的朋友，從這兩題詩作內容中，可以看出張夢機與其恩師和摯友間的倫常互動關係。

例一、碧潭篇用高青邱中秋翫月韻呈漁叔師

> 遙岑螺髻堆天藍，平潭落景沉浮嵐。高雲不動雁聲遠，秋魂一縷容吾探。屬車載筆夢久絕，愛此苔髮青鬖鬖。潮平水寨月愈白，鷁首賡歌清氣涵。即事有足悅心目，盈虧彈指何須參。淨杯雲腴堪小摘，圓輝快攫供饕貪。涼蟾下飲忽墮水，玉璧真覺潭心嵌。歸來晚潮抱兩袖，吟寂時復聲喃喃。圍燈縹帙香似海，搜討權作書中蟫。優曇才隨秋夢了，還期詩佛相同龕。緇幽冷趣摒塵俗，精舍新榜師橘庵。嘗聞屈子美嘉橘，天命不遷殊杞枏。爾來二千六百載，哀郢誰復臨江潭。飛濤瀛外催畫角，黃旗未舉天東南。吳楓楚蟹每繫念，抽絲到死同春蠶。草檄欲浣青州硯，駱丞才調嗟多慙。平生拜手任俠士，輕肥裘馬非所耽。頗向花室悟微

旨，每於墨堂耽雅譚。壓楂茶釀添水厄，促箭宵寒遲擘柑。公詩秀爭玲瓏月，炎州細算無兩三。致仕幽閒重內守，空銜客淚千愁含。記從龍門至碣石，冰河荒渡馳戎驂。垂老金鰲懷歸遠，聞筎葐屋思不堪。十年絳帳感殊遇，黃州句法差能諳。何意騰驤青雲道，迂疏況我非奇男。泊盧碧潭飲淥淨，蔗霜秫粉飛清甘。鷗泛荻渚隨玉笛，騰攜逸氣追徐戡。會將犀甲靖六合，樺燭盟水窮幽覃。侍飲嶽麓對湘澧，半巖花雨分餘酣。洗甌為公淪殘月，風柳娟曙搖氃氋。[6]

這首七古，展現張夢機做為詩人的才氣與學術之殊凡。詩用明代高青邱中秋翫月韻，原作氣韻高古，頗受詩家讚賞，歷來不乏用其韻而作，清人范伯子、陳散原以降，即有曾克耑、張默君、李漁叔、羅尚、等人曾多次和過。張夢機此詩亦然，也有步其詩李漁叔〈臺員篇〉之意在。全詩句法嚴整凝鍊，敘述流轉酣暢，渾然呵成，其想像超絕，翻出新意，尤不在其師之下。詩從碧潭遊寫起，次敘師橘堂命名緣由，再述師承花延年經過及墨堂李漁叔師生平，總結接緒師門之心願。張夢機的詩與字，出自李漁叔又能自有一格，對於墨堂師橘堂的師承自許，此詩可窺大半矣。

　　例二、浩園漫題贈昭旭二首

　　　　庭外清風至，樓前驟雨收。頻來馴雀熟，閒坐懶雲浮。掬水知才秀，拈花憶興幽。君看小池鯉，隨遇自優游。
　　　　歲月消磨地，中庭十數弓。玫瑰香入袖，海芋寂搖風。好夢迷同蝶，舊蹤都似蓬。思君如槭葉，一稔一回紅。[7]

這兩首五律，題為〈浩園漫題〉，浩園即新店玫瑰中國城張夢機居所。一個「漫」字，即道盡了閒適愜意的心情。第一首，前四句寫景，亦寓情之句。「清風至」、「驟雨收」，寫實兼雙關，意即良朋猶清風吹來，心情似驟雨暫歇；更因友頻來所以鳥雀熟，而我鎮日獨坐猶懶雲漂浮；寫出兩人互動之喜悅。後四句抒情、亦寫實。「掬水」、「拈花」分別化用唐詩、佛經典故，末兩句融莊子〈秋水〉濠梁之辯典故，亦讚詠老友，亦巧妙點出二人情感之殊。

　　第二首，手法與第一首相同。先借景抒情，更進一步發遭遇之慨。前四句，寫病後居玫瑰中國城，浩園雖美，深居僻處，歲月消磨；後四句，「好夢迷同蝶，舊蹤都似蓬。」寄身世之傷感，「思君如槭葉，一稔一回紅。」寫懷人之情深。

　　此五律兩首，雖為酬贈之作，但就贈者而言，既傷病後困居，已不復當年之勝；故借老友來訪之「事件情境」[8]，將心中無限深慨「以詩喻志」，寫諸詩句成「比興符

6　張夢機：《夢機詩選》，（高雄市：宏文館圖書出版，2009年10月），頁51-52。

7　張夢機：《夢機詩選》，頁225。

8　「事件情境」是當時發生並且處在「現在進行式」的動態中，一旦「離境」而未做記述，便告流失。參見顏崑陽：〈用詩，是一種社會文化行為模式——建構「中國詩用學」初論〉，頁293-294。

碼」。相對受贈者彼方，能夠聞詩而會其意。可歸為「詩行為模式」之「感通」[9]類。

答詩

例一、冬夜與聰平論詩別後有詩見貽奉答（四首）

半椀茶香雋談舌，一天雨氣助空濛。論詩偶及寒江雪，冷憶孤舟簑笠翁。
坐黑芸窗燈破夜，吟殘簷月霧淹門。可能乞酒充詩力，好逗餘香入句溫。
邂逅時相擁鼻吟，滄浪漁笛夢同沉。憐君新得文通筆，才寫流離已不禁。
環堵蕭然甑有塵，焚烟一縷即微雲。年時冷抱誰能領，除却松篁便是君。[10]

此七絕四首為奉答，亦為論詩、敘情之作。張夢機與江聰平早年同在高雄師範學院國文系所任教，兩人耽好吟詠，教學之餘，常約茗敘，以詩酬贈。此即茗敘論詩之贈答。此詩一題四詠，章法一如。前半寫景，為贈答者發生之「事件情境」，詩人通過雙方共同約定之「情境共定」[11]，借贈詩者「隱性意向」（hidden intention）[12]所傳達的「主觀情志」[13]，而做出回應。如此，一來一往，以詩之「比興符碼」喻示情志，亦屬「詩行為模式」之「感通」類。

例二、龔稼老寄示桐花詩依韻奉和

穀雨繁花遍壑開，散如柳絮白如梅。偶然仙女遺紗去，怪底天公抹雪來。論誼疑斟陳釀出，吟詩似喚秀桐陪。炎洲休更嗟長綠，嶺上銀光亦美哉。[14]

龔嘉英為昔日詩壇大老之一，同為中華詩學研究所同仁，張夢機與之頻相來往，互有酬贈，此為龔稼老寄示桐花詩依韻奉答之作。桐花為臺灣早期經濟植物，廣植全臺山區，清明前後，滿樹花開，如雪覆蓋，散落時，遍地紛紛如雪降，常為詩人吟詠謳歌之題材。此詩前四句詠桐花，後四句借桐花抒情；「炎洲休更嗟長綠，嶺上銀光亦美哉。」借題發揮，亦是對龔稼老之寬慰語。此一「隱性意向」（hidden intention）所繫的「主

---

9 「感通」行為發生於個體交往場域中，彼此感發、溝通內在的情志。參見顏崑陽：〈用詩，是一種社會文化行為模式──建構「中國詩用學」初論〉，頁291。

10 張夢機：《夢機詩選》，頁46。

11 在「互動」行為發生當時，必經雙方的共同定義，稱之為「情境共定」。參見顏崑陽：〈用詩，是一種社會文化行為模式──建構「中國詩用學」初論〉，頁293-294。

12 「隱性意向」是隱涵於「象徵表達式」的語言中，非直接概念化地表述。詳參顏崑陽：〈論先秦「詩社會文化行為」所展現的「詮釋範型」意義〉，《東華人文學報》第八期（2006年1月），頁63。

13 即「作者用意」、「作者本意」。參見顏崑陽：〈論詩歌文化中「託喻」觀念〉，收錄於《魏晉南北朝文學與思想研討會論文集（第三輯）》，臺北市：文津出版社，1997年，頁219-220。

14 張夢機：《夢機詩選》，頁243。

觀表達」，係針對原寄詩者這一「特指讀者」[15]而言。故此一答詩，亦可歸為「詩行為模式」之「感通」類。

以上例舉師友之贈詩，可以看出張夢機對其師友的倫常，是非常重視且出於真性情的。從李漁叔對其知遇，張夢機對其執禮之恭，可知張夢機粗獷豪邁的性格，也有溫文篤厚的一面。從詩中所敘之情境與表達之意向看，用詩固然是社會文化行為模式之一，但就學術與倫常而言，也必然是人我情感的投射與相應。

2 親屬間贈答：自我與親情、家族間的相許

贈詩

例一、高雄寄內

> 樓外涼吹雨萬絲，燈如紅豆最相思。無窮幽緒供清夜，都在鯤南獨臥時。[16]

此為張夢機任教高雄時，懷想其妻田素蘭所作。張夢機少有寫家人之詩，集中只選兩首寄（贈）內詩、兩首哀悼內詩，詩雖不多，詞語婉約，情意深邈，唯見其鶼鰈情深，詩頗有李義山〈夜雨寄北〉況味。首句「樓外涼吹雨萬絲」雨絲者，乃雨夜相思也，二句借「燈如紅豆」此意象寫相思情深，此為「事件情境」所引觸之點；三、四句「無窮幽緒」、「都在獨臥」，乃針對「事件情境」之發言者而言。作者透過此一情境的傳達，以詩喻志之意向，十分清楚，亦屬「感通」一類。

例二、中秋與素蘭樓隅翫月

> 萬轂空城欲暝天，已聞塵漲到谿邊。良宵初恐雲陰誤，明月終為天下懸。一餉弦望曾不豫，九圍風鶴忽垂憐。經時哀樂能生憶，雙照虛帷共損眠。[17]

此為中秋與妻樓隅翫月詩，從詩題即可知，此為雙方都在「事件情境」中，詩人借此「共同情境」，傳達「隱性意向」之感物傷情。前四句寫眼前望月，「良宵初恐雲陰誤，明月終為天下懸。」借物抒情，亦寫實亦雙關，轉折之間，大有烏雲盡散，光明重見之喜。後四句為回憶語，「經時哀樂能生憶，雙照虛帷共損眠。」句，與老杜「何時倚虛幌，雙照淚痕乾。」有異曲同工之妙，同是眼前望月，老杜懷想來日重聚，張夢機則回憶往日不得相聚，一是從想望而情生，一是從回憶而感慨。

---

15 「特指讀者」是文本「在境」的「原定受言者」，他是在動態性的「事件情境」中，發言者抱持特定的「隱性意向」所針對的讀者。參見顏崑陽：〈用詩，是一種社會文化行為模式──建構「中國詩用學」初論〉，頁293。

16 張夢機：《夢機詩選》，頁84。

17 張夢機：《夢機詩選》，頁100。

答詩

例一、西歐行代家兄作

搏扶銀翼遠飛歐，德法經天作壯游。異邦都邑恣觀覽，次第古蹟溯千秋。岸邊城郭盛容飾，萊茵河水明如拭。旋馳急軫過科隆，春風官道同弦直。金粉花都託客蹤，三宿桑下愛戀濃。塞納夜舫羅浮畫，柔情古意盈其中。紅磨坊裏只取藝，肉林酒池得真諦。香榭大道當斜暉，咖啡氣馥搖空際。茲游快意冠平生，清暇何曾虛此行。他山有石足為錯，可能磨礪壯蓬瀛。[18]

這首七古是擬代體，題目清楚標示為代家兄作，描寫的是西歐旅行所見。不論張夢機是否同行，透過如此的題目，所傳達的總是再一層的情境轉述。詩中描繪了西歐幾個有名的景點，也不忘借他山之石可以攻錯，做為惕勵。寫景，猶如親歷其境；描情，又彷似家兄親說。張夢機此詩雖題為代家兄作，此一代字恐或多餘，兄弟血溶於水之情，借用詩之表達，已全然於是乎在矣。

張夢機寫給家人的詩，為數不多，只有寫給妻子田素蘭少數幾首而已。然不論是贈詩或是哀悼詩，不寫則已，一寫則哀婉悱惻，神韻邈然，令人讀之低迴不已。代家兄作也是如此，雖為代作，寫景抒情，渾然相融，透過如此的詩用表達，既是社會文化行為的模式，也是自我與親情、家族間的深層期許。

3 詩友間贈答：自我與文化、社會間的相融

贈詩

例一、奉贈龍冠軍將軍

杏林喜晤老將軍，往事叢殘約略聞。飲馬大河曾戍月，沉烽危嶺舊眠雲。病懷尚抱澄清志，詞筆猶工錦繡文。試檢神方憐小聚，任渠塵夢亂紛紛。[19]

龍冠軍曾為自立晚報古典詩主編，張夢機常親近接受指導。這首七律，句句就龍冠軍將軍而寫，前四句寫其軍旅生涯，後四句述其襟懷詞筆。「飲馬大河曾戍月，沉烽危嶺舊眠雲。」氣勢雄渾，語多沉鬱。「病懷尚抱澄清志，詞筆猶工錦繡文。」老驥伏櫪，筆詞猶健。「任渠塵夢亂紛紛」寬慰作結。此詩非但如實反映出龍冠軍允文允武的身分，透過這樣的「事件情境」，也深刻傳達了彼此間忘年莫逆之交的一段情誼。

---

18 張夢機：《夢機詩選》，頁163。
19 張夢機：《夢機詩選》，頁119。

例二、戒庵過話

> 淹街眾綠撲簾旌，高屐相過額手迎。氣壓千巖禮韓愈，詩分三品話鍾嶸。嗤人陋識猶搜句，羨子滄溟早掣鯨。餘歲安排同已定，沏茶賡詠薄功名。[20]

羅尚四川宜賓人，宜賓古名戎州，故以戎庵為號，禮湖南湘潭李漁叔學詩，與張夢機同出師門。同住臺北新店，往來頻繁，集中酬贈詩為數最多，亦最為交好。此詩前半，表現出故人來訪的欣喜；後半則對戒庵多所讚譽。「氣壓千巖禮韓愈，詩分三品話鍾嶸。」所談無非詩文，頗有夫子自道之言外之意；「嗤人陋識猶搜句，羨子滄溟早掣鯨。」譽戒庵詩成就大大超越一般詩人，以「餘歲安排同已定，沏茶賡詠薄功名。」做為雙結，寫戒庵也寫自己。戒庵向來淡泊名利，而自己壯年遭遇重疾，似早有定數，功名已薄，故曰「同」。這首贈詩，作者借通過「過話」的「事件情境」，沏茶賡詠的「儀式行為」[21]，將人我之間的「相即相融」，巧妙的以用詩這一模式表達。

答詩

例一、次均答戎庵

> 雲心故遣雨徘徊，携酒端因問字來。搖冷燈深娟夜氣，回甘茶暖潤春盃。欣從微旨通禪味，忽覺高吟噤蠻才。食粥歸來還洗鉢，解黏一竅謝君開。[22]

戎庵才高，嫻熟各類詩體，吐語不俗，意境深遠，洵為一代詩家，酬唱之餘，更相與論詩談藝為樂。此為張夢機向戎庵問詩所作，前半寫相訪問詩緣由，後半謝戎庵一解困疑。「欣從微旨通禪味，忽覺高吟噤蠻才。」讚戎庵詩才高妙，大有與君一席話，勝讀萬卷書之慨。「食粥歸來還洗鉢，解黏一竅謝君開。」參詩如參禪，相契唯一心，亦如佛家開悟取證，迷時黏皮帶骨，悟時豁然一解。二人雖為同門之誼，論詩則不論輩分深淺，道之所存，師之所存。作者透過事件情境，表達了二人在詩學的相激相盪，贈者一番氣象，答者亦一番氣象，雖為酬答，也從兩人特殊的情感中，也透露出藝術不可言詮的微妙。

例二、某書詢近況賦呈代簡

> 閒居懶慢困於家，除卻賡吟好啜茶。邀竹呼椰歸筆底，裁雲借靄作生涯。繁花與病爭相發，明月兼愁靜不譁。聞說小兒多怨結，上庠負笈路嫌賒。[23]

---

20 張夢機：《夢機詩選》，頁208。
21 有關「儀式行為」，參見亞伯納柯恩（Abner Cohen）：《權力結構與符號象徵》臺北：金楓出版社，1987年，頁3-13。
22 張夢機：《夢機詩選》，頁44。
23 張夢機：《夢機詩選》，頁238。

這首七律，從題目已透露出信息。一某字一呈字，可知所作必為長者也。雖答卻又是問，故答語委婉，問亦如是。前四句，就近況作答；看似輕鬆悠然；後半寫己兼寫人，「繁花與病爭相發，明月兼愁靜不譁。」橫空飛來，想像絕妙，將一己之病況愁苦，輕輕撩撥，既慰所問，更自解嘲。「聞說小兒多怨結，上庠負笈路嫌賒。」語似輕鬆，實為無比深沉，「聞說」二字，說得全然無關緊要，正是欲言又止，想來彼此關係非比尋常，故看似淡然之語，實為無限關懷之情。

例三：次韻奉答正三詞兄見贈四首

> 欲寫溪山媿爐章，多慚楮墨負文房。沉吟惟許茶為伴，日暖初傳裊裊香。
>
> 裁章少日務新奇，自謂才如馬不羈。直到中年了沉鬱，始尊一部杜陵詩。
>
> 頑痾已近十春秋，早向郊坰購此樓。養拙生涯歸落寞，披書賡詠弭千憂。
>
> 照海繁櫻遠在天，臨軒烹字一欣然。細吟尊作如唐句，骨重神遙識汝賢。

此詩作於2001年，時張夢機已病將近十年，故詩中有「頑痾已近十春秋」句。林正三為臺灣古典詩界歷史悠久之臺灣瀛社同仁，於九十四年起曾擔任社長職務，並曾擔任乾坤詩刊古典詩主編，著有《詩學概要》等書。昔日乾坤詩刊社辦理徵詩活動，張夢機、顏崑陽等人受邀擔任評審，因張夢機身體不便，故常邀約於其新店玫瑰中國城住處一起評詩，且時有往來並以詩相酬贈，《夢機詩選》集，共收錄有三題六首，與林正三贈答之詩。今試舉其中〈次韻奉答正三詞兄見贈四首〉為例，略作析論。從詩題可知，必是林正三先有贈詩，張夢機次其韻而酬答，來詩四首，答詩也四首，一往一來，共有八首，惜《夢機詩選》集中所收酬贈詩，皆未能錄對方之詩作，從而少其可以比對參考。張夢機這一組答詩，先說自己雖欲以詩寫閒靜美好之溪山景色，卻愧未能，以謙為起，與末句稱頌林正三相為呼應。二、三首敘詩學經歷，以明前首所言，並非是過度謙虛之應酬語；第二首表明年少不更事，總愛逞才，好新奇詩風，直到中年才解老杜沉鬱詩風，尊崇老杜一人。話雖如此，證諸日後他自己所說，唐人中，最喜愛者唯杜甫、李商隱、王維三人而已，此詩洵不假也。第三首說明近十年養病新店玫瑰中國城浩園之藥樓，披書賡詠只能是消弭千愁百憂而已。這樣的自剖，幾分事實，幾分無奈，字字句句看似尋常，讀之無不泫然。由此可見，張夢機與林正三之間非但不僅是詩社群間的詩友往來酬贈而已，透過詩社的交往，彼此雅好相投，義氣相照，張夢機病中，得之林正三等詩友的情誼，當為不少，這種相知相遇的情懷，不單是相濡以沫的慰藉而已，更有超乎一般俗世間的生命情操所緊緊相繫著。第四首以稱讚林正三詩句高雅，細讀有如唐人之句作結。張夢機自我要求甚高，雖不吝於稱譽於人，要之，總與所稱相符，更不隨意溢美。因之，此詩組，從自剖到稱讚，皆能洽如其實，於酬贈詩中，雖屬社會文化行為模式，然畢竟亦非只有單存酬贈而已，而是透過酬贈詩用的儀式，既表達彼此的相互關照，也激盪著贈與答兩者之間生命的相呼相應。

以上所析，張夢機對詩友酬贈之詩，除就事緣題書寫，更能針對「事件情境」，或「儀式行為」做出適切的「意向」表達。譬如，例舉贈詩第一首，即對龍冠軍戎馬生涯和軍人志節，給予相當的推崇，尤其對龍冠軍的詩人身分，也賦予高度的肯定。身為晚輩的張夢機，對於亦師亦友的龍冠軍，他的態度，是採取旁觀者的手法，將其身分和成就，分別寫出。當然，客觀書寫的背後，更有主觀情感的投射。又如，例舉贈詩第二首、答詩的第一首，同門同屬詩人的戎庵，張夢機對其詩才，更是抱持亦友亦師的情懷。從詩中，在在可以看出，作者與贈答者之間，借著用詩的「儀式行為」，傳達了某種意向的情志感通，也表現出人我與社會、文化的融合。

五　結語──從「相濡以沫」到「相忘江湖」看張夢機酬贈詩的一體兩面

「泉涸，魚相與處於陸，相呴以濕，相濡以沫，不如相忘於江湖。」《莊子·大宗師》泉水乾了，兩條魚一同被擱淺在陸地上，才會互相呼氣、互相吐沫來潤濕對方，才會患難與共一意相守。這樣的情景也許令人感動，但是，這樣的生存環境不是正常的，甚至是無奈的。對於魚來說，這樣的感動遠不如重新游回江河，從此相忘來得悠閒自在。

設若整個社會是江湖，每一個個體就是江湖中的魚，魚和江湖的存在，是偶然也是必然，江湖也好魚也罷，是很難相與切割的。「相濡以沫」難道不會是「相忘江湖」？「相忘江湖」是否也不再有「相濡以沫」的可能？

同理，我們在張夢機詩酬贈中，其詩用的意涵，豈能單純的看作是社會性的酬酢？或毫無生命相即相融的情境？酬酢本是社會互動，人際往還的行為模式或禮儀規範，本非負面之辭，以用詩的方式為表達，不但增添了生活實用的活化，也豐富了社會行為的文化內質。

語言文字不但具表情達意的效能，也可以是生命相期相應的激勵。從詩用的角度觀察，人際交往禮尚往來，可貴者在乎一心，以用詩作為唱和酬答，既符合此一社會行為的禮儀規範，也超越了生活實用之純粹審美。

張夢機為當代傑出古典詩人，任俠豪氣，喜好交游，機伶聰悟，耽於詩辭。往來互動，無不真情流露，故所與結交者，都成莫逆；尤其天才早發，發為詩作，皆能吐語雋秀。羅尚〈題夢機詩集〉讚為「精存關道力，古雅出天然。」誠為定評。張夢機最為人所樂道者，即「純真天然」，其為人如此，詩亦如是。故以詩為酬贈，全是出於真性情，可以是生活相濡以沫的真心關懷，更是生命中相忘江湖的高遠。蓋以詩用的視域詮釋，一贈一答，確是人際往來的禮儀規範，亦是社會文化行為的模式，是生活中如實真心的「相濡以沫」，但也因其出自天然純真，亦渾然超越了生活應用，有了生命情懷的純粹美感。

（六）【詩學與詩法】

張夢機教授〈論詞五絕句〉研究

徐照華*、王素真**

摘要

〈論詞五絕句〉見於張夢機《藥樓詩稿》，雖僅七絕五首，其中分疏歷代詞學之源流，至晚唐五代北宋、南宋，並揭櫫各階段有地位貢獻之關鍵性代表作家，其于詞學發展遞嬗之源流，疏鑿甚清，且超越門戶，不囿流派；份量雖不多，然論述範圍頗具規模，格局相當可觀，且無論是論主張、述源流、評得失等，皆能直探本心、具探驪之見，富金針度人之義，乃夢機先生別起戶牖之論詞佳作。

本論文乃就夢機先生〈論詞五絕句〉加以耙梳，旨在抉其幽微、探其奧賾，以窺其詞學觀點於一斑。各詩分別以「箋註」、「迻義」、「主旨」、「證析」等依次闡發。「箋註」為詳贍扼要之箋證疏解，「迻義」係疏通詩意，使明晰豁達，「主旨」則尋繹精義要旨，「證析」係宛轉引證、深入分析、參伍探討，以明其系統而揭其旨趣。篇末再歸納整理，總攝結論，一在董理其詞學之理論系統，一在洞燭其詞學之審美觀點；庶幾得以一窺夢機先生論詞之微旨，並發皇其論詞之徑路。本論文綜其論詞要點約八：述源流、重創變、尚自然不假雕飾、推崇晚唐五代，並重南宋以為詞學入門之津樑、重本色，崇辛抑蘇、重格律，崇醇雅、提尊詞體、以及不囿流派，超越門戶之見。

關鍵詞：張夢機、論詞絕句、宋詞、花間集

---

* 第一作者暨通訊作者：中興大學中國文學系退休教授。
** 第二作者：彰化師範大學國文系博士生一年級。

一　前言

　　世人但知夢機先生之雅擅吟詠、精於詩學，而不知其亦善乎說詞；生平撰有《詞律探原》、《詞箋》等詞學專書。《詞律探原》為探討詞與樂曲及音律、宮調等問題，並作曲調考源及格律之訂定等。《詞箋》乃擇古今選本所習選者，為某雜誌所撰宋詞欣賞專欄之重加編次、裒集付錄者，其論以抒情之作為多，性質則率以通俗為歸。其他則於〈詞箋零墨〉、〈思齋雜稿〉（二者皆收於《思齋說詩》）及《鷗波詩話》等亦有吉光片羽之作出現。而〈論詞五絕句〉見於《藥樓詩稿》，雖僅七絕五首，然于詞學發展遞嬗之源流，疏鑿甚清，其論兼賅晚唐兩宋，且超越門戶，不囿流派；份量雖不多，然論述的範圍頗具規模，格局相當可觀，且饒探驪之見，具金針度人之義，乃夢機先生別起戶牖之論詞佳作。

　　「論詞絕句」始於清代，在清中後期達到鼎盛，至今仍不斷有人撰述。它不僅是詩歌作品，更是詞學批評，是傳統文學批評中一獨特的形式。蓋以絕句論詞，其辭約意賅，精微朗暢，無論是論主張、述源流、評得失、別正偽等，皆能直探本心、饒富趣味。故本論文乃擬就夢機先生〈論詞五絕句〉加以耙梳，旨在抉其幽微、探其奧賾，以窺其詞學觀點於一斑。各詩將分別以「箋註」、「迻義」、「主旨」、「證析」等依次闡發。「箋註」為詳贍扼要之箋證疏解，「迻義」係疏通詩意，使明晰豁達，「主旨」則尋繹精義要旨，「證析」係宛轉引證、深入分析、參伍探討，以明其系統而揭其旨趣。篇末再歸納整理，總攝結論，一在董理其詞學之理論系統，一在洞燭其詞學之審美觀點；庶幾得以一窺夢機先生論詞之微旨，並發皇其論詞之徑路。

二　張夢機〈論詞五絕句〉分論

詞壇嚆矢出花間，溫韋渾如古器般。菩薩蠻兼女冠子，祇今睥睨在人寰。

【箋註】

嚆矢：

　　響箭，有聲的箭於發射時，先聞其聲，後見箭至。比喻事物之始。

花間：

　　陳匪石《聲執卷下》：「《花間集》，為最古之總集，皆唐五代之詞。輯者後蜀趙崇祚。甄選之旨，蓋擇其詞之尤雅者，不僅為歌唱之資，名之曰詩客曲子詞，蓋有由也。

所錄諸家，與前後蜀不相關者，唐惟溫庭筠、皇甫松。五代惟和凝、張泌、孫光憲。其外十有三人，則非仕於蜀，即生於蜀。當時海內俶擾，蜀以山谷四塞，苟安之餘，絃歌不輟，於此可知。……然唐五代之詞，能存於今，且流傳遠溥，實為此是賴。明人刊本，頗多未經屬亂。清有汲古閣本，四印齋本。民國有雙照樓本、四部叢刊本，皆影刊明以前舊本者。」[1]

丁澎：《正續花間集序》：「樂府清商、相和諸曲，促節繁音，蕩滌心志，緣情綺麗之風，誰其嗣之，不得不奉《花間》為正始，乃篤論也。」[2]

陳振孫：《直齋書錄解題》稱《花間集》為「近世倚聲填詞之祖也」[3]

溫韋：

溫庭筠，太原人，本名岐，字飛卿。唐宣宗大中初，應進士，累試不第。《舊唐書》稱其「苦心硯席，尤長於詩賦。初至京師，人士翕然推重。然士行塵雜，不修邊幅，能逐絃吹之音，為側艷之詞。」溫庭筠工詩，與李商隱並稱溫李，有詩集行世。詞有《握蘭》、《金荃》二集，惜皆不傳，今存六十餘首，散見《花間》、《尊前》諸集。[4]

韋莊，字端己，京兆杜陵人。少孤貧，力學，才敏過人。中年逢黃巢之亂，轉徙江湖之間，足跡遍于江淮南北、三秦巴蜀。年五十九始成進士，唐昭宗以為左補闕，旋應王建聘入蜀，為掌書記。韋莊工詩，清婉深秀，有《浣花集》行世。詞無集名，今存五十餘首，散見《花間》、《尊前》二集。[5]

古器：

納蘭成德〈淥水亭雜識〉：「花間之詞如古玉器，貴重而不適用；宋詞適用而少貴重；李後主兼有其美，更饒烟水迷離之致。」[6]

菩薩蠻兼女冠子：

菩薩蠻，《南部新書》及《杜陽雜編》云：「大中初，女蠻國入貢，危髻金冠，纓絡被體，號菩薩蠻隊。遂製此曲。當時倡優李可及作菩薩蠻隊舞，文士亦往往聲其詞。」大中，迺宣宗紀號也。《北夢瑣言》云：「宣宗愛唱〈菩薩蠻〉詞，令狐相國假溫飛卿新

1 陳匪石撰：《聲執‧卷下》，據唐圭璋《詞話叢編》（北京：中華書局，1986.11（2005.10重印）），頁4953。

2 轉引自李飛躍：〈《花間集》的編輯傳播與新詞體的建構〉，中州學刊第3期，2012年5月。

3 李一氓：《花間集校》（臺北：源流文化，1782），頁224。

4 參見葉嘉瑩《迦陵論詞叢稿》、吳宏一《溫庭筠《菩薩蠻》詞研究》及鄭騫《詞選》。

5 參見鄭騫《詞選》。

6 鄭騫編注：《詞選》（台北：中國文化大學出版，1982），頁234。

撰密進之，戒以勿泄，而遽言於人，由是疏之。」溫詞十四首，載《花間集》，今曲是也。[7]

女冠子，詞品云：「唐詞多緣題所賦，臨江仙則言水仙，女冠子則述道情，……醉公子則詠公子醉也。」[8]

〈菩薩蠻〉兼〈女冠子〉，溫、韋二人皆有詞作。溫詞十四首〈菩薩蠻〉，其中以「小山重疊金明滅，鬢雲欲度香腮雪。懶起畫蛾眉，弄妝梳洗遲。　照花前後鏡，花面交相映。新帖繡羅襦，雙雙金鷓鴣。」為首章，也最為膾炙人口；韋莊〈菩薩蠻〉有五首聯章，其中以「人人盡說江南好，游人只合江南老。春水碧於天，畫船聽雨眠。壚邊人似月，皓腕凝霜雪。未老莫還鄉，還鄉須斷腸。」為首，而〈女冠子〉指「四月十七，正是去年今日，別君時。忍淚佯低面，含羞半斂眉。不知魂已斷，空有夢相隨。除卻天邊月，沒人知。」

祗今睥睨在人寰：

《詞源》：「詞之難於令曲，……末句最當留意，有有餘不盡之意始佳。當以唐《花間集》中韋莊、溫飛卿為則。」[9]

《白雨齋詞話》：「溫、韋創古者也。晏、歐繼溫、韋之後，面目未改，神理全非，異乎溫、韋者也。蘇、辛、周、秦之於溫、韋，貌變而神不變。聲色大開，本原則一。南宋諸名家，大旨亦不悖於溫、韋，而各立門戶，別有千古。」[10]

【迻義】

溫、韋詞作〈菩薩蠻〉及〈女冠子〉，不是一般日常菽粟，而是古代溫潤貴重的玉器，宛若故宮文物，供人觀覽、讚嘆與學習，此強調溫、韋是詞家的開山祖，地位無人能撼動。其後歷代名家雖各有門戶，然皆以之為極軌也。

【主旨】

此篇旨在指出《花間集》的詞學為倚聲填詞之祖，並揭出溫庭筠〈菩薩蠻〉十四首及韋莊〈菩薩蠻〉五首與〈女冠子〉兩首為《花間》之典範。由溫庭筠深美的託物寄情及韋莊清俊感發的直抒胸臆，發展為後世婉約派與豪放派詞風，至今仍淪肌浹髓般地影響著後代詞壇。

7　王灼：《碧雞漫志》，《詞話叢編》冊一，頁113。

8　鄒祇謨：《遠志齋詞衷》，《詞話叢編》冊一，頁648。

9　宋　張炎：《詞源》，《詞話叢編》冊一，頁265。

10　陳廷焯：《白雨齋詞話》，《詞話叢編》冊四，頁3965。

【證析】

　　詞始於唐而盛於宋，唐末五代約一世紀的詞，為趙崇祚於後蜀廣政三年（公元940年）編纂成《花間集》，而成為倚聲填詞之祖。即便二十世紀初（光緒二十年），敦煌石室發現現存最早之唐詞抄本集子的《雲謠集》[11]，仍無損《花間集》在詞壇的嚆矢地位。事實上，《花間集》影響了人們的詞體觀念，創作方式與評價標準，進而促進了詞體形式的規範與統一，改變了中晚唐以來，以民間詞和伶工詞為代表的舊詞體形態，塑造了五代宋初以文人詞為代表的新的詞體形態，使詞脫離詩曲而最終獨立。[12]並在詞的句法、聲律、形式方面，有了規範性的格律，足為後世創作之法則。就蒐羅數量及作者而言，《花間集》有五百闋詞，十八位文人詞家[13]，而《雲謠集》僅三十三首（或曰三十首），然作者多民間樂工而姓名不可考；在用調方面，《雲謠集》多民間歌辭，而《花間集》的曲調，多來自唐代教坊所製；在描寫技巧方面，《雲謠集》飽富生命力、故事性強、表達方式多為敘述式和戲劇式、有民間說唱的影子，而《花間集》雖也有民間歌辭的主觀直述與口語白描的風格[14]，但多數是文人以其智慧、情感、巧思及其人文環境的薈萃經驗以抒情方式寫成，在遣詞造句上也顯得精湛含蓄，因而表現得更出色精巧。[15]《花間集》於焉成為中國第一部文人詞的合集。比較二者並以簡表明示如下：

俗曲流《雲謠》	雅詞漾《花間》
伶工詞／民間詞	文人詞／士大夫詞
曲／音樂唱本	詞／文字文本
通俗／口頭／格式寬鬆	雅正／文本／格式較嚴謹，穩定而定型
女性的口吻，書寫停留在豔情閨怨，宮體詩的範圍	使用的聲音口吻超過百分之二十是用男性聲音，或不明確、模糊的男女皆可的抒情範式，已建立了男子而使用閨音的傳統抒情範式

11　經學者考定，原名「雲謠集雜曲子」的《雲謠集》，至遲當在「金山天子」與後梁同時，其時均在公元922年之前。見臺灣 wiki　http://www.twwiki.com/wiki/%E3%80%8A%E9%9B%B2%E8%AC%A0%E9%9B%86%E3%80%8B

12　李飛躍：〈《花間集》的編輯傳播與新詞體的建構〉，中州學刊第3期，2012年5月。該文條分縷析，內容豐富，此因篇幅所限，無法一一細述。

13　十八位詞人中，十六人有官職在身，而皇甫松和閻選雖是布衣，但非村野之人，韋莊曾奏請唐昭宗追賜皇甫松進士，而閻選在後蜀也是以小詞供奉後主的「五鬼」之一；晁謙之序中說《花間集》「皆唐末才士長短句」。見李冬紅：《《花間集》接受史論稿》（濟南：齊魯書社，2006），頁61。

14　洪華穗：《《花間集》的主題與感覺》（臺北：文津，1999），頁24-26。

15　有關「文人詞與民間詞在形式上有何不同」的探討，可參考段煉：《詩學的蘊意結構：南宋詞論的跨文化研究》（臺北：秀威資訊科技，2009），頁202-205。

　　《花間集》大部份的作品是配合豔曲而作，歐陽炯在序中透露出編集目的：「則有綺筵公子，繡幌佳人，遞葉葉之花牋，文抽麗錦；舉纖纖之玉指，拍按香檀，不無清絕之辭，用助嬌饒之態」[16]，此一歌詞唱本，是酒席歌筵聚會上的陪襯品，是娛賓佐歡的詞集；並肯定了詞的言情、聲律及「鏤玉雕瓊，擬化工而迴巧；裁花剪葉，奪春豔以爭鮮」媚豔的風調。而《花間》題材又多為男女愛慕相思之情與閨幃的纏綿悱惻，遣詞亦多鏤金錯采、鋪錦列繡，因與「詩言志」、「文以載道」的傳統文學觀相違，而被賦予「詞為小道」的低卑地位，也形成了「詞為豔科」的基調。因此《花間》幾乎成為豔詞的代表，「異紋細豔」[17]、「古豔」[18]等「年年逞豔」[19]，以致於後人常以「香而弱」[20]、「工緻而綺靡」[21]之語評論《花間》，是與詞作中的豔物、豔語和豔情有密切關係。雖然《花間》多為濃麗綺靡的豔詞，但亦頗受評論家的青睞，陸游肯定《花間集》的地位，指出「倚聲者輒簡古可愛」[22]與「長短句獨精巧高麗，後世莫及」。[23]彰顯了詞的獨特性。晁謙之《花間集跋》謂：「皆唐末才士長短句，情真而調逸，思深而言婉」。王士禎《花草蒙拾》謂：「蹙金結繡而無痕跡」。況周頤《蕙風詞話・附錄》：「《花間》至不易學。其蔽也，襲其貌似，其中空空如也。或取前人句中意境而紆折變化之，而雕琢、句勒等蔽出焉。以尖為新，以纖為豔，詞之風格日靡，真意盡漓。……庸詎知花間高絕，即或詞學甚深，頗能闚兩宋堂奧，對於「《花間》猶望塵卻步耶。」[24]更強調《花間》蘊含深婉的風格與高絕的特色，只是常人難以效法，無法企及而已。

　　溫庭筠與韋莊是《花間》詞人中，最具盛名與影響甚鉅的詞家，歷來評者甚眾，雖見仁見智而毀譽相參，但都能精細辨析二人詞風的差異及其獨特性：「從謀篇布局而言，曰溫密實韋疏朗；從描寫手法來講，曰溫隱晦韋顯豁，溫客觀冷靜、韋主觀熱烈；從語言色彩的角度來評，則溫濃豔韋清麗。」[25]溫、韋各有〈菩薩蠻〉及〈女冠子〉的詞作，溫詞以〈菩薩蠻〉為代表，往往以客觀細膩手法描寫女子的生活，因而王國維以「句秀」、「『畫屏金鷓鴣』，飛卿語也，其詞品似之。」形容之，並認為張惠言深文羅

16　歐陽炯〈花間集序〉，見劉揚忠：《唐宋詞流派史》（福建：福建人民出版社，1999），頁74。

17　「花間字法，最著意設色，異紋細豔，非後人纂組所及。如「淚沾紅袖黦」……「畫梁塵黦」、「洞庭波浪颭晴天」，山谷所謂古蕃錦者，其殆是耶。」見清　王士禎：《花草蒙拾》，《詞話叢編》冊一，頁673。

18　「《花間集》所載南唐、西蜀諸人最為古豔。」見清　李調元：《雨村詞話序》，《詞話叢編》冊二，頁1377。

19　諸家評論可參考李冬紅：《《花間集》接受史論稿》（濟南：齊魯書社，2006），頁94-96。

20　明　王世貞：《藝苑卮言》，《詞話叢編》冊一，頁386。

21　清　鄒祇謨：《遠志齋詞衷》，《詞話叢編》冊一，頁661。

22　王國維：《人間詞話》，《詞話叢編》冊五，頁4251。

23　清　沈雄：《古今詞話・詞品上卷》，《詞話叢編》冊一，頁826。

24　徐照華：《屬鶚及其詞學之研究》（高雄：復文圖書出版社，1998），頁135。

25　李冬紅：《《花間集》接受史論稿》（濟南：齊魯書社，2006），頁70。

織，飛卿〈菩薩蠻〉僅是毫無命意寄託的興到之作。而張惠言以「此感士不遇也，篇法彷彿〈長門賦〉，而用節節逆敘。……『照花』四句，〈離騷〉『初服』之意。」[26]以為溫詞極富寓託之意，更以「深美閎約」加以肯定推崇，而陳廷焯以為「飛卿〈菩薩蠻〉十四章，全是變化《楚騷》，古今之極軌也。」更認為溫詞獨絕千古，其〈菩薩蠻〉、〈更漏子〉諸闋，「已臻絕詣，後來無能為繼。」[27]；韋詞亦有〈菩薩蠻〉五章，其中四章「惓惓故國之思，而意婉詞直，一變飛卿面目，然消息正自相通。」、「詞有貌不深而意深者，韋端己〈菩薩蠻〉，馮正中〈蝶戀花〉是也。」[28]可見韋詞情意沉鬱紆曲，而用筆勁切朗暢率直，其《女冠子》更是旖旎浪漫、情感率直而爽朗易曉。

溫、韋在《花間集》中代表後世溫婉與豪放兩種不同風格，一個富麗密而隱，一個清麗疏而顯[29]，各有千秋。周濟曾評曰：「詞有高下之別，有輕重之別，飛卿下語鎮紙，端己揭響入雲，可謂極兩者之能事。」[30]張夢機教授亦云：「溫詞充滿著富貴濃豔的氣息，端己詞則情深語秀。」[31]鄭騫則認為溫、韋兩家作風雖異，但「簡古」則實無二致。因為簡古，始能渾涵包舉而歷久長新，其〈三十家詞選序論〉更能與本詩相發凡：「飛卿託物寄情，端己直抒胸臆；飛卿詞深美，端己詞清俊。後世所謂婉約派，多自溫出；豪放派多自韋出。雖發揚光大，後來居上；而探本尋源，莫能或易。此所以溫韋並稱，為詞家開山祖也。」[32]

國亡揮淚辭宗廟，夫歿寡居同佛龕。詞法重光與清照，淪於手滑始心甘。

【箋註】

國亡揮淚辭宗廟

李煜〈破陣子〉：「四十年來家國，三千里地山河。鳳閣龍樓連霄漢，玉樹瓊枝作煙蘿。幾曾識干戈。　　一旦歸為臣虜，沈腰潘鬢消磨。最是倉皇辭廟日，教坊猶奏別離歌。揮淚[33]對宮娥。」

---

26 清 張惠言：《張惠言論詞》，《詞話叢編》冊二，頁1609。

27 陳廷焯：《白雨齋詞話》，《詞話叢編》冊四，頁3777。

28 陳廷焯：《白雨齋詞話》，《詞話叢編》冊四，頁3779及3918。

29 夏承燾說：「溫庭筠密而隱，韋莊疏而顯。」見朱恒夫 耿湘沅：《新譯花間集》（臺北：三民書局，1998），頁194。

30 清 周濟：《介存齋論詞雜著》，《詞話叢編》冊二，頁1629。

31 張夢機：《詞箋》（臺北：三民書局，1975），頁164。

32 鄭騫：《景午叢編》（臺北：中華書局，1972），頁104。

33 一作「垂淚」。

夫歿寡居同佛龕

佛龕是供奉佛像的小室。此句指李清照夫歿之後，冰清玉潔一心向佛的淡泊的心境。李清照改嫁之事，曾記載於宋代王灼《碧雞漫志》：「趙死，再嫁某氏，訟而離之，晚節流蕩無歸」。明代徐渤始為其「改嫁」說辯誣，之後歷經清代及當代學者的繼續考查辨明，認為「改嫁」之事，純為南宋人誣蔑之辭與傳聞之誤。[34]其實，再適與否，無損於李清照於詞壇的地位。

詞法重光與清照

重光乃指南唐後主李煜，其為中主李璟第六子。宋太祖建隆二年嗣位為南唐國主；亡國，歸宋後，封違命候。宋太宗即位，改封隴國公。居宋二年餘卒，世稱李後主。李煜少穎悟嗜學，工書畫，精音律，能自譜樂府。詞與李璟所作合編為《南唐二主詞》。[35]

李清照，自號易安居士，濟南人。京東提刑李格非之女，建康守趙明誠之妻。自幼即有才藻名，善屬文、工詩，詞亦有名於時。所為詩文皆超俊有奇氣，詞集名《漱玉詞》。[36]

手滑

《中文大辭典》：「慣行其事，難自止也。」《夢溪筆談》：「范希文謂同列曰：『諸公勸人主法外，殺近臣，一時雖快意，他日手滑，雖吾輩未敢保。』」[37]

《大辭典》：「比喻隨意放手去做事。」《資治通鑑・唐紀・唐武宗會昌元年》：「天子年少，新即位，茲事不宜手滑！」[38]

【逐義】

長於女子之手的後宮，處於安逸豪奢的生活，那懂得戰爭為何物？但「一旦」成為臣虜，李煜即陷入無限的痛苦深淵。

李清照與趙明誠皆好文學，雅收金石古玩，而伉儷情深。無奈汴京之陷，南渡時，舊藏盡失，明誠又因疾而亡，因而有人訛傳她改嫁又訟離。其實，李清照在亡夫之後，依然一片冰心一心向佛，未曾改嫁。此二李詞洵為真性情之血淚書寫，且才情之高，為本色詞之典範，學詞者僅須法此二家，直到慣於填詞，隨意之所趨，即想撰寫，難以自止時，即可有所得矣。

---

34 詳細論證資料，參見繆鉞，葉嘉瑩合著《靈谿詞說》（臺北：正中書局，1993），頁349。

35 參考鄭騫：《詞選》（臺北：中國文化大學，1982），頁20。

36 參考鄭騫：《詞選》，王學初《李清照集校註》

37 林尹 高明主編：《中文大辭典》（臺北：中國文化大學出版部，1985，七版），頁411。

38 大辭典編纂委員會：《大辭典》（臺北：三民書局，1985），頁1744。

【主旨】

　　李煜與李清照同遭生命遽變，前者亡國而成為俘虜，後者顛沛流亡又喪偶。二人詞作同樣是逢國破家亡之悲，故以真性情寫出個人家國血淚之痛，開闊了詞的普遍性及概括性，提升了詞的境界與表現手法；李煜使伶工之詞變為士大夫之詞，而李清照指出「詞別是一家」的高瞻理論。兩家同為王國維所謂的「血書」，故其動人也深，學詞從此二李入手；直至放手即想填詞而難以自止時，即可也。

【證析】

　　「後主疏於治國，在詞中猶不失南面王」[39]，歷來佳評如潮，如「高奇無匹」、「超逸絕倫」、「古今絕唱」、「詞中之帝」云云[40]。王國維更以「詞至李後主而眼界始大，感慨遂深，遂變伶工之詞而為士大夫之詞。」[41]推崇李煜在詞的風格流派發展衍變中的樞紐地位。從李煜開始，詞有了新的轉向，由酒席間的娛賓遣興，變為抒發一己的情懷，成為澆灌自我胸中壘塊的藝術創作，具有人類悲苦的普遍性與概括性。

　　李煜是個純粹的感性詞人，對自己的感情不懂得理性的節制，任真自得的抒發自己的深悲極恨。王國維說：「主觀之詩人，不必多閱世。閱世愈淺，則性情愈真。」「生於深宮之中，長於婦人之手」[42]的李後主，其詞作風格可用「不失其赤子之心」加以形容。〈一斛珠〉（繡牀斜憑嬌無奈）、〈菩薩蠻〉（衩襪步香階）、〈玉樓春〉（歸時休放燭花紅）、〈破陣子〉（最是倉皇辭廟日）、〈虞美人〉（問君能有幾多愁）、〈相見歡〉（胭脂淚）、〈清平樂〉（離恨恰如春草），這些詞呈現的雖是後主亡國前後的兩種不同生命經驗，但皆是真性情的作品，卻是其不變的特質。這點，葉嘉瑩評論得十分透徹：「在亡國破家之前，李氏所寫的歌舞宴樂之詞，固然為其純真深摯之感情的一種全心的傾注；在亡國破家之後，李氏所寫的痛悼哀傷之詞，也同樣為其純真深摯之感情的一種全心的傾注。」[43]周濟亦說「李後主詞，如生馬駒，不受控捉。」並打比喻說「毛嬙、西施，天下美婦人也，嚴妝佳，淡妝亦佳，粗服亂頭，不掩國色。飛卿，嚴妝也，端己，淡妝也。後主，則粗服亂頭矣。」[44]可見李煜不假雕飾而用小詞直抒胸臆，[45]寫出自我純真深摯之情感。張夢機教授亦認為李煜在倉惶辭廟的時候，「不揮淚對宗社，而揮淚對宮

39　清　沈雄：《古今詞話》，《詞話叢編》冊一，頁756。

40　劉揚忠：《唐宋詞流派史》（福建人民出版社，1999），頁120。

41　王國維：《人間詞話》（臺北：漢京文化，1980），頁8。

42　王國維：《人間詞話》（臺北：漢京文化，1980），頁9。

43　繆鉞，葉嘉瑩合著《靈谿詞說》（臺北：正中書局，1993），頁89。

44　清　周濟：《介存齋論詞雜著》，《詞話叢編》冊二，頁1633。

45　劉揚忠：《唐宋詞流派史》（福建人民出版社，1999），頁127。

娥，這正是出於他情性之真。」[46]

李煜詞的另一特色，是以自己一個人的慘痛經歷，卻概括了人間悲苦的共相。「後主之詞，真所謂以血書者也。」[47]李煜被俘後的汴京生活，備嚐了人生的大屈辱與大悲愴。發之為詞便沈鬱悱惻、堂廡特大，更兼《花間》、宋詞之美，而更饒烟水迷離之致。[48]如〈浪淘沙〉（簾外雨潺潺）及〈浪淘沙〉（往事只堪哀），後主詞寫的是具有高度概括性的人類普遍共同的感情，其抒寫的感情頗具涵蓋性意義，比道君詞（宋徽宗）較具超越時空的感染力，更易引起千古讀者的共鳴。「然道君不過自道身世之戚，後主則儼有釋迦基督擔荷人類罪惡之意，其大小固不同矣。」[49]「擔荷」，承擔愈大，境界就愈大，如〈浪淘沙〉「別時容易見時難，流水落花春去也，天上人間。」讀後主詞可由其富有感情涵蓋力的詞句中，生發出具體的、各自不同的情感體驗來，正如：佛以一音演說法，眾生隨類各得解。後主以自己的辛酸，道盡人類普遍悲苦精神與經驗，眾人的痛苦皆可在其中得到理解與寄託。

「男中李後主，女中李易安，極是當行本色。」[50]《填詞雜說》並舉二李，認為李清照與李後主的詞作皆極富詞「立意貴新，設色貴雅，構局貴變，言情貴含蓄」[51]的婉約特色。二人雖生不同時，但生命經歷卻十分相似，李煜因南唐滅亡而做了宋室的俘虜；李清照因金人南下，北宋覆亡而成為南渡的流民，慘絕的是其夫又因病不起。因而二人詞作內涵亦相似，且可分為前後兩期，前期風格歡娛、熱情、明快，後期則多為國破家亡之痛，物是人非之感與昔盛今衰之悲，而成為悲愴淒楚之音。

「本朝婦人能文，祇有李易安與魏夫人」、「易安在宋諸媛中，自卓然一家，不在秦七黃九之下。詞無一首不工。」[52]李清照的詞，不論前期〈醉花陰〉（莫道不銷魂）、〈一剪梅〉（一種相思）、〈武陵春〉（風住塵香花已盡）、〈聲聲慢〉（尋尋覓覓）都能曲折盡人意，真情實感地寫出個人幽邈的情意與血淚的悲痛，而〈聲聲慢〉「能以尋常語度入音律」[53]，且「入手連用十四疊字，即已險奇，而收句復又運用兩疊，卻用來妙語天成，毫無堆滯粉飾之迹。張端義《貴耳錄》謂其『乃公孫大娘舞劍手。本朝非無能詞之人，未曾有一下十四疊字者』，其推許並不為過」。[54]張夢機教授在《詞箋》中亦指

46 張夢機：《詞箋》（臺北：三民書局，1975），頁12。

47 王國維：《人間詞話》（臺北：漢京文化，1980），頁9。

48 納蘭成德淥水亭雜識：花間之詞如古玉器，貴重而不適用；宋詞適用而少貴重；李後主兼有其美，
　　而更饒烟水迷離之致。見鄭騫編注：《詞選》（中國文化大學出版，1982），頁234。

49 王國維：《人間詞話》（臺北：漢京文化，1980），頁9。

50 清 沈謙：《填詞雜說》，《詞話叢編》冊一，中華書局，631。

51 清 沈謙：《填詞雜說》，《詞話叢編》冊一，頁635。

52 王學初：《李清照集校註》（臺北：里仁書局，1982），頁323。

53 繆鉞，葉嘉瑩合著《靈谿詞說》（臺北：正中書局，1993），頁345。

54 薛礪若：《宋詞通論》（臺北：臺灣開明書局，1982），頁186。

出，南渡後的易安「一直過著寡居淒苦的生活。這首詞的十四個疊字，表現出她內心的空虛。因此，我們可以說，此十四字之妙，妙在疊字，妙在有層次，妙在能曲盡思婦的愁懷。」[55]〈添字采桑子〉（窗前誰種芭蕉樹）二疊句的「陰滿中庭」與「點滴淒清」以疊句與雙聲疊韻的巧妙使用，音樂性十分傳神。無怪乎王灼推崇備至：「易安居士，……自少年便有詩名，才力華贍，逼近前輩，在士大夫中已不多得。若本朝婦人，當推詞采第一。……作長短句，能曲折盡人意，輕巧尖新，姿態百出。」[56]

〈詞論〉是談詞理論的篇章，李清照在南渡後[57]寫成，便引發非議，胡仔說「易安歷評諸公歌詞，皆摘其短，無一免者。此論未公，吾不憑也。」裴暢說「易安自恃其才，藐視一切，語本不足存。第以一婦人能開此大口，其妄不待言，其狂亦不可及也。」[58]或以為她的詞作與〈詞論〉中提及的「鋪敘、典重、故實」等理論相悖[59]。其實，〈詞論〉的論點非常顯豁，李清照認為詞「別是一家」，詞與詩是不同的，詞是樂府，應該是「聲詩並著」。〈詞論〉除了重視詞的文學性之外，「協音律」的音樂性更是核心論點。

〈詞論〉以闡揚「音樂」的重要性貫串全篇，時代則有二，唐代李八郎因為「能歌」，而由眾人的「不顧」、「皆哂」甚至「有怒」，轉而「咨嗟稱賞」；南唐李氏雖亡國，亦有「哀以思」的音樂。宋代首推柳永，李清照肯定其能「變舊聲作新聲」，能「協音律」而「聲稱於世」；之後張子野等人輩出，可惜只有妙語，未能成為詞壇名家；而學貫天人的晏、歐、蘇，作小歌詞雖是「酌蠡水於大海」的小事，卻因「往往不協音律」，而成為「句讀不葺之詩」；古文名家王介甫、曾子固「若作一小歌詞，則人必絕倒」，顯然是外行不懂音律；最後論及晏叔原、賀方回、秦少游、黃魯直等人是知道詞「別是一家」重視音律的，但卻有「無鋪敘」、「少典重」、「少故實」，甚至是「尚故實，而多疵病」的短處。說明絕妙佳詞應兼具音樂性與文學性，是「聲詩並著」樂府作品。〈詞論〉行文在「人必絕倒」之後，李清照以「乃知別是一家，知之者少。」做歸結，已明確指出詞的獨特處，在「聲」在「能歌」在「音樂性」。

此章揭論：著手撰詞，其法在內容上須有二李之真性情與血書。形式上強調詞須具有音樂性。前者情感自然流露毫不追琢，後者謂須具音樂性與文學性，如此方臻於完美。

---

55 張夢機：《詞箋》（臺北：三民書局，1975），頁88。

56 宋 王灼：《碧雞漫志》，《詞話叢編》冊一，頁88。

57 費秉勛：〈李清照《詞論》的幾個問題再議〉，見濟南市社會科學研究所編：《李清照研究論文選》（上海古籍出版社，1986），頁233。

58 濟南市社會科學研究所編：《李清照研究論文選》（上海古籍出版社，1986），頁254-255。

59 費秉勛：〈李清照《詞論》的幾個問題再議〉，見濟南市社會科學研究所編：《李清照研究論文選》（上海古籍出版社，1986），頁234。

誰向井邊歌柳詞，鋪排長調耐尋思。重吟千古流傳句，多在登高望遠時。

【箋註】

井邊歌柳詞

柳永，字耆卿，福建崇安人。景祐元年（1036）進士，官至屯田員外郎。初名三變，磨勘及格，仁宗以其浮薄罷之，乃更今名。葉夢得《避暑錄話》：「永為舉子時，多游狹邪，教坊每得新腔，必求永為詞，始行於世。」有《樂章集》傳世。夏敬觀《手評樂章集》：「柳詞當分雅俚二類。雅詞用六朝小品文賦作法，層層鋪敘，情景兼融，一筆到底，始終不懈。俚詞襲五代淫誇之風氣，開金元曲子之先聲，比於里巷歌謠，亦復自成一格。」（龍榆生《唐宋名家詞選》引）[60]

《歷代詞話·卷四》：「嘗見一西夏歸朝官云：世間有井水飲處，即能歌柳詞。」[61]

《詞苑萃編》：「詎止有井水飲處必歌柳七詞，令市伶按拍稱好乎。」[62]

《後山詩話》：「柳三變游東都南北二巷，作新樂府，骫骳從俗，天下詠之，遂傳禁中。宋仁宗頗好其詞，每對酒，必使侍妓歌之再三。」[63]

長調

《填詞雜說》：「長調要操縱自如，忌粗率。能于豪爽中，著一二精緻語，綿婉中著一二激厲語，尤見錯綜。」[64]

《詞苑萃編·卷二》：「長調之妙，在於不冗不複，頓接處有游絲颺空之意。」；「詞雖貴柔情曼聲，然第宜於小令，若長調而喁喁細語，則失之弱矣。故須慷慨淋漓，沈雄悲壯，乃為合作。其不轉韻，以調長，恐勢散而氣不貫也。」[65]

多在登高望遠時

《詞苑萃編·卷四》：「柳詞風格不高，而音律諧緩，詞意妥貼，承平氣象，形容曲盡，尤工於羈旅行役。」[66]

柳永〈八聲甘州〉：「對瀟瀟暮雨灑江天，一番洗清秋。漸霜風淒緊、關河冷落，殘

---

60 轉引自徐照華：《厲鶚及其詞學之研究》（高雄：復文圖書出版社，1998），頁137。

61 清 王弈清：《歷代詞話》，《詞話叢編》冊二，頁1162。

62 清 馮金伯：《詞苑萃編》，《詞話叢編》冊二，頁1787。

63 宋 胡仔：《苕溪漁隱詞話·卷一》，《詞話叢編》冊一，頁163。

64 清 沈謙：《填詞雜說》，《詞話叢編》冊一，頁629。

65 清 馮金伯：《詞苑萃編》，《詞話叢編》冊二，頁1795。

66 清 馮金伯：《詞苑萃編》，《詞話叢編》冊二，頁1838。《歷代詞話·卷四》亦載，頁1163。

照當樓。是處紅衰翠減。苒苒物華休。唯有長江水，無語東流。不忍登高臨遠，望故鄉渺邈，歸思難收。」此詞為登高望遠之代表作。

【逐義】

柳永詞通俗淺白，音律諧緩，故在當時流傳極廣。其於長調詞的鋪排展衍，尤具詞史上創變啟新之功，且內容多具秋士易感的悲秋傳統，其詞興象高遠不減唐人，極耐人尋味。而其流傳千古的名句，並令人反覆吟詠而稱美者，多半是他在羈旅行役時登高望遠之詞，如〈八聲甘州〉即是。

【主旨】

柳永詞多通俗淺白，音調諧緩，其長調詞用賦筆，鋪敘展衍，備足無餘的寫法，在詞學上具有創變啟新、開堂啟奧之功。此外，其清勁雄渾處也高，多有秋士易感的情懷，其興象高遠之處不減唐人，更是開啟了後世豪放詞開闊博大之格局。故柳永創變啟新之才也富，其開堂啟奧之功也大，其清勁沉雄之境也高。

【證析】

使長調邁進成熟階段的大功臣，非柳永莫屬。世人並稱「張柳」，是因為張先與柳永二人皆是小令轉長調過渡期的重要藩衍者。《白雨齋詞話》以為「張子野，古今一大轉移也，前此為晏歐、為溫韋。體段雖具，聲色未開。後此則為秦柳、為蘇辛、為美成白石，發揚蹈厲，氣局一新，而古意漸失。子野適得其中，有含蓄處，亦有發越處，但含蓄處不似溫韋，發越處亦不似豪蘇膩柳。規模雖隘，氣格卻近古。」[67]張先雖為古今一大轉移，但就長調發展的貢獻，卻不及柳永。

薛礪若《宋詞通論》：「假使中國詞學不經柳永改造，則仍不過模仿溫、韋、馮延已等人作品，其勢亦成末流，黯然無復生氣。」本人曾論及：「柳詞乃擴五代之藩籬，摧花間之壁壘，拓長調之沃野，其於詞之末流予揚波壯瀾，更張新途之功，則子野之所未逮也。」子野於長調雖駸駸然多所撰述，然終乏創新啟變之才。夏敬觀謂：「子野慢詞亦多用小令作法。」而耆卿於長調則多開堂啟奧之功，用小品文、六朝賦之作法，創以鋪敘展衍之筆，備足無餘之法，情景兼融，以酣暢其淋漓樂章，蓋慢詞篇長字多，調緩曲紆，與小令之短雋蘊藉風格殊異。[68]

柳永因「多游狹邪，善為歌辭，教坊樂工，每得新腔，必求永為辭，始行於世，於是聲傳一時。」[69]因而得到「凡有井水飲處，即能歌柳詞」的聲名，也因此招來「耆卿

---

67 陳廷焯：《白雨齋詞話》，《詞話叢編》冊四，頁3782。

68 徐照華：《厲鶚及其詞學之研究》（高雄：復文圖書出版社，1998），頁142。

69 唐圭璋箋註：《宋詞三百首箋註【重校本】》（香港：中華書局，2012），頁46。

長於纖豔之詞，然多近俚俗。」與「耆卿詞雖極工，然多近雜鄙語」[70]的鄙俚淺俗，脫放傷雅的詆議，認為柳詞「大概非羈旅窮愁之詞，則閨門淫媟之語。……彼其所以傳名者，直以言多近俗，俗子易曉故也。」[71]其實，柳詞在「旖旎近情」[72]的同時，亦不減唐人高處，處處情景交融，而且開闊博大，氣象恢宏，而其閨帷淫媟與羈旅窮愁的兩類作品，則以後者最令人擊節。陳振孫《直齋書錄解題》謂：「柳詞格固不高，而音律諧婉，詞意妥貼，承平氣象，形容曲盡，尤工於羈旅行役。」[73]

柳永因〈鶴沖天〉「黃金榜上，偶失龍頭望」得罪了仁宗，雖經人推薦，又因〈醉蓬萊〉「宸遊鳳輦何處」、「太液波翻」，讓仁宗誤認不吉利而擲詞於地，謂：「且去填詞」。從〈鬻海歌〉一詩中希望國家減輕賦稅徭役，可知柳永經世濟民之心，懷抱儒家仕宦觀念卻又坎坷不遇，柳永在「羈旅行役」這類詞作中，流露出流離輾轉的悲哀和感慨。柳永擅長以登高憑欄望遠及冷落的秋景襯托離情別緒與寂寞悲涼之感，其中飽含著秋士易感的情懷，如〈雨霖鈴〉（多情自古傷離別）、〈夜半樂〉（凍雲黯淡天氣）、〈玉蝴蝶〉（望處雨收雲斷）、〈鳳棲梧〉（佇倚危樓風細細）、〈卜算子慢〉（楚客登臨）、〈傾杯〉（鶩落霜州）、〈竹馬子〉（登孤壘荒涼）皆是。而〈八聲甘州〉（對瀟瀟暮雨灑江天）更受晁無咎和蘇軾的讚嘆，認為「霜風淒緊、關河冷落，殘照當樓」有唐人佳處。[74]張夢機教授認為「霜風」三句，使暮雨洗滌後淒苦冷清的秋景，一變為蒼涼之情。[75]柳永的悲秋望遠與宋玉悲秋有著微妙關連。甚至詞作還頻頻出現宋玉的名字，〈玉蝴蝶〉「晚景蕭疏，堪動宋玉悲涼。」〈戚氏〉「當時宋玉悲感，向此臨水與登山。」〈雪梅香〉「景蕭索，危樓獨立面晴空。動悲秋情緒，當時宋玉應同。」

柳永在羈旅行役這類詞作中，備感歲月匆匆，親人別離，志意無成的悲涼與淒惻之感，建立了中國詞史上文人書寫的一種悲秋傳統，所以張夢機以「鋪排長調耐尋思」來形容，直指柳詞中耐人尋味的「秋士易感」情調。柳詞絕非僅是纖豔的鄙語，以下略舉幾則歷代論者適切公允的評價：

> 柳七亦自有唐人妙境，今人但從淺俚處求之，遂使金荃蘭畹之音，流入桂枝、黃

---

70 徐照華：《厲鶚及其詞學之研究》（高雄：復文圖書出版社，1998），頁144。

71 魏慶之：《魏慶之詞話》，《詞話叢編》冊一，頁208。

72 「詩當學杜詩，詞當學柳詞。蓋詞本管弦冶蕩之音，永所作，旖旎近情，尤使人易入也。」見薛礪若：《宋詞通論》（臺北：臺灣開明書店，1982），頁111。

73 唐圭璋箋註：《宋詞三百首箋註【重校本】》（香港：中華書局，2012），頁46。

74 蘇軾云：人皆言柳耆卿詞俗，然如「霜風淒緊、關河冷落，殘照當樓」，唐人佳處，不過如此。見唐圭璋箋註：《宋詞三百首箋註【重校本】》（香港：中華書局，2012），頁61。晁无咎評本朝樂章云：「世言柳耆卿之曲俗，非也。如八聲甘州云：『漸霜風淒慘，關河冷落，殘照當樓。』此唐人語不減高處矣。」見宋 魏慶之：《魏慶之詞話》，《詞話叢編》冊一，頁201。

75 張夢機：《詞箋》（臺北：三民書局，1975），頁35。

鶯之調，此學柳之過也。[76]

耆卿為世訾謷久矣，然其鋪述委婉，言近意遠，森秀幽淡之氣在骨。[77]

馮煦云：「耆卿詞曲處能直，密處能疏，奡處能平，狀難狀之景，達難達之情，而出之以自然。自是北宋巨手。然好俳體，詞出媟黷，有不僅如《提要》所云：以俗為病者。」劉熙載云：「耆卿詞細密而妥溜，明白而家常，善於敘事，有過前人，惟綺羅香澤之態，所在多有。故覺風期未上耳。」[78]

鄭文焯云：屯田則【案：原文為「則」，一般引文誤植為「北」】宋專家，其高渾處，不減清真，長調尤能以沉雄之魂，清勁之氣，寫奇麗之情，作揮綽之聲。[79]

又云：「冥探其一詞之命意所在，確有層折，如畫龍點睛，其神觀飛越，只在一二筆，便爾破壁飛去也。」[80]

　　柳永詞的地位及其特色，不外以下幾點：一、長調之筆法。異於小令之含蓄文雅與纖仄的形式，以能容納眾多題材的長調加以鋪敘，層層展衍，備足無餘的賦筆為之，點染鉤勒，敘事詳盡，有首有尾。二、創新的語言，多以俚俗語句為之。以口語代言的特點使柳永詞句不落前人窠臼，且俗語較具普遍性，易於普及流傳。此外，鮮活的詞藻，更令柳詞有詩化的興象高遠，神觀飛躍。三、詞律諧婉，韻調皆異。柳永精通音律，自度新調，且以開放精神採擇俗曲，因而使用的牌調多，變化亦多，詞調中也常結合「單式」與「雙式」兩種不同的句法形式[81]，如李清照〈詞論〉所說，柳永「變舊聲作新聲」而「大得聲稱於世」。四、內容不出閨帷淫媟與羈旅悲怨，都能以忠實與清婉的筆調，真實酣暢地寫出內心真摯的情緒。尤其是羈旅愁情、秋士易感的複雜情愫，更能體現周濟稱美其詞「深秀幽淡之趣在骨」的情味。

　　此外，柳永影響後世詞壇甚鉅，如蘇軾黃庭堅之敢用俗語入詞，秦觀賀鑄等之鋪敘長調，而周美成則更為顯著，「清真詞多從耆卿奪胎，思力沉摯處，往往出藍。」[82]其他模仿柳永風格的二三等作家，更不勝枚舉了。[83]「柳永高渾處、清勁處、沉雄處、體會入微處，皆非他人屐齒所到。且慢詞於宋，蔚為大國。自有三變，格調始成。之四人者（指蘇軾、秦觀、賀鑄、柳永）皆為周（邦彥）所取則，學者所應致力也。」[84]陳匪石真知灼見地指出，其影響後世詞家於慢詞之創作極深極廣。

---

76 彭孫遹：《金粟詞話》，《詞話叢編》冊一，頁723。

77 周濟：《介存齋論詞雜著》，《詞話叢編》冊二，頁1631。

78 唐圭璋箋註：《宋詞三百首箋註【重校本】》（香港：中華書局，2012），頁47-48。

79 鄭文焯：《大鶴山人詞話》，《詞話叢編》冊五，頁4329。

80 唐圭璋箋註：《宋詞三百首箋註【重校本】》（香港：中華書局，2012），頁48。

81 葉嘉瑩：《唐宋名家詞賞析‧柳永周邦彥》（臺北：大安出版社，2000），頁14-15。

82 《宋四家詞選‧評》見徐照華：《厲鶚及其詞學之研究》（高雄：復文圖書出版社，1998），頁143。

83 薛礪若：《宋詞通論》（臺北：臺灣開明書店，1982），頁112。

84 陳匪石：《聲執‧卷下》，《詞話叢編》冊五，頁4969。

脫論豪放勝東坡，似杜辛詞非豔科。解舞霓裳羽衣曲，鬚眉不讓女伶多。

【箋註】

脫論豪放勝東坡

《白雨齋詞話》：「蘇辛並稱，然兩人絕不相似。魄力之大，蘇不如辛。氣體之高，辛不逮蘇遠矣。」[85]

《介存齋論詞雜著》：「世以蘇、辛並稱，蘇之自在處，辛偶能到。辛之當行處，蘇必不能到。二公之詞，不可同日語也。後人以粗豪學稼軒，非徒無其才，并無其情。稼軒固是才大，然情至處，後人萬不能及。」[86]

《柯亭詞論》：「稼軒詞，豪放師東坡，然不盡豪放也。其集中，有沉鬱頓挫之作，有纏綿悱惻之作，殆皆有為而發。其修辭亦種種不同，焉得概以「豪放」二字目之。」[87]

王國維：「東坡之詞曠，稼軒之詞豪。無二人之胸襟而學其詞，猶東施之效捧心也。讀東坡、稼軒詞，須觀其雅量高致，有伯夷、柳下惠之風。」[88]

似杜辛詞非豔科

繆鉞：「宋詞之有辛稼軒，幾如唐詩之有杜甫。」[89]

顧隨：「詞中之辛，詩中之杜也。一變前此之蘊藉恬淡，而為飛動變化，卻亦自有其新底蘊藉恬淡在。世之人于詩尊杜為正統，于詞則斥辛為外道，何耶？杜或失之拙，辛多失之率。觀過知仁，勿求全而責備焉，可。學之不善而得其病，則不可。」[90]

葉嘉瑩：「我們如果說要想在唐、宋詞人中，也尋找出一位可以與詩人中之屈、陶、杜相擬比，既具有真誠深摯之感情，更具有堅強明確之志意，而且能以全部心力投注於其作品，更且以全部生活來實踐其作品的，則我們自當推崇南宋之詞人辛棄疾為唯一可以入選之人物。」[91]

《宋四家詞選目錄序論》序曰：「稼軒斂雄心，抗高調，變溫婉，成悲涼」。[92]

《詞苑叢談》，梨莊云：「辛稼軒當弱宋末造，負管樂之才，不能盡展其用，一腔忠憤，無處發洩。觀其與陳同甫抵掌談論，是何等人物。故其悲歌慷慨，抑鬱無聊之氣，

---

85 陳廷焯：《白雨齋詞話》，《詞話叢編》冊四，頁3783。

86 清 周濟：《介存齋論詞雜著》，《詞話叢編》冊二，頁1633。

87 蔡嵩雲：《柯亭詞論》，《詞話叢編》冊五，頁4913。

88 王國維：《人間詞話》，《詞話叢編》冊四，頁4250。

89 繆鉞：〈論辛稼軒詞〉見中國古籍全錄 http://www.artx.cn/artx/wenxue/27550.html

90 顧隨：〈稼軒詞說〉《顧隨論學精要》（天津：天津人民出版社，2007），頁155。

91 繆鉞，葉嘉瑩合著《靈谿詞說》（臺北：正中書局，1993），頁406。

92 清 周濟：《宋四家詞選目錄序論》，《詞話叢編》冊二，頁1643。

一寄之於詞。今乃欲與搔頭傅粉者比，是豈知稼軒者。」[93]

解舞霓裳羽衣曲

《碧雞漫志》：「霓裳羽衣曲，說者多異。予斷之曰，西涼創作，明皇潤色，又為易美名。其他飾以神怪者，皆不足信也。唐史云，河西節度使楊敬述獻，凡十二遍。白樂天和元微之霓裳羽衣曲歌云：『由來能事各有主。楊氏創聲君造譜。』」[94]

辛棄疾〈賀新郎·賦琵琶〉：「鳳尾龍香撥，自開元霓裳曲罷，幾番風月。最苦潯陽江頭客，畫舸亭亭待發。記出塞、黃雲堆雪。馬上離愁三萬里，望昭陽宮殿孤鴻沒。弦解語、恨難說。遼陽驛使音塵絕，瑣窗寒，輕攏慢撚，淚珠盈睫。推手含情還卻手，一抹梁州哀徹。千古事，雲飛烟滅。賀老定場無消息，想沉香亭北繁華歇。彈到此、為嗚咽。」[95]

鬚眉不讓女伶多

由《長生殿·偷曲》得知永新、念奴及謝阿蠻等女伶皆懂曲藝。又吳評：「李謩於涼夜月明潛行偷曲情景最妙，先以奏曲甚急，連夜演安頓在前方不突如。」則史上懂得霓裳羽衣曲者，鬚眉者有李龜年、馬仙期、雷海青、黃家𧸷、賀懷智、李謩、李後主及辛棄疾等人，較之女伶如永新、念奴、鄭觀音、謝阿滿、楊玉環、大周后等人多。唯此「多」可能非僅指人數之多，應指對霓裳羽衣曲之掌故熟諳之多。

【逐義】

對辛詞來說，論者先將之脫離豪放詞的範圍而論其沉鬱悲涼有婉約之風致，並抑蘇揚辛。辛詞的風格內涵有著深厚的忠愛纏綿與憂患生民的志意，其地位可類比詩家之老杜，早就不當以豔科之詞視之，如辛詞〈賀新郎·賦琵琶〉即不可視為一般豪放詞，亦非豔科之目。歷史上懂得霓裳羽衣舞的掌故者，鬚眉男士較擅此舞之女伶實不遑多讓。如辛棄疾〈賀新郎·賦琵琶〉即是。

【主旨】

辛詞既非豔科，也非豪放所能形容，其內容風格似杜詩般的憂國憂民與沉鬱頓挫，及體裁豐富，書寫多元，是蘇詞所不及。如〈賀新郎·賦琵琶〉即是，且其中熟諳霓裳羽衣曲掌故有三，並運用極為成功。

---

93 清 江順詒：《詞學集成》，《詞話叢編》冊四，頁3304。

94 宋 王灼：《碧雞漫志》，《詞話叢編》冊一，頁94。

95 周濟輯：《宋四家詞選》，（北京：中華書局，1985），頁41。

【證析】

蘇辛並稱，由來已久，且同被認為是豪放派的代表詞人。因為二人異軍特起，在剪紅刻翠、清切婉麗為宗之外，屹然別立而成一格。唯二人雖同屬豪放，然風格有異，陳廷焯說：「兩人絕不相似。魄力之大，蘇不如辛。氣體之高，辛不逮蘇遠矣。」[96]如王國維所謂：「東坡之詞曠，稼軒之詞豪。」[97]最是的當。

同為豪放，東坡著眼於「放」，而辛棄疾傾向於「豪」，渡江歸宋的四十餘年，中間約二十年的三度[98]落職，為當路所忌而未能盡其才。不論居廟堂或處江湖，辛棄疾的一腔忠憤與內心細美之情感，故居廟堂不貪祿戀權而有江湖之思，處山林不消沈疏懶而懷用世之志。[99]辛棄疾的豪放是勇於承擔的雄豪。陳廷焯的評論十分公允：「東坡心地光明磊落，忠愛根於性生，故詞極超曠，而意極和平。稼軒有吞吐八荒之概，而機會不來。……故詞極豪雄，而意極悲鬱。蘇、辛兩家，各自不同。」[100]因而周濟於《宋四家詞選目錄序論》曰：「稼軒斂雄心，抗高調，變溫婉，成悲涼。」[101]稼軒詞已非婉約詞，但也非豪放詞，誠如周濟所謂是「變溫婉為悲涼」具有沉鬱豪宕的特質。張夢機認為辛棄疾詞的境界已超越了蘇東坡，而且頗似憂國憂民、悲天憫人的詩聖杜甫。

首先以杜甫來比擬辛棄疾的是文史學者繆鉞，他說：「宋詞之有辛稼軒，幾如唐詩之有杜甫。」[102]劉揚忠在〈稼軒詞與老杜詩〉一文，指出杜甫被公認是唐詩最高成就的代表，詞論家紛紛將心目中的首選人物，如柳永、姜夔、王沂孫、周邦彥與蘇軾來比擬為杜甫。歷來未將辛詞視為杜詩，即因辛詞非本色詞，而不願將辛棄疾置於宋詞發展樞紐的地位來考察。繆鉞的著眼點在說明宋詞有稼軒略同唐詩有杜甫，但並未細說其因。因而劉揚忠綜合「思想內容」、「胸懷氣度」、「藝術境界」及「風骨體制」等方面進行比較分析，發現辛杜二人皆處多難時代，二人皆懷「報國之心」與「濟世之才」，二人所志皆不遂且常為憂國憂民之情懷所籠罩。他認為相隔四百餘年的杜辛二人，有著「體大」、「意深」的相近特點，前者包含內容廣闊與形式多樣，各種體裁無所不包，且能加以運用而發揮各種抒情敘事議論的作用，而能忠實記錄所處時代的社會生活與多元的文化面貌；後者的特點則是「真」，辛杜二人皆情感真摯地流露「舍我其誰」的用世

96　陳廷焯：《白雨齋詞話》，《詞話叢編》冊四，頁3783。

97　王國維：《人間詞話》，《詞話叢編》冊五，頁4250。

98　西元1181年因「用錢如泥沙，殺人如草芥」，落職帶湖十年；1192年因「殘酷貪饕，姦賊狼藉」落職鉛山，1203年起用二年後，又遭彈劾「好色貪財，淫刑聚歛」，歸鄉二年後齎志以歿。

99　繆鉞說辛棄疾「內心則蘊含一種細美之情感」，見繆鉞：〈論辛稼軒詞〉見中國古籍全錄 http://www.artx.cn/artx/wenxue/27550.html

100　陳廷焯：《白雨齋詞話》，《詞話叢編》冊四，頁3925。

101　清 周濟：《宋四家詞選目錄序論》，《詞話叢編》冊二，頁1643。

102　繆鉞：〈論辛稼軒詞〉見中國古籍全錄 http://www.artx.cn/artx/wenxue/27550.html

意識，有著「沈重的憂患感」和「強烈的責任感」。[103]劉揚忠論析實是深中肯綮。葉嘉瑩認為想從唐宋詞人中，找出可以與屈原、陶淵明、杜甫相擬比，既具有真誠深摯之感情，更具有堅強明確之志意，而且將全部心力投注於作品，且以全部生活來實踐其作品的，當推辛棄疾一人。[104]辛棄疾與杜甫相近處應是作品中憂國憂民的忠愛纏綿之情。

有關稼軒詞的題材、形式與風格，鄧廣銘的說法更為具體：「就辛稼軒所寫作的這些歌詞的形式和它的內容來說，其題材之廣闊，體裁之多種多樣，用以抒情，用以詠物，用以鋪陳事實或講說道理，有的『委婉清麗』，有的『穠纖綿密』，有的『奮發激越』，有的『悲歌慷慨』，其豐富多彩也是兩宋其他詞人的作品所不能比擬的。」[105]陳廷焯以「詞中之龍也」[106]稱譽辛棄疾，則是精當。張夢機教授在《中國文學講話》中歸納辛棄疾詞作特徵為：「在形式上，是詩詞散文的合流；在內容上，是題材的廣泛；在風格上，是雄奇與高潔。」並指出稼軒詞中，詩詞散文合流的範例不勝枚舉，「所以他的詞能像散文一樣，暢發議論，這種在形式上的開拓與解放，比較蘇軾的『詞詩』，似乎要更進一層了。」[107]由〈沁園春‧將止酒，戒酒杯使勿近〉更可看出，在東坡的「以詩為詞」之外，辛棄疾能「以文為詞」，甚至開展成小說人物對話的形式，為前所未有的創變之局。

「公所作詞大聲鏜鎝，小聲鏗鍧，橫絕六合，掃空萬古。其穠麗綿密者，亦不在小晏、秦郎之下。」[108]劉克莊此言指出稼軒詞內容及風格的多樣豐富，而其真正佳處卻是那激揚奮屬的英豪之氣，且在「別開天地，橫絕古今」[109]、「肝膽激烈，有奇氣」[110]、「一掃纖豔，不事斧鑿」[111]、「氣魄極雄大」之外，「意境卻極沉鬱」。[112]稼軒詞沉鬱悲涼的風格，來自憂國憂民的忠愛纏綿，如〈水龍吟〉（楚天千里清秋）、〈摸魚兒〉（更能消幾番風雨）、〈菩薩蠻〉（鬱孤臺下清江水），這愁悶是南歸以來身居下僚，難有建樹的感慨。〈水龍吟〉（舉頭西北浮雲）中濃郁的悲慨之情在「一時登覽」時紛沓而至，有「欲飛還斂」壯志與現實拉扯，屢遭讒擯的哀傷，有「卸帆」、「繫纜」停泊不進，有因「南宋朝廷之耽溺於眼前之苟安，不再想收復中原的一種頹靡的心態。」[113]的激蕩悲

---

103 劉揚忠：〈稼軒詞與老杜詩〉見中國文學網 http://www.literature.org.cn/ article.aspx?id=1640
104 繆鉞，葉嘉瑩合著《靈谿詞說》（臺北：正中書局，1993），頁406。
105 鄧廣銘：《稼軒詞編年箋注》（臺北：河洛圖書，1979），頁12。
106 陳廷焯：《白雨齋詞話》，《詞話叢編》冊四，頁3791。
107 張夢機：《中國文學講話（七）兩宋文學‧辛棄疾》（台北：巨流圖書，1986），頁413-414。
108 清 馮金伯：《詞苑萃編卷五》，《詞話叢編》冊二，頁1870。
109 清 吳衡照：《蓮子居詞話》，《詞話叢編》冊三，頁2408。
110 清 李調元：《雨村詞話》，《詞話叢編》冊二，頁1420。
111 清 王弈清：《歷代詞話》，《詞話叢編》冊二，頁1236。
112 陳廷焯：《白雨齋詞話》，《詞話叢編》冊四，頁3791。
113 繆鉞，葉嘉瑩合著《靈谿詞說》（臺北：正中書局，1993），頁421。

憤。而被喻為辛詞第一[114]的〈永遇樂・京口北固亭懷古〉更可看出辛棄疾「了卻君王天下事，贏得生前身後名。」的抱負與豪情壯志。南渡「四十三年，望中猶記，烽火揚州路。」的辛棄疾想學劉裕「金戈鐵馬，氣吞萬里如虎」的聲威，並以廉頗自比，六十六歲仍洋溢著豪邁氣概，準備北代收復中原，但「憑誰問，廉頗老矣，尚能飯否？」隱然又透露出一股報國無門的抑鬱憤慨氣息。以上諸作，皆憂心社稷家國，其忠愛纏綿之情，所謂類似詩家之老杜者。

此外，「所學皆聖賢之事」[115]的辛棄疾，時時憂患生民，關心百姓，〈浣溪紗〉中便有「父老爭言雨水勻，眉頭不似去年顰。殷勤謝卻甑中塵」的描寫。江淮、兩湖時期，更有平盜、賑饑與創建飛虎軍等事功，討平盜賊後，辛棄疾奏上〈論盜賊箚子〉，對「殘民害物」的官吏提出批評，更建議朝廷應正本清源地防止盜賊[116]；賑饑時得罪了權貴，遭「用錢如泥沙，殺人如草芥」的彈劾，在帶湖治宅時，其自作上梁文，有「拋梁東，坐看朝暾萬丈紅。直使便為江海客，也應憂國願年豐。……拋梁下，雞酒何時入鄰舍。只今居士有新巢，要輯軒窗看多稼。」的胸懷。免官落職的辛棄疾仍然關心民瘼，期盼社會安康與物阜民豐，有著人飢己飢的聖哲精神。

典型的〈賀新郎・賦琵琶〉即是辛棄疾的代表作，其風格絕非豪放，更非豔科可言，故曰：「斂雄心，抗高調，變溫婉，成悲涼。」或謂此詞「豪放而兼俊美」[117]，本人認為實不當以豪放視之，而應是沉鬱悲涼差可言之，詞中多興亡之嘆家國之悲，故謂其可類比杜詩而為詞家之龍。詞中霓裳羽衣舞之故實有三，一為自開元霓裳曲罷，二為賀老定場無消息，三為想沉香亭北繁華歇。〈霓裳曲〉代表唐代的繁榮鼎盛與宮廷豪奢歡樂的生活。安史亂後，李龜年流落江南，靠唱曲糊口，唱出天寶遺事的興亡悲傷與感歎幽怨，並傳〈霓裳羽衣〉的全譜與李謩，《長生殿》〈彈詞〉中洋溢著昔盛今衰、歷史興亡的無奈感。「鳳尾龍香撥，自開元霓裳曲罷，幾番風月。」言及開元天寶年間，琵琶彈奏著霓裳羽衣舞，何等繁華隆盛，如今，歷經多少歲月，該曲已沈寂，沉香亭北的旖旎風光早已不再，賀老定場的事，再也不傳，唐朝的國勢已衰頹，此中有多少國仇家難的悲慨及琵琶訴說的嗚咽悲涼。「彈到此、為嗚咽。」琵琶送走了繁華，送走了歌舞盛世，此以古喻今，唐朝如此，宋朝亦然。雖然女伶擅舞，但有關霓裳曲的掌故，未如鬚眉辛棄疾瞭解之多與體會之深。[118]

---

114 《升庵詞話》認為「辛詞當以京口北固懷古永遇樂為第一。」見清 馮金伯：《詞苑萃編卷五》，據唐圭璋《詞話叢編》冊二，頁1870。

115 謝枋得《祭辛稼軒先生墓記》見互動百科
http://www.baike.com/wiki/%E8%BE%9B%E5%BC%83%E7%96%BE

116 「深思致盜之由，講求彌盜之術，無徒恃平盜之兵也。」才是正本清源的良方。

117 張淑瓊主編：《唐宋詞新賞・辛棄疾》（臺北：地球出版社，1991），頁212。

118 「解舞霓裳羽衣曲，鬚眉不讓女伶多。」可作另一解法，蓋《長生殿》〈舞盤〉中楊貴妃將此霓裳羽衣舞曲，傳授予永新、念奴、鄭觀音與謝阿蠻等人，可見女伶是最直接懂霓裳羽衣舞曲。唯男

夢窗白石最堪師，入手端宜南宋詞。畫虎不成猶貌似，矜嚴能救淺浮辭。

【箋註】

夢窗白石最堪師

吳文英，字君特，號夢窗，又號覺翁。四明人（今浙江鄞縣）。與翁逢龍、元龍為親伯仲。時人比其詞為周邦彥。知音律，能自度曲。嘗佐蘇州倉幕，從吳潛、尹煥諸人游。據夏承燾撰吳夢窗繫年推定，約生於宋寧宗慶元六年。詞集名《夢窗詞》。

姜夔，字堯章，自號白石道人，夔性恬澹，氣貌深雅，以布衣游公卿間，皆愛重之。與范成大、吳潛諸人相友善。工詩，高朗疏秀，而自成一格。妙解音律，能自度曲，詞集名白石道人歌曲，簡稱白石詞。

汪森：「鄱陽姜夔出，字琢句鍊，歸於雅醇。於是史達祖，高觀國羽翼之；張輯、吳文英師之於前，趙以夫、蔣捷、周密、陳允衡（案應為陳允平，字君衡）、王沂孫、張炎、張翥效之於後。譬之於樂，舞箾至於九變，而詞之能事畢矣。」[119]

王士禎曰：「南宋長調，如姜、史、蔣、吳，有秦、柳所不能及者。」[120]

仇山村曰：「詞有四聲、五音、均拍、輕重、清濁之別，⋯⋯南宋如白石、梅溪、夢窗、玉田諸家，大都妙解音律，所為詞，聲文並茂。」[121]

《詞綜・發凡》：「詞至南宋，始極其工。至宋季始極其變。姜堯章氏最為傑出。」[122]

鄒祇謨：「長調惟南宋諸家，才情蹀躞，盡態極妍。阮亭嘗云：『詞至姜、吳、蔣、史，有秦、李所未到者。』」[123]

詞盛於北宋，至南宋乃極其工。姜夔堯章最為傑出，宗之者史達祖、高觀國、盧祖皋、吳文英、蔣捷、陳允平諸名家。皆具夔之一體，而張炎叔夏庶幾全體具矣。⋯⋯顧白石風骨清勁，誠如沈伯時所云，未免有生硬處。叔夏則和雅而精粹。（杜詔《山中白雲詞・序》城書室本）每謂詞莫尚於南宋，景淳德祐間，要以白石為宗主，其嗣白石起者，無踰於玉田《白雲》一集。（陳撰《山中白雲詞・疏證・序》彊村叢書本）[124]

性中熟諳霓裳羽衣舞曲者，亦不遑多讓，如《長生殿》中李龜年教演〈霓裳羽衣〉時，馬仙期、雷海青、黃家緒及賀懷智等樂師皆展現音樂長才而贏得「擅場屋」與「響鬼神驚」的美稱。〈偷曲〉一齣中隔牆城外的李謩，以鐵笛倚聲相和，默記音節，其後江南逢李龜年唱〈彈詞〉，迅即知李之身份，以其熟知此曲之演奏。另，後代李後主〈玉樓春〉（晚妝初了明肌雪）中有「重按霓裳歌遍徹」，可見後主亦熟諳霓裳羽衣曲，及至辛棄疾亦懂此曲，故謂「顰眉不讓女伶多」。

119 金啟華等編：《唐宋詞集序跋匯編》（臺北：臺灣商務，1993），頁411。
120 清 沈雄：《古今詞話・詞品上卷》，《詞話叢編》冊一，頁836。
121 蔡嵩雲：《柯亭詞論》，《詞話叢編》冊五，頁4899。
122 轉引自徐照華：《厲鶚及其詞學之研究》（高雄：復文圖書出版社，1998），頁165。
123 鄒祇謨：《遠志齋詞衷》，《詞話叢編》冊一，頁659。
124 轉引自徐照華：《厲鶚及其詞學之研究》（高雄：復文圖書出版社，1998），頁176。

入手端宜南宋詞

劉少雄：從歷來有關南北宋詞優劣論的詞評中發現，他們所謂的「南宋詞」幾乎都以姜吳典雅派詞作為代表。[125]

畫虎不成猶貌似

馬援〈戒兄子嚴敦書〉：「龍伯高敦厚周慎，口無擇言，謙約節儉，廉公有威。吾愛之重之，願汝曹效之。杜李良豪俠好義，憂人之憂，樂人之樂，清濁無所失，父喪致客，數郡畢至。吾愛之重之，不願汝曹效也。效伯高不得，猶為謹敕之士，所謂刻鵠不成尚類鶩者也；效季良不得，陷為天下輕薄子，所謂畫虎不成反類狗者也。」[126]意謂臨摹而妙者，若合符節也，臨摹而拙者，畫虎不成也。所謂畫虎不成，反類狗也，不倫不類，弄巧成拙，一事無成。

【逐義】

學習填詞，論者以為南宋姜白石與吳夢窗是最值得仿效師法的對象，而入手處宜從南宋詞開始，歸納歷來評論，「南宋詞」應是姜、吳典雅派詞作的代稱。姜、吳詞作雖各為「清空」與「實質」的不同代表，但其講究格律形式，鍊字典雅，重視音律，要求聲律協合的詞作主張卻是相似，從此模仿入手，即便「畫虎不成，還不至於成為犬」，尚能保有詞的神貌，而能避免淪於淺滑浮誇之境。

【主旨】

夢窗白石的詞作，重視審言協律、鍊句雅正、用典含蓄，是初學者最佳的學習典範。

【證析】

王國維《人間詞話》：「南宋詞人，白石有格而無情，劍南有氣而乏韻。其堪與北宋人頡頏者，唯一幼安耳。近人祖南宋而祧北宋，以南宋之詞可學，北宋不可學也。學南宋者，不祖白石，則祖夢窗，以白石、夢窗可學，幼安不可學也。」[127]認為南宋詞人，唯有辛棄疾堪與北宋詞人頡頏齊驅，並指出近人學南宋詞，且以白石、夢窗為師法對象的現象。其觀察頗為精當，汪森〈詞綜序〉曰：「鄱陽姜夔出，字琢句煉（鍊），歸於雅醇。於是史達祖、高觀國羽翼之；張輯、吳文英師之於前，趙以夫、蔣捷、周密、陳允衡（案應為陳允平，字君衡）、王沂孫、張炎、張翥效之於後。譬之於樂，舞

---

125 劉少雄：《南宋姜吳典雅詞派相關詞學論題之探討》（臺北：臺大出版委員會，2008），頁282。

126 謝冰瑩等注譯：《新譯古文觀止》（臺北：三民，2011），頁431。

127 王國維：《人間詞話》（臺北：漢京文化，1980），頁27。

《箋》至於九變,而詞之能事畢矣。」[128]可見姜夔對南宋詞及後世影響之大。而吳文英特別強調協律、用典、修辭等形式,將格律派的詞發展到了極點,尹煥說:「求詞於吾宋者,前有清真,後有夢窗,此非煥之言,四海之公言也。」且周濟《宋四家詞選》將吳文英與周邦彥、辛棄疾及王沂孫譽為詞壇四大領袖。由此推崇,可見夢窗的地位之高與影響之大。

　　除卻稼軒詞,王國維對南宋詞家頗有訾議,他認為「白石雖似蟬蛻塵埃,然終不免局促轅下。」[129]「白石猶不失為狷。若夢窗、梅溪、玉田、草窗、西麓輩,面目不同,同歸于鄉愿而已。」[130]「古今詞人格調之高無如白石,惜不於意境上用力,故覺無言外之味,絃外之響,終不能與於第一流之作者也。」[131]「東坡之曠在神,白石之曠在貌。白石如王衍口不言阿堵物,而暗中為營三窟之計,此其所以可鄙也。」[132]「梅溪、夢窗、玉田、草窗、西麓諸家,詞雖不同,然同失之膚淺。雖時代使然,亦其才分有限也。近人棄周鼎而寶康瓠,實難索解。」[133]王國維難以理解何以近人捨棄似周朝寶鼎的北宋詞,而效法仿若空壺的南宋詞。但,本人以為「白石詞乃承北宋婉約詞之主流,並吸收晚唐詩家、江西詩派及豪放派特色。換言之,即繼軌周美成之婉約,兼取黃庭堅、辛棄疾之美,變雄健為清剛,化馳驟為疏宕,以健筆寫柔情,既富清空之情韻,又饒清勁之骨力。」[134]而形成清幽冷雋的獨特詞境。茲略舉數例以為證:

> 劉熙載認為白石乃「才子之詞」,其詞「幽韻冷香,令人挹之無盡。擬諸形容,在樂則琴,在花則梅也」[135]
> 詞家之有姜石帚,猶詩家之有杜少陵,繼往開來,文中關鍵。其流落江湖,不忘君國,皆借託比興,於長短句寄之。[136]
> 一洗華靡,獨標清綺,如瘦石孤花,清笙幽磬。[137]
> 詞要清空,不要質實。清空則古雅峭拔,質實則凝澀晦昧。白石詞如野雲孤飛,去留無跡。吳夢窗詞如七寶樓台,眩人耳目,碎拆下來,不成片段……白石詞如〈疏影〉、〈暗香〉、〈揚州慢〉、……不惟清空,又且騷雅,讀之使人神觀飛越。[138]

---

128 金啓華等編:《唐宋詞集序跋匯編》(臺北:臺灣商務,1993),頁411。

129 王國維:《人間詞話》,《詞話叢編》冊五,頁4250。

130 王國維:《人間詞話》,《詞話叢編》冊五,頁4250。

131 繆鉞,葉嘉瑩合著《靈谿詞說》(臺北:正中書局,1993),頁459。

132 王國維:《人間詞話刪稿》,《詞話叢編》冊五,頁4266。

133 王國維:《人間詞話》(臺北:漢京文化,1980),頁57。

134 徐照華:《厲鶚及其詞學之研究》(高雄:復文圖書出版社,1998),頁163。

135 清 劉熙載:《詞概》,《詞話叢編》冊四,頁3694。

136 清 宋翔鳳:《樂府餘論》,《詞話叢編》冊三,頁2503。

137 清 郭麐:《靈芬館詞話》,《詞話叢編》冊二,頁1503。

138 宋 張炎:《詞源》,《詞話叢編》冊一,頁259。

姜白石清勁知音，然未免有生硬處。[139]

「白石詞極精妙，不減清真，其高處有美成所不能及。」「范石湖評堯章詩云：有裁雲縫月之妙手，敲金戛玉之奇聲，予於其詞亦云。」[140]

〈暗香〉、〈疏影〉二詞，寄意題外，包蘊無窮，可與稼軒伯仲。[141]

「姜堯章詞，清虛騷雅，每於伊鬱中饒富蘊藉，清真之勁敵，南宋一大家也。夢窗玉田諸人，未易接武。」[142]

綜上諸論，本人《厲鶚及其詞學之研究》有曰：「可知白石詞裁雲縫月之妙（詞之精美），敲金戛玉之奇（音調諧婉），實受美成婉約派所影響。至其格調之清幽峭拔（所謂如「野雲孤鶴，去留無跡」）此乃胎息於辛豪黃拗，固非清真所能比者。蓋白石嘗謂薰沐山谷數年，一語噤不敢發。其後方悟其『不求與古人合，而不能不合；不求與古人異，而不能不異』，『難說處一語而盡，易說處莫便放過』。此即以拗奇救柔靡也。』」[143]而成就其清空峭拔、醇雅高超之風格特色。王國維對白石的寫景之作，如「二十四橋仍在，波心盪、冷月無聲」，「數峯清苦，商略黃昏雨」，「高樹晚蟬，說西風消息」等句，曾以「格韻高絕」加以形容。[144]而《詞箋》中，張夢機教授亦指出「審音協律、工於鍊字、意境清空」為白石詞的三大特徵，認為其詞皆「清空如話，一氣旋折，辭句雋澹，筆力遒健。」[145]

王國維以夢窗詞中「映夢窗凌亂碧」，評論夢窗寫景之病在「隔」，因而失之膚淺。沈義父云：「夢窗深得清真之妙，其失在用事下語太晦，人不可曉。」[146]張炎謂：「吳夢窗詞如七寶樓台，眩人耳目，碎拆下來，不成片段。」[147]而胡適認為：「夢窗四稿中的詞，幾乎無一首不是靠古典與套語堆砌起來的。」[148]形成這類晦澀難懂，餖飣堆垛的微詞，主因是夢窗強調形式，注重音律，講究鍊字用句，他的作詞法：「蓋音律欲其協；不協則成長短句之詩。下字欲其雅；不雅則近乎纏令之體。用字不可太露；露則直突而乏深長之味。發意不可太高；高則狂怪而失柔婉之意。」[149]但不可否認的，正因強調上述主張，因而兩宋格律詞，發展至夢窗，可算到達了極點。陳廷焯說：「夢窗精

139 宋 沈義父：《樂府指迷》，《詞話叢編》冊一，頁278。

140 轉引自徐照華：《厲鶚及其詞學之研究》（高雄：復文圖書出版社，1998），頁164。

141 清 周濟：《介存齋論詞雜著》，《詞話叢編》冊二，頁1634。

142 清 陳廷焯：《白雨齋詞話》，《詞話叢編》冊四，頁3797。

143 徐照華：《厲鶚及其詞學之研究》（高雄：復文圖書出版社，1998），頁164。

144 王國維：《人間詞話》，《詞話叢編》冊五，頁4248。

145 張夢機：《詞箋》（臺北：三民書局，1975），頁118。

146 唐圭璋箋註：《宋詞三百首箋註【重校本】》（香港：中華書局，2012），頁350。

147 徐照華：《厲鶚及其詞學之研究》（高雄：復文圖書出版社，1998），頁163。

148 張夢機：《詞箋》（臺北：三民書局，1975），頁130。

149 沈義父：〈樂府指迷〉http://f5101231.idea.idv.tw/f21.html

於造句，超逸處則仙骨姍姍，洗脫凡豔。幽索處，而孤懷耿耿，別締古歡。如〈高陽臺・落梅〉云：『宮粉雕痕，仙雲墮影，無人野水荒灣。古石埋香，金沙鎖骨連環。南樓不恨吹橫笛，恨曉風千里關山。半飄零，庭上黃昏，月冷闌干。』又云：『細雨歸鴻，孤山無限春寒。』……〈八聲甘州・游靈巖〉云：『箭徑酸風射眼，膩水染花腥。』又云：『連呼酒，上琴臺去，秋與雲平。』俱能超妙入神。」[150]此外，前人對《夢窗詞》亦多所推崇：

> 周濟云：尹惟曉「前有清真，後有夢窗」之說，可謂知言。夢窗每於空際轉身，非具大神力不能。又云：夢窗非無生澀處，總勝空滑；況其佳者，天光雲影，搖蕩綠波，撫玩無斁，追尋已遠。又云：君特意思甚感慨，而寄情閒散，使人不能測其中之所有。（《介存齋論詞雜著》）[151]
>
> 周濟云：夢窗奇思壯采，騰天潛淵，返南宋之清沚，為北宋之穠摯。[152]
>
> 戈載云：夢窗從吳履齋諸公遊，晚年好填詞，以縝麗為尚，運意深遠，用筆幽邃，鍊字鍊句，迴不猶人。貌觀之雕繢滿眼，而實有靈氣行乎其間。細心吟繹，覺味美於周，引人入勝，既不病其晦澀，亦不見其堆垛，此與清真、梅谿、白石竝為詞學之正宗，一脈真傳，特稍變其面目耳。猶之玉谿生之詩，藻采組織，而神韻流轉，旨趣永長，未可妄譏其獺祭也。[153]
>
> 至姜、史、高、吳，而融篇鍊句琢字之法，無一不備。[154]

以上各家的稱譽，張夢機教授在《詞箋》中，更精闢歸納而指出夢窗詞的特點在於「重協律、崇典雅、貴含蓄、尚委婉。用字則綿密妍麗，錘鍊精純，章法則起結適度，收縱自如。飛沉起伏，穠麗清空，加上解首協律，讀去自然格外和諧悅耳。」[155]實為最精當之詮解。而葉嘉瑩在〈拆碎七寶樓臺〉詳談夢窗詞的現代觀，並指出其兩點特色：「其一是他的敘述往往使時間與空間為交錯之雜揉；其二是他的修辭往往是但憑一己之感性所得，而不依循理性所慣見習知的方法。」[156]此說與尹煥「夢窗每於空際轉身，非具大神力不能。」相呼應，而「更確定了夢窗在詞壇上不朽的地位。」[157]本人認為夢窗詞雖晦澀難解，但一如詩中之李義山，因為講究鍊字用字、舉用典故，所以能含蓄、委婉而醇雅不俗；因章法上能潛氣內轉，故得騰空潛淵，收放自如；因為重視審

---

150 陳廷焯：《白雨齋詞話》，《詞話叢編》冊四，頁3803。
151 轉引自唐圭璋箋註：《宋詞三百首箋註【重校本】》（香港：中華書局，2012），頁350。
152 周濟輯：《宋四家詞選》，（北京：中華書局，1985），頁02。
153 杜文瀾：《宋七家詞選》（臺北：河洛圖書出版社，1978），頁38。
154 鄒祇謨：《遠志齋詞衷》，《詞話叢編》冊一，頁651。
155 張夢機：《詞箋》（臺北：三民書局，1975），頁130。
156 葉嘉瑩：《迦陵論詞叢稿》（明明出版社），頁144。
157 張夢機：《詞箋》（臺北：三民書局，1975），頁131。

音協律，所以格律能不脫蹊徑，如此則詞之神貌近矣，不論精神與形貌都能合乎詞的特質。因而論者以為學習填詞宜從南宋詞入手，故陳廷焯曰：「詞貴疏密相間，昔人謂夢窗之密，玉田之疏，必兼之乃工。然兼之實難。」[158] 雖舉玉田，但白石似之。以姜白石與吳夢窗為仿效師法對象，雖難畫虎，亦神似之，即便「畫虎不成，還不至於成為犬」，尚能保有詞的格局神貌，因為講究形式，重視音律，要求聲律協合的詞作主張，能避免詞淪於淺滑浮誇。

三 〈論詞五絕句〉綜論

張夢機教授〈論詞五絕句〉雖各自獨立，然卻又具一貫之見，源流演變之軌跡明白可見，故初視之，看似零碎，實則意脈貫串，各篇皆互相照應，自成一完整體系，故五首絕句可視為一完整論體。〈論詞五絕句〉的宗旨大要為：「述源流、重創變之才、尚自然不假雕飾（尚真情言之有物）、最重晚唐五代，亦推崇南宋、重本色，崇辛抑蘇、重格律，崇醇雅，主張學詞當從南宋入手、提尊詞體、超越門戶，不囿流派。」茲以簡表，略呈其所論之詞家、詞集及所處時代。

時代	唐末五代	北宋	南宋
詞家 詞集	溫庭筠 韋莊（蜀） 《花間集》 李後主	柳永	李清照 辛棄疾 姜白石 吳文英

綜上所述，張夢機教授的〈論詞五絕句〉各首皆各自獨立，卻各有所側重，可明其詞論之總體見解。其中重點約有八項，詳述於下：

一、述源流：張教授先說明《花間》為詞之始祖，其中溫韋更為各家之宗，其後晏歐繼之，面目未改，神理全非。蘇辛、周秦之於溫韋，又貌變而神不變，聲色大開，本原則一。南宋諸家，亦不悖於溫韋，而門戶各立，別有千古。故溫韋為各家之始，或以為乃後世婉約及豪放之始。五首絕句並分述唐五代及兩宋詞學發展之流變，並揭其中重要詞家之創變之功，疏通詞學源流之徑路。

二、重創變之才：如上述溫韋為詞家之宗。後主使伶工之詞，一變為士大夫之詞。柳永詞音調諧緩，於長調多更張新途之功，其用賦筆，鋪敘展衍，備足無餘的方法寫長調，並開詞學中秋士易感的抒情傳統，其興象高遠之處不減唐人。辛詞則斂雄心、抗高調、變溫婉、成悲涼，將豪放詞拉高邁向一更高境界，脫豪放與婉約之蹊徑，而置豪放於內蘊之中，化婉約為悲涼沈鬱之外貌，故影響白石極深。夢窗白石重視音律、鍊字琢

---

158 清 陳廷焯：《詞壇叢話》，《詞話叢編》冊四，頁3730。

句及妙用典故的崇雅特色，而夢窗潛氣內轉，騰空潛淵，別開詞之無限門徑。二人示後學詞學入門之蹊徑，並開後來典（格）律派之始。

三、**尚自然，不假雕琢**：此特點以二李最為顯著，同遭國愁家難，同受悲慨凄清之苦，二人皆崇尚真性情，自然流露毫不追琢，不假雕飾地直抒胸臆且為本色詞之代表，言之有物地抒發自我純真深摯之情與血書般的深悲極恨。

四、**最重晚唐五代，亦推崇南宋以為詞學入門之津梁**：以上述表格觀之，張教授提及晚唐五代除了詞人有溫庭筠、韋莊、李後主外，亦有《花間集》，共三詞人一詞集，就時代而言，可知其較看重晚唐五代。而推崇的南宋詞人則有李清照、辛棄疾、姜白石、吳文英四人，可知其亦重南宋，以為詞學入門之津梁。

五、**重本色，崇辛抑蘇**：此由其崇辛抑蘇可見，因辛詞之「斂雄心，抗高調，變溫婉，成悲涼。」至少保持詞之本色，此外，在其推崇二李本色詞之論述中亦可見也。

六、**重格律，崇醇雅，主張學詞當從南宋入手**：張教授說「畫虎不成猶貌似，矜嚴能救淺浮辭。」所以說其重視詞之格律嚴謹與用字典雅，主張學詞當從南宋入手，則詞之體貌大體可見。此說似與上所謂「三、尚自然，不假雕琢」相互矛盾，實則不然。蓋初學詞，當由格律鍊字入手，而力求矜嚴，其後則當出於格律鍊字之外，如庖丁解牛而游刃有餘，務必臻於自然渾成之境界也，所謂語欲渾成而無刻化費力之跡，直如化工生物，所謂大匠無巧也。

七、**提尊詞體**：由其推崇李清照「詞別是一家」可見，歷來皆以「詞為詩餘」，視之為詩之末流小道，李清照則認為詞的特色非詩之所能，詞並非句法不葺之長短句，其音樂特色不能忽視。此較清代諸詞派之尊體觀念更為具體。

八、**超越門戶，不囿流派**：此為張夢機〈論詞五絕句〉之內容重點，也是其特色。檢視〈論詞五絕句〉中「退蘇進辛」的主張，應為常州派的論詞觀點；而尚格律、崇醇雅、法南宋，則為浙西派家法；又其以溫韋為宗，重花間、倡雅正，重晚唐五代的詞學傳統，以及推崇二李書寫國破家亡的血淚之痛，此皆為雲間派的論詞觀點；蓋早期雲間皆師承晚唐五代的花間詞，喜歡填寫細膩婉約的小令，題材多半是閨怨、閨情類的纏綿情思，這點我們在雲間的《三子詩餘》中可以見到，又雲間何以特別看重晚唐五代，此由沈億年的《支機集·凡例》中可知，所謂「詞專意小令，冀復古音，屏去宋調，庶防流失。」蓋自明代以來因受元曲俗或豔的影響，詞便日趨流於靡弱纖下的詞風，雲間為倡雅正以藥流俗，所以較重視晚唐五代；故《賭棋山莊詞話》亦云：「昔陳大樽以溫、李為宗，自吳梅村以逮王阮亭，翕然從之，當其時無人不晚唐」[159]。由上可知，張教授的詞學觀點，應是針對雲間、常州及浙西各派詞學觀點的兼容並包，且超越門戶之見。

---

159 〔清〕謝章鋌：《賭棋山莊詞話》，《詞話叢編》冊四，頁3530。

近體詩法，初學津梁
──由《古典詩的形式結構》試探張夢機教授的詩法教學觀

李建福*

摘要

張夢機教授《古典詩的形式結構》，出版甚早，沾溉亦眾。本文試圖由此書探討其詩法教學觀，以為有五大特色：「提綱挈領，詳略得宜」、「古典新詮，切近初學」、「理論實例，相得益彰」、「突顯章法，分析精闢」、「深入鑒賞，講求方法」。由此五大特色，彰顯其著作此書之用心，或可為讀此書者一助。

關鍵詞：張夢機、《古典詩的形式結構》、詩法教學觀、古典新詮、講求章法

---

* 中興大學中國文學系副教授。

前言

　　張夢機教授為古典詩學界泰斗，理論、創作兼擅。著作甚多，其中《古典詩的形式結構》一書出版於民國七十年十二月，至今已歷三十三年。[1]當時張師執教多所大學詩選課，以此書為教本；後因此書深入淺出，極具特色，又頗便初學，故採用者甚多，流行亦極廣遠。茲以此書內容為據，並參考張師《近體詩發凡》、《思齋說詩》、《鷗波詩話》等書，探討其詩法教學觀，以明此書特色、作者用心，作為研讀此書者參考。一得之愚，或許對讀者也有所助益吧。

一　提綱挈領，詳略得宜

　　詩道廣大，恐怕很難用一本書來概括無遺。對於初學者來說，若不能先奠基根本，而想要直接探究深奧理論，必然違反教學原理，無從理解，而有躐等之弊。所以應該要擇其基本要項，由淺入深，循序漸進，方能培養興趣，奠定基礎。更何況目前的教育制度早已趨向多元化，國語文只是其中一項；加上語體文盛行很久，古詩文的閱讀環境今非昔比，青年學子對於古典詩的接觸很少，基礎更是薄弱。張師《近體詩發凡》即針對現代青年普遍情況而設計，提綱挈領，詳略得宜。試列其書前五章專論形式之目錄於後，以便進一步說明。

　　　　第一章　字聲的平與仄
　　　　　　一、何謂四聲
　　　　　　二、辨聲之法
　　　　　　三、利用方言辨識入聲
　　　　　　四、根據國音辨識入聲
　　　　　　五、一字兼有平仄兩讀者[2]

　　此章主要介紹古典詩的四聲及平、仄（上去入），這是最粗淺亦最基本的入門初階，古典詩的格律亦由此基礎產生。但是一般學子只熟習國音四聲陰平、陽平、上聲、去聲，且知其然而不知其所以然，對於中古時期平上去入的演化，所謂「平分陰陽，入

1　張夢機《古典詩的形式結構》，台北市：尚友出版社，民國70年12月，初版。板橋市：駱駝出版社，1997年7月，重編初版。重編本由陳啟佑教授為出版社策畫叢書時納入，並由李瑞騰教授重訂小標以清眉目，書前有張夢機教授〈新版序〉。本文引用，據駱駝版，凡引用此書出處，均省作張夢機《古典詩的形式結構》。

2　張夢機《古典詩的形式結構》，目錄 i。

派三聲」，亦無清楚概念。尤其中古的入聲，國音中已然消失，而原讀入聲之字已分派到國音四聲中。若不能分辨出來，而逕以國音四聲為準，則字聲的平仄必然混亂錯誤，依平仄原理而建構之句型格律等等也就無從理解了。所以此章第一節「何謂四聲」，就從中古四聲分為平仄兩大類的原理說起。中古四聲演化為國語四聲，概略如下表所示：

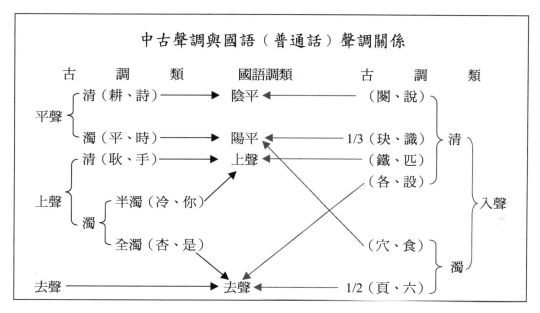

其中尤以入聲最難把握，因其變化比較複雜，派入國語陰陽上去四聲都有，大約有1/2派入去聲，1/3派入陽平，二者合計占入聲字總數5/6以上，剩下約1/6派入陰平和上聲，其中上聲最少。因國語已無入聲之故，所以第二節即教以傳統的「辨聲之法」。第三節「利用方言辨識入聲」更進一步從語言學角度說明入聲的特徵，除了「短促急收藏」外，還在收音時具有雙唇塞音〔p〕、或舌尖塞音〔t〕、或舌根塞音〔k〕收尾者。然後教以利用閩南語、客家話、粵語等具備入聲的南方方言來辨識入聲。又恐現今學子連閩客粵方言也無法把握，於是在第四節「根據國音辨識入聲」，介紹陳新雄教授以國語讀音來辨識入聲的方法。如此，學子只要懂得四聲平仄原理，又能交互運用辨識入聲的方法，對於四聲平仄的分辨，就可以迎刃而解了。這真可說是善巧方便，設想周到了。

最後第五節「一字兼有平仄兩讀者」，介紹了「雖有平仄兩讀，而意義不變」及「平仄兩讀，而意義有別」兩種情形，舉例說明在具體詩句裡的運用方法，使讀者極易明白。

第二章　詩韻的叶與襯
　　一、何謂詩韻
　　二、近體詩的押韻方法
　　三、近體詩的襯韻現象

四、不一定要先定韻目[3]

此章介紹古典詩押韻的問題。古典詩韻與國語的《中華新韻》亦大不相同。《中華新韻》即是以國音的韻母來押韻，且可以四聲通押，亦即可以不論聲調，這是一般學子大多熟悉的。但是，古典近體詩不但要分四聲，且「韻」的定義也較國音的韻母為寬，亦即只要聲調、韻腹（主要元音）和韻尾相同，就屬於同一個韻。所以第一節「何謂詩韻」就先說明用韻的目的，接著說明韻書的發展源流和歷代詩歌押韻所依據的標準，最後介紹「平水韻」的概況。現列表於後，以見其梗概：

---

3 張夢機《古典詩的形式結構》，目錄 ii。

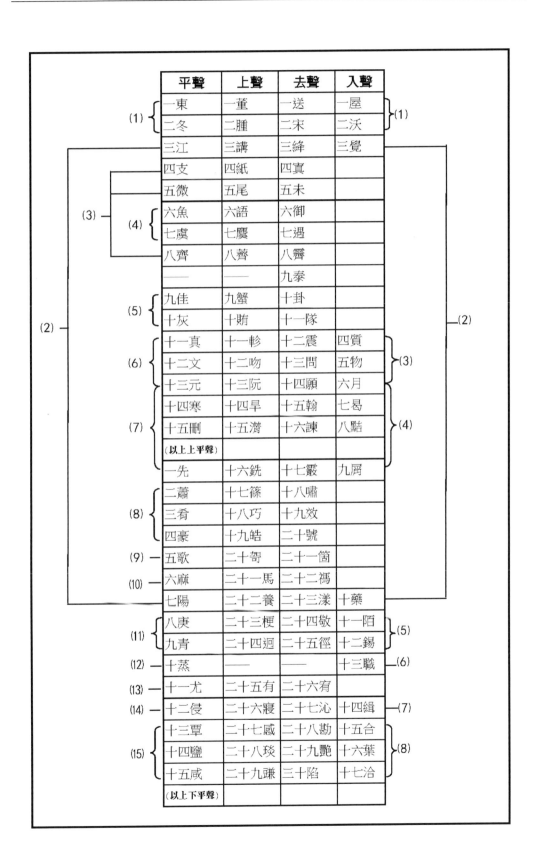

平聲	上聲	去聲	入聲
一東	一董	一送	一屋
二冬	二腫	二宋	二沃
三江	三講	三絳	三覺
四支	四紙	四寘	
五微	五尾	五未	
六魚	六語	六御	
七虞	七麌	七遇	
八齊	八薺	八霽	
——	——	九泰	
九佳	九蟹	十卦	
十灰	十賄	十一隊	
十一真	十一軫	十二震	四質
十二文	十二吻	十三問	五物
十三元	十三阮	十四願	六月
十四寒	十四旱	十五翰	七曷
十五刪	十五潸	十六諫	八黠
(以上上平聲)			
一先	十六銑	十七霰	九屑
二蕭	十七篠	十八嘯	
三肴	十八巧	十九效	
四豪	十九皓	二十號	
五歌	二十哿	二十一箇	
六麻	二十一馬	二十二禡	
七陽	二十二養	二十三漾	十藥
八庚	二十三梗	二十四敬	十一陌
九青	二十四迥	二十五徑	十二錫
十蒸	——	——	十三職
十一尤	二十五有	二十六宥	
十二侵	二十六寢	二十七沁	十四緝
十三覃	二十七感	二十八勘	十五合
十四鹽	二十八琰	二十九艷	十六葉
十五咸	二十九豏	三十陷	十七洽
(以上下平聲)			

　　接著第二節「近體詩的押韻方法」，即舉例說明押韻有其固定位置、用韻必須一韻到底，不可通轉等規定。第三節「近體詩的襯韻現象」，即進一步說明首句入韻借用鄰韻的變通現象。最後，第四節「不一定要先定韻目」，即以自身創作經驗說明如何定出韻目及檢韻的實用方法。大多舉例娓娓道來，易於理解。

　　　第三章　調譜的正與偏
　　　　一、絕句
　　　　二、律詩
　　　　三、排律[4]

　　明白了平仄和押韻，依此產生了句型音節的「平仄遞用」原則、遵守「押韻位置」原則，再加上句型平仄的「黏對原則」，自然就產生了近體詩的平仄調譜。於是第三章「調譜的正與偏」就針對這主題，舉實例說明五絕、七絕、五律、七律各有四種正調，排律是律詩的延長，並介紹了常用的術語。茲依書中所言，將近體詩四種基本句型製表如下：

近體詩五七言句型基本式
（每句後五字為五言。五言之前，加一組相反音節則為七言。—表平，｜表仄）
ー丨｜丨ー一｜（五言仄起仄收：甲種句 ⇒ 七言平起仄收）
丨丨｜一ー丨丨（五言平起平收：乙種句 ⇒ 七言仄起平收）
丨丨｜一ー丨丨（五言平起仄收：丙種句 ⇒ 七言仄起仄收）
ー丨｜丨丨一ー（五言仄起平收：丁種句 ⇒ 七言平起平收）

　　將四種句型依黏對原則、押韻規定排列，即構成五絕、七絕、五律、七律各四種正調。

　　　第四章　聲律的拗與救
　　　　一、單拗及其救法
　　　　二、雙拗及其救法
　　　　結論[5]

　　近體詩的創作，依平仄調譜，自可合於聲律之和諧。但作詩的主要目的在於表情達意，有時遣詞造句又難以盡合平仄。如何表情達意又兼顧聲律和諧，就須了解拗救之法，才能彈性運用，不被聲律束縛。若運用得當，甚至「或因拗而轉諧，或反諧以取勢」，可以達到神明變化的境地。第四章「聲律的拗與救」就是說明這個主題。本章首

4　張夢機《古典詩的形式結構》，目錄iii。
5　張夢機《古典詩的形式結構》，目錄iii。

先說明拗救的必要，接著舉出「一三五不論，二四六分明」口訣之誤解。然後將常見的拗救之法分成「單拗（本句自救）」及「雙拗（對句相救）」兩大類，再細分十個項目，舉出許多古詩實例來說明運用方法。為簡明扼要以省篇幅，現參考其說，製簡表如下：

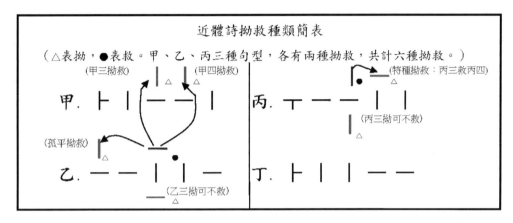

除丁種句未列拗救之外，其他甲、乙、丙三種句型的拗救方法，皆跟定其句型，故不論絕句、律詩何種平仄調譜，只要掌握這三種句型的拗救方式，皆可適用而無礙。如此作詩善用拗救，表情達意不但自然，而且又能兼顧聲律和諧，自是再好不過了。實則丁種句亦有拗救方法，本書可能考慮知之者少，非初學所宜，故未論列。

「一三五不論」口訣，在乙種句會「犯孤平」，在丁種句會犯「三平調」，這兩種犯規在近體詩是很嚴重的。至於「二四六分明」口訣，在甲種句「甲四拗救」和丙種句「特種拗救」的情況下，是可以不分明的。不明白這方法，就會受到平仄束縛，阻礙了表達的流暢。

　　第五章　對偶的體與用
　　一、對偶是中國傳統文學的特徵
　　二、對偶的基本規矩
　　三、名詞對中的「意義相類」
　　四、四種特殊的對法
　　五、對偶之「用」：反正變化及其運用之方[6]

　　第五章專論「對偶」。第一節說明「對偶」是中國傳統文學的一項獨有特徵，繼言對偶的發展，舉《尚書》《毛詩》《禮記》《左傳》《孟子》《老子》《莊子》《楚辭》等古籍為例，說明對偶的形成乃視文情需要，因於自然，初非刻意。漢魏以後，逐漸發展為有意經營，到初唐律詩形式完成，更是嚴格講求對偶規律。接著第二節「對偶的基本規矩」，即談到對偶的「體」，也就是對偶的基本原則：字數相等、平仄相反、句法相似、

6　張夢機《古典詩的形式結構》，目錄iv。

詞性相同。若依聲調譜作詩，前二項自然合律，所以重點只在「詞性相同」一項了。下即舉詩例對仗，標明平仄，說明詞性及句法。第三節更進一步說明名詞對中的「意義相類」（所謂「工對」），並舉出天文、時令、文學、鳥獸、地名、人倫等等古人同類對仗為實例。末了，強調要順其自然，不必一味求工、因辭害意。亦舉出古人以異類為對（俗謂「寬對」）的諸多名句為例，說明古人也不很強調這種同類工對。第四節「四種特殊的對法」，則特別提出「顏色對」、「方位對」、「數目對」、「干支對」，因其詞彙特殊，古人常常自相屬對，並各舉對仗為例以明之。但也舉例強調古人也允許某種程度的通融，並非一成不變。最後又補充「當句對（句中對）」、「蹉對（錯綜對）」、「借對（假對）」等對法實例及說明。

第五節專論「對偶之用：反正變化及其運用之方」。先溯其源，從《文心雕龍‧麗辭》的「四對（言對、事對、反對、正對）」說起，再舉古人對偶為例以明之，並強調「四對」的優劣，只是原則性的說法，開闔反正工夫全在作者隨宜遣筆，不必糾正崇反，墨守町畦。接著進論「理殊趣合」的「反對」之法，開後世無窮法門，舉出古人對偶實例，分「剛柔」、「大小」、「有無」、「晦明」、「人我」、「遮表」、「高下」、「正反」、「抑揚」、「今昔」等類，說明其一聯中對比的變化。更進一層發現前人對偶，在當句中也有這種對比現象，並舉實例分「上下」、「今昔」、「大小」、「因果」、「抑揚」等等說明其運用的變化複雜，以見運用之妙，存乎一心。最後，又舉諸多實例，特別補充說明「倒挽對」、「流水對」的運用。

總結本書前五章，從平仄、詩韻、調譜、拗救、對偶，所言重點均在近體詩的基本形式。這些基本的格律知識，民國以前的讀書人大多從小學習古詩文，耳熟能詳，恐怕會認為卑之無甚高論。但民國以後的現當代，社會環境的變遷，教育體制的改革，課程目標的多元，都已不可同日而語。絕大多數的學子，在入大學以期，對古典詩多只是閱讀背誦，很少深入了解其格律，更別說運用純熟了。張師《古典詩的形式結構》正是針對青年學子之所需，前五章詳說聲調格律，後三章詳說結構章法（說明見下文「突顯章法」），可謂提綱挈領。過於瑣細、玄奧者，則暫不涉入；關乎基本、重要者，則娓娓說明，可謂詳略得宜。是本書一大特色。

二　古典新詮，切近初學

古典詩歷史長遠，即便以近體詩而言，自唐代至今也有一千三百年以上，歷代詩人學者不計其數，對於古典詩的評論、研究更是不知凡幾，可是大多是以文言著述，而且不是太過簡明扼要，就是深奧難懂。現代學子初學入門，在欠缺古詩文基礎的背景下，研讀這些論詩著作，文字障礙極多，作者書籍內容與學子學習基礎落差太大，無法銜接吸收，甚至如墮五里霧中，茫然不知所云。如此著作雖多，卻於初學者無所助益。張夢

機教授於古典詩的創作與研究寢饋功深，以對詩學之深入理解，結合長期創作的心得經
驗，運用淺顯曉暢的文字，佐以豐富實際的例證，將古典詩的形式、結構，做了有系
統、有條理，具體而詳盡的說明。賦古典以新詮，切初學之需求，使研讀者破除障礙，
易於理解，而於欣賞、創作、研究古典詩更具有極大的助益。張夢機教授於此書〈新版
序〉云：

> 我的詩評詩論，不無以現代方法重構古典詩學的用心，且欲卸下嚴謹之學術外
> 衣，而出之以通俗親切的面貌，《古典詩的形式結構》正是這樣一本書。……民
> 國七十年，高師大國文系何淑貞教授主編「尚友叢書」，擬以精簡流暢的現代語
> 言闡釋古典。我有見於現代人之難解古典詩格律，常致使古人之華采實情不能為
> 今人輕易感知，乃針對近體詩的形式結構作常識性的介紹，以共襄盛舉。書中所
> 述，包括四聲之辨識、平仄譜、拗救、押韻、對仗、命題、章法、欣賞等。欲識
> 近體律絕者，本書應可為其入門之作。[7]

用意言之真切明白。茲舉書中數例以說明之。如第三章「調譜的正與偏」開頭云：

> 詩歌調配聲調，只要分平仄就可以了。有規律的把平聲仄聲相互更替，自然會產
> 生節奏，從而構成抑揚起伏的聲調，這樣不但有助於語言本身的和諧，同時也有
> 助於思想感情的表達。古典詩歌的近體詩，特別講究調平仄，而且把調配平仄所
> 產生的節奏制成固定的模型，這叫做「平仄譜」，或叫做「聲調譜」，做近體詩，
> 就必須照這個譜的聲律來做。
> 平仄本是一種聲調的關係，根據近體詩的規矩，是以每兩個字為一個節奏，平仄
> 遞用。假定一句詩的第一第二字都是平聲，那麼，第三第四字就應該都是仄聲；
> 如果第一第二字都是仄聲，第三第四字就應該都是平聲。……[8]

此即以淺顯曉暢的文字，將古典詩歌運用平仄遞用的原則，構成了詩歌節奏的道理，說
得極為清楚，讓初學者一聽就懂。接下來再結合黏對原則，進一步就更容易明白四種基
本句型是如何形成的了。這是古代說詩者鮮少論及的，但卻是極為重要的基本觀念，真
正切近初學者的需要。

再如第四章「聲律的拗與救」開頭云：

> 詩有聲律，學詩者也必從辨聲律開始，在一首詩中，用字如果應平而仄，宜仄而
> 平，以致使音節失諧，平仄不協，這種詩自然算不得佳構，此所謂「聲不諧，律
> 斯殀矣」！也有的詩能夠明瞭救轉之法，或因拗而轉諧，或反諧以取勢，誠如神

7　張夢機《古典詩的形式結構・新版序》，頁 vii-viii。
8　張夢機《古典詩的形式結構》，頁71。

龍變化，難測首尾，此謂之「精能」。不過，吐茹之間，自有定法，其平仄並非
可以隨意更換的，如果不瞭解這一點，而輕言「一三五不論」者，一定動成牴
牾，不但達不到「讀之有泠然之調」的效果，恐怕還會產生墜甑碎瓦的噪響。[9]

此即說明聲律的拗救，有一定的方法，運用此法可以救轉音節的失諧（因拗而轉諧），
甚至能夠取得音節上有力的態勢（反諧以取勢）。善於運用拗救方法，不但放寬了平
仄調譜的束縛，可以多些遣詞造句的自由，有利於詩意的表達；也能兼顧到原本聲調的音
律之美，達到一種聲情配合的藝術平衡。明白此理，就會了解拗救方法是增進創作的彈
性而樂於接受，不至於誤解成更多的創作束縛而大惑不解。對於詩歌的欣賞、創作，就
更深入一層了。此段文字，將古人拗救之法的觀念，以現代語言做了簡明的闡釋，說理
明暢，深入淺出，對初學者極有助益。

又如第六章第二節「詩題以精絜為貴」末尾云：

上面談到詩題以精絜為貴，如果有時候情事宛曲，而短題又不足以盡意，這時寧
可別為小序，或在題下作注，不應該濫入題中，破壞了詩題的精簡性。現在，我
們要更進一層的說，題下既有小序或小注，那麼詩中興會，絕不可與序文冗複，
以免疊床架屋，藤葛不分。下面舉韓愈的詩為例，稍加說明：

孟東野失子

東野連產三子，不數日輒失之，幾老，念無後以悲，其友人昌黎韓愈，懼其
傷也，推天假其命以喻之。

（原詩甚長，不具引）

這首詩以「孟東野失子」為題，又在題下以小序補完未足的意思，而詩中但作寬
慰語，不再重複題序所言。這首詩除首尾四章（每四韻為一章）敘事外，中間三
章，先說天地人各不相關，所以無子不當埋怨上天。次說物各有方，有子無子，
皆莫原其故。最後舉惡子為喻，勸東野不必太悲傷（說本王元啟〈讀韓記疑〉）。
通篇對序中東野連喪三子的事情，不作嫗煦喋囁的語言，因此題、序、詩三者，
各有所明，秩然不紊，收到相得益彰的效果。[10]

此段文字說明詩題以精絜為貴，若短題不能盡意，則應別為小序或在題下作注，此時
題、序、詩三者，應各有所明，才能相得益彰，絕不可重複冗贅、疊床架屋。文中舉出
韓愈〈孟東野失子〉詩為例，加以分析，詩題精簡，題下小序補完未足之意，詩中則只
作寬慰之語，不再重複詩題、小序所言，安排妥帖恰當，為古人運用極為得當的範例。
以簡明分析，恰當舉例，要言不煩，極易使讀者明白。

9　張夢機《古典詩的形式結構》，頁111。
10　張夢機《古典詩的形式結構》，頁165-166。

又如第七章「章法的常與變」第一節「何謂『章法』」云：

> 就一般情形而論，詩的創作，仍須通過思維中以完成，因為創作者的感情或意
> 念，利用文字所展示的意象外現於詩時，必然要通過思維的處理，才能造成一種
> 邏輯性。即使中間有開闔奇正的變化，也須要綰合照應，造成合於力學原理的架
> 構。如此，詩作便比較能夠凝聚得住它的主題，讀者也比較能夠理會作品中含蘊
> 的微旨。而這種思維的過程與邏輯的結構，便是前人所習稱的章法。[11]

此段說明古典詩的「章法」含意。以現代的語言，結合意象、思維、邏輯等習見的辭
彙，做了極為清楚簡明的概念闡釋。將極為抽象的古典「章法」概念，以清晰易懂的現
代文字，轉化成較為具體明白的意義，使初學者極易理解、把握。

接著，第二節「絕句的起法」云：

> 絕句無論五言或七言，都只有四句，從一般章法上說，則第一句是「起」，第二
> 句是「承」，第三句是「轉」，第四句是「合」，完全以句為單位。「起」是破題，
> 可以就題的本原說，也可以就題的反面說。「承」是根據「起」而發展的，但無
> 論其為強調或反駁，補充或引申，都要緊接前意，氣脈不斷。「轉」有兩種，一
> 是承上得意；一是別出新意或新境。可是無論那一種，作者的主意都必須在此句
> 擎定。「合」是延申轉句的詩意而作結束，但結束並不意味是結論，它可以是反
> 詰之辭，也可以是絃外之音，總要含蓄不盡，一結悠然，才是高格。這樣看來，
> 我們瞭解了起法與轉法，就等於掌握了絕句的章法，因為絕句中，承之於起，合
> 之於轉，在詩意上原本就是有關聯的。[12]

此段接著談論絕句的「起承轉合」章法。看似純粹說理，實是深入淺出、體會心得之
言。因為是對初學者而言，所以必須說得較為固定而簡要，其後舉詩例加以細說，對照
印證，自然易於明白。使讀者有了初步認知，明瞭概念之後，再進一步說其中變化，如
此才不至於抓不著頭緒，覺得過於抽象，難以理解。

試對照第四節「律詩的起承轉合」所引元代楊載《詩法家數》的說法：

> 律詩要法，起、承、轉、合。破題，或對景興起，或比起、或引事起、或就題
> 起，要突兀高遠，如狂風捲浪，勢欲滔天。頷聯，或寫意、或寫景、或書事用事
> 引證，此聯要接破題，要如驪龍之珠，抱而不脫。頸聯，或寫意、寫景，書事用
> 事引證，與前聯之意，相應相避，要變化，如急雷破山，觀者驚愕。結句，或就
> 題結、或開一步、或繳前聯之意、或用事，必放一句作散場，如剡溪之棹，自去

---

11 張夢機《古典詩的形式結構》，頁170。
12 張夢機《古典詩的形式結構》，頁171。

自回，言有盡而意無窮。[13]

此說，就識者而言，大約心知其意。「狂風捲浪，勢欲滔天」，不過是形容起聯要能「突兀高遠」；「驪龍之珠，抱而不脫」，不過是形容頷聯要「緊接前意，氣脈不斷」；「急雷破山，觀者驚愕」，不過是形容頸聯要「轉折變化」；「剡溪之棹，自去自回」，不過是形容結聯要「含蓄不盡，一結悠然」。但就初學而言，則這些「形象思維」的比喻，就不免過於模糊籠統，反而令人覺得更為抽象，難以捉摸其意。比較而觀，明顯可見張師所說絕句的「起承轉合」章法，更為具體而清楚。這就是以現代語言詮釋古典詩論的效果，切近初學根基，所以易於理解。當然，這也需要作者才學深厚，融會古今，才能萃取精華，言簡意賅。

三　理論實例，相得益彰

純粹說理，過於抽象，不易明白，初學者尤其難以把握。若能舉出實例，配合說明，讓理論實例相互印證，則不但易於理解，且說服力強，令人印象深刻，會有極大的收效。張師《古典詩的形式結構》一書，全書多舉實例，妥適分析，與理論互發，即頗具此種特色。前文所舉「詩題以精絜為貴」一節以韓愈〈孟東野失子〉詩為例，說明題、序、詩三者，不可重複冗贅、疊床架屋，應各有所明，才能相得益彰，即為其中一例。

再如第七章「章法的常與變」第四節「律詩的起承轉合」，說到一般章法，詩思大多以詩題為中心，呈現隨題輻湊的結構。下即舉杜甫〈擣衣〉、〈別房太尉墓〉為例，詳加分析，足證其理。末再舉高適〈送李少府貶峽中王少府貶長沙〉為例，詮說綰合題旨，雙扇合寫的結構。先引高適原詩：

嗟君此別意何如，駐馬銜杯問謫居。
巫峽啼猿數行淚，衡陽歸雁幾封書。
青楓江上秋天遠，白帝城邊古木疏。
聖代即今多雨露，暫時分手莫躊躇。

書中繼引元代楊載《詩法家數·贈別》所云作法：

第一聯敘題意起。第二聯合說人事，或敘別，或議論。第三聯合說景，或帶思慕之情，或說事。第四聯合說何時再會，或囑付，或期望。於中二聯，或倒亂前說

---

13 何文煥輯《歷代詩話》本，頁728-729。台北縣：漢京文化公司，1983年1月。又張夢機《古典詩的形式結構》，頁179。

亦可，但不可重複，須要次第。末句要有規警，意味淵永為佳。[14]

續分析云：

> 創作時，自然不必如此准方作矩，為人臣僕。但以此公式比對高適這首七律，倒也顯得若合符節，可供參酌。
>
> 不過，高適這首詩是送兩人貶謫，屬於雙扇的題目，應該兩兩分寫，不宜偏枯。此詩首聯有意倒置第一二句，以逆挽的手法起勢，呈現突兀的藝術效果。次句「問謫居」三字總說李少府與王少府，以下領聯腹聯便承「謫居」雙線拓展，分寫兩人。
>
> 領聯上句以「巫峽啼猿」切李少府去峽中（即四川巫峽），下句以「衡陽歸雁」（衡陽有迴雁峰）切王少府去長沙。至於「數行淚」（用「巴東三峽巫峽長，猿鳴三聲淚沾裳」句意）、「幾封書」（用「雁足繫書」事），則是詩中互文，合寫遷者淒苦的心境，以及詩人對遷者音訊的期盼。有此六字表情，詩意便不枯寂。腹聯以「青楓江」（即雙楓浦，在湖南長沙）再切長沙，以「白帝城」（在四川奉節）再切峽中，而「秋帆遠」、「古木疏」六字，是加一倍寫法，勾勒出兩地寥落的秋色，愈見遷者內心的苦況。這兩聯雙管分寫，切地切時，章法何等嚴密。末聯作寬慰語，與首聯一樣，總說李、王二人，收住全篇。[15]

與楊載說法真是若合符節，只是分析得更為深刻細緻、令人更為領會其章法的巧妙。試依張師分析，略作章法圖示如下：

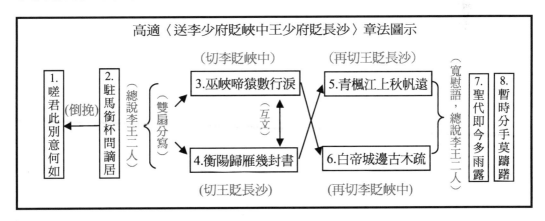

如此理論、實例互相發揮說明，相得益彰，收效極大。類此者書中到處都是，不勝枚舉，尤以後三章談論結構章法、命題、欣賞之處為多。此又詩法教學之一大特色。

---

14 何文煥輯《歷代詩話》本，頁734。台北縣：漢京文化公司，1983年1月。又張夢機《古典詩的形式結構》，頁183-184。

15 張夢機《古典詩的形式結構》，頁184。

四　突顯章法，分析精闢

　　此書前五章從平仄說起，到押韻、調譜、拗救、對偶為止，是以形式格律為主，這部分現今介紹古典近體詩的書籍，大都會論及，只是內容有詳略多少的不同，說法有切近疏遠的差異罷了。但是，此書後三章，尤其「章法的常與變」、「欣賞的學與悟」，則為諸家所罕言，即或言之，也多淺嘗即止，不甚了了。

　　張夢機老師《古典詩的形式結構》則不同。格律部分，本就較為具體而淺顯，初學者容易理解；章法結構部分，則相對而言較為深奧而抽象，較難把握。初學者閱讀詩作時，對於一般作品運用通常章法結構來寫作，尚可思索其技巧，進而領悟其詩意；但是對於某些作品運用特殊變化的章法來寫作時，則難以把握，體會不易，如此對於其詩意自難理解，更不用說領會其妙處了。所以張夢機老師於章法的常法與變法、欣賞的學習與領悟，兩方面作了極大的發揮。這是因為張師對詩學有深入的了解體會，本身又兼擅古典詩的創作和鑒賞，知行合一，行解相應，所以能擷取其中精華要領，加以深入淺出的分析解說，使讀者既明詩法理論，又能領悟古人作品的創意苦心。現擷取大要，略加說明。

　　第一節「何謂章法」是對「章法」的簡略概說，第二節「絕句的起法」，先說明絕句的「起承轉合」，以上前文「古典新詮」已有介紹說明，不再重複。接著說明絕句的起法與承法，舉出明起、暗起、陪起三種類型，皆有實例分析說明。第三節「絕句章法之轉法」，先說明絕句的主旨，多半落在第三句的轉折上，再以第四句延申說明，畫龍點睛。接著說明轉折之法有二種：一是承上得意，舉杜牧〈秋夕〉、王翰〈涼州詞〉為例。一是另起一意，即「在第三句臨空騰起，自題外落想，或新生一意，或新出一境，但內在的脈絡則與題旨仍相連屬」，並舉杜荀鶴〈題新雁〉為例。

　　第四節「律詩的起承轉合」，先說明律詩章法的起承轉合，與絕句的起承轉合原理相同，只是將絕句的四句擴大為律詩的四聯。並舉杜甫〈搗衣〉等三詩為例，以上前文「理論實例」「古典新詮」已略有介紹說明，此處不再重複。

　　第五節「章法之變」，是說明不拘泥於章法的一般型態，也就是跳脫於一般起承轉合、隨題輻輳的常法，而用「反常合道」的手法，加以變化，可以使章法更為流宕可喜。雖是「沒有遵照一般結構的形式」（反常），但是作品「卻仍具有完整的起結態勢」[16]，自然合乎法度（詩思的邏輯結構原理）。接著即以「破題」為例，舉出劉長卿〈碧澗別墅喜皇甫侍御見訪〉、杜甫〈子規〉，說明兩詩「破題」不在首聯，而是以「緩起」或「補起」的手法在領聯破題，不但造成「章法的流宕」，而且具備「蓄勢的妙用」，更能有「突出主題」的效果。[17]其實這個律詩的「緩起」或「補起」手法和絕句的「陪起」手法，原理相通，是異曲同工的。

　　第六節「流宕多姿的章法」，是緊接第五節「章法之變」，更進一步去探討兩種非常重要的「變法」：「腹聯大轉」、「合筆見意」。以下概述之。

　　所謂「腹聯大轉」，是指律詩的第三聯（腹聯），看起來與前聯之意不相接續，似乎是軼出題旨之外，然後再以末聯七八句縋合入題。由於腹聯看似不「承上得意」或是「隨題輻輳」，轉折的幅度大到像是離題，所以稱為「大轉」。這種章法，與絕句起承轉合章法的第三句別出新意或新境的「轉」法，原理是相通的。在絕句是第三句，在律詩是第三聯，「別出新意或新境」，自然看似與前意不相連貫，有離題之感，故為大轉。到了絕句末句或律詩末聯，再結合前意，縋回題旨。因為這章法不同於一般常法，故顯得極為跳脫而有姿態。書中所舉的詩例有李商隱的七律〈宿晉昌亭聞驚禽〉和五律〈詠蟬〉。〈宿晉昌亭聞驚禽〉解說細密，並附圖示，極為詳審，此處不再重複。謹依張師解說，試將〈詠蟬〉章法作圖示如下：

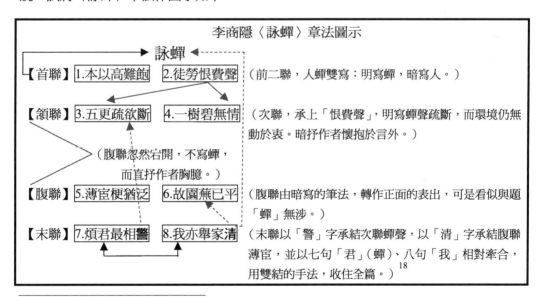

16　張夢機《古典詩的形式結構》，頁185。
17　張夢機《古典詩的形式結構》，頁185-187。
18　張夢機《古典詩的形式結構》，頁191。李商隱〈蟬〉詩，見劉學鍇、余恕誠《李商隱詩歌集解》（增訂重排本），頁1135。北京：中華書局，2004年11月第2版。

　　一般的詩，大多是用起承轉（承上得意的轉）合的章法，所以全篇的詩意都是隨題輻輳，集中於題旨，前後連貫，讀者一路看下來，不覺詩意中斷。腹聯大轉，既是中斷前意，別起新意，則閱讀至腹聯時，自會覺得詩意前後不能相續，而有離題之感。若不知此是腹聯大轉的章法運用，即不能「讀懂」詩意，更遑論欣賞其流宕多姿的頓挫變化了。

　　續論「合筆見意」。「合筆見意」，簡言之即詩中的歸納法，乃作詩時，先雜陳數事，看似不相連續，而將題旨放置詩末，作為結論，並總綰全篇。因為這章法不同於一般隨題輻輳，詞氣平衍的演繹常法，故顯得極為流宕奇峭。書中所舉的詩例有李商隱的七律〈淚〉、〈無題〔颯颯東風〕〉、〈茂陵〉三首。前二首解說細密，〈淚〉詩並兼有圖示，極為詳審，此處不再重複。謹依張師解說，試將〈茂陵〉章法作圖示如下：

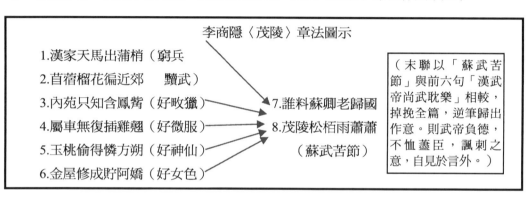

李商隱〈茂陵〉章法圖示

1.漢家天馬出蒲梢（窮兵
2.苜蓿榴花徧近郊　　黷武）
3.內苑只知含鳳嘴（好畋獵）
4.屬車無復插雞翹（好微服）
5.玉桃偷得憐方朔（好神仙）
6.金屋修成貯阿嬌（好女色）

7.誰料蘇卿老歸國
8.茂陵松柏雨蕭蕭
　　（蘇武苦節）

（末聯以「蘇武苦節」與前六句「漢武帝尚武耽樂」相較，掉挽全篇，逆筆歸出作意。則武帝負德，不恤藎臣，諷刺之意，自見於言外。）

此詩首聯言漢武帝窮兵尚武，三句言其遊獵，四句言其微行，五句言其好仙，六句言其好色，一路說來，排比了漢武帝尚武耽樂的五件事，雖說都與漢武有關，但不具任何主從承接的關係，直至末聯，才以蘇武苦節對比逆挽貫串，結出正意。若不知此是「合筆見意」的章法運用，而以為是一般「起承轉合」或「隨題輻輳」的作法，即不能「讀懂」詩意，也不能體會其精彩了。[19]

　　結語「有法之極，歸於無法」，是強調熟習章法的「常」（⑴起承轉合⑵隨題輻輳）與「變」（⑴腹聯大轉⑵合筆見意），而後融會貫通，巧妙運用，才能神明於規矩之中，超神盡變，不為法度所縛。對於鑑賞、創作古典詩，皆有極大助益。

　　就《古典詩的形式結構》篇幅而言，前五章聲調格律共計160頁，佔全書70%，而第七章「章法的常與變」僅僅30頁，只佔全書13%，實在很少，但卻極為重要。俗話說「內行看門道」，若捨此章法結構不講求，而想要於古典詩國登堂入室，見其百官之富宗廟之美，恐怕是極為困難的。這是本書最擅勝場處，也是本書的最重要特色。

---

19 張夢機《古典詩的形式結構》，頁197-199。李商隱〈茂陵〉詩，見劉學鍇、余恕誠《李商隱詩歌集解》（增訂重排本），頁607。北京：中華書局，2004年11月第2版。

五　深入鑒賞，講求方法

　　張夢機老師《古典詩的形式結構》最後一章談論的，是學習和領悟如何欣賞古典詩。欣賞是要能深入詩心的，而非浮光掠影粗淺的，所以要講求方法，具備一些必要的條件。先列其章節如下：

> 第八章　欣賞的學與悟
> 前言
> 　　一、詩的通俗與艱深
> 　　二、增進學識以拓悟境
> 　　三、熟知詩法以窺詩境
> 　　四、瞭解作者以明心境

　　「前言」是說明作者、作品與讀者之間的關係。引用黃永武教授《中國詩學‧鑑賞篇》所討論詩的欣賞之道，對於讀者悟境的開拓、作品詩境的研析、作者心境的揣摩，都有詳盡的介紹剖析。張夢機教授由此而進一步認為黃說「欣賞是創作的還原」，應無疑義，故就欣賞之道再作發揮。

　　第一節「詩的通俗與艱深」，首先釐清「通俗」不同於「俗」，前者須具備「貌澹神邃」、「言近旨遠」的因素，才能雅俗共賞。次辨明「艱深」不同於「晦澀」，關鍵在於作者的認知過程是否合於邏輯、作品表現的手法是否合理。

　　接著「艱深」，說明所謂的「難懂」，可從作者、讀者兩方面來說。作者的因素如：⑴形格勢禁，諱言真情。⑵內心意念，繁亂無次。⑶無力表達，半折心始。⑷艱澀外貌，文飾淺率。讀者的因素如：⑴感性不足。⑵學殖不富。⑶詩法不精。⑷閱歷不深。由作者造成的難懂，責在作者。由讀者造成的難懂，則應由讀者去努力。除第一項「感性不足」是由於先天的稟賦，不可力致外，其他的三項因素皆可以後天的努力去突破。以下即由此開展出第二節「增進學識以拓悟境」、第三節「熟知詩法以窺詩境」、第四節「瞭解作者以明心境」，略述其大要如下。

　　第二節「增進學識以拓悟境」，是針對讀者「學殖不富」而言的方法。先提出用事（援引故實）和用辭（引用成辭）部分。因作者「讀書破萬卷，下筆如有神」，讀者也須憑藉豐富的學識，才能知曉句意，進明內蘊。繼述用典之法有明用、暗用、反用、活用四種。明用者，詩中明言其人，或明引其事，不知者「尚可翻檢辭書，洞悉本源，而琢磨詩境」。其他三種用法，則有時化用無跡，如水中滲鹽，莫辨鹽質，讀者極易輕忽而過，無從體會作品奧妙。書中即舉劉長卿〈長沙過賈誼宅〉為例，說明此詩通篇藉賈誼自況，明用典故，故只要檢讀《史記‧賈誼傳》即能明白賈誼事跡，再檢讀《新唐

書・藝文志》或《唐才子傳》，即能明白作者劉長卿事跡，由此進明此詩作意。但詩中次聯「秋草獨尋人去後，寒林空見日斜時」，則化用賈誼〈鵩鳥賦〉「野鳥入室，主人將去」和「庚子日斜兮，鵩集予舍」兩句，不知者以為是尋常寫景，則無從體會作者運典入化的苦心。又如杜甫〈禹廟〉次聯「荒庭垂橘柚，古屋畫龍蛇」，貢橘柚、放龍蛇，皆出於大禹事跡，化用為寫景，增添了詩中許多含蘊，即暗用成辭典故之效。張師《讀杜新箋——律髓批杜詮評》中有更詳細的分析：

> 此詩領聯兩句，一寫庭中所見之物，一寫壁間所繪的畫。上句見古廟之荒涼；下句見古屋之肅穆。孫莘老說：「橘柚錫貢，驅龍蛇，皆禹事。」是不錯的。橘柚一詞，出《書經・禹貢》：「厥包橘柚。」龍蛇一詞，出《孟子・滕文公》：「禹驅龍蛇而放之菹。」兩句寫禹廟而全用禹事，知此廟確是禹廟，而非泛寫。同時，這兩句雖用成辭，卻一點不著痕跡，我們知曉出處，固然能識得作者運典入化的匠心，即使不明出處，此聯也不失為寫景生動的佳句，這便是成辭暗用的妙處。[20]

又如黃山谷〈和答錢穆父詠猩猩毛筆〉「平生幾兩屐，身後五車書」，前句用《世說新語・雅量》阮孚好屐典故，言其「自吹火蠟屐，因歎曰：『未知一生當著幾量屐！』」[21]後句用《莊子・天下》惠施典故，言「惠施多方，其書五車」，[22]這些典故，本與猩猩無關。但因猩猩喜愛著屐，[23]所以借用阮孚好屐事；以猩猩的毛作筆，可以用來寫字抄書，所以借用惠施學富五車事。本來都與「猩猩毛筆」主題無涉，經作者巧妙牽合，即成詠物佳作，即是典故的活用。

接著，闡述借助義理與考據的知識，有助於欣賞詩。先舉王維詩為例，說明了解禪理才能對王維閒適詩的神晤情味、高遠意境有所體會。又舉陶淵明〈飲酒〉詩為例，說明認識儒家安貧樂道精神、佛家空觀理念、道家清淨自然，才能欣賞陶詩「質而實綺，癯而實腴」的風格。

進言涉獵考據之學有助於詩的欣賞。由於古代作品流傳都不免有訛誤刪改衍奪等失真的情況，若不加辨別，即容易造成曲解誤會，所以讀詩應該尊重善本。書中提到日本學者平岡武夫所言白居易文集刊本與舊鈔本之間的差異比較。即舉唐舊鈔本白詩〈題遺愛寺前溪松〉「暑天風瑟瑟，晴夜雨淒淒」為例，宋明刊本「瑟瑟」都作「槭槭」，「雨」都作「露」。張師以為：

---

20 張夢機《讀杜新箋——律髓批杜詮評》，頁172-173。臺北市：漢光文化公司，民國75年2月。
21 徐震堮《世說新語校箋》，頁199-200。臺北市：文史哲出版社，民國74年7月。
22 郭慶藩《莊子集釋》，頁1102。臺北市：貫雅文化公司，民國80年9月。
23 猩猩好酒愛屐事，參見唐裴炎〈猩猩銘并序〉引阮汧之言。（清）董誥等編《全唐文》卷168，頁1712。北京：中華書局，1983年11月。

雨字或露字的差異，在未見唐鈔本以前，是無庸置疑的，因為從常識上判斷，將「晴夜」與「雨淒淒」兩景並置句中，顯然扞格難通。……白居易這兩句詠松的詩，是藉聯想作用，有意將兩種不相連屬的意象，對舉並列，造成修辭上特殊的效果，但這種曲折的詩思是可以理解的。如上句「暑天」屬夏，「風瑟瑟」屬秋，初看不相關聯，事實上正側筆寫出溪松枝葉扶疏，因風生秋的景象。下句同一機軸，以晴、雨對舉，創新逞能，句中「雨淒淒」三字，形容松聲，是晴風吹入松間所產生的音響效果。……是說在晴天的夜晚，風入蒼松，千葉搖晴，發出落雨籟籟般的聲音，全句只是巧思，不覺矛盾，在表現的技巧上，也比較刊本「暗夜露淒淒」為高。[24]

對於版本異文的優劣差別，分析極為精到。引文中省略處還舉了蘇軾、白居易描寫手法相似的其他詩句為佐證，論述更為可信。由此可見讀詩之不易，也見出版本考據之重要性了。

第三節「熟知詩法以窺詩境」，是針對讀者「詩法不精」而言的方法。詩法範疇極廣，此節以「結構」、「倒裝」兩類來作補充說明。

先論結構。書中先舉杜甫〈送韓十四歸江東省親〉之結構加以說明，乃屬一般「起承轉合」「隨題輻輳」的章法。繼言結構之變化，如劉熙載《詩概》云：「律有似乎無起無收者。要知無起者，後必補起；無收者，前必豫收。」[25]即舉杜甫〈客至〉為例，首聯沒有破題，至第四句「蓬門今始為君開」始點題旨，補作起筆。接舉杜甫〈聞官軍收河南河北〉為例，末聯虛想還鄉路線，以流水對仗，不像收句，但第六句「青春作伴好還鄉」，「好還鄉」三字已預作收場。這是說明章法結構的變化。

書中又引陳衍《石遺室詩話》云：「作詩亦然，一篇中某處某處，要刻意經營，其餘有只要隨手抒寫者，有不妨隨意所向者。」[26]將「結構」分為「結構之結構」和「不結構之結構」。「結構之結構」即「刻意經營」之結構，如前述第七章「章法的常與變」所言「起承轉合」、「隨題輻輳」、「腹聯大轉」、「合筆見意」之類。而「不結構之結構」即「隨手抒寫」「隨意所向」之結構。這也是說明章法結構的變化。

次論倒裝。先言倒裝目的有二：⑴囿於形式，遷就聲調。⑵有意相錯成文，造成矯健的語勢。繼言倒裝的手法有二：⑴顛倒詩句次第，以變化常序，逆挽成趣。⑵顛倒用字次序，使音節調和，語峻體健。

接著舉例說明句法的倒裝。舉王維〈觀獵〉首聯「風勁角弓鳴，將軍獵渭城」、杜甫〈畫鷹〉首聯「素練風霜起，蒼鷹畫作殊」為例，言其兩句因果關係倒置，乃有軒昂

24 張夢機《古典詩的形式結構》，頁212。

25 郭紹虞編選，富壽蓀校點《清詩話續編》，頁2438。（上海：上海古籍出版社，1983年12月）

26 陳衍《石遺室詩話》。

遒峭氣勢，若依因果順說，平順而已。又言倒裝用於對仗，舉杜甫〈送路六侍御入朝〉頷聯「更為後會知何地，忽漫相逢是別筵」，若依時間順敘則只平順，如今倒裝，則感慨更深。以上諸例，就倒裝手法而言，為句法的倒裝；就原因而言，則為有意相錯成文，造成矯健語勢。

再舉例說明字法的倒裝。舉王維〈山居秋暝〉「竹喧歸浣女，蓮動下漁舟」為例，以為順說應作「浣女歸喧竹，漁舟下動蓮」，作者倒置因果，可能為了協律押韻。故就手法而言，為字法的倒裝；就原因而言，則為囿於形式，遷就聲調。又舉王安石讀杜荀鶴〈雪〉詩「江湖不見飛禽影，巖谷惟聞折竹聲」，改為「禽飛影」、「竹折聲」。將五、六兩字倒裝，以為「如此語健」。五、六兩字聲調皆同，故與聲律無關，而是將原來形容詞語法改變成動詞，而使詩句勁健。故就手法而言，為字法的倒裝；就原因而言，則為有意相錯成文，造成矯健語勢。

最後說明「字法的倒裝」運用於「對仗」，上下聯須語法一致，不論者非。舉杜甫〈秋興〉「香稻啄殘鸚鵡粒，碧梧棲老鳳凰枝」為「鸚鵡啄殘香稻粒，鳳凰棲老碧梧枝」的倒裝，為運用的正例；又舉陸游〈武林〉「樓臺飛舞祥煙外，鼓笛喧呼明月中」為運用的反例，因上聯為倒裝，下聯非倒裝，語法不能一致，犯了屬對的禁忌。知曉此理，欣賞古典詩時，即可辨別巧拙，論斷是非。下舉杜甫〈月夜憶舍弟〉「露從今夜白，月是故鄉明」為例，有人據仇兆鰲《杜詩詳註》「又逢白露節候」之說，以為上句是「從今夜白露」之倒裝，切合白露節候。如是，則根據對仗須語法一致的原理，下句即成「是故鄉明月」的倒裝，與「月是故鄉明（月色還是故鄉的最明亮）」之意境相去甚遠，費力而失真。由此可見熟知詩法之重要。

詩法範疇極廣，此書第七章「章法的常與變」已有專論，此節只是補充「結構」、「倒裝」二項，以見熟知詩法對於欣賞詩境的重要。

第四節「瞭解作者以明心境」，是針對讀者「閱歷不深」而言的方法。熟諳詩法，固然可以欣賞詩境，但若能同時考查作者身世、遭遇、時代社會背景，甚至寫作某篇作品時的處境、心情，則對於作品的欣賞必定更能深入。下即舉杜甫〈旅夜書懷〉為例，說明腹聯「名豈文章著，官因（一作應）老病休」、末聯「飄飄何所似，天地一沙鷗」深刻的詩境，皆有賴於瞭解作者生平，明其寫作背景，才能深入體會。此詩作於唐代宗永泰元年（西元765），因高適於永泰元年正月卒，嚴武於同年四月卒，在蜀失去憑依，亦無故人分與祿米，故於五月離蜀東下，九月到雲安（今四川雲陽縣）暫住。此詩當為攜家舟下雲安時所作。[27] 杜甫早年曾云「讀書破萬卷，下筆如有神。賦料揚雄敵，詩看子建親。李邕求識面，王翰願卜鄰。自謂頗挺出，立登要路津」，頗以才華自許；又胸懷經濟，忠君愛國，有「致君堯舜上，再使風俗淳」的抱負，卻不料「青冥卻垂翅，蹭

---

27 參閱張夢機《古典詩的形式結構》，頁222-223。仇兆鰲《杜詩詳註·杜工部年譜》頁17。

蹬無縱鱗」，[28]在政壇不得施展。知其抱負如此，遭遇如此，則腹聯「名豈文章著，官因老病休」即可知其不敢怨君，反言以見意，乃「無所歸咎，撫躬自怪之語」，而不會僅看成表面的自謙之懷，投劾之想了。知其一生顛沛流離，際遇坎坷，晚年依至友嚴武而居蜀，嚴死生活無依，又不得不再度飄泊，則末聯「飄飄何所似，天地一沙鷗」即可知其乃借鷗自喻，比附身世，深慨自己飄泊無依，而非以沙鷗比喻對逍遙閒適的嚮往了。

書中再舉杜甫〈兵車行〉與〈三吏〉、〈三別〉為例，說明杜甫對於戰爭的態度，是因戰爭的性質而有所不同，不可一概而論，才不致造成誤解。如〈兵車行〉，約作於唐玄宗天寶十一年（752），一說是進攻南詔，[29]一說是用兵吐蕃，[30]不論何說，皆係諷刺玄宗好大喜功，黷武擴邊，造成百姓莫大的痛苦，所以此時杜甫對戰爭的態度是反對的。但〈三吏〉、〈三別〉則不然。此組詩約作於唐肅宗乾元二年（759），題下原注：「收京後作。雖收兩京，賊猶充斥。」[31]可知為安史之亂中期時作品。詩中對民情之哀怨、徵兵之慘狀，固然表達了憐憫與憤慨，但也流露了寬慰百姓、鼓勵應役之心。故此詩雖仍有諷刺之意，但對戰爭的態度大體上是贊成的。張綖曾云：

> 凡公此等詩，不專是刺。蓋兵者凶器，聖人不得已而用之。故可已而不已者則刺之，不得已而用者則慰之哀之。若〈兵車行〉、前後〈出塞〉之類，皆刺也，此可已而不已者也。若夫〈新安吏〉之類，則慰也。〈石壕吏〉之類，則哀也。此不得已而用之者也。然天子有道，守在四夷，則所以慰哀之者，是亦刺也。[32]

可見二詩先後差距僅七年，然戰爭之性質有異，所以杜甫的態度自然不同，必先考查寫作背景差異，了解作者思想觀念，才不致含糊籠統，一概而論，誤會了詩篇的真意微旨。

結語

張夢機教授《古典詩的形式結構》特色及其詩法教學觀，歸納要點概述如上，其有益於初學及近體詩法之教學，可謂深切著明。而觀張師此書之以前著作，如《近體詩發凡》、《思齋說詩》，則又可見其遞嬗之跡。《近體詩發凡》成書最早（民國59年6月），原為張師碩士論文《近體詩方法研究》。那時學術風氣較為古典，著作論文多以文言行文，此書亦復如是。而在《近體詩發凡》之後約六年半，又出版《思齋說詩》（民國66

---

28 以上均見仇兆鰲《杜詩詳註·奉贈韋左丞丈二十二韻》，頁74-75。

29 如黃鶴、錢謙益。黃說見仇兆鰲《杜詩詳註·兵車行》頁117引王道俊《杜詩博議》。錢說見《錢注杜詩·兵車行》頁10。

30 如朱鶴齡《杜工部詩集輯注·兵車行》頁38。

31 仇兆鰲《杜詩詳註·新安吏》頁523。

32 仇兆鰲《杜詩詳註·新安吏》頁525。

年1月），則已改用「古典新詮」之方式論詩；再過五年，又出版《古典詩的形式結構》（民國70年12月）。然後來之《古典詩的形式結構》內容實多本於前二書。茲以《古典詩的形式結構》為據，舉其顯而易見者，如：第五章「對偶的體與用」，幾乎全本於《近體詩發凡》第四章「論裁對與用典」之裁對；「欣賞的學與悟」中之用典之法，亦本於《近體詩發凡》第四章「論裁對與用典」之用典；第四章「聲律的拗與救」，亦幾乎全本於《近體詩發凡》第六章「論拗句與救法」；第七章「章法的常與變」亦本於《近體詩發凡》第七章「論絕句謀篇」、第八章「論律詩謀篇」。所異者，《近體詩發凡》文簡而要，《古典詩的形式結構》言淺而詳；二書舉例、說明則互有詳略參差。

又《古典詩的形式結構》第七章「章法的常與變」中論律詩的章法部分，幾乎全同於《思齋說詩》「兩種流宕的律詩章法」；而第八章「欣賞的學與悟」，則亦全同於《思齋說詩》「悟境、詩境、心境與欣賞詩的關聯性」。由此三書之關聯、演繹，可見張師之詩學根柢及後來研究之蔚成大觀，更可見《古典詩的形式結構》一書透顯的詩法教學觀其來有自了。

筆者二十年來承乏中文系「詩選及習作」課程，即以張夢機教授《古典詩的形式結構》為教本，深感此書古典新詮、講求章法、切近初學之諸多優點，師生受惠甚多，故特為此文，闡明張師詩法教學觀之特色，以表敬佩與紀念之意。

張夢機詩歌理論探賾

丁威仁[*]

摘要

　　張夢機關於詩學理論的論著極多，扣除再版或者選編部分，共有十四部，可見其除了是重要古典詩家之外，更是一位相當具備代表性的古典詩研究學者，其論詩回歸傳統「創作」、「批評」、「閱讀」三位一體的思維脈絡，儘量避免以割裂的方式的建構詩學。所以，他的詩歌理論，除了論及近體詩的形式結構時，會以「創作方法論」的概念進行論點闡述，其他部分，在論述中，往往產生「作者」、「讀者」與「作品」三位一體的批評進路。然而本文為了讓讀者有系統了解張夢機的詩歌理論，將張夢機論詩之言，做一範疇式的歸納與分析，透過源流論、本質論、鑑賞論與創作論，進行研究，希望能夠對其詩觀做一清晰的探賾，以其對其相關研究就有補綴之功。

關鍵詞：詩歌理論、源流論、本質論、鑑賞論、創作論、詩學、作者、讀者

---

[*]　新竹教育大學中國文學系副教授。

一　前言：張夢機的詩歌源流論

進入討論張夢機詩學理論之前，首先我們先列出張夢機出版過關於詩學論述的專書[1]，進行說明與分析：

1970，《近體詩發凡》，台灣中華書局。

1973，《三唐詩絜》，文景出版社。

1977，《思齋說詩》，華正書局。

1977，《唐宋詞選注》，華正書局。

1979，《杜律指歸》，學海出版社。

1981，《古典詩的形式結構》，尚友出版社。

1981，《詞律探源》，文史哲出版社。

1984，《鷗波詩話》，漢光出版社。

1986，《讀杜新箋：律髓批杜銓評》，漢光出版社。

1986，《唐宋詩髓》，明文書局。

1990，《詩詞曲賞析》，空中大學。

1993，《詩學論叢》，華正書局。

1995，《藥樓文稿》，文史哲出版社。

1997，《古典詩的形式結構》，駱駝出版社。

1997，《唐宋詩髓》，文海學術思想研究發展文教基金會。

1999，《詞箋》，三民書局。

2008，《詞箋》，三民書局二版。

2013，《張夢機詩文選編》（含《夢機詩詞》、《近體詩發凡》等），黃山書社。

按上述列表，可以看出張夢機關於詩學理論的論著極多，扣除再版或者選編部分，共有十四部，從其中可以發現張夢機對於「格律」，也就是古典詩詞的形式問題，關注頗多。另外，唐詩也是其詩學論著中相當核心的環節，其中張夢機論詩又最為推崇杜甫，認為自唐以降，「宋、元、明、清的大家，無一不尊崇老杜，受到他巨大的影響。」[2]換言之，張夢機無論言及詩歌本質、功能、創作方法、批評鑑賞等各項詩學觀點，所舉之佳例，幾乎都有老杜之詩，而出版的詩學論著當中，就有兩本專書針對杜詩[3]，可見他

1　整理自龔鵬程《張夢機詩文選編・前言》，（合肥：黃山書社，2013），頁4。

2　《讀杜新箋：律髓批杜銓評》（台北：漢光，1986），頁17。

3　分別是《杜律旨歸》（台北：學海，1979），以及《讀杜新箋：律髓批杜銓評》（台北：漢光，1986）兩本詩學論著。

認為老杜詩是後代學詩者習詩之根源，只要回歸此根源，創作就有歸趨處，浸淫久之，作品必有進益。因而張夢機從不同的詩學範疇，強化其杜詩根源論的觀點，以下分別討論之。

（一）從杜甫生平背景言。張夢機強調老杜「窮於當時，達於千秋」[4]，一生面臨唐代由盛轉衰的關鍵時刻，晚年又羈旅淒楚，所以老杜將這樣的生命經驗與生活所聞作為詩歌創作的材料，成為後代寫實主義社會詩的基礎根源。

（二）從杜甫詩境言。張夢機說：「老杜的詩境，是極力向政治、歷史、社會等方面做全力的拓展，真實地反映了當日的時代面貌。」[5]雖然這樣的書寫境界不始於杜甫，但杜甫卻將這個境界作為一生致力的主要追求，成為後代習詩者的價值歸趨。

（三）從時代性言。張夢機認為與老杜同時代的詩人多數的創作離民眾太過遙遠，唯有老杜將戰爭災難與百姓生活作為詩歌真摯感情投射的主體，詩歌就是歷史，這樣的書寫觀念，影響後世甚鉅。

（四）就杜詩特色與價值言。自中唐以來，杜甫幾乎被推崇成集詩歌創作大成的詩人，「才力雄大，無所不掣，故一有感會，搦管為詩，便於境無所不入，於情無所不出，於才無所不伸，於法無所不合……」[6]張夢機從「境」、「情」、「才」、「法」的角度，分析杜詩的特色在於其寫詩無所不能，集詩歌創作各個範疇的極限於一身，於是後世詩家只能取杜甫各種書寫的一瓢飲。因而杜詩迄今，價值崇高，為歷代詩人所欲學習的詩歌根源。

（五）就杜詩的影響言。最直接可以論及根源論的方式，就是影響論。張夢機在《讀杜新箋：律髓批杜銓評》的序言中，透過「杜詩集大成」的角度，以一種詩歌史的簡述，大幅討論杜詩對於後代詩家的影響，希望證明歷代知名的詩人，幾乎都以杜甫作為自身創作學習的對象與根源。

由上述的分析不難發現，張夢機極度推崇杜詩，並以其作為詩學理論的價值根源，透過環繞著杜詩為根源的思維脈絡，逐步建構完整的詩學論述，往往在理論說明的相關舉例中，杜詩也成為其例證的最核心詩家，本文藉著前言先揭示張夢機杜詩根源論的詩觀，接下來將分別從本質論、鑑賞論與方法論，逐一探討張夢機的詩學理論，希望能夠在研究其作品之外，也進行其理論的系統性分析與闡發。

4　《讀杜新箋：律髓批杜銓評》（台北：漢光，1986），頁14。
5　《讀杜新箋：律髓批杜銓評》（台北：漢光，1986），頁15。
6　《讀杜新箋：律髓批杜銓評》（台北：漢光，1986），頁15。

二　詩本情意的「詩歌本質論」

張夢機論及詩歌的表現方式，首先是「同時」從作者與讀者兩個方向立論，他提出了「通俗」與「艱深」兩個觀念，希望從不同層次釐清意義，並藉此聯繫鑑賞與創作兩個詩學範疇。他定義「通俗」時說到：

> 一首「通俗」的作品，字句之間，往往包括著若干不同層次的涵義，能令雅俗共賞。開口見喉，一覽無餘的作品，應歸於「傖俗」，兩者外貌雖同，內涵實異，不可混為一談。我們讚賞「傖俗」的詩，無意在鼓勵作者粗製濫造，這將造成詩的厄運。[7]

在「通俗」之外，引文中另立了一個「傖俗」的詞彙作為對照，是為了表述以下幾個觀點：第一，「通俗」的作品是具備深度的，而非膚淺「傖俗」的表現。第二，「通俗」與「傖俗」在形式上往往容易被讀者混為一談，但倘若進行分析，兩者之間的內涵實有深淺的差異，張夢機認為「通俗」的詩作，除了具備「老嫗能解」的特色外，最重要的是「貌澹神邃，言近旨遠」，不是只透過表面文字一望即知，即能欣賞理解，反而在文字之外所產生的聯想與暗示，使「程度不等的欣賞者可以從暗示中感悟到不同層次的涵義」[8]，簡而言之就是「通俗」的詩有「言外之意」[9]，「傖俗」的詩一味迎合大眾，卻濫造粗製，膚淺至極，無法細讀慢嚥，咀嚼再三。接著他透過「難懂」來分析「艱深」：

> 一般人詬病詩的「艱深」，主要癥結在於「難懂」。所謂「難懂」，可從兩方面加以詮說：一是由作者造成的難懂，咎在作者，與讀者無涉。一是讀者對詩的素養不夠，又不肯付出與作者相等的精神努力，因此無由進窺作品中豐富的蘊藏，這種難懂，應該由讀者負責。[10]

張夢機以「難懂」定義「艱澀」，認為造成「難懂」的緣故，可以從作者的創作層面，與讀者的鑑賞層面兩個角度進行討論，一方面相當細緻地分析詩歌「艱澀」的原因，另一方面則同時把詩歌的表現狀態，聯繫了創作者與接受者兩個面向，前者可以進一步探討作者採用什麼方法或工夫創作詩歌的問題，後者則涉及到接受者如何建立鑑賞詩歌能力，也使得他的詩學有上下貫通的聯繫性，產生完整的系統，不至於讓範疇的論點變得

7　〈悟境、詩境、心境與欣賞詩的關聯性〉，《思齋說詩》（台北：華正書局，1977），頁3。
8　〈悟境、詩境、心境與欣賞詩的關聯性〉，《思齋說詩》（台北：華正書局，1977），頁2。
9　〈悟境、詩境、心境與欣賞詩的關聯性〉，《思齋說詩》（台北：華正書局，1977），頁2。
10　〈悟境、詩境、心境與欣賞詩的關聯性〉，《思齋說詩》（台北：華正書局，1977），頁4。

孤立。

因此，他對作者導致作品艱澀難懂提出了兩個看法：第一是作者「因為某種緣故，諱言真情，不得不故作微晦之詞，如李義山是。」[11]也就是說這類型的難懂，應不是因為作者文字表現能力不夠，也不是情意薄弱卻故作晦澀之姿，反而是較為複雜的「隱喻」，仍能透過層層剝筍之後，使讀者產生共鳴。第二則是「文字力表達不夠，感情思想一入彼端，便打了對折，甚至二五折，讓人感到不知所云。」[12]，這一類型的作者雖然感情深刻豐沛，但文字符號的運用能力不高，使得創作詩歌時，無法以相應的文字傳遞內在的深情，就產生了作品的艱澀感。第三是「作者內心意念，根本缺乏整理，蕪亂無次，因此宣之於詩，不過內心混亂的浮現而已。」[13]這種狀態是本質性問題，既然作者內在就已「艱澀難懂」，當然詩歌作品就反映出內在情感的混亂，也變得無法索解。而第四種「作者妄想以艱澀的外貌，文飾其內容的凡近淺率，當我們拆碎七寶樓臺，發現它建構的材料，不過是沙粒與黏土的組合。」[14]張夢機認為此類型的作者深知自身內在情意之薄弱，卻又刻意以艱澀的形式文飾其非，更等而下之。

我們可以看出張夢機從「作者論」的角度探討詩歌「艱澀」的表現，涉及了詩歌本質論的問題，在他所言的四個層次中，從語脈上觀察所否定批判的，主要是第三與第四個層次，這兩個層次都涉及於「情意」，也就是「詩本於情」應作為一個創作者必須具備的基本認識，同時也是詩歌的本質與價值所在，至於「通俗」或「艱澀」都只是外在的表現形式，只要能「用情真摯，用意深刻」[15]，並且合理的表現出來，依據不同作者的語言特色，產生「可欣賞性」，就是一首完整的詩歌作品。然而，如果這樣的作品還被讀者視為無法詮解的「艱澀」，那就必須把責任放在讀者身上，張夢機提出了四個原因：

（一）感性不夠。感性屬於先天的稟賦，感性不夠的人，再易懂的詩，對他而言，都覺費解。……（二）閱歷不深。閱歷可以增長見聞，可以體認事物，欣賞詩時，可以設身處地去領會。……（三）學殖不富。有些作者，內在蘊蓄極豐，筆之於詩，則鎔經鑄子，驅遣史事，時時還表現深刻的名理，讀者學識不足，腹笥空虛，恐怕就很難鑑賞。（四）詩法不精。一個成功的作者，處理和表現材料時，必然不悖詩法，因此讀者對詩法的瞭解，正是欣賞詩的基礎條件。……[16]

---

11 〈悟境、詩境、心境與欣賞詩的關聯性〉，《思齋說詩》（台北：華正書局，1977），頁4。
12 〈悟境、詩境、心境與欣賞詩的關聯性〉，《思齋說詩》（台北：華正書局，1977），頁4。
13 〈悟境、詩境、心境與欣賞詩的關聯性〉，《思齋說詩》（台北：華正書局，1977），頁4。
14 〈悟境、詩境、心境與欣賞詩的關聯性〉，《思齋說詩》（台北：華正書局，1977），頁4。
15 〈悟境、詩境、心境與欣賞詩的關聯性〉，《思齋說詩》（台北：華正書局，1977），頁3。
16 〈悟境、詩境、心境與欣賞詩的關聯性〉，《思齋說詩》（台北：華正書局，1977），頁5。

這四個屬於接受者必須負責的範疇，看起來分成「先天」與「後天」兩個部分，閱歷、
學識與詩法屬於後天經驗知識的部分，透過學習與歷練，的確可以達到一定的高度，若
是因為後三者而產生讀詩障礙的接受者，只要盡心用功，必能突破，化艱澀為通俗。然
而對於第一個屬於先天的原因，按張夢機所言為先天稟賦，所以對於感性不夠的接受者，
若按〈悟境、詩境、心境與欣賞詩的關聯性〉一文讀來，在其語意脈絡上提出的「增進
學識以拓悟境」、「熟知詩法以窺詩境」與「瞭解作者以明心境」三個讀者鑑賞，所必須
具有的能力培養法則，可以產生一個推論，張夢機認為透過外在部分的訓練與培育，可
以浸染內在的感性心靈，這是屬於後天的養成，使先天感性不夠的人有所增益，甚至於
改變成為能夠「履艱險如平地」的狀態。可見他對於詩歌「通俗」與「艱深」的論述實
為精細，一方面藉詩歌表現論貫串讀者鑑賞與作者創作兩個詩學範疇，另一方面則揭櫫
了「詩本於情意」的詩歌本質論，進一步從功能論的角度談到詩歌的「動人力量」：

> 另外，我們覺得，一首詩是否能具有普遍的動人力量，常取決於詩人是否對整個
> 時代社會有強烈的介入感，也是就詩人必須能關懷這個時代、社會，進而把這份
> 關懷明白地表現在作品中。[17]

因詩歌本於情意，便會產生動人的力量，然而張夢機認為詩歌的動人處不僅在於詩人內
蘊的情意，更在於詩人應具備高度的現實性與社會意識，詩人必須跟社會族群一體，穿
透人性與歷史，相互連結後透過觀照，選擇現實的素材作為情意投射之後的表述。無論
是哪個時代，詩人都必需「走向社會，表達人們的共感經驗」[18]，就算是抒情詩，也要
寫出群眾的心聲與共感經驗，這也就是回歸「詩三百」與「杜詩」根源的價值觀念，
「只有詩人從自我構築的象牙塔中走出來，走向社會」[19]，「一篇有血有淚的偉大作品，
總應該關心那個時代的風雨，對社會人類表現寬廣的同情心。」[20]這種偏於社會現實性
的書寫的原則，希望詩人與社會在主客體合一，佐以生活經驗後，藉著詩歌的聲音進行
關懷、批判或是改造的功能，也是中國詩歌自「詩三百」以降古典傳統的觀念繼承。

因此，張夢機認為詩教功能的振興，「必然有助於詩運的推展」[21]，強調詩歌創作
的社會性與詩人必須書寫社會的責任。有趣的是，張夢機並不認為「詩教不興」與「詩
的式微」有必然關聯性，反而站在客觀立場，認為魏晉時期的詩歌發達，同時也是詩歌
純藝術價值被肯定的重要時代，這樣的看法肯定了詩歌創作的純粹藝術性，也改變了傳

---

17 〈率真純善的拙趣——王貫英先生詩評介〉，《鷗波詩話》（台北：漢光，1984），頁76。
18 〈傳統·社會·民族性——對現代詩創作的幾點淺見〉，《鷗波詩話》（台北：漢光，1984），頁26。
19 〈傳統·社會·民族性——對現代詩創作的幾點淺見〉，《鷗波詩話》（台北：漢光，1984），頁26。
20 〈傳統·社會·民族性——對現代詩創作的幾點淺見〉，《鷗波詩話》（台北：漢光，1984），頁26。
21 張蟄〈附錄：傳統與現代的契合——訪張夢機教授談詩〉，《鷗波詩話》（台北：漢光，1984），頁186。

統詩教的思維方式，解消中國傳統「詩教不興」與「詩歌沒落」的直接關聯性。他認為詩歌教育不必一定要產生「實用價值」與「社會改良」的功用，若從藝術性的角度看待，尤其是對兒童的教育，可以「豐富他們的想像，增進他們的生活情趣」[22]，進而再做到「人格潛移默化的薰陶」[23]，這樣的思維過程是相當圓融的。

所以，張夢機在詩的功能論上，一方面認為詩歌不必一定要直接附庸於「實用的社會使命」[24]，詩歌的發展實在不必與「詩教」的興衰產生直接的聯繫，肯定了詩歌的藝術價值，相對地也讓詩歌創作有高度的自由性；另一方面認為詩作若能反映社會，透過影響民眾的心靈思維，進一步改造社會，或許就能夠「厚人倫，移風俗」[25]。畢竟每位詩人多少都有個人的現實經驗，詩的表現若與現實的體驗結合，詩人在凝結現實性的素材時，就有可能透過作品產生詩教的力量，改變社會。換言之，無論是「浪漫的哲理發展」還是「實用的社會使命」[26]，都代表著詩作的功能與價值，不應偏於一處做出絕對的肯定或否定。

三　三境說～讀者鑑賞論（印象式批評）

張夢機針對當代人閱讀古典詩作提出了「三境說」，首先是「增進學識以拓悟境」[27]的理論。嚴羽《滄浪詩話・詩辨》曾云：「夫詩有別材，非關書也；詩有別趣，非關理也。然非多讀書、多窮理，則不能極其至。所謂不涉理路，不落言筌者，上也。」嚴羽的別材、別趣之說，歷來雖為爭論的焦點，但其提出了廣博的知識與人情物理的通達，亦是文學創作者與鑑賞者都需具備的條件，這樣的說法影響後世甚深，尤其是以此作為通往妙悟的基礎，更在妙悟說裡設立了一個「漸修」的過程，使後世詩家與讀者不會陷於求取悟境而忽略漸進的過程。張夢機的詩歌鑑賞論也呈現了相同的思考脈絡，他也是站在作者與讀者一體兩面的立場，認為兩者之間於「知識」的運用上，是相類似的：

> 欣賞和創作雖然有別，而知識的運用，則初無二致。如果作者「讀書破萬卷，下

---

22 張堃〈附錄：傳統與現代的契合——訪張夢機教授談詩〉，《鷗波詩話》（台北：漢光，1984），頁188。

23 張堃〈附錄：傳統與現代的契合——訪張夢機教授談詩〉，《鷗波詩話》（台北：漢光，1984），頁188。

24 張堃〈附錄：傳統與現代的契合——訪張夢機教授談詩〉，《鷗波詩話》（台北：漢光，1984），頁186。

25 張堃〈附錄：傳統與現代的契合——訪張夢機教授談詩〉，《鷗波詩話》（台北：漢光，1984），頁186。

26 張堃〈附錄：傳統與現代的契合——訪張夢機教授談詩〉，《鷗波詩話》（台北：漢光，1984），頁186。

27 〈悟境、詩境、心境與欣賞詩的關聯性〉，《思齋說詩》（台北：華正書局，1977），頁6-11。

筆如有神」，那麼讀者在欣賞前，也需涉獵經史，胸富卷軸，有了這些知識的儲積，才能知曉句意，進而透視詩的內蘊。[28]

所以張夢機將「知識」或「物理」放到作為一個鑑賞者所必備的地位，畢竟創作者會運用其豐富的學養與知識經驗，置入詩作之中，假設讀者無法增進學識，在閱讀上必然會呈現難以通透的結果，強調讀書窮理的確能解決儒家詩教傳統與詩歌審美理論兩者如何融合的問題，畢竟就像張夢機所言「除感性原屬天賦，不可力致」[29]，對於讀者的鑑賞而言，若能「博學聚理」、「取物廣才」去豐富自己的知識，就可以完成一定程度的鑑賞。故他以「識」作為文學欣賞與創作的基礎，而「才調」作為其補益的條件，要鑑賞者累積豐富的學養，明白詩家寫作時所運用的「典故」、「用辭」：

> 讀者欣賞古詩，最常遇到的困擾，便是典故，而典故的根源，又出自於浩如煙海的經史子集，要想蠲除這種困擾，就非憑藉豐富的學識不可，按詩家在寫作上，每喜用事（援引故實）或用辭（引用成辭）……[30]

他提出了三種用事的目的，分別是以簡馭繁、據事類義、用於比況和寄託。畢竟古代的創作者在書寫自身情志時，並不會刻意避免用典，若鑑賞者能夠明白所用之典故，對於解讀詩作必有莫大的助益。《孟子・公孫丑上》：「敢問夫子惡乎長？曰：我知言，我善養吾浩然之氣。何謂知言？曰：詖辭知其所蔽，淫辭知其所陷，邪辭知其所離，遁辭知其所窮。」[31]孟子論「知言」，主要是以讀者對作品的感受來推斷和掌握作品內在的思想情感，強調讀者通過對作者文本「符號形式」的理解，力圖還原此「形式」欲表現的「內容」，如此才能掌握作品的精神實質，並對作品獲得真正的了解，所以孟子所言「知人論世」[32]其中即兼含「博學聚理」、「取物廣才」兩義，這也就是張夢機所言讀者必須「胸中帶有幾卷書」，如此才能「欣賞到作者鍛鍊的匠心」[33]。因此他特別舉出王維與陶淵明兩例，強調就算是王維禪宗的意境，還是陶淵明淡泊寧靜的雋永，身為讀者若要真正體會此中的境界，還是必須先認識儒、釋、道三家的思想與理念，方能契入詩作的情意內容。

28　〈悟境、詩境、心境與欣賞詩的關聯性〉，《思齋說詩》（台北：華正書局，1977），頁6。

29　〈悟境、詩境、心境與欣賞詩的關聯性〉，《思齋說詩》（台北：華正書局，1977），頁6。

30　〈悟境、詩境、心境與欣賞詩的關聯性〉，《思齋說詩》（台北：華正書局，1977），頁6。

31　朱熹匯編，林松、劉俊田、禹克坤譯注：《四書・孟子・公孫丑上》（台北：台灣古籍有限公司，1996年），頁410。

32　《孟子・萬章》。「以友天下之善士為未足，又上論古之人。頌其詩讀其書，不如其人可乎？是以論其世也。」。朱熹匯編，林松、劉俊田、禹克坤譯注：《四書・孟子・萬章》（台北：台灣古籍有限公司，1996年），頁596。

33　〈悟境、詩境、心境與欣賞詩的關聯性〉，《思齋說詩》（台北：華正書局，1977），頁6。

第二境為「熟知詩法以窺詩境」[34]，張夢機以遊覽名山勝地為譬，認為「如果他們不按地圖，又不向當地土人詢問，就可能誤入歧途，鎮日穿雲涉水，終無所得。」[35]這段巧妙的譬喻先涉及了第一境的問題，了解用事，懂得考據，增進學識，只是鑑賞的第一步，也就是說能夠知道名山勝地在何處，有辦法到達進入名山勝地，就必須培養讓自己博學，然而進入名山勝地之後，要如何不使自己變成無頭蒼蠅，就必須了解山路的脈絡與走法，就鑑賞者而言，便是要懂得創作者的詩法，若「不諳詩法，就如同不知途徑，既難捫蘿躋巔，也難披叢拔萃，欣賞到的不過是惝罔慌忽的印象。」[36]可見「詩法」的確通向「詩境」，而歷代對於創作是否要講求詩法，張夢機認為仍必須站在創作者的立場思維：

> 作者為了建造完整的詩境，除了做直接的說明外，常驅遣文字，做開闔頓挫，比興美刺，烘托比喻等技巧的運用，造成詩境的深度、廣度與密度。作為一個傳統詩的欣賞者，就必須對他們所公認和獨擅的法度，洞悉於胸，才能作真正的評賞。[37]

此處他做了很清晰的說明，他先從創作者寫作詩歌時會運用詩法造成詩境的角度，強調若要對古典詩進行欣賞，就必須理解各種創作的方法，才能夠讀到詩作中的隱喻與象徵，釐清詩作中細緻的脈絡，也才能深入詩境，探得名山勝地的妙處。這與前述第一境的邏輯思維是同一進路，都先以創作者的書寫思維出發，進而推導出鑑賞者的欣賞方法，如此一來就不會產生創作者與鑑賞者相互割裂的情況，當然也就能夠悟入名山勝地裡的各種佳美。

第三境為「瞭解作者以明心境」[38]，張夢機繼承孟子「知人論世」之說，認為讀者應透過「以意逆志」來進行閱讀，必須了解作者的思想與生平，以及其所處的時代背景（含社會的、經濟的、政治的、文化等），張夢機說：

> 「詩者，志之所之也，在心為志，發言為詩」，這是詩大序對詩所做的一個極完美的解釋，在這裡我們可以說詩境是作者心境的外現，兩者的關係，非常密切。讀者熟諳詩法，就詩論詩，可以欣賞詩境，並且推知作者的心境。但讀者如果肯同時去瞭解作者的身世、際遇及其社會背景，揣摩他當時的心情、所處的環境，那麼對於詩境的欣賞，也就能更深入。[39]

---

34 〈悟境、詩境、心境與欣賞詩的關聯性〉，《思齋說詩》（台北：華正書局，1977），頁11-17。
35 〈悟境、詩境、心境與欣賞詩的關聯性〉，《思齋說詩》（台北：華正書局，1977），頁11。
36 〈悟境、詩境、心境與欣賞詩的關聯性〉，《思齋說詩》（台北：華正書局，1977），頁11。
37 〈悟境、詩境、心境與欣賞詩的關聯性〉，《思齋說詩》（台北：華正書局，1977），頁12。
38 〈悟境、詩境、心境與欣賞詩的關聯性〉，《思齋說詩》（台北：華正書局，1977），頁17-22。
39 〈悟境、詩境、心境與欣賞詩的關聯性〉，《思齋說詩》（台北：華正書局，1977），頁17。

他認為語言文章的根本存乎創作者的心境，創作者在不同的生活狀態與背景之下，會產生不同的生命思維，前述所說的用典與詩法，其實都是創作者面對環境，選擇意象，採用各種創作方法，以外在形式上的書寫，傳達個人內在的心境。詩家在社會現實裡穿透人性與歷史，佐以生活經驗後，透過觀照選擇素材表述，傳遞其內心的聲響。這種站在創作者立場，透過其思維與社會背景分析，進而瞭解作品本身的情感內容，以及作者內心的情感脈絡而提出的鑑賞論，這與當代文學研究將創作者、敘述者分割為二，強調「作者已死」的批評方法相異，反而是將主客體的聯繫性視為一體關係，同時也彰顯了古代詩文創作中的「本事」性。張夢機按此鑑賞法則，進一步討論「多義性」與「歧義性」的概念，他論到「歧義性」時說：

> 在討論詩的多義性之前，首先我們應該瞭解和「多義」似是而非的一個名詞「歧義」，所謂歧義，是說我們詮釋一首詩所得的許多意義並非可以並存的。換句話說，即甲詮釋實作一種解釋，而乙詮釋時，可能得到一個相反的結果，照詩的本義看，應該有一個是錯誤的。……在許多不同甚至相反的解釋中，只可能有一種是作者的原意，其他的應該不能成立，這就是所謂的「歧義性」。[40]

又論「多義性」說：

> 至於詩的「多義性」，是在許多的解釋中只有看法深淺的不同，而其方向應該是相同的，這種情況是在詩人運用比興或經營意象的時候，產生他所謂的「經驗格式」，他不把自己的意涵明白說出，他只借用一種意象作為表徵，這種意象的表徵本身是意在象中，所以可以作多方面的聯想。……這些詩句本身的意義便非常豐富，而聯想的寬度亦寬，所以具有多義性。[41]

按上述的論點，我們可以做如下的區分：
（一）歧義性的詮釋，有對有錯；多義性的詮釋，有深有淺。
（二）歧義性的詮釋會產生彼此相反的結果，多義性的詮釋彼此可以互相補充發明。
（三）歧義性的詮釋只會有一種符合作者之意，多義性的詮釋均可符合作者之意。
（四）歧義性的詮釋窄化作品的境界與視野，多義性的詮釋豐富作品的聯想與詩境。
（五）無論歧義性或多義性，正確的詮釋在於進入作者提供的經驗格式（意象），產生共鳴。
綜上所述，張夢機認為詮釋應該是多義而非歧義，而且詮釋的目的是為了瞭解作者創作的原意與心境，所以不應該天馬行空，無跡可尋地「任意」詮釋作品，應該要從「有象

---

[40] 〈詩的多義性〉，《鷗波詩話》（台北：漢光，1984），頁95。
[41] 〈詩的多義性〉，《鷗波詩話》（台北：漢光，1984），頁96。

可循的事跡，提升為一種全心靈、全生命、全感情的抽象世界。」[42]所以當然要從作者的創作學識、詩法以及背景作為閱讀鑑賞的角度，才能夠契入作者的心境與作品的詩境，在詮釋的過程中當然不排斥聯想或者各種思慮的方法，只要能夠在共感經驗再生的視野中，就不會出現偏離或錯誤的詮釋結果。因而張夢機認為傳統「印象式批評」的鑑賞方式與詩學思維，並不應該在當前西洋邏輯思辨流行的方法學中被我們所廢棄，反而更應該回歸這種直截契悟的詩學分析，他說：

> 其實平情而論，文學批評是不可能完全科學化的，科學性地處理，仍有它的限度，也就是說，它僅有助於將品評者的知心之感，予以清晰條理地表出，或有助於鑑別確可言之成理的真批評與僅是妄下雌黃的假批評。至於對作品本身高下的判斷，則仍須仗恃批評家主觀直覺的透悟。[43]

張夢機認為所謂中國傳統的「印象式批評」，奠基在「創作、批評、閱讀」三位一體的情況下[44]，所以他的鑑賞論，也是從作者創作作品的角度出發，進行讀者式的思維，並沒有割裂三者之間的關係，所以他認為不應以當代邏輯思辨的鑑賞模式，去批評古代舊有詩論的模糊，兩者之間各自存在價值與特色。科學性的詩學針對的是鑑賞批評本身的真假，而主觀直覺的契悟則是針對作品本身的優劣，這兩者各有其不同的針對性。當然，從其自身的詩論可以看出，張夢機雖然強調「當前從事傳統詩的批評工作，應該一方面汲取新知，利用新的批評方法，做疏通條達、精密嚴整的剖析，以引領讀者進入深廣的詩境。但另一方面，對詩本身的悟性，仍應深加培養……引古人的悟境以滋養自己的悟境，然後才會知道古人的詩評，乃真有其不磨的價值。」[45]古今兩者方法應該彼此互相輔助，但實際上從其自身的詩學理論不難發現，對於作品的批評鑑賞，他還是採用前述「創作、批評、閱讀」三位一體的方法，架構一個「作品、作者、讀者」三位一體的鑑賞模式，提出「悟境、詩境、心境」三位一體的理論結構，作為學詩者必要的能力提升。

四　從鍊意到含蓄～創作方法論

張夢機的詩學理論中，最重要且核心的部分當是創作工夫論，他提出了四種對於創作技巧的提升方法：「鍊意」、「含蓄」、「鎔裁」、「字句」，其中首重「鍊意」二字，其思維邏輯在於「詩本情意」的本質論推導，既然詩以情意為本，故文詞便是其次之事，所

42　〈詩的多義性〉，《鷗波詩話》（台北：漢光，1984），頁96。

43　〈直覺與分析〉，《鷗波詩話》（台北：漢光，1984），頁62。

44　〈為傳統詩論說幾句話〉，《鷗波詩話》（台北：漢光，1984），頁80。

45　〈直覺與分析〉，《鷗波詩話》（台北：漢光，1984），頁62。

以重鍊意，是方法上的第一義，他說：

> 夫詩之為物，無論何體，俱以意為主。意者帥也，無帥之兵，謂之烏合。故詩貴
> 鍊意，句意佳妙，乃躋作者之堂，否則，徒求句字之工巧，則優孟衣冠而已。[46]

又說：

> 詩以情意為主，文詞次之，所以鍊意在詩家為首要。風騷旨格說：詩有三格，上
> 格用意，中格用氣，下格用事，是不錯的。但詩中鍊意，談何容易，不惟要書
> 卷，而且要歷練，同時還關乎作者本身的才情、人品與識度……[47]

由上述兩段引文，可以提出幾點分析與思考：

（一）張夢機認為情意是主導詩歌創作的核心，為引導貫串詩句的主體，若不鍊意，
　　　詩作就會徒具形貌而無風神。

（二）其引風騷旨格的說法，是為了將詩歌創作做一個層次品第的分析：「意〉氣〉
　　　事」，也就是說純粹為了字句形式的用典，還不如直抒懷抱，任性使氣，至於
　　　「意」則是「氣」與「事」融為一體之後的最高表現。

（三）所以張夢機說：「詩歌創作的方式，往往因人而異，一般說來，可區為兩種：
　　　一種是急捷賦詩，一種是錘鍊得句。」[48]但多數的詩人都並非頃刻間能下筆千
　　　言，大部分的詩家都必然要經過錘鍊的工夫，方能寫出作品。所以其強調鍊
　　　意，便是透過知識學養的積聚，人格生命的歷練與成長，再加上作者的才情天
　　　份，才有辦法完成一首意、氣、事三位一體的佳作。然而也因為他強調創作者
　　　的先天才情，而這卻又是無法由後天力強而致，所以他在論及五個鍊意的方法
　　　時，並沒有直接涉及到才情的部分，反而是以人品、識度做為提升的重點，這
　　　與前述他論及本質與鑑賞的的脈絡其實是一貫的。

　　因而他提出「慎命意以臻高格」、「得理趣以歸平淡」、「藉無理以生妙意」、「明時空
以取變化」、「托比興以見委婉」五個方法，並透過具體舉證，教導學詩者的基礎門徑。
以下分別討論之：

（一）「命意—高格」。張夢機說：「詩意之所貴者有三：曰真，曰曲，曰新。」[49]故
　　　寫詩從命意始，而命意通向詩境的塑造，若能洞悉其意，便有可能產生好的造
　　　境（真），再加上「辭必己出一語」，如此便不會出現矯切虛偽的情況（新），

---

46 《張夢機詩文選編・近體詩發凡》，（合肥：黃山書社，2013），頁297。

47 〈錘鍊・含蓄・客觀式視點〉，《鷗波詩話》（台北：漢光，1984），頁101-102。引文同時可見〈詩
　的錘鍊與含蓄〉，《思齋說詩》（台北：華正書局，1977），頁・。

48 〈詩的錘鍊與含蓄〉，《思齋說詩》（台北：華正書局，1977），頁51。

49 《張夢機詩文選編・近體詩發凡》，（合肥：黃山書社，2013），頁298。

詩也才能本乎情性，也才能讓詩「句中無其辭，句外有其意。」[50]讀者能夠從思慮中發現詩歌的多義性（曲），因而詩人寫詩必須要站在這三個詩境塑造的角度，來命其意，如此才能有崇高格調的發軔。

（二）「理趣─平淡」。張夢機認為平淡非拙易，平淡是詩歌創作由形式造境，走向理趣自然的過程，換言之可以說是從形通往神的創作方法。張夢機說：「蓋做詩欲造平澹，當自組麗中來……及至工夫漸深，落其紛華，而後乃造平澹，然詩中固以自涵韻味，深饒理趣矣。」[51]所以可見張夢機雖認為平淡是命意後的最高格調與詩境，但卻必須先「見山是山，見水是水」講究詩法、造語之後，方能進入理趣自然的平淡真境。

（三）「無理─妙意」。張夢機以「情」為創作之本質，因而認為情愈真，理愈無，若作品之中「間或有情理悖謬，乖常違俗」的情況，情感與詩人所欲傳達之理產生窒礙，反而有時會造成「無理愈妙」的感發。此間之理，或將可以理解成「邏輯性的理則」，對於張夢機而言，既然詩歌的本質為情，就儘量不要涉入可以言筌的理性，他認為：「夫詩者，人之情性也，情性屬於心靈活動」[52]，又說：「感情尤為樞軸。」[53]可見他將抒情感性作為詩歌妙意之呈現，因此他便在此處提出「癡」，將原先的情「真」向極端之處推擴，認為「蓋人情當愈癡之時，本來愈遠於理耳。」[54]極致處便是「無理而妙」矣。

（四）「時空─變化」。張夢機說：「作詩不外時間空間之互為錯綜……」[55]，而人類以感情面對世界，就必然會對時空產生連結之後的感發，所以他在這個觀念中除了提出「時間」、「空間」之外，另以「感想」與「借題發揮」做一補充之要件[56]。他提出了一個順序的觀點：「感想（先具）──時空──借題發揮」，透過這個順序，詩作方能臻高妙之境。是以他所言的時空指涉的是人所居之地，而感想透過「居之之人」[57]藉詩發揮，所以人之情感為先具之第一義，產生變化者並非單指客體對象，而有待於善居者情感之發，也就是主體情感以客體時空作為借題書寫的介質，這樣的過程才能產生無窮的變化。

（五）「比興─委婉」。自詩三百以降，論詩者莫不以比興為創作之主要工夫，張夢機

50　《張夢機詩文選編・近體詩發凡》，（合肥：黃山書社，2013），頁299。

51　《張夢機詩文選編・近體詩發凡》，（合肥：黃山書社，2013），頁300-301。

52　《張夢機詩文選編・近體詩發凡》，（合肥：黃山書社，2013），頁303。

53　《張夢機詩文選編・近體詩發凡》，（合肥：黃山書社，2013），頁303。

54　《張夢機詩文選編・近體詩發凡》，（合肥：黃山書社，2013），頁302。

55　《張夢機詩文選編・近體詩發凡》，（合肥：黃山書社，2013），頁304。

56　《張夢機詩文選編・近體詩發凡》，（合肥：黃山書社，2013），頁307。

57　《張夢機詩文選編・近體詩發凡》，（合肥：黃山書社，2013），頁307。

云：「詩兼比興，重在取喻，能喻則意無不曲，筆無不達」[58]，一方面將「比」視作譬喻格，另一方面則對於「興」做一個「先言他物，以引起所詠之詞」[59]的解釋，接著舉例論及做法之後，以「比興為用，最忌晦澀，故不可通首與之。」[60]討論比、興若能與賦體「雜陳」，便可以呈露「但味詩旨，即見喻意」之妙。其實就張夢機對「比興」通向「委婉」的討論，反而並沒有在詮釋上超過傳統之處，可以說幾乎是朱子於《詩集傳》對於「詩六義」詮釋的繼承與推擴而已，但值得注意的卻是張夢機在此處卻以「委婉」接軌其詩歌創作論的第二個部分：「含蓄」。

張夢機論詩歌的創作，將「鍊意」視為首要，提出三個層次統合上述鍊意的五個方法，分別是「構思」、「選材」以及「表達」[61]，那麼「慎命意以臻高格」、「得理趣以歸平淡」、「藉無理以生妙意」應屬於「構思」層次；「明時空以取變化」屬於「選材」層次；「托比興以見委婉」就是「表達」層次，那麼從「表達」層次延伸過來的「含蓄」論，就是他一以貫之論及創作方法的主要核心觀念，他說：

> 詩以語近情遙為尚。語近則平澹易曉，情遙則聲有餘響，雖著語不多，亦寄興無窮。……徵此，故詩貴含蓄，最忌直情徑行。……大抵善為文字者，多避實擊虛，欲縱而故擒，用意十分，下語三分，及至數語發揮，控馭無失，必能歸於含蓄。夫含蓄者，意在筆先，神餘言外……[62]

又說：

> 在中國的傳統詩中，一向被認為最上乘的作品，大多能做到「語近情遙」。語近，則文字平澹，容易讓人瞭解而接受。情遙，則情意遙深，即使簡單幾句，也能寄興無窮。……因此，作詩最講究的是含蓄，而最忌諱的也就是淺直……[63]

由上述兩段引文，可從兩個方向解讀張夢機言「含蓄」之意：

（一）造語與情意。含蓄就是「語近情遙」，近與遙的對舉，分別指向造語與情意兩端，造語需平易，讓人容易透過文字表面解讀詩旨，不至於在文字上就先產生障礙。然而因為作者所欲表現的情意遙深而有餘響，所以讀者透過基本的解讀、理解詩旨之後，便開始感受到詩中興發的無窮韻味與情意，所謂「言近旨

58　《張夢機詩文選編‧近體詩發凡》，（合肥：黃山書社，2013），頁310。

59　《張夢機詩文選編‧近體詩發凡》，（合肥：黃山書社，2013），頁312。

60　《張夢機詩文選編‧近體詩發凡》，（合肥：黃山書社，2013），頁313。

61　〈略談鍊意〉，《鷗波詩話》（台北：漢光，1984），頁93。

62　《張夢機詩文選編‧近體詩發凡》，（合肥：黃山書社，2013），頁316。

63　《詩學論叢》，（台北：華正書局，1993），頁61。

遠」或是「意在言外」,「含蓄」便是兼容形式與情感兩個層面,不可偏廢。

（二）語近非淺直。張夢機所言語近,並非不理會造語的藝術性,反而是強調如何以
　　　簡淨的語言,含蘊不盡之意,所以不是沒有經過藝術加工,直接呈現出來的淺
　　　直口語。張夢機引用司空圖「不著一字,盡得風流」之言,強調創作者不能一
　　　股腦兒把內在的情意用直白的文字傾洩出來,反而應該「藏鋒不露,音在絃
　　　外」[64],「令人測之無端,玩之無盡,得迴環不覺之妙。」[65]這就是「含蓄」。

張夢機所言的創作形式,其實有著「含蓄」、「隨意拼湊」、「淺直」三個高低的層次[66]:
「含蓄」之作,必能雋永動人,意在言外;「隨意拼湊」則有跡可求,易於晦澀;至於
最低的創作層次就是「淺直」,造成的狀況就是「風趣全無,味同嚼蠟」[67]。要如何達
成「含蓄」,他提出了作詩者必須學習的方法:「藏鋒不露」、「善用側筆」、「託物寓
意」、「裁汰冗意」、「餘憾生情」以及「落句虛成」[68]六項。據筆者分析,按張夢機詩學
的思維理路,應又可分成三個區塊:

（一）詞旨婉轉的曲筆法:以「藏鋒不露」之若隱若現,與「善用側筆」以取神韻的
　　　鍊句功夫,造就意在言外的旨趣。

（二）結構周密的比興法:通過「託物寓意」此種比物託興之巧思,以及為了「裁汰
　　　冗意」而剪裁浮辭,兩者相互輔助,達到「言有盡而意無窮」。

（三）餘味無盡的留白法:詩作寫到結尾處,要透過「餘憾生情」,不必把情事說
　　　盡,反而要留給讀者迴盪的餘音,因此要「落句虛成」,不可「以實下手」,在
　　　收束處必須留白,以虛代實,「使人餘情蕩漾,迴環不絕」[69],如此一來,詞
　　　氣不但不會枯竭,還會餘音繞樑,於讀者的內心激起漣漪。

而張夢機言「鎔裁」與「字句」兩大創作方法,除了一般詩歌創作論所言用典用事、鍊
字造句、謀篇之法外,其實最重要的是提出「摹擬絕非剽襲」、「貴在鎔成」的概念,對
於習詩者入手之正處為何,以及「摹擬」與「抄襲」不同,這兩個創作方法論的提出,
他說:

> 或謂作詩不可摹擬,此似是而非之論也。凡為詩者,其始也,必求其所從人;其
> 既也,必求其所從出,是知摹擬實為文學創作必經之路。古人做詩,用字貴有來
> 歷,即詩中之意,亦主張由前人詩中脫化而出,此非模擬而何?……故唐釋皎然

---

64 《張夢機詩文選編・近體詩發凡》,（合肥:黃山書社,2013）,頁316。

65 《詩學論叢》,（台北:華正書局,1993）,頁61。

66 《詩學論叢》,（台北:華正書局,1993）,頁61。

67 《張夢機詩文選編・近體詩發凡》,（合肥:黃山書社,2013）,頁316。

68 在《詩學論叢》一書的第三章〈論傳統詩中的含蓄〉,並無「落句虛成」一項,但至《張夢機詩文
　　選編・近體詩發凡》一書第二章〈論含蓄〉中則有此項。

69 《張夢機詩文選編・近體詩發凡》,（合肥:黃山書社,2013）,頁323。

有偷勢偷義之說，宋黃山谷有奪胎換骨之法，是皆善言摹擬者也。[70]

可見張夢機不但不反對摹擬，反而認為摹擬是習詩者入手之處，透過形式摹擬，也就是用字句式上的師古，或可說是透過其所言「奪胎換骨」與「偷勢偷義偷語」的兩種方法，達到格調上的學習與呈現。然而從張夢機的論點中發現，若要避免只是形式格調上的雷同，讓摹擬本身不會變成「剽竊蹈襲」，就必須進一步襲其句，而不襲其句意，畢竟今古有相通處，即發自內在的情感思維，以及創作表現的基礎方法：賦比興，所以襲詩者要學習的並非「句剽字竊，務為牽合」[71]，而是「襲故彌新」，透過摹擬傳達己之情意，就像是書法家臨帖，從形式的學習中進而離開舊形，直至卓然成家。若要如此，就不能只停在摹擬而已，還要學習「鎔成」，張夢機說：

> 夫初學詩者，必從摹擬入手，俟其境熟術深，而後自能去其形貌而得其神理……故文學創作，貴在摹擬之外，自有消鎔之鑪，以冶古人佳句。檃括入律，渾然天成，不惟可以踵武前賢，抑且可以顯示後出轉精之效。[72]

可見張夢機認為摹擬只能作為初習詩者的入手處，學詩之人必須透過各種方法，磨練文句形式，以及意念情感的傳達，將形式與內容做一個有機的貫串，造成絕妙的詩境。當然學習古人技法與造句，是一個具體的工夫，但卻也可能讓創作者陷溺於被古人詩境制約而無法形塑自身創作風格的困境，如何能不墨守死法，推陳出新，張夢機提出了「鎔成」的創作方法，欲透過「摹神」的「活法」、「古事」之「翻案」以及「脫胎」的「銷鎔」[73]，完成入乎摹擬，卻出乎自然天成的作品「鎔裁」，可見張夢機雖仍沿「摹擬」，實際上只是要習詩者不會成為無頭蒼蠅，一旦有跡可循，再配合其所言的「鎔裁法」，以前述的「鍊意」為首要，以「含蓄」為核心，如此便能從「摹擬」中蛻變而出。當然，要造就這樣的手筆，就必須積累學識，與外境現實多加接觸，再加上高度的熱情作為原動力，方能從內、外在兼治的創作方法中，自成一家。

五　結論

張夢機在張堃所著〈傳統與現代的契合——訪張夢機教授談詩〉一文中，談到傳統詩與現代詩之間的問題時表示：

> 現代詩人對傳統文化的再認與吸收，就的確有其必要性。我們不要把傳統看成抱

---

[70] 《張夢機詩文選編・近體詩發凡》，（合肥：黃山書社，2013），頁336。

[71] 《張夢機詩文選編・近體詩發凡》，（合肥：黃山書社，2013），頁335。

[72] 《張夢機詩文選編・近體詩發凡》，（合肥：黃山書社，2013），頁345。

[73] 《張夢機詩文選編・近體詩發凡》，（合肥：黃山書社，2013），頁345-352。

殘守缺，或視作一片非理性的黑暗。傳統乃是一條分分秒秒都在流續的長河。繼承傳統，只意味著一種使這條長河能因我們的接力而繼續向前流進的文化責任。[74]

張夢機的確藉著詩學理論實踐傳統「創作」、「批評」、「閱讀」三位一體的詩觀，儘量避免以一種割裂的方式討論詩歌創作的各種面向，所以他的詩學理論，除了論及近體詩的形式結構時會以創作方法論這個範疇進行論點的闡述，其他非關乎形式，涉及到根源、本質與鑑賞的部分，在他的論述中，往往會產生「作者」、「讀者」與「作品」三位一體的情況，他說：

> 唐宋以後，儘多散體式的詩論文字，卻沒有完成一套有體系，及富於邏輯的理論，顯然並非受制於語文形式，而是中國人對於文學批評一向持有的觀念，即重在對文學本身精神的把握，講究批評者與創作者在心靈上的交會契合，這種批評觀，不但見之於文學，也見之於繪畫、音樂。這種擺棄形下言詮，而直入心靈殿堂的文學藝術批評，可說是契合於中國文化精神的產物。[75]

但本文作為張夢機詩學理論的後批評研究，為了分析清楚張夢機的詩學脈絡，就必須藉由系統化的方式，透過幾個範疇的設定，分解式地歸納張夢機散見於各專著的詩論與話語，所以必然要採用其所言形下的方式進行研究，方能清楚釐清其詩學理論的實質內涵。當然對於某些部分就會產生強為之解，或過度詮釋的可能，畢竟在本文的疏解中，為了讓讀者有系統了解張夢機的詩學，並未以張夢機所言「創作」、「批評」、「閱讀」三位一體，作為析論其詩學的方法，反而是拆成多個區塊，分別為源流論、本質論、鑑賞論與創作論，進行研究。

就源流論而言，張夢機以杜詩的「時代性」、「詩境」、「特色」、「影響」與「價值」五個詮釋進路，將杜詩作為立論標竿，視作學詩者的習詩根源，認為大凡學杜的詩人，「有能擷取一二者，便可名家」，可見其未將「詩三百」作為直截的源流，反而以杜詩作為近源，畢竟杜詩為集大成者，以此為源，較易於找出符合自身生命氣質的學詩入手處。

就本質論而言，「詩本情意」是張夢機詩學的核心概念，從本質論出發，強調詩歌應具備動人的力量，所以便延伸出對於「通俗」與「艱澀」的討論，較為特殊的部分是，張夢機並未將詩歌不振的原因與詩教聯繫起來，反而透過魏晉時期詩歌發展的舉例，將詩歌創作從「詩三百」詩教系統中解放出來，認為詩歌的藝術價值，可以獨立於社會價值之外。

---

74 張蕙〈附錄：傳統與現代的契合──訪張夢機教授談詩〉，《鷗波詩話》（台北：漢光，1984），頁191。

75 〈為傳統詩論說幾句話〉，《鷗波詩話》（台北：漢光，1984），頁80。

　　就鑑賞批評的角度而言，張夢機更清晰地以前述所言「創作」、「批評」、「閱讀」三位一體的脈絡，站在「作者」的角度思考「讀者」鑑賞的各種問題，所以提出了「三境說」，希望讀者能夠站在創作者寫作的立場，反饋於自身的鑑賞之中，提升自己的批評能力，並延伸出「多義性」與「歧義性」的批評方法，這樣談論詩歌鑑賞，表面上似乎把作者與讀者的角色纏夾不清，但實際上卻相當符合傳統古典的詩學思維。

　　就創作方法論而言，我們不難發現張夢機關於詩學的著作中，創作論竟佔了半數以上，無論從「鍊意」、「含蓄」等較為抽象的情意呈現，還是「字句」、「鎔裁」等形式結構，都可以看出他對詩歌創作工夫的細緻要求。尤其他認為初習詩者，可以透過形式格調的摹擬作為入手處，這一點不僅與其杜詩根源論可以相互連結，更與「反摹擬」的論詩者有相當大的不同，可以說是他論詩的重要特色。

　　而張夢機的詩學專書的確也有部分承繼著唐宋之後中國詩學的傳統，以詩話式的方式呈現，把批評者置入於創作者中相互疊合，他也認為這樣的傳統，不必在西方詩學的影響下，廢棄不用，反而更應該將這種形上式通往精神境界的詩學，在現代延續，這樣的看法不啻為一個迷信西洋文學理論者之警鐘，同時也成為其論詩的基本思維。

試析張夢機《詞箋》之詞學觀

卓清芬*

摘要

　　張夢機教授以詩名家，然於詞學頗有貢獻。《詞箋》一書擇取晚唐宋十五家詞人，介紹詞人生平和個人風格並深入鉤掘詞境，剖析詞作特色。從《詞箋》可歸納出夢機先生的評詞觀點：章法頓挫、句法凝鍊、鍊字精工、詞意翻新、情景交融、含蓄渾成，延續了清末四大家以來的論詞觀點，兼容並蓄，兼採兩宋。除了朱祖謀《宋詞三百首》之外，《詞箋》受龍沐勛《唐宋名家詞選》的影響尤深，不僅承繼其詞學觀，入選的詞人詞作亦得其彷彿，《詞箋》以淺近的賞析文字金針度人，對詞學的普及推闡具有實質的貢獻。

關鍵詞：張夢機、詞箋、詞論

---

*　中央大學中國文學系副教授。

一　前言

　　張夢機教授（1941-2010）自幼隨母親誦讀詩詞，十七歲由父親友人鄒滌暄先生啟迪，開始寫作古典詩，就讀臺灣師範大學後拜在詩壇名家李漁叔教授門下，並問學於吳萬谷先生。1969年以《近體詩發凡》獲得文學碩士學位，1979年以《師橘堂詩》獲中興文藝獎章，同年又以《西鄉詩稿》獲中山文藝創作獎。1981年以《詞律探原》獲得國家文學博士學位，其後於中央大學中文系任教。張夢機教授創作不輟，出版《思齋說詩》、《古典詩的形式結構》、《鷗波詩話》、《詩學論叢》等詩學論著，以及《藥樓詩稿》、《鯤天吟稿》、《鯤天外集》、《夢機詩選》、《夢機六十以後詩》、《藥樓近詩》等多本詩集。[1]

　　張夢機教授雖以詩名家，其詞造詣亦深，博士論文為《詞律探原》，探討詞樂與宮調、考源訂律等相關論題。所撰《鯤天外集》收有六十多闋詞作與百餘首詩作，後編入2013年黃山書社出版的《張夢機詩文選編》之中。張夢機教授師從朱祖謀（1857-1931）傳人江絜生先生，江先生每週在「夜巴黎」夜總會設茶座，為年輕人講詩詞，改習作，一切免費。以與青年談藝為樂。夢機先生幾乎每週都去聽講，風雨無間，頗有意在詞學方面更求精進。[2]1969年8月起至1971年9月止，夢機先生在就讀博士班期間，於《自由青年》雜誌「詩詞欣賞」專欄中發表了〈李煜詞欣賞〉、〈韋莊詞欣賞〉、〈晏幾道詞欣賞〉等十六篇文章。[3]除1970年4月為青年節特刊應景撰寫〈革命先烈先進詩詞欣賞〉一文之外，其餘十五篇集中分析了晚唐五代和兩宋詞人，包括韋莊、李煜、晏幾道、柳永、蘇軾、秦觀、賀鑄、周邦彥、李清照、辛棄疾、陸游、姜夔、吳文英、史達祖、張炎，1971年12月將十六篇文章集結出版為《詞箋》一書，由三民書局印行。《詞箋》原名可能為《宋詞欣賞》，[4]編次自〈李煜詞欣賞〉起，至〈張炎詞欣賞〉止，附錄

1　張夢機教授生平，參〈張夢機小傳〉，《乾坤詩刊》第36期，2005年10月，頁7。

2　龔鵬程〈張夢機先生詩〉，「學者龔鵬程的博客」，http://blog.sina.com.cn/s/blog_492808ed0102dv6e.html

3　張夢機先生與黃永武先生共同撰寫「詩詞欣賞」專欄，其中詩的部分由黃永武先生撰寫，詞的部分由張夢機先生撰寫。《自由青年》第45卷第1期（1971年1月）〈讀者‧作者，編者〉：「黃博士最早為本刊『詩詞欣賞』介紹唐詩，其後因專心撰寫博士論文，遂由張夢機碩士介紹宋詞。現黃君論文已完成，並通過教育部口試榮獲國內第十四位文學博士學位，現與張君共同主持『詩詞賞析』專欄。」頁156。筆者按，《自由青年》第45卷第3期（1971年3月），目錄上有題為黃永武撰寫的〈陸游詞欣賞〉一文，然翻看內文，作者實為張夢機，目錄人名應為編輯部所誤植。

4　《自由青年》第46卷第1期（1971年7月）〈讀者‧作者‧編者〉：「張夢機先生的『宋詞欣賞』、曾燕萍先生的專欄及季薇先生的『精選散文欣賞』，也都有在年底年初出版單行本的可能。」頁156。筆者按，張夢機先生於年底（1971年12月）出版的書名為《詞箋》，原名可能為編輯部所稱之《宋詞欣賞》。

兩篇：〈韋莊詞欣賞〉、〈革命先烈先進詩詞欣賞〉。二文可能與原書名《宋詞欣賞》的範疇不符，因此別立為附錄。定名為《詞箋》之後，一仍其舊，編輯次序未再調整。《詞箋》以晚唐五代和兩宋詞人詞作賞析為主軸，每篇開頭先介紹詞人生平和個人風格特色，再選錄代表詞作若干闋，以深入淺出的文字逐句賞析，對詞的用韻、技巧多所闡發，並引用歷代相關評論以及其他詩詞作品相互印證。

張夢機先生的詞學論著並不多，《詞律探原》探討詞樂的音律與宮調、為唐五代詞的詞調考源訂律、勘誤糾謬；與張子良先生合編的《唐宋詞選註》，選唐宋詞四百七十闋，加上傳略、注釋和集評，附錄萬樹《詞律發凡》、詞牌平仄譜、戈載《詞林正韻》常用字，屬詞選教科書的性質。《詞箋》雖非詞學論著，乃是以詞作賞析為主的普及性讀本，但從《詞箋》的選詞和評析之中，參酌《鷗波詩話》及其他論著，仍可歸納出張夢機先生的論詞觀點，並鉤掘《詞箋》選詞的意義與價值。

二 《詞箋》之詞學觀

張夢機先生認為，賞析傳統詩歌，應該是由感性入於知性，再出於感性。憑藉著解詩者的賦性和涵養，對一首詩進行理性的思辨與分析，這種能力得自解詩者在思辨力及批評理論上的訓練。解詩者就知性分析所得，用與詩人同等的感情再加以陶融成一片完整的詩境，然後用感性的語言傳達給讀者。[5]《詞箋》雖是賞析詞作的普及性讀本，但從張夢機先生對賞析仍須建構在批評理論的基礎的看法而言，仍可從《詞箋》的賞析文字歸納出張夢機先生詞學的創作論和鑑賞論的觀點。筆者試歸納如下：

（一）章法頓挫

張夢機先生評周邦彥〈滿庭芳・夏日溧水無想山作〉[6]云：

> 起筆三句寫景，……三句描寫初夏的景色，很稱題旨。「地卑」兩句，體物入微，因為地低近山的地方，易受到潮濕氣的浸潤，必須要藉鑪煙來燻衣才行。詞意只說當地實況，但已強烈地暗示了他居處的偏僻荒涼，含蓄極了。……「黃蘆苦竹」從白居易〈琵琶行〉：「住近盆江地低濕，黃蘆苦竹繞宅生」脫化出來，

---

5 張夢機〈詩的賞析〉，《鷗波詩話》（臺北：漢光文化事業股份有限公司，1984年5月），頁118。

6 宋・周邦彥〈滿庭芳・夏日溧水無想山作〉：風老鶯雛，雨肥梅子，午陰嘉樹清圓。地卑山近，衣潤費鑪煙。人靜烏鳶自樂，小橋外、新淥濺濺。憑欄久，黃蘆苦竹，疑泛九江船。年年如社燕，飄流瀚海，來寄修椽。且莫思身外，長近尊前。憔悴江南倦客，不堪聽、急管繁弦。歌筵畔，先安簟枕，容我醉時眠。唐圭璋編《全宋詞》，（北京：中華書局，1965年6月），冊2，頁601-602。

「擬泛九江船」句，暗以白樂天貶謫江州時的處境與心境自比。「擬泛」，只是虛想之詞，其實羈旅生涯，那能從心所願呢？此處略一頓挫，為後半闋蓄勢，直逼出下片社燕飄流之苦。「年年」三句，「見宦情如逆旅」（黃蓼園語），以社燕寄椽的意思，直貫終篇。上闋才說要泛舟縱樂，下闋忽又自嘆「飄流瀚海」，前後好像不能銜接，其實這才見頓挫之妙。無怪夏閏庵要讚美說：「真覺翩若驚鴻，婉若遊龍」了。「且莫思身外，長近尊前」，看來作者好像真把功名事業都當身外的事物看待了，殊不知這正是一種無可奈何、難以排遣的心情，所以梁任公說：「最頹唐語，卻最含蓄」。「江南倦客」是作者自稱，「急管繁弦」只會徒增煩惱，不如在「歌筵畔，先安簟枕，容我醉時眠」，安枕醉眠，的確已寫出作者的「倦」意，尤其與「歌筵」對照，更覺餘味雋永，妙於言語。後人填詞，好作盡頭語，使讀者一覽無餘，與此相較，真有天壤之別了。……從章法來看，也雅得跌宕之妙，譬如「方喜嘉樹，旋苦地卑；正羨烏鳶，又懷蘆竹」（陳述叔語），曲盡了人生苦樂萬變的悲哀。另外，在詞中換頭的地方，不著痕跡，輕筆頓挫，而有水到渠成之樂。至於其他的句子，也都能語語含情，將作者遲暮飄零的情懷，寄託在響弦之外。陳亦峰白雨齋詞話說：「烏鳶雖樂，社燕自苦，九江之船卒未嘗泛，此中有多少說不出處，或是依人之苦，或有患失之心，但說得雖哀怨卻不激烈，沉鬱頓挫中別饒蘊藉」，已將這首詞的特點指出來了。[7]

陳廷焯《白雨齋詞話》以「沉鬱頓挫」為極則，認為周邦彥詞之妙處便在於沉鬱頓挫。「頓挫則有姿態，沉鬱則極深厚。既有姿態，又極深厚，詞中三昧亦盡於此矣」、「美成詞有前後若不相蒙者，正是頓挫之妙」。[8] 所謂「頓挫」，即是起伏轉折的表達方式。顏崑陽先生指出張夢機詩「初期頗學義山，得其麗辭幽意，靈變有則之體；中期漸契少陵之沉鬱頓挫，而佐以山谷、無己之清勁，復斟酌同光之瘦健」。[9] 夢機先生於〈沉鬱頓挫——析杜詩「哀江頭」〉一文中說明了「沉鬱頓挫」的涵義：「所謂沉鬱，大抵指詩思的深沉蘊積而言」、「至於頓挫，大抵指章法的曲折變化而言。詩的章法，一經頓挫，立刻跌宕生姿，或逆轉橫接，或乍開又合，自然造成有往必收，無垂不縮的曲折變化。杜甫深知頓挫的奧妙，又嫻於用法，所以他的詩被後世譽為開闔盡變，波瀾老成。沉鬱與頓挫，雖然分指二事，但非絕無關聯，沉鬱的情感，有時是需要通過頓挫的技巧來展現的。」[10] 周邦彥〈滿庭芳〉章法起伏跌宕，上片以樂—苦—樂—苦的交織逼出下片飄流

7 張夢機《詞箋》（臺北：三民書局，1971年12月），頁79。為免繁冗，以下引文凡出於此書者，僅標註頁碼，不一一作註。

8 清·陳廷焯《白雨齋詞話》卷一，唐圭璋編《詞話叢編》，頁3787、3788。

9 顏崑陽〈大詩人張夢機教授傳略〉，李瑞騰、孫致文合編《歌哭紅塵間——詩人張夢機教授紀念文集》（中壢：中央大學中文系，2010年9月），頁首。

10 張夢機《鷗波詩話》，頁9-10。

之苦，貫串終篇。夢機先生指出「上闋才說要泛舟縱樂，下闋忽又自嘆飄流瀚海，前後好像不能銜接，其實這才見頓挫之妙」，詳盡闡發了陳廷焯所言「美成詞有前後若不相蒙者，正是頓挫之妙」之旨意。

（二）句法凝鍊

夢機先生評史達祖〈綺羅香・詠春雨〉[11]云：

> 「盡日冥迷，愁裡欲飛還住」，摹寫春雨入神。「驚粉重」以下四句，雖是因為句法與協律的關係，不得不如此寫，但也是倒裝取勁的手法，因此顯得跳動而不板滯。這四句如寫成：蝶宿西園驚粉重，燕歸南浦喜泥潤，語意倒反而平衍了。粉重泥潤，也暗藏了雨意。……「臨斷岸」以下數句，寫雨後綠肥紅瘦之景，妙在新綠生時，落紅流處，兩相對照，一開一闔，「平易中自有句法」（張玉田詞源），難怪這幾句最為姜堯章所稱讚了。全篇迤邐寫來，到此為一大段，「記當日門掩梨花」兩句，從少游詞：「甫能炙得燈兒了，雨打梨花深閉門」化出。自敘廻溯，幽閑貞靜，並就題烘襯推開，手法非常高明。許蒿廬說：「如此運動，實處皆虛」，真是慧眼獨具。梅谿這首詠春雨的綺羅香詞，可以說無一字不與題旨相依，句寫雨，而語語淋漓有潤澤，且句法凝鍊，聲律諧和，法度井然，物我泯合，的確是一闋難能可貴的詠物作品。（頁146-147）

元代陸輔之《詞旨》承張炎之說，指出史達祖工於句法之特色。[12]南宋張炎《詞源》卷下云：「詞中句法，要平妥精粹。一曲之中，安能句句高妙，只要拍搭襯副得去，於好發揮筆力處，極要用功，不可輕易放過，讀之使人擊節可也。……如史邦卿春雨云『臨斷岸、新綠生時，是落紅、帶愁流處。』……此皆平易中有句法。」[13]張炎指出詞之句法以平妥精粹為佳，舉梅溪詞在內的多首詞例證之，但卻未解釋何謂「平易中有句法」。夢機先生闡析此兩句「新綠生時」一開，「落紅流處」一闔，提點開闔動盪之法，使讀者易於體會。「驚粉重、蝶宿西園，喜泥潤、燕歸南浦」，因倒裝之故，使句式靈動而不板滯，若用正常語序，反而平衍，可說是隻眼獨具。結句「記當日、門掩梨花，剪

---

11 南宋・史達祖〈綺羅香・詠春雨〉：做冷欺花，將煙困柳，千里偷催春暮。盡日冥迷，愁裡欲飛還住。驚粉重、蝶宿西園，喜泥潤、燕歸南浦。最妙他佳約風流，鈿車不到杜陵路。　沉沉江上望極，還被春潮晚急，難尋官渡。隱約遙峰，和淚謝娘眉嫵。臨斷岸、新綠生時，是落紅、帶愁流處。記當日、門掩梨花，剪燈深夜語。唐圭璋編《全宋詞》，冊4，頁2325-2326。

12 元・陸輔之《詞旨》：「周清真之典麗，姜白石之騷雅，史梅溪之句法，吳夢窗之字面，取四家之所長，去四家之所短，此翁之要訣。」唐圭璋編《詞話叢編》，頁301-302。

13 南宋・張炎《詞源》卷下，唐圭璋編《詞話叢編》，頁258。

燈深夜語」，分別從「雨打梨花深閉門」、「何當共剪西窗燭，卻話巴山夜雨時」化出，妙在兩句皆不著一「雨」字，故夢機先生說是「就題烘襯推開」、「實處皆虛」，深得句法三昧。

（三）鍊字精工

夢機先生評秦觀〈滿庭芳〉（山抹微雲）云：

上闋首兩句「山抹微雲，天黏衰草」，鍊在抹字黏字。青山白雲間，著一「抹」字，長天與衰草間，著一「黏」字，渲染出一種蒼茫寂寥的氣氛，勾勒出郊原遙遠的野色，摹寫遠景，非常細膩。兩句之中，「黏」字鍛鍊尤工，且有出處。如：

浪勢黏天（庾闡）

草色黏天鶗鴂恨（張祐）[14]

玉關芳草黏天碧（趙文鼎）

暮煙細草黏天遠（劉叔安）

浪黏天滿桃漲綠（葉夢得）

都用過黏字，信手拈來，不勝枚舉。有人認為「黏」應作「連」，是不妥的，因為連字思淺意俗，人人皆可到，遠不及黏字有思致。（頁49-50）

秦觀〈滿庭芳〉的「抹」字、「黏」字，以人為工巧的動詞描寫大自然的景觀，造詞新穎，別具巧思，是詞中鍊字的典範。

夢機先生〈姜夔詞欣賞〉指出白石「工於鍊字」之特色：「白石詞對於用字造句，確已做到斟損錘鍊的工夫，所以集中時有精微深細，圓美醇雅的句子」（頁118）。舉〈揚州慢〉（淮左名都）為例：

詞潔云：「『二十四橋仍在，波心蕩、冷月無聲』是『蕩』字著力。所謂一字著力，通首光采，非鍊字不能，然鍊亦未易到。」鍊字精深，確是白石詞中特點之一。（頁125-126）

所謂「一字著力，通首光采」，指一字之工，使全首振起，熠耀生輝。「波心蕩」的

---

14 《詞箋》中的張「祐」應為張「祜」之誤，翻檢《自由青年》原文作「祜」，見《自由青年》第43卷第5期，1970年5月，頁93。然查《全唐詩》並無張祜「草色黏天鶗鴂恨」之句，而《全宋詩》有范成大〈代聖集贈別〉詩：「草色黏天鶗鴂恨，雨聲連曉鶗鵊愁」。夢機先生應是援用朱祖謀（上彊村民）編、唐圭璋箋注《宋詞三百首箋注》（臺南：大夏出版社，1998年6月）秦觀詞之「評箋」：「紐琇云：少游詞，『山抹微雲，天黏衰草』，其用意在『抹』字、『黏』字，況庾闡賦：『浪勢黏天』、張祜詩：『草色黏天鶗鴂恨』俱有來歷。俗以『黏』作『連』，益信其謬。」頁68。

「蕩」字，化靜態為動態，在水中蕩漾的，是清冷的月光，也是已隨波光消逝的繁華。

又如史達祖〈綺羅香·詠春雨〉：

> 起首「做冷欺花，將煙困柳」二句，曲寫春雨，鍊在欺字困字，這兩句看來似乎
> 平常，真不知用了多少工夫。孫月坡說：「詞中四字對句，最要凝鍊，如史梅溪
> 云做冷欺花，將煙困柳，只八字已將春雨畫出」，是不錯的。「千里偷催春暮」，
> 是指雨催春暮，用偷字，有流年暗換的意思，周止庵說：「梅溪詞中善用偷字，
> 足以定其品格矣」，這是有欠公允的，因為詞中鍊字，只問鍊得好不好，熟字之
> 所以能生新，常字之所以能見巧，都是錘鍊的關係，倘若以一字作為褒貶的根
> 據，就未免失之偏激了。（頁146）

夢機先生認為，周濟以「偷」字定梅溪人品有失公允，「偷催春暮」的「偷」字，有流
年暗換之意。一般但見「偷」字用得巧妙，不若夢機先生直探詞心要義，「偷」字暗合
蘇軾〈洞仙歌〉：「但屈指、西風幾時來，卻不道流年，暗中偷換」。[15]能將熟字生新，
常字見巧，極見錘鍊工夫。

（四）詞意翻新

評秦觀〈鵲橋仙〉（纖雲弄巧）云：

> 「風俗記」說：「每年七月七日，織女渡過天河與牛郎相會，以鵲為橋」。這是一
> 個民間悲劇性的美麗傳說，自來詩人，都為此事感到不平，時常吟詩寄意，但是
> 大半作品，只能蹈襲舊意，不能翻新，唯有秦觀此闋鵲橋仙，能不循恆蹊，自立
> 機杼，這是他難能可貴的地方。……在通俗的民間故事裡，要推陳出新，是很困
> 難的。而秦觀這首鵲橋仙，卻能不拾牙慧，自出機杼。看他句句寫天上，其實句
> 句在說人間；看他句句寫牛郎織女，其實句句在抒自己情懷。「兩情」句更是自
> 拓新境，用以讚頌歷久不渝的感情，難怪蓼園詞還要譽這兩句是「化腐朽為神
> 奇」了。（頁52-53）

通常七夕詞多感嘆牛郎織女無法長相廝守，因而祈願「願天上人間，占得歡娛，年年今
夜」。[16]秦觀卻反其道而行，認為「兩情若是久長時，又豈在朝朝暮暮」，夢機先生指
出：「深情銘心者，又何須日夕相處？而朝暮廝守者，又真能海枯石爛，兩情不渝？雖
是議論，卻饒至理，不愧為淮海集中的名句。」（頁53）。結尾兩句在詞意上推陳出新，

---

15 宋·蘇軾〈洞仙歌〉（冰肌玉骨），見唐圭璋編《全宋詞》，冊1，頁297。

16 宋·柳永〈二郎神〉，唐圭璋編：《全宋詞》，冊1，頁29。

自出機杼，無怪清人黃蘇《蓼園詞選》稱讚不已：「按七夕歌以雙星會少別多為恨，少游此詞謂兩情若是久長，不在朝朝暮暮，所謂化臭腐為神奇」。[17]

（五）情景交融

評晏幾道〈臨江仙〉（夢後樓臺高鎖）[18]云：

> 上闋說簾幕低垂，落花微雨，人方獨立，燕仍雙飛。去年的春恨，能不重來？作者的春恨情懷，正藉著這一片愁人的景色襯托出來。下闋回憶和小蘋初見時，她穿著心字香薰的羅衣，琵琶似語，訴說相思，當時的天上明月，還曾照送小蘋歸去，如今明月猶在，而物是人非，只有空勞夢想了。筆寫一片今昔相同的景色，卻反逼出一種今昔不同的情懷來。這首詞情與景相互牽繫，並且在縮合的地方，又像輕霜溶於水中，了無痕跡，真不愧才人之筆。（頁16）

夢機先生認為情景交融之作，仍須以情為主，以景為從，如此才能情與景會，水乳交融。也就是說無論是「情語」還是「景語」，是「景寄於情」還是「情繫於景」，都以情性為依歸。[19]

評李清照〈醉花陰〉（薄霧濃雲愁永晝）：

> 「莫道不銷魂」三句，一氣貫下，形象鮮明，情景交融，概括了她當時的寂寞（簾捲西風），愁思（莫道不銷魂）和自憐（人比黃花瘦）的心境，而成為膾炙人口的名句。（頁87）

所謂「情景交融」，仍是以情為主，無論是深閨寂寞、刻骨相思、幽怨自憐，一應寓於西風黃花之中，融情於景，故能哀婉動人。

情以「真」為主，「作詩須有真性情，辭必己出」、[20]「文學創作，最貴情真」（頁3）。情真而近乎癡亦是佳構：「寫情能到真處好，能到癡處亦好。癡者，思慮發於無端也，情深則往往因無端之事，作有關之想，使詩意無理而愈妙也」[21]、「用情愈癡的，愈遠於理，然而都成妙諦，這種筆法，詞筌稱為『無理而妙』，如張子野的詞：『不如桃

---

17 清·黃蘇《蓼園詞選》，唐圭璋編《詞話叢編》，冊4，頁3045。

18 晏幾道〈臨江仙〉：夢後樓臺高鎖，酒醒簾幕低垂。去年春恨卻來時。落花人獨立，微雨燕雙飛。記得小蘋初見，兩重心字羅衣。琵琶弦上說相思。當時明月在，曾照彩雲歸。唐圭璋編《全宋詞》，冊1，頁222。

19 張夢機〈晏幾道詞欣賞〉，《詞箋》，頁16。

20 張夢機〈革命先烈先進詩詞欣賞〉，《詞箋》，頁178。

21 張夢機《近體詩發凡》，見張夢機著、龔鵬程校、劉夢芙審訂《張夢機詩文選編》（合肥：黃山書社，2013年1月），頁302。

杏，猶解嫁東風」，彭羨門的『落花一夜嫁東風，無情蜂蝶輕相許』，都是範例。」[22]夢機先生認為摹景寫情的「無理而妙」，「是由於對理多了一層曲折的探索，而使深微的理呈顯泛生」，「其要旨都在於詩境上超越陳舊局促的想像，突破語言意象上慣常平庸的聯接，進而產生『無理之妙』的美感效果。」[23]因情癡而產生的「無理之妙」，如周邦彥〈菩薩蠻·梅雪〉：「天憎梅浪發，故下封枝雪。深院捲簾看，應憐江上寒」，夢機先生云：「思婦原因降雪而憂慮遠人，但是雪由天降，基於畏天的心理，不敢怨天，只好遷怒到濫開的梅花身上，於是肯定『天憎梅浪發』，所以才下雪封枝，以示懲儆，而使江上人受到池魚之殃，如果梅花不浪發，天怎麼會下雪呢？情癡如此，真可謂『無理而妙』了」（頁81）。「無理而妙」得自吳萬谷先生「化無關為有關」的啟迪，[24]夢機先生指出：「詩之無理而妙者，多因聯想之深微所致，深微之極，常使人不獲追循其蹤跡，而疑其不當於理。然則雖曰礙理，卻又翻覺其鞭辟入裡，透徹精警，酷近於情，終至無理而妙矣。」[25]

夢機先生認為詞以景收束為佳。評姜夔詞〈踏莎行〉（燕燕輕盈）云：

> 結句寫照遍淮南，冥冥歸去的冷月，以景收束，雅得神韻。詩詞結句最忌板滯，謝榛四溟詩話說：「結句當如撞鐘，清音有餘。」真可謂以金針度人，不過想做到「清音有餘」，必須在通篇抒情的詩詞中，以景收煞，才能達到「無包括之痕，而有圓合之趣」的境界，如謝氏初賦俠客行：「笑上胡姬買酒樓，賭場贏得錦貂裘。酒酣更欲呼鷹去，擲下黃金不掉頭。」後來覺得不妥，再三斟酌，遂改為：「天寒飲罷酒家樓，擲下黃金不掉頭。走馬西川射猛虎，晚來風雪滿貂裘。」細讀兩詩，後作較勝，因為前詩結句，如爆竹一聲而無餘音，後作「晚來風雪滿貂裘」，則以景束筆，宕出遠神。詞家亦須參此機，姜白石的「淮南皓月冷千山，冥冥歸去無人管」，正得其中三昧。（頁127）

夢機先生詩詞之道一以貫之，認為「詩中結句，最貴餘味雋永，苟能盡善，全篇俱活，吟之必覺神遙意遠，沁人詩脾。故收束處，倘能以景作結，必可涵蘊深永，味之無極。」[26]結尾以景收束，方有耐人尋味的餘韻，使意境更加深遠。

---

22 張夢機〈周邦彥詞欣賞〉，《詞箋》，頁81。

23 張夢機〈「疏雨濕愁」與「大瓢貯月」〉，《鷗波詩話》，頁22-23。

24 龔鵬程〈《張夢機詩文選編》·前言〉：「他（張夢機）受吳萬谷先生教法的影響也很大。吳先生主要是教他『化無關為有關』，讀古人詩要懂得偷勢偷意。這就在琢句煉字之外，更重煉意之工夫了。」見張夢機著、龔鵬程校、劉夢芙審訂《張夢機詩文選編》，頁12。

25 張夢機《近體詩發凡》，見張夢機著、龔鵬程校、劉夢芙審訂《張夢機詩文選編》，頁303-304。

26 張夢機《近體詩發凡》，見張夢機著、龔鵬程校、劉夢芙審訂《張夢機詩文選編》，頁333。

（六）含蓄渾成

評賀鑄〈青玉案〉（凌波不過橫塘路）：

> 「試問閒愁都幾許？一川煙草，滿城風絮，梅子黃時雨」，我們試觀這幾句詞，
> 先是設下一問，而續筆不從正面直說，只淡淡道出三種細碎紛亂的景致，蓄而不
> 吐。但不言愁多，愁卻有千頭萬緒了。若直接肯定地道出，便無深味，這種以景
> 作結的手法，最能收到含蓄的效果。……賀鑄這幾句詞的好處便在一個渾字，渾
> 便自然無迹，不顯造作之態。所以渾成之句，你只知它好，至於如何好法，便很
> 難具體道出了。它不同於那種奇巧新異之句，清朝孫麟趾「詞逕」云：『何謂
> 渾？如『西風殘照，漢家陵闕』皆以渾厚見長者也。詞至渾，功候十分矣。」李
> 白的「西風殘照，漢家陵闕」是渾，張先的「雲破月來花弄影」便是巧了。渾句
> 以氣象取勝，它整個句子很均衡，沒有奇巧之字，給讀者是一種平衡、自然、寬
> 敞的感覺，如望千里平野。而巧句不是設想離奇，便是鍊字突出，給讀者的感受
> 是新奇、跳脫、突然，如看窮山惡水中的一朵奇花異草。我們明白渾的境界之
> 後，再來看賀鑄這幾句詞，便不難體會。「煙草」、「風絮」、「梅雨」都是細碎雜
> 亂之物，不恰似千頭萬緒的閒愁嗎？而由整個景象看來，又恰好組成一幅「幽淒
> 迷茫」的圖畫，不正是愁人那種「迷離恍惚，茫然無措」的心境嗎？情與景配合
> 得很自然，找不出一點痕跡來。再看他的用詞造句，整個非常均衡，並沒有特別
> 新奇重要的關鍵字。但整段讀下來，它的意味卻足夠品嘗一番的，這便是渾成
> 了。（頁58-59）

夢機先生相當重視「含蓄」的效果，如劉勰《文心雕龍・隱秀》所言：「隱之為體，義
生文外，秘響旁通，伏采潛發」，[27]「『隱』所追求的，是理具文中、神餘象外的境界，
這種境界是含融性的，又是聯想性的，具有弦外之音的性質，復有潛伏性的力量，含蓄
之論，殆本此義而發」、「一首採用客觀式視點寫成的作品，要想含蓄生情，其關鍵仍在
剪裁的工夫，……必須刪蕪就簡，嚴於取材，要選擇適當的事物來呈現自己的思想感
情，要有恰當的藝術技巧來表達作品內容，才能以外物襯映內蘊，使形神兼備，思與境
偕，讓人有想像的餘地。」[28]賀鑄〈青玉案〉用「煙草」、「風絮」、「梅雨」等細碎紛亂
的具體景物，表達抽象愁思之多之繁，妙在含蘊不露，耐人尋味。

「渾成」是清末四大家之一的朱祖謀編選《宋詞三百首》的原則：「求之體格、神

---

27 南朝宋・劉勰撰、王利器校正《文心雕龍・隱秀》，（臺北：明文書局，1982年4月），頁244。
28 張夢機〈錘鍊・含蓄・客觀式觀點〉，《鷗波詩話》，頁102、106。

致,以渾成為主旨」,[29]夢機先生從朱氏弟子江絜生學詞,論詞亦以「渾成」為依歸。「渾成」是指渾然天成,無費力刻畫之痕跡,而臻於自然渾化。渾成之語,亦從錘鍊中來。夢機先生云:「一首貌淡神邈的作品,看似妙手偶得,其實何嘗不是嘔心斷髭的結果?王安石詩:『成如容易卻艱辛』,正道出其中的甘苦。淺人不明所以,徒效古人造平易語,結果襲貌遺神,翻成鄙野可笑,韻語陽秋說:『欲造平澹,當自組麗中來』。由組麗到平澹的過程,就是錘鍊。」[30]所謂「自然渾成」,並非毫無修飾的天然,而是「自然從追琢中出」,[31]經過錘鍊之後的渾然無痕。

三 《詞箋》的選詞意義

　　《詞箋》由《自由青年》雜誌「詩詞欣賞」專欄輯稿成書,並無序跋,無從得知夢機先生選擇詞人詞作的標準,也因為雜誌篇幅的限制,每位詞人只能擇若干首詞作加以評析。《詞箋》選詞的標準或可從1977年張夢機、張子良編著的《唐宋詞選註》凡例得窺一二:「詞籍浩瀚,批閱紛繁,此選本之所由作也。有清一代,朱彝尊詞綜、張惠言詞選與夫朱彊村宋詞三百首,並為此中佳構。惟詞綜瓣香姜張,專嗜一味;詞選張皇比興,自限門庭;至彊村所輯,率以渾成為歸,允稱精闢,惜夫入錄者,僅趙宋一代之作耳。近世龍氏沐勛,乃廣加采錄,疏密並蓄,成唐宋名家詞選,規模視三賢為大。故本編所選,大抵以龍著為主,間亦獵取其他選本,庶幾遺珠之憾,或可免焉。」[32]夢機先生認為朱彝尊《詞綜》偏嗜姜張,門徑過狹;張惠言《詞選》專主比興,自限門庭。朱祖謀《宋詞三百首》以渾成為依歸,然未取唐五代詞,頗有缺憾,故以龍沐勛《唐宋名家詞選》為依歸,間採他作,編成《唐宋詞選註》一書。《詞箋》完成時間較《唐宋詞選註》早了六年,所選的詞人詞作絕大部分都選入了《唐宋詞選註》之中。現將張夢機《詞箋》選錄的詞人詞作製成一表,和朱祖謀《宋詞三百首》、龍沐勛《唐宋名家詞選》、張夢機、張子良編著的《唐宋詞選註》加以比對,或可得到若干訊息:

29　況周頤〈宋詞三百首原序〉,上彊村民編、唐圭璋箋注《宋詞三百首箋注》,頁2。

30　張夢機〈錘鍊・含蓄・客觀式觀點〉,《鷗波詩話》,頁101。

31　「自然從追琢中出」是清初王士禛、彭孫遹等廣陵詞人提出的詞學主張,況周頤《蕙風詞話》亦沿襲此論。見唐圭璋編《詞話叢編》,頁683、721、4555。

32　張夢機、張子良《唐宋詞選註》(臺北:華正書局有限公司,1981年9月修訂四版),頁1。筆者按、此段評論與龍沐勛〈《唐宋名家詞選》自序〉頗有相近之處,龍沐勛云:「朱彝尊《詞綜》出,『家白石而戶玉田』,左右一時風氣,末流之弊,乃入於枯寂。張惠言起而振之,以附於風騷之遺,《詞選》一編,獨標比興,而門庭過隘,未足以窺見新體之全」。見龍沐勛《唐宋名家詞選》(臺北:臺灣開明書店,1955年10月),頁1。

序號	詞人	詞作	詞箋	宋詞三百首	唐宋名家詞選	唐宋詞選注
1	韋莊	〈菩薩蠻〉（紅樓別夜堪惆悵）	√		√	√
2		〈菩薩蠻〉（人人盡說江南好）	√		√	√
3		〈菩薩蠻〉（如今卻憶江南樂）	√		√	√
4		〈菩薩蠻〉（勸君今夜須沉醉）	√		√	√
5		〈菩薩蠻〉（洛陽城裡春光好）	√		√	√
6		〈女冠子〉（四月十七）	√		√	√
7	李煜	〈菩薩蠻〉（花明月暗飛輕霧）	√			√
8		〈虞美人〉（春花秋月何時了）	√		√	√
9		〈子夜歌〉（人生愁恨何能免）	√			√
10		〈相見歡〉（林花謝了春紅）	√		√	√
11		〈破陣子〉（四十年來家國）	√		√	√
12	柳永	〈雨霖鈴〉（寒蟬淒切）	√	√	√	√
13		〈望海潮〉（東南形勝）	√		√	√
14		〈八聲甘州〉 （對瀟瀟暮雨灑江天）	√	√	√	√
15	晏幾道	〈臨江仙〉（夢後樓臺高鎖）	√	√	√	√
16		〈鷓鴣天〉（彩袖殷勤捧玉鍾）	√	√	√	√
17		〈阮郎歸〉（天邊金掌露成霜）	√	√	√	√
18		〈鷓鴣天〉（小令尊前見玉簫）	√		√	√
19		〈蝶戀花〉（醉別西樓醒不記）	√	√	√	√
20	蘇軾	〈水調歌頭〉（明月幾時有）	√	√	√	√
21		〈念奴嬌‧赤壁懷古〉 （大江東去）	√		√	√
22	秦觀	〈滿庭芳〉（山抹微雲）	√	√	√	√
23		〈鵲橋仙〉（纖雲弄巧）	√		√	√
24		〈踏莎行‧郴州旅舍〉 （霧失樓臺）	√		√	√
25	賀鑄	〈青玉案〉（凌波不過橫塘路）	√	√	√	√
26		〈柳色黃〉（薄雨收寒）	√	√	√	√
27		〈浣溪紗〉（樓角初消一縷霞）	√	√	√	√
28	周邦彥	〈玉樓春〉（桃溪不作從容住）	√		√	√
29		〈西河‧金陵懷古〉（佳麗地）	√	√	√	√
30		〈滿庭芳〉（風老鶯雛）	√	√	√	√
31		〈浣溪沙〉（樓上晴天碧四垂）	√			

序號	詞人	詞作	詞箋	宋詞三百首	唐宋名家詞選	唐宋詞選注
32		〈菩薩蠻・梅雪〉（銀河宛轉三千里）	√			
33	李清照	〈如夢令〉（昨夜雨疏風驟）	√		√	√
34		〈醉花陰〉（薄霧濃雲愁永晝）	√	√	√	√
35		〈聲聲慢〉（尋尋覓覓）	√		√	√
36		〈武陵春〉（風住塵香花已盡）	√			√
37		〈一剪梅〉（紅藕香殘玉簟秋）	√		√	√
38	陸游	〈訴衷情〉（當年萬里覓封侯）	√		√	√
39		〈真珠簾〉（山村水館參差路）	√			√
40		〈卜算子・詠梅〉（驛外斷橋邊）	√	√	√	√
41	辛棄疾	〈永遇樂・京口北固亭懷古〉（千古江山）	√	√	√	√
42		〈水龍吟・登健康賞心亭〉（楚天千里清秋）	√	√	√	√
43		〈摸魚兒〉（更能消幾番風雨）	√	√	√	√
44	姜夔	〈點絳脣・丁未冬過吳松作〉（雁燕無心）	√	√	√	√
45		〈揚州慢〉（淮左名都）	√	√	√	√
46		〈踏莎行〉（燕燕輕盈）	√	√	√	√
47	史達祖	〈雙雙燕・詠燕〉（過春社了）	√	√	√	√
48		〈綺羅香〉（做冷欺花）	√	√	√	√
49		〈玉蝴蝶〉（晚雨未摧宮樹）	√			√
50	吳文英	〈齊天樂・與馮深居登禹陵〉（三千年事殘鴉外）	√			
51		〈唐多令〉（何處合成愁）	√	√	√	√
52	張炎	〈八聲甘州〉（記玉關踏雪事清遊）	√	√	√	√
53		〈清平樂〉（候蛩淒斷）	√		√	√
54		〈解連環・孤雁〉（楚江空晚）	√	√	√	√

　　由上表可知，《詞箋》所選宋人詞作43首，《詞箋》選錄而《宋詞三百首》未選者有15首，《詞箋》選錄54首唐宋詞，《詞箋》選錄而《唐宋名家詞選》未選者有8首、《唐宋詞選注》未選者有4首，可見《詞箋》與《唐宋詞選註》的編選標準頗為一致，甚至可視為是《唐宋詞選註》之底本。

《唐宋詞選註》凡例云：「凡其人之卓然自立，其作之久經傳誦者，悉在選錄之列。各種風格，並蓄兼容，而以作者之先後為序，詞風嬗變之跡，詞運升降之勢，均可於此覘之。」[33]《詞箋》所選唐宋詞15家之中，晚唐五代兩家：韋莊、李煜，北宋六家：柳永、晏幾道、蘇軾、秦觀、賀鑄、周邦彥，南宋七家：李清照、[34]陸游、辛棄疾、姜夔、史達祖、吳文英、張炎。兼採兩宋名家，婉約豪放並陳，所選皆為詞人膾炙人口的代表作，確可略觀詞風嬗變之跡，詞運升降之勢。

《唐宋詞選註》成書的時間晚於《詞箋》，由《詞箋》和龍沐勛《唐宋名家詞選》選錄詞作僅相差八首，或可推知《詞箋》選詞的底本應為《唐宋名家詞選》，闡釋詞作時所引用的詞評多來自朱祖謀《宋詞三百首》，[35]再參酌其他作品，如選吳文英〈齊天樂·與馮深居登禹陵〉，參考引用葉嘉瑩1967年發表於臺大《新潮》第十四、五期的〈拆碎七寶樓臺——談夢窗詞之現代觀〉一文之評析。[36]龍沐勛《唐宋名家詞選》標榜「剛柔並用，疏密兼收」，[37]疏派之「極於豪壯沉雄」者，包括蘇軾、辛棄疾、陸游等；密派之「極於精深婉麗」者，包括柳永、秦觀、賀鑄、周邦彥、姜夔、史達祖、吳文英、張炎等，上述諸家亦為《詞箋》所承繼。

《詞箋》所選54首詞中，晚唐五代兩家共計11首，北宋六家共計21首，南宋七家共22首，南北兩宋選詞的數量和比例相當接近。以個別詞家選詞的數量而言，韋莊入選的詞最多，有六闋，含〈菩薩蠻〉五首聯章。夢機先生認為五首詞不宜任意割裂：「韋莊〈菩薩蠻〉五首，是一意貫串的，反覆轉折，不失脈絡，五首必須串講，才能領悟章法之妙。」（《詞箋》頁165），此觀點與鄭騫編選《詞選》的看法近似：「此五章一氣流轉，語意連貫，選家每任意割裂，殊有未安」。[38]其次是李煜、晏幾道、周邦彥、李清照各有五闋，柳永、秦觀、賀鑄、陸游、辛棄疾、姜夔、史達祖、張炎各有三闋，蘇軾、吳文英各有兩闋。選詞五首以上的詞人，除跨南北宋的李清照之外，其餘都是五代北宋的詞人，這並不代表夢機先生重五代北宋而輕南宋，而是因為《詞箋》原為雜誌專欄所作，每一期雜誌有固定的篇幅頁數。令詞字數較少，一期雜誌的賞析可多達五六首，而長調字數較多，一期雜誌至多容納三首賞析，是以《詞箋》選詞的數量並不似一般的詞選可以反映編選者對南北兩宋詞作的權衡態度。

---

33 張夢機、張子良《唐宋詞選註》，頁1。

34 張夢機《詞箋》選錄了兩首李清照南渡之後的詞作，此處將李清照列入南宋作者。

35 如張夢機《詞箋》評柳永〈雨霖鈴〉（寒蟬淒切），用黃蘇、劉熙載、李攀龍、王世貞、沈際飛等人之評語，悉見唐圭璋箋注《宋詞三百首箋注》所附的「評箋」，頁30。其他作品亦有此現象。

36 葉嘉瑩〈拆碎七寶樓臺——談夢窗詞之現代觀〉，《新潮》第14、15期，國立臺灣大學中國文學會出版，1967年5月4日，頁1-54。

37 龍沐勛〈《唐宋名家詞選》自序〉，《唐宋名家詞選》（臺北：臺灣開明書店，1955年10月），頁3。

38 鄭騫編《詞選》（臺北：中華文化出版事業委員會，1952），頁6

從張夢機先生的〈論詞五絕句〉（見《藥樓詩稿》），配合《詞箋》所選的詞人詞作，可以約略觀察夢機先生對唐宋詞史的看法。〈論詞五絕句〉之一：

> 詞壇嚆矢出花間，溫韋渾如古器般。菩薩蠻兼女冠子，祇今睥睨在人寰。

夢機先生認為《花間集》在詞史上具有開創之功，溫庭筠、韋莊詞有如古玉器般典雅華貴，[39]二人的〈菩薩蠻〉、〈女冠子〉皆冠絕一時。溫、韋二人皆有〈菩薩蠻〉、〈女冠子〉之作，然《詞箋》未選溫詞，只選韋莊詞六首，正是〈菩薩蠻〉五首聯章和〈女冠子〉（四月十七），從《詞箋》中引周濟、王國維對溫韋詞的評論，認為溫詞充滿著富貴濃豔的氣息，端己詞則情深語秀（頁164），似隱然有端己詞在飛卿之上的意味。

〈論詞五絕句〉之二：

> 國亡揮淚辭宗廟，夫歿寡居同佛龕。詞法重光與清照，淪於手滑始心甘。

夢機先生認為李後主、李清照在國破家亡之後的作品，感情真摯，造語尤工，可作為後世學習的典範。在〈李煜詞欣賞〉一文中，夢機先生反駁蘇軾對後主〈破陣子〉「揮淚對宮娥」的指責：「最是倉皇辭廟日三句，蘇軾在東坡志林中曾有微辭，認為他既然不知進取，以致把國家亡了，就應該『慟哭於九廟之外，謝其民而後行』才是，怎麼還『揮淚宮娥，聽教坊離曲』呢？我們認為蘇東坡這話真是迂闊之論。……李煜是一位徹底的主觀詩人，他從沒有直視過現實，沒有關心過社稷，但他卻將他自己的生活形態和心理狀態，毫不掩飾地和盤托出了，所以在倉皇辭廟的時候，他不揮淚對宗社，而揮淚對宮娥，這正是出於他情性之真。何況，『若以填詞之法繩後主，則此淚對宮娥揮為有情，對宗廟揮為乏味也。』（梁紹壬兩般秋雨盦隨筆）。因此，他之揮淚對宮娥，無論在人情上或文情上，我們都認為是合理的。」（頁12）。夢機先生在〈李清照詞欣賞〉一文中提到：「漱玉詞中，多半是富於性情與生命的作品，她重視音律，講究鍊句，摒除了淮海詞（秦觀）的淫靡，卻有他細微婉約的功夫，雖不作露骨的雕琢，卻有清真詞（周邦彥）的工力，而感情的真摯，又與李後主、晏幾道很接近，所以她的詞在詞壇上佔有很高的地位」、「她的詞風隨著她的生活環境而轉變，前期限於閨情一類，嫵媚風流，綽約輕倩。後期嚴肅淒苦，而入於深沉的憂鬱，造成她在藝術上最高的成就。」（頁83-84）夢機先生著眼於李煜和李清照的共通之處，就是「感情的真摯」，而二人都在亡國之後，詞作的感情越發豐沛，一發不可收拾。所謂「手滑」，便是不加節制、不能自止之意。從夢機先生引「若以填詞之法繩後主，則此淚對宮娥揮為有情，對宗廟揮為乏味

---

39 清·納蘭性德《淥水亭雜識》卷四：「花間之詞，如古玉器，貴重而不適用；宋詞適用而少貴重。李後主兼有其美，更饒煙水迷離之致。」，見納蘭性德《通志堂集》（上海：上海古籍出版社，1979年），卷十八，頁12。

也」的評論看來，所謂「詞法重光與清照」，也是指學習二人情感的真摯豐富，且能用工致的語言表達出來。

〈論詞五絕句〉之三：

> 誰向井邊歌柳詞，鋪排長調耐尋思。重吟千古流傳句，多在登高望遠時。

夢機先生認為「凡有井水飲處，即能歌柳詞」的柳永詞流傳普及，其長調鋪敘委婉，耐人尋思。蘇軾稱賞其「不減唐人高處」的名句，多是在羈旅行役、登高望遠時所作。在〈柳永詞欣賞〉一文中提到：「耆卿在詞史上的最大貢獻，是促進了長調走向成熟的階段。他的詞音律諧婉，層層鋪敘，擺脫小令形式，使詞的精神面目，為之一變，其後少游、山谷，相繼有作，遂使慢詞大盛。柳詞可以分為雅、俚兩類。雅詞抒情寫景，淒清高曠，妙處不減唐人。俚詞則通俗淺近，生動活潑，尤其能反映出下層市民的生活，同時，對於當時社會病態的心理與享樂的追求，透過親身的經驗，都有深刻的描寫，呈現著時代的寫實的社會色彩。」（頁26）。柳永在詞史上的貢獻與成就，一是通俗淺近的俗詞，普及性高；一是淒清高曠的雅詞，境界開闊。柳永的慢詞善於鋪敘，啟迪後人慢詞創作之法則。

〈論詞五絕句〉之四：

> 脫論豪放勝東坡，似杜辛詞非豔科。解舞霓裳羽衣曲，鬚眉不讓女伶多。

夢機先生認為辛棄疾的詞不僅僅是豪放勝於東坡，而是兼有各種風格，早已打破詞為豔科的藩籬。其情感之沉鬱、章法之頓挫，有如杜甫。辛棄疾〈賀新郎‧賦琵琶〉一詞，藉唐代開元、天寶年間善彈琵琶的賀懷智，訴說「自開元、霓裳曲罷，幾番風月」，而後「千古事，雲飛煙滅。賀老定場無消息。想沉香亭北繁華歇。彈到此，為嗚咽」，弔古傷今，感慨今昔。誰說只有女伶解舞霓裳羽衣曲？像辛棄疾這樣能寫盡盛衰滄桑的鬚眉，可是不遑多讓。此處「鬚眉」一語雙關，既指辛棄疾，亦指善彈霓裳曲的賀懷智。夢機先生在〈辛棄疾詞欣賞〉一文中指出：「他和一般吟風弄月的詞人不同，他的詞氣格豪壯，思力果銳，堂廡闊大，筆力峭健，大有高薄青雲的氣象，因此造成他創造性的卓越成就。」（頁93）。在〈不為王佐亦詞雄——談辛棄疾的詞〉一文中提到：「辛棄疾有雄偉的氣魄，同時又有纏綿的感情，再加以卓絕的天賦與深厚的文學修養，因而造成了他在詞中所表現的豐富多樣的藝術風格。由於他筆下語言的豐富和自由驅遣的能力，適應不同的內容，表現出不同的風格。奔放的有如狂風吹浪，豪邁的有如峻嶺大川；明媚清新的有如芙蓉出水，自然閑淡的有如野鶴閒雲。他也偶寫豔情，偶歌風月，但絕無輕薄卑俗之語。」[40]辛棄疾詞的風格豐富多樣，並不僅以豪放見長。夢機先生認為婉

---

40 張夢機〈不為王佐亦詞雄——談辛棄疾的詞〉，張夢機《藥樓文稿》（臺北：文史哲出版社，1995年5月），頁114。

約、豪放只是風格的區分,並無價值的高下,[41]只要能寫真性情的便是好詞。[42]夢機先生將辛棄疾比擬為杜甫,是著眼於二者「沉鬱」的情感。張塈〈傳統與現代的契合——訪張夢機教授談詩〉一文中,夢機先生提到:「值得一提的是杜詩『沉鬱』的風格。沉有深沉的意思,鬱有厚積的意思,指作者內在的詩思而言。沉鬱的風格,與藝術的含蓄有關,因此,表情的方式,往往是迴盪的、吞咽的,而非真洩的、奔進的。這種深沉蘊積的情感,是經過相當時間的醞釀,數種情感的交錯糾結,蟠結在胸中,然後才像春蠶抽絲般把它抽出來,因而頗具文學的感染力。」[43]夢機先生也推崇辛棄疾〈摸魚兒〉(更能消幾番風雨)的沉鬱頓挫之致:「摸魚兒是稼軒壯詞中造境最美的一首詞,通篇用含蓄的筆調,比興的方法,來傷國事、抒壯懷,姿態飛動,極沉鬱頓挫之致。既不僅是豪壯的呼號,也不限於兒女的怨慕,可以說,這是辛棄疾所獨創的一種境界。」(頁103)辛詞似杜之處,便在深沉蘊積的情感,以含蓄的筆調層層剝出,耐人尋味。

〈論詞五絕句〉之五:

> 夢窗白石最堪師,入手端宜南宋詞。畫虎不成猶貌似,矜嚴能救淺浮辭。

夢機先生認為姜夔、吳文英各具特色,學詞宜從南宋詞家入手,南宋典雅詞「注重詞中音調的諧婉,辭句的精美,結構的完密」,[44]學之不成,猶不失其度,夢窗詞法度謹嚴,內容充實,能藥浮滑空疏之弊。南宋張炎推崇姜夔的清空,貶抑吳文英的質實,[45]清初朱彝尊師法姜、張,浙派宗風大盛,造成「家白石而戶玉田」的盛況,[46]但後期也形成「既鮮深情,又乏高格」的淺浮空疏之弊。[47]常州派周濟編纂《宋四家詞選》,標舉夢窗「奇思壯采,騰天潛淵,返南宋之清泚,為北宋之穠摯」,[48]夢窗詞的質實麗密

---

41 張夢機〈不為王佐亦詞雄——談辛棄疾的詞〉:「一般說來,婉約屬於陰柔的美,豪放屬於陽剛的美。婉約的詞比較含蓄委婉,供讀者思而得之;豪放的詞則顯得明白顯豁,使讀者當下了然。所謂婉約與豪放,只應該視為作者抒寫情性時兩種不同的方法態度,原就沒有什麼價值高下的評斷,後人強分婉約豪放為正宗別調,那是毫無意義的。」張夢機《藥樓文稿》,頁115。

42 張夢機〈陸游詞欣賞〉:「詩詞寫的是真性情,⋯⋯所以欣賞詩詞,一定要說雄慨如東坡才好,纖麗如淮海便不好,或反過來說淮海好,東坡不好,這都是主觀的偏愛。只要這個作品不失為真、不失為善、不失為美,便是好作品。」張夢機《詞箋》,頁113。

43 張塈〈傳統與現代的契合——訪張夢機教授談詩〉,見張夢機《鷗波詩話·附錄》,頁193。

44 張夢機〈姜夔詞欣賞〉,《詞箋》頁117。

45 南宋·張炎《詞源》:「詞要清空,不要質實。清空則古雅峭拔,質實則凝澀晦昧。姜白石詞如野雲孤飛,去留無跡。吳夢窗詞如七寶樓臺,眩人眼目,碎拆下來,不成片段。此清空質實之說。」唐圭璋編《詞話叢編》,頁259。

46 清·朱彝尊〈靜惕堂詞序〉:「數十年來,浙西填詞者,家白石而戶玉田」。楊家駱編《清詞別集百三十四種》(臺北:鼎文書局,1976年),頁45。

47 清·謝章鋌《賭棋山莊詞話》,唐圭璋編《詞話叢編》,頁3433。

48 清·周濟《宋四家詞選目錄序論》,唐圭璋編《詞話叢編》,頁1643。

正可救浙派末流空疏淺滑之弊。[49]清末四大家之中，王鵬運導源碧山，鄭文焯規模周姜，朱祖謀瓣香夢窗，況周頤則初年把臂竹山、梅溪之林，後漸就為白石、美成，推尊夢窗，[50]學夢窗的熱潮一直持續到民國初年。[51]夢機先生此處雖然姜、吳並稱，然〈吳文英詞欣賞〉一文似對夢窗更有揄揚之意：「吳詞的特點是：重協律、崇典雅、貴含蓄、尚委婉。用字則綿密妍麗，錘鍊精純，章法則起結適度，收縱自如。……兩宋格律古典的詞，到夢窗時，發展可算已經到了極點。」（頁130-131）。夢機先生承繼常州詞派由南返北的學詞途徑，以謹嚴的法度、真摯的情意，挽救空疏淺浮之病。

值得一提的是《詞箋》中關於陸游詞的選錄，陸游向來不屬於常州家法，亦不在清末四大家推崇的宋代詞家之列，朱祖謀《宋詞三百首》僅錄其〈卜算子〉（驛外斷橋邊）一闋。龍沐勛自編《唐五代宋詞選》即側重豪放一派，重編《唐宋名家詞選》仍偏重豪放風格之詞作，[52]選錄陸游詞達9首之多。夢機先生承龍沐勛《唐宋名家詞選》之餘緒，於《唐宋詞選註》中增至12首，其中〈真珠簾〉（山村水館參差路）一詞，《唐宋名家詞選》未選，但《詞箋》中有相當細膩的剖析和討論。

再者，賀鑄亦非晚清常州詞派關注的對象，然在朱祖謀僅存無多的詞評中，就有兩則關於賀鑄的評語，一是〈宛溪柳〉下闋云：「筆如轆轤」；一是〈伴雲來〉下闋云：「橫空盤硬語」。[53]朱祖謀《宋詞三百首》選賀鑄詞11闋，較蘇軾10闋為多。龍沐勛「標舉周（清真）、賀（方回）、蘇（東坡）、辛（稼軒）四家，領袖一代」，[54]並作〈論賀方回詞質胡適之先生〉一文闡揚東山詞之特色，[55]又於《唐宋名家詞選》中選賀鑄詞高達29闋，夢機先生《唐宋詞選註》選賀鑄詞14闋，《詞箋》亦列賀鑄於唐宋詞十五家之列，擇三首詞細加賞析，其對朱祖謀《宋詞三百首》、龍沐勛《唐宋名家詞選》詞學觀點的承繼，可見一斑。

此外，晚清諸家對史達祖頗有負評，如周濟《介存齋論詞雜著》云：「梅溪甚有心思，而用筆多涉尖巧，非大方家數，所謂一鉤勒即薄者。梅溪詞中，喜用偷字，足以定其品格矣」、[56]劉熙載《藝概》云：「周美成律最精審，史邦卿句最警鍊，然未得為君子

---

49 清・孫麟趾《詞逕》：「夢窗足醫滑易之病」、清・蔣敦復《芬陀利室詞話》：「第勿專學玉田，流於空滑，當以夢窗救其弊。」見唐圭璋編《詞話叢編》，頁2553、3671。

50 劉少雄《南宋姜吳典雅詞派相關詞學論題之探討》，（臺北：國立臺灣大學出版委員會，1995年），頁72。

51 龍沐勛〈晚近詞風之轉變〉：「夢窗一集，幾為詞家之玉律金科，一若非浸潤其中，不足與於倚聲之列焉。」《龍榆生詞學論文集》（上海：上海古籍出版社，1997年7月），頁381。

52 見徐秀菁《龍沐勛詞學之研究》，中央大學中國文學研究所碩士論文，2004年6月，頁91。

53 朱祖謀撰、龍榆生輯〈彊村老人詞評三則〉，見唐圭璋編《詞話叢編》，頁4379。

54 龍沐勛〈晚近詞風之演變〉，《龍榆生詞學論文集》，頁386。

55 龍沐勛〈論賀方回詞質胡適之先生〉，《龍榆生詞學論文集》，頁304-315。

56 清・周濟《介存齋論詞雜著》，見唐圭璋編《詞話叢編》，頁1632。

之詞者，周旨蕩，而史意貪也」。[57]然朱祖謀《宋詞三百首》選史達祖詞達9首之多，包括用「偷」字的〈綺羅香・詠春雨〉、〈東風第一枝・春雪〉、〈夜合花〉（柳鎖鶯魂）等詞作，皆在入選之列。龍沐勛《唐宋名家詞選》選史達祖詞7首，其中四首〈綺羅香・詠春雨〉、〈雙雙燕・詠燕〉、〈三姝媚〉（煙光搖縹瓦）、〈秋霽〉（煙水蒼蒼），與《宋詞三百首》所選相同。夢機先生《唐宋詞選註》選史達祖詞9闋，除上述兩家都選的四首詞之外，另擇龍沐勛《唐宋名家詞選》所選的兩闋〈臨江仙〉（倦客如今老矣）、（愁與西風應有約），以及朱祖謀《宋詞三百首》所選的〈東風第一枝・春雪〉和〈八歸〉，另加一首兩種選本都未選的〈瑞鶴仙〉（杏煙嬌濕鬢）。《詞箋》賞析史達祖的三首詞悉出自《宋詞三百首》，稱賞史達祖的句法和鍊字的功力，認為以其喜用「偷」字遂定其品格的說法有欠公允。可見朱祖謀《宋詞三百首》和龍沐勛《唐宋名家詞選》的選詞對夢機先生《唐宋詞選註》和《詞箋》選詞的影響。

四　結語

　　夢機先生《詞箋》一書擇取晚唐宋十五家詞人，包括韋莊、李煜、晏幾道、柳永、蘇軾、秦觀、賀鑄、周邦彥、李清照、辛棄疾、陸游、姜夔、吳文英、史達祖、張炎，除介紹詞人生平和個人特色外，小選擇三四首代表作，以深入淺出的文字剖析章句，鉤掘詞境，示人金針。

　　從《詞箋》中可歸納出夢機先生的評詞觀點：章法頓挫、句法凝鍊、鍊字精工、詞意翻新、情景交融、含蓄渾成，延續了清末四大家以來的論詞觀點而又有一己之創獲。

　　以《詞箋》配合〈論詞五絕句〉，可以略窺夢機先生的詞史觀。《花間》為詞之濫觴，溫韋詞華貴典重，韋莊〈菩薩蠻〉五首聯章，一氣流貫，情深意摯，筆力宛轉（頁170），洵為傑作。李後主與李清照在亡國之後，感慨身世，情感豐沛，極於巔峰。柳永慢詞長調的鋪敘技巧於詞壇頗具貢獻，其俗詞普及性高，而登高望遠、羈旅行役之作，為詞拓展出更高遠的境界。辛棄疾詞風多元，打破詞為豔科的侷限，不僅以豪放見長。其詞沉鬱頓挫的情感和表現方式，不讓杜甫專美於前。學詞宜從南宋入手，姜夔、吳文英格律謹嚴，情感深摯，可藥空滑之弊，為後世取法的對象。整體而言，夢機先生較重視情感真摯，以含蓄蘊藉的手法表現的詞作，風格兼容並蓄，不以婉約豪放強分高下。《詞箋》所選的15家詞，54闋詞作大抵符合上述的評詞標準。

　　《詞箋》以龍沐勛《唐宋名家詞選》為底本，兼取南北兩宋，婉約豪放並陳，融合朱祖謀編、唐圭璋箋注《宋詞三百首》的評語，有細膩獨到的評析。特別強調鎔裁鍛鍊的工夫，以及含蓄渾成的美感特質。除了繼承朱祖謀以「渾成」為依歸的詞學觀之外，

---

57 清・劉熙載《藝概・詞曲概》，見唐圭璋編《詞話叢編》，頁3692。

也深受龍沐勛《唐宋名家詞選》的影響，不僅在《詞箋》中評析賀鑄、陸游、史達祖詞，也在與張子良合編的《唐宋詞選註》中選取賀鑄、陸游、史達祖多首詞作。《詞箋》賞析了周邦彥〈浣溪沙〉（樓上晴天碧四垂）、〈菩薩蠻・梅雪〉（銀河宛轉三千里）、吳文英〈齊天樂・與馮深居登禹陵〉（三千年事殘鴉外），此三闋未收入《宋詞三百首》、《唐宋名家詞選》，或是後來編選的《唐宋詞選註》之中，周邦彥和吳文英是朱祖謀最為推崇的詞人典範，夢機先生另擇《宋詞三百首》、《唐宋名家詞選》未錄的詞作加以賞析，選周邦彥〈浣溪沙〉（樓上晴天碧四垂），從「新筍已成堂下竹，落花都上燕巢泥」，委婉寫出春殘遲暮的悲哀。選周邦彥〈菩薩蠻・梅雪〉，「天憎梅浪發，故下封枝雪」，推崇其情深近癡、無理而妙的構思。選吳文英〈齊天樂・與馮深居登禹陵〉，著眼於時空交錯雜揉、騰挪變化的技巧，由情入景，宕出遠神。都可見到夢機先生選詞獨到的眼光。《詞箋》以深入淺出的文字抉幽發微，示人津梁，對詞的推闡普及具有實質的貢獻。

張夢機之李商隱詩論

李宜學*

摘要

　　張夢機先生身兼詩人、學者兩種身分，而無論何種身分，李商隱詩始終是其致意的焦點。就前者言，論者多謂先生學詩，最早由李商隱詩入門；就後者言，先生有論李商隱律詩、絕句藝術特徵專文多篇，而散見於他處之吉光片語者，更是俯拾皆是。而先生也不諱言對李商隱詩的喜愛，心慕手追，深得其箇中三昧。由此可覘，李商隱詩在張夢機先生的古典詩學系統中，具有獨特性與重要性。職是，本文擬借用先生於〈悟境‧詩境‧心境與欣賞詩的關聯性〉文中所列欣賞古典詩的三種方法，一方面，嘗試建構其李商隱詩學體系，二方面，檢視其李商隱詩研究對於自己所提方法，具體實踐的程度。冀藉此嘗鼎一臠，仄窺張夢機先生的詩學堂奧。

關鍵詞：張夢機、李商隱詩、悟境、詩境、心境

---

*　中央大學中國文學系助理教授。

一 前言

〔唐〕李商隱（義山，812-858）詩在張夢機（1941-2010）的創作、研究生涯中，均佔有舉足輕重的地位。就前者言，論者多謂張氏學詩，最早由李商隱入門，如陳文華〈不畏浮雲遮望眼──側記幾位臺灣古典詩人〉云：

> 張夢機可算是當今最享盛名的詩人了。……其學習過程，先是專攻李商隱，揣摩其雅馴的字法、跳動的詩句及跌宕的章法。有此基礎，再沈潛于兩宋諸家。中年以後，由於閱歷漸豐，轉嗜杜詩之沈鬱頓挫，遂形成其多樣之面貌。[1]

顏崑陽〈夢機詩選序〉云：

> 夢機之詩……審其蹊徑，實首程於玉谿，以精麗其容；更歷山谷、無己之藩籬，以泓涵其思；終入乎工部之堂奧，以沈鬱其情；又協力於同光，以健其骨。[2]

又顏崑陽〈大詩人張夢機教授傳略〉云：

> 其詩大體可別為三期，初期頗學義山，得其麗辭幽意、靈變有則之體；中期漸契少陵沈鬱頓挫，而佐以山谷、無己之清勁，復斟酌同光之瘦健。……晚期則以身遭疾厄，困頓病榻、輪椅之間，而詩風為之大變，皆景與目遇，事與緣契，情由物感，意自懷出，而自然成篇，工拙不計，蹊徑悉泯。[3]

此論亦為龔鵬程所認同，於其所編《張夢機詩文選編·前言》，引述了陳、顏二氏之說。[4]

就後者言，張夢機於一九六九年撰成之《近體詩方法研究》[5]，便已輒引李商隱詩

1　陳文華：〈不畏浮雲遮望眼──側記幾位臺灣古典詩人〉，《文訊》188期（2001年6月），頁55。另，氏著〈論張夢機〉（國立臺灣文學館《臺灣文學辭典》條目，引自李瑞騰、孫致文編：《歌哭紅塵間：詩人張夢機教授紀念文集》〔中壢：中央大學中文系，2010年〕，頁129-130）於「轉嗜杜詩之沈鬱頓挫」與「遂形成其多樣之面貌」二句間，補入數句：「並取法晚唐『同光體』，破除唐、宋藩籬之爭，而抉取奧衍、雄健、厚實之詩風」。

2　顏崑陽：〈《夢機詩選》序〉，收入張夢機：《夢機詩選》（高雄：宏文館圖書股份有限公司，2009年），頁4。

3　顏崑陽：〈大詩人張夢機教授傳略〉，收入李瑞騰、孫致文編：《歌哭紅塵間：詩人張夢機教授紀念文集》，頁 I。

4　張夢機著，龔鵬程校，劉夢芙審訂：《張夢機詩文選編》（合肥：黃山書社，2012年），前言，頁2-3。龔氏云：「其詩，顏崑陽以為可分為三期：早期從李商隱入，得其麗辭幽意、靈變有則之體。……陳文華大體贊同顏說，但分為前後兩期。」

5　張夢機：《近體詩方法研究》（臺北：國立臺灣師範大學國文研究所，1969年）。後更名為《近體詩發凡》（臺北：臺灣中華書局股份有限公司，1984年）。後文稱引，均依《近體詩發凡》。

為例，犕略統計，凡二十五首[6]，既有世人熟稔的〈錦瑟〉、〈無題〉、〈夜雨寄北〉，亦有罕為人提的〈贈鄭讜處士〉、〈所居永樂縣久旱縣宰祈禱得雨因賦詩一首〉等，可見其觀照面頗為周洽；其後，一九七七年，發表了兩篇極具份量的李商隱詩研究論文：〈兩種流宕的律詩章法〉[7]、〈義山七絕的用意、抒情與詠史〉[8]，分述李商隱七律、七絕；迨一九九〇年主編《詩詞曲賞析》，獨力承擔李商隱詩一章，乃將上述二文合併，另增補一段「義山生平及其詩作」，總題為〈李義山詩的藝術特徵〉[9]；一九九四至一九九五年間，所撰兩組札記：〈詩阡拾穗〉[10]、〈浮海詩話〉[11]，復有十段文字語及李商隱，內容廣涉其生平、政治立場、詩歌淵源、影響，多早年所略言。此外，還曾專文賞析〈回中牡丹為雨所敗〉（其二）[12]，即連箋釋〔宋〕晏幾道（叔原，1038-1110）之〈蝶戀花〉（醉別西樓醒不記）、吳文英（君特，1200？-1260？）之〈齊天樂〉（三千年事殘鴉外），亦不忘援引李商隱詩為旁證，輔助說明。[13]至於散見他處之吉光片羽、化鹽於水者，更是不勝枚舉，難以具陳。要言之，李商隱詩貫串了張夢機一生的古典詩研究。

　　對此，張氏晚年也曾夫子自道：

6　分別為：〈夜雨寄北〉、〈無題〉（相見時難別亦難）、〈嫦娥〉、〈落花〉、〈馬嵬〉、〈賈生〉、〈霜月〉、〈當句有對〉、〈籌筆驛〉、〈梓州罷吟寄同舍〉、〈七月二十九日崇讓宅宴作〉、〈春日寄懷〉、〈隋宮〉、〈錦瑟〉、〈無題〉（來是空言去絕蹤）、〈贈鄭讜處士〉、〈所居永樂縣久旱縣宰祈禱得雨因賦詩一首〉、〈風雨〉、〈夕陽樓〉、〈蟬〉、〈無題〉（重幃深下莫愁堂）、〈武夷山〉、〈登樂遊原〉、〈木蘭花〉、〈送崔玨往西川〉。

7　張夢機：〈兩種流宕的律詩章法〉，《中華文化復興月刊》第十卷第三期（1977年3月），頁37-42。後收入氏著：《思齋說詩》（臺北：華正書局股份有限公司，1977年），頁79-95；其後，又擴大改寫為：〈章法的常與變〉，收入氏著：《古典詩的形式結構》（臺北：尚友出版社，1981年），頁158-185。後文稱引，均依〈章法的常與變〉。

8　張夢機：〈義山七絕的用意、抒情與詠史〉，《幼獅月刊》第四十六卷第一期（1977年7月），頁56-61。後析為四篇：〈泛論李義山詩〉、〈用意深刻──義山七絕的藝術特徵之一〉、〈寫情婉摯──義山七絕的藝術特徵之二〉、〈詠史精絜──義山七絕的藝術特徵之三〉，收入氏著：《鷗波詩話》（臺北：漢光文化事業股份有限公司，1984年），頁41-56。後又合併為〈李商隱七絕的藝術特徵〉，收入氏著：《詩學論叢》（臺北：華正書局，1993年），頁81-96。後文稱引，均依〈李商隱七絕的藝術特徵〉。

9　張夢機、黃永武、沈謙、簡恩定編著：《詩詞曲賞析》（中冊）（蘆洲：國立空中大學，1990年），頁273-308。

10　張夢機：〈詩阡拾穗〉，《中國學術年刊》（第十五期），1994年3月，頁231-241。後收入氏著：《藥樓文稿》（臺北：文史哲出版社，1995年），頁29-45。

11　張夢機：〈浮海詩話〉，《藥樓文稿》，頁47-66。

12　張夢機：〈析〈回中牡丹為雨所敗〉〉，《臺灣時報》（副刊），1979年3月6日。後收入氏著：《鷗波詩話》，頁28-31。

13　張夢機：〈晏幾道詞欣賞〉、〈吳文英詞欣賞〉，《詞箋》（臺北：三民書局股份有限公司，2008年），頁23、頁131。此二則資料，承卓清芬教授惠告，特此誌謝。又，晏、吳二氏之生、卒年，頗有爭議，本文所據，為王兆鵬、劉尊明主編：《宋詞大辭典》（南京：鳳凰出版社，2003年）。二詞條均王兆鵬所撰。

> 余於詩，在有唐一代，所欽慕者三人焉：一曰王摩詰，⋯⋯二曰杜少陵，⋯⋯三
> 曰李商隱，其詩情辭雙美，深於用意，繁采中見肌理，矜鍊中有婀娜，方諸晚
> 唐，殆無人能出其右。此三子者，皆詩中之翹楚也。余病後多暇，困居蝸舍，因
> 對三家詩勤加披讀，偶亦規摩句法，深究詩律，誦習既久，創作益豐，⋯⋯。[14]

又說：「李義山的詩」「最適合初學者入手」。[15]其對李商隱詩的推崇、體會、研讀，乃
至於心慕手追、探驪得珠，昭昭乎若揭日月而行矣。

總上所述，可覘李商隱詩於張夢機古典詩學中的獨特性與重要性，而本文之研究動
機與價值，亦在於是。

一九七四年，張夢機發表〈悟境・詩境・心境與欣賞詩的關聯性〉，文中自陳，因
閱讀黃永武《中國詩學鑑賞篇》，覺其「說明欣賞詩的過程與困難」，見解獨到，故參考
其說，揭櫫三項欣賞古典詩的方法：

一、增進學識以拓悟境

二、熟知詩法以窺詩境

三、瞭解作者以明心境

從而展開全面而深細的討論。[16]綱舉目張，條分縷析，誠可視為張氏心目中理想的古典
詩研究架構。因此，本文擬就此三項探論其李商隱詩論，一方面，嘗試建構張夢機的李
商隱詩學體系，二方面，檢視其李商隱詩論對於自己所認同的方法，具體實踐的程度。
冀藉此嘗鼎一臠，仄窺張夢機的詩學堂奧。

二　從學識而拓義山詩之悟境

張夢機〈欣賞的學與悟〉云：

> 欣賞和創作雖然有別，而知識的運用，則初無二致，如果作者「讀書破萬卷，下
> 筆如有神」，那麼讀者在欣賞前，也須涉獵經史，胸富卷軸，有了這些知識的儲
> 積，才能知曉句意，進而透視詩的內蘊。[17]

進而提出用典、義理、考據三點，申述讀者學識與拓展詩歌悟境的關係。覆核其李商隱
詩論，尤側重於指點典故。

---

14 張夢機：《鯤天吟稿》（臺北：華正書局，1999年），自序，頁1。

15 張夢機：〈浮海詩話〉，《藥樓文稾》，頁54。

16 張夢機：〈悟境・詩境・心境與欣賞詩的關聯性〉，《學粹》第十六卷第十二期（1974年6月），頁24-
　30。後收入氏著：《思齋說詩》，頁1-22；其後，又改題為〈欣賞的學與悟〉，收入氏著：《古典詩的
　形式結構》，頁186-209。後文稱引，均依〈欣賞的學與悟〉。

17 張夢機：〈欣賞的學與悟〉，《古典詩的形式結構》，頁191-192。

　　此固易理解。李商隱詩向以用典繁複著稱，〔宋〕楊億（大年，974-1020）的「獺祭」之喻，幾已成為他恆久的鮮明標籤，直至近代，仍有不少迴響。[18]而毋論贊成或反對，正評抑負評，治李商隱詩者對此現象，均無法迴避。

　　張夢機言及李商隱詩中用典問題，始於《近體詩發凡》，計四處；三見〈論裁對與用典〉章，一見〈論絕句謀篇〉章。茲先論前者。

　　〈論裁對與用典〉中，張氏先將用典區分為「用事」與「用辭」兩類，並解釋道：

> 事也者，古籍之所載，無論為故實、為寓言，凡可比附以入吾詩者，皆是也。[19]

釋畢，旋舉李商隱〈贈鄭讜處士〉詩之腹聯：「越桂留烹張瀚鱠，蜀薑供煮陸機蓴」為按，指出上句用《晉書》張瀚事、下句用《世說新語》陸機詣王武功事，說明這種手法便是「用事」。即此一點，已可看出：張氏認為李商隱詩之使事用典，極具代表性，故論及典故問題，首先想到的便是李商隱詩。

　　其後，張夢機又將「用典之法」分為「明用」、「暗用」、「活用」、「反用」；而「明用」、「反用」兩類，皆舉李商隱詩為例。其言曰：

> 詩中徵引典實，或明言其人，或明引其事者，是為明用。……如義山之〈所居永樂縣久旱縣宰祈禱得雨因賦詩〉一首，其末二句云：「祇怪閭閻喧鼓吹，邑人同報束長生。」束長生係明用《晉書》束晳請雨事，緣太康中，晳為邑人請雨，三日而雨注，眾歌之云：「束先生，通神明，請天三日甘雨零，何以疇之，報束先生。」[20]

按，〈所居永樂縣久旱縣宰祈禱得雨因賦詩〉云：

> 甘膏滴滴是精誠，晝夜如絲一夕盈。祇怪閭閻喧鼓吹，邑人同報束長生。

末句出典，〔清〕釋道源（石林，1584？-1655~1656）已註明，但未解釋。〔清〕馮浩（養吾，1719-1801）箋：「此用反託法」，意有所指，但所言甚簡，難明所以。〔清〕姚培謙（平山，1693-1766）則曰：「第三句，見其不自以為功也。」劉學鍇、余恕誠不贊成姚說，解曰：

> 姚箋第三句不確。「祇怪」，指作者只訝閭閻鼓吹何以如此喧鬧，非指縣令而言。四句正所以明閭閻鼓吹之故。或謂「祇怪」係「何怪」之義，蓋以束擬縣宰也。

---

18 詳拙著：〈歷代李商隱詩研究進路述論〉，《李商隱詩接受史重探——以唐末五代至清代為範圍》（新竹：清華大學中文研究所博士論文，2009年），第二章，頁83-85。

19 張夢機：〈論裁對與用典〉，《近體詩發凡》，頁76。

20 張夢機：〈論裁對與用典〉，《近體詩發凡》，頁79-80。

亦通。[21]

又提供了兩種解讀，而仍未有確解。張夢機則以為：末句係「明用」典故，亦即逕用原典故事、意涵、字面，不曾稍加轉化。循此，張氏顯將原典中的束皙，直接比擬為永樂縣縣宰，因其為百姓「祈禱得雨」，故「邑人」以喧天「鼓吹」報答之，「何」足「怪」哉！透過「用典之法」，張夢機確定了三、四句的語意，解決了本詩的疑義。

　　〈所居永樂縣久旱縣宰祈禱得雨因賦詩〉於李商隱詩的詮釋史上，並不熱門，甚至難躋傑作之林[22]，張氏卻能於近六百首李商隱詩、甚至浩然煙海的古典詩中，憶及此二句；且詳知典故出處，特別拈出，標舉為解釋「明用」的例證，實不能不歸功於其對李商隱詩之熟稔。

　　又曰：

　　　文人用故事，有直用其事者，有反其意而用之者，詩中謂之翻案法，最為奇警。李義山詩：「可憐夜半虛前席，不問蒼生問鬼神」，雖說賈誼，然已反其意而用之矣。[23]

此段解釋「反用」。大部分文字，錄自〔宋〕嚴有翼（約1140年前後在世）《藝苑雌黃》[24]，惟「詩中謂之翻案法，最為奇警」兩句，為張氏所添。「可憐」一聯，見李商隱〈賈生〉詩，詩云：

　　　宣室求賢訪逐臣，賈生才調更無倫。可憐夜半虛前席，不問蒼生問鬼神。

全詩出典，見《史記‧屈原賈生列傳》，說的原是〔漢〕文帝（劉恆，前203-前157）因聽賈誼（前200-前168）談鬼神之事而入神，渾然忘卻時間，竟至「不自覺地將膝蓋前移至席子的前端（前席），接觸地面而不覺得不舒服，足見其興致之濃」[25]。但李商隱此詩，並無意重述、稱美這則故事，只是借用原典，自出機杼，表達相反、全新見解。在其筆下，文帝對鬼神之事的盎然興致，卻成了徒然浪費人才、無視蒼生疾苦的昏聵君王行徑。別出心裁，反其意而用之，故稱「翻案」，是為「反用」。

　　〈賈生〉典故，前人多知之，〔清〕馮浩也已註出，畢竟「前席之虛，今古盛

---

21 俱引自劉學鍇、余恕誠：《李商隱詩歌集解》（上）（臺北：洪葉文化事業有限公司，1992年），頁518-519。

22 〔清〕紀昀即批評此詩「鄙俚」。詳劉學鍇、余恕誠：《李商隱詩歌集解》（上），頁518。

23 張夢機：〈論裁對與用典〉，《近體詩發凡》，頁82。

24 郭信和、蔣凡點校：《嚴有翼詩話》，收入吳文治主編：《宋詩話全編》（參）（南京：江蘇古籍出版社，1998年），頁2348。

25 葉國良：〈坐姿與傢具〉，《禮制與風俗》（上海：復旦大學出版社，2012年），頁19。原題：〈可憐夜半虛前席〉，收入氏著：《古代禮制與風俗》（臺北：臺灣書店，1997年），頁6-18，文字略有不同。

典」[26]，但往往未能進一步詳其用典手法，別其異同，遂易使讀者忽略了典故與詩意之間的落差，誤以為李商隱不過襲用原典，如此，詩人的苦心孤詣、壓在紙背下的聲音，便遭遮蔽，殊為可惜。相反地，經由嚴有翼點出、張夢機重加強調，則李商隱心中微言隱曲、幽約怨悱不能自言之情，得以浮現紙面，召喚讀者的目光，提醒讀者放慢閱讀速度，體會「可憐夜半虛前席」的深長意蘊。日後，張夢機還曾賞析過這首詩，其言曰：

> 全篇諷刺文帝雖用賢臣而不能盡其才，感嘆賈生雖遇明主而不能有所為，是一首敘事而夾議論的諷諭之作。賈生年少多才，文帝虛心請教，然而君臣夜半所討論的竟然與民瘼無關，而只是荒誕不經的鬼神之事，這樣，究竟是禮賢下士呢？還是對人才的一種褻瀆？味「可憐」二字，諷意自見。[27]

所論或未必有過於前人之處，然其勝場，不在「說什麼」，而在「如何說」。張氏不但指出本詩以「反其意而用之」的方式落筆，且其關捩全在「可憐」二字，惟經此二字一番迴轉，方能曲折傳達出李商隱藉古諷今、懷才不遇、自傷淪落等「多義」。[28]綜言之，〈賈生〉詩之所以成為名篇，實有賴於「反用」與「虛字」的相互搭配，乃能相得益彰。

李商隱詩中「反用」之例，張夢機還曾於分析〈謁山〉詩時提及。詩云：

> 從來繫日乏長繩，水去雲回恨不勝。欲就麻姑買滄海，一杯春露冷如冰。

張氏曰：

> 我們試看〈謁山〉詩的最後兩句：「……」根據《麻姑仙壇記》的記載，仙女麻姑曾經告訴王方平說：「接待以來，已見東海三為桑田。」李商隱即運用這個神話故事加以翻新，來顯示他內心一種熱望被冷卻的失意感。「欲就麻姑買滄海」，象徵一種最高的理想或期盼，可是這種理想或期盼，很快地便被無情的現實粉碎了。[29]

〈謁山〉詩旨，聚訟紛紜，莫衷一是（詳後文），此先不贅。第三句詩，歷來無人作註，未悉是否因「麻姑」事為熟典，故覺不需多此一舉？若是，則恐怕這就是問題的關

---

26 〔清〕屈復箋語。詳劉學鍇、余恕誠：《李商隱詩歌集解》（下），頁1519。

27 張夢機：〈李商隱七絕的藝術特徵〉，《詩學論叢》，頁85。

28 黃世中注疏：《類纂李商隱詩箋注疏解》（五）（合肥：黃山書社，2009年），頁3411-3412，歸納歷來〈賈生〉的旨義，計有：譏漢文之不能用賢、譏文帝之迷信鬼神、言賈生雖遇而不遇等八種。而詩之「多義」，素為張夢機所重，曾多次為文論此問題，如〈詩的多義性〉（《鷗波詩話》，頁95-96）云：「詩的『多義性』，是在許多的解釋中只有看法深淺的不同，而其方向應該是相同的，這種情況是在詩人運用比興或經營意象的時候，產生他所謂的『經驗格式』，他不把自己的意涵明白說出，他只借用一種意象作為表徵，這種意象的表徵本身是意在象中，所以可以作許多方面的聯想。」

29 張夢機：〈詩的多義性〉，《鷗波詩話》，頁97。

鍵所在。因為熟典，所以未嘗深究其命意，或憑主觀揣想，或附會李商隱生平，率爾發言，導致爭論不休。劉學鍇、余恕誠《李商隱詩歌集解》解此詩，說：一二句「意本明白，難以索解者為三四句」[30]，所言甚是。

張夢機改從「用典之法」切入，拳定主意，判斷其為「運用這個神話故事加以翻新」，已反其意而用之矣，故不能再拘執於原典，直從神話的角度理解，而須仔細玩味其可能翻轉出來的新意，再配合上下文，連結出一種最適當的解釋。「最高理想與期盼的幻滅」，便是張氏琢磨李商隱「反用」「麻姑」之事，從而對〈謁山〉詩提出的新見解。雖非達詁，卻言而有據，且又與李商隱的生命情境相符應，因此，不失為一有效性的詮釋。

上述四種「用典之法」，彼此間有難易之別。張夢機曰：

> 明用者……大部分尚可藉翻檢辭書，洞悉本源，而琢磨詩境。其他三種，固然也可能散見辭書，但由於作者運典無跡，水鹽莫辨，胸中沒有幾卷書的讀者，很容易輕易帶過，無從欣賞到作者鍛鍊的匠心。[31]

簡而言之，「暗用」、「活用」、「反用」較「明用」為難，以其不易臻於高妙，也不易為讀者查知故也。準此，前引〈所居永樂縣久旱縣宰祈禱得雨因賦詩〉、〈賈生〉及〈謁山〉三首，甚至所有涉及典故的李商隱詩，運典手法之繁簡、深淺，也就有了客觀衡量的標準；有此標準，便又可進而評價其藝術表現的高低，不致流於人云亦云，或者言人人殊。「蚩妍好惡，可得而言」，斯為張氏李商隱詩論的貢獻之一。

張夢機又以為，「反用」之難難於「暗用」與「活用」，所論仍本於前揭〔宋〕嚴有翼《藝苑雌黃》。嚴氏云：

> 反其意而用之者，非識學素高，超越尋常拘攣之見，不規規然蹈襲前人陳迹者，何以臻此。[32]

張氏則云：

> 反用其事，則非淺識者所能到也。蓋翻案之法，須先有識，識者，得之簡也，次要有筆，筆者議論出奇，曲折翻駁，三要有書，書者引證切合也。識此三者，則自臻高妙矣。[33]

所述內涵顯較前者豐富、具體，將嚴氏「識學素高」之說，擴大引申為識、筆、書三個

---

30 劉學鍇、余恕誠：《李商隱詩歌集解》（下），頁1953。

31 張夢機：〈欣賞的學與悟〉，《古典詩的形式結構》，頁192。

32 郭信和、蔣凡點校：《嚴有翼詩話》，收入吳文治主編：《宋詩話全編》（參），頁2348。

33 張夢機：〈論裁對與用典〉，《近體詩發凡》，頁82。

層面，三者兼具，才能成功驅遣「反用」。循此，能妙用「翻案」之法的李商隱，其於張夢機心中，固「非淺識者」，亦可知矣。

至於「反用」所獲致的藝術效果，張夢機名之為「奇警」。此乃〔宋〕嚴有翼《藝苑雌黃》所無，而張氏獨有的觀點。味其意，略指「反用」能使詩意聳拔警策，不落俗套，達到「陌生化」（defamiliarization），讓讀者擺脫原典的制約，打破既有的慣性思惟，重新「感覺」詩意，從中獲得不同於以往的審美感受。換言之，從張夢機的觀點出發，〈賈生〉、〈謁山〉二詩，便有如上所說的作用，這等於也為早已膾炙人口的這兩首詩，賦予了新的意義與價值。

又，《近體詩發凡‧論絕句謀篇》章，張夢機析論李商隱〈武夷山〉：

> 只得流霞酒一盃，空中簫鼓當時迴。武夷洞裏生毛竹，老盡曾孫更不來。

也觸及用典問題，其言曰：

> 據陸羽〈武夷山記〉所載：「武夷君於八月十五日，置幔亭、化虹橋，通山下村人，是日太極玉皇太姥、魏真人、武夷君三座，空【中】告呼村人為曾孫，令男女分坐會酒肴，須臾樂作，乃命行酒，命【令】彭令昭唱〈人間可哀〉之曲。」此詩首句「只得流霞酒一盃。」即用此事，不得挪移他山言之，隱見題旨，不見題字，是謂暗起。[34]

〈武夷山記〉與〈武夷山〉詩的關係，〔清〕馮浩已註出，置於第二句下，顯示馮浩以原典中的「作樂」「唱〈人間可哀〉之曲」，作為詩句「簫鼓當時迴」的出處。但張夢機更以為，首句亦出自此典，且用得極巧妙，「庶幾移不動」[35]，卻又無跡可尋，令人不易察覺。蓋原典中本有神仙「命行酒」事，而「流霞酒」亦為神仙典，出自〔漢〕王充（仲任，27-97）《論衡‧道虛》，故李商隱此處實已揑合了兩個典故，搏塑為一，馮浩未能洞察，徒以〈武夷山記〉箋第二句，遂使首句暗藏的典故、詩人的巧心安排，悉數落空。

張夢機此段文字，原在分析〈武夷山〉如何「引起」，亦即如何破題，本不專為典故而發，但睽其所說「隱見題旨，不見題字」的「暗起」技巧，若移作討論用典手法，豈不與「暗用」異曲同工、消息消通？張氏解釋「暗用」道：

> 暗用典者，宛轉清空，渾然無跡，縱橫變化，莫測端倪。昔人謂：作詩用典，要

---

34 張夢機：〈論絕句謀篇〉，《近體詩發凡》，頁134。
35 游子六輯：《詩法入門》：「登臨之詩，……中間宜寫四面所見山川之景，庶幾移不動。」張夢機屢屢言及，如氏著：〈論律詩謀篇〉，《近體詩發凡》，頁155-156、《讀杜新箋：律髓批杜詮評》（臺北：漢光文化事業股份有限公司，1986年），頁40。

> 如禪家語：「水中著鹽，飲水乃知鹽味」，此說乃詩家祕密藏也。……此皆用事若
> 胸臆語，而不為人覺者，孰水孰鹽，了無痕跡矣。[36]

「只得流霞酒一盃」一句，字面上未見武夷山，而字字皆指向武夷山。但乍看之下，會
錯以為只是尋常筆墨，與詩旨關係不大，便輕易略過，殊不知詩人已運典於其中，即連
〔清〕馮浩這樣的李商隱詩專家，也有百密一疏的時候！然而，是否覷見此中巧妙，關
乎能否深入一首詩情意表現的最精微處。張夢機如是說：

> 讀者能知出處，一加體味，便使原有的文字平添許多含蘊。當然，這種情形，即
> 使不明出處，也能理會詩意，只是無法識得作者運典入化的苦心，欣賞終欠一
> 層。[37]

差之毫釐，失之千里。馮、張二氏解讀〈武夷山〉詩，正分別代表「終欠一層」與「識
得」「苦心」的兩種類型，而相去不可以道里計，學識厚薄、體會深細，對於拓展詩歌
悟境之影響，於此可見。

　　綜上所述，李商隱詩中用典諸面向：「明用」、「暗用」、「反用」，都經張夢機的提點
而獲得披露；不惟如此，還能「決嫌疑，別同異，明是非」，從而使讀者將詩旨掌握得
更準確而深入，誠有功於李商隱詩。

　　實際批評之餘，張夢機也屢屢透過綜論方式，申述李商隱好用典故是導致其詩風晦
澀的主因。早年如〈李商隱七絕的藝術特徵〉曰：

> 好使用冷僻故實，故作微晦之詞，直接造成閱讀時的障礙，讀者面對這些婉曲幽
> 晦的作品，……不能熟讀典故的出處與用法，自然就很難索解文字以外的深意微
> 旨。[38]

晚年如〈詩阡拾穗〉曰：

> 好用典故也是造成義山詩晦澀的主要原因。義山善為四六，能隨意驅遣冷僻典
> 故，用之於詩，也是極自然的現象。詩中如萼綠華、杜蘭香、青女、素娥等神仙
> 故實，宓妃、曹植、趙后、韓壽等史書故事，觸目皆是，因此讀他的詩，必須先
> 揭開這重重煙幕。[39]

不論早、晚，觀點一致。後文更具體指出李商隱好用之典故類型與辭彙，所涉文本，至

---

36 張夢機：〈論裁對與用典〉，《近體詩發凡》，頁80。
37 張夢機：〈欣賞的學與悟〉，《古典詩的形式結構》，頁193-194。
38 張夢機：〈李商隱七絕的藝術特徵〉，《詩學論叢》，頁81-82。
39 張夢機：〈詩阡拾穗〉，《藥樓文稾》，頁36-45。

少有〈重過聖女祠〉、〈無題二首〉之二（聞道閶門萼綠華）、〈霜月〉、〈十一月中旬至扶風界見梅花〉、〈丹丘〉、〈贈句芒神〉、〈無題四首〉之二（颯颯東風細雨來）、〈蜂〉、〈代魏宮私贈〉、〈判春〉、〈可歎〉、〈襪〉……等。沈秋雄〈論李義山詩之用典〉說：「從來詩家用典，卻以史書、子書及經書為主。神仙故事是稗官雜說，一般不大援用。」[40]好使仙典，確屬李商隱詩的鮮明標誌，確實平添了讀者進入詩境的一重障礙，也因此，歷來箋釋者、包括張夢機在內，才需要花費如許心力，努力詮解。又，上列李商隱詩清單，也讓我們窺見張氏上段文字落筆之際，心中隱隱浮現的李商隱詩，折射出張氏平日閱讀李商隱詩的一個側面。

學識的來源，除了見諸載籍的典故之外，還有賴於讀者自身的才性、平素豐富的閱讀經驗，以及對詩的感性領會，乃能左右逢源、興發感動，抉發詩的「潛能」（potentila effect）[41]，展開對詩歌意蘊的多層次闡發。張夢機析論李商隱〈初時筍呈座中〉，便展示了這樣的詮釋功力。

詩云：

> 嫩籜香苞初出林，烏陵論價重如金。皇都陸海應無數，忍剪凌雲一寸心。

張氏首先從「筍肉細嫩，味也甘鮮，所以歷來嗜食者很多，讚美它的作品也復不少」破題，接著，旋舉年代早於李商隱的〔唐〕白居易（樂天，772-846）〈食筍詩〉、晚於李商隱的〔宋〕黃庭堅（魯直，1045-1105）〈向人乞苦筍〉，承接上文，並開啟下文，曰：

> 可見「食筍」這個詩題，非常尋常，不易措辭，寫來寫去，不過稱美筍味，頂多滲雜些鄉關之思。[42]

說明此一詩題的寫作模式已頗固定，李商隱很難再突破藩籬、自闢蹊徑，似要否定此詩的必要與價值，卻又以「而義山則不然」一語，推翻前數句，急轉直下，曰：

> 首先他替春筍設想：春筍之攢籬出林，初意並不是為了供人烹食入饌的，在它那小小的心靈中，似乎早已懷有成竹後那份凌雲參天的豪情壯志，可惜世人不能體會，偏偏對它那份豪情壯志作無情的斲傷，這是何等殘酷的事實。義山把握這個主旨，藉用二十八個字來表現，一面說明此地天寒，不宜栽竹，所以香苞出林，實有它的深意。一面又以「皇都陸海應無數」（……）設為對比，襯托見意，強

---

40 沈秋雄：〈論李義山詩之用典〉，《詩學十論》（臺北：文史哲出版社，1993年），頁87。

41 〔德〕伊瑟爾著，金元浦、周寧譯：〈把握本文——文學本文的實現過程〉，《閱讀活動——審美反映理論》（北京：中國社會科學出版社，1991年），頁1。又，將 potentila effect 中譯為「潛能」，係出自葉嘉瑩先生手筆。

42 張夢機：〈李商隱七絕的藝術特徵〉，《詩學論叢》，頁84。

烈暗示自己對剪食籜龍這種行為的反感。[43]

凸顯李商隱這首笋詩的切入點，與其他同題、近似之作，與眾不同：不只停留在滿足口腹之慾的感官享受，亦不只浮泛地抒發類型化的思鄉之情，而是為來不及長大的嫩笋寄予無限同情，發不平之鳴。最後，文章再回扣前舉白居易、黃庭堅詩，比較三首笋詩優劣，曰：

> 從詩中用意的角度看，落想已較樂天山谷深入數層。[44]

從「鍊意」的角度，肯定李商隱此詩「用意深刻」，遠勝白、黃二詩。

通觀歷代箋釋，從未有注家將此三詩併觀，論其高下，是為張夢機的獨創之見。但張氏賞析〈初時筍呈座中〉還不以此為止境，續曰：

> 同時，我們還可以作更進一層的分析：如眾周知，笋經風雨成竹，竹子自古既為文士所愛，除了它的挺拔勁秀，形色悅目外，最重要的，它還象徵了士君子多方面的品德，……。[45]

更深入討論竹子的象徵義：君子。為加強說服力，先徵引〔明〕劉基（伯溫，1311-1375）〈尚節亭記〉為案：

> 夫竹之為物，體柔而虛丰，婉碗焉而不為風雨摧折者，以其有節也。至於涉寒暑，蒙霜雪，而柯不改，葉不易，色蒼蒼而不變。有似乎臨大節而不可奪之君子。

說明「有節」意象，雙關「竹節」與人的「節操」。如此一來，竹子與君子彼此互攝、補充的內涵，也就呈顯得更為明晰了；在此基礎上，張氏乃曰：

> 以竹象徵君子，在文學作品中早被肯定，因此在由笋變竹的生長過程裏，如果沒有遭受「剪心」的惡運，那麼，他日翠筠琅玕，脩柯凌雲的遠景，是可以想見的。沿著這層意思延伸，讀者可以透悟，義山詩中所呈露的強烈情緒，已不僅是單純的為著惜笋，絲篁以外，似乎君子不容於社會的冷酷事實，與詩人身世的辛酸之感，也都隱然可見了。

竹、君子、詩人，至此合而為一。李商隱把「初次嘗鮮的感受和個人的生經驗結合」，在「審美觀照或生命反思上，取得物我交融、虛實相生之恰當距離」，「將自身放頓在裡

---

43 張夢機：〈李商隱七絕的藝術特徵〉，《詩學論叢》，頁84。
44 張夢機：〈李商隱七絕的藝術特徵〉，《詩學論叢》，頁84。
45 張夢機：〈李商隱七絕的藝術特徵〉，《詩學論叢》，頁84。

面」[46]，是一首成功的詠物詩。〔清〕劉熙載（伯簡，1813-1881）《藝概》嘗云：

> 昔人詞詠古詠物，隱然只是詠懷，蓋其中有個我在也。[47]

物，一旦成為一個審美客體，便都帶上了審美主體的視野與情感，不再只是純粹的物，或純粹的意識。〈初時筍呈座中〉便是這樣一首「託物喻意」，借物以寓性情的詠物／詠懷詩。

綜觀張夢機析論此詩，推衍細膩，層層深入，結構完整，得出的結論自然令人信服。而張氏之所以能由〈初時筍呈座中〉聯想到前舉白居易、黃庭堅、劉基等人之作，時空幅度跨越唐、宋、明三朝，自與其詩人、學者的雙重身分，泛覽古籍的閱讀經驗、廣博深厚的學識，息息相關。在這首詩上，張夢機真正為讀者示範了「從學識而拓義山詩之悟境」的具體成果。

三 從熟知詩法而窺義山詩之詩境

張夢機先是一名傑出的古典詩人，然後又成為一位優秀的古典詩研究者，因此，係由創作的角度進入古典詩的國度，也因此，對於詩法體會最切，早年揚名上庠的《近體詩發凡》，便是一部專論詩法的著作，就中所舉李商隱詩，遍及字法、句法、章法等層面，茲分述如下：

（一）字法

分辨字聲平仄，是古典詩初學者的入門初階，尤其辨識入聲、平仄兩讀字，更屬重要，蓋讀音錯誤，不惟左右詩意，聲情效果亦將大打折扣。對此基本而重要的問題，張夢機談李商隱詩，也不忘提點，其於《古典詩的形式結構·字聲的平與仄》中，論及「平仄兩讀而意義不同」的「離」字時，說明如下：

> 離，平聲，別離。李商隱〈寄令狐郎中〉：「松雲秦樹久離居，雙鯉迢迢一紙書。」仄聲（去），離去也。杜甫〈宿贊公房〉：「放逐寧違性，虛空不離禪。」[48]

張氏〈字聲的平與仄〉所舉平仄兩讀字之字例，多本於王力（了一，1900-1986）《漢語

---

46 歐麗娟：《李商隱詩歌》（臺北：五南圖書出版股份有限公司，2003年），頁7-8。其中「將自身放頓在裡面」，引自〔清〕李重華：《貞一齋詩說》。

47 〔清〕劉熙載原作，龔鵬程撰述：〈詞曲概〉，《藝概》（臺北：金楓出版有限公司，1986年），頁155。

48 張夢機：〈字聲的平與仄〉，《古典詩的形式結構》，頁19。

詩律學》，而王氏論「離」字原文如下：

> 離，平聲，別離。不舉例。仄聲（去），離去也。杜甫〈宿贊公房〉：「放逐寧違性，虛空不離禪。」[49]

兩相對照，即可發現其中細微差異：王力以為，讀為平聲、作「別離」解的「離」字，常見、易懂，不致錯讀，故不舉例；張夢機則仍為之補上，而所補詩句，恰恰出自李商隱的〈寄令狐郎中〉。這又再次顯示張氏對李商隱詩的偏好與熟悉，否則，古典詩中堪為例證者，未嘗沒有更通俗、更為人知的詩句，豈必獨沽李商隱一味？

又，〈浮海詩話〉載有一則札記，曰：

> 李義山詩：「嗟余聽鼓應官去」，反應之應當作應該之應用，以求符合聲調。[50]

「應」字，平仄兩讀、意義不同：仄聲的「應」，作動詞，有應對、應付之意；平聲的「應」，則作應該、應當解。張夢機特別提醒讀者，李商隱〈無題〉（昨夜星辰昨夜風）尾聯上句，「應官」之「應」字，須讀平聲，始符聲調；換言之，該句下三字平仄為「──│」[51]，句式為「應／官去」，而非「應官／去」，故其原意，當為「應該當官去」（「官」字轉品為動詞），通行箋釋之逕解為「應卯而去」[52]，恐未恰。就閱目所及，針對此點予以辨析者，張氏之外，再無第二人，而惟其聲調判斷正確，句式、詩意才能把握正確，才能避免無根之談，牽一髮足以動全身，誠未可輕忽。

此外，張夢機還說到用字之法，〈浮海詩話〉云：

> 李義山〈贈趙協律晢〉的第三句：「已叨鄒馬聲華末」，馬指司馬相如；……都是古代詩人取單字以代複姓的實例。[53]

近體詩中，因每句字數有限，且「兩個字為一個節奏，平仄遞用」[54]，因此，詩人為遷就聲調，同時也為了方便對偶，輒「取單字以代複姓」，例如司馬遷（子長，前145或前135-前86），簡稱「馬遷」，潘岳（安仁，247-300），簡稱「潘安」，循此，便可造出「貌比潘安，顏如宋玉」的對仗句[55]。類此之例，所在多有，不足為奇，古人習以為

---

49 王力：〈聲調的辨識〉，《漢語詩律學》，第一章，第十二節。收入《王力文集》（第十四卷）（山東：山東教育出版社，1984-1991年），頁162。

50 張夢機：〈浮海詩話〉，《藥樓文薰》，頁59。

51 若讀為「│─│」，便成雙拗句，須於下句救之，改為「┴│┬─│─」。但本詩尾聯下句下三字為「類轉蓬」（││─），非拗句，故知上句亦非拗句。

52 如劉學鍇、余恕誠《李商隱詩歌集解》（上），頁392便曰：「『應官』者，即後世所謂應卯」。

53 張夢機：〈浮海詩話〉，《藥樓文薰》，頁52。

54 張夢機：〈調譜的正與偏〉，《古典詩的形式結構》，頁65。

55 葉嘉瑩：〈太康詩歌〉，《葉嘉瑩說漢魏六朝詩》（北京：中華書局，2008年），頁317。

常，今人則或詫其怪異，張氏欲說明這種現象，想到的實例，仍是李商隱詩：

> 已叼鄒馬聲華末，更共劉盧族望通。

上句，「鄒」指鄒陽（生卒年不詳），「馬」指司馬相如（長卿，約前179-前111）；下句，「劉」指劉琨（越石，270-318），「盧」指盧諶（子諒，285-351）。如此用字，上、下句乃能兩兩成對，含納更多詩意於句中。張氏這段話，除了揭明古人用字之法，也有助於理解〈贈趙協律晳〉整首詩。

又，古典詩中用字，就性質分，昔有活字、疊字、虛字、實字之別。活字，「亦在乎認取詩眼而已，詩眼即提醒處，亦即音節之扼要處，猶之畫龍之點睛。」「眼用活字，則凌紙生新，既響且健，最為警策。」[56] 張夢機《近體詩發凡·論鍊字與造句》章，雖未舉出李商隱詩中「活字」例，但日後發表的〈詩中的假擬法〉則有言：

> 度句鍊字的方法，在今人所著的修辭學中，論列詳盡，不遑遍引。不過無論那種鍊法，總是往活處鍊，而非往死處鍊，下面特舉一種死句活鍊、靈動高妙的假擬法來說明。

並解釋道：「假擬法乃是感情高漲的結果，而將無情物寄以靈性，託為有情的方法。」隨後即展開論述。文末，批評王國維（靜安，1877-1927）《人間詞話》以「不隔」與「隔」判斷作品優劣，「恐怕有可商酌之處」，蓋「『不隔』的作品，可能有血有肉，而『隔』的作品，也別具一種迷離恍惚的情致。」例如：

> 李青蓮的「三山半落青天外，二水中分白鷺洲。」固然騰喧眾口，而李義山的「一條白【雪】浪吼巫峽，千里火雲燒益州。」又何嘗遜色？[57]

所舉二詩，分別出自〔唐〕李白（太白，701-762）〈登金陵鳳凰臺〉、李商隱〈送崔珏往西州〉。李白詩句，「語語都在目前」，不隔；李商隱詩句，「霧裡看花」，隔。若依王國維標準，則後句遜於前句，小李不如大李。張夢機不以為然，另從「假擬法」、「往活處鍊」字的角度，看出「一條白【雪】浪吼巫峽，千里火雲燒益州」的佳處：「白【雪】浪」、「火雲」皆無情之物，亦皆與「巫峽」、「益州」無必然關係，但李商隱卻綴上了兩個動詞：「吼」、「燒」，遂為「浪」、「雲」賦予了人的感情與動作，也和「巫峽」、「益州」產生了密切關係，「看似無理，實則奇絕」。[58] 基於此，張氏認為上引兩句詩，平分秋色，各臻其妙。這無異於也肯定了李商隱善用「活字」的詩藝。

---

56 張夢機：〈論鍊字與造句〉，《近體詩發凡》，頁87。
57 張夢機：〈詩中的假擬法〉，《鷗波詩話》，頁147。
58 張夢機：〈論鍊字與造句〉，《近體詩發凡》，頁87。

〈論鍊字與造句〉章，李商隱詩出現在「虛字行氣」一節。善用虛字，「可使氣脈流轉，而抒情敘事，亦往往可藉虛字逼出作者神態」[59]，「凡表示語氣的虛字應該正是一首詩情意結構的重要關鍵所在。」[60]對此，張氏固已默識於心，且又較前人更進一步，將「虛字」細分為「單字」與「二字連用」兩類。

「單字」類，張夢機舉了李商隱〈風雨〉詩頷聯：

> 黃葉仍風雨，青樓自管絃。

為例，曰：

> 止一「仍」字「自」字，便將境地之冷暖懸殊，況味之悲愉迥別，以及秦人之無論肥瘠、都不關心，而中露流離、如充耳，等等薄俗情狀，一齊寫出，而又詞愷掩抑，氣韻平和，庶幾小雅詩人怨誹不亂者矣。（語見鄧廷楨《【雙】硯齋筆記》）。虛字之妙，由此可見。[61]

細膩闡述了「仍」、「自」兩虛字在詩中擔任的功能。全詩豐富的意蘊、詩人沈鬱的神態，全靠此二虛字斡旋，娓娓道出。雖然，此段文字泰半引自〔清〕鄧廷楨（嶰筠，1775-1846）之語，張氏只在文末加上兩句按語，但這也等於聲明了一種詮釋的立場：全然贊同鄧氏所言，李商隱此詩，足以充分顯示「虛字之妙」。劉學鍇、余恕誠、黃世中所編《李商隱資料彙編》，成書年代較張氏此文為晚，卻未收錄鄧氏這段文字，今透過張氏引述，其精采高論乃得以為世所知，不致掩滅，且可補《李商隱資料彙編》之闕，文獻意義亦頗重大。

「二字連用」類，張夢機解釋如下：

> 虛字有二字連用者，最能使句法靈妙流動，故凡坐覺、微聞、稍從、暫覺稍喜、聊從、政須、漸覺、微抱、潛從、終憐、猶及、行看、恐盡、全非等字，苟運用得體，悉可妙到毫顛，……

其後舉例，李商隱詩仍為其首選，曰：

> 如李義山〈夕陽樓〉詩：「花明柳暗繞天愁，上盡重城更上樓。欲問孤鴻向何處，不知身世自悠悠。」欲問、不知四字，辭達有味，無限精神，宜乎馮浩所言

---

59 張夢機：〈論鍊字與造句〉，《近體詩發凡》，頁90。

60 葉嘉瑩：〈關於評說中國舊詩的幾個問題──為台灣的說詩人而作〉，《中國古典詩歌評論集》（臺北：源流文化事業有限公司，1983年），頁130。

61 張夢機：〈論鍊字與造句〉，《近體詩發凡》，頁90。另詳〔清〕鄧廷楨：《雙硯齋筆記》（北京：中華書局，2006年），卷六，頁420-421，文字略異。

「悽婉入神」也。[62]

「『欲問』、『不知』四字，無限精神」數句，係〔宋〕謝枋得（君直，1226-1289）《疊山詩話》原文，餘者，則為張氏所添。謝、馮二氏都僅指出讀完此詩的主觀感受：「無限精神」、「悽婉入神」，但究竟如何得出這樣的感受？卻未解釋，徒使讀者知「其然」而不知「其所以然」。張夢機一向致力於說出「其所以然」[63]，故於謝氏原文中攔入「辭達有味」一句，從今日的標準衡之，雖不免仍嫌簡要，但至少指出〈夕陽樓〉的藝術效果，與語言文字的安排、設計有關，質言之，亦即透過「二字連用」的虛字，於上、下二句間製造開闔抑揚的空間，使文氣流動盤旋，逼出作者神態。

（二）句法

「夫人之立言，因字而生句」。[64]張夢機論造句，云：「蓋詩中情韻，原不在章句之外，倘章句工巧，輒臻神完意足之境矣。」[65]綜集所論李商隱句法，約有以下幾種：

1 倒裝句

「詩中句式，偶爾一變常法，特意顛倒，頗能增強語勢，協和音律。」[66]張夢機所舉眾多倒裝句中，有李商隱〈蟬〉詩，其言曰：

> 「徒勞恨費聲」當為「費聲恨徒勞。」惟一倒裝，不獨協律暢音，且文句矯健駿爽矣。[67]

若依語序順作「費聲恨徒勞」，則其聲調為「｜－｜－－」，二、四字皆平聲，不成聲調，音韻不協。一經顛倒，聲調變為「－－｜｜－」，即成標準的平起、首句入韻格式，聲調協暢；且將情緒語「徒勞」前置，讓讀者先感受到一股巨大、深沈的惋惜聲撲

---

62 張夢機：〈論練字與造句〉，《近體詩發凡》，頁91。

63 張夢機屢屢言及，如氏著：〈杜詩、律髓、律髓刊誤緒說〉，《讀杜新箋：律髓批杜詮評》（臺北：漢光文化事業股份有限公司，1987年），頁13：「古典詩的鑑賞與評斷，自宋明以來，一直是以詩話或眉批箋釋的方式出現」，「優點是詩話、箋釋的作者，類多能詩，他們透過自身的創作經驗去默會作者的意境，往往片言決要，直探詩心，表現出補實的見解。至其流弊，則是將評鑑詩析全然建立在直覺的基礎上，對於詩人獨具的匠心，不屑作任何條理終始的疏解，以致使這種印象式的孤言片語，其所以為精采、高明的理由闇而不彰。」「時至今日，詩評的風氣，以逐漸傾向理性的、邏輯的分析，這對中國傳統詩評而言，誠然是一種極可貴的開拓，力足以補前文所述的缺失。」

64 〔梁〕劉勰：〈章句〉，見范文瀾：《文心雕龍注》（臺北：臺灣開明書局，1993年），卷七，頁21b。

65 張夢機：〈論練字與造句〉，《近體詩發凡》，頁93。

66 張夢機：〈論練字與造句〉，《近體詩發凡》，頁101-102。

67 張夢機：〈論練字與造句〉，《近體詩發凡》，頁102。

面而來，再回神細究「徒勞」的內容為何。前驟後馳，一收一放之間，感染力固較直述句為強，所以張氏說「文句矯健駿爽」。

2 拗救句

五、七言近體詩，皆「字有定聲，調有定式」[68]，凡不合乎平仄格式者，即稱為「拗」，即成拗句，須設法補救，「拗而能救，就不為病」。[69]其法在於：前處當平而用仄，便須於後處當仄處，易之以平；反之亦然。之所以造出拗句，除詩藝不佳等無可如何之過外，主要是詩人刻意追求聲情效果的一片匠心，「蓋一經拗折，詞格愈顯嶙峋，氣宇愈覺拗兀，神清骨峻，韻高格古」。[70]

張夢機將拗救方式分為「單拗」與「雙拗」。單拗例，見於氏著《近體詩發凡‧論拗句與救法》，其於「七言拗第六字者」諸例中，列有李商隱詩，標示如下：

> 仄平
> 直到相思了無益，未妨惆悵是清狂。（李義山〈無題〉末聯）

而未多解釋。[71]按，「了無」二字，依平仄譜當作「—｜」，此處則作「｜—」，正是「出句第六字拗用平聲，則第五字斷用仄聲救之」之例。張氏指出此句用拗，讀者便可據此進一步討論拗句與情意之間的關係：此詩採深夜追思抒慨之心理獨白，敍寫女子相思寂寥之情，從而託寓了李商隱自己輾轉相依、迄無所托，遇合如夢、身世羈孤之情[72]，末聯則表示：即便相思一無用處，亦無礙其「終抱癡情」[73]的決心，倔強、直拗的性格，溢於言表；而這種強烈的悲劇性格，正與拗折稜峭的聲調相表裡。

雙拗例本不見於《近體詩發凡‧論拗句與救法》，迨氏著《古典詩的形式結構》，於「五言仄起出句『仄仄平平仄』之拗救」一目底下，據王力增補數例，始有李商隱詩，標示如下：

> 平仄仄仄仄，仄平平仄平
> 高閣客竟去，小園花亂飛。（李商隱〈落花〉）

按，此聯出句平仄為「—｜｜｜｜」，第四字當平而用仄，屬王力所說的「甲三拗」，須於對句第三字以平聲救之，故下句平仄本為「——｜｜—」，便轉為「｜——｜—」，以

68　張夢機：〈字聲的平與仄〉，《古典詩的形式結構》，頁1。

69　王力：〈拗救〉，《漢語詩律學》，第一章，第八節。收入《王力文集》（第十四卷），頁108。

70　張夢機：〈論拗句與救法〉，《近體詩發凡》，頁103。

71　張夢機：〈論拗句與救法〉，《近體詩發凡》，頁114-115。

72　此段分析，俱參劉學鍇、余恕誠：《李商隱詩歌集解》（下），頁1459-1460。

73　張相：《詩詞曲語辭匯釋》（上）（北京：中華書局，2001年），卷一，頁132。

暢其音。[74]此詩情意表現，張夢機曾多次分析，其言曰：

> 一個人惟其在孤寂之中，才會去注意週【周】遭的景物，如李義山〈落花〉說：
> 「高閣客竟去，小園花亂飛」，假如不是客去，而詩人正處在孤寂之中，又怎會
> 去注意到小園花飛的景況？句中雖不言寂寞，但讀者讀了這首詩，卻自然有無限
> 的悵惘。[75]

這種瀰天漫地、揮之不去的孤寂，緣於「客」之「竟去」所帶來的沈重失落感；而此失
落感，正是透過「－｜｜｜｜」連續四個仄聲傳達出來（「閣」、「客」為短促急收藏的
入聲；「竟」、「去」為分明哀遠道的去聲），兩者相得益彰。

綜言之，以上二拗句，皆能藉聲表意，深得聲情拗折復又諧和之妙。李商隱這種拗
體，張夢機認為前有所承，並非獨創。對〔清〕趙翼（雲崧，1727-1814）《甌北詩話》
說：「拗體七律」，「中唐以後，則李商隱、趙嘏輩創為一體，以第三、第五字平仄互
易」，「別有擊撞波折之致」，不能苟同，批評道：

> 此論拗體之變，頗貽裁贓之誚，讀之可發一粲。蓋甌北以「殘星」「長笛」一聯
> 為承祐句法，殊不知此體本出於老杜，如：……，似此體甚多，聊舉二聯，知非
> 義山、承祐所創也。[76]

可見張氏雖極喜李商隱詩，卻不盲目推崇，誇大其成就與貢獻，顯示出一種嚴謹的治學
態度。

3 對仗句

張夢機將古典詩的對仗分為「體」、「用」兩層，前者為「入門初階」，後者則「綜
錯為用，是更進一解矣。」[77]茲依其所論，分述如下：

（1）屬對之「體」

此種對法，又分「當句對」、「蹉對」、「假對」。〈論裁對與用典〉中，僅於「當句
對」舉李商隱詩為例，分別是：

---

74 張夢機：〈聲律的拗與救〉，《古典詩的形式結構》，頁117。
75 張夢機：〈論傳統詩中的含蓄〉，《詩學論叢》，頁65-66。又見氏著：〈晏幾道詞欣賞〉，《詞箋》，頁
　23。
76 張夢機：〈論拗句與救法〉，《近體詩發凡》，頁127-128。
77 張夢機：〈論裁對與用典〉，《近體詩發凡》，頁41：「鄙意琢對大要，不過二端，曰體曰用而已。體
　者蓋取虛字實字、雙聲疊韻，配辭作偶，以明矩矱；用者則論其對比、虛實、流水之變，而體制又
　不脫於格律之外，……惟前者有則可循，實為入門初階；後者綜錯為用，是更進一解矣。」

> 青女素娥俱耐冷，月中霜裡鬥嬋娟。(〈霜月〉)
>
> 池光不定花光亂，月氣初涵露氣乾。(〈當句有對〉)

但這兩句對法，同中有異：前者，屬於「就句對，而兩句更不須對者」[78]，亦即上句「青女」與「素娥」成對；下句「月中」與「霜裡」成對，而上、下句不成對。後者，則上句「池光」、「花光」相對，下句「月氣」與「露氣」對，上、下句又成對。分析細緻，也見出兩句詩的高下、巧拙之別。

日後，張氏《古典詩的形式結構‧對偶的體與用》論「蹉對」，也補進了李商隱詩，其言曰：

> 一名錯綜對。李商隱詩：「於今腐草無螢火，終古垂楊有暮鴉。」以螢對鴉；以火對暮。……這種對仗，往往是因為遷就聲調，所以非顛倒不可。[79]

引文中聯句，見〈隋宮〉詩：

> 紫泉宮殿鎖煙霞，欲取蕪城作帝家。玉璽不緣歸日角，錦帆應是到天涯。於今腐草無螢火，終古垂楊有暮鴉。地下若逢陳後主，豈宜重問後庭花。

該句標準平仄格式當為：「—｜｜—｜，｜｜—｜｜—」，若欲堅持形式上的對偶，仍以「火螢」對「暮鴉」，或「螢火」對「鴉暮」，則其平仄將變成：

> —｜｜—｜—，｜｜—｜｜—。

或

> —｜｜—｜，｜｜—｜—｜。

非但調譜不叶，亦將破壞押韻規律（單數句末字仄聲，雙數句則平聲），得不償失，故不得不顛倒之。張氏標出此句為「蹉對」，提醒讀者，李商隱此聯對偶手法殊異，當格外留意。

此外，《古典詩的形式結構‧對偶的體與用》還認為：

> 一般對偶，只要合於「平仄相反」、「詞性相同」的原則就夠了。但在名詞對名詞的這個範疇內，還必須加上「意義相類」的條件，才稱得上是「銖兩悉稱」的「工對」。

並於「工對」的「鳥獸對」中，舉李商隱〈宿晉昌亭聞驚禽〉腹聯：「胡馬嘶和榆塞

---

78 張夢機：〈論裁對與用典〉，《近體詩發凡》，頁58。

79 張夢機：〈對偶的體與用〉，《古典詩的形式結構》，頁143。

笛，楚猿吟雜橘村砧」為例，且於「馬」、「猿」二字旁標上「△」符號，以示「馬」、「猿」相對；言外之意，便是稱譽李商隱此聯對仗工穩、嚴謹。但後文續曰：

> 運用這種對法，最好是順其自然，適可而止。刻意追求，一味求工，反而會落入板相，或者因辭害意，斲傷了詩的本質。事實上，古人也並不很強調這種工對，五言如「黃葉仍風雨，青樓自管絃」（李商隱）……等，莫不以異類為對（俗稱「寬對」），然不礙其為名句。[80]

所舉詩句，為前文分析過的李商隱〈風雨〉頷聯。上句「黃葉」，「花木對」，下句「青樓」，「宮室對」；上句「風雨」，「天文對」，下句「管絃」，「器物對」，若依「工對」要求，上、下句銖兩不稱，未為好句。但張夢機特別辨析，對偶仍須以情意表達為本，技法格式為末，若本末倒置，為技法犧牲情意，削足適履，縱使對句再工、再精美，亦無關乎詩。李商隱〈風雨〉詩便成了他證成此一觀點的絕佳例子。

（2）屬對之「用」

〔梁〕劉勰（彥和，約465-約520[81]）《文心雕龍・麗辭》有「言對」、「事對」、「反對」、「正對」四對之說，張夢機以為，此即「屬對之『用』」的濫觴。[82]

張氏論李商隱詩中「屬對之『用』」，多集中於「反對」。如〈籌筆驛〉：

> 管樂有才真不忝，關張無命欲何如。

依劉勰之說：「反對者，理殊趣合者也。」[83]此聯一說「有才」、一說「無命」，截然相反，正所謂「理殊」也，但不論「理」如何「殊」，都一致指向諸葛亮，所以又「趣合」。這種對法，不但劉勰認為優於「正對」，張氏也讚其「虛實相生，陰陽迭見，斡旋變化，神明莫測」[84]，「足闡詩中幽微，開後世無窮法門。」[85]因此，特重「反對」，將其分為「對比」、「虛實」兩大類，兩大類底下又析數類，就中多有李商隱詩，如：

> 君緣接坐交珠履，我為分行盡翠翹。（〈梓州罷吟寄同舍〉）←──→人我對
> 縱使有花兼有月，可堪無酒更無人。（〈春日紀懷〉）　　　←──→有無對[86]

80　張夢機：〈對偶的體與用〉，《古典詩的形式結構》，頁139-140。

81　據朱曉海：〈《文心雕龍》的通變論〉，《中央大學人文學報》第三十一期（2007年7月），頁4。

82　張夢機：〈論裁對與用典〉，《近體詩發凡》，頁61。

83　〔梁〕劉勰：〈麗辭〉，見范文瀾：《文心雕龍注》，卷七，頁33b。

84　張夢機：〈對偶的體與用〉，《古典詩的形式結構》，145。

85　張夢機：〈論裁對與用典〉，《近體詩發凡》，頁61。

86　第一例見張夢機：〈論裁對與用典〉，《近體詩發凡》，頁64；第二例，見氏著：《古典詩的形式結構》，頁146。

二例皆屬「對比」類。張氏並進而申述：「如果以上述對比的觀念為據，作更進一層的探索，則發現前人賦詩裁對之際，在當句中也有這種對比的現象」，所舉諸例，有李商隱〈安定城樓〉頸聯，標示如下：

> 永憶江湖（大）歸白髮（小），欲迴天地（大）入扁舟（小）。

呈顯一聯之內，上、下句各自大、小對比的情形。然後總結道：

> 上述諸聯，有的是當句對比，如「永憶江湖」一聯是；……顯然的，這類對比，其變化複雜的程度，遠較前舉剛柔、晦明、大小諸聯為大。[87]

此詩本即李商隱名作，此聯更是名句。過去論者多從情意表現的角度闡釋，稱美他如何「學老杜而得其藩籬」、如何「志向深遠，豈戀此區區」，固亦深中肯綮，然於其語言形構的分析，或有未逮，今經張夢機抽絲剝繭，一一發覆，正可為此聯、此詩錦上添花。又如：

> 浮世本來多聚散，紅渠何事亦離披。（〈七月二十九日崇讓宅宴作〉）
>
>   ⟷　情景對
>
> 縱使有花兼有月，可堪無酒更無人。（〈春日寄懷〉）　　⟷　遮表對
>
> 此日六軍同駐馬，當時七夕笑牽牛。（〈馬嵬〉）　　　　⟷　今昔對
>
> 於今腐草無螢火，終古垂楊有暮鴉。（〈隋宮〉）　　　　⟷　今昔對

第一句，上情下景，「含情會景，能解妙旨。」第二句，上表下遮：「花月之夕，固為良辰，惟無酒無人，反不如併花月而去之，二語沈痛之極。」第三、四句，併皆上今下昔，一「詠明皇幸蜀事，當年七夕，密相誓心，此日六軍駐馬，請誅貴妃，迴復幽咽，排宕悽婉。」一「弔古傷今，固亦不勝滄桑之感矣。」[88]是皆「虛實」對也。

「反對」之外，張夢機還另提兩種截然相反、難易有別的對法：「流水對」與「倒挽對」。前者，意為：上下兩句，「自為町畦」，但又「非合而觀之，其意不顯。」[89]張氏嘗舉李商隱〈隋宮〉頷聯「玉璽不緣歸日角，錦帆應是到天涯」為例。兩句十四字，分而觀之，字字對偶，但語意未完；合而觀之，一氣連貫，詩意始足。正是標準的「流水對」。但張夢機認為，此詩尚有一層重大意義，其言曰：

> 已開因果對之先河，又不僅疏通脈絡已也。[90]

---

87 張夢機：〈對偶的體與用〉，《古典詩的形式結構》，頁147-148。

88 張夢機：〈論裁對與用典〉，《近體詩發凡》，頁68-69。

89 張夢機：〈論裁對與用典〉，《近體詩發凡》，頁69-70。

90 張夢機：〈論裁對與用典〉，《近體詩發凡》，頁70。

換言之，出句為「因」，對句為「果」，以因果邏輯而造「流水對」，李商隱有開創之功。此亦李商隱詩研究者所罕言者。張氏頗重視此聯，日後，〈欣賞的學與悟〉談「流水對」，即單舉這兩句為代表，未及其他。[91]

後者，意為：將上下兩句的順序刻意倒置，逆挽成趣。[92]此對在張夢機的對仗體系中，較為晚出，待《古典詩的形式結構》始言及，文中舉李商隱〈馬嵬〉腹聯「此日六君同駐馬，當時七夕笑牽牛」為例，云：

> 兩句先後倒敘而又成對，妙境只在轉換之間，如果順說，便涉平淺。[93]

此聯上、下「成對」，一目了然，不贅。至於「倒敘」，若按照時間順序，當先昔再今，〈馬嵬〉則反之，先說今日困窘落魄，翻說昔時寵渥甜蜜，彈指之間，榮枯互易，而往事又已成空，無限追憶、悔愧，俱在其中。

此外，張夢機為說明「意涉合掌」、「主格未確」等屬對禁忌，亦都以李商隱詩為例，反證李商隱詩不為此病所累。如稱美〈錦瑟〉腹聯「滄海月明珠有淚，藍田日暖玉生煙」：

> 停勻密緻，意不合掌，此所謂圓規而方矩者也。

上、下兩句，一句一意，不涉重出，便不犯「合掌」。又說〈無題〉（來是空言去絕蹤）腹聯「蠟照半籠金翡翠，麝薰微度繡芙蓉」：

> 以蠟、麝……為主辭，……是皆搭配停勻，主格分明。[94]

上、下兩句，各有主辭，因此句意明確，不致扞格。以上二例，恰從反面論證了李商隱裁對精工，少有瑕疵。

（三）章法

「積句而為章，積章而成篇。」[95]《近體詩發凡》第七、第八兩章，專論絕句、律詩之謀篇，併皆立有「章法」一目。通觀二章所述，有三處舉李商隱詩為說，其一，見論絕句之〈引起〉，曰：

---

91 張夢機：〈欣賞的學與悟〉，《古典詩的形式結構》，頁201。
92 張夢機：〈對偶的體與用〉，《古典詩的形式結構》，頁148。
93 張夢機：〈對偶的體與用〉，《古典詩的形式結構》，頁148。
94 張夢機：〈論裁對與用典〉，《近體詩發凡》，頁73。
95 〔梁〕劉勰：〈章句〉，見范文瀾：《文心雕龍注》，卷七，頁21b。

李商隱〈武夷山〉詩云：「……」據陸羽〈武夷山記〉所載：「……」此詩首句「只得流霞酒一盃。」即用此事，不得挪移他山言之，隱見題旨，不見題字，是謂暗起。又義山〈月〉詩：「過水穿樓觸處明，藏人帶樹遠含情。初生欲缺虛惆悵，未必圓時即有情。」起句不見月字，而「過水穿樓」云云，寧非月乎？且全詩以月為綰轂，而數辭以為輻輳，其手法蓋與前作同。[96]

張夢機論詩之「引起」，分「明起」、「暗起」、「陪起」三種；「暗起」者，指「就題之本原落想，不明見題字，而題之本意在焉。」[97]引文中第一首〈武夷山〉，討論已見前，茲不贅。第二首題為「月」，首句字面雖隱去「月」字，但因其描摹傳神逼肖，「月」的影像仍宛然在目，是亦「暗起」。

其二，見論絕句之〈轉折〉，曰：

絕句第三句為全篇樞紐，轉折得體，通首警束，就吾人記憶所及，唐人絕句之膾炙人口者，要皆為第三、第四兩句，……五言如……「夕陽無限好，只是近黃昏。」（李商隱〈登樂遊原〉）[98]

張氏論詩之「轉折」，有「承上而言」「語意皆不絕者」與「另起一意」「語絕而意不絕者」兩種[99]，〈登樂遊原〉屬後者，詩云：

向晚意不適，驅車登古原。夕陽無限好，只是近黃昏。

首句「陪起」，以心緒不佳襯起，次句應題，正面落筆：登原，而既有「登」，便當有所見，斯為第三句寫作慣例，但該詩卻於此處遽然斷開，新生一意，而其意又與題旨不黏不脫，不即不離。

其三，見論絕句〈章法〉之「合筆束題」，舉李商隱〈木蘭花〉：

洞庭波冷曉侵雲，日日征帆送遠人。幾度木蘭舟上望，不知元是此花身。

而言曰：

起寫洞庭波冷侵雲，次言湖濱解維送客，俱與題旨無關，至轉句引出登木蘭舟眺望之意，方略顯端倪，趕至末句近處，始見題眼，此謂之到頭結穴格，亦謂合筆束題。[100]

---

96 張夢機：〈論絕句謀篇〉，《近體詩發凡》，頁133-134。
97 張夢機：〈論絕句謀篇〉，《近體詩發凡》，頁132。
98 張夢機：〈論絕句謀篇〉，《近體詩發凡》，頁139。
99 張夢機：〈論絕句謀篇〉，《近體詩發凡》，頁137。
100 《近體詩發凡》，頁144-145。又，〈木蘭花〉詩：「洞庭波冷曉雲侵，日日征帆送遠人。幾度木蘭舟上望，不知元是此花身。」

主意置後，前三句看似皆與題旨關係不密，實則為故作粗疏之筆，為末句埋下伏筆。

總結上述，《近體詩發凡》所論李商隱詩章法，均為絕句，未見律詩，此須待一九七七年發表〈兩種流宕的律詩章法〉後，始為補上。題中所標「兩種流宕的律詩章法」：腹聯大轉、合筆見意，均針對李商隱詩而發，內文則解析詳盡，還配合多張圖示，以見出李商隱律詩章法的挪騰翻轉之妙，允為其精心結撰之作，試說如下：

1 腹聯大轉

張夢機以李商隱〈宿晉昌亭聞驚禽〉為例，先簡略解釋道：

> 第三聯的句意軼出題外，跳脫生姿，然後再以七八句綰合入題。這種章法，與一般律詩的腹聯但知承上得意，或隨題輻輳者不盡相同。

再展開深細的章法分析。按，原詩云：

> 羇緒鰥鰥夜景侵，高窗不掩見驚禽。飛來曲渚煙方合，過盡南塘樹更深。胡馬嘶和榆塞笛，楚猿吟雜橘村砧。失群掛木知何限，遠隔天涯共此心。

張氏以為，首二字「羇緒」為「一篇之眼」，首聯所寫，便是「羇緒」的具象表現，而頷聯之「曲渚」、「南塘」，則是由首聯下句的「見」字開出。兩聯章法，前後照應，承接流暢，乃一般七律通則。「腹聯原可順勢而下，由景生情，直抒胸臆」，但張夢機發現，李商隱此詩並不如此處理，其言曰：

> （腹聯）反截斷眾流，宕出題外，去寫北方的胡馬、塞笛，和南方的楚猿、村砧，雖說這些聲音都能撩撥征戍者或羇旅者的愁緒，可是究竟與題上的驚禽，沒有多大的干涉，這裡忽然跳起，別生新境新意，造成空間上莫大的距離，筆力與思力，都很驚人，假設結句不能設法都轉，便同郊原良驥，一奔千里，收煞不住了，因此用筆時，非獨腹聯要推得開，還須落句收得轉，才不拙滯。果然，第七句「失群掛木」，雙收胡馬楚猿，八句「遠隔天涯共此時」，以彼此相同的心境，綰合住胡馬、楚猿、驚禽甚至作者，⋯⋯末句「共此心」三字，頂五六句作收，同時回顧一筆，直貫到首句，收住本題，也表出作意。[101]

綜言之，一首詩之腹聯，既不明顯呼應題旨，又不承接頷聯，彷彿中斷前意，想落天外，凌空另起一意，波瀾轉折，猶如離題，這便是張夢機所謂「流宕的律詩章法」之一；而此種章法，可使情感得到特別「動盪縈迴的效果」[102]，非常見之「承上得意」或「隨題輻輳」者所能比擬。

---

101 張夢機：〈章法的常與變〉，《古典詩的形式結構》，頁176-177。
102 張夢機：〈章法的常與變〉，《古典詩的形式結構》，頁177。

與此相同之例，張夢機還舉了李商隱五律：〈蟬〉（本以高難飽），析論其開闔頓挫之妙，茲不贅。

「腹聯大轉」說，乃張夢機個人獨創之見，前人所無，諒其必對此說格外珍視，故還特別辨析其與李瑛《詩法易簡錄》所揭「第五句大轉法」、「五六句雙開七八句轉合法」，內涵並不相同。其言曰：

> 無論「第五句大轉法」也好，「五六句雙開七八句轉合法」也好，所轉所開的意思，都是承上衍生，脈絡非常清楚，從章法上看，固然以覺得跌宕生姿，但總不像義山那樣憑空挺起，中斷別意，使頷聯與腹聯之間，全無干涉，造成了文氣上極為高妙的頓挫變化，用筆的手法，自較李瑛所說的為佳。[103]

申言之，「腹聯大轉」是整聯上、下句宕開，「第五句大轉法」則只在腹聯上句調轉；「腹聯大轉」是大幅轉開，與頷聯近乎無涉；「五六句雙開七八句轉合法」則仍承上衍生，脈絡清楚。李商隱〈宿晉昌亭聞驚禽〉、〈蟬〉二詩章法之奧祕，非《詩法易簡錄》舊說所能牢籠。

2 合筆見意

張夢機先舉李商隱〈淚〉詩為例，略為解釋道：

> 前六句排比六事，如珠落玉盤，零亂不堪，末二句才以金線貫串，歸出作意，與一般起結之法大相逕庭

再逐句詮說。按，原詩云：

> 永巷長年怨綺羅，離情終日思風波。湘江竹上痕無限，峴首碑前灑幾多。人去紫雲秋入塞，兵殘楚帳夜聞歌。朝來灞水橋邊過，未抵青袍送玉珂。

按張氏分析，本詩前六句，分寫宮怨、離恨、世間死別之憾、人事代謝之感、美人絕域之痛、英雄末路之悲，以呼應詩旨：淚。而此六句六事，平行並列，「不具連續性，沒有任何主從承接的關係，但句與句之間所呈顯的感情，卻是糅雜而重疊的，隨著一個一個故實的數落，悲哀也不斷的疊深」，但這都只是陪襯，全為末聯蓄勢，張氏曰：

> 趕至末聯，才結出正意，以「未抵」二字斷然否定了前面積累的悲哀，祇肯定個人當前的悲哀，而「青袍玉珂」的微妙關係（「青袍玉珂」可視作沈滯下僚與飛黃騰達的象徵），正是作者最大悲哀之所繫（……）。[104]

---

103 張夢機：〈章法的常與變〉，《古典詩的形式結構》，頁178。
104 張夢機：〈章法的常與變〉，《古典詩的形式結構》，頁181-182。

綜言之，一首詩之前三聯、起六句，雜陳數事，分從不同角度朝末聯挺進，到頭結穴，逼出詩旨，形成上六下二、前張後歛的設計，不同於一般「起承轉合」的安排，是張夢機之又一種「流宕的律詩章法」；而此章法的藝術效果，張氏形容為「愈能顯出章法的流宕，愈能見出用筆的奇峭，也愈能表現作者的才華。」[105]換言之，這是一種格外考驗詩人功力的創作手法，需如獅子搏兔，全力以赴，否則難臻妙詣。

類此之例，張夢機還分析了李商隱〈無題〉（颯颯東風細雨來）、〈茂陵〉（漢家天馬出蒲梢），細細指陳其「先雜陳數事，不相連續，而將題旨放置文末，做為結論，並總結全篇」的佈局[106]，茲不贅。

不同於「腹聯大轉」，「合筆見意」說並非張夢機一空依傍的孤明先發，前人如〔清〕紀昀（曉嵐，1724-1805）、張采田（孟劬，1874-1945？）已曾留意，張氏甚至讚為「玉谿創格」[107]，惜乎紀、張二氏均只點到為止，未及深入闡析其特徵與效果，張氏覷見此罅隙，特為展開論述，且拈出「合筆見意」為之命名，卒成一家之言，是亦張夢機李商隱詩論的一大「創格」。

四　從瞭解作者而明義山之心境

張夢機論李商隱詩，主張「持純藝術的觀點，儘量對詩意作直接的感性的分析」[108]，因此，並不刻意強調作者生平、寫作背景等外緣脈絡，對於清代以還將「知人論世」、「以意逆志」交互運用，逐步建構起來的李商隱詩箋釋法[109]，並不無條件認同，而語多保留。如〈泛論李義山詩〉便云：

> 近三百年來，治義山詩的學者，大抵皆以釋典解字為基礎，以論世逆志為依歸，進而探求其微辭深旨之所在，其中如馮浩《玉谿生詩箋注》、張孟劬《玉谿生年譜會箋》、岑仲勉《玉谿生年譜會箋平質》等書，旁蒐遠紹，精密詳覈，用力最勤。可是他們或多或少都有一種傾向，喜歡把義山詩兩政治、戀愛、悼亡等情事，做歸納研究，……。其實，欣賞義山的詩，能找出他的寫作背景，固然很好，但若無法找出他的寫作背景，我們也不須強作解人，硬替他附會一樁故事，繪聲繪影地說他為何而作，我們如果不拘泥於古人的成見，純作感性的欣賞，也

---

105 張夢機：〈章法的常與變〉，《古典詩的形式結構》，頁179。

106 張夢機：〈章法的常與變〉，《古典詩的形式結構》，頁179。

107 〔清〕張采田：〈少年〉，《李義山辨正》，收入氏著：《玉谿生年譜會箋（外一種）》（上海：上海古籍出版社，2010年），頁301。

108 張夢機：〈李商隱七絕的藝術特徵〉，《詩學論叢》，頁82。

109 詳顏崑陽：《李商隱詩箋釋方法論》（臺北：臺灣學生書局，1991年）。

未嘗不是一種佳趣。[110]

〔清〕朱鶴齡（長孺，1606-1683）、〔清〕馮浩、張采田、岑仲勉（1886-1961）後出轉精的李商隱年譜，一直被視為李商隱詩研究中的重要成績，為人所樂道[111]，但在張夢機的理解中，這卻非首要之務。

此看法具體落實於其實際批評。如〈初食笋呈座中〉，清人年譜多將其繫於〔唐〕文宗大和八年（834），李商隱應兗州觀察使崔戎（可大，764-834）之聘，至兗州（今山東省）所作，而其背景為「是年應舉，為崔鄲所不取」。[112]形同暗示這首詩與落榜遭遇有關。但張夢機論此，無一語涉及該詩的寫作時、地，對於「忍剪凌雲一寸心」句，也只如此分析：

> 讀者可以透悟，義山詩中所呈露的強烈情緒，已不僅是單純的為著惜笋了，絲簧以外，似乎君子不容於社會的冷酷事實，與詩人身世的辛酸之感，也都隱然可見了。[113]

雖亦認為此詩寓有「詩人身世的辛酸之感」，但對於究竟是何種「身世的辛酸之感」？無意追究，確實作到了「純作感性的欣賞」。

除了上述對詩人生平略而不談的方式外，張夢機也正面批評僵化、機械的知人論世法，如〈暮秋獨遊曲江〉詩，張氏便云：

> 這首詩的創作年代，張爾田編在唐宣宗大中五年，那時義山四十五歲。而此詩寫作的心理背景，馮浩以為是艷情之作，但張爾田卻以為是悼亡之作。詩題僅示遊歷之地而未明指為何事而作，是艷情也好，是悼亡也好，都只算臆度之辭。我們現在欣賞此詩，不想作事實上的附會，只純就作者的感情型態來作一番賞析即可。

先反駁前人過於拘執、坐實的說解，再表明自己的詮釋立場，然後，通過細緻的解讀而言曰：

> 那份來自荷葉枯榮的觀照與感悟，已強烈顯示了詩人對生命的特殊敏銳的感受。[114]

終究回到「純作感性的欣賞」。又如〈謁山〉詩，馮浩認為題目中的「山」，係指令狐

---

110 張夢機：〈李商隱七絕的藝術特徵〉，《詩學論叢》，頁82。
111 詳劉學鍇：《李商隱詩歌接受史》（合肥：安徽大學出版社，2004年），頁142-143、頁185-189、頁194-196。
112 〔清〕馮浩：〈玉谿生年譜〉，收入氏注：《玉谿生詩詳註》（臺北：華正書局，1979年），頁36。
113 張夢機：〈李商隱七絕的藝術特徵〉，《詩學論叢》，頁85。
114 張夢機：〈李商隱七絕的藝術特徵〉，《詩學論叢》，頁47-48。

絢，此詩即寫李義山拜謁令狐綯事[115]；張爾田則反是，認為「『山』即義山之『山』，
玉谿自謂。此蓋暗記令狐來謁之事。」[116]歷來爭論未休。對此，張夢機批評道：

> 這首詩，不管從題目，從詩句中都無法找出一個確定的證據，足以指稱義山此詩
> 是為什麼事而作，甚至，這首詩的創作時間，張爾田斷為唐宣宗大中三年，都只
> 能算是一個假定。

認為此詩的本事、時間皆不明、也不並明，惟一可明、須明者，乃詩中透顯出李商隱一
份「隱鬱鬱勃勃以出的感慨」；而這感慨「可能包含了宦途挫敗的失意，也可能包含了
愛情幻滅的悵觸，甚至可能包含了企求生命成為永恆的絕望，但對於詩人這份感慨，我
們不必去核實，不必去推測，也可能領略道他內心的抑鬱，而一掬同情之淚了。」[117]
如此說解，〈謁山〉便擺脫了干謁詩的糾纏，具備了更豐富的詮釋意涵。

由此可知，張夢機論李商隱詩，允許開放的詮釋，其基本立場為：

> 義山大部分成功的作品，其內涵顯示的，常是詩人通過現實世界所提昇出來的心
> 靈境界。由於這種心靈境界，渾融了多種經驗與不同層面，因此欣賞時，原就沒
> 有訂於一解的必要。[118]

因此，讀者所需探論的，是李商隱詩的心靈世界，而非現實世界。值得特別指出的是，
張氏提出此說的時間，為一九七九年，較日後劉學鍇、余恕誠揭櫫「對心靈世界的開
拓」，標舉為李商隱在詩史上的特殊貢獻[119]，早了近五十年。

儘管張夢機側重探求李商隱詩的心靈世界，但是，對於可推測出的確切寫作時、
地，也並不全然放棄，如析論〈西亭〉詩，云：

> 西亭在義山岳父王茂元家中。按洛陽崇讓坊有王茂元的家宅，宅有東亭、西亭。
> 本詩所謂「西亭」即指此。從題目與內容揣摩，這首詩創作的時間，極可能是在
> 義山妻子死後，詩中所呈現的感情，自然是對亡妻的悼念。[120]

「西亭」所在，史籍有徵，故無疑義；至於創作時間，則從「題目與內容揣摩」出來。
時、地一確定，張氏便據此推斷：此詩旨在悼念亡妻。又如析論〈回中牡丹為雨所
敗〉，云：

---

115 〔清〕馮浩：〈謁山〉，《玉谿生詩詳註》，卷二，頁35b，總頁440。

116 張采田：《李義山詩辨正》，收入氏著：《玉谿生年譜會箋（外一種）》（上海：上海古籍出版社，
2010年），頁423。

117 張夢機：〈李商隱七絕的藝術特徵〉，《詩學論叢》，頁50-52。

118 張夢機：〈析〈回中牡丹為雨所敗〉〉，《鷗波詩話》，頁29。

119 詳拙著：〈歷代李商隱詩研究進路述論〉，《李商隱詩接受史重探》，第二章，頁85-91。

120 張夢機：〈寫情婉摯──義山七絕的藝術特徵之二〉，《鷗波詩話》，頁49-50。

這首詩的創作年代，張爾田《玉谿生年譜會箋》編在唐文宗開成三年，應該可信，題目上所明示的創作地點「回中」（古為安定郡地，涇原節度使治所），即可視為客觀的確據。根據年譜的記載，義山這時二十七歲，既赴涇源（王茂元）之辟，又婚於王氏，因而觸犯了朋黨大忌，同年義山應宏詞之試，便因此不能中選，這是他一生坎坷的開始。

從題目提供的線索，先確認地點，再確認創作時間、詩人年歲，最後，綜合諸多條件，體會出〈回中牡丹為雨所敗〉的情意主旨：「詩人透過現實所提昇的全生命、全感情的心靈境界，他讓讀者領悟到，世上一切的美（包括自然界與人類的美），往往是那麼輕易地就被摧殘了，從而引起內心一股悲憫的感情。」[121]

　　大抵而言，張夢機早年論李商隱詩，作者生平、時代背景的影子極淡，只在為《詩詞曲欣賞》撰寫〈李義山詩的藝術特徵〉一文時，因體例所需，須述及詩人生平，才透露了一點端倪。其言曰：

> 李商隱，……生於唐憲宗元和七年（西元八一二年），卒於唐宣宗大中十二年（西元八五八年），享年四十七歲。[122]

按，李商隱生年，歷來有三說：一、馮浩元和八年（813）說；二、錢振倫（崮仙，〔清〕道光十八年進士）元和六年（811）說；三、張采田元和七年（812）說。[123]張氏此處採張采田之說。核之後出考證，李商隱生於元和七年，的確較為可信。[124]又續曰：

> 開成二年（西元七三七年）義山應舉，經過令狐綯的引薦，義山順利登進士第。是年令狐楚卒，第二年，義山入涇原節度使王茂元幕中，並娶王茂元的女兒為妻。令狐楚與王茂元原為政敵，分屬朝廷內激烈鬥爭的「牛黨」與「李黨」。王茂元被視為李黨中人，而黨於令狐的人就認為義山背恩忘義，從此，他便捲入兩黨傾軋的政治漩渦中，這也是他一生宦途坎坷的開始。[125]

簡略提到李商隱與牛李黨的關係，而涉及兩點問題：一、李商隱的黨籍；二、李商隱與令狐綯（子直，802-879）的關係。前者，向有四說：出入牛李之黨、李黨、牛黨、無

---

121 張夢機：〈析〈回中牡丹為雨所敗〉〉，《鷗波詩話》，頁28。

122 張夢機：〈李義山詩的藝術特徵〉，收入張夢機、黃永武、沈謙、簡恩定編著：《詩詞曲賞析》（中冊），頁275。

123 劉學鍇：〈李商隱的生年〉，《李商隱傳論》（上）（合肥：安徽大學出版社，2002年），上編，第二章，第二節，頁23-25。

124 詳劉學鍇：〈李商隱的生年〉，《李商隱傳論》（上），上編，第二章，第二節，頁23-25。

125 張夢機：〈李義山詩的藝術特徵〉，收入張夢機、黃永武、沈謙、簡恩定編著：《詩詞曲賞析》（中冊），頁275-276。

與於黨局。前兩說對於李商隱的政治人格，一過貶、一過褒，第三說則過「偏執」，第四說最晚出，由馮浩、紀昀提出，正是試圖修正前此三說。馮、紀二氏之說，後來又衍生兩種說法：「一採釜底抽薪之計，自根本處否認有牛、李黨，從而也否認李商隱捲入黨爭；一則在承認牛、李黨的前提之下，認為李商隱係無意中或無可避免地捲入了黨爭，成為黨爭下的犧牲者。」[126] 細考上段引文，張夢機的立場，傾向第四說之二，亦即李商隱是在他意料之外的情境下，攪進了晚唐真真實實的牛李黨爭中，深受其害，不能自主。對李商隱深致同情之意。

後者，自《舊唐書》載令狐綯「以商隱背恩，尤惡其無行」，「商隱屢啟陳情，綯不之省」[127] 後，令狐氏刻意打壓李商隱、對其置之不理的形象，便愈演愈烈，小說家甚至造出李商隱重陽節再訪令狐家、令狐綯閉門不見，李商隱悵然題〈九日〉詩離去一段情節[128]。但張夢機似乎有意淡化令狐氏負面形象，不但刪落這些小說家者言，即連正史中令狐綯讓李商隱「背恩」之語，也都轉嫁到「黨於令狐的人」身上，而與其無涉。是則張氏不惟對李商隱深致同情，對於令狐綯之冷漠對待李商隱，也無意苛責。

上述問題，待一九九四年發表的〈詩阡拾穗〉，有更清楚的表述。該文為筆扎形式，中有一段論及李商隱的朋黨，與本節相關，其言曰：

> 義山負才傲兀，抑塞於朋黨之禍，而傳所云「放利偷合，詭薄無行」者，其實是一種誤解。我們知道，令狐綯惡義山是因為他就王茂元、鄭亞之辟。令狐綯惡王茂元、鄭亞，是因為他們為李德裕所善的緣故。事實上，李德裕入相，功流社稷，史家之論，每每曲牛而直李，茂元諸人，也都是一時翹楚。令狐綯怎麼能以私怨的關係，牽制李義山一生？他只是仇怨李德裕而兼惡其黨，並惡其黨李德裕之黨者，非真有憾於李義山。我們再看看，令狐綯的為人如何？李德裕為相時，曾經擢拔令狐綯到臺閣，一旦失勢，令狐綯與不逞之徒，竭力排陷他，試想這種人值得依附為死黨嗎？因此，朱鶴齡認為義山之就王鄭，是「擇木之智，漁邱之公」，這話不是誇大。從以上情況，我們可以瞭解，義山官路拓落，蹭蹬終身，是為黨爭的餘波所殃及，他當時年少才高，頗欲一展抱負，故樂於為人所用，心中固無所謂的牛黨李黨。何況王鄭之輩皆為君子，義山依附王鄭，我們豈能以「放利偷合，詭薄無行」來苛責他？至於後來義山捲入牛李黨爭的漩渦，終遭滅

---

126 詳拙著：〈歷代李商隱詩研究進路述論〉，《李商隱詩接受史重探——以唐末五代至清代為範圍》，第二章，頁69-75。

127 〔後晉〕劉昫：〈文苑下・李商隱〉，《舊唐書》（十五）（北京：中華書局，1997年），卷一百九十下，頁5077-5078。

128 〔五代〕王定保撰，姜漢椿校注：《唐摭言校注》（上海：上海社會科學院出版社，2003年），卷十一，頁230。〔五代〕孫光憲撰，賈二強點校：《北夢瑣言》（北京：中華書局，2006年），卷第二，頁33、卷第七，頁160。

頂，這恐怕也非他始料所及，因此，我們如果要推究義山蹭蹬終身的原因，萬不能說：是他想在朋黨中爭一席地的結果。最多只能說他昧於時勢，昧於人際關係而已！[129]

全文前半，重述〔清〕朱鶴齡〈箋註李義山詩集序〉；「從以上情況」一句以下，方為張氏個人意見。合而觀之，可說者有三：

一、承認牛李黨爭對李商隱造成影響。朱鶴齡以「抑塞」形容之，張夢機則說是「為黨爭的餘波所殃及」，更清楚點出李商隱實屬黨爭中的邊緣人物，無足輕重；究實而言，李商隱「心中固無所謂的牛黨李黨」，從未想過要「在朋黨中爭一席地」。這正與前文「無與於黨局」的判斷，口徑一致。

二、反駁《新唐書》對李商隱「放利偷合」，「詭薄無行」的污蔑。張夢機以為，李商隱自負才高，積極用事，故「樂於為人所用」，本就無可厚非；且他所投靠的人，如：王茂元（？-843）、鄭亞（子佐，？-851）等，皆屬正直之輩，其形跡更無可挑剔；若真要挑剔，恰恰正是因為心無牛李，故昧於黨爭，平白為自己招來「滅頂」之禍。

三、令狐綯「非真有憾於李義山」。原文雖出自朱鶴齡，但張夢機一字不漏加以引述，也代表他完全認同此說。朱氏固已認定令狐綯為歹人，但推究其所以「惡義山」之因，卻不含糊帶過，辨析令狐氏真正「惡」的對象，實為〔唐〕李德裕（文饒，787-850），李商隱不過因為所投靠了王茂元、鄭亞，而此二人恰為李德裕黨人，因而遭到令狐氏遷怒。在這件事上，張夢機應該也作如是觀。或緣於此，張氏以為令狐氏對李商隱並無深仇大恨，當不至口出「『被恩』忘義」之惡言。

總結以上所述，可大致勾勒出張夢機心中的李商隱形象，包括身世、際遇、人格、社會背景、所處環境等，而這都成了張氏詮釋李商隱詩的支援系統、隱而未現的「前見」（prejudice），也是探究張夢機李商隱詩論，不可或缺的一部份。

五　結語

若以一九六九年完成碩士論文《近體詩方法研究》為起點，張夢機的古典詩研究生命，長達四十年；四十年之間，有兩年是其論李商隱詩的高峰，分別為一九七七年與一九九五年，正好代表前期與後期兩個階段。

一九七七年，張夢機發表了〈兩種流宕的律詩章法〉與〈義山七絕的用意、抒情與詠史〉。誠如前文反覆重申，這兩篇是張氏一生中最具份量的李商隱詩論文，既有學理主張，又有嚴密闡釋，立論新穎精闢，發前人之所未發，誠可視為其李商隱詩論的初步

---

129 張夢機：〈詩阡拾穗〉，《藥樓文稿》，頁35-36。

總結、第一次豐收，一九九〇年，張夢機自行將此二文合併為〈李義山詩的藝術特徵〉，便有整理現階段李商隱詩研究成果的意味，而後續更為深廣的論述，也正大有可為、指日可待。可惜，隔年即遽然中風，從此走入漫長而艱辛的生命幽谷，學術道路為之挫傷、中斷，猶待開展的李商隱詩論，也因此戛然停止。

然而，一九九五年，沈寂多時的研究生命，居然異峰突起。在長篇大論、符合當代學術規範的論文難以為繼的困境中，張夢機轉以中國傳統學術的表達方式，刊出〈詩阡拾穗〉、〈浮海詩話〉兩組札記，李商隱詩論佔了大部分篇幅，計有四段文字，一論李商隱詩之「淵源」，二論「影響」，三論「朋黨」，四論「特色」，每段皆出之以精簡、片言居要，頗為警策；尤其前三論，均張氏前期所罕言，可補其早年論述之闕，誠張夢機研究李商隱詩的晚年定論。

綜觀張夢機之李商隱詩論，最為可觀者，厥為實際批評，而無意建構龐大、閎偉的理論架構，但這就張氏來說，乃「不為也」，非「不能也」。蓋其詩歌主張為：

> 鑑賞中國的古典詩歌應該以傳統為起點，理性的疏解是手段，感性的欣賞才是目的。詩是最感性的文學作品，鑑賞的最高層次，應該在於讀者與詩人的心靈契合，只是在鑑賞的歷程中，仍然需要藉重一套清晰而有系統的理論加以分析詮說，以印證其鑑賞批評之成立，所以這些理性的知解，只能視作輔助欣賞的一種手段，而不應視為批評的唯一主體，如果我們無法掌握到這首詩真正的精神內涵，那末，再怎樣精微細密的批評文字，都將落空。[130]

又曾說：

> 欣賞傳統詩歌最完整的過程，應該是由感性入於知性，再出於感性。第一階段的感性是解詩者須具備一種不藉理論分析，就能直接走入詩的境界中，而捕捉住這首詩的精神內涵的感悟力。這層感悟所得，就是他賞析這首詩的正確導向。這種靈銳的感悟力，一方面出自解詩者的賦性，一方面出自解詩者在詩方面深厚的涵養。第二階段的知性，就是解詩者對一首詩進行理性的思辨與分析，這種能力得自解詩者在思辨力及批評理論上的訓練。第三階段的感性，是解詩者就知性分析所得，用與詩人同等的感情再加以陶融成一片完整的詩境，然後用感性的語言傳達給讀者。[131]

都可看出他「以感性體悟為基礎，提昇而為理性剖析，復出之以感性傳達」的研究進路，要言之，純知性、客觀的理論思辨，並非張夢機研究古典詩的目的。也因此，張氏

---

130 張夢機：〈從傳統出發——兼介中國文學小叢刊〉，《鷗波詩話》，頁137。

131 張夢機：〈詩的賞析〉，《鷗波詩話》，頁118。

論李商隱詩，亦重在抉發詩的語言、形式、結構等美感特質，以提供讀者感性的審美經驗。陳文華〈不畏浮雲遮望眼——側記幾位臺灣古典詩人〉一文云：

> 夢機作詩最重詩意的錘鍊及技法的講究，體裁的選擇，則偏愛近體，尤其早期的作品，更是如此，這當是追求形式之美的結果。但病臥之後，詩風丕變，而多自然率真之面目，也應是遽變之餘，哀樂由衷，詩反而是他生命更深切的告白吧！[132]

論析張夢機前後期詩風的轉變：臥病前，競逐詩歌的形式之美；臥病後，返樸歸真，兼重詩歌的情意表現。本文以為，此論亦可移作探賾其李商隱詩論：前期，專注於鉤掘李商隱詩的形式之美，小至用字平仄，大至謀篇設體，鉅細靡遺，蔑以加矣！若非中道病臥，信乎必可由外在形式更探入內在情蘊，進而將兩者涵融為一，渾化無跡，成就更完整、深入的李商隱詩論。

---

132 陳文華：〈不畏浮雲遮望眼——側記幾位臺灣古典詩人〉，《文訊》188期，頁55-56。

《夢機集外詩》中的詩法探究

賴欣陽*

摘要

「詩法」乃學詩者不可不講求，而又不可拘泥者。至於說詩者能明曉「詩法」，剖析作品便能深中肯綮，探驪得珠。

此詞可溯自北宋，乃詩學之專門術語。寬而言之，凡用字、鍊句、裁章、謀篇、設體，乃至行文取勢、敷言結體，無不有法，亦無不有人論法。詩法之論列，細繹之可得度人之金針，略省焉亦明說詩之體要。故明、清以來，續有講求者。

張夢機教授執教上庠三十餘載，於古典詩之寫作及教學方面，頗重詩法。然其早年學詩及晚年所講求者，或有異焉。余於編輯《夢機集外詩》之際，頗見張教授以詩論詩法，或以詩呈現詩法。此可謂張教授晚年之見也，其所述或有異於早年，或有異於明清詩家，然皆經覃思，非妄發也。今述論其旨，並及其詩學宗風與晚年所尚，以明其詩法之源流取徑與變化繁衍之跡。亦可知張教授之於詩，不為時代、家派、風格所限。從而闡明詩法乃學詩者藉以拓詩境，而非持以限詩才者焉。

關鍵詞：詩法、《夢機集外詩》、拗、救、對仗、章法

---

* 台北大學中國文學系兼任助理教授。

一　前言

　　「詩法」者，謂為詩之法也。寬而言之，舉凡用字、鍊句、裁章、謀篇、設體，乃至行文取勢、敷言結體，前賢講究而論列之，所以省查自身寫作經驗，或用以指導後進者，皆可稱之為「法」。

　　先秦之云「法」者，《春秋》「義法」、「筆法」，旨在褒貶批評；《墨經·非命上》篇云「三表」之法，乃是論辯說理之基本原則；而「法家」之「法」，乃律令之所本，刑罰之依據。斯皆非本文所欲探討之「法」。顧「詩法」之名，於唐以前無所見，迄宋嚴羽《滄浪詩話》則立「詩法」之目。然《冷齋夜話·卷一》記山谷云：「不易其意而造其語，謂之換骨法；規模其意而形容之，謂之奪胎法。」《卷四》云「對句法」、「句法欲老練有英氣」、卷六論唐僧「琢句法」；則北宋時文人評詩，已用「法」為論詩、說詩之術語矣，至嚴羽時或已習焉。

　　唐人詩論中，或稱「詩格」[1]，或云「詩式」，固未見「詩法」之稱。然以「法」論藝，則可溯自六朝，南齊謝赫《古畫品錄》便以「六法」論畫[2]，其以「氣韻生動」、「骨法用筆」、「應物象形」、「隨類賦彩」、「經營位置」、「傳移模寫」為「六法」。梁代庾肩吾《書品》亦云：「子真俊才，門法不墜」[3]。然《書品》中云「法」，有指書體者，如「隸法」謂「隸體」也，此非指作書之法而言。

　　故「詩法」之名，可溯自北宋，至南宋便廣為沿用，元朝則多有以此名書者，而波及明、清焉。而「詩法」之實，則《文心雕龍》[4]、《詩品》[5]中所論已及之矣。「詩法」之名既立而有其實指，其為術語乃可成焉。故「詩法」做為詩學術語，其名立於北宋，至今尤有取用而論之者，不因詩體嬗遞而廢焉。

　　此術語既自北宋以來，未曾或廢，則必有其可久之道。蓋言乎「詩法」者，上契乎詩人創作之理，下示後來學者以門徑，其所蘊者不可謂不廣。其關於整體原則者，姑云「通法」，例如《滄浪詩話》「除五俗」、「本色」、「當行」之論，楊仲弘《詩法家數》之論「賦」、「比」、「興」、「六體」、「四忌」、「十戒」、「十難」等，對為詩者之告戒、期望

1　王昌齡《詩格》、僧齊己《風騷旨格》、僧皎然《詩式》等。

2　〔南齊〕謝赫撰：《古畫品錄》，收入《美術叢刊（一）》（台北：國立編譯館，1986年9月再版），頁1。

3　見〔梁〕庾肩吾著：《庾度支集》，收入〔明〕張溥輯：《漢魏六朝百三名家集》（台中：松柏出版社，1964年8月），頁4219。

4　《文心雕龍》有〈鎔裁〉、〈聲律〉、〈章句〉、〈麗辭〉、〈事類〉等，皆有「文法」、「詩法」之實。

5　《詩品·序》云：「文已盡而意有餘，興也；因物喻志，比也；直書其事，寓言寫物，賦也。……若專用比興，患在意深，意深則詞躓。若但用賦體，患在意浮，意浮則文散。」則「賦」、「比」、「興」有「詩法」之實矣。

及理想，可以說是泛論，故以「通法」名之。而其關於某種體裁、某種主題、某個作者、篇章字句等之個別分析，姑云「專法」。如范德機《木天禁語》「六關」之說，楊仲弘《詩法家數》之「律詩要法」（分七言、五言）、「古詩要法」（分五古、七古）、「絕句」「榮遇」、「諷諫」、「登臨」等。

故「詩法」者不唯有助初學之稊航，足廣詩人之眼界。老於詩者用以省察、啟發自身之寫作經驗，亦有大助焉。

而探求個別詩人之「詩法」者，在歷代詩人中可云以老杜為最，徐國能教授博士論文甚至以「歷代杜詩學詩法論研究」為題，可知讀杜、學杜而論其詩法者之夥。論老杜詩者，有云其「法度森嚴，規矩端正」[6]，故可益學者。因此許多「詩法」乃善讀者自杜甫詩中悟出。至於說李白豪放飄逸，出於法度之外，故不可學，事實恐未必如此。詩法中亦有論豪放、飄逸，則此非不可學者也。筆者以為此乃論者或慮及初學者既縱而難收，為塾師訓生之論也。

至於個別詩派所傳教示，亦有其法。如江西詩派有奪胎法、換骨法，清代神韻派、肌理派、格律派亦各云其法，明、清宗唐、宗宋之詩人亦有其法。然明代前後七子在論詩法時，已言及詩法對作詩之意義，不主張「刻意古範，鑄形宿鏌，而獨守尺寸」[7]，而以「富於材積，領會神情，臨景構結，不倣形迹」為尚。此可知以「法」學盛唐詩，然而又為「法」所局限，以致未能盡其才氣，抒其性情。至清代詩家所論，各家宗尚者或有不同，然而往往以「詩法」示門徑、闡理念。

當代台灣張夢機教授，早歲即以擊鉢摘詩壇桂冠，既而執教上庠，教授古典詩垂四十載。其碩士論文《近體詩發凡》，即抉發、闡述詩法之作，可知其早年即關注詩法。而其對詩法在詩論上之定位及其所以關注之由，可由《近體詩發凡·自序》得知：

> 茲編之撰，略詩之諸體而獨言律絕，復略律絕之境界、風格而獨言方法。其為涂徑也既隘，而於詩之為道也益不足觀矣。[8]

可見張教授認為詩之技法在詩論中之位階，下於體裁、境界、風格，徒守此道，可算是詩道中之末流小家。

既然如此，那麼張教授何以關注此論題，並致力於此，以成碩士論文呢？主要是他認為民國成立之後，文壇主流受到新文化新思潮的影響：

---

6 見〔明〕宋訥撰：《西隱集》（收入《文淵閣四庫全書》第1225冊（台北：台灣商務印書館）），卷六，頁51。

7 見〔明〕何景明：〈與李空同論詩書〉（收入郭紹虞、王文生編：《中國歷代文論選》中（台北：木鐸出版社，1981年4月再版），頁266-268。）

8 張夢機撰：《近體詩發凡》（台北：台灣中華書局，1984年5月四版），〈自序〉頁1。

浮囂之徒，甚至痛詆舊詩，目為雲岑絕崖。雖捫蘿攀援，未易及焉。懼畏既生，遂少問津。且歷來詩話之作，或抉微過玄，而堂奧莫窺；或觀海一瓢，而浩瀚難測。以致稱述品藻，期能明其法脈而縷析條分者，於時尚闕。因不揣庸愚，撰成斯編，或當貢芹。[9]

可見一是鑑於受歐美之新潮流、新文化影響，文壇主流排斥、不願學習，甚至有些人也不懂古典詩；二是歷代詩話或有陳義過高，或有受限於偏見者；三是當時也少見分析、探討詩法的著作。可見張夢機教授論詩法，一是欲示為詩者以可循而成詩之蹊徑，可謂度人以金針；二是欲剖陳前賢之詩作及詩論，使品評有所依據而非徒托空言。前者針對寫作，主體是作者；後者針對批評，主體是讀者或批評家。然而在中國古典文學中，作者或基於各種不同的理由與目的進行寫作，而讀者的目的常常是為了吸收、學習更多的創作經驗，增益自身的寫作能力。所以中國傳統文人大多重視寫作活動，也投身於寫作活動。以故以「詩法」示人，可導人於切實可行之寫作途徑。

然而若拘泥於法，則反為法所執，而使情意不暢，風神不顯，則適得其反。張夢機教授早省及此，故提示其原則云：

要之，不以意從法，而以意運法。惟妙為運用，乃可無往不宜。若拘泥章脈，墨守町畦，則天機盡失，為法所窘。其高者失之捕風捉影，而卑者坐於黏皮帶骨，死在句下矣。[10]

所以就寫作活動而言，「法」是工具，寫作者應善用工具，而非為工具所限。

因此可知張夢機教授早年便對「詩法」有所體悟並揭示。而其後於《思齋說詩》、《讀杜新箋》中，亦於五古、七古之法有所闡述。至於其早年《師橘堂詩》，則罕言詩法，然若會乎《近體詩發凡》，可於其詩作中可略觀其運法之道。

自1991年張夢機教授頭風後，於復健期間強力為詩，而《藥樓詩稿》、《藥樓文稿》出焉。其後續有《鯤天吟稿》、《鯤天外集》、《夢機六十以後詩》，則歌哭論評、敘事言情、藉物興懷，皆寄於詩。此時則偶或在詩、詞、文章中言及自身寫作詩詞之經驗及想法。文章方面，《鯤天外集》卷下收錄不少，有隨筆閒談，亦有莊語宏論。皆脫略學術論文之迹，抒發數十年胸臆之所得，足令學子深會。

然而吾於編輯《夢機集外詩》之際，發現張夢機教授許多詩作論及詩法，或為呈現、省察、討論詩法而作詩以示。故姑就集中內容，或可知張教授晚年所主張之詩法焉。

9　張夢機撰：《近體詩發凡》（台北：台灣中華書局，1984年5月四版），〈自序〉頁1。
10　張夢機撰：《近體詩發凡》（台北：台灣中華書局，1984年5月四版），〈自序〉頁1。

二　《夢機集外詩》中所關涉之詩法

　　《夢機集外詩》所收詩，由2010年上溯及於2003年，可以說是張教授在世最後七年之作。其中所論關於詩法者，代表張授晚年之見解。以下略分「體裁」、「聲律」、「對仗」、「鍊詞」四端分別介紹說明。

（一）體裁

　　《夢機集外詩》中所涉體裁，幾遍及古、近體詩。略而言之，自集中可見張教授平常之酬酢往來，疊韻唱和，抒懷寫物，大多使用律詩、絕句。以七律、七絕為主，五律亦不少，五絕則多施之於抒懷寫物。至於古詩，七古短篇有〈夜晴〉、〈服膺〉，七古長篇也有〈感時篇〉、〈岑寂〉等。五古更常見，〈秋日雜詠〉及「續詠」諸篇皆用五古，〈丙戌中秋〉、〈維仁佩玲夜過〉亦用五古。於五古中亦常見酬酢往來之詩作。足見張教授對古典詩中各種體裁皆能自由出入於其中，涉之而成篇。筆者昔日曾於藥樓中聞張教授親語：「我現在五分鐘就可以寫成一首七絕。」其才情之捷發，詩藝之精熟，令人驚服！

　　而《夢機集外詩》中，張教授於五言絕句，以例作所示，或可明其於此體之觀念及定見。其例作如下：

> 沿鐘到禪門，焚香禮寶殿。人來皆乞求，只恐神亦倦。（〈禮佛〉）
> 日腳下平陸，落霞映叢竹。看山憑檻多，稍覺雲已熟。（〈薄晚〉）
> 不倦授業興，傳詩何畏勞。吟哦聲裊裊，十里答松濤。（〈記中大〉）
> 水是無情碧，橋如已霽虹。曉來柔櫓動，欸乃遠隨風。（〈碧潭〉）[11]

在〈禮佛〉與〈薄晚〉這兩首詩題下，張教授自注曰：「古絕」，而〈記中大〉下則自注曰：「拗絕」，〈碧潭〉下則自注曰：「今絕」。「絕」者，絕句之謂也。古絕，未就近體詩格律而成之絕句，如魏晉南北朝時期之樂府，民間所流傳四句短詩，當時便稱「絕句」。古絕之體，可溯自此。故古絕不依近體詩格律。而中唐詩人所作古絕，輒見押仄聲韻者。盛唐王維亦擅此，張教授亦曾盛讚王維之藝術境界極高，有老杜所不及者。

　　張教授所作〈禮佛〉押去聲十七霰韻，而第一句及第三句皆以平聲收之。此與王維之〈鹿柴〉同體。而〈薄晚〉這首，押入聲一屋韻，第一句亦入韻，第三句以平聲收之。此與柳宗元〈江雪〉同體。然而古絕中亦有押平聲韻者，如李白〈靜夜思〉、張九

11　以上四首，見張夢機著，賴欣陽編：《夢機集外詩》（台北：文史哲出版社，2015年4月）頁12-13。

齡〈自君之出矣〉、權德輿的〈玉臺體〉（昨夜裙帶解），皆屬平聲韻古絕。然張教授未於此示之，而檢視《夢機集外詩》之五言絕句，亦未見押平聲韻之古絕。此或張教授有意區隔古、近體之絕句乎？

〈碧潭〉為今絕，乃合律之近體詩絕句，明矣。而〈記中大〉為拗絕，所拗乃在第一句，連續用五個仄聲字。然在第二句第三字便以平聲救轉之。此乃雙拗雙救之例，與李商隱〈登樂遊原〉同體。故仍合律。

因此依張夢機教授所示之例，唐人五絕之體，雖有古絕、拗絕、今絕之分，然拗絕中在聲律上已施以救轉，仍屬合律，故推其體，唯有古絕、今絕二類也。此異於《新譯唐詩三百首》中對五言絕句之簡介：

> 絕句的種類，約可分四種：
> 一、律絕：平仄合乎平起格式或仄起格式的絕句，又稱今絕。
> 二、樂府絕：本以入樂為主，屬歌行體的絕句。唐人新樂府中，受律詩影響，大
> 　　　抵平仄合律。
> 三、古絕：不調平仄的四句詩，與古詩相同。
> 四、拗絕：律古間用，不講黏對的絕句。[12]

張教授認為在詩歌形式上不必再區分樂府絕，合律者則為律絕，不合律者則為古絕。因為古樂府至唐時，樂音已亡，在唐詩中另為區分沒有實質上的意義。此其晚年之見。至於拗絕，在〈兩張詩壇〉中張教授說：「在聲調上，拗而能救者，仍然合律……這就是拗絕。」此說則異於清朝董文煥之見：

> 五絕之法雖仿自齊、梁，但黏對尚未有定。唐人此體乃有「律絕」、「古絕」、「拗
> 絕」之判。……律、古二格雖殊，而黏對之法則一，此唐人絕句之正式也。拗絕
> 者即齊、梁諸詩之式，律、古各句可以間用，且不用黏、對，與律、古二體迥
> 別，與拗律亦異。此格最古，盛唐人間有用之者。[13]

董文煥所謂「拗絕」，指句不合律，體不合律者。句不合律，指律絕中摻入古詩聲調之句式；體不合律，指律絕之失黏、失對者也。前者如李白〈相逢行〉：「相逢紅塵內，高揖黃金鞭。萬戶垂楊裏，君家阿那邊？」前兩句用古詩，後二句用律句，此所謂「間用律古各句」也。而如李白〈自遣〉「對酒不覺暝，落花盈我衣。醉起步溪月，鳥還人亦稀。」第二句與第三句失黏，此所謂「不用黏對」者也。這種詩，有些句子已經合乎律

---

12 〔清〕孫洙選編，邱燮友註譯：《新譯唐詩三百首》（台北：三民書局，2007年6月五版一刷），頁
　　441-442。

13 〔清〕孫洙選編，邱燮友註譯：《新譯唐詩三百首》（台北：三民書局，2007年6月五版一刷），頁
　　442，引董文煥《聲調四譜圖說》。

句,但是就整首詩的格律而言,並不符合近體詩的要求。董文煥稱之為「拗絕」。前所提及張九齡之〈自君之出矣〉便因第二句與第三句失黏(其實是整首都用對法),被稱為「折腰體」。此體不唯五絕有之,七絕中王維〈送元二使安西〉亦是。

張夢機教授在〈杜甫變體七絕的特色〉[14]已討論此體,而於《讀杜新箋‧拗字類》[15]所論更詳。因此張教授不從董文煥之說,非徒自作主張,另立一說也。蓋「拗」由不合律而來,而董文煥所謂之「拗絕」,謂其為「齊、梁諸詩之式」,試問齊梁時有近體詩乎?若既無近體詩,又何能稱「拗」乎?因此若依張教授之見,杜甫作吳體可稱「拗」[16],然而這類學自齊、梁者,其體式在律化之前,皆應屬古詩。故張教授在此所謂之「拗絕」,乃是指近體詩中之拗句詩。此類有可不救者,有當句自救者,有由對句救轉者。皆屬合律。或許因為五絕甚短,拗句很明顯,故張教授特別指出。

(二)聲律

張夢機教授《夢機集外詩》中有三首其上自題曰:「拗救補述」,錄之如下:

> 客至成良覿,茗分龍井青。疑為萬畝粟,原是九天星。燈下傳花馥,吟邊話性靈。一樓同語笑,襟抱各如溟。(〈秋夜客過〉)

> 陰晦彌天夜色初,蝸居寂謐少清娛。秋風真感教憶膾,寒雨猶聞邀飲觚。病驥老來甘伏櫪,淵驪睡去恐遺珠。沏茶普洱加杭菊,能慰燈前弔影孤。(〈藥樓長句〉)

> 小渡船家半夕曛,頻來多恐水禽嗔。欲裁一片遠嶺碧,補作雙潭三頃春。(〈雙潭〉)[17]

這三首分別為五律、七律、七絕。第一首五律,首聯對句第一字「茗」拗,以第三字變為平聲救轉之。頷聯出句第三字拗,然而只要第一句為平聲,則可以不救。前者是單拗單救,後者是可以不救之拗。

第二首七律,頷聯出句第六字當平,拗為仄;對句第五字變為平聲救轉之。此雙拗單救。

第三首七絕,第三句第五、六字,當平而拗為仄,便將第四句第五字變為平聲以救轉之。此雙拗雙救也。

拗救之法,張教授述之甚明,也甚為重視,在詩中屢屢提及,此或為教學示例而

14 收入張夢機撰:《思齋說詩》(台北:華正書局,1977年1月),頁96-115。

15 見張夢機撰:《讀杜新箋》(台北:漢光文化事業公司,1987年3月二版),頁141-154。

16 然而「吳體」指的是七律,而其聲調乃仿效南方吳地民歌,故又未合適於董文煥所謂「拗體」。

17 張夢機著、賴欣陽主編:《夢機集外詩》(台北:文史哲出版社,2015年4月),頁34。

作。在《夢機集外詩》中即有〈周代老惠詩次答〉、〈鶴仁東晟義南敬萱諸弟過訪浩園〉、〈授課（課名詩學研究）〉等三首，皆提及拗救，一致前輩詩友，二致詩壇晚輩，三致門生。殷殷相囑，可見其於此道頗為講求。

（三）七言絕句用對仗

絕句之體，本不限乎對仗。然而以對仗行之，或別具其趣。張夢機教授於《夢機集外詩》中例示了「四散」、「前對後散」、「前散後對」、「四對」之詩法。

> 煮水銅鐺魚眼生，沏茶閒坐背簾旌。恩仇病後都飛去，愛聽啼禽喚小名。（〈默坐〉）
>
> 魂去四圍皆嶺樹，夢來一割是溪雲。濃陰簾外人初起，卓午螗蜩偶一聞。（〈午寐初起作〉）
>
> 裁箋隨意寫黃庭，偶亦耽閒讀墨經。坐久杯銷釅茶碧，階空鳥啄嫩苔青。（〈閒適〉）
>
> 風竹猗猗多勁健，軟花裊裊自婆娑。久居山麓身猶病，愁聽蟬吟髮已皤。（〈端居〉）[18]

張教授認為四散之體猶如取七律之首尾二聯以成之，前對後散之體猶如取七律之後半首，前散後對之體猶如取七律之首聯及頷聯。四對之體猶如取七律之頷、腹兩聯。大多數詩人作七絕，以四散之體行之。前散後對，好像一首沒寫完的七律，前對後散，要靠後二句綰合照應。至於四對之體，容易顯得板滯。

而筆者個人認為如果依起承轉合之章法，則前散後對之體，若起、承在首二句，第三句及第四句要兼轉合，如劉長卿〈昭陽曲〉：「昨夜承恩宿未央，羅衣猶帶御爐香。芙蓉帳小雲屏暗，楊柳風多水殿涼。」後二句轉入承恩後回居所見之場景作結，二句兼轉、合。若欲以第三句轉，第四句合，此可以流水對行之。如岑參的〈崔倉曹席上送殷寅充右相判官赴淮南〉：「清淮無底綠江深，宿處津亭楓樹林。駟馬欲辭丞相府，一樽須盡故人心。」[19]王維的〈寒食汜上作〉：「廣武城邊逢暮春，汶陽歸客淚沾巾。落花寂寂啼山鳥，楊柳青青渡水人。」於三、四句皆用流水對，以應章法中之轉、合。儲光羲〈同金壇令武平一遊湖三首〉其三：「花潭竹嶼傍幽蹊，畫檝浮空入夜谿。菱荷覆水船

---

18 張夢機著、賴欣陽主編：《夢機集外詩》（台北：文史哲出版社，2015年4月），頁14-15。
19 岑參的〈封大夫破播仙，凱歌四章〉，後三章皆前散後對：其二「官軍西出過樓蘭，營幕傍臨月窟寒。蒲海曉霜凝馬尾，葱山夜雪撲旌竿」其三「鳴笳疊鼓擁回軍，破國平蕃昔未聞。大夫鵲印搖邊月，大將龍旗掣海雲。」其四「日落轅門鼓角鳴，千群面縛出蕃城。洗兵魚海雲迎陣，秣馬龍堆月照營。」

難進，歌舞留人月易低。」亦用此法。而杜甫的〈奉和嚴國公軍城早秋〉「秋風嫋嫋動高旌，玉帳分弓射虜營。已收滴博雲間戍，更奪蓬婆雪外城。」雖亦用流水對，則是先合前二句，再於第四句以轉作收。此可使文盡而意有餘，此乃為文取勢之道也。張夢機教授自作所示之例，屬第三、四句兼行轉合者。

至於前對後散，在首二句對仗，此若起承在首二句，則或起與承合，或以流水對分任起、承。如王維〈送王道士還京〉：「一片仙雲入帝鄉，數聲秋雁至衡陽。借問清都舊花月，豈知遷客泣瀟湘？」然而詩人之作，於此常有以「補起」或「緩起」為之者，如：賈至〈勤政樓觀樂〉：「銀河帝女下三清，紫禁笙歌出九城。為報延州來聽樂，須知天下欲昇平。」王維〈靈雲池送從弟〉：「金杯緩酌清歌轉，畫舸輕移豔舞迴。自歎鶺鴒臨水別，不同鴻雁向池來。」皆在第三句點出題旨，此乃「補起」之法也。張夢機教授所示例〈午寐初起作〉，亦用補起法為之。

而七絕四對之法，張夢機授曾於〈寒夜〉詩自注：「詩題，體製『前對後對』之七絕，當以杜詩『兩個黃鸝鳴翠柳，一行白鷺上青天』〈絕句〉為其初祖。」[20]事實上王維已作此體，其〈送王尊師歸蜀中拜掃〉：「大羅天上神仙客，濯錦江頭花柳春。不為碧雞稱使者，惟令白鶴報鄉人。」不僅四句皆對，而且首聯用合掌對，尾聯用流水對，脫去對仗的典重板滯感，而行之以流宕之氣。可以說優於杜甫。在盛唐時，略晚於杜甫，也可算同時的賈至，其〈巴陵夜別王八員外〉：「柳絮飛時別洛陽，梅花發後在三湘。世情已逐浮雲散，離恨空隨江水長。」[21]亦優於杜甫，比王維更其情致。而後於杜甫者，已入中唐之儲光羲，他的〈同金壇令武平一遊湖三首〉其一：「朝來仙閣聽絃歌，暝入花亭見綺羅。池邊命酒憐風月，浦口回船惜芰荷。」則氣格已衰，不能逾老杜矣！而張教授〈端居〉，在第三句點題，在章法安排上可謂補起，而首聯之勁健風竹、婆娑缽花則先以寫景來鋪陳氣氛。第三句點題之後，以此猶病之身處此生意盎然之景，便成為反襯，而逼出第四句之「愁」。此「愁」年年累積，遂有已皤之髮。可知其非一時一刻之愁也。張教授此作，不讓王、杜之詩，已可直追賈至！

（四）鍊詞

早在《近體詩發凡》中，張教授已闡述過如何學習古人，如何將陳舊翻新，[22]也提示過鍊字、造句之法[23]。此為其青壯時期積學穎悟所得，轉而成為自身寫詩、論詩之養

---

20 張夢機著，賴欣陽編：《夢機集外詩》（台北：文史哲出版社，2015年4月），頁2。

21 賈至在安史之亂時隨玄宗入蜀避難，詩當作於此時。而杜甫此詩作於安史之亂平定後，嚴武回成都時，故〈巴陵夜別王八員外〉當早於杜甫〈絕句〉。

22 見張夢機著：《近體詩發凡》（台北：台灣中華書局，1984年5月四版），頁38-55。

23 張夢機著：《近體詩發凡》（台北：台灣中華書局，1984年5月四版），頁84-102。

份，固不待言。而張教授於生前最後一本詩集——《藥樓近詩・自序》中，特別討論在傳統詩中使用新詞彙的原則。其〈序〉中云：

> 就詩的創作而言，作為一個現代人，即使是作傳統詩，也應該表現新的思想，新的內容，因此就不能避免用新詞彙。[24]

可見做為一個古典詩人，張教授並非躲在長年用學術包裝與供養所砌成的中國古典象牙塔中，而是時時關心新事物、新時局的。由於新詞彙，有的是白話、俚語、方言，有的是外來語，甚至有的是網路用語，琳瑯滿目。這些詞彙如何施之於古典詩而有詩味？並不容易做到。所以張教授說：

> 運用新詞彙並不如想像中那麼容易。有時反而比不用還難做。因為新詞彙固然可以加強詩的時代性、現代感，但也很容易戕傷傳統詩的古雅性。[25]

面對這個問題，張教授認為最重要的是應掌握傳統詩「雅馴」的原則。在這個方針之下，他提出如何在古典詩中運用新詞彙：

> 我以為在運用新詞彙的同時，也必須留意上下的搭配與結構。更清楚點說，用了一個新詞彙之後，必須在上下文中，搭配一些典雅的詞彙或經史的故實，作為調和。我想只要精心結構，經營得法，一定能造成雅俗之間的平衡。[26]

實際的例子，張教授舉陳三立〈過陳善餘編譯局〉：「世變已成三等國，吾儕猶癖一家言。」「三等國」指的是比殖民地還不如的次殖民地，是新名詞；「一家言」則用《史記・太史公自序》之典。

在《藥樓集外詩》中，張教授也為新詞彙入古典詩，以自己的創作實踐，做了示範。其五絕如〈看山〉：

> 莫購松江鱸，不沽大閘蟹。樓前眾山青，何須一錢買。[27]

「大閘蟹」算是新詞彙，「松江鱸」則用張翰蓴羹鱸膾之典。

五律如〈遐想〉：

> 吳地當春暮，風光似畫圖。華燈夜上海，明月瘦西湖。詩記留園秀，船過歇浦隅。今宵夢應到，鍾阜或姑蘇。[28]

---

24 張夢機著：《藥樓近詩》（台北：印刻文學出版，2010年5月），頁3。

25 張夢機著：《藥樓近詩》（台北：印刻文學出版，2010年5月），頁3。

26 張夢機著：《藥樓近詩》（台北：印刻文學出版，2010年5月），頁4。

27 張夢機著，賴欣陽編：《夢機集外詩》（台北：文史哲出版社，2015年4月），頁29。

28 張夢機著，賴欣陽編：《夢機集外詩》（台北：文史哲出版社，2015年4月），頁44。

頷聯出句用新詞彙歌名「夜上海」，對句應以舊地名「瘦西湖」。

五古如〈秋日雜詠再續四首〉第一首中的「胰島紛施鍼，血糖驟以降。去回杏林頻，所須上藥養。」用「胰島」、「血糖」等新詞彙，也用「杏林」、「上藥」等古典詞彙。[29]

七絕如〈耶誕夜口占〉[30]：

瓦缽花開一品紅，前塵都在此花中。不知人面今何處？耶誕歌聲繚夜空。

「耶誕」是非古典詞彙，「人面」用崔護〈題都城南莊〉典。

七律如〈病後〉頷聯：「燉肉宜參龜甲萬，嗅花稍勝馬蹄香。」[31]出句用新詞彙「龜甲萬」，對句便用「踏花歸去馬蹄香」[32]之典。

七古如〈感時篇〉中「金援海外呼凱子，百萬擲去同浮塵。」用新詞彙「金援」、「凱子」後，便繼之以「紫微卜筮認天命，道觀梵宇繁如燈。」，用「紫微」、「卜筮」、「道觀」、「梵宇」等古典詞彙。[33]

以上各體詩例，可見在古典詩中融入新詞彙，無論古、近體，句中使用新詞彙時，在相鄰或相近的句子裏，便用典雅莊重之古典詞彙以協調之。而且在去取擇用之際，要盡量做到沒有違和感。在這方面張教授不唯指出門徑，且已躬行而頗具成效矣！可見張教授鍊詞之力，足以含蓄古今，猶洞庭之浩瀚無涯。

三 從《夢機集外詩》看張夢機教授之詩法源流

張夢機教授在傳統詩方面得其先師李漁叔所傳，稍識者皆知，固不待言。其〈花延年室遺詩跋〉云：

夢執贄花延年室，從學為詩，凡十餘年。親炙既久，乃得窺先生之淵識孤懷，與夫詩作裁製之功。[34]

則自述其詩得自李漁叔先生教導之經過。而在《近體詩發凡·自序》云：

夢自弱齡，即耽吟詠。雲根臥讀，燈樓攤卷，窮年累月，靡間昕宵。然於詩之理

29 張夢機著，賴欣陽編：《夢機集外詩》（台北：文史哲出版社，2015年4月），頁29。
30 張夢機著，賴欣陽編：《夢機集外詩》（台北：文史哲出版社，2015年4月），頁3。
31 張夢機著，賴欣陽編：《夢機集外詩》（台北：文史哲出版社，2015年4月），頁5。
32 此句以宋徽宗趙佶考畫而天下盡知，流傳後世。依沈雄《古今詞話》所云，乃出自蜀人〈將進酒〉（昔時曾從漢梁王）。
33 張夢機著，賴欣陽編：《夢機集外詩》（台北：文史哲出版社，2015年4月），頁4。
34 張夢機著：《師橘堂詩》（台北：華正書局，1978年7月），頁48。

> 境體格，猶未能深識也。及冠，始獲執贄花延年室。於茗溫芸香之際，幸聆塵譚，飫聞高論，然後知今日之是，而悟前日之非。[35]

可見張教授學自李漁叔先生者，主要在對詩之理境體格的深入與提昇。講求詩法，取徑乎上，而其細碎瑣屑者，方能得其要、如其理。體裁之認定、章法之經權、聲律之安排、詞語之錘鍛，無不是為了呈顯意境，體現風格。故詩人能探拓意境，凝塑風格，詩法方能奏其效。否則亦為失根之技藝，難期於大道。

張教授未三十歲即明乎此理，然其執教既久，知初學難驟契焉，乃示以最切實可知而可行者。如下列二首所云：

> 黃昏一飯看過雨，近憶諸生請業時。稍就句型知跌宕，要從拗法了狐疑（〈薄晚偶感〉）。[36]
>
> 蒲觴飲罷又攜酒，問字再來聽釋疑。詩與謎同語非誕，事從理反句尤奇。一樓釃茗論章脈，四座歡言滿畫帷。曼老叮嚀當記取，洗心要待十年期。（〈閏端午後十數日驚聲詩社再訪〉）[37]

對學生，張教授講解古典詩的句型，解釋學生對拗救的疑問。學生來請益，他雖提示「詩與謎同」、「事同理反」的原則。但所論仍著重在章法、文脈方面，至於更高層次的觀念和體會，就要等待時間的磨練和作者的際遇了。

「詩與謎同」不是說詩等同於謎語，在〈論詩〉[38]中，張教授說：

> 作詩如射謎，才與學兼之。博洽為其礎，尚須靈巧思。

這是說寫詩和猜謎兩種活動是類似的，廣知博見是基礎，而且還要再加靈秀巧妙的思維。學問好，但是思慮不及，一樣寫不出來，也猜不到謎底。

「事同理反」不是專務反常出奇，而是要反常合道，李白「白髮三千丈，緣愁似箇長」、「春風知別苦，不遣柳條青」皆是於事反常，於情合理者。若欲取奇勢而專務反常，則假象過大，反為文害。這兩方面，還是要靠點才分方能有成。所以張教授教學生，從字法、句法、章法、聲律開始打基礎，並非一開始就談意境、風格。

而從集中詩作，也可以看出他常與詩友討論作品中的句法、聲律、用詞等。如：〈餘生小記〉「試從句法論烹鍊，要與鷗朋共琢磨。」論句法、論烹鍊字詞，不是只要求學生，也要求自己及詩友。在〈藥樓病中有感〉[39]中，他也提到和朋友討論聲律：

---

35 張夢機著：《近體詩發凡·自序》（台北：台灣中華書局，1984年5月四版），頁1。

36 張夢機著、賴欣陽主編：《夢機集外詩》（台北：文史哲出版社，2015年4月），頁49。

37 張夢機著、賴欣陽主編：《夢機集外詩》（台北：文史哲出版社，2015年4月），頁92。

38 張夢機著：《藥樓近詩》（台北：印刻文學出版，2010年5月），頁180。

39 張夢機著、賴欣陽主編：《夢機集外詩》（台北：文史哲出版社，2015年4月），頁57。

> 病前啼笑本尋常，此日重思輒可傷。慣向吟朋論拗法，要憑山茗浣離腸。損骸為贅門長掩，聽曲猶柔興更長。何意詩風今乍變，規摹陳鄭近同光。

而在這首詩中，張教授提到自己的風格最近不一樣了，學起了陳三立、鄭孝胥，近乎同光體。這就接觸到了詩風——即風格——的問題。

張教授曾講過，在台灣，寫古典詩的人，讀的是唐詩，也喜愛唐詩；可是寫出來的卻是宋詩。而他自己，是以唐詩為宗，是學唐詩的。這方面在《夢機集外詩》中也曾有詩句及之。如：〈漫題二首〉之一：「詩法遠祧唐李杜，才華尤慕魏劉曹。」、〈秋日雜詠四續二首〉之二：「頃者披唐詩，擬杜〈丹青引〉。」可見其所致力者在唐詩，至於唐詩中，張教授更進一步熟悉及深入者，當屬杜甫及李商隱。可是病後這十九年間，尤其是六十歲（或許還可以再推前一兩年）以後，他並不力主唐詩，也頗欣賞宋詩，並且閱讀許多晚清至民初詩人的作品。在寫作上則打破了藩籬疆界，多方面地吸收、融合。這個變化，張教授自己知道，他在《夢機集外詩》中便曾寫道：

> 才不如陸、潘，詩不及徐、庾。平生好麤吟，所學在千古。流宕李玉谿，沈鬱杜工部。觀摩宋江西，同光亦偶睹。諷詠四紀過，無奈愚且魯。（〈秋日雜詠五首〉之三）[40]

可見四十多年間，張教授學習唐詩，主要用力於杜甫和李商隱。宋朝的江西詩派、晚清同光體等，他也涉獵、學習。所學不只一代一家之詩，所以能突破門派之見而自樹格調。其〈述詩〉[41]便云：

> 何須唐宋嚴分壁？最是裁章愛杜黃。想以才疏失高妙，詩為學陋遂尋常。
> 放吟旨遠宜歸澹，吐語情真莫感傷。烹鍊成篇當自惜，他生毀譽恐難詳。

首句所標，就否定了唐詩、宋詩的分野。這是就創作的立場上立論的。所以張夢機教授的摯友陳文華教授有詩〈讀夢機近詩奉贈四絕〉[42]說張教授：

> 非唐非宋亦非清，纏疾經年詩格成。華藻玄言兩銷盡，始知筆下是真聲。

便言其後期之詩打破唐、宋、清的疆界，自成一格。

但是面對晚清及近代詩人，張教授則相當謙遜客氣，其〈冬襟〉[43]曰：

---

40 張夢機著、賴欣陽主編：《夢機集外詩》（台北：文史哲出版社，2015年4月），頁27。
41 張夢機著、賴欣陽主編：《夢機集外詩》（台北：文史哲出版社，2015年4月），頁50。
42 張夢機著、賴欣陽主編：《夢機集外詩》（台北：文史哲出版社，2015年4月），頁91。
43 張夢機著、賴欣陽主編：《夢機集外詩》（台北：文史哲出版社，2015年4月），頁56。

不舍如斯感逝川，光宣高詠敢居前？裁章未藉雲同月，止酒寧分聖與賢？
游屐山川賸殘夢，故人碑碣但寒煙。杜詩似寫今風雨，望透千餘兩百年。

他自言不敢與光、宣詩壇諸子爭先。而近、當代詩人作品，張教授最佩服的可以說是周
棄子，在〈寒流坐望偶生感觸〉[44]中他說：「切音不及王懷祖，警句多慚趙倚樓。摹擬棄
翁詩語活，未埋庵合異同儔。」自謙比不上古人，而近、當代詩人他曾學周棄子，並且
相當賞愛。曾有詩云：「『心上誰是影？花前非我春。』堅蒼周棄子，吾所服膺人。」[45]
周棄子是同光後傳，張教授既欣賞、服膺周棄子，至少表示他並不排斥某些同光體的詩
人、詩作。

四　結論

　　綜合上述各端，可知詩法為學詩者之階梯、門徑，可由此提昇、增進自己的創作水
準。而在此古典詩式微的時代，詩法無疑是切實可行，對學詩者有幫助的。另外，了解
詩法，也能讓解析、欣賞古典詩者更能深會作者思理情致，有助於讀者對詩的深入體會。

　　張教授寫詩、教詩，也注重詩法，自少及長，時時講求，未嘗廢焉。而《夢機集外
詩》中無論關於體裁之認定、聲律之拗救、在七絕中使用對仗、古典詩中使用新名詞
等，有些他有修正，有些則續有補充。前三項是傳統的，而第四項新名詞入古典詩則是
現、當代古典詩人所面臨的問題，他在這方面也做了努力，提出自己的看法，並在創作
上加以實踐。

　　而我們從《夢機集外詩》中也可以了解張教授學詩之宗尚，在學詩之際，其最致力
者為杜甫、李商隱，所宗尚者為唐詩。洎乎晚年，則出入唐、宋，打破藩籬，並涉獵同
光，於晚清民初諸家頗致意焉。這樣的發展，如果吾人細讀《讀杜新箋——律髓批杜詮
評》，也許可以發現張教授早已埋下種子，於二十年後乃成蔭焉。而亦可從而得知為詩
者，當以才運法，不宜非以法拘才。以才運法，則所拓者深遠；以法拘才，則所能為者
日益侷促。而熟乎法，明乎變之後，亦莫忘致力於理境體格，方能使所作之詩更深刻、
更耐讀。

---

44 張夢機著、賴欣陽主編：《夢機集外詩》（台北：文史哲出版社，2015年4月），頁62。
45 張夢機著、賴欣陽主編：《夢機集外詩》（台北：文史哲出版社，2015年4月），頁89。

歌哭紅塵間
——張夢機教授紀念學術研討會議程表

2015 年 04 月 24 日（星期五） 地點：綜合大樓 1301 國際會議廳				
8：30-9：00	報到 群賢畢至，少長咸集			
9：00-9：10	林淑貞	開幕式 中興大學 李校長德財		
時間／場地	主持人	主講人	主題演講	
9：10-9：50 第一場 會議室 A	李瑞騰 （中央大學）	蔡信發 （中央大學）	誠篤豁達——張夢機教授	
9：50-10：10 第一場 會議室 A	李瑞騰 （中央大學）	黃永武 （前中興大學 文學院教授兼 院長）	我與張夢機的詩緣	
10：10-10：20	中場休息			
時間／場地	主持人	發表人	論文題目	特約討論
10：20-12：20 第二場 會議室 A 人格與風格	蔡信發 （中央大學）	龔鵬程 （北京大學）	張夢機及其詩作析論	莊雅州 （元智大學）
		康來新 （中央大學）	紫雪溟濛：追記張夢機教授的 紅學因緣	顏崑陽 （淡江大學）
		林盈鈞 （臺北商業大 學）	張夢機教授晚年詩中的生命境 界——兼述其詩學教育的成就	康來新 （中央大學）
		何維剛 （臺灣大學）	張夢機先生與網路古典詩人之 交流——以網路古典詩詞雅集 為討論重心	吳榮富 （成功大學）
		陳家煌 （中央大學）	張夢機先生與中央大學	李國俊 （中央大學）
時間／場地	主持人	發表人	論文題目	特約討論
10：20-12：20 第二場 會議室 B 詩詞幽情	曾昭旭 （華梵大學）	李瑞騰 汪筱薔 （中央大學）	閒適換悲涼——張夢機詩晚期 風格的一個面向	曾昭旭 （華梵大學）
		林淑貞 （中興大學）	在地飄泊與抒情自我——張夢 機歌詩中的生命書寫	陳慶煌 （淡江大學）

		黃雅莉 （新竹教育大學）	「以我為詞」的詩化與自傳傾向——張夢機詞作的日常書寫探究	李建崑 （東海大學）
		卓清芬 （中央大學）	試析張夢機《詞箋》之詞學觀	黃雅莉 （新竹教育大學）
		羅秀美 （中興大學）	藥樓與病體的相互定義——張夢機晚期藥樓詩作中的身體與空間書寫	柯明傑 （屏東教育大學）
12：20-13：20	午餐休息	鬱蒸餉午熱難當，心閒能生一室涼（張夢機〈溽暑〉）		
13：20-15：20 第三場 會議室 A 風土與家國想像	顏崑陽 （淡江大學）	顏崑陽 （淡江大學）	「故國夢」與「在地情」——論張夢機詩中的「存在漂浮」	李瑞騰 （中央大學）
		賴欣陽 （臺北大學）	《夢機集外詩》中的詩法探究	林香伶 （東海大學）
		吳榮富 （成功大學）	夢機先生的性情與詩風	許清雲 （東吳大學）
		顧敏耀 （臺灣文學館）	鴻文能繪湖山貌，鳳藻偶宣哀樂情——張夢機詩中的臺灣山水	廖一瑾 （文化大學）
		邱惠芬 （長庚科技大學）	疾病書寫的生命關照——以《藥樓近詩》、《夢機六十以後詩》等為例	林仁昱 （中興大學）
時間／場地	主持人	發表人	論文題目	特約討論
13：20-15：20 第三場 會議室 B 疾病詩寫	蔡英俊 （清華大學）	簡錦松 （中山大學）	從碧亭到藥樓——談張夢機詩的由虛入實之境	周益忠 （彰化師範大學）
		吳儀鳳 （東華大學）	張夢機老師詩選課程筆記	王建生 （東海大學）
		周益忠 （彰化師範大學）	壯遊—冷遊—臥游與溯游——試說夢機先生的紀遊詩	何淑貞 （臺北市立大學）
		吳東晟 （成功大學）	張夢機詩的疾病書寫	孫致文 （中央大學）
15：20-15：40	茶敘時間	且憑閑適啜茶香（張夢機〈藥樓月夜〉）		
15：40-17：00 第四場	何淑貞 （臺北市立	李宜學 （中央大學）	論張夢機之李商隱詩研究	廖振富 （中興大學）

會議室 A 詩藝與詩用	大學）	顏訥 （清華大學）	剪燈酬唱，情同元白——張夢機、顏崑陽酬贈詩的意義與文學價值	祁立峰 （中興大學）
		胡詩專 （暨南國際大學）	「相濡以沫」與「相忘江湖」——論張夢機「酬贈詩」的詩用學意義	林正三 （瀛社）
時間／場地	主持人	發表人	論文題目	特約討論
15：40-17：00 第四場 會議室 B 詩學與詩法	王力堅 （中央大學）	徐照華 （中興大學） 王素真 （彰化師範大學）	張夢機教授〈論詞五絕句〉研究	黃文吉 （彰化師範大學）
		李建福 （中興大學）	近體詩法，初學津梁——由《古典詩的形式結構》試探張夢機教授的詩法教學觀	陳欽忠 （中興大學）
		丁威仁 （新竹教育大學）	張夢機詩學理論探賾	廖芮茵 （臺中科技大學）
17：00-17:20 會議室 A	林淑貞 （中興大學）	閉幕　事往情依舊，回思一惘然（張夢機〈懷舊〉）		
17：20	賦　歸　貴　賓　餐　敘			

備註：主持人 5 分鐘，每篇論文宣讀 12 分鐘，講評 8 分鐘，綜合討論 15 分鐘。時間屆止前一分鐘按鈴一短聲，時間屆止時按鈴二長聲。

歌哭紅塵間：張夢機教授紀念學術研討會論文集

主　　編　林淑貞

責任編輯　湯碧珠

特約校稿　湯碧珠、柯惠馨、洪國恩

發 行 人　林淑貞

發 行 所　國立中興大學中國文學系

編 輯 所　國立中興大學中國文學系

排　　版　萬卷樓圖書股份有限公司

印　　刷　萬卷樓圖書股份有限公司

封面設計　萬卷樓圖書股份有限公司

銷 售 點　萬卷樓圖書股份有限公司

地址　臺北市羅斯福路二段 41 號 6
　　　樓之 3

電話　(02)23216565

傳真　(02)23218698

電郵　SERVICE@WANJUAN.COM.TW

大陸經銷　廈門外圖臺灣書店有限公司

電郵　JKB188@188.COM

香港經銷　香港聯合書刊物流有限公司

電話　(852)21502100

傳真　(852)23560735

ISBN 978-986-04-6927-1

GPN 1010402694

2015 年 11 月初版

定價：新臺幣 680 元

如何購買本書：

1. 劃撥購書，請透過以下郵政劃撥帳號：

帳號：15624015

戶名：萬卷樓圖書股份有限公司

2. 轉帳購書，請透過以下帳戶

合作金庫銀行　古亭分行

戶名：萬卷樓圖書股份有限公司

帳號：0877717092596

3. 網路購書，請透過萬卷樓網站

網址　WWW.WANJUAN.COM.TW

大量購書，請直接聯繫我們，將有專人為您
服務。客服：(02)23216565 分機 10

如有缺頁、破損或裝訂錯誤，請寄回更換

國家圖書館出版品預行編目資料

歌哭紅塵間：張夢機教授紀念學術研討會論
文集 /林淑貞主編. -- 初版. -- 臺中市：
興大中文系，2015.11

　面；　公分.

ISBN 978-986-04-6927-1(平裝)

1.張夢機 2.詩評 3.詩學 4.文集

821.886　　　　　　　　　104026101